Ce

Santa Barbara Public Library System
Central Library
40 East Anapamu St.
Santa Barbara, CA 93101
www.SBPLibrary.org

3144   3

P9-EDF-907

ЗАХАР ПРИЛЕПИН
ОБИТЕЛЬ

РОМАН

Редакция
Елены
Шубиной

ИЗДАТЕЛЬСТВО АСТ

2014

УДК 821.161.1-31
ББК 84(2Рос=Рус)6-44
П76

Оформление переплета и макет – Андрей Бондаренко

Прилепин, Захар

П76   Обитель : роман / Захар Прилепин. – Москва : АСТ : Редакция Елены Шубиной, 2014. – 746, [6] с. – (Проза Захара Прилепина).

ISBN 978-5-17-084483-8

Захар Прилепин – прозаик, публицист, музыкант, обладатель премий «Национальный бестселлер», «СуперНацБест» и «Ясная Поляна»... Известность ему принесли романы «Патологии» (о войне в Чечне) и «Санькя» (о молодых нацболах), «пацанские» рассказы – «Грех» и «Ботинки, полные горячей водкой». В новом романе «Обитель» писатель обращается к другому времени и другому опыту.

Соловки, конец двадцатых годов. Широкое полотно босховского размаха, с десятками персонажей, с отчетливыми следами прошлого и отблесками гроз будущего – и целая жизнь, уместившаяся в одну осень. Молодой человек двадцати семи лет от роду, оказавшийся в лагере. Величественная природа – и клубок человеческих судеб, где невозможно отличить палачей от жертв. Трагическая история одной любви – и история всей страны с ее болью, кровью, ненавистью, отраженная в Соловецком острове, как в зеркале.

УДК 821.161.1-31
ББК 84(2Рос=Рус)6-44

ISBN 978-5-17-084483-8

© Захар Прилепин
© ООО «Издательство АСТ»

|ОГЛАВЛЕНИЕ|

ОТ АВТОРА

| 7 |

КНИГА ПЕРВАЯ

| 13 |

КНИГА ВТОРАЯ

| 407 |

ПОСЛЕСЛОВИЕ

| 696 |

ПРИЛОЖЕНИЕ | ДНЕВНИК ГАЛИНЫ КУЧЕРЕНКО

| 705 |

НЕКОТОРЫЕ ПРИМЕЧАНИЯ

| 730 |

ЭПИЛОГ

| 744 |

Г**оворили, что в молодости прадед был шумливый** и злой. В наших краях есть хорошее слово, определяющее такой характер: взгальный.

До самой старости у него имелась странность: если мимо нашего дома шла отбившаяся от стада корова с колокольцем на шее, прадед иной раз мог забыть любое дело и резво отправиться на улицу, схватив второпях что попало — свой кривой посох из рябиновой палки, сапог, старый чугунок. С порога, ужасно ругаясь, бросал вослед корове вещь, оказавшуюся в его кривых пальцах. Мог и пробежаться за напуганной скотиной, обещая кары земные и ей, и её хозяевам.

"Бешеный чёрт!" — говорила про него бабушка. Она произносила это как "бешаный чорт!". Непривычное для слуха "а" в первом слове и гулкое "о" во втором завораживали.

"А" было похоже на бесноватый, почти треугольный, будто бы вздёрнутый вверх прадедов глаз, которым он в раздражении таращился, — причём второй глаз был сощурен. Что до "чорта" — то когда прадед кашлял и чихал, он, казалось, произносил это слово: "Ааа... чорт! Ааа... чорт! Чорт! Чорт!" Можно было предположить, что прадед видит чёрта перед собой и кричит на него, прогоняя. Или, с кашлем, выплёвывает каждый раз по одному чёрту, забравшемуся внутрь.

По слогам, вослед за бабушкой, повторяя "бе-ша-ный чорт!" — я вслушивался в свой шёпот: в знакомых словах вдруг образовались сквозняки из прошлого, где прадед был совсем другой: юный, дурной и бешеный.

Бабушка вспоминала: когда она, выйдя замуж за деда, пришла в дом, прадед страшно колотил "маманю" — её свекровь, мою прабабку. Причём свекровь была статна, сильна, сурова, выше прадеда на голову и шире в плечах — но боялась и слушалась его беспрекословно.

Чтоб ударить жену, прадеду приходилось вставать на лавку. Оттуда он требовал, чтоб она подошла, хватал её за волосы и бил с размаху маленьким жестоким кулаком в ухо.

Звали его Захар Петрович.

"Чей это парень?" — "А Захара Петрова".

Прадед был бородат. Борода его была словно бы чеченская, чуть курчавая, не вся ещё седая — хотя редкие волосы на голове прадеда были белым-белы, невесомы, пушисты. Если из старой подушки к голове прадеда налипал птичий пух — его было сразу и не различить.

Пух снимал кто-нибудь из нас, безбоязненных детей — ни бабушка, ни дед, ни мой отец головы прадеда не касались никогда. И если даже по-доброму шутили о нём — то лишь в его отсутствие.

Ростом он был невысок, в четырнадцать я уже перерос его, хотя, конечно же, к тому времени Захар Петров ссутулился, сильно хромал и понемногу врастал в землю — ему было то ли восемьдесят восемь, то ли восемьдесят девять: в паспорте был записан один год, родился он в другом, то ли раньше даты в документе, то ли, напротив, позже — со временем и сам запамятовал.

Бабушка рассказывала, что прадед стал добрее, когда ему перевалило за шестьдесят, — но только к детям. Души не чаял во внуках, кормил их, тешил, мыл — по деревенским меркам всё это было диковато. Спали они все по очереди с ним на печке, под его огромным кудрявым пахучим тулупом.

Мы наезжали в родовой дом погостить — и лет, кажется, в шесть мне тоже несколько раз выпадало это счастье: ядрёный, шерстяной, дремучий тулуп — я помню его дух и поныне.

Сам тулуп был как древнее предание — искренне верилось: его носили и не могли износить семь поколений — весь наш род грелся и согревался в этой шерсти; им же укрывали только что, в зиму, рождённых телят и поросяток, переносимых в избу, чтоб не перемёрзли в сарае; в огромных рукавах вполне могло годами жить тихое домашнее мышиное семейство, и, если долго копошиться в тулупьих залежах и закоулках, можно было найти махорку, которую прадед прадеда не докурил век назад, ленту из венчального наряда бабушки моей бабушки, сахариный обкусок, потерянный моим отцом, который он в своё голодное послевоенное детство разыскивал три дня и не нашёл.

А я нашёл и съел вперемешку с махоркой.

Когда прадед умер, тулуп выбросили — чего бы я тут ни плёл, а был он старьё старьём и пах ужасно.

Девяностолетие Захара Петрова мы праздновали на всякий случай три года подряд.

Прадед сидел, на первый неумный взгляд преисполненный значения, а на самом деле весёлый и чуть лукавый: как я вас обманул — дожил до девяноста и заставил всех собраться.

Выпивал он, как и все наши, наравне с молодыми до самой старости и, когда за полночь — а праздник начинался в полдень — чувствовал, что хватит, медленно поднимался из-за стола и, отмахнувшись от бросившейся помочь бабки, шёл к своей лежанке, ни на кого не глядя.

Пока прадед выходил, все оставшиеся за столом молчали и не шевелились.

“Как генералиссимус идёт...” — сказал, помню, мой крёстный отец и родной дядька, убитый на следующий год в дурацкой драке.

То, что прадед три года сидел в лагере на Соловках, я узнал ещё ребёнком. Для меня это было почти то же самое, как если бы он ходил за зипунами в Персию при Алексее Тишайшем или добирался с бритым Святославом до Тмутаракани.

Об этом особенно не распространялись, но, с другой стороны, прадед нет-нет да и вспоминал то про Эйхманиса, то про взводного Крапина, то про поэта Афанасьева.

Долгое время я думал, что Мстислав Бурцев и Кучерава — однополчане прадеда, и только потом догадался, что это всё лагерники.

Когда мне в руки попали соловецкие фотографии, удивительным образом я сразу узнал и Эйхманиса, и Бурцева, и Афанасьева.

Они воспринимались мной почти как близкая, хоть и нехорошая порой, родня.

Думая об этом сейчас, я понимаю, как короток путь до истории — она рядом. Я прикасался к прадеду, прадед воочию видел святых и бесов.

Эйхманиса он всегда называл "Фёдор Иванович", было слышно, что к нему прадед относится с чувством трудного уважения. Я иногда пытаюсь представить, как убили этого красивого и неглупого человека — основателя концлагерей в Советской России.

Лично мне прадед ничего про соловецкую жизнь не рассказывал, хотя за общим столом иной раз, обращаясь исключительно ко взрослым мужчинам, преимущественно к моему отцу, прадед что-то такое вскользь говорил, каждый раз словно заканчивая какую-то историю, о которой шла речь чуть раньше — к примеру, год назад, или десять лет, или сорок.

Помню, мать, немного бахвалясь перед стариками, проверяла, как там дела с французским у моей старшей сестры, а прадед вдруг напомнил отцу — который, похоже, слышал эту историю, — как случайно получил наряд по ягоды, а в лесу неожиданно встретил Фёдора Ивановича и тот заговорил по-французски с одним из заключённых.

Прадед быстро, в двух-трёх фразах, хриплым и обширным своим голосом набрасывал какую-то картинку из прошлого — и она получалась очень внятной и зримой. Причём вид прадеда, его морщины, его борода, пух на его голове, его смешок — напоминавший звук, когда железной ложкой шкрябают по сковороде, — всё это играло не меньшее, а большее значение, чем сама речь.

Ещё были истории про баланы в октябрьской ледяной воде, про огромные и смешные соловецкие веники, про перебитых чаек и собаку по кличке Блэк.

Своего чёрного беспородного щенка я тоже назвал Блэк.

Щенок, играясь, задушил одного летнего цыплака, потом другого и перья раскидал на крыльце, следом третьего... в общем, однажды прадед схватил щенка, вприпрыжку гонявшего по двору последнего курёнка, за хвост и с размаху ударил об угол каменного нашего дома. В первый удар щенок ужасно взвизгнул, а после второго — смолк.

Руки прадеда до девяноста лет обладали если не силой, то цепкостью. Лубяная соловецкая закалка тащила его здоровье через весь век. Лица прадеда я не помню, только разве что бороду и в ней рот наискосок, жующий что-то, — зато руки, едва закрою глаза, сразу вижу: с кривыми иссиня-чёрными пальцами, в курчавом грязном волосе. Прадеда и посадили за то, что он зверски избил уполномоченного. Потом его ещё раз чудом не посадили, когда он собственноручно перебил домашнюю скотину, которую собирались обобществлять.

Когда я смотрю, особенно в нетрезвом виде, на свои руки, то с некоторым страхом обнаруживаю, как с каждым годом из них прорастают скрученные, с седыми латунными ногтями пальцы прадеда.

Штаны прадед называл шкерами, бритву — мойкой, карты — святцами, про меня, когда я ленился и полёживал с книжкой, сказал как-то: "...О, лежит ненаряженный..." — но без злобы, в шутку, даже как бы одобряя.

Так, как он, больше никто не разговаривал ни в семье, ни во всей деревне.

Какие-то истории прадеда дед передавал по-своему, отец мой — в новом пересказе, крёстный — на третий лад. Бабушка же всегда говорила про лагерную жизнь прадеда с жалостливой и бабьей точки зрения, иногда будто бы вступающей в противоречие с мужским взглядом.

Однако ж общая картина понемногу начала складываться.

Про Галю и Артёма рассказал отец, когда мне было лет пятнадцать, — тогда как раз наступила эпоха разоблачений и покаянного юродства. Отец к слову и вкратце набросал этот сюжет, необычайно меня поразивший уже тогда.

Бабушка тоже знала эту историю.

Я всё никак не могу представить, как и когда прадед поведал это всё отцу — он вообще был немногословен; но вот рассказал всё-таки.

Позднее, сводя в одну картину все рассказы и сверяя это с тем, как было на самом деле, согласно обнаруженным в архивах отчётам, докладным запискам и рапортам, я заметил, что у прадеда ряд событий слился воедино и какие-то вещи случились подряд — в то время как они были растянуты на год, а то и на три.

С другой стороны, что есть истина, как не то, что помнится.

Истина — то, что помнится.

Прадед умер, когда я был на Кавказе — свободный, весёлый, камуфлированный.

Следом понемногу ушла в землю почти вся наша огромная семья, только внуки и правнуки остались — одни, без взрослых.

Приходится делать вид, что взрослые теперь мы, хотя я никаких разительных отличий между собой четырнадцатилетним и нынешним так и не обнаружил.

Разве что у меня вырос сын четырнадцати лет.

Так случилось, что, пока все мои старики умирали, я всё время находился где-то далеко — и ни разу не попадал на похороны.

Иногда я думаю, что мои родные живы — иначе куда они все подевались?

Несколько раз мне снилось, как я возвращаюсь в свою деревню и пытаюсь разыскать тулуп прадеда, лажу, сдирая руки, по каким-то кустам, тревожно и бессмысленно брожу вдоль берега реки, у холодной и грязной воды, потом оказываюсь в сарае: старые грабли, старые косы, ржавое железо — всё это случайно валится на меня, мне больно; дальше почему-то я забираюсь на сеновал, копаюсь там, задыхаясь от пыли, и кашляю: "Чорт! Чорт! Чорт!"

Ничего не нахожу.

КНИГА ПЕРВАЯ

I l fait froid aujourd'hui.

— *Froid et humide.*

— *Quel sale temps, une véritable fièvre.*

— *Une véritable peste...*[1]

— Монахи тут, помните, как говорили: "В труде спасаемся!" — сказал Василий Петрович, на мгновение переведя довольные, часто мигающие глаза с Фёдора Ивановича Эйхманиса на Артёма. Артём зачем-то кивнул, хотя не понял, о чём шла речь.

— *C'est dans l'effort que se trouve notre salut?*[2] — переспросил Эйхманис.

— *C'est bien cela!*[3] — с удовольствием ответил Василий Петрович и так сильно тряхнул головой, что высыпал на землю несколько ягод из корзины, которую держал в руках.

— Ну, значит, и мы правы, — сказал Эйхманис, улыбаясь и поочерёдно глядя на Василия Петровича, на Артёма и на свою спутницу, не отвечавшую, впрочем, на его взгляд. — Не знаю, что там со спасением, а в труде монахи знали толк.

Артём и Василий Петрович в отсыревшей и грязной одежде, с чёрными коленями, стояли на мокрой траве, иногда перетаптываясь, размазывая по щекам лесную паутину и комаров пропахшими землёй руками. Эйхманис и его женщина были верхом: он — на гнедом норовистом жеребце, она — на пегом, немолодом, будто глуховатом.

---

1   — Сегодня холодно.
     — Холодно и сыро.
     — Это не погода, а лихорадка.
     — Не погода, а чума (*фр.*).
2   — В труде спасаемся? (*фр.*)
3   — Именно так! (*фр.*)

Снова затеялся дождь, мутный и колкий для июля. Неожиданно холодный даже в этих местах, задул ветер.

Эйхманис кивнул Артёму и Василию Петровичу. Женщина молча потянула поводья влево, чем-то будто бы раздражённая.

— Посадка-то у неё не хуже, чем у Эйхманиса, — заметил Артём, глядя всадникам вслед.

— Да, да... — отвечал Василий Петрович так, что было понятным: слова собеседника не достигают его слуха. Он поставил корзину на землю и молча собирал высыпавшиеся ягоды.

— С голода вас шатает, — то ли в шутку, то ли всерьёз сказал Артём, глядя сверху на кепку Василия Петровича. — Шестичасовой отзвонил уже. Нас ждёт прекрасное хлебалово. Картошка сегодня или гречка, как думаете?

Из леса к дороге подтянулись ещё несколько человек бригады ягодников.

Не дожидаясь, пока сойдёт на нет настырная морось, Василий Петрович и Артём зашагали в сторону монастыря. Артём чуть прихрамывал — пока ходил за ягодами, подвернул ногу.

Он тоже, не меньше Василия Петровича, устал. К тому же Артём снова очевидно не выполнил нормы.

— Я на эту работу больше не пойду, — тяготясь молчанием, негромко сказал Артём Василию Петровичу. — К чёрту бы эти ягоды. Наелся за неделю — а радости никакой.

— Да, да... — ещё раз повторил Василий Петрович, но наконец справился с собою и неожиданно ответил: — Зато без конвоя! Весь день не видеть ни этих, с чёрными околышами, ни лягавой роты, ни "леопардов", Артём.

— А пайка у меня будет уполовиненная и обед без второго, — парировал Артём. — Треска варёная, тоска зелёная.

— Ну давайте я вам отсыплю, — предложил Василий Петрович.

— Тогда у нас обоих будет недостача по норме, — мягко посмеялся Артём. — Едва ли это принесёт мне радость.

— Вы же знаете, каких трудов стоило мне получить сегодняшний наряд... И всё равно ведь не пни корчевать, Артём, —

Василий Петрович понемногу оживился. — А вы, кстати, заметили, чего ещё в лесу нет?

Артём что-то такое точно заметил, но никак не мог понять, что именно.

— Там не орут эти треклятые чайки! — Василий Петрович даже остановился и, подумав, съел одну ягоду из своей корзины.

В монастыре и в порту от чаек не было проходу, к тому же за убийство чайки полагался карцер — начальник лагеря Эйхманис отчего-то ценил эту крикливую и наглую соловецкую породу; необъяснимо.

— В чернике есть соли железа, хром и медь, — поделился знанием, съев ещё одну ягоду, Василий Петрович.

— То-то я чувствую себя как медный всадник, — мрачно сказал Артём. — И всадник хром.

— Ещё черника улучшает зрение, — сказал Василий Петрович. — Вот, видите звезду на храме?

Артём всмотрелся.

— И?

— Сколькиконечная эта звезда? — спросил Василий Петрович крайне серьёзно.

Артём секунду всматривался, потом всё понял, и Василий Петрович понял, что тот догадался, — и оба тихо засмеялись.

— Хорошо, что вы только многозначительно кивали, а не разговаривали с Эйхманисом — у вас весь рот в чернике, — сквозь смех процедил Василий Петрович, и стало ещё смешней.

Пока рассматривали звезду и смеялись по этому поводу, бригада обошла их — и каждый посчитал необходимым заглянуть в корзины стоявших на дороге.

Василий Петрович и Артём остались в некотором отдалении одни. Смех быстро сошёл на нет, и Василий Петрович вдруг разом осуровел.

— Знаете, это постыдная, это отвратительная черта, — заговорил он трудно и с неприязнью. — Мало ведь того, что он просто решил побеседовать со мной, — он обратился ко мне по-французски! И я сразу готов всё простить ему. И даже полюбить его! Я сейчас приду и проглочу это вонючее варево, а потом полезу на нары кормить вшей. А он поест мяса, а потом ему принесут ягоды, которые мы вот здесь собрали. И он будет чернику запивать молоком! Я же должен, простите великодушно, наплевать ему в эти ягоды — а вместо этого несу их с благодарностью за то, что этот человек умеет по-французски и снисходит до меня! Но мой отец тоже умел по-французски! И по-немецки, и по-английски! А как я дерзил ему! Как унижал отца! Чего же здесь я не надерзил, старая я коряга? Как я себя ненавижу, Артём! Чёрт меня раздери!

— Всё-всё, Василий Петрович, хватит, — уже иначе засмеялся Артём; за последний месяц он успел полюбить эти монологи...

— Нет, не всё, Артём, — сказал Василий Петрович строго. — Я тут стал вот что понимать: аристократия — это никакая не голубая кровь, нет. Это просто люди хорошо ели из поколения в поколение, им собирали дворовые девки ягоды, им стелили постель и мыли их в бане, а потом расчёсывали волосы гребнем. И они отмылись и расчесались до такой степени, что стали аристократией. Теперь мы вывозились в грязи, зато эти — верхом, они откормлены, они умыты — и они... хорошо, пусть не они, но их дети — тоже станут аристократией.

— Нет, — ответил Артём и пошёл, с лёгким остервенением растирая дождевые капли по лицу.

— Думаете, нет? — спросил Василий Петрович, нагоняя его. В его голосе звучала явная надежда на правоту Артёма. — Я тогда, пожалуй, ещё ягодку съем. ...И вы тоже съешьте, Артём, я угощаю. Держите, вот даже две.

— Да ну её, — отмахнулся Артём. — Сала нет у вас?

* * *

Чем ближе монастырь — тем громче чайки.

Обитель была угловата — непомерными углами, неопрятна — ужасным разором.

Тело её выгорело, остались сквозняки, мшистые валуны стен.

Она высилась так тяжело и огромно, будто была построена не слабыми людьми, а разом, всем своим каменным туловом упала с небес и уловила оказавшихся здесь в западню.

Артём не любил смотреть на монастырь: хотелось скорее пройти ворота — оказаться внутри.

— Второй год здесь бедую, а каждый раз рука тянется перекреститься, когда вхожу в кремль, — поделился Василий Петрович шёпотом.

— Так крестились бы, — в полный голос ответил Артём.

— На звезду? — спросил Василий Петрович.

— На храм, — отрезал Артём. — Что вам за разница — звезда, не звезда, храм-то стоит.

— Вдруг пальцы-то отломают, лучше не буду дураков сердить, — сказал Василий Петрович, подумав, и даже руки спрятал поглубже в рукава пиджака. Под пиджаком он носил поношенную фланелевую рубашку.

— ...А во храме орава без пяти минут святых на трёхъярусных нарах... — завершил свою мысль Артём. — Или чуть больше, если считать под нарами.

Двор Василий Петрович всегда пересекал быстро, опустив глаза, словно стараясь не привлечь понапрасну ничьего внимания.

Во дворе росли старые берёзы и старые липы, выше всех стоял тополь. Но Артёму особенно нравилась рябина — ягоды её нещадно обрывали или на заварку в кипяток, или просто чтоб сжевать кисленького — а она оказывалась несносно горькой; только на макушке ещё виднелось несколько гроздей, отчего-то всё это напоминало Артёму материнскую причёску.

Двенадцатая рабочая рота Соловецкого лагеря занимала трапезную единостолпную палату бывшей соборной церкви во имя Успения Пресвятой Богородицы.

Шагнули в деревянный тамбур, поприветствовав дневальных — чеченца, чью статью и фамилию Артём никак не мог запомнить, да и не очень хотел, и Афанасьева — антисоветская, как он сам похвастался, агитация — ленинградского поэта, который весело поинтересовался: "Как в лесу ягода, Тёма?" Ответ был: "Ягода в Москве, зам начальника ГэПэУ. А в лесу — мы".

Афанасьев тихо хохотнул, чеченец же, как показалось Артёму, ничего не понял — хотя разве догадаешься по их виду. Афанасьев сидел, насколько возможно развалившись на табуретке, чеченец же то шагал туда-сюда, то присаживался на корточки.

Ходики на стене показывали без четверти семь.

Артём терпеливо дожидался Василия Петровича, который, набрав воды из бака при входе, цедил, отдуваясь, в то время как Артём опустошил бы кружку в два глотка... собственно, в итоге выхлебал целых три кружки, а четвёртую вылил себе на голову.

— Нам таскать эту воду! — сказал чеченец недовольно, извлекая изо рта каждое русское слово с некоторым трудом. Артём достал из кармана несколько смятых ягод и сказал: "На"; чеченец взял, не поняв, что́ дают, а догадавшись, брезгливо катнул их по столу; Афанасьев поочерёдно поймал все и покидал в рот.

При входе в трапезную сразу ударил запах, от которого за день в лесу отвыкли, — немытая человеческая мерзость, грязное, изношенное мясо; никакой скот так не пахнет, как человек и живущие на нём насекомые; но Артём точно знал, что уже через семь минут привыкнет, и забудется, и сольётся с этим запахом, с этим гамом и матом, с этой жизнью.

Нары были устроены из круглых, всегда сырых жердей и неструганых досок.

Артём спал на втором ярусе. Василий Петрович — ровно под ним: он уже успел обучить Артёма, что летом лучше спать внизу — там прохладней, а зимой — наверху, "...потому что тёплый воздух поднимается куда?..". На третьем ярусе обитал Афанасьев. Мало того что ему было жарче всех, туда ещё и непрестанно подкапывало с потолка — гнилые осадки давали испарения от пота и дыханья.

— А вы будто и неверующий, Артём? — не унимался внизу Василий Петрович, пытаясь продолжить начатый на улице разговор и одновременно разбираясь со своей ветшающей обувкой. — Дитя века, да? Начитались всякой дряни в детстве, наверное? Дыр бул щыл в штанах, навьи чары на уме, Бог умер своей смертью, что-то такое, да?

Артём не отвечал, уже прислушиваясь, не тащат ли ужин — хотя раньше времени пожрать доставляли редко.

На сбор ягод он брал с собой хлеб — с хлебом черника шла лучше, но докучливый голод в конечном счёте не утоляла.

Василий Петрович поставил на пол ботинки с тем тихим бережением, что свойственно неизбалованным женщинам, убирающим на ночь свои украшения. Потом долго перетряхивал вещи и наконец горестно заключил:

— Артём, у меня опять украли ложку, вы только подумайте.

Артём тут же проверил свою — на месте ли: да, на месте, и миска тоже. Раздавил клопа, пока копошился в вещах. У него уже воровали миску. Он тогда взял у Василия Петровича 22 копейки местных соловецких денег взаймы и купил миску в лавке, после чего выцарапал "А" на дне, чтоб, если украдут, опознать свою вещь. При этом отлично понимая, что смысла в отметке почти нет: уйдёт миска в другую роту — разве ж дадут посмотреть, где она да кто её скоблит.

Ещё клопа раздавил.

— Только подумайте, Артём, — ещё раз повторил Василий Петрович, не дождавшись ответа и снова перерывая свою кровать.

Артём промычал что-то неопределённое.

— Что? — переспросил Василий Петрович.

— Подумал, — ответил Артём и добавил, дабы утешить товарища: — В ларьке купите. А сейчас моей поужинаем.

Вообще Артёму можно было и не принюхиваться — ужин неизменно предварялся пением Моисея Соломоныча: тот обладал замечательным чутьём на пищу и всякий раз начинал подвывать за несколько минут до того, как дежурные вносили чан с кашей или супом.

Пел он одинаково воодушевлённо всё подряд — романсы, оперетки, еврейские и украинские песни, пытался даже на

французском, которого не знал, — что можно было понять по
отчаянным гримасам Василия Петровича.

— Да здравствует свобода, советская власть, рабоче-
крестьянская воля! — негромко, но внятно исполнял Моисей
Соломонович безо всякой, казалось, иронии. Череп он имел
длинный, волос чёрный, густой, глаза навыкате, удивлённые,
рот большой, с заметным языком. Распевая, он помогал себе
руками, словно ловя проплывающие мимо в воздухе слова
для песен и строя из них башенку.

Афанасьев с чеченцем, семеня ногами, внесли на палках
цинковый бак, затем ещё один.

На ужин строились повзводно, занимало это всегда не
меньше часа. Взводом Артёма и Василия Петровича командовал такой же заключённый, как они, бывший милиционер
Крапин — человек молчаливый, суровый, с приросшими
мочками. Кожа лица у него всегда была покрасневшая, будто
обваренная, а лоб выдающийся, крутой, какой-то особенно
крепкий на вид, сразу напоминающий давно виданные страницы то ли из учебного пособия по зоологии, то ли из меди-
цинского справочника.

В их взводе, помимо Моисея Соломоновича и Афанасьева,
имелись разнообразные уголовники и рецидивисты, терский
казак Лажечников, три чеченца, один престарелый поляк, один
молодой китаец, детина с Малороссии, успевший в Гражданскую повоевать за десяток атаманов и в перерывах за красных, колчаковский офицер, генеральский денщик по прозвищу Самовар, дюжина черноземных мужиков и фельетонист
из Ленинграда Граков, отчего-то избегавший общения со своим земляком Афанасьевым.

Ещё под нарами, в царящей там несусветной помойке —
ворохах тряпья и мусора, два дня как завёлся беспризорник,
сбежавший то ли из карцера, то ли из восьмой роты, где в основном и обитали такие, как он. Артём один раз прикормил его
капустой, но больше не стал, однако беспризорник всё равно
спал поближе к ним.

"Как он догадывается, Артём, что мы его не выдадим? —
риторически, с легчайшей самоиронией поинтересовался

Василий Петрович. — Неужели у нас такой никчёмный вид? Я как-то слышал, что взрослый мужчина, не способный на подлость или, в крайнем случае, убийство, выглядит скучно. А?"

Артём смолчал, чтоб не отвечать и не сбивать свою мужскую цену.

Он прибыл в лагерь два с половиной месяца назад, получил из четырёх возможных первую рабочую категорию, обещавшую ему достойный труд на любых участках, невзирая на погоду. До июня пробыл в карантинной, тринадцатой, роте, отработав месяц на разгрузках в порту. Грузчиком Артём пробовал себя ещё в Москве, лет с четырнадцати — и к этой науке был приноровлён, что немедленно оценили десятники и нарядчики. Кабы ещё кормили получше и давали спать побольше, было б совсем ничего.

Из карантинной Артёма перевели в двенадцатую.

И эта рота была не из лёгких, режим немногим мягче, чем в карантинной. В 12-й тоже трудились на общих работах, часто вкалывали без часов, пока не выполнят норму. Лично обращаться к начальству права не имели — исключительно через комвзводов. Что до Василия Петровича с его французским — так Эйхманис в лесу с ним первым заговорил.

Весь июнь двенадцатую гоняли частью на баланы, частью на уборку мусора в самом монастыре, частью корчевать пни и ещё на сенокос, на кирпичный завод, на обслуживание железной дороги. Городские не всегда умели косить, другие не годились на разгрузку, кто-то попадал в лазарет, кто-то в карцер — партии без конца заменяли и смешивали.

Баланов — работы самой тяжёлой, муторной и мокрой — Артём пока избежал, а с пнями намучился: никогда и подумать не мог, насколько крепко, глубоко и разнообразно деревья держатся за землю.

— Если не рубить корни по одному, а разом огромной силою вырвать пень — то он в своих бесконечных хвостах вынесет кус земли размером с купол Успенской! — в своей образной манере то ли ругался, то ли восхищался Афанасьев.

Норма на человека была — 25 пней в день.

Дельных заключённых, спецов и мастеров переводили в другие роты, где режим был попроще, — но Артём всё никак не мог решить, где он, недоучившийся студент, может пригодиться и что, собственно, умеет. К тому же решить — это ещё полдела; надо бы, чтоб тебя увидели и позвали.

После пней тело ныло, как надорванное, — наутро казалось, что сил больше для работы нет. Артём заметно похудел, начал видеть еду во сне, постоянно искать запах съестного и остро его чувствовать, но молодость ещё тянула его, не сдавалась.

Вроде бы помог Василий Петрович, выдав себя за бывалого лесного собирателя — впрочем, так оно и было, — заполучил наряд по ягоды, протащил за собой Артёма, — но обед в лес каждый день привозили остывший и не по норме: видно, такие же зэки-развозчики вдосталь отхлёбывали по дороге, а в последний раз ягодников вообще забыли покормить, сославшись на то, что приезжали, но разбредшихся по лесу собирателей не нашли. На развозчиков кто-то нажаловался, им влепили по трое суток карцера, но сытней от этого не стало.

На ужин нынче была гречка, Артём с детства ел быстро, здесь же, присев на лежанку Василия Петровича, вообще не заметил, как исчезла каша; вытер ложку об испод пиджака, передал её старшему товарищу, сидевшему с миской на коленях и тактично смотревшему в сторону.

— Спаси Бог, — тихо и твёрдо сказал Василий Петрович, зачёрпывая разваренную, безвкусную, на сопливой воде изготовленную кашку.

— Угу, — ответил Артём.

Допив кипяток из консервной банки, заменявшей кружку, вспрыгнул, рискуя обрушить нары, к себе, снял рубаху, разложил её вместе с портянками под собой как покрывало, чтоб подсушились, влез руками в шинель, накрутил на голову шарф и почти сразу забылся, только сумев услышать, как Василий Петрович негромко говорит беспризорнику, имевшему обыкновение во время кормёжки несильно дёргать обедающих за брюки:

— Я не буду вас кормить, ясно? Это ведь вы у меня ложку украли?

Ввиду того, что беспризорник лежал под нарами, а Василий Петрович сидел на них, со стороны могло показаться, что он говорит с духами, грозя им голодом и глядя перед собой строгими глазами.

Артём ещё успел улыбнуться своей мысли, и улыбка сползла с губ, когда он уже спал — оставался час до вечерней поверки, зачем время терять.

В трапезной кто-то дрался, кто-то ругался, кто-то плакал; Артёму было всё равно.

За час ему успело присниться варёное яйцо — обычное варёное яйцо. Оно светилось изнутри желтком — будто наполненным солнцем, источало тепло, ласку. Артём благоговейно коснулся его пальцами — и пальцам стало горячо. Он бережно надломил яйцо, оно распалось на две половинки белка, в одной из которых, безбожно голый, призывный, словно бы пульсирующий, лежал желток — не пробуя его, можно было сказать, что он неизъяснимо, до головокружения сладок и мягок. Откуда-то во сне взялась крупная соль — и Артём посолил яйцо, отчётливо видя, как падает каждая крупинка и как желток становится посеребрённым — мягкое золото в серебре. Некоторое время Артём рассматривал разломанное яйцо, не в силах решить, с чего начать — с белка или желтка. Молитвенно наклонился к яйцу, чтобы бережным движением слизнуть соль.

Очнулся на секунду, поняв, что лижет свою солёную руку.

* * *

Из двенадцатой выходить ночью было нельзя — парашу до утра оставляли прямо в роте. Артём приучил себя вставать между тремя и четырьмя — шёл с ещё зажмуренными глазами, по памяти, с сонной остервенелостью счёсывая с себя клопов, пути не видя... зато ни с кем не делил своего занятия.

Обратно возвращался, уже чуть различая людей и нары.

Беспризорник так и спал прямо на полу, видна была его грязная нога; "...как не подох ещё..." — подумал Артём мимолётно. Моисей Соломонович храпел певуче и разнообразно. Василий Петрович во сне, не первый раз заметил Артём, выглядел совсем иначе — пугающе и даже неприятно, словно сквозь бодрствующего человека выступал иной, незнакомый.

Укладываясь на ещё не остывшую шинель, Артём полупьяными глазами осмотрел трапезную с полутора сотнями спящих заключённых.

“Дико! — подумал, зажмуриваясь, вспуганно и удивлённо. — Лежит человек, ничего не делает, и так... большую часть... жизни...”

В другом конце вспыхнула спичка — кто-то, не стерпев, захотел передавить хоть одно клопиное семейство при свете. Клопы даже ночью непрестанно ползли по стойкам нар, по стенам, падали откуда-то сверху...

Артём открыл на малый всполох спички глаза, увидел, как кто-то из второго взвода полез в чужой мешок. Встретился взглядом с вором, зажмурился, отвернулся, забыл навсегда.

Тут же разбудил утренний, пятичасовой колокол, и спустя несколько мгновений заоравший Афанасьев:

— Рота, подъём!

Сегодня Артём ненавидел Афанасьева; вчера кричал другой дневальный, гортанным голосом, — и ненависть была к нему.

Через минуту плохо различимый в противной полутьме Моисей Соломонович уже пел:

— Где вы теперь, кто вам целует пальцы? Куда ушёл ваш китайчонок Ли?

Артём скосился на китайца, ночевавшего совсем рядом, но тот, похоже, не слышал слов песни: сидел на своём втором ярусе, гладил шею и лицо, словно под руками вновь обретал себя, своё тело и сознание.

— Ты, бля, оперетка, заткнись! — крикнул кто-то из ещё не поднявшихся с нар блатных.

Моисей Соломонович споткнулся на середине слова.

— Я же вроде бы негромко, — сказал он в никуда, разводя руками.

Молчал Моисей Соломонович, впрочем, недолго — вскоре снова еле слышно заурчал что-то — вносили пищу.

Можно было встать в очередь и ждать минут сорок, пока дойдёт до тебя — но Артём развивал в себе терпение, чтоб не тратить время впустую.

Пересев под лампочку, успел подшиться и полистать местный, в лагере выпускаемый самими же зэками журнал "Соловецкие острова" — Василий Петрович брал в библиотеке, видимо, для поддержания едкой неприязни к лагерной администрации на должном уровне. Артём в журнале читал чаще всего поэтическую страничку — надо сказать, весьма слабую, разве только Борис Ширяев, не без старания слагавший с чужих голосов, обращал на себя внимание. Освободился он или ещё нет?.. Журнальные стихи, какими б они ни были, Артём заучивал наизусть — и повторял их про себя иногда, сам не очень понимая зачем.

Только разобравшись со всеми этими делами, Артём встал в очередь: как раз оставалось несколько человек.

— Артём, вы не передумали? — поинтересовался Василий Петрович, возвращая ему вымытую ложку.

— Нет, не пойду, — ответил Артём с улыбкой, сразу поняв, что речь идёт о наряде. — Не хлопочите за меня, не стоит.

— Поставят вас на баланы, голубчик, и взвоете. Не вы первый. Одумайтесь, — строго сказал Василий Петрович. — Я пять дней подряд делал полторы нормы на ягодах — сегодня меня поставили старшим. Скоро на северо-восточном берегу пойдёт смородина и малина, имейте в виду. У них тут к тому же растёт замечательная ягода шикша — она же сика, очень полезная, судя по названию.

— Нет, — повторил Артём. — У меня с моей... шикшой всё в порядке.

— В лесу можно увидеть настоящего полевого шмеля — как у нас, в Тульской губернии, — совсем уж беспомощно прибавил Василий Петрович. — А крапиву в человеческий рост, помните, с вами встретили? А птицы? Там птицы поют!

— Там одна птица так стрекочет — словно затвор передёргивают, неприятно, — сказал Артём. — И комарья в лесу втрое больше. Не хочу.

— Вам ещё зиму предстоит пережить, — сказал Василий Петрович. — Вы ещё не знаете, что такое соловецкая зима!

— А вы и зимой собрались ягоды собирать? — посмеялся Артём, тут же укорив себя за некоторую дерзость, но Василий Петрович и вида не подал.

Моисей Соломонович даром что пел, а всё слышал. Нежданно оказался возле нар Василия Петровича и, прервав песню, спросил:

— Освобождается место в бригаде? Артём не хочет? И правильно — он юн, зол, крепок! Василий Петрович, я мог бы, пусть на время, заменить Артёма. Не смотрите на меня так неприязненно, вы даже не знаете, как я точно вижу ягоду в траве, у меня дар!

Василий Петрович только рукой махнул и пошёл по каким-то своим делам.

— Так мы договорились? — звал его Моисей Соломонович, ласково глядя вслед. — Я вас отблагодарю, у меня на днях ожидается посылка от мамочки.

Мамочкой Моисей Соломонович называл и жену, и саму мать, нескольких своих разной степени родства тёток и, кажется, кого-то ещё.

— А вас, Артём, ждёт замечательная водолечебница на Соловецком курорте, — сказал Моисей Соломонович, подмигнув большим, как яйцо, глазом. — Заезд на три года даёт гарантию крепкого здоровья на весь век. У вас ведь три?

Артём спрыгнул со своих нар и как-то так спросил "А у вас?" — что Моисей Соломонович сразу пропал.

— Остолоп, — сказал Артёму вдруг образовавшийся возле нар Крапин. — Сдохнешь.

Он имел такое обыкновение: нагрубить и потом ещё стоять с минуту, ждать, что ответят. Артём молчал, закусив губу и глядя мимо комвзода, думая два слова: "Проклятый кретин". Артём боялся, что его ударят, и ещё больше боялся, что все увидят, как его ударили.

Моисей Соломонович вроде бы разбирался с вещами и перетряхивал свои кофты, но по спине было видно: он слушает изо всех сил, чем всё закончится.

Скомандовали построение на утреннюю поверку.

Строились в коридоре. На выходе сильно замешкались, с кем-то начали пререкаться, набычась лбами, чеченцы, всегда державшиеся вместе, Крапин, у которого в руке был дрын — палка для битья, — подогнал блатных, которых не любил особенно и злобно, а они ему отвечали затаённой ненавистью; досталось дрыном среди иных будто бы случайно Артёму, но Артём был уверен, что Крапин видел, кого бил, и ударил его нарочно.

— Больно? — пока строились, участливо спросил Василий Петрович, видя, как скривился Артём.

— Мама моя так шутила, когда мы с братом собирались к вечеру и просили ужинать: "А мальчишкам-дуракам толстой палкой по бокам!" — вдруг вспомнил Артём, невесело ухмыляясь. — Знала бы...

Пока томился в строю, Крапин не шёл у него из головы. Глядя перед собой, он всё равно, до рези в глазу, различал слева, метрах в десяти, покатый красный лоб и приросшую мочку уха.

Артём никак не хотел стать причиной насупленного внимания и малопонятного раздражения комвзвода: жаловаться тут некому, управы не найдёшь — зато на тебя самого... управу найдут скоро.

С первого дня в лагере он знал одно: главное, чтоб тебя не отличали, не помнили и не видели все те, кому и не нужно видеть тебя, — а сейчас получилось ровно наоборот. Артём не пугался боли — его б не очень унизило, когда б ему попало как равному среди всех остальных; тошно, когда тебя зачем-то отметили.

"Дались этому кретину мои наряды, — с грустью и одновременной злобой думал Артём. — Я никакой работы не боюсь! Может, я в ударники хочу, чтоб мне срок уполовинили! Черники мне столько не собрать с этой, мать её, шикшой".

Пока размышлял обо всём этом, не заметил, как дошла до него перекличка заключённых, и очнулся, только когда его толкнули локтем.

— Какое число? — в ужасе спросил Артём стоявшего рядом, то был китаец, и он, коверкая язык, повторил свой номер в строю — Артём вспомнил, что именно эта цифра только что звучала, и назвал следующую.

Поймал боковым зрением ещё один взбешённый взгляд Крапина.

"Что ж такое!" — выругался на себя, желая, как в детстве, заплакать, когда случалась такая же нелепая и назойливая череда неудач.

— Смирррно! Равнение на середину! — проорал ротный.

Ротным у них был грузин — то ли по прозвищу, то ли по фамилии Кучерава — невысокий, с глазами навыкате, с блестящими залысинами тип, твёрдо напоминавший Артёму беса. Как и все ротные в лагере, он был одет в темно-синий костюм с петлицами серого цвета и фуражку, которую носить не любил и часто снимал, тут же отирая грязным платком пот с головы.

— Здравствуй, двенадцатая рота! — гаркнул Кучерава, выпучивая бешеные глаза.

Артём, как учили, сосчитал до трёх и во всю глотку гаркнул:

— Здра! — хоть криком хотелось ему выделиться: но разве кто заметит твою ретивость в общем хоре?

Ротный доложил дежурному по лагерю о численном составе и отсутствии происшествий.

Чекист принял доклад и сразу ушёл.

— Отщепенцы, мазурики, филоны и негодяи! — с заметным акцентом обратился к строю ротный, который выглядел так, словно пил всю ночь и поспал час перед подъёмом; глаза его были красны, чем сходство с бесом усиливалось ещё сильнее. — Выношу повторное предупреждение: за игру в карты и за изготовление карт...

Дальше ротный, не стыдясь монастырских стен, дурно, к тому же путая падежи — не "...твою мать", а отчего-то "...твоей матери", — выругался. Потом долго молчал, вспоминая и, кажется, время от времени задрёмывая.

— И второе! — вспомнил, качнувшись. — В сентябре возобновит работу школа для заключённых лагеря. Школа имеет два отделения. Первое — по ликвидации полной безграмотности, второе — для малограмотных. Второе в свою очередь разделяется ещё на три части: для слабых, для средних, для относительно сильных. Кроме общей и математической грамоты будут учить... этим... естествознанию с географией... и ещё обществоведению.

Строй тихо посмеивался; кто-то поинтересовался, будут ли изучать на географии, как короче всего добраться из Солловков в Лондон, и научат ли, кстати, неграмотных английскому языку.

— Да, научат, — вдруг ответил ротный, услышав нечутким ухом разговоры в строю. — Будут специальные кружки по английскому, французскому и немецкому, а также литературный и натуралистический кружки, — с последними словами он едва справился, но смысл Артём уловил.

Рядом с Артёмом стоял колчаковский офицер Бурцев, всегда подтянутый, прилизанный, очень точный в делах и движениях — его небезуспешно выбритая щека брезгливо подрагивала, пока выступал Кучерава. Характерно, что помимо Бурцева во взводе был рязанский мужик и бывший красноармеец Авдей Сивцев, кстати, малограмотный.

Ротный, пока боролся со словами, сам несколько распросонился.

— Половина из вас читать и писать не умеет. — "А другая половина говорит на трёх языках", — мрачно подумал Артём, косясь на Бурцева. — Вас всех лучше бы свести под размах! Но советская власть решила вас обучить, чтобы с вас был толк. Неграмотные учатся в обязательном порядке, остальные — по желанию. Желающие могут записываться уже сейчас, — ротный неровным движением вытер рот и махнул рукой, что в это нелёгкое для него утро обозначило команду "вольно!".

— Запишемся в школу — от работы освобождать будут? — выкрикнул кто-то, когда строй уже смешался и загудел.

— Школа начинается после работы, — ответил ротный негромко, но все услышали.

Кто-то презрительно хохотнул.

— А вам вместо работы школу подавай, шакалы? — вдруг заорал ротный, и всем сразу расхотелось смеяться.

С нарядами разбирались тут же — за столиками сидели нарядчики, распределяли, кого куда.

Пока Артём ждал своей очереди, Крапин прошёл к одному из столов — у Артёма от вида взводного зазудело в спине, как раз там, куда досталось дрыном.

Зуд не обманул — на обратном пути Крапин бросил Артёму:

— Привыкай к новому месту жительства. Скоро насовсем туда.

Василий Петрович, стоящий впереди, обернулся и вопросительно посмотрел на Артёма — тот пожал плечами. Меж лопатками у него скатилась капля пота. Левое колено крупно и гадко дрожало.

Нарядчик спросил фамилию Артёма и, подмигнув в тусклом свете "летучей мыши", сказал:

— На кладбище тебе.

Авдей Сивцев всё искал очередь, которая записывается в школу. Никакой очереди не было.

* * *

Работа оказалось не самой трудной, зря пугался.

А они даже обнялись с Василием Петровичем на прощанье — тот, как и собирался, опять отправился по ягоды, захватив на этот раз Моисея Соломоновича.

— Артём... — начал торжественно Василий Петрович, держа его за плечи.

— Ладно, ладно, — отмахнулся тот, чтоб не раскиснуть совсем. — Хотел бы наказать Крапин — отправил бы на глиномялку... Узнаем сейчас, что за кладбище. Может, меня в певчие определили.

В Соловецком монастыре оставался один действующий храм — святого Онуфрия, что стоял на погосте. С тех пор как лагерь возглавил Эйхманис, там вновь разрешили проводить службы и любой зэка, имевший "сведение" — постоянный пропуск на выход за пределы монастыря, — мог их посещать.

— Певчие в Онуфриевской — да! В церквах Советской России таких не сыскать, — сказал Василий Петрович, разулыбавшись. — Моисей Соломонович и туда просился, Артём. Но там целая очередь уже выстроилась из оперных артистов. Такие баритоны и басы, ох...

Артёма направили, конечно, не в певчие, а на снос старого кладбища в другой стороне острова.

С ним в бригаде были Авдей Сивцев, чеченец Хасаев, казак Лажечников, представлявшийся всегда по имениотчеству: "Тимофей Степаныч" — что, к слову сказать, вполне шло к его курчавой бороде и мохнатым бровям: "У такой бороды с бровями отчество быть обязано", — говорил Василий Петрович по этому поводу Артёму в своей тёплой, совсем не саркастической манере.

— Пошто кресты-то ломать? — спросил Сивцев конвойного, когда дошли.

Вообще говорить с конвойными запрещалось — но запрет сплошь и рядом нарушался.

— Скотный двор тут будет, — сказал конвойный хмуро; по виду было не понять, шутит или открывает правду.

— И так монастырь переделали в скотный двор, по кладбищам пошли теперя, — сказал мужик негромко.

Конвойный смолчал и, присев на лавочку возле крайней могилки, вытащил папироску из портсигара.

"Наверняка у какого-нибудь местного бедолаги забрал", — мельком подумал Артём.

Винтовки при охраннике не было — конвой часто ходил без оружия; а на многих работах охраны не было вообще. Конвойных набирали из бывших, угодивших в лагерь чекистов — в основном, надо сказать, безусловной сволочи.

Говорили, что, если сложатся удобные обстоятельства — и, естественно, при наличии оружия, — конвойный может убить заключённого — за грубость или если приглянулась какая-то вещь, вроде этого портсигара, — а потом наврать что-нибудь про "чуть не убёг, товарищ командир".

Но Артём сам таких случаев не видел, в разговоры особенно не верил, к тому же дорогих вещей у него при себе не было, а бежать он не собирался. Некуда бежать — вся жизнь впереди, её не обгонишь.

Появился десятник, по дороге отвлёкшийся на ягоды; в руке держал один топор, а второй — под мышкой. Ещё издалека заорал, плюясь недожёванной ягодой:

— Что стоим? На всю работу — один день! Чтоб к вечеру не было тут ни кладбища, ни крестов... ни надгробий! Всё стаскиваем в одну кучу! Пока не сделаем работу — отбоя не будет! Хоть до утра тут ковыряйтесь! Спать будете в могилах, а не уйдёте!

— Скелеты тоже вынать наружу? — спросил Сивцев.

— Я из тебя скелет выну наружу! — ещё громче заорал десятник.

— Ну-ка за работу, трёханая ты лошадь! — нежданно гаркнул, вскочив с лавки, конвойный на Сивцева.

Тот шарахнулся, как от горячей головни, ухватился за подвернувшийся старый крест на могиле и повалился вместе с ним.

С этого и пошла работа.

“Кладбище так кладбище, — успокаивал себя Артём. — Дерево рубишь — оно хотя бы живое, а тут все умерли”.

Поначалу Артём считывал имена похороненных монахов, но через час память уже не справлялась. Зацепилась только одна дата — его рождения, но сто лет назад, в тот же день и тоже в мае. Дата смерти была — 1843-й, декабрь.

“Мало... — с усмешкой, то ли о покойном, то ли о себе, подумал Артём; и ещё подумал: — Что там у нас будет в 1943-м?”

Было солнечно; на солнце всегда вилось куда меньше гнуса.

Сначала Артём, потом чеченец, а следом Лажечников разделись по пояс. Один Сивцев так и остался в своей рубахе: как у большинства крестьян, шея его была выгоревшей, морщинистой, а видневшееся в вороте рубахи тело — белым.

Все понемногу вошли в раж: кресты выламывали с остервенением, если не поддавались — рубили, Сивцев ловко обходился со вверенным ему топором; ограды раскачивали и, если те не рушились, крушили и топтали. Надгробия сначала сносили в одно место и складывали бережно, будто они ещё могли пригодиться и покойные потом бы их заново разобрали по могилам, разыскав свои имена.

— Извиняйте, потревожим, — приговаривал казак Лажечников, читая имена, — ...Елисей Савватьевич... Тихон Миронович... и вы извиняйте, Пантелемон Иваныч... — но потом запыхался, залился по́том, заткнулся. Через час всякий памятник уже раскурочивали без почтения и пощады, поднимали с кряком, тащили, хрипло матерясь, и бросали как упадёт.

Будто бы восторг святотатства отражался порой в лицах.

“Есть в том грех, нет? — снова рассеянно думал Артём, тяжело дыша и поминутно отирая лоб. — Когда бы я так лежал в земле — стало б мне обидно... что креста надо мной нет... а надгробный камень с моим именем... свален вперемешку... с остальными... далеко от могилы?”

Отвлёк от раздумий Сивцев — улучил минутку и, проходя мимо конвойного, сказал негромко:

— А про лошадь так нельзя, милок. На лошади весь крестьянский мир едет. Ты сам-то всю жизнь в городе, наверно? Родаки из фабричных?

— Чего? — не понял конвойный; Сивцев ушёл со своим обломанным деревянным крестом к общей куче, где их было под сотню, а то и больше.

— Ни мёртвым, ни живым... покоя большаки... не дают, — шептал мужик, которого молчание, похоже, томило больше всех.

Работу сделали неожиданно скоро — всех мёртвых победили на раз.

Кресты смотрелись жутковато: будто случилась большая драка меж костлявых инвалидов.

Запалил костёр с одной стороны десятник, не отказавший себе в удовольствии, а с другой — чеченец, который потом всё яростней и яростней суетился возле огня, поправляя торопливо занявшееся дерево и закидывая то, что осыпалось к ногам, в самый жар.

Огонь был высок, сух, прям.

— Они уж в раю все, — сказал Сивцев про кресты, успокаивая даже не Артёма, а скорее себя. — Мёртвым кресты не нужны, кресты нужны живым — а для живых тут родни нету. Мы безродные теперь.

Когда догорело, десятник скучно осмотрел место бывшего кладбища. Делать было нечего на этой некрасиво разрытой, будто обмелевшей — и обомлевшей земле. Разве что надгробные камни унести ещё дальше, побросать в воду или закопать — но такого приказа не поступало.

Артём вдруг болезненно почувствовал, что все мертвецы отныне и навек в земле — голые. Были прикрытые, а теперь — как дети без одеял в стылом доме.

“И что? — спросил себя. — Что с этим делать?”

Тряхнул головой и — забылся, забыл.

В кремль пошли засветло.

Чеченец внешне был привычно хмур, но внутренне чем-то будто бы возбуждён. Уже на подходе, когда сложенные из валунов монастырские стены начали доносить свой особый тяжёлый запах, вдруг твёрдо произнёс:

— Нам сказали б ломать своё кладбище — никто не тронул. Умер бы, а не тронул. А вы сломали.

— Врёшь, сука, — сразу скривил взбесившееся лицо побагровевший Лажечников.

— Сука это говорит, — ответил чеченец почти по слогам.

У Лажечникова так натянулась толстая, какая-то костяная жила на шее, что показалось: оборви её — и голова завалится набок. Он сделал шаг в сторону чеченца, заранее растопырив руки и раскрыв пальцы так, словно бы собирался чеченца пощекотать под бока, но конвойный крикнул: “Ну-ка!” — и толкнул Лажечникова в спину.

— В роте доскажем, — посулился чеченцу Лажечников.

Но минуту спустя не стерпел:

— Мы из терских. Когда вас, воров, давили — вы кладбища за собой не утаскивали, оставляли нам своих покойников, чтоб мы потоптали.

— Да, да, — согласился чеченец, и это его “да, да” прозвучало как вскрик какой-то крупной щетинистой птицы. — Вы так можете: сначала чужое кладбище потоптать, потом своё.

Лажечникова снова всего передёрнуло, он резко оглянулся, в напрасной надежде, что конвойный куда-то пропал — но нет, тот шёл, и лицо его было равнодушно.

— Ты, что ль, не слышишь, как тут христиан поносят? — спросил Лажечников в сердцах.

— Это ты у кого спросил про христиан? — коротко посмеялся чеченец, скосившись на конвойного. — Нету больше вашего Бога у вас — какой это Бог, раз в него такая вера!

— Чеченцы тоже христианами были раньше, давно... — вдруг сказал Артём, очарованный в детстве повестями Бестужева-Марлинского и с разлёта перечитавший тогда всё, что нашёл о Кавказе.

Хасаев посмотрел на Артёма так, как смотрят на нежданно влезшего в беседу старших ребёнка, и, смолчав, только подвигал челюстью.

Артём мысленно обругал себя: зачем влез, дурак.

"Ой, дурак, — повторял пока шли по монастырскому двору. — Ой, дурак, дурак, дурак, весь день дурак..."

Так часто повторял, что даже забыл, по какому поводу себя ругает.

В роте всем им выдали по пирожку с капустой за ударный труд.

— И не знаешь, что с им делать — прожевать или подавиться, — сказал Сивцев, хмурясь на пирожок, как если бы тот был живой; но всё-таки съел и собрал потом с колена крошки.

До ужина оставался ещё час, и Артём успел поспать, заметив, что в роте Лажечников и Хасаев как разошлись, так и не попытались договорить.

Лажечников перебирал своё изношенное тряпьё на нарах так внимательно и придирчиво, как, наверное, смотрел у себя на Тереке конскую упряжь или рыболовные снасти, а чеченец негромко перешёптывался со своими — издалека казалось, что они разговаривают даже не словами, а знаками, жестами, быстрыми оскалами рта.

✳ ✳ ✳

Артёма растолкал Василий Петрович; тут же раздалось и пение Моисея Соломоновича про лесок да соловья — верно, навеял сбор ягод.

— Как я вам завидую, Артём, — такой крепкий сон, — говорил Василий Петрович, и голос у него был уютный, будто выплыл откуда-то из детства. — Даже непонятно, за что могли посадить молодого человека, спящего таким сном праведника в аду. Ужин, Артём, вставайте.

Артём открыл глаза и близко увидел улыбающееся лицо Василия Петровича и ещё ближе — его руку, которой он держался за край нар Артёма.

Поняв, что товарищ окончательно проснулся, Василий Петрович мигнул Артёму и присел к себе.

— Праведники, насколько я успел заметить, спят плохо, — нарочито медленно спускаясь с нар и одновременно потягивая мышцы, ответил Артём.

С аппетитом ужиная поганой пшёнкой, Артём размышлял о Василии Петровиче, одновременно слушая его, привычно говорливого.

Сначала Василий Петрович расспросил, что за наряд был на кладбище, покачал головой: "Совсем сбесились, совсем...", — потом рассказал, что нашёл ягодные места и что Моисей Соломонович обманул — зрение на чернику у него отсутствовало напрочь; скорей всего, он вообще был подслеповат. "Ему надо бы по кооперативной части пойти..." — добавил Василий Петрович.

Артём вдруг понял, что казалось ему странным в Василии Петровиче. Да, умное, в чём-то даже сохранившее породу лицо, прищур, посадка головы, всегда чем-то озадаченный, разборчивый взгляд — но вместе с тем он имел сухие, цепкие руки, густо покрытые белым волосом — притом что сам Василий Петрович был едва седой.

Артём неосознанно запомнил эти руки, ещё когда собирали ягоды, — пальцы Василия Петровича обладали той странной уверенностью движений, что в некоторых случаях свойственна слепым — когда они наверняка знают, что́ вокруг.

"Руки словно бы другого человека", — думал Артём, хлебной корочкой с копеечку величиной протирая миску. Хлеб выдавался сразу на неделю, у Артёма ещё было фунта два — он научился его беречь, чтоб хватало хотя бы до вечера субботы.

— Вы знаете, Артём, а когда я только сюда попал, условия были чуть иные, — рассказывал Василий Петрович. — До Эйхманиса здесь заправлял другой начальник лагеря, по фамилии Ногтев, — редкая, даже среди чекистов, рептилия. Каждый этап он встречал сам и лично при входе в монастырь убивал одного человека — из револьвера: бамс — и смеялся. Чаще всего священника или каэра выбирал. Чтоб все знали с первых шагов, что власть тут не советская, а соловецкая — это была частая его присказка. Эйхманис так не говорит, заметьте, и уж тем более не стреляет по новым этапам. Но что касается пайка — тогда ещё случались удивительные штуки. Когда северный фронт Белой армии бежал, они оставили тут большие запасы: сахар в кубиках, американское сало, какие-то невиданные консервы. Не скажу, что нас этим перекармливали, но иногда на стол кое-что перепадало. В тот год тут ещё жили политические — эсдэки, эсеры и прочие анархисты, разошедшиеся с большевиками в деталях, но согласные по сути, — так вот их кормили вообще как комиссарских детей. И они, кроме всего прочего, вовсе не работали. Зимой катались на коньках, летом качались в шезлонгах и спорили, спорили, спорили... Теперь, верно, рассказывают про своё страшное соловецкое прошлое — а они и Соловков-то не видели, Артём.

В котомке за спиной Василий Петрович принёс грибов, которые, видимо, собрался сушить, а в собственноручно и крепко сшитом мешочке на груди приберёг немного ягод. Присев, некоторое время раскачивал мешочком так, чтоб было заметно из-под нар. Вскоре появились две грязные руки, сложенные ковшом — туда и чмокнула смятая ягодная кашица. Ногти на руках были выдающиеся.

— А я ведь ни разу не видел его лица, — вдруг сказал Артём, кивнув на руки беспризорника, которые тут же исчезли.

— А пойдёмте на воздух, погуляем по монастырю, — предложил Василий Петрович, помолчав. — Сегодня у них театр — во дворе не настолько людно, как обычно. К тому же у меня есть одно преприятнейшее дельце.

Артём с удовольствием согласился.

Возле мраморной часовенки для водосвятия стояли две старинные пушки на лафетах. Артёму почему-то они часто снились, и это был пугающий, болезненный сон. Более того, Артём был отчего-то уверен, что впервые увидел этот сон с пушками ещё до Соловков.

Они дошли до сквера между Святительским и Благовещенским корпусами. Артём был не совсем сыт и не очень отоспался, но всё-таки поспал, всё-таки поел горячего, и оттого, по-юношески позёвывая, чувствовал себя почти довольным. Василий Петрович, всегда размышляющий о чём-то неслучайном и нужном, торопился чуть впереди — в своей даже летом неизменной кепке английского образца — похоже, стеснялся лысеющей головы.

Стоял пресветлый вечер, воздух был пышен, небо насыщенно и старательно раскрашено, но за этими тихими красками будто бы чувствовался купол, некая невидимая твердь.

"В такое небо можно как в колокол бить", — сказал как-то Афанасьев.

С запада клоками подгоняло мрачную тучу, но она была ещё далека.

"Как за бороду в ад тащат эту тучу", — подумал Артём, осмысленно подражая Афанасьеву, и про себя улыбнулся, что недурно получилось: может, стихи начать писать? Он — да, любил стихи, только никогда и никому об этом не говорил: а зачем?

В сквере стояли или прогуливались несколько православных священников, почти все были в старых латаных и перелатанных рясах, но без наперсных крестов; один — в красноармейском шлеме со споротой звездой: на подобные вещи давно никто не обращал внимания, каждый носил, что мог.

Василий Петрович кивком обратил внимание Артёма, что отдельно на лавочке сидят ксендзы, сосредоточенные и чуть надменные.

— Как я заметил, вы замечательно скоро вписались в соловецкую жизнь, Артём, — говорил Василий Петрович. — Вас даже клопы как-то не особо заедают, — посмеялся он, но тут же продолжил серьёзно: — Лишних вопросов не задаёте. Разговариваете мало и по делу. Не грубы и не глупы. Здесь многие в первые же три месяца опускаются — либо становятся фитилями, либо идут в стукачи, либо попадают в услужение к блатным, и я даже не знаю, что хуже. Вы же, я наблюдаю, ничего особенного не предпринимая, миновали все эти угрозы, будто бы их и не было. Труд вам пока даётся — вы к нему приспособлены, что редкость для человека с умом и соображением. Ничего не принимаете близко к сердцу — и это тоже завидное качество. Вы очень живучи, как я погляжу. Вы задуманы на долгую жизнь. Не будете совершать ошибок — всё у вас сложится.

Артём внимательно посмотрел на Василия Петровича; ему было приятно всё это слышать, но в меру, в меру приятно. Тем более что Артём знал в себе дурацкие, злые, сложно объяснимые замашки, а Василий Петрович — ещё нет.

— Здесь много драк, склок, — продолжал тот, — вы же, как я заметил, со всеми вполне приветливы, а к вам все в должной мере равнодушны.

— Не все, — сказал Артём.

— Ну да, ну да, Крапин. Но, может, это случайность?

Артём пожал плечами, думая про то, как всё странно, если не сказать диковато: извлечённый из своей жизни, как из утробы, он попал на остров — если тут не край света, то край страны точно, — его охраняет конвой, если он поведёт себя как-то не так — его могут убить, — и вместе с тем он гуляет в сквере и разговаривает в той тональности, как если бы ему предстояло сейчас вернуться домой, к матери.

— На моей памяти он никому особенно не навредил, — продолжал Василий Петрович про Крапина. — Вот если с ротным у вас пойдёт всё не так — тогда беда, беда! Кучерава —

ящер. Впрочем, вас обязательно переведут куда-нибудь в роту полегче, в канцелярию... будет у вас своя келья — в гости меня тогда позовёте, чаю попить.

— Василий Петрович, — поинтересовался Артём, — а что же вы до сих пор не сделали ничего, чтоб перебраться подальше от общих работ? Это ж, как вы говорите, главный закон для любого сидельца, собирающегося пережить Соловки, — а сами? Вы ж наверняка много чего умеете, кроме ягод.

Василий Петрович быстро посмотрел на Артёма и, убрав руки за спину, ответил:

— Артём, да я здесь как-то прижился уже. Зачем мне другая рота, моя рота — это лес. Вот вам маленькая наука: всегда старайтесь выбрать работу, куда берут меньше людей. Она проще. Тем более что у меня вторая категория — деревья валить не пошлют. Так что куда мне торопиться, досижу своё так. Я в детстве бывал капризен — здесь отличное место, чтоб смириться.

Звучало не совсем убедительно, но Артём, иронично глянув раз и ещё раз на Василия Петровича, ничего не сказал, благо что тот быстро перевёл разговор на иную тему:

— Обратите внимание, например, на этих собеседников. Знаете, кто это? Замечательные люди — на улицах Москвы и Петрограда вы таких запросто не встретите. Только на Соловках! Слева, значит, Сергей Львович Брусилов — племянник генерала Брусилова, того самого, что едва не выиграл Вторую Отечественную войну, а потом отказался драться против большевиков. Сергей Львович, если меня не ввели в заблуждение, капитан Балтийского флота — то есть был им. Но и здесь тоже имеет некоторое отношение к местной флотилии, соловецкой. Беседует он с господином Виоляром... Виоляр — ещё более редкая птица: он мексиканский консул в Египте.

— Заблудился по дороге из Америки в Африку и попал на Соловки?

— Примерно так! Причём заблудился, завернув в Тифлис, — улыбнулся Василий Петрович. — У него жена — русская, а точнее, грузинка. Если совсем точно — грузинская княжна, восхитительная красавица, только немного тонковата, на мой вкус...

— Откуда вы знаете? — с неожиданным любопытством поинтересовался Артём.

— Слушайте, Артём! — Василий Петрович мягко поднял свою седую руку, будто бы останавливая собеседника в его поспешности. — Не так давно господин Виоляр решил заехать на родину своей жены, погостить, отведать грузинской кухни и прочее. Вместо этого он был арестован тифлисским ГПУ и препровождён сюда. Надо бы у нашего ротного поинтересоваться, в чём там дело, но я стараюсь лишний раз с нашим Кучеравой не сталкиваться.

— А жена? — так и не дождался Артём.

— А жена тоже здесь, — уже шёпотом продолжил Василий Петрович, потому что они приближались к спокойно и с безусловным достоинством внимающему собеседнику Брусилову и активно жестикулирующему Виоляру; беседа шла на английском. — Но она, естественно, в женбараке.

На минуту, пока проходили мимо этой пары, замолчали.

— А вот тот, кого я ищу, — обрадовался Василий Петрович. — Владычка обещал нам сметанки с лучком.

Артём успел подумать, какое хорошее слово — "владычка", — но упоминание сметанки с лучком подействовало ещё сильнее, и в одно мгновение он почувствовал, что рот его полон слюной, — даже самому смешно стало, как это не по-человечески, будто он собака какая-то.

— Отец Иоанн! — сказал Василий Петрович.

Им навстречу, улыбаясь, шёл высокий человек в рясе, с окладистой расчёсанной рыжеватой бородою, с длинными, чуть вьющимися и не очень чистыми волосами — он был явно не молод, но, пожалуй, ещё красив: тонкая, немного изогнутая линия носа, маленькие уши, чуть впавшие щёки, не очень заметные брови, добрый прищур.

Василий Петрович поклонился, отец Иоанн быстрым движением перекрестил его темя и подал худощавую веснушчатую руку для поцелуя.

В этом движении, заметил Артём, который в церковь не ходил по стихийному неверию, напрочь отсутствовал даже намёк на унижение человеческого достоинства, но имелось что-то ровно противоположное, возвышавшее как раз Василия Петровича.

Артём с тёплым удивлением поймал себя на мысли, что тоже хотел бы поцеловать эту руку, — ему помешала даже не гордость, а страх сделать это как-то неправильно. Он остался стоять чуть поодаль, но отец Иоанн поприветствовал и его, ласково кивнув, — и в этом жесте не было никакого посыла, который оскорбил бы Артёма; то есть священник не говорил ему: ничего, что ты не подошёл под благословение, я понимаю, как это трудно, да и опасно в наши нелёгкие дни. Нет, священник поприветствовал его так, словно бы ничего вообще не случилось и он безусловно рад встретить Артёма, который наверняка хороший и добрый молодой человек.

— Как вы, отец Иоанн? — спросил Василий Петрович.

— Милостию Божией здоров, — ответил тот очень серьёзно и продолжил, говоря будто бы и не о своём теле, а о чём-то отдельном от него, за чем он забавным образом приставлен наблюдать. — Все члены работают без отказа и без муки. На колене вспухла какая-то зараза, но, Бог даст, сойдёт сама. А то, что на сердце иногда холодок, — так зиму в сердце пережить проще, чем зиму соловецкую. Сердце, если ищет, — найдёт себе приют в любви распятого за нас, а когда ноги босые и стынет поясница — тут далеко не убежишь, — отец Иоанн засмеялся, Василий Петрович подхватил смех, и Артём тоже улыбнулся: не столько словам, сколько очарованию, исходящему от каждого слова владычки.

— Но надо помнить, милые, — говоря это, чуть прихрамывающий владычка Иоанн посмотрел на Артёма, пошедшего справа, и тут же на мгновение обратил взор к идущему слева Василию Петровичу, — адовы силы и советская власть — не всегда одно и то же. Мы боремся не против людей, а против зла нематериального и духов его. В жизни при власти Советов не может быть зла — если не требуется отказа от веры. Ты обязан защищать святую Русь — оттого, что Русь никуда не делась: вот она лежит под нами и греется нашей слабой заботой. Лишь бы не забыть нам самое слово:

русский, а всё иное — земная суета. Вы можете пойти в кол-
хоз или в коммуну — что ж в том дурного? — главное, не
порочьте Христова имени. Есть начальник лагеря, есть начальник страны, а есть начальник жизни — и у каждого своя
работа и своя нелёгкая задача. Начальник лагеря может и не
знать про начальника жизни, хоть у него сто чекистов и полк
охраны в помощниках, Информационный отдел, глиномялка и Секирка за пазухой, — зато начальник жизни помнит про всех, и про нас с вами тоже. Не ропщите, терпите до
конца — безропотным перенесением скорбей мы идём
в объятия начальнику жизни, его ласка будет несравненно
чище и светлее всех земных благ, таких скороспелых, таких
нелепых.

Артём внимал каждому сказанному отцом Иоанном слову:
его успокаивала не какая-то вдруг открывшаяся веская правда, а сама словесная вязь.

Единственное, что отвлекло, — так это прошедший мимо
негр: губастый, замечательно чёрный, высокий — он улыбнулся Артёму, показав отличные зубы с отсутствующим пе-
редним.

— Дела и заботы снедают нас, — говорил отец Иоанн,
сладко, как от солнца, щурясь. — Тому из заключённых,
кто здесь прибился к канцелярскому столу, как к плоту в море, — проще. Тому, кто кривляется на театральных под-
мостках, — им тоже легче, их кормят за любимое дело.
А кому выпали общие работы — куда как тягостней. Наше
длинноволосое племя, — тут отец Иоанн тряхнул своей
чуть развевающейся гривою и тихонько засмеялся, — принято в заведующие и сторожа, оттого что не имеет привычки к воровству. Не всем так пособляет, спору нет! К тому
же многие из попавших сюда страдальцев ещё и не берегут
своих братьев по несчастью, но, напротив, наносят лишние
бремена на таких же слабых и униженных, как они. И мы-
кается, не затухая, искра Христова то в стукаче, то в фити-
ле, то в заключённом в карцер. Но какие бы ни были заботы у нас, помните, что ещё до своего рождения он возве-
щал нам через пророка Исайю: "На кого воззрю? Только на

кроткаго и молчаливаго!" Ступайте по жизни твёрдо, но испытывайте непрестанные кротость и благоговение пред тем, кто неизбежно подаст всем служившим Ему свою благодатную помощь!

Артём отвернулся в сторону, пока Василий Петрович угощал владычку Иоанна ягодами, а тот, в свою очередь, передал ему свой свёрток.

Обратно шли едва ли не навеселе, вели спотыкливый разговор и сами спотыкались, полные смешливой, почти мальчишеской радости. Даже привязчивые, крикливые и проносящиеся над головой чайки не портили настроения.

Встретили женщину — ещё вполне себе ничего, лет сорока, в шали, в сносных ботинках, в мужских штанах и мужском пиджаке, который она держала запахнутым на груди. Артём разглядывал её, пока не разминулись.

Над главными воротами крепили огромный плакат с надписью: "Мы новый путь земле укажем. Владыкой мира будет труд!".

— А ведь это наше общение ему навеяло... — сказал Василий Петрович, имея в виду Эйхманиса. — Про монахов, которые спасались в труде?

— Думаете? — ответил Артём. — Едва ли...

Навстречу им попался Моисей Соломонович, который поначалу шёл молча, но за несколько шагов до Артёма и Василия Петровича вдруг запел — без слов, словно слова ещё не нашлись, а музыка уже возникла.

Они улыбнулись друг другу и разошлись — не подпевать же.

— Клянусь вам, — прошептал Артём Василию Петровичу, — он чувствует пищу! В присутствии съестного он начинает петь!

— С чего вы взяли? — спросил Василий Петрович, но пакет перехватил покрепче.

Дорожки внутри монастыря были посыпаны песком, повсюду стояли клумбы с розами, присматривать за которыми были определены несколько заключённых. Артём иной раз на разные лады представил себе примерно такой разговор:

"На Соловецкой каторге был? Чем занимался? — Редкие сорта роз высаживал! — О, проклятое большевистское иго!"

На одной из центральных клумб был выложен слон из белых камней.

СЛОН означал: Соловецкие лагеря особого назначения.

* * *

Чтоб не возбуждать блатных в роте своим пиршеством, ни с кем не делиться и не потворствовать певческому вдохновению Моисея Соломоновича, Василий Петрович предложил чудесный план ужина: в келье одного своего знакомца из белогвардейцев.

— Бурцев присоединится, у них тоже имеется для нас угощение — устроим пир, — Василий Петрович был взбудоражен и возбуждён, как перед свиданием. — Нет ли сегодня какого-нибудь праздника, Артём? Желательно не большевистского? — спросил он, наклонившись к Артёму, и, отстранившись, обаятельнейшим образом подмигнул ему.

В понимании Артёма Василий Петрович представлял собой почти идеальный тип русского интеллигента — который невесть ещё, выживет ли в Советской России: незлобивый, либеральный... с мягким юмором... единственным ругательным словом у него было неведомое "шморгонцы"... слегка наивный и чуть склонный к сентиментальности... но притом обладающий врождённым чувством собственного достоинства.

Их ничем особенно не объяснимое товарищество случилось при, ну, не самых обычных обстоятельствах.

Ещё будучи в тринадцатой роте, Артём получил первую посылку от матери.

Он уже становился свидетелем, как блатные отбирают у заключённых принесённые в роту продукты или вещи, и, сумрачно раздумывая, как ему быть, по пути в роту откусывал и глотал огромными кусками присланную конскую колбасу.

Тут и объявился впервые пред Артёмом Василий Петрович: двенадцатая и тринадцатая роты соседствовали, располагаясь в разных помещениях одного и того же храма.

— Вижу ваше сомнение, молодой человек, — представившись, сказал он, то ли смущаясь своей роли, то ли играя это смущение. — Вы ведь из карантинной? Часть вашего этапа блатные разделили ещё по дороге, в трюмах парохода "Глеб Бокий". Остальных раздевают и объедают уже в роте. Я тоже через всё это проходил в своё время. У меня есть к вам простое предложение. Доказать честность своих намерений мне сложно, а то и невозможно, — целовать крест в наши дни — не самый убедительный поступок, и честное большевистское я вам дать не могу, поскольку не большевик. Но я знаю, как вам уберечь эту посылку. Выслушаете?

Артём подумал и кивнул, прижав мешок, в который пересыпали материнские гостинцы, чуть покрепче.

— Если вы передадите посылку в мои руки, я, в свою очередь, спрячу её у своего доброго знакомого — владыки Петра, заведующего каптёркой Первого отделения. И он сохранит ваши продукты в целости. Обратившись ко мне, вы сможете забирать оттуда нужное вам частями, каждый вечер, после ужина — и до вечерней поверки.

Артём некоторое время разглядывал своего нового знакомца и неожиданно решил ему довериться.

— Что я вам буду за это должен? — только спросил Артём.

— Уж сочтёмся как-нибудь, — ответил Василий Петрович смиренно.

Не откладывая, на другой же день Артём после ужина нашёл Василия Петровича. Награды тот не требовал, но Артём, естественно, угостил его воблой. Тем более что в посылку, похоже, никто не проникал: если колбасу Артём догрыз в первый же день, то сухую воблу пересчитал, а мешочки с сахаром и с сухофруктами перевязал своим узлом и точно заметил бы, что теперь завязано иначе.

В тот же раз они подробно разговорились.

Артём, конечно, мог предположить, что Василий Петрович поддерживает с ним отношения в ожидании следующей посылки — но человеческое чувство старательно убеждало его, что дело обстоит иначе: здесь, думал он, имеет место простая человеческая приязнь — потому что отчего ж к Артёму не относиться хорошо, он и сам к себе неплохо относился.

"Тем более всем тут надо жить, — завершил рефлексии по этому поводу Артём. — Разве интеллигент — это тот, кто первым должен подохнуть?"

Потом Артёма перевели из карантинной в двенадцатую, в тот же день по досрочному освобождению ушёл бытовик, спавший выше ярусом над Василием Петровичем, и Артём занял пустое место.

Очередную посылку он снова припрятал через Василия Петровича, поделившись с ним и в этот раз.

Когда бродили за ягодами, Василий Петрович в минуту роздыха, вкратце рассказал Артёму историю о том, как угодил на Соловки.

В 1924 году по старым ещё знакомствам Василий Петрович несколько раз попал на вечеринки во французское посольство: недавнее полуголодное прошлое военного коммунизма приучило всех наедаться впрок, а французы кормили.

"Накрывают красиво, а съесть нечего", — сетовал, впрочем, Василий Петрович.

Раз сходил, два, в третий раз на обратном пути попросили сесть в машину и увезли в ОГПУ. Определили как французского шпиона, хотя следствие было из рук вон глупое и доказать ничего не могли совершенно.

— Позорище! — горячился Василий Петрович, однако результат был веским: статья 58-я, часть 6 — шпионаж.

— А у вас что? — спросил тогда Василий Петрович, потирая руки так, словно Артём собирался угостить его, к примеру, варёной картошечкой.

— У чужой бабы простоквашу выпил — заработал кнута и Сибирь, — отмахнулся Артём.

— Артём, мне всё равно, но вы должны знать, что здесь так не принято, — с несколько деланой строгостью, в манере хорошего учителя сказал Василий Петрович. — Если вас спросят, к примеру, блатные, за что угодили на Соловки, — придётся ответить. Потом, разве вы не рассказывали о своей статье на следствии, когда сидели в камере? В камере сложно смолчать — могут подумать, что вы подсаженный.

— Глупость, — сказал Артём. — Как раз подсаженный научен красиво врать.

— Неужели вы бытовик? — всё не унимался Василий Петрович. — А вид у вас, как у законченного каэра! Не верю, что вы способны украсть!

Артём, усмехаясь, покивал, но так ничего и не ответил. Шёл неоглядой, жил неоглядой, задорный, ветреный. Надолила судьба — живу теперь в непощаде. Главное — никогда не вспоминать про отца, а то стыд съест и душа надорвётся.

— ...Да и общаетесь с каэрами по большей части, — продолжал Василий Петрович, поглядывая на Артёма.

— Я общаюсь с нормальными людьми, — ответил тот, потому что от него ожидался хоть какой-то ответ.

— И как нормальный человек относится к большевикам? — поставил Василий Петрович неожиданный вопрос.

— У меня младший брат — он пионер и очень бережёт свой красный галстук. А мне нет до большевиков никакого дела. Случились и случились. Пусть будут, — выкладывая слово за словом продуманно, то есть в несвойственной ему манере, ответил Артём.

* * *

Пока Василий Петрович нарезал лучок, Артём осматривал келью.

Он был откровенно удивлён.

Высокие белёные потолки. Дощатые, не так давно крашенные в коричневый цвет полы. Вымытое окно почти в человеческий рост. Всего две лежанки. Одна не застелена — на ней доски. Зато на другой — покрывало с тигром, видна белоснежная простыня, подушка взбита и, кажется, ароматна. Над кроватью — полочка с книгами: несколько английских романов, Расин, некто Леонов с заложенным неподалёку от начала сочинением "Вор", Достоевский, Мережковский, Блок — которого Артём немедленно схватил и раскрыл с таким чувством, словно там было письмо лично ему.

Прочёл несколько строк — закрыл глаза, проверил, помнит ли, как там дальше, — помнил; бережно поставил томик на место.

Стол был покрыт скатертью, на столе — электрическая лампочка с расписанным акварелью абажуром, в углу иконка с лампадкой, на гвоздике серебряный крест — Артём коснулся его и чуть качнул.

В нише окна размещались фотография женщины и фарфоровая собачка — белая в чёрных пятнах, с закрученным хвостиком, надломленным на самом кончике.

"А так и в лагере можно жить... — подумал Артём. — Потом ещё будешь вспоминать об этом..."

— Да, Артём, да, так можно жить даже в лагере, — подтвердил Василий Петрович.

Артём никогда б не поверил, что мог произнести последнюю мысль вслух, — он был молодым человеком, нисколько не склонным к склерозу, — однако на мгновенье всё равно замешкался.

— Ну да, — сказал, справившись с собою. — Догадаться несложно. А что Бурцев? Где он?

Василий Петрович, не отвечая, по-хозяйски взял плошку из самодельного шкафа, вылил туда сметанку.

Изучив убранство, Артём уселся на крепкую табуретку меж столом и окошком, стараясь не смотреть, как Василий Петрович ножом ссыпал лучок в плошку и начал всё это большой ложкой размешивать, изредка посыпая солью, — о, как хотелось эту ложку облизать!

Артём взял фарфоровую собачку, повертел её в руках и аккуратно провёл пальцем по линии надлома на хвостике, глотая непрестанную слюну.

— Ах, Артём, как я любил кормить свою собаку, — Василий Петрович выпрямился и, лирически шмыгнув носом, вытер глаз кулаком. — Я ведь не охотник совсем, я больше... для виду. Ружьишко на плечо, и в лесок. Увижу какую птицу, вскину ствол — она испугается, взлетит, и я ругаюсь: "Ах, чёрт! Чёрт побери, Фет", — я собаку назвал Фет, в шутку или из любви к Фету, не знаю, чего тут было больше... У Мезерницкого вроде бы имелся Фет? — Василий Петрович быстро глянул в сторону книжной полки и тут же забыл, зачем смотрел.

Он говорил, как обычно, прыгая с пятое на десятое, но Артём всё понимал — чего там было не понять.

— Ругаюсь на собаку так, — рассказывал Василий Петрович, — как будто всерьёз собирался выстрелить. И Фет мой, по морде видно, тоже вроде как огорчён, сопереживает мне. В другой раз я, учёный, ствол уже ме-е-едленно поднимаю. Фет тоже притаится и — весь — в ожидании! А я смотрю на эту птицу — и, знаете, никаких сил нет спустить курок. Честно говоря, я и ружьё-то, как правило, не заряжал. Но когда поднимаешь ствол вверх и прицеливаешься — всё равно кажется, что оно заряжено. И так жутко на душе, такой трепет.

Артём поставил собачку на место и взял портрет с женщиной, не столько смотря на её сомнительную прелесть — "...мать, что ли?" — сколько пытаясь стеклом уловить последние лучи солнца и пустить зайчик по стене.

— И длится это, быть может, минуту, но, скорей, меньше — потому что минуту на весу ружьё тяжело держать. И Фет, конечно, не вытерпит и как залает. То ли на меня, то ли на птицу — уж не знаю на кого. Птица опять взлетает... А я смеюсь, и так хорошо на душе. Словно я эту птицу отпустил на волю.

"Пошлятина какая-то..." — подумал Артём без раздражения, время от времени поднимая глаза и с улыбкой кивая Василию Петровичу.

— И вот мы возвращаемся домой, — рассказывал тот, — голодные, по своей тропинке, чтоб деревенские не видели, что я опять без добычи, хотя они и так знали всегда... И Надя нам уже приготовила ужин — мне что-нибудь сочинила, а Фету из вчерашних объедков... — здесь Василий Петрович вдруг поперхнулся и несколько секунд молчал. — А я ему тоже в его плошку отолью вчерашних щец, хлебушка покрошу и даже, к примеру, жареной печёнки не пожалею, а сверху ещё яичко разобью — он, знаете, любил сырые яйца почему-то... И вот вынесу ему эту плошку, он сидит, ждёт... Поставлю перед ним — сидит, смотрит... Он будто бы стеснялся при мне есть. Или какое-то другое чувство, быть может. Я отойду подальше, говорю: "Ешь, милый, ешь!" И он, словно нехотя, словно бы в первый раз, начинает обходить эту плошку с разных сторон и обнюхивать её.

Артём снова проглотил слюну: если б вздумал открыть рот — так и плеснуло бы на скатерть.

"Странно, что это никогда не приходило мне в голову, — быстро даже не подумал, а скорей представил Артём. — Наверняка это очень вкусно: борщ, сверху насыпать жареной печёнки, наломать хлеба и умять его ложкой, так, чтобы борщ пропитал этот хлеб... И сверху разбить два или лучше три куриных яйца, чтоб они так неловко разлились по хлебу, кое-где смешавшись с борщом, но сам желток всё равно останется на поверхности... И с минуту принюхиваться к этому, а потом вдруг броситься есть, глотать кусками эту печёнку с капустой, хлеб с яйцом..."

— Артём, вы слушаете? — окликнул его Василий Петрович.

— К чёрту бы вас, — с трудом ответил Артём. — Давайте есть скорей. Где наши хозяева? Как вы сказали — Мезерницкий?

* * *

Первым пришёл Бурцев — он кивнул Артёму как доброму знакомому, хотя, странная вещь, за полтора месяца они не перекинулись и несколькими словами — всё как-то не приходилось.

Но эта обустроенная келья разом сближала попавших сюда: они чувствовали себя как бы избранными и приобщёнными — к чистой пище, к выметенному и свежевымытому полу, к сияющей подушке, к чистой скатерти и фарфоровой собачке.

Бурцев, знал Артём по рассказам Василия Петровича, после Гражданской работал в варьете, потом где-то на административной должности. Обстоятельства своего ареста не особенно раскрывал.

По большей части он помалкивал; если выпадало время — почитывал что-то незатейливое из монастырской библиотеки, но Артём успел заметить и удивиться, что, если в присутствии Бурцева заходила речь о чём-то любопытном или кто-то рисковал обратиться непосредственно к нему, он несколько раз поддерживал разговоры на самые разные темы: от хореографического искусства Дункан и отличий Арктики от Антарктики до писем Константина Леонтьева к Соловьёву и очевидных преимуществ Брюсова над Бальмонтом — эту тему, естественно, Афанасьев затеял. В последний раз Бурцев подивил Василия Петровича неожиданными знаниями о ягодах и охоте, сообщив, что там, где растёт морошка, стоит охотиться на белую куропатку, а где брусника — искать глухаря; хотя неподалёку от брусники можно встретить и медведя тоже. Василий Петрович так искренне смеялся вполне серьёзному замечанию про медведя, что Бурцев имел все шансы попасть в ягодную бригаду — но он сам не захотел.

Находившийся рядом Сивцев, заслышав разговор, вдруг вспомнил, как на фронте видал медведя, приученного артиллерийской ротой подавать снаряды, но его по ягоды Василий Петрович не взял; да и Бурцев тему о медведе не продолжил.

Втайне прислушиваясь к неспешной речи Бурцева, Артём уяснил для себя, что морошка созревает наоборот: из красной в янтарно-жёлтую, и мужские цветки у неё дают больше ягод, чем женские, а брусника может пережить иной дуб — оттого, что живёт по триста лет.

Про Брюсова и Бальмонта Артёму было бы ещё любопытнее, чем про ягоды: Бальмонт был единственный поэт, приятный его матери; однако к Бурцеву он до сих пор так и не решился подойти. Всё это казалось нелепым — поесть трески и после, прогуливаясь вдоль нар, вдруг поинтересоваться: вот вы здесь накануне вели речь о символистах...

Притом что, в сущности, Бурцев казался неплохим человеком; и при некоторой своей внешней отчуждённости и хмурости на днях даже подпел Моисею Соломоновичу еврейскую песню — так что сам Моисей Соломонович замолчал от удивления.

— Мезерницкий уже идёт, велел накрывать на стол, — сказал Бурцев. — Где тут у него...

Бурцев открыл деревянный крашеный ящик возле окна — Артём сразу ощутил запах съестного.

— У нас сегодня шпик с белым хлебом, — сказал Бурцев просто.

— Вы ведь неплохо знаете друг друга? — спрашивал тем временем Василий Петрович то ли Бурцева, имея в виду Артёма, то ли наоборот: в итоге они оба ещё раз со спокойной симпатией встретились глазами — и в этом кратком взгляде содержалась и молодая тёплая ирония по отношению к суетливому старшему товарищу, и сама собой разумеющаяся договорённость о том, что объяснять Василию Петровичу причины их не очень близкого знакомства незачем, тем более что они никому не известны — так получилось.

— Это Артём, — не уловивший перегляд, продолжал Василий Петрович. — Добрый, щедрый и сильный молодой человек, ко всему прочему, отличный грузчик, тайный ценитель поэзии и просто умница; вы сойдётесь!

Артём, всё время представления смотревший в стол, скептически пожевал пустым ртом, но на Василия Петровича всё это мало действовало.

— Наши Соловки — странное место! — говорил он. — Это самая странная тюрьма в мире! Более того: мы вот думаем, что мир огромен и удивителен, полон тайн и очарования, ужаса и прелести, но у нас есть некоторые резоны предположить, что вот сегодня, в эти дни, Соловки являются самым необычайным местом, известным человечеству. Ничего не поддаётся объяснению! Вы, Артём, знаете, что зимой на лесоповале здесь однажды оставили за невыполнение урока тридцать человек в лесу — и все они замёрзли? Что трёх беспризорников, убивших и сожравших одну местную соловецкую чайку, с ведома Эйхманиса поставили "на комарика", привязав голыми к деревьям? Беспризорников, конечно, вскоре отвязали, они выжили — но у них на всю жизнь остались чёрные пятна от укусов. О, наш начальник лагеря очень любит флору и фауну. Знаете, что здесь организована биостанция, которая изучает глубины Белого моря? Что по решению Эйхманиса лагерники успешно разводят ньюфаундлендскую ондатру, песцов, шиншилловых кроликов, чёрно-бурых лисиц, красных лисиц и лисиц серебристых, канадских? Что здесь есть своя метеорологическая станция? В лагере, Артём! На которой тоже работают заключённые!

Артём пожал плечами, он был не очень удивлён — ему было почти всё равно: комарики, лисицы, метеостанция... Вот сметанка с лучком!

— Хорошо, а вы знаете, — сказал Василий Петрович, — что в бывшей Петроградской гостинице, которая за Управлением, на первом этаже живут соловецкие монахи из числа вольнонаёмных, а на втором — чекисты. И — дружат! Ходят друг другу в гости!

— Так белые люди приплывали в новую землю и поначалу ходили в гости к аборигенам, а потом, если те не изъявляли желания креститься и делиться золотом, жгли их селения и травили собаками... которых, надо сказать, индейцы никогда не видели — представьте ужас этих дикарей! — сказал Бурцев, вовсе без злобы и с явным удовольствием нарезая шпик тончайшими лепестками; на последних словах он поднял голову и улыбнулся кому-то, тихо вошедшему в келью и ставшему за спиной Артёма.

То был Мезерницкий — он быстро кивнул Артёму, давая понять: сидите, сидите, — и тут же, похохатывая, подхватил разговор:

— Разница только в том, что те не хотели начинать креститься, а наши монахи — не хотят прекращать.

— Господин Мезерницкий, разве это повод для шуток?! — всплеснул руками Василий Петрович.

— Товарищ Мезерницкий, — поправил тот. — Музыкант духового оркестра Мезерницкий, имею честь! — и, без перехода, повёл речь дальше: — Хорошо, вот вам другой пример: Василий Петрович наверняка завёл тему о парадоксах Соловков — не кажется ли вам забавным, что в стране победившего большевизма в первом же организованном государством концлагере половину административных должностей занимают главные враги коммунистов — белогвардейские офицеры? А епископы и архиепископы, сплошь и рядом подозреваемые в антисоветской деятельности, сторожат большевистское и лагерное имущество! И даже я, поручик Мезерницкий, играю для них на трубе — ровно по той причине, что сами они этому не обучены, но готовы исключительно за это умение освободить меня от общих работ. Знаете, что я вам скажу? Я скажу, что борьба против советской власти бессмысленна. Они сами не могут ничего! Постепенно, шаг за шагом, мы заменим их везде и всюду — от театральных подмостков до Кремля.

Бурцев со значением посмотрел на дверь, а Мезерницкий только махнул рукой:

— Ерунда! Не далее как вчера я это говорил Эйхманису лично.

— Говорил или не говорил — дело твоё, суть в том, что всё это легкомысленно, — ответил Бурцев без раздражения и даже с улыбкой. — Ты тут уже три года, друг мой, и оторвался от реальности. Тебе видней, что там с духовыми, а с хозяйством они понемногу учатся справляться...

— Не знаю, не знаю, — прервал Мезерницкий, которому куда больше нравилось говорить самому. — Обратите, милые гости, внимание: на общих работах из числа офицеров работает только Бурцев, и то в силу его, простите, мон шер, нелепого упрямства, а остальные... — тут Мезерницкий начал загибать пальцы, вспоминая, — инспектор части снабжения, лагстароста, инженер-телефонист, агроном, два начальника производств и два начальника мастерских!.. Не всё, не всё!.. На железной дороге — наши! На электростанции — наши! В типографии — наши! На радиоузле — наши! Топографией занимаются наши! И даже в пушхозе — наши!

— И непонятно, как мы при таких талантах проиграли большевикам войну, — негромко, ни к кому не обращаясь, заметил Бурцев.

— Притом что, — вновь не обращая ни на кого внимания, говорил Мезерницкий, — учтите, с 20 года я абсолютно аполитичен. Командование Белой армии своей глупостью и подлостью примирило меня с большевиками раз и навсегда. Но зачем же отрицать реальность. Соловки — это отражение России, где всё как в увеличительном стекле — натурально, неприятно, наглядно!

Бурцев вместо ответа, как бы в раздумчивости, покусал губы — он закончил нарезать хлеб и осмотрел стол так, словно это была карта успешно начинающихся батальных действий.

Артём изучающе и быстро оглядывал их — Бурцева и Мезерницкого.

Бурцев был невысок, кривоног, с чуть вьющимися тёмно-русыми волосами, черноглаз, тонкогуб… пальцы имел тонкие и запястья тоже, что казалось странным для человека, задействованного на общих работах, хоть и не очень давно: насколько Артём помнил, Бурцев появился на Соловках на месяц раньше его, с первым весенним этапом.

Мезерницкий был высок, сутуловат, волосы имел прямые и чуть сальные, часто шмыгал носом, как человек, пристрастившийся к кокаину — в чём на Соловках его подозревать было невозможно. Он разнообразно жестикулировал; Артём заметил его давно не стриженные ногти.

Когда Мезерницкий ногтем с чёрной окаёмкой придерживал белый, разнежившийся в тепле лепесток шпика, это было особенно видно.

* * *

Спор быстро закончился: сметана с луком, белый хлеб, шпик примирили всех.

Самое сложное было есть медленно — Артём обратил внимание, что не ему одному.

Потом Василий Петрович и Бурцев затеялись в шашки: первый — заметно возбуждаясь партией, второй — почти равнодушный к расстановке сил на клетках, Мезерницкий недурно играл на мандолине, Артём тихо блаженствовал, полулёжа на голой лежанке, иногда думая: "...Какие хорошие люди, как я хочу им быть полезен...", иногда будто задрёмывая, а просыпаясь от того, что на лицо садилась одна и та же настырная муха.

С пиджака на доску выпал клоп: Артём поспешил его убить.

...Распрощавшись с Мезерницким, во дворе столкнулись с идущим из театра возбуждённым и раскрасневшимся народом. Кто-то, как водится, ещё обсуждал представление, кто-то уже думал о завтрашней работе и спешил отоспаться — но вообще ощущение было, как всегда, диковатое: заключённые идут вперемешку с начальством лагеря и вольнонаёмными, женщины накрашены, иные одеты вполне по моде, кое-кто из мужчин тоже не в рванье.

Завидев театральную публику, Василий Петрович тут же, едва попрощавшись, ушёл в роту, Бурцев, быстро покурив, тоже кивнул Артёму — будто бы и не было их молчаливого взаимопонимания в келье.

Зато появился Афанасьев, выспавшийся после своего дневальства и с виду очень довольный.

Он был рыжий, встрёпанный, чуть губастый — ему вообще шло хорошее настроение.

— Из театра? — заинтересованно спросил Артём; всё-таки, кажется, ему удалось минут пятнадцать проспать под мандолину — он вновь испытывал, конечно, не бодрость, но некоторое оживление.

Афанасьев мотнул головой.

— Что давали? — спросил Артём.

— Да ну, — весело отмахнулся Афанасьев, — Луначарского. Хотя всё это, Артём, впечатляет даже с Луначарским. Какая там каэрочка играет, а? Плакать хочется.

Афанасьев что-то ещё говорил про спектакль, сумбурное, — словно хотел объяснить замысел режиссёра, а в уме всё равно представлял исключительно каэрочку.

Они прогуливались взад-назад по быстро пустеющему вечернему дворику, Артём кивал, кивал, кивал и не заметил даже, как Афанасьев перекинулся на другую тему, самую главную для него.

— Тёма, ты только подумай, каких стихов я понапишу, вернувшись! Я в стихи загоню слова, которых там не было никогда! Фитиль! Шкеры! Шмары! Поэма "Мастырка", представь? У нас ведь ни один поэт толком не сидел!

— Декабристы сидели, — вспомнил Артём.

— Да какие там поэты! — снова отмахнулся Афанасьев.

— Маяковский вроде сидел, — ещё вспомнил Артём.

— Да какой там, — снова не согласился Афанасьев. — Не то всё, не то! Соловки — это, Тёма, особый случай! Это как одиссея — когда он в гостях у Полифема...

— Ну да, Полифем, шкеры, шмары — это будет... салат! — усмехнулся Артём, вспомнив тут же про сметану с лучком.

— Да что ты понимаешь! — вроде бы даже чуть озлился Афанасьев. — Будущее поэзии за корявыми словами, случайными. Ломоносов писал про три штиля — высокий, средний, низкий, — так надо ещё ниже зачерпнуть, из навоза, из выгребной ямы, и замешать со штилем высоким — толк будет, поверь!

— По мне, таким образом только басню можно сочинить: "Полифем и фитиль", — нарочно подзуживал Афанасьева Артём.

— Какой у вас разговор любопытный, о мифологии, — сказал кто-то негромко.

Оба разом обернулись и увидели Эйхманиса. Застыли, как пробитые двумя гвоздями насквозь.

— Добрый вечер! — сказал Эйхманис спокойно.

— Здра! — выкрикнул Афанасьев, как всегда кричали на поверке; что до Артёма, он лихорадочно, путаясь в мыслях, как в загоревшейся одежде, пытался вспомнить: успели они за последнюю минуту произнести какую-нибудь контрреволюционную глупость или нет.

— Здра, гражданин начальник! — выкрикнул и Артём. Так было положено отзываться на приветствие начальника лагеря.

На замечание Эйхманиса по поводу мифологии никто не рискнул ответить.

Эйхманис кивнул головой, в смысле — вольно. По всей видимости, он направлялся к воротам — как всегда без охраны, только всё с тою же своей спутницей, которая сейчас, как и в прошлую встречу, в лесу, смотрела мимо.

Вблизи оказалось, что Эйхманис выше среднего роста — и выше Артёма с Афанасьевым, — что он строен, сухощав и от него пахнет одеколоном. Он был в хорошей гражданской одежде: коричневый пиджак, брюки, высокие остроносые ботинки.

У ворот, заметил Артём, ждал красноармеец, держа двух лошадей за поводья.

Жил Эйхманис в четырёх верстах от монастыря, неподалёку от Савватиевского скита, в Макариевской пустыни. Говорили, что он выстроил себе там огромный приполярный дом, что характерно — в нарочитом отдалении от своих подчинённых чекистов. На поверках Эйхманис появлялся редко, а занимался, рассказывали, куда чаще охотой, биосадом, питомником лиственниц и хвойных, которых начали в этом году высаживать по всему острову...

Артём осторожно, исподлобья разглядывал его лицо. Правильные, крупные, но в чём-то — редкого типа и даже изысканные черты лица, зачёсанные назад волосы, белые, достаточно крупные зубы, улыбающиеся, но одновременно будто недвижимые глаза — он был красив, напоминал какого-то известного поэта десятых годов и мог бы располагать к себе. Только в линии скул — слишком скользкой, делающей лицо более худым, чем на самом деле, — было что-то неприятное и болезненное.

На спутницу Эйхманиса Артём так и не рискнул взглянуть, но хотелось.

— Вы так и трудитесь в двенадцатой роте, Афанасьев? — спросил Эйхманис, улыбаясь.

— Да! — тряхнул рыжей головой Афанасьев и добавил для верности: — Именно!

Эйхманис снова, теперь уже прощаясь, кивнул, и пара пошла к воротам.

— Чёрт! — тихо засмеялся Афанасьев, когда услышали постук копыт. — А я заладил: Полифем, Полифем... Ничего мы такого не успели сказать? Нет ведь?

Артём тоже, с непонятным чувством, улыбался.

Не дождавшись ответа, Афанасьев сказал:

— Говорят, он знает всех заключённых по именам!

— Да быть не может, — ответил Артём, поразмыслив. — Сколько тут тысяч? Пятнадцать рот!.. Нет, невозможно.

— Ну, хорошо, хорошо, — быстро согласился Афанасьев, но тут же отчасти раздумал: — Половину — наверняка! Начальников производств, командиров рот, взводных, десятников, актёров, музыкантов, священников знает... Все это говорят! Меня вот тоже откуда-то помнит.

— Итожим: он знает нужный ему народ, — предположил Артём с несколько напускной серьёзностью.

— Думаешь? — обрадовался Афанасьев, не услышав иронии, хотя до сего момента различал любые интонации. — Может, меня вытащат из двенадцатой роты наконец. Куда угодно! Жаль только, я руками делать ничего не умею. Что же, черт меня дери, я писал стихи! Нет был бы топографом. Или столяром. Или умел играть на барабане. Или, в конце концов, готовить что-нибудь вкусное. Ты знаешь, что тут в лазарете работает бывший повар Льва Троцкого? Что тут свой придворный живописец — по фамилии Браз? Он бывший профессор Императорской академии художеств!

— Так попросись придворным поэтом к Эйхманису, — предложил Артём. — Будешь ему оды сочинять на каждое утро. "Ода на посещение Эйхманисом питомника шиншилловых кроликов"!

— Издеваться только тебе, — отмахнулся Афанасьев.

— Зачем же он тогда спрашивал, в какой ты роте? Тут два объяснения могут быть: либо зовёт тебя в придворные поэты, либо хочет на Секирку перевести. Тебе как больше нравится?

Секиркой звали штрафной изолятор на Секировой горе, располагавшийся в бывшей церкви, верстах в восьми от кремля. Рассказывали про тот изолятор невесёлое: там убивали людей.

Афанасьев выглядел очень обнадёженным и молчал, наверное, только оттого, что боялся спугнуть непонятную пока удачу.

— А кто с ним был? — спросил Артём негромко, не поясняя и не кивая головой в сторону уехавших; и так всё было ясно.

— Это Галя, блядь Эйхманиса, вольнонаёмная, работает в ИСО — Информационно-следовательском отделе, — ответил Афанасьев тихой скороговоркой безо всяких эмоций. — Тебя ещё не вызывала?

У Артёма от произнесённого Афанасьевым слова стало трепетно и тоскливо на душе: он даже чуть-чуть задохнулся. Женщины у него не было уже четыре месяца.

* * *

Если б поднимали не в пять, а хотя бы в шесть — жизнь была бы куда проще. Но поверки неизменно оказывались длинными, с нарядами тоже случалась путаница, поэтому на работу всё равно попадали поздно, иной раз к девяти; а если идти далеко, вёрст за несколько, то ещё позже.

Первым делом Артём вспомнил, как вчера его хвалил Василий Петрович; ну да, арестантская жизнь его вошла в колею: самое важное — не считать дни, а он перестал их считать на третьи сутки, приняв всё как есть. Оставалось малое — дотерпеть, дожить; впрочем, он пока не видел никаких причин, чтобы умереть, — жили и здесь. Жили слабые, вздорные, глупые, вообще не приспособленные к жизни — даже они.

Потом Артём вспомнил про Крапина, и крепкий настрой немного расшатался.

Всё утро старался не попадаться ему на глаза — получилось.

Василий Петрович купил себе ложку: тут же похвалился.

Афанасьев ходил задумчивый: его сняли с должности дневального, хотя вроде только что назначили. Это была хоро-

шая должность, тёплая, особенно зимой. За место дневального держались всеми когтями.

Вместо Афанасьева дневалить стал чеченец — Хасаев; третий их соплеменник, самый молодой, тоже постоянно крутился в роте. Казак Лажечников теперь мимо дневальных
стремился пройти поскорей, глядя в пол, а воду из бака возле
поста перестал пить вовсе.

На поверке ротный Кучерава ругался так бестолково, нудно и мерзостно, что Артём почувствовал лёгкую тошноту.

Наряд ему выпал на баланы; Артём не удивился — к этому
всё и шло.

"Баланы так баланы, посмотрим, что такое там..." — под-
бодрил себя Артём, довольный уже тем, что Крапин не обме-
рил его ещё раз дрыном, — вместо того взводный выбивал
дух из какого-то блатного, не спешившего выйти на работу
в кальсонах: других штанов не имелось.

— Лес ворочать? — смуро спросил Артёма Афанасьев. —
И я тоже.

Помимо них тот же наряд выпал Моисею Соломоновичу,
Лажечникову, Сивцеву, китайцу, битому Крапиным блатному,
ещё двоим той же масти и какому-то малоприметному низко-
рослому мужичку, про которого Артём помнил только то, что
он непрестанно бормочет, вроде как уговаривая самого себя.

Стояли во дворе, ждали десятника. С утра вечно не поймёшь, где лучше быть: в роте все орут и матерятся, а на улице
эти неуёмные, оголодавшие за ночь чайки. У Артёма однажды, едва заехал на Соловки, так же вот с утра чайка выхвати-
ла припасённый на потом хлеб. Заметившие это блатные посмеялись — было обидно. Артём почти всерьёз поклялся себе
перед отбытием на материк оторвать крыло у одной чайки —
чтоб сразу не сдохла и чтоб поняла, тварь, как это бывает, когда больно.

Вообще чаек стоило опасаться — они по-настоящему могли напасть и клюнуть, скажем, в глаз так, чтоб глаза не стало.
Хлеб Артём ещё в роте спрятал, причём не в штаны, а в бельё — там тоже был удобный кармашек. Угощать он этим хлебом никого не собирался, а собой не брезговал.

— Почему не дневалишь больше? — всё-таки спросил он Афанасьева, — Только вроде заступил. Не самая трудная должность. Стихи можно было б сочинять — время есть.

Артём посмотрел на Афанасьева и понял, что тому не очень хочется шутить на эту тему.

— Это в ИСО решается, — ответил Афанасьев нехотя. — С Галей не сошёлся характерами.

Стоявший рядом Василий Петрович как-то странно взглянул на Афанасьева и отвернулся.

— А за чеченцев Кучерава попросил, — добавил Афанасьев спустя минуту. — Они ж там все соседи по горам.

Артём кивнул и, так как Афанасьев был не в духе, прошёл к Василию Петровичу, который опять получил бесконвойный наряд по ягоды и ожидал свою бригаду.

— Только не выражайте мне соболезнования, Василий Петрович, — за несколько шагов, улыбнувшись во все щёки, попросил Артём.

— Улыбайтесь, улыбайтесь, — сказал Василий Петрович печально и, лёгким движением прихватив Артёма за локоть, немного развернул его в сторону; Артём, молодо ухмыляясь, подчинился.

— Вы, я смотрю, дружны с Афанасьевым, — внятно и негромко произнёс Василий Петрович. — Я вам хочу сказать, что на должность дневальных назначают строго стукачей, так что...

— Его ж как раз сняли с должности, — ответил Артём чуть громче, чем следовало бы, и Василий Петрович тут же своими очень уверенными и неестественно крепкими пальцами за локоток повернул Артёма ещё дальше, в сторону колонны священников, отправившихся строем на свою сторожевую работу.

Священники шли кто поспешливо, кто, напротив, старался степенно, но строй спутывал всех. Над ними кружились, иногда резко снижаясь, чайки... И эти бороды, и эти рясы, и эти чайки, иногда окропляющие белым помётом одежды священников, — всё вдруг будто остановилось в глазах Артёма, и он понял, что запомнит увиденное на целую жизнь —

хотя ничего его не поразило, не оскорбило, не тронуло. Просто почувствовал, что запомнит.

— Шестая рота — не что-нибудь, — сказал кто-то громко и насмешливо. — Шестая рота — ангельская! — раз, два, и на небесах. За что страдают? Ни словом, ни делом, ни помышлением. Безвинно, во имя твоё, Господи.

— Смотрите, — говорил Василий Петрович очень спокойно. — Это Евгений Зернов, епископ Приамурский и Благовещенский. Это Прокопий, архиепископ Херсонский... Иувеналий, архиепископ Курский... Пахомий, архиепископ Черниговский... Григорий, епископ Печерский... Амвросий, епископ Подольский и Брацлавский... Киприан, епископ Семипалатинский... Софроний, епископ Якутский, — сменил одни холода на другую непогодь... Вот и наш владычка, батюшка Иоанн...

Василий Петрович в приветствии чуть склонил голову, прихрамывающий и оттого торопящийся больше других владычка Иоанн весело помахал рукой — что-то то ли очень детское, то ли старозаветно взрослое было в этом жесте. Будто бы ребёнок говорил: "Я не отчаиваюсь", а древний человек вторил: "И вы не отчаивайтесь", — и всё в одном взмахе.

— Вы откуда его так хорошо знаете? — спросил Артём.

— Отчего хорошо? — ответил Василий Петрович. — Просто нас доставляли сюда вместе, в одном трюме. Все были злы и подавлены — а он улыбался, шутил. Его даже блатные не трогали. Возле него как-то остро чувствуется, что все мы — дети. И это, Артём, такое тёплое, такое нужное порой чувство. Вы, наверное, ещё не понимаете...

Артём осмотрелся по сторонам и поинтересовался:

— А вот там, в сквере, он про советскую власть говорил — как вы думаете, правда?

Василий Петрович пожал плечами и быстрым движением убрал руки за спину.

— Всё правда. Правда, к примеру, то, что вы можете оказаться стукачом — он вас первый раз в жизни видел.

Артём невесело посмеялся, отметив для себя, что таким строгим Василия Петровича ещё не видел, и перевёл тему:

— Тут мне сказали, что Эйхманис помнит едва ли не весь лагерь по именам...

— Очень может быть, — ответил Василий Петрович задумчиво.

— А вы... всех этих священников... когда запомнили, зачем?

— Эйхманису их сторожить, а мне с ними жить, — бесстрастно сказал Василий Петрович, глядя прямо перед собой. — Я эти лица запомню и, если вернусь, расставлю дома, как иконки.

Артём ничего не ответил, но подумал по-мальчишески: а чем они святее, чем я? Я тоже жру суп с вяленой воблой или с безглазыми головами солёной рыбы и вместо мяса — палую конину; зато они сторожат, а я пойду сейчас брёвна таскать.

Василий Петрович тряхнул головой и, чтоб чуть снизить патетику, заговорил совсем другим тоном, куда доверительней, разом становясь тем человеком, который так нравился Артёму:

— Я тут подумал... отсюда, из Соловков, святость ушла ещё в пору Алексея Михайловича — знаете, Артём, наверняка эту историю, когда в 1666 году монастырь восстал против Никоновой реформы? А спустя десять лет осады его взяли, и бунтовавших монахов, и трудников — всех закидали камнями, чтоб сабли не грязнить и порох не переводить. Как произошло это — так и не случалось на Соловках больше ни монашеских подвигов, ни святых. Двести с лишним лет монастырь качался на волнах — немалый срок. Как будто готовился к чему-то. И вот, не поверите, Артём, мне кажется, пришли времена нового подвижничества. Русская церковь именно отсюда начнёт новое возрождение... Вы, наверное, ребёнком ещё были, не помните, что за тяжкий воздух был до прихода большевиков.

"Как у нас в бараке?" — хотел спросить Артём, но не стал, конечно.

— Интеллигент возненавидел попа, — перечислял Василий Петрович. — Русский мужик возненавидел попа. Русский поэт — и тот возненавидел попа! Мне стыдно признаться —

но и я, Артём, попа возненавидел... И не поймёшь сразу, за что! За то, что русский поп беспробудно пил? Так чего ж ему было делать? Ненавидят ведь не из-за чужой дурноты, а из-за своей пустоты куда чаще... Вы на Второй Отечественной не были, а я был и свидетельствую: когда солдатам предлагали исповедоваться перед боем — девять из десяти отказывались. Я увидел это сам и тогда уже — сам себе удивляясь! — понял: войну проиграем, а революции не убежать — народ остался без веры. Только этим и могло всё закончится!.. Закончиться — и тут же начаться. Здесь.

— В тринадцатой роте, — вдруг вспомнил и не смолчал Артём, — параша стояла в алтаре. Помните? В моей партии был один священник — так он ни разу туда и не сходил. Ночью поднимался и шёл на улицу, в общий сортир. Пока ходил — его место занимали на нарах. Утром встаём — он сидя спит где-нибудь в уголке, чуть не замёрзший.

— И что вы думаете? — спросил Василий Петрович.

Артёму явственно захотелось позлить своего товарища — это было твёрдое и малообъяснимое чувство.

— Я думаю: дурак, — ответил Артём.

У Василия Петровича дрогнула челюсть — будто бы Артём у него на глазах толкнул больного; он отвернулся.

Его уже ждала собравшаяся партия с корзинами; появился и десятник Артёма, сразу заорал, как будто ему кипятком плеснули на живот.

— Да иду, — сказал Артём, скорей себе, чем десятнику, — иначе можно было бы и в зубы получить.

Десятник был такой же лагерник, сидевший за три то ли за пять убийств, родом — московский. Фамилия его была Сорокин. Он будто бы источал потаённую человеческую мерзость — кажется, она выходила из него вместе с по́том: какая ни была бы вонь в бараке — Артём, едва приближался к Сорокину, чувствовал его дух. Под мышками у Сорокина всегда были тёмные, уже солью затвердевшие круги, влажные руки его мелко дрожали, щетина на лице тоже была влажная и вид имела такой, словно это не волосы, а грязь, вроде той, что остаётся на полу сеновала — колкая, пыльно-травяная сыпь.

Сорокин, как говорили, был любитель придумчиво забавляться над лагерниками — хотя, стоит сказать, каэров он не бил. Их по негласному завету лагерной администрации вообще не было принято трогать, так что желающие позверовать отыгрывались на бытовиках.

Шли на работу лесом, нагнали партию Василия Петровича, тот, оглянувшись, встретился глазами с Артёмом — и тут же отвернулся, болезненно, как от резкого колика, сморщившись.

Артём хотел было про себя пожалеть, что отказался идти по ягоды, но мысли эти прогнал. Про то, что зачем-то надерзил Василию Петровичу, он не думал. Характер у него был не зловредный, но эту черту — вдруг ткнуть в открытое — он за собой знал. И никак об том не печалился.

"Быть может, я не люблю, когда открывают то, что болит..." — подумал Артём, чуть улыбаясь.

"...Про веру рассказывает, — подумал ещё, — а сам Моисея Соломоновича убрал из своей бригады... Нет бы пожалел..."

Сорокин всю дорогу орал и матерился непонятно на кого и по какому поводу, как будто с утра поймал бациллу от Кучеравы. Даже конвойные на него косились.

Артём вдруг представил, как берёт большой сук, побольше, чем дрын Сорокина, и резко, с оттягом бьёт десятника по затылку. Это было бы счастье.

И сразу б такая тишина настала...

Пошли бы ягоды собирать, песню бы спели, костёр развели...

А то даже Моисей Соломонович не поёт.

Артём переглянулся с Афанасьевым — тот, показалось, мечтал о том же самом.

Лесом вышли к каналу, который, как сказал Лажечников, соединяет Данилово озеро с Перт-озером. По каналу сплавляли брёвна с лесозаготовок, именуемые баланами. Артём разглядывал их с берега тем взглядом, каким, наверное, смотрел бы на некую обильную речную хищную сволочь, которую предстояло вытащить за жабры на берег.

— Есть два золотых дня — вчера и завтра, — приговаривал мелкий, метра в полтора мужичок, стоявший возле Артёма. — Вчера уже прошло, Господь позаботился о том. Завтра я вверяю ему, он позаботится и о нём. И остаётся один день — сегодня. Когда я молитвенно свершаю свой труд.

— Этот? — спросил Артём, кивнув на плавающие баланы.

Мужичок посмотрел на Артёма, на баланы и ничего не ответил.

— Баланы нужно доставить на лесопильный завод, — огласил задачу для всех собравшихся десятник. — Общий урок на день: сто баланов... О чём смотрим?

— Э, а багры там, верёвки? — спросил блатной, которому с утра уже досталось от Крапина.

— Верёвка тебе будет, когда тебя повесят! — заорал десятник.

— Ну, багры тогда, — не унимался блатной и, конечно, своего дождался: Сорокин набежал на него, ещё издалека потрясая дрыном, — блатной защищался и даже отмахивался исхудавшими грязными руками, получил и по рукам, и по бокам, и по башке. Только вскрикивал: "Начальник! Начальник! Чё творишь-то?"

На щеке блатного свисла клоком кожа, рука тоже сильно кровянила. "Раздевайся, в воду пулей! Дрын тебе в глотку, чтоб голова не шаталась!" — орал десятник. Блатной скинул свои драные порты — под портами он был голый, десятник сам потянул битого за рубаху к воде — рубаха так и разорвалась надвое.

Чтоб с ними то же самое не проделали, остальные поспешно начали раздеваться сами.

— Куда, бля! — заорал десятник, отстав наконец от блатного, который поскорей забежал в воду по пояс и стоял там, отирая кровь. — Разделись, бля, как в кордебалете! Самые молодые — в воду, остальные принимают баланы на берегу! Тупые мудалаи, мать вашу за передок!

"Про кордебалет знает, смотри ж ты", — думал Артём, снимая штаны.

— Сука, холодная, — сказал один из блатных, заходя в воду.

"Да ничего, в самый раз, — подумал Артём. — Ночью дожди идут, чуть подостыла... Зато когда в воде — комаров меньше..."

— Нате, кровососы, даже кусать не надо, так слизывайте, — вытянул битый блатной кровоточащую руку комарью и сипло засмеялся; по его виду казалось, что он не очень переживает о зуботычинах десятника.

Никто не хотел оставаться на берегу рядом с десятником: один за другим полезли Сивцев, Афанасьев, Моисей Соломонович. Мелкий мужичок прошёлся туда и сюда вдоль берега, всё повторяя: "Была бы спина — найдётся и вина!" — а потом тоже шагнул в воду.

Моисей Соломонович был ростом выше всех на голову — он шёл и шёл по воде, и ему всё было мелко; а мужичок, едва ступил, сразу как-то потерялся до подбородка и только вздыхал теперь: "Боже ты мой! Спаси, Господи!" Сделал ещё шажок — и едва не пропал вовсе.

— Куда ты полез, клоп! — заорал десятник на него. — Ну-ка, на берег! Ты что там, клоп, верхом на баланах будешь плавать? И ты, длинный, сюда, — указал на Моисея Соломоновича. — У тебя руки как раз, чтоб принимать брёвна, вместо багра будешь.

У Сивцева было ещё крепкое тело, на спине весьма виднелся красноречивый шрам, кажется, от шашки. У Лажечникова такой же шрам шёл от плеча почти до соска.

Блатные были в наколках.

"Во, собрались какие все..." — подумал Артём неопределённо, косясь на своё чистое тело, даже без волос на груди.

Афанасьев, впрочем, тоже оказался без особых примет, только в мелких родинках.

Артём добрёл, бережливо ступая по дну, до первого балана — как раз оказалось по грудь — и двумя руками потянул дерево на себя, отдуваясь от комаров.

Тихо матерясь, явился к нему на помощь битый блатной.

— Ксива, — представился он.

На лице у Ксивы было несколько прыщей и ещё два на шее. Нижняя губа отвисала — невольно хотелось взять её двумя пальцами и натянуть Ксиве на нос.

Блатной протянул руку и, одновременно с тем как Артём пожал её, сказал глумливо:

— Держи пять, ГПУ даст десять.

Артём глубоко вдохнул носом и ничего не ответил.

— Ладно, не ссы в штаны, ссы в воду, — не унимался блатной и всё поглядывал на Артёма.

— Ты будешь тут свои поговорки говорить, или, может, давай поработаем? — сказал Артём, потому что уже надо было что-то сказать.

— Баба тебе будет давать, а ты в ней хер полоскать, — сказал блатной и снова засмеялся, издевательски глядя на Артёма. — Так что давай без давай. Десятника хватает.

— Слушай, — наклонился к нему Артём, стараясь говорить в меру миролюбиво. — У тебя есть напарники, — тут Артём кивнул на других блатных, с едким интересом прислушивающихся к их разговору, — ты с ними будь, а я буду со своим дружком. Годится?

Афанасьев стоял тут же, несколько нарочито рассеянный и как бы не вникающий в чужой разговор.

Ксива толкнул балан так, чтоб он угодил бочиной в грудь Артёму, и только после этого сделал шаг назад. Напоследок ещё, ударив ладонью вскользь по воде, слегка обрызгал Артёма.

Тот не ответил: плескаться в ответ показалось глупым, и ударить сразу за это в лоб — тоже вроде не большого ума поступок. Стёр рукой брызги с лица, и всё.

✳ ✳ ✳

"А в воде попроще... — раздумывал Артём, отвлекая себя от противных мыслей о блатном, этот самом, как его, Ксиве, — работа получше, чем на берегу. Потому что одно дело — по воде толкать баланы к берегу, а другое дело — тащить их на себе посуху".

Но Артём не угадал, конечно.

Баланы нужно было дотолкать до берега, потом хватать их — сырые, скользкие и ужасно тяжёлые — за один конец, в то время как другой подхватывали Моисей Соломонович с малорослым мужичком, и выползать на сушу.

Если четыре мужика могли справиться с баланом — значит, он был самого малого размера.

В ход пока шло молодое дерево, неширокое в объёме и длиной не больше пяти метров — чаще и поменьше. Но в воде виднелись такие великаны, которые и целым взводом не стыдно было бы нести.

Берег к тому же был каменистый — ступать по нему, еле удерживая балан, казалось мукой.

Сивцеву в пару достался китаец. Китайца Сивцев почему-то называл "зайчатина". "Давай, зайчатина, мыряй глубже... — повторял он не без удовольствия. — Непапошный какой..."

Мелкий мужичок с Моисеем Соломоновичем сработаться никак не могли. Первый балан, который дотолкали Артём с Афанасьевым, они ещё кое-как, чертыхаясь и семеня, помогли оттащить подальше от воды, а следующий балан мужичок выронил, Ксива заорал на него — тот сразу, как-то по-детски, заплакал.

— Я работал в конторе! — всхлипывал он. — С бумагами! А меня который месяц принуждают надрывать внутренности! Сил во мне не стало уже!

"Юродивый", — подумал Артём раздражённо.

— Начальник, да на хер он не нужен! — прокричал Ксива и тут же, торопливо загребая руками, ушёл вглубь, когда десятник направился к нему. На спине у Ксивы тоже были прыщи, они шли рядком, как белоголовые насекомые, по лопатке, через позвоночник и вниз к заднице.

Натрудив руки, наломав ноги, выволокли с горем пополам десяток баланов на берег.

"...А десятник сказал, что урок — сто!" — ошалело, но ещё способный в мыслях позабавить себя, подумал Артём.

С берега баланы нужно было тащить на лесопильный завод.

Пока поднимали, присаживаясь и надрывая спину, первый балан на плечи, Артём успел возненавидеть его как живое существо — неистово, пронзительно.

"Какой же ты, сука, тяжёлый, скользкий, хоть бы тебе всю морду изрубили топором, гадина..."

Впопыхах первый заход Артём сделал без рубахи. Ещё на полпути разодрал голое плечо о дерево.

Дорога оказалось неблизкой, по кочкам и кустам. Артём неустанно обмахивался от комарья. Афанасьев, даром что поэт, оказался выносливым как верблюд: "Хорош танцевать, Тёма!" — просил он, тяжело дыша в нос.

Нос балана несли Сивцев с китайцем, Артём неотрывно смотрел китайцу в чёрный затылок.

На лесопильном визжала пила — не видя пути, Артём по звуку понимал, что они близко, ещё ближе, ещё... вот, кажется, пришли. На "три, четыре" — командовал Афанасьев — сбросили балан — такая благодарность во всём теле вспыхнула на мгновение. Вот только комарьё...

Неприветливый, надгорбленный работой мужик вышел из помещения, посмотрел на прибывших и, не поздоровавшись, исчез в дверном проёме.

Обратно Артём бежал почти бегом — к своей рубахе.

— Куда погнал? За работой соскучился? — крикнул вслед Афанасьев.

Мокрое бельё противно свисало. Артём чувствовал свою закоченевшую, сжавшуюся и ощетинившуюся мошонку. Вдруг вспомнил, что забыл хлеб в кармашке, сунул руку — так и есть, пальцы влезли в сырой и гадкий мякиш. Оскользнулся на кочке, упал, непроизвольно выбросив вперёд руку — как раз ту, что сжимала хлеб.

Осталось немного на пальцах: Артём лежал на траве, животом чувствуя холодную илистую воду... облизывал руки в хлебной каше.

— О, затаился, — раздался позади голос Афанасьева. — Оленя выжидаешь в засаде? Или на лягушек охотишься?

Артём поднялся, почувствовал: вот-вот заплачет. Вертел головой, чтоб Афанасьев не увидел.

Это был последний хлеб, впереди ещё два дня оставалось на пшёнке и треске.

...Справился с собой, сжал зубы, вытер глаза, заставил себя обернуться и улыбнулся Афанасьеву. Получилось — оскалился.

Сивцев обратно не торопился и передвигался почему-то на корточках. Ягоды собирает, догадался Артём.

Ему ягод не хотелось. Дотащили два балана — оставалось девяносто восемь.

На следующей ходке стало жарче, хотя день был стылый.

Обратил внимание на Сивцева — тот был будто бы в сукровице: поначалу Артём подумал, что мужик разбил висок вдребезги. Оказалось — ягоды: намазал рожу от комаров, деревенский хитрец.

Возвращаясь, Артём тоже попытался найти какой-нибудь хоть бы и шикши. С первого раза не получилось — десятник Сорокин заскучал на берегу и пошёл встречать припозднившихся работников: снова разорался как обворованный.

Во второй раз Артём угодил на ягодную россыпь — чёрт знает что за ягода, но весь умазался. Втирал с таким остервенением, словно узнал, что смерть подошла к самому сердцу, а тут попалась живая ягода, может уберечь.

...Хоть на глаза и лоб перестали садиться.

Мелкого мужичка, которого никто не знал, как зовут, материли теперь все подряд, кроме Моисея Соломоновича. Мужичок поминутно останавливался передохнуть, едва вставал — тут же норовил споткнуться и завалить балан, охал и вскрикивал.

Когда солнце зашло за полудень, мужичок отказался работать.

Подошёл, хромая на все ноги, к десятнику и сказал:

— Убей, я не могу.

— И убью, — ответил десятник и начал убивать: сшиб с ног, потоптал мужичку лицо, несколько раз вогнал сапог в бок, крича при этом: — Будешь работать, филон?

Работающие остановились — всё отдых. Кто-то даже закурил. Один китаец отвернулся, присел и глаза закрыл, как исчез.

— Я не могу! Не убей! — слабым голосом вскрикивал мужичок. — Не могу! Не убей меня!

Артём тоже тупо смотрел на это. "То — «убей!», то — «не убей!»", — мельком заметил про себя.

Если бы мужичка убили бы сейчас же, он бы, наверное, ничего не почувствовал.

"...Какое всё-таки странное выражение: «Не убей меня!»", — снова заметил Артём. — Никогда такого не слышал..."

Когда кто-то крикнул: "Хорош, слушай!" — Артём какую-то долю мгновения даже не понимал, что это крикнул он сам. По щеке Артёма пошла трещина — ягодный сок присох, а рот раскрылся и щека будто пополам надорвалась.

Десятник, нисколько не задумываясь, развернулся и уже в развороте забросил дрын в Артёма, как в чистое поле.

Артём едва успел пригнуться, а то ровно в лоб бы угодило.

— Принеси, шакал, — скомандовал ему десятник.

В глаза десятнику Артём не смотрел, на других лагерников тоже. Скосился на двоих конвойных — они наблюдали за всем происходящим с единственным и очень простым чувством: им хотелось, чтоб кто-нибудь дал им причину озлиться. Один даже привстал и всё перетаптывался — так не терпелось.

Артём сходил за дрыном — тот лежал неподалёку на камнях. Не поднимая глаз, отдал его десятнику.

За всю эту тошную минуту к нему не пришло ни одной мысли, он только повторял: "А мальчишкам-дуракам толстой палкой по бокам".

Выхватив дрын, десятник замахнулся на Артёма — но тот с не свойственной ему поспешностью и незнакомой какой-то, гадкой суетливостью увернулся и, ссутулившись, побежал к воде — работа, работа заждалась.

Даже рубаху не снял — так и влез в ней сразу по самую глотку.

Остальные тоже полезли за Артёмом.

— Мне не по силам, гражданин десятник, — по слогам умолял мужичок на берегу десятника, — не-по-си-лам. Сердце в горле торчит! Умру ведь!

Когда Артём с Афанасьевым подгоняли очередной балан к берегу, выяснилось, что десятник взамен работы придумал мужичку другое занятие.

Встав на пенёк, мужичок начал выкрикивать:

— Я филон! Я филон! Я паразит советской власти!

Ксива заржал, другие блатные тоже захехекали.

— Я филон! Я филон! Я паразит советской власти! — повторял мужичок как заведённый.

— Две тысячи раз, я считаю, — сказал десятник Сорокин, довольный собой.

Конвойные, парни ражие, тоже заливались.

Скопив на берегу десять баланов, снова отправились к лесопильному заводу. Левая рука была вся ободрана о кусты — когда танцевали по дороге на кочках, цеплялись за что попало. Теперь поменялись сторонами с Афанасьевым, и Артём цеплялся правой.

За спиной всё раздавалось:

— Я филон! Я филон! Я паразит советской власти!

На обратной дороге Артём как следует выжал рубаху, но, странное дело, волглая ткань оказалась ещё холодней, чем насквозь сырая.

Ягодный сок с лица смыло, новых ягод не попадалось. С размаху бил комаров — на ладони россыпью оставались алые отметины — значит, сидели сразу дюжиной.

Взамен усаживались новые, бессчётные.

Мужичка хватило ненадолго, уже через полчаса он еле сипел. Десятник время от времени подбадривал его дрыном.

Принесли обед; мужичок, косясь на еду, выкрикнул из последних сил про филона и паразита и шагнул было за пайкой, но десятник не понял, к чему это он.

— Ты куда, певчий клоп? Куда собрался? — заорал десятник. — Ты думаешь, ты заработал на пожрать? Какой обед филону? Тысяча штрафных!

Артём даже не смотрел, что происходит, только слышал, что бьют по живому и беззащитному с тем ужасным звуком, к которому он так и не привык к своим двадцати семи.

✷ ✷ ✷

"Что же такое? — беспомощно и обрывочно думал Артём, подъедая обед. — Почему так всё совпало? До сих пор как-то уворачивался!.. Что теперь делать с этим Ксивой? За ним блатных свора... Не Василий же Петрович будет со мной... Да ещё я зачем-то его обидел!.. А с десятником? Какой стыд! Как я бежал от него — стыд! Почему же я не убил его?.."

Артёма никто и не бил никогда, кроме отца. Но отец — когда это было!.. Он даже имя его забыл.

К тому же оставалось штук семьдесят баланов — как и не начинали.

Афанасьев, у которого откуда-то находились силы говорить, рассказывал про чеченцев. Артём вяло слушал, иногда забываясь. Тем более что мужичок так и сипел ещё:

— Я филон, я филон, я паразит... советской... власти!.. Я филон... Паразит...

— Не филонь, филон, — куражился десятник Сорокин. — Сначала два раза про филона, потом — паразит. А то нескладно звучит. И громче, громче! Ну!

Артём отыскал себе веточку на земле поровней да повкусней — обкусал концы, приладил в зубы. Сидел, расчёсывая ногтями колени — разгоняя так кровь.

"Нельзя слабеть! Нельзя подыхать раньше времени!" — повторял себе, разгрызая ветку.

Потом выплюнул её, укусил себя несколько раз за руку — пробуя чувствительность.

— ...Характер не поймёшь какой у этих ребят, — всё рассказывал Афанасьев, пытаясь говорить так, чтоб его было слышно за криками мужичка. — Который младший чечен — пошёл за пайкой в каптёрку, принёс три. Как он там их уговорил, что сказал, я не знаю... Вроде отзывчивые — но сразу беспощадные... и наивные как дети, и хитрые... Чудный народец!

За полчаса, пока обедали, Артём немного отдышался, хотя снаружи, наоборот, наползал озноб: мурашки по коже разбегались, как ледяные вши.

Как бы хорошо, чтоб сейчас назрело и образовалось вокруг огромное солнце, раскалённое и золотое, как самовар, — зажмурившись, мечтал Артём. К нему сначала можно было бы протянуть руки, почти в упор, едва не прикасаясь ладонями. Потом развернуться и на минутку прислониться спиной — чтоб от рубахи с шипом пошёл пар; главное — успеть оторваться, пока рубаха не прилипнет к самовару, а то дыра будет... но если медленно отстраняться от самовара, а не рывком, то с мелким потрескиванием ткань отойдёт — и как тогда хорошо будет спине, как сладостно. Потом развернуться и ноги, пятки протянуть — пятки были ледяные настолько, что их можно было б прямо в огонь...

— Гражданин десятник, можно костёр развести? — спросил Ксива.

— Лето на дворе, какой костёр, работать пора, шакалы, — ответил десятник и сразу заорал: — Работать, шакальё! Только начали, а уже сдохли!

К баланам, вытащенным на берег, Артём поспешил с некоторой надеждой согреться.

Конвойные кидали шишками в филона и паразита, тот не пытался уклониться, а только делал иногда мягкие, черпающие движения руками, всякий раз будто пытаясь поймать шишку и никогда не ловя. Иногда стукало по лбу — метили, видимо, в рот и никак не могли попасть.

— Гражданин десятник! — не унимался Ксива. — У нас Оперетка без пары остался, он к тому же длинный, тока мешает... не пришей к манде рукав, а не работник. Пусть поёт тогда — он петь любит. Вон поставьте Моисея на соседний пенёк.

Десятник послал было Ксиву на самые даля, но другие блатные просьбу Ксивы тоже поддержали — из воды было не так опасно препираться. Наконец один конвойный одобрительно подмигнул десятнику, хотя конвойному как раз было всё равно — он-то, в отличие от десятника, за урок не отвечал.

— Иди сюды, Соломон, — сказал десятник и тут же отвлёкся: — А ты что притих? Давай-давай, филон и паразит! Ори во всю глотку, йодом в рот мазанный!

Моисея Соломоновича действительно поставили на пенёк. Он беспомощно оглянулся, словно не видел вокруг еды, а без неё начать петь не умел, тем более что мелкий мужичок явно мешал... но, вздохнув пару раз, Моисей Соломонович вдруг вступил в песню.

Сначала — бесконечную про то, как родная мать меня провожала; следом, приметив оживление конвойных, — "Яблочко", при этом непрестанно нашлёпывал себя по комариным щекам — "Жги, барабань!" — подначивал на это Ксива, — потом что-то цыганистое, а с "цыганочкой" покончив, затянул вдруг незнакомую Артёму про сокола: "Расстужился млад ясен сокол, сидючи сокол во поиманье. Во золотой во клеточке, на серебристой на нашесточке…"

— Про Секирку песня, — тихо засмеялся Афанасьев.

На Секирке, рассказывали, были такие жерди, как для курей, только потолще — на них штрафников заставляли сидеть целыми сутками. Через несколько часов тело ныло и гудело, умоляя прекратить эту муку, но прекращать было нельзя — за любое движение били втрое хуже, а потом всё равно возвращали на жердь.

Потешный мужичок всё это время сипел свою речёвку, к его простуженному кудахтанью уже попривыкли, и, если он замолкал — пока к нему не направлялся десятник, помахивая дрыном, — становилось как-то странно и необычно. Но когда десятнику оставалось до пенёчка несколько шагов, раздавалось шипящее "Я филон!" — и всё вставало на свои места: вода, балан, филон, поёт Моисей Соломонович, звон в ушах, чёрные круги перед глазами. Вода тоже расходилась кругами, и круги в глазах то путались с водной рябью, то сливались с ней…

Подташнивало, ныла голова, по плечу, тёплая, стекала кровь.

Моисею Соломоновичу мужичок не мешал.

"Жалобу творит млад ясен сокол, — пел Моисей Соломонович, — на залётные свои крылышки, на правильные мелки пёрышки: ой вы, крылья мои, крылышки, правильные мелки пёрышки!"

— Контру разводит, а эти олухи не слышат, — всё смеялся, хоть и подзамученно теперь, Афанасьев, толкая балан к берегу.

Соски у Афанасьева, заметил Артём, стали почти чёрными.

"Уносили вы меня, крылышки, и от ветра, и от вихоря, — выводил Моисей Соломонович, — от сильного дождя осеннего, от осеннего, от последнего... Не унесли вы меня, крылышки, от заезжего добра молодца, от государева охотничка!"

"Что творит..." — подумал Артём... но и думал он уже еле-еле, будто бы заставляя всякую мысль сдвинуться с места.

Пришла пора снова тащить баланы на лесопильный завод. Там их укладывали штабелями — тоже надрывная забота.

Давя комаров, Артём заметил, что на щеке уже кровавая корка образовалась. Подумал: вот бы столько крови набралось, чтоб уже не прокусывали.

К вечеру десятник и конвойные сами подостыли — и развели наконец костёр. Иногда давали погреться работягам минуту-другую.

Конвойные, услышал Артём, начали донимать десятника, что пора домой. Тот матерился, что урок не сделан по вине ленивой и медленной скотины — лагерников.

Некоторое время Артём до горячего жжения в застывшей груди надеялся, что всё прекратится сейчас же... но десятник как-то договорился с конвоем.

Последние из положенных баланов вытаскивали на берег уже в болотистом сиянии белой соловецкой ночи.

Никто не разговаривал, как будто забылись все известные слова.

Моисей Соломонович сам попросился у десятника помочь доделать работу, и его отпустили — наслушались. Зато мужичок, стоя не пеньке, так и вскрикивал про филона.

— Во гриб, — вдруг прошептал Афанасьев. — Ты не думаешь, что он нарочно?

Артём не думал.

...Пропахшая мерзостью и человеческим копошением трапезная, куда дошли уже в одиннадцатом часу ночи, показалась родной, долгожданной, милой.

Там была шинелька.

Артём, не глядя в миску, поужинал холодной кашей, выпил полкружки тёплой воды, положил сырое бельё под себя, влез в шинельку и пропал. Быть может, даже умер.

* * *

Когда чеченцы скомандовали: "Рота, подъём!" — Артём исхитрился увидеть длинный и содержательный сон. Что поднялся, умылся, извлёк из-под себя портянки и штаны с рубахой — подсохли, хорошо, — при этом что-то такое бубнил Василий Петрович, прыгая с первое на пятое, а потом вдруг вытащил валенки из своего мешка, дал Артёму: носи, мол, ведь баланы не шутка, Артём тут же в них влез и странным образом ощутил себя целиком внутри валенка — очень терпко и тепло пахло там, немного кисловато, но так даже лучше, — понежившись, выбрался из валенка, отправился на утреннюю поверку, всё это время, и в трапезной, и на поверке, орал мужичок-с-ноготок про филона и паразита, это не помешало перекличке, "Двести пятидесятый, полный строй до десяти!" — выкрикнул Артём и здесь понял, что забыл пожрать — как же так, какой ужас, а когда ж все успели, где он был, неужели на параше — но очередь стоит не меньше часа, чего он целый час делал на параше? — получив наряд на ягоды, ну слава Богу, слава Богу, слава Богу, Артём поспешил обратно в трапезную, точно узнав откуда-то, что Василий Петрович взял и сберёг его пшёнку — с большим куском масла, не виданного уже четвёртый месяц, — и поставил её под шинельку, чтоб не остыла, масло там отекало и таяло, — так мать оставляла Артёму кашу, когда он был ребёнком, завернув кашу в старый плед; стремясь избежать встречи с Ксивой, Крапиным, десятником Сорокиным, Артём почти добежал к своим нарам, ему что-то вслед крикнули чеченцы, тоже обидное, всё летело ко всем чертям последние дни, только каша могла спасти; "И там ещё пирожок!" — крикнул Василий Петрович, Артём влез на нары, забрался обратно в шинель, поджал ноги, чтоб не торчали наружу, зажмурился, чтоб даже глаза сохраняли тепло... только вот каша? что с кашей?

— Рота, подъём! — ещё раз настырно проорал чеченец; не прошло и мгновенья с тех пор, как он выкрикнул "Подъём!" в первый раз.

— Рота, подъём! — проорал он и в третий раз.

— Что ты, бля, кукаречишь, как петух, по три раза? — крикнули на чеченца, Артём уже проснулся, узнав голос Ксивы, хотя одной рукой всё-таки слепо трогал нары под собой и рядом — не лёг ли на кашу, не опрокинул ли её.

— Кто сказал "петух"? — громко спросил чеченец. "Петух" он произносил через длинное "и".

Как же хочется спать. Артём не раздумывая дал бы мизинец отрубить за сон. Особенно мизинец на ноге. На ноге он вообще не нужен. По мизинцу за час сна.

Появилась рука Афанасьева с пирожком — Артём отчего-то испуганно посмотрел, на месте ли мизинец Афанасьева, — да, на месте, — а потом образовалась ухмыляющаяся рожа петроградского поэта:

— Ты спал вчера, когда принесли... За ударный труд. Представь, что мне стоило его не сожрать. Я его нюхал всю ночь. Оставь на день, я ещё понюхаю?

Артём под дурацкий смех Афанасьева выхватил пирожок и тут же целиком засунул в рот — вдруг и это приснилось. Пирожок был настоящий, с капустой, Артём жевал и чувствовал, как крошится его лицо: это всё вчерашние комары, замешанные с кровавой ягодой... или наоборот...

— Видела б тебя родная мать, — сказал Афанасьев; он-то вчера как-то исхитрился умыться.

Надо было спрыгивать скорей — мог появиться Крапин, а то и Кучерава: они ежеутренне обходили ряды, нещадно подгоняя спящих лагерников; бывало, и ребра ломали.

В эту ночь Артём впервые не поднялся на парашу — пришлось идти вместе со всеми; и ничего, снёс, стерпел. Высокий ушат с положенной поперёк доской — напротив, лицом к лицу, стоит очередь и подбадривает иногда. Ксива, чтоб на него не смотрели, начал, будто в шутку, себя доить за уд, пугая всех: "Щас! Ай, щас! Уже подходит! Разойдись!"

Парашу, заметил Артём, выносили два фитиля, нанятых чеченцами за махорку. Продевали палку в ушки ушата и тащили в центральную уборную.

На той же палке, что и парашу, чеченцы внесли чан с кашей.

Хоть этой палкой и не мешали в чане, всё равно было неприятно. Но не так, чтоб расхотелось жрать.

С кормёжкой Артём характер не выдержал — влез в очередь один из первых, позабыв даже, что где-то здесь есть Ксива, так, к слову, и не откликнувшийся на вопрос чеченца, — "вот ссыкливая падлота", — подумал Артём. В очереди было хорошо, тесно, весело, тем более что штаны и рубаха высохли, вот только валенок никаких не оказалось.

Поев, почувствовал себя немного уверенней.

За кипятком тоже надо было подсуетиться — кипяток имел обыкновение заканчиваться.

"Если Ксива сунется — ударю", — решил.

Василий Петрович подошёл, посмотрел на Артёмово лицо, покачал головой.

— Слышали? — спросил. — Бурцев сегодня стал отделенным.

Артём молча порадовался, что Василий Петрович простил его: утро-то неплохо начинается, может, и дальше так пойдёт.

— Хорошо... Хотя мы с ним... не сошлись до такой степени, чтоб мне... испытывать надежды... — отвечал Артём, попивая кипяток.

В сон всё-таки клонило очень сильно, и синяк на ноге саднил, и ладони, ободранные о кусты, ужасно ныли — Артём прижимал их к банке с кипятком и от удвоенной боли чувствовал даже некоторое удовольствие.

— Всё приличный человек, — сказал Василий Петрович почему-то с сожалением. От него, кстати, очень ощутимо пахло чесночком.

Артём тоже хотел чеснока, но не хотел, чтоб его жалели, и остро осознавал, что на ягоды к Василию Петровичу всё равно не попросится: характер.

Пришёл Афанасьев, чокнулись банками с кипятком, Артём сказал, улыбаясь и чувствуя объеденные комарами щёки:

— А ты ничего. Я, ещё когда мы пни корчевали, заметил.

— Артём, голуба, я, бывало, на воле по три дня не ел, — ответил Афанасьев. — Достанется где кусок хлеба — и снова на три дня. А тут у меня на обед суп с кашей, вечером снова каша. Захотел — посуетился и сделал салат из селёдочки с луком. Совсем задурил — пошёл и купил себе конфет в ларьке. Разве в этом счастье?

— Конфет? — удивился Артём, не поддерживая разговор про счастье. — Откуда у тебя деньги? Скопил, что ли?

— Почему? В карты выиграл. Будешь мармеладку?

У Афанасьева действительно была мармеладка, и он угостил ей Артёма.

От сладкого даже в мозг ударило: такой душистый, томительный вкус.

"Я с детства занимался собой, вертелся на турнике, даже боксу учился, работал грузчиком — а это поэт! И такая живучая сущность, — дивился Артём, глядя на Афанасьева. — И характер такой простой!.. Всё-таки даже у меня есть какие-то углы, и я этими углами цепляю то Ксиву, то Крапина... А у Афанасьева вообще никаких углов нет, он втекает в жизнь — и течёт по жизни... Хотя нет, его же убрали с дневальных?.."

— ...Слышишь меня? — смеясь, спросил Афанасьев, рассказывавший что-то.

Артём отрицательно покрутил головой, снова улыбаясь, и вдруг спел:

— "Не по плису, не по бархату хожу, а хожу-хожу по острому ножу..." Откуда я знаю эту песню? Никогда её не слышал.

— Как не слышал, — добродушно удивился Афанасьев, — вчера Моисей исполнял.

* * *

"Человек — живучая скотина", — думал Артём по дороге на баланы.

Сердце его разогнало кровь, глаза проснулись, сон сошёл, душа ожила.

"Это сейчас ты так говоришь — а если такой наряд тебе будет выпадать до ноября? — спросил Артём себя. — Представь, каково в ноябре, да в канале, да по глотку..."

Отмахнулся, не стал представлять; обернулся на монастырь.

"Надо мхом порасти и стоять на любом ветру каменно..."

Вчерашняя партия была в полном составе, даже потешного мужичка опять прихватили — может, из подлости. Звали его Филиппом — Афанасьев узнал. Убил Филиппок свою матушку и по той причине оказался в Соловецкой обители.

— Работать не будешь — вечером выдавлю глаз и заставлю съесть, — посулился ему негромко Ксива.

— Потяну лямку, пока не выроют ямку, — кротко и еле слышно ответил Филипп.

После того, что Афанасьев рассказал про Филиппа, Артём непроизвольно сторонился мужичка. От слов его, будто бы помазанных лампадным маслом, воротило.

Как дошли до места, Моисей Соломонович сделал три круга вокруг своего пенька — не позовут ли его попеть и сегодня. Но никто знака не подавал.

"Ах, как жаль, — говорил весь вид Моисея Соломоновича. — Как жаль, ах".

После вчерашнего концерта Артём поглядывал на Моисея Соломоновича с интересом: судя по всему, это был человек увлекательный.

Не дожидаясь понукания десятника, Артём полез в воду. Рубаху он накрутил на голову, плечи намазал прибрежной грязью.

— Гражданин десятник, чё сегодня опять сто? — поинтересовался Ксива. — Не великоват урок? — и тут же резво, как конь о двух ногах, забежал в воду.

Десятник Сорокин не поленился и запустил в Ксиву дрыном.

— Давай мой шутильник обратно, шакал, — скомандовал десятник; дрыны называли ещё и шутильниками.

— Утоп он, гражданин десятник, — отвечал Ксива, тщательно изображая поиски.

— Я тебе дам "утоп"! Он деревянный, как ты! Ищи!

Артём поймал себя на странном чувстве: ему б хотелось, чтоб десятник добавил Ксиву, заставил принести шутильник и наказал бы пару раз этой самой палкой.

Но хитрый Ксива так и не отдал дрын, сколько Сорокин ни орал.

Наоравшись, десятник ушёл перекурить с конвойными. А потом и вовсе все трое отправились куда-то: наверное, за ягодами. На прощанье Сорокин крикнул, что сегодняшний урок уже сто пятьдесят баланов — полтинник накинули за дрын.

— А тут, даже если по двести, — ещё на неделю трудов, — прикинул Лажечников, из-под руки осмотрев канал.

— Ксива, бля, тебя утопить мало, — заругался Афанасьев, без особого, впрочем, задора.

Артём снова удивился: Афанасьев мог позволить себе говорить с блатным таким тоном. Мало того, Ксива ему вполне приветливо ответил:

— Да пошёл ты, Афанас. Иди в зубах ему дрын отнеси. Вон как твой дружок вчера.

Артём, хоть и стоял в воде, а почувствовал, что его внутренности будто облили чем-то горячим, липким, стыдным. Деваться было уже некуда.

— Ты, блатной! — выкрикнул Артём, и крепость собственного голоса его самого же возбудила и поддержала. — Пасть свою зашей!

Отталкиваясь от баланов, Артём пошёл, стараясь делать это как можно быстрей, по направлению к Ксиве.

— Вы чё, хорош, — искренне засмеялся Афанасьев.

— Э, фраер, иди ко мне, — позвал Ксива Артёма, которому и так оставалось два шага; Артём изловчился и вдруг пробил правой прямой замечательно длинный удар Ксиве в лоб, да так точно, что голова его сначала, рискуя сломать шейные позвонки, резко шатнулась назад, а потом он всем телом завалился вперёд — благо что на балан, а то бы под воду ушёл.

Двое других блатных рванулись было на помощь, но тут влез Афанасьев:

— Их разборка! Их разговор! Двое говорят — остальные стоят!

Ксиву приподняли с балана, он вращал глазами и даже разговаривать не мог какое-то время, только взмыкивал.

Лагерники молча работали. Лажечников хмурился. Сивцев часто шмыгал носом. Китаец привычно находился где-то глубоко внутри себя. Моисей Соломонович занимал всегда такое место, чтоб оказаться равно далёким от любой опасности. Филипп, кряхтя и бормоча, бегал вдоль воды, как будто оттуда должна была вот-вот выпрыгнуть ему прямо в руки большая рыба.

У Артёма всё одновременно дрожало и ликовало внутри.

Сплюнув, он вернулся ворочать баланы к Афанасьеву — весело-удивлённому, но и несколько озадаченному при этом.

Артём покусывал губы и старался не слишком коситься на Ксиву, но всё равно чуть болезненно прислушивался: не начнёт ли тот снова хамить.

Время от времени Артёму приходилось драться. Он не был к этому склонен, однако драться умел неплохо: надо было только переломить в себе врождённое нежелание ударить человека по беззащитному и ранимому лицу — а дальше всё получалось само собою.

Блатные, выведя Ксиву не берег, покрутились возле, предлагая помощь... кажется, он на них шикнул, и они снова зашли в воду.

— Неплохо, неплохо, — сказал Афанасьев, всё ещё улыбаясь.

Приятное тщеславие понуждало Артёма выказать свою невозмутимость. Для этого лучше всего подходило молчание.

— Стихов бы, что ли, почитал, — предложил он спустя несколько минут.

Афанасьев задумался, будто решая, говорить всерьёз или нет, а потом ответил очень серьёзно:

— Своих я ещё тут не написал, а прежние не считаются. И чужих не хочу. Буду здесь без стихов жить, как без женщины. Потом слаще окажется попробовать.

И тут же перевёл тему:

— Тёма, что ты хватаешься за самые тяжёлые брёвна, я не пойму. Сил до хрена, я увидел. Ну так побереги их. Выбирай хлысты — тонкие, худые баланы. Это девок надо выбирать помягче, тут-то... зачем...

Десятник вернулся неприметно, наверное, ещё издалека приметил филонящего Ксиву и путь от перелеска проделал едва ли не скоком. В руке у него был новый дрын.

Определённо, у Ксивы сегодня был тяжёлый день: пока он добежал до воды, ему досталось раз десять по хребту.

Работал он после этого как в полуобмороке, а ближе к обеду его вдруг прямо в воде вырвало. Слюнявая нить свисала с отвисшей губы, пока не вытер, озираясь дурными глазами.

Вся эта хлебная слизь и непереваренная каша раскачивались некоторое время на поверхности.

В какой-то момент Артём осознал, что не осталось и толики гордости за свою короткую и очевидную победу — не потому, что Ксива еле передвигался, весь сонный и скисший, а потому, что день нынешний оказался ещё трудней, чем вчерашний.

И баланы за ночь стали будто тяжелее, и ветер ещё более назойливым, и комарьё даже на ветру не пропадало.

— Раз вы такой стаей летаете туда-сюда, дотащили б до лесопилки, — ругался на комаров Афанасьев.

Вообще Афанасьев всё больше нравился Артёму — он бы подумал об этом серьёзнее, когда б не разноцветные звёзды, пляшущие в глазах.

Откуда-то издалека раздавался рёв десятника Сорокина — тот снова наказывал потешного Филиппка за отсутствие сил и воли к работе.

Филипп сам предложил поорать про филона, хотя, признаться, голос его сел совсем.

— Слыхали? — обратился десятник к конвойным. — Он опять хочет орать про филона, а не работать!

Конвойные смеялись; Филиппа ещё раз, сбив на землю, поучили дрыном, он вскрикивал и безуспешно пытался уползти.

Сегодня Артёму и в голову не пришло бы за него вступаться. Вчерашний свой поступок он не понимал вообще и объяснить бы при всём желании не сумел.

Подступало тихое помутнение.

Артём медленно повторял, часто смаргивая: вот плавают звёзды перед глазами, вот плавают, вот плавают, а если их выловить, а если их выловить и сварить.

И представлялся суп — позолоченный, ароматный, источающий нежнейший дух.

Понемногу начало накрапывать прямо в суп, а потом как надорвалось — грянул оглушительный ливень, пузырящийся, шумный, толкотливый.

Било по мозгам так, что звенело и бурлыкало в голове.

Артём чувствовал озноб, сделавший руки негнущимися, движения — тупыми, пальцы — деревянными.

В воде оказалось лучше, чем на суше, — и все, кроме Филиппа, залезли в канал, стояли там меж пузырей, в угаре и грохоте дождя.

Десятник и конвойные сразу убежали поближе к деревьям и пережидали там, покуривая.

Филипп, приговаривая что-то, ходил туда и сюда по берегу, словно искал посреди дождя место, где не каплет.

Дождь шёл минут десять и разогнал комарьё.

Но не успела рассеяться последождевая морось, как по одному, неистово пища, начали возвращаться комары.

“Нет бы ливень прошёл огненный, раскалённый”, — мечтал Артём.

Дорога до лесопилки и назад больше не согревала. Зато пятки едва чувствовали боль, и Артём наступал на камни, ветки, шишки с некоторым даже озлоблением.

Филипп работал теперь в паре с невысоким, хоть и втрое шире его Лажечниковым.

Уже вечерело, когда непрестанно что-то шепчущий Филиппок вдруг притих; минут несколько вёл себя настороженно и странно.

Артём с Афанасьевым подавали, кряхтя и клекоча, очередной особенно тяжкий балан из воды — и Филипп вдруг на глазах у Артёма исхитрился и — явно с задумкой — сбросил руки. Лажечников пытался удержать балан — но куда там. Балан мощно тюкнул концом ровно по ноге Филиппа.

— Эй! Ты что? — вырвалось у Артёма.

— Ай! — заорал Филипп. — Ай! — он ещё хотел прокричать заготовленное "Выронил!", но боль, видимо, оказалась такой настоящей, что его хватало только на "Выр! Выр! Выра!.."

Афанасьев и Артём тоже сбросили свой конец и стояли не шевелясь.

Только Лажечников, ничего не понявший, приговаривал, безуспешно пытаясь рассмотреть ушиб:

— Не то поломал?

Появившийся десятник, вообще не раздумывая, взял Филиппа за волосы и поволок — не куда-то и с определённой целью, а просто от бешенства, — и волочил кругами, пока кудрявый клок так и не остался зажатым в кулаке.

— Сука шакалья! — орал Сорокин. — Кого ты хотел обмануть? Я таких сук имею право удавить лично! Всем саморубам и самоломам положена смерть! Ты сдохнешь сейчас!

Артём, безвольный и глухой, прошёл к еле живому костерку, который разожгли только что конвойные.

Он был совершенно уверен, что Филиппа сейчас не станет.

Моисей Соломонович громко вздыхал. Артёму почему-то показалось, что тот молится.

Назабавившись и оставив Филиппа на земле, десятник Сорокин тоже направился к костру — бросил в огонь клок волос, которые так и держал в руке, и скомандовал: "Ну-ка все на хер в воду!"

— Не убей меня! — снова вскрикивал Филипп срывающимся, будто не находящим себе пути в надорванной глотке голосом.

Что-то придумавший Сорокин позвал блатных — и вскоре они откуда-то прикатили здоровый, пуда на полтора пень.

Подсушив пень на костре, Сорокин, вслух произнося записываемое, вывел карандашом: "Предъявитель сего Филон

Паразитович Самоломов направляется на перевязку ноги. После перевязки прошу вернуть на баланы для окончания урока".

Конвойные хохотали — причём у Артёма было твёрдое чувство, что всё это уже когда-то было и теперь, только громче и назойливее, повторялось.

— Подымайся, шакал! — крикнул, завершив труды свои, Сорокин. — Думаешь, ты не сможешь работать на одной ноге? Сможешь! Сможешь вообще без ног, йодом в рот мазанный!

— Я не нарочно! — с подсвистом сипел Филипп.

— Либо я тебя забью дрыном по голове и брошу в канал — либо встал и пошёл с письмом в монастырь! — с последней серьёзностью предложил Сорокин, яростно сжимая крепкую палку.

Артём очень внятно видел человека, готового к убийству и даже желающего его.

И Филипп встал.

Пень он сначала, шага три, нёс впереди живота — и уронил... взвалил на горб и с минуту шёл, далеко ступая здоровой ногой и очень мелко — ушибленной, натурально плача при этом... вскоре сам упал... дальше катил пень перед собой.

Вослед ему Артём не смотрел, слыша стенания и жалобы. Иногда Филипп вскрикивал так, словно его прокалывало насквозь раскалённой спицей, — наверное, когда неудачно ступал на покалеченную ногу.

Они закончили урок ещё позже, чем вчера: с конвойными десятник снова договорился. Зарабатывал себе условно-досрочное, скот.

— Я решил купить плеть, — сказал Артёму Афанасьев, когда они, дотащив последний балан, бессильно возвращались от лесопилки на помаргивающий костерок. — И знаю как.

Полуночный дождь гнал их до самого монастыря. Шли по щиколотку в грязи.

Видя мутные монастырские фонари, Артём чувствовал, что это не дождь бьёт его в затылок и плечи... а он тащит за собой дождь как огромную, полную ледяной и трепещущей рыбы сеть.

✳ ✳ ✳

Ночью в роте удавился заключённый из их взвода.

Всех подняли в начале пятого, едва дневальный обнаружил мертвяка.

Артём просыпался так, будто ему — как кость, с хрустом — сломали сон, и открытый перелом шёл через трещащий от боли череп.

...Ротное начальство суетилось: может, убийство. Но лагерники точно понимали, что нет — это был фитиль, доходяга, никому не интересный, он сидел четвёртый год, висело на нём пять, недавно отсидел в карцере десять суток, и это его доконало.

Разбуженный Кучерава пару раз рубанул дневального дрыном — что недоглядел. Чеченец таращил бешеные глаза, но у Кучеравы были ещё бешеней.

Мертвяк висел в дальнем углу, исхитрившись удавиться с краю нар, прицепив удавку к жердям третьего яруса. Петлю смастерил из рубахи, порвав её на длинные лоскуты.

Никто ничего не слышал. Лагерник на первом ярусе так и спал головой к ледяным ногам удавленника, пока не получил дрыном от Кучеравы.

Мертвяка ужасно материли за переломанный сон.

Дневальным велели снять труп — битый послушно полез и перерезал удавку, но принимали внизу всё равно те же фитили, что выносили парашу. Двое других чеченцев командовали и покрикивали.

Труп вынесли и положили на улице у входа.

Прибежала собака одного из лагерников по кличке Блэк, понюхала труп и села рядом. Во дворе ещё жил олень по прозвищу Мишка — но тот сегодня держался в отдалении, хотя по утрам, едва появлялись лагерники, сразу спешил к ним: бывало, кто и хлебом угощал, и даже сахарком — далеко не все сидельцы бедовали. Потом тех, кто ему давал сахара, Мишка легко находил в любой толкотне.

Встал Артём в состоянии почти алкогольного опьянения, не помня и десятой части из того, что случилось вчера, и очень медленно осознавая происходящее сегодня.

Он без толку побродил по трапезной, готовый заснуть прямо на ходу, а скорее, уже спящий.

Вышел на улицу, по дороге заметил, что Ксиву опять рвёт, и ничего не подумал по этому поводу.

Над трупом как-то особенно стервозно орали чайки, будто увидели вознёсшуюся душу, и она им не понравилась — её хотелось заклевать, как чужую, прокажённую, лишнюю в этом небе.

Когда одна из чаек стала снижаться, чтоб, кажется, усесться прямо на труп, вдруг с необычайной злобой залаял Блэк. Чайка рванула вверх, но обиду затаила. Спустя минуту уже несколько чаек кружило над Блэком, норовя пролететь над самой его башкой, — он сидел невозмутимо, как будто сам умел в любое мгновенье взлететь и порвать в воздухе кого угодно; только иногда поводил носом.

Плюнув кислой слюной себе под ноги, Артём вернулся в трапезную и влез обратно на своё место. Ему было муторно, зябко, предрвотно.

Одежда Артёма не высохла. Видимо, тело его не смогло за ночь дать нужного тепла. Наоборот, шинелька подмокла и непонятно отчего внутренняя ткань стала какой-то склизкой.

Подошёл Бурцев.

— Команды ложиться не было, — сказал он.

Артём открыл глаза, посмотрел на него, хотел было просительно улыбнуться, но не хватило сил, подумал дремотно: "Белогвардейская сволочь..." — и закрыл глаза: может, пропадёт.

И заснул.

Подъём всё равно был через четверть часа — но эти четверть часа в покое значили непомерно много. Ещё бы часов семь-десять, и совсем было бы хорошо.

* * *

Первая мысль: неужели Бурцев пропал? Обиделся, интересно, или нет?

Вторая мысль: а был труп, нет, или приснился? Может, и Бурцев тогда приснился?

Труп лежал на месте. Блэк всё сторожил мёртвого. Чайки ходили неподалёку, косясь на недвижный человеческий глаз и дразнящийся язык.

— Ты помнишь, что я вчера сказал? — спросил Афанасьев у Артёма после завтрака.

Купить плеть, сплетовать — означало "побег".

Артём ничего не ответил и даже не кивнул.

Они сидели на его нарах с кипятком в руках. Было только семь утра. Артём бесстыдно сколупывал вчерашнюю грязь с щиколоток. Афанасьеву было всё равно.

Минуту назад, перед тем как залезть наверх, он положил в протянутую руку живущего под нарами беспризорника мармеладку. Теперь два товарища со второго яруса смотрели, как рука вновь появилась. Некоторое время открытая грязная ладонь будто бы искала что-то — таким движеньем обычно пытаются определить, идёт дождь или нет. Больше мармеладок не выпало; рука исчезла.

Некоторое время молчали, тихо закисая от недосыпа.

— Отсюда не убегают, — сказал Артём, встряхиваясь.

— Убегают, — ответил Афанасьев, жёстко, по-мальчишески надавив на "г" в середине слова.

Ещё посидели.

Ни о каком побеге Артём даже думать не хотел.

— Ты вроде был иначе настроен к здешней жизни, — сказал он, еле справляясь языком с тяжёлыми словами.

— Дурак, Тёма? — прошипел Афанасьев. — То, что я могу выжить и здесь, не означает, что я буду тут жить... К тому же если остаться в двенадцатой — тут могут и уморить. Зимой уморят запросто.

— Ещё кипятка хочу, — сказал Артём, сползая с нар так, будто его всю ночь жевали и выплюнули, не дожевав.

Когда ставил консервную банку на свои нары, заметил, что рука от напряжения дрожит, — как же он теперь будет поднимать баланы, если пустую железяку едва держит.

Ещё надо было идти в сушилку, отнести вещи — у него были запасные штаны, имелся пиджак. Он переоделся в сухое и, невзирая на лето, влез в шинель.

— С тобой схожу, — сказал Афанасьев.

Сушилка была в восточной части кремля; обслуживала она в основном администрацию, но иногда работники, тоже из числа заключённых, могли смилостивиться и взять шмотьё у простых лагерников.

Прошли мимо удавленника, за своим разговором не посмотрев на него. Мёртвый язык, замеченный боковым зрением, еле тронул в Артёме человеческое, почти неосязаемо.

Если б Артём задумался об этом, он решил бы так: это же не человек лежит; потом: что человек — это вот он, идущий по земле, видящий, слышащий и разговаривающий, — а лежит нечто другое, к чему никакого сочувствия и быть не может.

Афанасьев всё пугал Артёма предстоящей зимой:

— ...За невыполнение нормы раздели и оставили на морозе... Он и задубел. Это не “Я филон!” орать. И лежал за отхожим местом ледяной труп до самой весны, пока не начал оттаивать...

Артём вдруг вспомнил слова Василия Петровича, что в дневальные назначают только стукачей. Он же про Афанасьева говорил!

— К чему ты мне это рассказываешь? — перебил Афанасьева Артём.

Им навстречу из сушилки вышел хмурый чекист, и Афанасьев не ответил.

В сушилке уже стояло человек семь отсыревших бедолаг — причём несколько из них были по пояс голые: сменной одежды они не имели.

— Куда ты тянешь своё тряпьё, иди под жопой его суши! — надрывался приёмщик, наглая рожа.

Всё сразу стало ясно.

— Человек человеку — балан, — сказал Афанасьев на улице.

* * *

В роте Бурцев бил китайца.

Китаец лежал на своих нарах и не хотел или не мог встать на работу.

Бурцев его стащил за шиворот.

Китаец не стоял на ногах, тогда Бурцев его бросил, но тут же склонился и начал неистово трясти за грудки, выкрикивая каким-то незнакомым Артёму, болезненно резким голосом:

— Встать! Встать! Встать!

Это "встать!" звучало, как будто раз за разом остервенело захлопывали крышку пианино.

"Вот ведь как... — вяло размышлял Артём. — Подумать-то: всего лишь отделённый. И такое. А мог бы и со мной такое проделать?"

Появился откуда-то Василий Петрович, весь, как курица, взъерошенный то ли от ужаса, то ли от удивления.

— Мстислав! — всё повторял он. — Мстислав!

"Кто у нас Мстислав?" — никак не мог понять Артём: отчего-то он никогда не слышал, чтоб кто-то называл Бурцева по имени.

Бурцев выпрямился и, не глядя на Василия Петровича, пошёл к выходу: скомандовали построение на поверку.

По дороге Бурцев вытирал ладони, словно только что мыл руки.

Василий Петрович помог подняться китайцу.

— Тём, а вот тебе не кажется странным, — привычно возбуждённый, бубнил Афанасьев, пока рота пыталась построиться, — Китай-то чёрт знает где. Там где-то ходят китайцы, живут своей муравьиной жизнью, и там есть родня этого нашего... как его зовут?.. родня говорит по-китайски, ест рис, смотрит на китайское солнышко — а их сын, внук, муж валяется на каких-то Соловках, и его бьёт отделённый Бурцев?

Артём понимал, о чём говорит Афанасьев, но все эти отвлечённости не могли взволновать его. Вот Бурцев его удивил, да. Он ходил взад-вперёд, наблюдая, как строится отделение. Вид у Бурцева был сосредоточенный.

Василий Петрович привёл китайца, Бурцев не подал вида, словно случилось то, что должно было случиться.

Проходя мимо Артёма, Бурцев остановился, сощурился и сказал:

— О, тебя не узнать. Возмужал.

Артём попытался улыбнуться, но отчётливо понял вдруг, что его оплывшее, лихорадочное, больное лицо за два дня едва не съедено комарами и что Бурцев издевается.

"Грёбаный хлыщ, — подумал Артём. — Ему тоже теперь надо бить в лоб? Прекратится это когда-нибудь или нет..."

"Это он мне отомстил за то, что я не встал с кровати утром", — мгновенье спустя догадался Артём.

Ни на какую радость после этого надеяться не приходилось, но судьба сыграла в своём жанре: Артёма с Афанасьевым сняли с баланов. Направили, правда, непонятно куда.

"Кого благодарить-то? — думал Артём. — Удачу? Где она — моя удача?.. Или Василия Петровича?"

Но Василий Петрович был, кажется, ни при чём.

Артём старался не смотреть на крутой, обваренный лоб Крапина, чтоб ничего не напортить.

Может, Афанасьев подсуетился?

Но Афанасьев вида не подавал, только посмеялся, лукаво глядя на Артёма:

— Главное, не центральный сортир чистить — остальное всё сгодится.

По пути в роту, когда движение застопорилось, кто-то больно толкнул Артёма в спину; он быстро оглянулся. Позади были блатные.

Поодаль стоял Ксива, смотрел мутно, словно что-то потушили в его голове. Под глазами у него были натурально чёрные круги.

— Амба тебе, чучело, — сказали Артёму.

— Что стряслось, братие? — тут же обернулся, качнув засаленным рыжим чубом, Афанасьев, шедший рядом.

— Не лезь, Афанас, — ответили ему.

Артём развернулся и сделал шаг вперёд. Его ещё раз, похоже, костяшками пальцев, сурово и резко ткнули под лопатку. Больше не оглядывался, наоборот, пытался скорей протолкнуться, но впереди, как назло, топтались медленные, будто под водой, лагерники.

Сзади хохотнули, произнося что-то обидное и гадкое.

Артём изо всех сил постарался не услышать — и не услышал. Его потряхивало, он держал руки в карманах, сжав кулаки.

На улице по-прежнему орали чайки — было необъяснимо, зачем природа сделала так, чтоб небольшая птица умела издавать столь отвратительный звук.

— Ты не дёргайся, — сказал Афанасьев очень спокойно. — Мы разберёмся.

Артёма будто кольнули тёплой иглой под сердце — всякое доброе слово лечит, от него кровь согревается. Но виду не подал, конечно, да и верить никаких оснований не было. Ну да, Афанасьев, кажется, с риском для себя поигрывал с блатными в карты — но с чего б ему разбираться и как?

— Я по юности сам воровал, Тёма, — сказал Афанасьев, будто слыша мысли своего приятеля. — Я знаю всех питерских. Попытаемся найти нужные слова. С ними базарить — это как стихи писать: уловишь рифму — и в дамки. А пока двигайся ловчей, у нас наряд по веникам.

— Каким веникам? Откуда знаешь? — встрепенулся Артём.

— Я ж и договорился, Тёма, — сказал Афанасьев. — Крапину тоже нужны деньги. Банные веники будем вязать. Заказ поступил от архангельских городских бань. Пока листопад не начался.

— А что ты там про сортиры тогда молол? — спросил Артём.

— А тебя пугал, — засмеялся Афанасьев, рыжий чуб тоже затрясся в такт смеху. — Но тут тебя вон сколько народу хочет напугать, целая очередь, поэтому...

— Я не боюсь, — сказал Артём, хотя, кажется, это было неправдой.

— Нет, голуба, — вдруг сменил тон Афанасьев, — ты их бойся: когда их больше одного, страшней их нет... Но добазариться иногда можно. А главное, Тёма, — венички у нас нынче! И без конвоя!

Афанасьев подпрыгнул и попытался ударить кружившую по-над головами чайку, та рванула ввысь, заорав что-то несусветное, истеричное.

— Проститутка! — выругался ей вслед Афанасьев и, уже обращаясь к Артёму, риторически спросил: — Ты слышал, как она меня назвала?

Их обогнала подвода с трупом удавленника. На языке у него сидела жирная муха, не пугаясь тряски.

Артём вдруг вспомнил, что с утра не видел потешного Филиппка.

Утро оказалось слишком длинным, пора ему было переваливаться в день.

✳ ✳ ✳

— Кто со мной разговаривал? — спросил Артём, совсем уже успокоившийся.

"Выкружу", — сказал себе.

— Бандит Шафербеков. Порезал жену, сложил кусками в корзину и отправил по вымышленному адресу в Шемаху.

— А Ксива — он кто?

— Карманник. Но тоже вроде какую-то бабушку напугал до смерти.

— А прозвище у него откуда такое?

— Губу его видел? Она ж как ксива — всем её сразу предъявляет...

Артём покачал головой:

— И ты общаешься с этой мразью?

Афанасьев саркастично скривился:

— А здесь есть другие?

Артём пожал плечами: было очевидно, что есть.

— Ты думаешь, на любом бывшем чекисте из девятой роты меньше крови? — поинтересовался Афанасьев. — Там у каждого по дюжине таких корзин в личном деле.

— Я не про них.

— А про каких? Посмотри на Бурцева — что с ним стало за день! Отделённым назначили! А Мстислав наш из дворян наверняка. Плётку скоро себе заведёт, бьюсь об заклад. Чекисты, думаешь, суки, а каэры все невинные, как они сами про себя здесь рассказывают? Ага!

— На каэрах другая кровь, — сказал Артём тихо.

— Какая другая? Такая же. Сначала мокрая, а потом сворачивается.

— Ты понимаешь, о чём я, — упрямо повторил Артём.

— И твоего Василия Петровича я не люблю, — весело, но не без стервозной нотки продолжал Афанасьев. — Неровный тип. Знаешь, как мы с ним познакомились? Иду с посылкой от мамки, он ловит меня за рукав в коридоре — это ещё когда я в карантинной роте был: хочешь, говорит, посылочку сберегу?

Артём помолчал и спросил:

— А что такого?

— А чего мне с ним посылкой делиться?

— Тогда придётся делиться с блатными.

— Вот именно. И первый твой вопрос был: "Почему ты дружишь с этой мразью?"

Артём выдохнул и сказал миролюбиво:

— Да ну тебя.

Афанасьев хохотнул, очень довольный собой.

— Ты циник, Афанасьев, — сказал Артём уже совсем по-доброму, не без некоторого, признаться, уважения. — Ты мог стать замечательным советским поэтом. Никаким не попутчиком, а самым правоверным.

— Мог бы, — согласился очень серьёзно Афанасьев. — Но не стану. Мне и карт хватает, чтоб жульничать. А этим я не торгую.

— А ты совсем не веришь большевикам? — спросил Артём минуту спустя.

— Я? — встрепенулся Афанасьев и даже схватил свой чуб в кулак, слегка подёргивая. — В чём-то верю, отчего ж. Только большевики мне не верят совсем!

И снова захохотал.

Они нарубили-наломали дубовых и берёзовых ветвей и вязали выданной бечевой веники, ими же обмахиваясь от комарья.

Сегодня выпал день солнечный, высушивающий давешнюю сырость, и место они выбрали такое, чтоб подпекало, — так что было очень хорошо, даже чудесно. Нисколько не хотелось думать, кто там сегодня студится и надрывается с баланами.

— А вы где играете? — спросил Артём, имея в виду карты. — За это ж могут на Секирку сослать.

— На Секирку... — сказал Афанасьев насмешливо. — И что теперь? Играем где можем — это сильней страха, игра — она вместо этой блядской жизни соловецкой, затмевает её... Мест, чтоб громать, пока много: в оконных нишах играем... есть пара обжитых, ещё не пропаленных чердаков, за дровами место есть... В роте тоже играют иногда, разве не видел? Но ловят, суки, давят.

Афанасьев мечтательно смотрел куда-то далеко, будто мысленно раскидывал карты.

— Ты хорошо играешь? — спросил Артём.

— Играю? — засмеялся Афанасьев. — Нет, тут другое. Это не игра — это, Тёма, шулерство. Играть там — без смысла, важен только обман. Я в детстве хотел фокусы показывать в цирке, с ума сходил просто. Фокусам так и не научился толком, а вот с картами могу кое-что... А сама игра — это уже дело пятое. Главное, если хочешь выиграть, — чтоб была своя колода. Или, на крайний случай, третьего человека. Всё дело в колоде: как ты её растасуешь — так и поиграешь, Тёма.

Артём помолчал.

— А карты откуда?

— Святцы сделать — тоже своя забава, — с видимым удовольствием рассказал Афанасьев; "...Во поэт", — подумал Артём весело.

— Идут блатные в библиотеку, продолжая плановый процесс перековки, берут роман потолще... Режут страницы из книг, бумагу склеивают хлебным клеем — это когда хлеб обваривается кипятком и отжимается; отжатая жидкость, клейкая. А потом через трафаретку рисуют мылом, разведённым на чернилах, карты, они же "святцы", они же "колотушки", — с учительской интонацией закончил Афанасьев и, подняв веник, спросил: — Жаль, на венике нельзя улететь, как Баба-яга, да, Тёма? Сейчас бы уселися с тобой — и адьо, товарищи!

— Баба-яга ж — на метле, — отвечал Артём.

— А метла что? Веник! — не соглашался Афанасьев.

Веников они сделали уже полторы сотни, и надо было ещё пятьдесят.

— Давай-ка мы сделаем метлу, может, полетит? — сам себя развлекал Афанасьев.

Сходил до обильно наломанных ветвей, выбрал самые длинные, связал из них уродливый, в половину человеческого роста веник.

— А? — смеялся Афанасьев, пытаясь на него присесть и так разбежаться.

— У нас верёвки кончились, — подсмеиваясь, сказал Артём. — Вязать веники нечем. Урок не сделаем, хлеба дадут триста грамм, а у меня и так кончился.

— А я знаю чем, — тут же сообразил Афанасьев. — Я тут брошенную колючку видел.

— Думаешь, надо? — спросил Артём, умиляясь на нового рыжего товарища.

— А чё, не надо? — отвечал Афанасьев. — Сказали: надо веники — вот будут им крепкие революционные веники.

Он сходил за колючей проволокой — и вернулся с длинным хвостом, натужно волоча его за собой. Наломав колючки и заливаясь от смеха, изготовил "веничек соловецкий", связав пышные берёзовые ветви колючкой.

Артём тоже заготовил свой, такой же.

— "...Окровавленный веник зари!.." — продекламировал Афанасьев, размахивая новым изделием. — Знаешь такой

стих? "И всыпает им в толстые задницы окровавленный веник зари!" Серёга как в воду глядел!

— Нет, не знаю такой стих, — признался Артём, не очень-
то поверив Афанасьеву: наверняка сам сочинил.

Подвязав ветви колючкой, а одну длинную, когтистую
проволочную жилу ловко спрятав посреди душистых ветвей,
Афанасьев изготовил "веничек секирский".

— Ай, как продерёт! — кричал Афанасьев. — До печё-
нок! — он попробовал на себе и пришёл в ещё больший восторг.

Артём не отставал.

Закопав готовые соловецкие и секирские веники поглубже среди остальных, обычных, Афанасьев с Артёмом продолжили своё занятие.

"Веничек чекистский" шёл уже с двумя жилами колючки.

Веник с тремя рогатыми жилами наломанной колючей
проволоки назвали "Памяти безвременно ушедшего товарища Дзержинского".

— Представь! — заливался Афанасьев, мотая рыжей головой — и ловя себя за чуб кулаком; смех его тоже был какой-то
рыжий, веснушчатый, рассыпчатый. — Тёма, ты только представь! Пришла чекистская морда в баню! Ну-ка, говорит, банщик, наподдавай мне! Наподдавал банщик так, что всё в дыму,
ничего не разглядеть! Ну-ка, кричит из клубов пара чекист,
пропарь-ка меня в два веничка! И как пошёл банщик его оха-
живать, как пошёл!.. Чекист вопит! Банщик старается! Чекист
вопит! Вроде пытается перевернуться! Банщик ещё пуще! Ещё
злее! Ещё чаще! Ещё поддал! Ещё пропарил!.. Чекист уж смолк
давно! Банщик постарался-постарался и тоже понемногу успокоился... И вот дым рассеялся, стоит банщик и видит: вокруг
кровища... клочья мяса!.. вместо чекиста — кровавая капуста!..
где глаз, где щека!.. где спина, где жопа!.. как в мясной лавке!..
и в руках у банщика вместо веника — два шампура с нанизан-
ными лохмотьями мяса!.. и тут входит другой чекист — ты
представь, Тёма, эту картину! Входит! Другой! Чекист! И на всё
это смотрит огромными детскими глазами! Картина "Банщик
и чекист", бля! "Не ждали"! Передвижники рыдали б!..

Артём так хохотал, что закружилась голова: кулак засовывал в рот и кусал себя, чтоб не ошалеть от смеха.

Веник "Суровая чекистская жопа" готовили долго, совместно. Он был огромен и толст — ухватить его можно было только двумя руками, да и поднять не просто. Проволочных жил там было с десяток. По большому счёту таким воистину можно было изуродовать, главное — размахнуться как следует.

Две хилые берёзовые веточки, сплетённые с одной жилой колючки, назвали "Терновый венчик каэровский".

Так было весело, что едва не проглядели десятника.

Пока тот донёс к ним сизую харю, успели немного прикопать свои творения.

— Всё готово, начальник! — отрапортовал Афанасьев, сдерживая смех с таким невыносимым усилием, что, казалось, сейчас его разорвёт всего целиком.

— Тут вроде больше, — сказал десятник, помолчав.

— Гораздо больше! Ударными темпами в порядке боевого задания! — отчитался Афанасьев необычайно звонко.

Артём смотрел в сторону, по лицу его текли самые счастливые за последние месяцы слёзы.

— Возьмите себе попариться! — предложил Афанасьев так громко, словно десятник стоял на другом берегу реки.

— Чего ты орёшь? — спросил десятник.

Афанасьев потупил глаза и больно закусил себе губу. Веснушки на его лице стали такие яркие, словно их поджарили.

Десятник немного повозился и выбрал три веника, обнюхивая каждый с таким видом, словно пред ним были его портянки: забота о себе и нежность к себе были тут ровно замешаны с чуть приметной брезгливостью.

* * *

На Соловки прибыл новый этап, зэки не без удовольствия разглядывали, как идут от причала новички. Чужой страх грел, радовал.

Тринадцатую, карантинную, забили до отказа. Оттуда посидевших месяц-другой лагерников раскидали по другим ротам. В двенадцатую сразу угодило человек сорок.

Когда Афанасьев с Артёмом появились в роте, любопытные, как вороны, блатные крутились вокруг двух самых заметных новоприбывших — это были индусы Курез-шах и Кабир-шах.

Собственно, кроме своих имён они мало что могли произнести. Первый вообще не знал русского языка, второй вроде бы понимал, но предпочитал улыбаться.

— Прямо ни одного слова по-русски не знаешь? — спрашивал Ксива, по обыкновению наряженный в пиджак на голое тело.

"Очухался..." — подумал Артём с неприязнью.

После нудных, с тупыми шутками домоганий не перестающий улыбаться Кабир-шах признался блатным, что они сели за шпионаж.

— Неплохо, да? — посмеялся Афанасьев, забираясь к себе. — Шпион, а русского языка не знает. Как же он шпионил-то? Считал, сколько собак в Москве и сколько лошадей? Чтоб понять, долго ли москвичи протянут в случае ещё одной революции?

Артём покачал головой на афанасьевские шутки.

Индусов забрал у блатных Крапин, определив их неподалёку от Артёма. Совсем рядом указали место ещё одному — совсем молодому пареньку в студенческой фуражке.

— Тут будешь жить, — сказал ему Крапин.

Свесив ноги, Артём с улыбкой смотрел на молодого.

— Это взводный? — спросил паренёк шёпотом, едва Крапин отвернулся.

Артём кивнул.

Парень протянул руку и представился: Митя Щелкачов.

Крапин уходил уже, но вдруг обернулся и вперился в Артёма.

"Что ещё?" — подумал Артём, сжав челюсти.

Крапин сделал три твёрдых шага, подойдя почти в упор — чуть пахнуло селёдочным духом, — Артём чертыхнулся, не зная, как лучше поступить: остаться на нарах, или спрыгнуть вниз.

— Сиди, — сказал Крапин негромко и, ещё выждав, проговорил, медленно и сиповато: — Ты не дурной вроде тип, что ты тут строишь из себя? Ты ж не жулик, не вор, не фармазон. Хочешь быстро превратиться в фитиля? Вся зима будет на это.

Артём кивнул, ещё мало что соображая.

Крапин ушёл, Артём остался сидеть, иногда шмыгая носом — раздумывал.

Никак не мог поверить, что Крапин вовсе, судя по всему, не желает ему зла. Иначе зачем он всё это сказал?

— Дорогой мой, — шёпотом позвал поднявшийся со своих нар Василий Петрович. — Между прочим, у меня есть настоящий чай. Если вы не будете по этому поводу кричать на всю роту, то мы вполне можем насладиться вдвоём.

Афанасьев так зашевелился наверху, что стало понятно: слышит. Но пить с Василием Петровичем он всё равно не стал бы, подумал Артём.

— Вижу, как горят ваши глаза, — сказал Василий Петрович, когда они уселись с чаем на его нары, вдыхая аромат с таким усердием, словно желали вобрать его весь. — Вижу глаза и слышал Крапина. Я как-то заранее догадывался, что всё именно так и обернётся. Вам везёт, Артём. Хорошая звезда над вашей купелью светила.

— Сколькиконечная? — спросил Артём, и они опять немного посмеялись, прихлёбывая чай.

— Я немного разузнал о судьбе Крапина, — начал Василий Петрович негромко. — Когда он работал в милиции, однажды с таким усердием допросил некоего бандита, что тот скончался. Кажется, сейчас это называется "превысил полномочия". В мои времена могли засечь, но я не припомню и одной истории, чтоб полиция кого-то убила при допросе. Впрочем, и блатных — таких, как сегодня, — тогда тоже не было.

Василий Петрович вдохнул чайного аромата и продолжил, некоторые слова начиная шёпотом, а договаривая просто губами, без звука:

— Так вот, про нашего взводного. За бандита, убитого Крапиным, отомстили ему ужасно: зарезали его десятилетнего сына. Тогда Крапин превысил полномочия ещё раз — и, захватывая некий притон, безо всякой надобности застрелил там несколько человек, включая женщину и одного советского административного работника, пришедшего поразвлечься.

Артём внимательно слушал, не зная, какие выводы ему делать.

— Это удивительно, — вдруг, в своей манере, отвлёкся Василий Петрович. — В Гражданскую убивали тысячами! На многих висит по трупу, по три, по десять! Тут один конвойный кричал, что расстрелял сто белогвардейцев в одном только двадцатом году! И вдруг кончилась война! И убивать теперь вообще никого нельзя! А люди привыкли! Крапин, думаю, искренне не понимает, как его, бывшего красноармейца, посадили за убийство нескольких блатных, случайной женщины и пусть даже административного работника — но ведь ставшего на подлый путь!

— Василий Петрович, — заговорил Артём с лёгкой усмешкой, чтоб его слова не выглядели как просьба о совете, — я только одного не пойму: как мне всю эту историю примерить к себе?

— Ну, Артём, — с деланой строгостью отозвался Василий Петрович. — Вам бы только стихи учить наизусть — да-да, я приметил за вами этот грешок, не смущайтесь, слишком заметно губами шевелите, и всё время одну и ту же фразу... Стихи учите, а в душах человеческих тоже можно кое-что прочесть. Вот читаю вам: наш взводный Крапин ненавидит блатных. Вы заметили: на Соловках крайне редко бьют каэров, что до нашего Крапина — он вообще их не трогает. А вот с блатными, напротив, он находится в постоянном противостоянии... И я не уверен, что он всегда будет выходить победителем. Для нынешней власти, как ни странно, подонки и воры — близкие с точки зрения социальной. А Крапин не может взять в толк: с чего это мерзость общества может быть близкой? В отличие от большевистских идеалистов, Крапин уверен, что перевоспитать их нельзя. И спасать тоже не нужно. А вот вас, Артём, — быть может, стоит спасти. Так, по крайней мере, думает Крапин. Когда он вас ударил палкой — он вас, знаете, как молодого бычка, направлял на верный путь. Ну не словами ж ему было объяснять вам — это ниже его положения. Но ввиду того, что дрыном вас не вразумить, Крапин совершил необычайной силы поступок: он с вами таки заговорил. Цените, Артём.

Артём так заслушался, что у него едва пальцы не прикипели к нагревшейся банке.

— А знаете, что ещё у меня есть? — засуетился Василий Петрович. — Баранки, не поверите. Верней, баранка. Суховата немного, но если вот так, — Василий Петрович с некоторым усилием разломил баранку на две относительно ровные части и, оценив на глаз, передал Артёму бо́льшую половину.

"Всё-таки зря про него Афанасьев так, — думал разомлевший и благодарный Артём. — Ничего наш поэт не понимает. Прекрасный и родной человек Василий Петрович..."

— Вот смотрю на баранки и с горечью в сердце вспоминаю всё то, что когда-то от сытости и глупости не доел, — поделился Василий Петрович. — Помню, был пост, и я, с улицы явившись на обед, поковырял и не стал есть жареную гречневую кашу с луком! Лук мне показался несимпатичным! Каша — чуть прижаренной! И ещё была мороженая клюква с сахаром на столе — десерт. А я как раз баранок объелся перед этим на рынке. Отец так и погнал из-за стола — пост так пост!.. Ох, Артём, какое горе. Какую ужасную глупость я совершил. Так раскаиваюсь, так раскаиваюсь...

Василий Петрович макнул баранку себе в чай и так сидел, застыв. Артём всё косился, не начнёт ли она разваливаться в кипятке — невкусно тогда будет.

— А ещё, помню, по рынку гулял мальчиком. И баба с капустой угостила меня кочерыжкой — из душистой кади выловила, как волшебную рыбку! — грызи, говорит, щербатый, молочные доломаешь — новые вырастут. А я так боялся расставаться со своими зубами, что не стал. Поблагодарил, отошёл подальше и сбросил кочерыжку в снег. Я бы сейчас в тот снег лицом, как пёс, зарылся, и нашёл бы её по запаху. Она же была — как счастье! — на зубах хруст! Ох. Ох, Артём.

— А сколько я на Пасху яиц не съел! — горился Василий Петрович. — Наберёшь полные карманы крашеных яиц — биться с мальчишками. Набьёшь десяток — все карманы в красной скорлупе. И потом скормишь яйца птицам... А птицы такие были сытые на Пасху — не то что мы сейчас. А сами пасхи! Ведь мама готовила и шоколадную! И фисташковую! Съешь той кусок, этой кусок — и сыт уже. Матушка потом угощала во дворе всех, а я даже не жалел — такой был перекормленный. Потом выйдешь утром — и стоит на буфете тарелка с засохшей пасхой, и думаешь: ах, не хочу, сколько можно... Поймал бы этого пацана — который не хотел — сейчас за ухо и всё ухо ему скрутил!

Василий Петрович, невесело смеясь, даже сделал такое движение, каким ловят за ухо.

— Или вот, помню, лещ с грибами... Он был сказочный!.. Он был как белый рыцарь, Артём!

— Всё, всё, всё! — запротестовал Артём, с некоторым остервенением кусая баранку. — Прекратите! Немедленно!

Из-под нар вылезла грязная рука; ладонь раскрылась.

Василий Петрович с видимым сожалением откусил баранку, оставив совсем немного, и хотел было положить в подставленную ладонь, но вдруг раздумал.

— Слушайте, — позвал он. — Ну-ка, вылезайте сюда. Хоть познакомимся. Что я вас кормлю, не глядючи.

Артём поскорее доел свою баранку — мало ли что там выползет, может, там всё струпьями поросло.

Но нет, беспризорник был ещё человеческого вида, только невозможно грязен, очень худ и, самое главное, почти гол. В качестве верхней одежды он использовал кешер — то есть мешок с дырами для рук и головы, а на ногах у него ничего не было — только верёвкой приделанная большая консервная банка в области паха. Видимо, она заменяла ему бельё.

— Да... — сказал Василий Петрович. — Какие у вас... э-э... доспехи. Вот, садитесь на табуреточку в этот уголок, тут вас никто не увидит.

На вид беспризорнику было не больше двенадцати. Волосы его были грязны настолько, что цвет их, казалось, уже не различить. С ушами тоже творилось нечто невозможное, Артём постарался туда не заглядывать — кажется, они были полны грязью всклень.

— Чай будете? — предложил Василий Петрович. — О, только не в эту вашу банку, юноша. У меня есть запасная. Артём, не обеспечите ли ещё кипяточку?

С запасной банкой Василия Петровича Артём отправился к печке; там суетился чеченский дневальный — тот самый, с которым на днях ходили кладбище ломать.

— Чеченцы никогда не были христианами, — сказал тот пренебрежительно, посмотрев на Артёма.

— Как хочешь, — ответил Артём. — Можно водички согреть?

Василий Петрович нашёл ещё баранку и горсть сухофруктов. Беспризорник всё это сразу же закидал в кипяток и стал пить, вроде и не боясь обжечься.

— Вы хоть скажите нам что-нибудь, — предложил Василий Петрович.

— Чего? — бесстрастно спросил беспризорник.

— Мать есть у вас? — спросил Василий Петрович.

Беспризорник кивнул.

— А отец?

Беспризорник подумал и снова кивнул.

— А имя ваше?

— Серый.

— А откуда родом?

— С Архангельска.

— Чем ваша мать занимается?

— Откуда я знаю, я ж тут.

— Хорошо, чем занималась?

— Мать? Поломойка в бане.

— А отец?

— Отец есть.

— Чем он занимался?

— Напивался каждый день. Выгонял с матерью на холод — грелись в конюшнях.

Серый долго молчал, потом, видимо, устав от такого долгого разговора, решил скоротать путь.

— Однажды отец пил с мужиком — поругались, и убил его. Денег нашёл за пазухой. Сказал матери: "Ну, что поделашь — давай привыкать к этому делу!"

Василий Петрович даже поставил свою банку на нары, обескураженный. Тихо спросил, почему-то перейдя на "ты":

— И ты привык?

— Один раз очень долго убивали мужика, никак не могли убить. Очень кричал, и всё замазали кровищей. И я ушёл. Дайте ещё баранку, я видел, у вас есть.

Василий Петрович вздохнул и достал баранку.

— А ты что делал? Воровал?

— У богатых воровать можно, — уверенно ответил Серый.

— А у бедных?

Серый подумал и не ответил. У него, похоже была отличная манера — просто не отвечать на неприятные вопросы.

— А со сколько лет воруешь? — не унимался Василий Петрович.

— А сколько себя помню — всегда ворую. Пишите — с трёх лет.

— Мы не пишем, — тихо сказал Василий Петрович.

— А что тогда? Какой интерес?

Митя Щелкачов тоже прислушивался к разговору, сдвинувшись на нарах, чтоб искоса смотреть на обросшую башку Серого.

Тем временем Артём копался в своих ощущениях: "Мне жалко его? Или не жалко? Кажется, что почти не жалко. Я, что ли, совсем оглох?"

Серый был вовсе не глуп — речь давала это понять, и Артём удивлялся: как так?

И, только задумавшись о речи, он вдруг понял про себя какую-то странную и очень важную вещь: у него действительно почти не было жалости — её заменяло то, что называют порой чувством прекрасного, а сам Артём определил бы как чувство такта по отношению к жизни.

Он отбирал щенков у дворовой пацанвы, издевавшейся над ними, или вступался за слабых гимназистов не из жалости, а потому что это нарушало его представление о том, как должно быть. Артём вспомнил Афанасьева и его словами завершил свою мысль: "...Это не рифмовалось!"

На Соловках Артём неожиданно стал понимать, что выживают, наверное, только врождённые чувства, которые выросли внутри, вместе с костями, с жилами, с мясом, — а представления рассыпаются первыми.

Беседу с пацаном прервал злобный гам в том углу, где кучно обитали блатные. Серый сразу исчез, как и не было, — и недопитую посуду с чаем унёс.

Артём прислушался и через минуту понял, в чём дело.

Блатные сплошь и рядом прятали свои вещи либо рвали штаны, рубахи и даже обувь — лишь бы не ходить на работу: голых гонять запрещалось.

Озлившийся Крапин стал раздевать пришедших с дневной рабочей смены догола, чтоб одеть уходивших на ночные наряды.

— У меня всё сырое! С утра будет ещё сырей! Я в сыром пойду? — орал кто-то.

— А будут знать, как рвать! Симулянты гнилые! — орал Крапин, убеждая то одного, то другого дрыном. Ему вроде бы помогал Бурцев, но, как показалось Артёму, с блатными тот был сдержанней, чем с китайцем.

Когда с валявшегося на нарах Шафербекова Крапин самолично сорвал штаны, всем прочим стало понятно, что деваться некуда. Ксива расстался со своим пиджаком — рубаху у него ещё десятник Сорокин порвал. К ногам Крапина полетели ботинки, рубахи, сапоги.

— Посчитаемся, — сказал Шафербеков, накрывая ноги пальто, явно отобранным у какого-то несчастного.

Никак не предупреждая о своих намерениях и словно бы зная наперёд, что Шафербеков не смолчит, Крапин с разворота ударил его дрыном по лицу и ещё несколько раз потом добавил по рукам — когда гакнувший от боли Шафербеков закрыл голову.

— Посчитаешься, — сказал Крапин, тяжело дыша. — Зубы свои посчитай пока.

Он сгрёб одёжную кучу ногой и скомандовал ночной партии:

— Наряжайтесь, тёплое.

На всех явно не хватало, и Крапин, ходя меж рядами, велел раздеться Лажечникову, Сивцеву и многострадальному китайцу. На Артёма с Афанасьевым и Василием Петровичем даже не взглянул. Моисей Соломонович очень убедительно спал, как будто это могло бы его спасти — но вот, надо же, спасло.

На том бы и закончиться дню. К несчастью, времени хватило ещё на одно событие.

* * *

После нудной вечерней поверки ночная партия ушла, и всё вроде бы стихло.

Шафербекову принесли кувшин с водой и тряпку — он долго умывал лицо, оттирал присохшую кровь с бровей и прикладывал ладони, полные розовеющей влагой, к губам. Блатные с напряжённым вниманием смотрели на Шафербекова, словно тот мог намыть золото таким образом.

Артём признался себе, что чувствует натуральное, огромное, очень честное и очень радостное злорадство.

Быть может, оно и сгубило его.

Шафербеков, долго трогавший шатающиеся зубы, поймал взгляд Артёма — тот сразу отвернулся, откинулся на свои нары, притих, приготовился спать, даже задремал — день был длинный, длинный, длинный, хвост его терялся, добраться к началу было почти невозможно: беспризорный Серый с чёрным, полным золы ухом пил кипяток, два индуса улыбались и мягко раскачивались, веники были душисты и шуршали, Афанасьев хохотал, тряся рыжей головой, как будто солома в его волосах, солома и солнце, а ещё раньше удавленник дразнился языком, и муха...

Афанасьева тем временем позвали к блатным, Артём не хотел об этом думать, он уже спал честно и крепко... но его всё равно толкнули.

Открыл глаза. Пожевал сухим ртом. Горела одна лампочка, и шёл свет через открытую дверь из тамбура дневальных.

Многие лагерники спали, но кто-то бродил меж нарами, кто-то лениво ругался, а Митя Щелкачов играл с одним из индусов в шахматы.

— Что? — сказал Артём, всё пытаясь найти слюну во рту.

— Тёма, в общем, договор такой, — быстро, словно желая поскорее завершить скучное дело, заговорил Афанасьев. — Делишь половину следующей посылки с Ксивой. Он пострадал.

— Какой посылки? — уселся на нарах Артём. — Моей? Да пошёл он.

— Тихо, — сказал Афанасьев, понизив голос. — Посылка ведь не пришла ещё. Погоди. Мало ли что случится, пока придёт. Не торопись.

Артём ослабился — ему ужасно хотелось выругаться. Афанасьеву тоже очевидным образом было не по себе.

— Ты не должен был его бить, Тёма, — пытался объяснить Афанасьев, взяв тот странный и лживый тон, который иногда выбирают себе с детьми взрослые, заранее осознающие собственную шаткую и стыдную правоту. — Понимаешь, в их среде бить просто так нельзя. Нужна веская причина! Блатные, ты заметь, Тёма, могут кричать друг на друга ужасными словами: кажется, вот-вот — и порвут. Но это как бы игра на выдержку. Ударить можно только за настоящую, кровную обиду. А ты приложил его вообще за пустяк. Он же шутил! А теперь он блюёт с любой еды! Я не смог так пояснить твой поступок, чтоб они поняли твою правоту.

— Да на хер мне их понимание вообще, — бесился Артём, которого переполняла не столько жадность до конской колбасы — хотя и до неё тоже, — сколько неожиданная, болезненная, жуткая какая-то обида за мать: она там ходит по рынку, собирает ему, сыночку, в подарок съестного на последние рубли — а он будет поганого Ксиву этим кормить!

— Артём, их много, они могут убить, ты же всё знаешь, — шептал Афанасьев, придерживая Артёма за колено, но тут, привлечённый разговором, появился и сам Ксива, голый по пояс и очень довольный.

Афанасьев развернулся и встал у него на пути, так чтоб Ксива не мог пройти к нарам Артёма.

— Свой не свой, а на дороге не стой, — сказал Ксива Афанасьеву.

— Я стою на своём месте, Ксива, — очень достойно ответил Афанасьев. — Ты тут дорогу не прокладывал.

— Ты ему передал? — спросил Ксива Афанасьева, покачиваясь из стороны в сторону и насмешливо поглядывая на Артёма. — Пусть все посылки со мной половинит в течение года. У меня на глазах.

— Одну, Ксива, — повторил Афанасьев упрямо, но уже не столь жёстко, как только что отвечал.

— Какую, бля, одну, Афанас! — взвился Ксива, чувствуя, как его сила прирастает, а чужая тает. — Все! Все, Афанас! И мой тебе совет: не лезь много в чужие дела! Ты не вор. Ты фраер, хоть и при своих святцах.

Афанасьев не сдвинулся с места. Ксива ещё покачался из стороны в сторону, отвисшая губа тоже покачивалась; не дождавшись ответа, ушёл.

Артём молчал, глядя куда-то в сторону, наискосок — не видя, куда смотрит, и не понимая, что его там привлекло.

Наконец понял: это была нога Моисея Соломоновича.

Моисей Соломонович лежал, накрывшись покрывалом с головой, но его нога подрагивала так, как у спящего не дрожит.

* * *

Афанасьев с утра где-то бродил — увиделись только на поверке, он кивнул Артёму, тот — в ответ, сразу же не без лёгкой брезгливости вспомнив вчерашнее "Афанас".

"Афанас, Афанас..." — повторил несколько раз про себя, словно подыскивая рифму.

Морда у Шафербекова была ужасной. Во время поверки он чихнул — и выплюнул зуб. Стоял потом, тихо рыча и прижав ладонь к губам.

Кто-то из фитилей услужливо разыскал зубик и вернул Шафербекову, за что тут же получил удар в лицо.

Артём старался не смотреть в сторону Шафербекова, держась поближе к взводному Крапину и вообще к начальству.

"...Жизнь, как ходики... мотает туда-сюда... — невесело думал Артём, шагая с поверки и глядя в затылок Крапина, одновременно делая усилие, чтоб не обернуться: наверняка Ксива торчал где-нибудь неподалёку со своей поганой, болезненной, беззубой ухмылкой, — ...мотает меня... а я держусь за ходики всеми руками... скоро слечу кувырком..."

Когда после поверки возвратились в роту — из-под нар за ноги вытаскивали беспризорника.

Встали как вкопанные с Василием Петровичем, завидев это.

Артёму показалось странным, что пацан никак не сопротивляется и не вопит, — изготовился уже пошутить на этот счёт, даже чуть повернулся к Василию Петровичу — и тут же по лицу старшего товарища понял, что смех не к месту.

Беспризорник был удушен: детский рот криво распахнут, тонкая шея будто надломлена, глаза растаращены... вонь ещё... банка эта слетела с чресел, открыв совсем ещё маленькие и ужасно грязные половые органы.

"Второй за сутки, — быстро подумал Артём. — А если меня так завтра поволокут? Чёрт, нет, не может быть. Отчего меня?"

Присел на кровать к Василию Петровичу, рассеянный и уставший.

Дневальные чеченцы унесли пацана — за руки за ноги — было видно, что он лёгок, словно пустой внутри.

"Билось сердце и — не бьётся, — думал Артём удивлённо. — Всего-то".

Некоторое время Василий Петрович искал что-то в мешке, кажется, вовсе не нужное ему... потом вдруг оставил своё занятие и спросил:

— Артём, а как вы думаете, чем сейчас занимается Иисус Христос? Какие-то у него должны быть дела, нет?

Сглотнув, Артём внимательно посмотрел на Василия Петровича и подумал: "...А действительно? Чем?"

— Он ведь ночью вернул мне ложку на место, — добавил Василий Петрович, и Артём поначалу подумал, что это всё про Христа идёт речь. — Тоже человек. Вернул ворованную ложку... Или просто ягод ещё хотел.

Артём сидел молча и чуть раскачивался.

— Зато теперь у меня две ложки, Артём, — спокойно завершил Василий Петрович, хотя по интонации его было понятно, что думает он вовсе не о ложках, а чём-то другом.

Раздался крик Кучеравы: он отчитывал Крапина.

— У тебя беспризорник жил под нарами! Может, у тебя там штаб контры можно организовать? Дисциплина побоку! Служба побоку! Чем ты занят вообще, Крапин? Докладная сегодня пойдёт о тебе! Забирайся пока под нары, изучай обстановку! Потом доложишь, кто там ещё есть!

Кучерава издевался, голос его был полон сарказма.

Крапин молчал.

Василий Петрович толкнул Артёма: мол, надо уходить на улицу, пока сами не попали под раздачу.

Соловецкое небо стало тяжелее и ближе — чайки взмывали вверх как бы с усилием.

Олень Мишка часто подрагивал боками, словно замерзая.

Блэк принюхивался.

Отовсюду веяло тоской и опасностью.

"Надо бы переводиться из этой роты, — думал Артём. — Но куда?"

— Как-то всё неладно, надсадно... И одно за другим, одно за другим... — сказал Василий Петрович, озираясь.

В ожидании своих нарядов они отошли чуть в сторону от толпы, где привычно много матерились и переругивались.

Василий Петрович повздыхал, Артём покивал о своём, стараясь не смотреть на лагерников из своей роты — где-то в толпе были его враги.

— Я слышал вчера, как приходил Ксива... — бережно начал Василий Петрович.

— Надо искать другое место обитания, — тут же продолжил Артём, не успев даже удивиться, откуда Василий Петрович догадался о его мыслях. — Какие тут ещё роты есть? Давайте пересчитаем вместе, может, что-то придумается.

Василия Петровича уговаривать не пришлось.

— В тринадцатой вы уже были, — сказал он. — Двенадцатая надоела, из неё вам надо уходить, согласен. Одиннадцатая — рота отрицательного элемента, она же карцер, туда никому не посоветую. Десятая — канцелярские. С вашей очевидной грамотностью там самое место. В девятую вы не попадёте — это так называемая лягавая рота, в ней одни бывшие чекисты из числа рядовых, то есть к управленческой работе в лагере не пригодных, поэтому трудятся они в охране и в надзоре.

Артём кивал: в сущности, он всё это знал, и Василий Петрович знал, что он знает, но разбор помогал успокоиться, расставить всё по порядку и ещё давал, может быть, ложную, но всё-таки надежду: вдруг при перечислении обнаружится незаметная лазейка, о которой случайным образом забыли.

— Восьмая — место для отпетой шпаны, леопарды там живут, вы знаете. Седьмая — артистическая, тоже не худшее место в Соловецкой обители. Вы, случаем, в гимназическом театральном кружке не занимались? А то вам подошли бы несколько классических ролей, — неясно было, шутит Василий Петрович или нет. — Шестая — сторожевая. Там тоже хорошо, но в шестую по приказу Эйхманиса принимают только лиц из бывшего духовенства. А вы ведь и не попович, Артём?

— И даже не Никитич, — отмахнулся тот.

— В пятой — пожарники, — продолжил Василий Петрович, — там вообще прекрасно, но если в артисты ещё можно попасть благодаря таланту, а в канцелярию — за умение, к примеру, правильно считать и красиво писать, то для пожарной службы нужен лишь блат. Или, как тут говорят, кант — везение. Горим мы не так часто, работой они не замучены, всё больше в шашки играют. Блата у нас нет, поэтому дальше побредёшь. Четвёртая рота — музыканты соловецких оркестров. Вы не утаили от меня никакой музыкальный талант? Может, вы, Артём, играете на трубе? Нет? И напрасно. Третья рота — чекисты самой высокой марки и служащие ИСО. Так что третью мы вообще не рассматриваем. Вторая — специалисты на ответственных должностях, которые могут себя проявить, скажем, по научной части, — здесь Василий Петрович снова внимательно посмотрел на Артёма, но тот не ответил на взгляд, тогда он досказал: — Первая — заключённые из верхов лагерной администрации: старостат, заведующие предприятий и помощники завов. До первой роты надо дорасти... А может, и не надо.

— Всё? — спросил Артём.

— Отчего же, — сказал Василий Петрович. — Есть ещё четырнадцатая — там запретники: заключённые, работающие только в стенах кремля — чтоб не убежали. Повара, лакеи, конюхи у чекистов. В сущности, их хотели наказать, лишив возможности прогуливаться по соловецкому острову, а сделали им только лучше. Сами сравните: одно дело — на баланах, а другое дело — хвост расчёсывать у комиссарской лошади. Пятнадцатая рота — мастеровые: плотники, столяры, бондари... И есть ещё рота, которая вообще не работает, — и попасть туда легко безо всякого блата, она называется?..

— Кладбище, знаю, — ответил Артём без улыбки. — Соловецкое кладбище.

Лазейка не находилась. По большому счёту, подходила только десятая, канцелярская рота — но Артём никого оттуда не знал, да и с чего б его позвали в столь привилегированное место. Не один он умел в лагере читать книги и считать дроби. Тут и поумней его встречались на каждом шагу.

— Жаль, что я не белогвардеец, их тут сразу берут куда надо, — раздумчиво сказал Артём.

— А кто вы? — в очередной раз поинтересовался Василий Петрович.

— Да никто, — отмахнулся Артём. — Москвич, повеса, читатель книжек — не за что зацепиться.

Василий Петрович вздохнул в том смысле, что да, Артём, зацепиться не за что: дружим-дружим, а про свою жизнь вы так и не рассказали ничего.

По глазам Василия Петровича осознав, что на подходе какие-то дурные новости, Артём оглянулся и тут же увидел Ксиву — тот вразвалочку приближался. Возбуждённый, в своём возвращённом с утра пиджаке на голое тело. Чёрные круги под глазами ещё не сошли. На голове — откуда-то взятая инженерная фуражка. Резко поднял руку — Артём чуть трепыхнулся, но Ксива, ещё больше осклабившись, поправил козырёк и спросил:

— Понял всё? У меня на почте свой человек, так что, если начнёшь крутить...

— Он понял всё, — вдруг сказал Василий Петрович.

Ксива осёкся, смерил Василия Петровича взглядом и, вернувшись к Артёму, всё-таки закончил фразу:

— ...начнёшь крутить — тебя самого пустят на конскую колбасу. Конь!

Вослед за Ксивой, метрах в пяти за ним, подошли и встали ещё трое блатных. Они разговаривали о чём-то постороннем, очень уверенные в себе.

"Он каждый час теперь ко мне будет подходить?" — подумал Артём, глядя Ксиве в глаза и ничего не отвечая.

Артём вдруг вспомнил, как однажды в детстве видел человека, перебегавшего реку по льдинам в начале ледохода. Занятие это было пугающее и дерзкое — обвалиться в ледяную воду казалось совсем простым. Куда спешил тот человек, Артём не знал или забыл с годами — но точно запомнил свои детские мысли: что он сам, как бы ни восхищались другие пацаны на берегу отвагой и безрассудством бегуна, сам бы такое повторить не хотел.

А тут ощутил себя в той же самой роли — только подневольной: словно его вытолкнули и сказали: беги! — и выбора не оставалось. Только куда бежать: другого берега не видно.

Он сейчас стоял на льдине — и мог бы сделать прыжок; но не сделал.

Ксива ушёл.

— Да-с, неприятно, — сказал Василий Петрович спокойно через минуту.

"Сглазил меня, — с неожиданной злобой подумал Артём про Василия Петровича, хотя сроду не был суеверен. — Только говорил, как у меня всё складно идёт... Сглазил, старый пёс!"

— Вы куда сегодня? — спросил Василий Петрович.

Артём помолчал, думая, как бы уйти от ответа, но смолчать было б совсем нехорошо.

— Я в кремле вроде... — сказал тихо. — Не знаю, что за работа.

— А я по ягоды опять, — сказал Василий Петрович, — Вон мои стоят уже. Пойду.

Уже уходя, оглянулся и добавил:

— Артём, не отчаивайтесь. Бог есть. Он присмотрит за нами, верьте.

* * *

До самого обеда работы у Артёма не было никакой.

С ним были Митя Щелкачов и Авдей Сивцев.

Они долго ждали десятника во дворе. Шумела рябина, листва её переливалась и бликовала на солнце, особенно если смотреть через полуоткрытые глаза. Бродил олень Мишка, поднимая голову на шум листвы.

Артём присел на лавочке, нахохлился, прикрыл глаза и пытался если не забыться, то хотя бы согреться на солнышке. Ксива не шёл из головы. К тому же Сивцеву не сиделось на лавочке — он суетился, порываясь пойти и разыскать десятника, только не знал куда.

Видя, что напарник сидит с закрытыми глазами, Сивцев как бы и не обращался к нему напрямую, однако разговор всё равно вёл с учётом того, что Артём слышит его.

— Так вот просидим, ожидаючи, а всё одно виноватыми выйдем... — негромко говорил Сивцев, но сам при этом никуда не шёл, только томил и так угнетённого Артёма.

"Бестолочь, — желчно думал Артём. — Бестолочь крестьянская..."

Не сдержался и спросил, не открывая глаз:

— Поработать, что ли, хочешь?

Сивцев начал ровно с того же места, на котором остановился:

— Дак вот просидим, ожидаючи, а всё одно виноватыми выйдем!

— Ну иди вон займись чем-нибудь, — почему-то сипло сказал Артём. — Дорожки подмети...

— Не то велели? — быстро и с надеждой спросил Сивцев.

Артём сильней зажмурился, как от боли.

"Бестолочь", — подумал ещё раз, но уже без злобы почему-то.

Издеваться над Сивцевым не было никакого настроения — Артём вообще не имел подобных склонностей, и настроение было не подходящее для пересмешничества, но самое важное: он и так чувствовал превосходство над этим мужиком... И над Ксивой тоже бы чувствовал — когда б Ксива был один.

"А как славно было бы, — по-детски размечтался Артём, — когда бы всякий человек был один — и отвечал только за себя бы. Так и войны бы никогда не случилось, потому что большая драка возможна, только когда собираются огромные и озлобленные толпы... И здесь бы, на Соловках, — кто бы тронул меня? А я бы тем более никого бы не трогал. И был бы мир во всём и всегда..."

Артём всё думал и думал об этом, стараясь, чтоб мысль его двигалась по простой и прямой линии, потому что сам он прекрасно понимал, что, начни обо всём этом размышлять чуть глубже и серьёзнее, — сразу выяснится, что в голове у него полная блажь, наивная и никчёмная.

Митя Щелкачов прогуливался туда и сюда, разглядывая монастырские постройки, грязные, как спины беспризорников, стены, битые, как яйца, купола. Отходил не очень далеко — так, чтоб видеть напарников, всякий раз возвращался, чтоб подтвердить своё присутствие, но Артём всё равно раздражался и на него тоже.

— Сядьте, Митя, — сказал тихо, когда Щелкачов пришёл в очередной раз, какой-то весь улыбчивый и вдохновлённый, смотреть неприятно. — Сядьте и не вертитесь — увидит администрация, засадит в карцер за праздношатание, будете знать, — Артём поймал себя на мысли, что подражает Василию Петровичу, обращаясь на "вы" к человеку много младше самого себя.

— Но мы же не виноваты, — сказал Щелкачов, продолжая улыбаться.

— Виноваты, — повторил Артём, закрыв глаза.

Сивцев, до сих пор стоявший, тоже сел — Артём вдруг понял, что эти двое его слушаются.

Щелкачов — ладно, он моложе, хотя не намного ведь, лет, может, на пять — разве это срок? Тем более что Щелкачов, судя по всему, был по-настоящему образован в отличие от Артёма: это как-то сразу чувствовалось по всем его манерам и речи.

А Сивцев был старше лет на пятнадцать точно — Артём ему почти в сыновья годился, к тому же он, кажется, и сидел подольше, и мужицкой сноровки у него было побольше, и житейского ума погуще... но и он туда же.

— Я вообще много ошибок совершаю, — вдруг по-мальчишески, как-то совсем беззащитно признался Щелкачов. — Меня уже избили в карантинной роте. Ужасно боюсь, когда бьют. Хорошо, перевели оттуда к вам. Но если б кто-нибудь объяснил, как себя вести. Чего делать не надо.

— Вот ходить не надо, — сказал Артём, снова не открывая глаз.

По молчанию Сивцева и Щелкачова понял, что его слушают и ждут, что он ещё скажет. Сивцев — с лёгкой крестьянской опаской и стараясь доверять в меру, а Щелкачов — раскрывшись почти настежь.

Тихим и каким-то стыдным знанием понимая, что в нынешнем своём состоянии он не имеет никакого права поучать кого бы то ни было, Артём одновременно будто бы приподнялся над собой.

Поначалу хотел злорадно постращать Щелкачова, но не стал: смешно это и глупо, когда самого пугают — и почти запугали.

— Не показывай, что отдыхаешь, — сказал Артём. — Даже
если ходишь без дела — делай вид, что при деле. Работай не
медленно, но и не быстро. Как дышишь — так и делай, не сби-
вай дыхания, никуда не опоздаешь здесь. Не показывай душу.
Не показывай характер. Не пытайся быть сильным — лучше
будь незаметным. Не груби. Таись. Терпи. Не жалуйся, — говорил Артём с закрытыми глазами, словно бы диктовал или,
если ещё точнее — слушал кого-то и повторял за ним.

— Весь хлеб сразу не съедай с утра, я видел, ты съел за
завтраком. Оставь: днём поешь, сил будет больше. Оголо-
даешь — захочется своровать. Начнёшь воровать — пере-
станешь себя уважать, хотя, может, это не беда. Хуже, если
поймают. Поймают — могут убить. Чаек ловить и жрать
нельзя, знаешь об этом? Хотя хочется. Сегодня, когда шли
на утреннее построение, — Крапин погонял дрыном роту.
Тебе чуть не попало, я видел. Хорошо, если попадут по спине, спина заживёт; хуже, когда по голове. Как только похолодает — носи шапку и что-нибудь мягкое подкладывай
под шапку. Ударят по голове — раны не будет. Летом шапку
не носи: обязательно снимешь и повесишь куда-нибудь на
сук — и её своруют. Или забудешь. Но вообще своруют быстрее, чем забудешь. Ты папиросы носишь в портсигаре —
портсигар убери, а то отнимут. Странно, что не отняли в карантинной.

— Я не показывал, — быстро сказал Митя.

— Лучше вообще кури махорку, — продолжил Артём, не
отвлекаясь, — и носи её не в кисете — кисет тоже отнимут, —
а в карманах.

Учить оказалось необычайно приятно. Артём и сам не мог
догадаться, когда и откуда он всё это понял — но вот понял
и чувствовал, что говорит вещи нужные.

Разыгрывая из себя старожила, Артём не просто напол-
нялся значением — он будто прибавлял в силе и сам понемногу, в который раз, начал верить в то, что он цепок, хваток
и со всем справится.

Замолчав на миг, Артём услышал, что изменилось напол-
нение тишины — тишина стала как-то гуще и напряжённее.

Открыл один глаз — так и есть, докривлялся.

Тихо подошёл Крапин и слушал Артёма.

Артём открыл второй глаз и медленно встал.

— Отойдём на словечко, — сказал Крапин непривычным голосом: уставший, спокойный — никакой не взводный, а просто человек.

— Ты Сивцева не учи. Тебе его учить — вред ему принести. Он и так правильно живёт. А вот студента правильно учишь, ему надо, — сказал Крапин, едва они отошли на несколько шагов, и тут же, безо всякого перехода, заговорил о другом: — Кучерава меня уберёт — а кто придёт мне на замену, не знаю. Я устроил, чтоб у тебя целый месяц были наряды в кремле... И вот у Щелкачова тоже. Всё, чем мог. Другого блата у меня нет. Дальше сам разберёшься, — Крапин говорил быстро, отрывочно, словно ему было в новинку так себя вести. — А блатных я отправил на баланы. И Шафербекова, и Ксиву, и всю эту падлоту. Авось утонут там. Но если не утонут — ты кружись, как умеешь. В тюрьме тоже есть чему поучиться. Тебе надо сточить свои углы. Шар катится — по жизни надо катиться. Всё.

Крапин ушёл, Артём потоптался на месте, желая успокоиться, но не смог и вернулся к Сивцеву и Щелкачову с улыбкой на лице, довольный и словно бы отогретый изнутри.

Ничего вроде не случилось особенного: и так было ясно с недавнего времени, что Крапин к нему относится неплохо, — но тут он прямо об этом заговорил.

“И вообще: он плохую новость принёс, его переведут”, — пытался убедить себя Артём не радоваться так сильно и всё равно не мог.

— Рублём, что ли, одарил? — спросил Сивцев улыбающегося Артёма. Не переставая улыбаться, Артём подумал, что напрасно он так поверил в послушность Сивцева — сивцевское, крестьянское, лукавое себе на уме было сильнее чего бы то ни было.

— Сказал, что закон в газете напечатан: всем крестьянского сословия накинуть по году, потому что они работать умеют и любят, а горожан распустить, так как от них никакого толку. Ты какого сословия, Авдей? — спросил Артём, веселя себя.

Минутку Сивцев смотрел внимательно и натужно, а потом недовольно отмахнулся:

— Дурацкая шутка, ни к чему.

— А я поверил! — засмеялся Щелкачов. — Поверил и обрадовался! Вот стыд-то!

* * *

Десятник Сорокин появился перед самым обедом и действительно начал орать:

— Чего сидим? Чего спать не легли прямо тута?

Сивцев встал, Щелкачов вскочил, зато Артём так и сидел, глядя на десятника снизу вверх и чуть щурясь.

— Ноги отнялись? — спросил Сорокин, слетая со своего поганого хрипа почти на фальцет.

— А не ори — а то я доложу Кучераве, что оставил нас без работы, — ответил Артём, вставая.

Сорокин осёкся.

— У нас ведь обед сейчас? — спросил риторически Артём, попутно чувствуя, как гадостно пахнет Сорокин, и немедленно, лёгкой походочкой, отправился в расположение роты.

Через полминуты Артёма нагнали тени Сивцева и Щелкачова.

— Чтоб после обеда тут были, йодом в рот мазанные! — крикнул Сорокин вслед.

— Будет исполнено! — ответил Артём не оборачиваясь и эдак сделал ручкой... краем глаза при этом заметив, что Щелкачов смотрит на него с натуральным восхищением.

"Обыграл десятника сиюминутно, но наверняка он отыграется десятикратно, — с улыбкой отчитался себе Артём и сделал привычный уже в последние дни вывод: — Ой, дурак. Дура-а-ак".

— Я вчера слышал, как к вам подходил этот блатной, — вы не напугались, — сказал Щелкачов.

Артём ничего не ответил.

Раз Ксива на баланах, то его как минимум не будет на обеде.

"Не то Митя имел бы все шансы немедленно во мне разочароваться", — подумал Артём с невесёлой иронией.

— А я бы им сразу отдал посылку, — сказал Щелкачов, смеясь даже чуть более радостно, чем следовало бы. — Всё бы отдал сразу!

Когда вышли после обеда, Сорокина опять не было; тут даже Артём начал волноваться, хотя виду не подавал. Однако на лавочке больше не стал сидеть — встал посередь монастырского двора, нарочито расслабленный.

Прошёл куда-то поп в красноармейском шлеме. Хлыщ в лакированных башмаках и с тростью — явно из артистической роты. "Или из журнала", — прикинул Артём. Под конвоем куда-то провели трёх леопардов — худых, грязных, морды в коросте, смотреть гадко, всё вдохновение испортили.

Сивцев заприметил какого-то своего знакомого, пошёл у него справляться, не видел ли он десятника Сорокина... Щелкачов опять засмотрелся на архитектуру... Артём увидел оленёнка — захотел погреться о ласковое и пахучее тепло.

Так получилось, что он направился к олешке одновременно с женщиной, не замечая её. Это была Галина из ИСО, она несла сахар в руке. Когда Артём её, шедшую с другой стороны, справа, увидел, было уже неловко делать вид, что он идёт в другую сторону. Они подошли к олешке почти разом, и это обстоятельство вынудило Артёма сказать "Здравствуйте!".

Вообще, он не имел никакого права с ней здороваться — как и все заключённые двенадцатой роты не могли обращаться к начальству напрямую; но, может, она не знала, откуда он. Вдруг он пожарник из пятой роты.

Галина была в гимнастёрке и в юбке. Отлично начищенные сапожки на каблуках.

Под гимнастёркой была очень заметна крупная грудь.

— Вы со мной здороваетесь или с оленем? — спросила Галина строго и быстро посмотрела на Артёма.

— Мы с вами виделись, — сказал Артём, расчёсывая оленя Мишку в одном месте, словно у того там зудело.

— Да? — переспросила Галина просто. — Я на вас не обратила внимания.

"Сука какая", — подумал Артём с неизъяснимой нежностью.

Она скормила оленю сахар и ушла, даже не кивнув Артёму.

Он не мог отвести от неё глаз. Кажется, Галина это осознавала — походка её дразнилась.

Олень сделал шаг вперед, видимо, недовольный тем, что Артём так и чешет его в одном месте.

— А сахарку я бы тоже съел, — негромко сказал Артём, чтоб как-то сбить своё тяжёлое и душное возбуждение.

Представил, как ест сахар с тёплой руки, видя линии в ладони, запястье и слыша чистый и еле ощутимый запах женского пота. Если потом лизнуть ладонь в том месте, где лежал сахар, она будет сладкой.

От сахара отвлёк Сорокин — на этот раз он не орал, но всё приглядывался к Артёму.

— Весь день ненаряженные просидели, — нудил он. — Не ломит в костях-то?

— Отчего? У нас была работа, — не сдержался Артём: на него напал задорный стих. — Гражданин Эйхманис проходил сегодня, велел монастырских чаек сосчитать.

Сорокин на секунду поперхнулся, но потом понял, что его дурят.

— Шутишь всё? Я тебя запомню теперь, — сказал он.

Что-то ему, впрочем, мешало раздавить Артёма немедля.

Работа им досталась не самая тяжёлая, но грязная: разгребать свалку мусора у больнички.

Больничка — трёхэтажное здание неподалёку от ворот кремля.

Возле больнички стояло несколько жёлтых монашеских диванов — сами больные, видимо, по указаниям врачей вынесли и грелись на солнце, подставляя цинготные ноги. Почему-то чайкам всё это особенно не нравилось.

"После такой работы она тебя точно не стала б сахаром кормить", — легкомысленно размышлял Артём, стараясь не вглядываться в гнойные бинты и пропахшее полудохлой человечиной тряпьё.

Всю эту грязь они грузили в тачку, которую поочерёдно отвозили за ворота то Митя, то Сивцев, то Артём: с тачкой было веселее всего — прогулка всё-таки, ветерок.

Разворачивая очередную тачку с мусором, Артём вдруг заметил женские лица в окнах третьего этажа — и засмотрелся.

Спугнули чайки: они носились за каждой тачкой, чуть взбудораженные запахом встревоженной мерзости — им, верно, казалось, что от них могут увезти что-то съестное.

Пришлось уходить. Отдал на прощание молодым женщинам честь двумя пальцами. Те засмеялись.

— А как бы ты доложил обо мне Кучераве? — спросил вдруг Сорокин у Артёма, когда тот, не очень торопясь, возвращался с пустой тачкой. Наверное, всё это время обдумывал Артёмову угрозу настучать ротному. — Вам же, чертям, запрещено обращаться к начальству напрямую?

"Наверное, какими-то своими гнусными делами занимался до обеда, — догадался Артём. — И трясётся теперь".

— А я письменно, — сказал Артём, стараясь, впрочем, говорить так, чтоб было понятно: он не всерьёз.

— Сгною, — сказал ему Сорокин вслед, но не очень уверенно.

"Надо же, — думал Артём. — Больничные отходы вожу, а вонь от Сорокина всё равно сильнее. Неужели его кто-нибудь может любить? Мать? Жена? Дети? Бог, наконец?"

* * *

Вечер близился — возвращались мысли о Ксиве. Артём поймал себя на том, что подробно представляет, как Ксива оскользнулся и ушёл на дно... начал выныривать — и головой о балан с острым сучком —— прямо на сук черепушку и нанизал...

...или привычно надерзил десятнику — а тот не рассчитал удара — и так ударил Ксиву по затылку, что у того отбило память и рассудок. Ходит теперь Ксива, слюни до пупка, никого не узнаёт...

...или блатные подбили Ксиву делать плеть, такое тоже случалось. Но конвой быстро раскусил их намерения и при попытке бегства... Артём явственно видел Ксиву, которому пуля попала, к примеру, в позвоночник, и он лежит, хлопает глазами, не может пошевелиться.

"Ах, какое счастье!" — думал Артём.

Потом отмахнулся сам от себя: какая всё-таки дурь! Дурь какая!

Попробовал рассуждать всерьёз: "Ну не убивают же меня. Пока придёт посылка — придумаю что-нибудь. А может, и отдать часть? И что ты злишься на Василия Петровича и Афанасьева? Им что, умереть за тебя? Они как-то выпутываются. И ты учись. Крапин же сказал: учись. Вот учись".

В роте столкнулся с Афанасьевым: тот улыбнулся Артёму, и Артём так искренне обрадовался, что едва не обнял поэта — даже руку протянул, но ограничился тем, что похлопал Афанасьева по плечу.

— На самом деле блатные заплатили Кучераве, чтоб убрал Крапина, — рассказывал через минуту Афанасьев последние новости Артёму. — А что Кучерава? У него баба в административной части, такая, мля, страшная — как моя душа с бодуна. Ему нужны деньги на неё: её ж надо как-то украшать. Он за деньги что угодно сделает. А блатных Крапин замучил — ты сам видел. Они сначала хотели Крапина на пику посадить, но потом решили, что проще с Кучеравой договориться.

Афанасьев взял себя за чуб, улыбаясь.

— Так кто взводный теперь? — спросил Артём.

— Как кто? — удивился Афанасьев. — Бурцев исполняет обязанности. Крапин временно отстранён. Но уже не вернётся, конечно. Переведут куда-нибудь.

— За беспризорника? — удивлялся Артём.

— Да ладно, — смеялся Афанасьев. — Думаю, можно было б под нарами десять дохлых леопардов найти — ничего б не случилось... Хотя нет, конечно: убийство прямо в роте —

тоже не шутка. В общем, думаю, Кучерава правильно всё описал в своих донесениях начальству. Главное, ты ж понимаешь, описать как надо.

— А Эйхманис что? — спрашивал Артём.

— А ты вообще часто Эйхманиса видишь? — смеялся Афанасьев. — Он своими питомниками занимается, охотой, в театр ходит... Он во всей этой мутотени разбираться не станет, какое ему дело до одного из взводных!

— А почему Бурцев?

— Кучерава — хитрый, — пояснял Афанасьев. — Хоть и убрал Крапина из-за блатных, один на один с блатными оставаться не хочет: если они возьмут в роте верх, ему самому трудно будет. Вот и организует себе поддержку в лице Бурцева.

Артём задавал вопрос за вопросом, сам думая при этом: "Вот собачья жизнь! Я интересовался всегда куда более важными вещами: что за книжка вышла у Горького, — какая красивая девка спешит по Никитской, нагнать? — надо найти последний сборник Бальмонта, — мать что-то творожное запекает, пойду посмотрю, — говорят, появился некто Пильняк — и всё не читан... а тут Крапин! Тут какой-то, чёрт его, Бурцев! Какое это имеет значение?

А ведь понятно, что́ такой смирный Сорокин нынче, — сам же себя оборвал Артём. — Взводного сняли, надо поскромней себя вести, пока шум не утих... А его носило где-то полдня..."

Афанасьев куда-то убрёл, зато появился, неся ягоды, Василий Петрович, с той же, впрочем, темой.

— А вы заметили, как наш генеральский денщик с самого утра крутится вокруг Бурцева? — еле слышно засмеялся он.

Бывший генеральский денщик повадками был похож на генерала — хоть без аристократической стати, зато помпезный и надутый, за что его и прозвали Самоваром.

— Самовар-то? — в тон Василию Петровичу засмеялся Артём. — А и правда!

— И наш Мстислав не против, — хоть и смеясь, но с некоторой горечью говорил Василий Петрович, угощая Артёма брусникой. — Не довелось на воле побыть генералом — на Соловках погенеральствует всласть. Кушайте бруснику. Говорят, она здесь до ноября идёт, — и посмотрел на Артёма со значением: мол, зря вы всё-таки сбежали от такого благословенного наряда.

Увидев, как возвращается их сосед, Василий Петрович негромко спросил:

— Вы с Афанасьевым всё? Неудача ещё по следу идёт за вами — не обольщайтесь раньше времени.

Артём несколько даже панибратски похлопал Василия Петровича по колену: хор-ро-шо! Всё хорошо!

Василий Петрович невесело покивал головой: ну-ну. Ну-ну-ну.

Брусника кислила.

"Сахарку бы", — ещё раз подумал Артём, жмурясь.

Плоть его звенела и требовала жизни.

* * *

Артём и не видел, когда вернулся Ксива, — на вечерней поверке ушедшего на баланы наряда всё ещё не было.

Однако утром, сколько Артём ни мечтал, Ксива образовался живой, хоть и наглядно замудоханный работой, к тому же приболевший: говорил в нос и так трудно шмыгал соплями, словно они весили по полкило.

— Целый день ждал: посылки всё нет, а здоровье моё всё хуже, — процедил Ксива, поймав Артёма, шедшего с чистой миской к своим нарам, за рубаху. — Шинель отдай, — сказал Ксива.

— А вот хер, — ответил Артём. Так как он держал миску в правой руке, этой самой миской и смазал Ксиву по лбу — получилось звонко и весело.

Ксива был не один — на Артёма бросились ещё несколько блатных, он, словно играя, рванул вбок, в другой, зачем-то наискосок прыгнул к своим нарам, как будто у него там лежал под шинелью заряженный револьвер.

Но не было никакого револьвера, и бежать было бессмысленно.

Понимая это, Артём всё равно улыбался и, бросая левой рукой под ноги одному из блатных табуретку, одновременно успел заметить Митю Щелкачова, поднявшегося на нарах, готовившегося спрыгнуть со своего места Афанасьева — но всё-таки не прыгающего, Василия Петровича — пока ещё не понимающего, что предпринять, Моисея Соломоновича, открывшего рот так, словно он желает запеть, и даже Самовара, с необычайной строгостью в лице на всякий случай бросившегося остеречь от разора нары Бурцева.

Самого Бурцева Артём не видел — но именно он поймал Артёма за шиворот. Хорошо ещё Артём его сразу опознал, а то досталось бы и Бурцеву миской по бледной щеке.

— В чём дело? — крикнул Бурцев. — Что за танцы? Быстро на место!

— Построение возле нар! — закричал дневальный Хасаев. — Построение возле нар!

В роту быстро входили Кучерава, несколько чинов из ИСО, красноармейцы надзорной роты. Начинался шмон.

Лазили под нарами, перерывали вещевые мешки, выворачивали наизнанку одежду.

— Начальник, подкладку-то зачем рвать?! — вскрикивали в соседнем взводе.

Кому-то дали в зубы.

Кто-то под шумок норовил порыться в своих вещах, перепрятать запретное — его ловили за ногу, тянули вниз с нар, учили сапогом по бокам.

Тяжело дыша, лихорадочно соображая, Артём быстро посматривал то в сторону блатных, то почему-то на Бурцева, с очень серьёзным видом следовавшего за Кучеравой и время от времени забирающегося в тряпки тех людей, с которыми уже несколько месяцев спал рядом.

Сорокин тоже был здесь и суетился, как остальные, — хотя это вообще была не его забота.

"Зарежут меня сегодня или не зарежут?" — спросил себя Артём и не без удовольствия заметил, что отчего-то не боится.

"Ещё бы тебе бояться, — ответил сам себе. — Тебя ж не режут. Стоишь под охраной красноармейцев... Я посмотрю на тебя, когда действительно резать начнут... Хоть бы шмон так и продолжался до самого вечера. А с утра — новый шмон".

Понемногу очередь дошла и до Артёма — он даже не смотрел, чего там у него ищут: вещи его были все наперечёт, добра пока не нажил.

— Чей мешок? — спросил красноармеец откуда-то сверху; Артём в это время разглядывал ботинки Бурцева. Для смазки обуви комсостав мог пользоваться бочкой рыбьего жира, стоящей возле ИСО. Бурцеву, как исполняющему обязанности, бочка была не положена, но он явно ею уже попользовался.

— Кешер чей? — громко повторил Кучерава.

Бурцев толкнул Артёма в грудь:

— Заснул?

Оглянувшись, Артём увидел, что красноармеец протягивает сверху колоду карт.

Василий Петрович сделал шаг вбок.

Артём почему-то решил, что карты подают ему, и, не подумав, зачем он это делает, взял их, хотя колоду уже собирался принять в свои волосатые пальцы Кучерава.

Несколько секунд Артём держал святцы в руках, машинально сообразив, что серп и молот, изображённый на верхней карте, означает туза, а не без тщания нарисованный красноармеец, лежащий под тузом, был валетом.

Бурцев выхватил у Артёма колоду и передал Кучераве, несколько карт рассыпалось.

— Подбери, — сказал Бурцев.

— В карцер пойдёшь, — пригрозил Кучерава.

— Это не мои, — Артём стоял, улыбаясь.

— Ага, мои, — согласился Кучерава. — Только я их в твоём кешере храню.

Десятник Сорокин, дневальный чеченец и стоявшие поблизости красноармейцы засмеялись.

— Подбери, — повторил Бурцев.

— Пошёл бы ты в манду кобылью, поручик, — раздельно сказал Артём, взбешённый и растерянный одновременно.

Первым Артёма ударил Сорокин — у того всё было готово к тому, чтоб поквитаться. Удар был так себе — с замахом, но глупый.

Подсуетился чеченец Хасаев, схватил сзади Артёма под руки, пытаясь удержать: бейте, кому надо? Артём с размаху боднул затылком назад — попал дневальному куда-то в щёку...

Потом всё закрутилось втрое быстрей: Артёма больно, точно и обидно ударил Бурцев в лицо — чеченец в это мгновенье подослабил хватку, и Артём ответил Бурцеву таким же точным и обидным снизу, с подвывертом, чтоб наверняка...

...дальше уже били все подряд, даже Кучерава, кажется, постарался...

Артём, вдруг поняв, что могут и покалечить, постарался упасть, ввертеться, вкрутиться в грязные полы, хотя бы голову убрать под нары, но его вытягивали за ноги... несколько раз открывал глаза, видел сапоги, ботинки, чьи-то руки, снова зажмуривался, терпел, не кричал, старался уберечься... пока не угодило под дых — сбило дыхание, пустило мелко покрошенные звёзды во весь безвоздушный и чёрный небосвод, а следом тяжёлым носком попало ровно в висок.

"Вот как. Вот как. Вот как..." — повторял Артём быстро, камнем уходя на дно.

✳ ✳ ✳

Артём, как и все остальные больные и покалеченные, лежал на монастырском диване с высокой спинкой. Лежать было не очень удобно, но мягко: на каждом диване имелся матрац, набитый соломой.

Очнулся он ещё по дороге.

"Неужели хоронить несут? — подумал, встрепенувшись. — Убили и тащат хоронить?"

Вся морда была в кровавой каше, в грудь словно кол забили, рот съехал куда-то набок и слипся, в виске каждую секунду тикало и ужасно отдавало в глаз. Глаза тоже не открывались. В виске пульсировало так, что казалось: голова расколота, и мозг вываливается понемногу, как горячая каша из опрокинутой миски.

Артём поворочал языком во рту, нашёл зубы, даже сумел удивиться: зубы есть, поди ж ты, могло бы вообще не быть... зато губы словно зашили. Понемногу смочил их слюной — разошлись — и ещё сильнее почувствовал, какая огромная борода на лице — кровавая, шершавая борода.

По крику чаек догадался — он на улице. По голосам: его несут дневальные чеченцы.

Подташнивало и хотелось пить.

— Это кто? Опять битый? — раздался голос. Голос принадлежал жителю Азии или Кавказа.

— Нет, доктор Али, он упал, — ответил дневальный так огорчённо, словно говорил про ребёнка.

— С дерева? — спросил Али. По усталости, с которой была произнесена эта шутка, Артём понял, что врач повторял её в сотый раз.

— Нет, — ответил дневальный очень серьёзно. — С земли, — и цокнул языком.

Артёма уложили в приёмном покое, долго разглядывали и трогали везде; это его даже начало успокаивать — хоть кто-то заботится о нём.

Обнаружили рваную рану на виске, множественные ушибы, доктор Али высказал подозрение, что имеются трещина в ребре и сотрясение мозга.

Дали стакан спирта, Артём, кривясь, выпил — и ему сразу же зашили висок, отмыв только одну часть башки, и то вокруг раны. Али работал быстро — Артём терпел, терпел, только хотел разораться, а ему уже командуют: подъём и проваливай.

Встал — и стошнило; хорошо, увидел раковину, туда наплевал пшёнки с капустой — всё это погано воняло спиртом.

Василий Петрович принёс вещи Артёма. Когда Артём брёл по коридору в общую палату, Василий Петрович окликнул его и поднял мешок вверх, показывая жестом, что сдаст вещи врачам.

— Святцы вернули? — разлепив губы, нашёл в себе силы пошутить Артём, но Василий Петрович не услышал.

Повторять вопрос Артём не стал: от собственного голоса он снова едва не потерял сознание.

В первый день больше ничего не лечили, только заставили помыться — в большой ванной на первом этаже, полной едва тёплой водой. Артём там чуть не утонул, мыло не смыл толком, вылез поскорее наружу; лицо — и то забыл отмыть; дальше не помнил ничего...

...Делавшая обход больных пожилая медсестра в белом халате и косынке дала ему градусник и лёд — приложить к виску.

Вернулась за градусником через полчаса, Артём успел поспать за это время. Лёд под виском растаял, а сон был вязкий, тугой, душный, укачливый.

— Что у меня там? — спросил Артём, глядя на градусник.

— Температура, — ответила медсестра.

— Высокая? — спросил Артём. У него всё время слипались то глаза, то рот. В виске густая, похожая на пиявку, толкалась кровь.

— Да.

Снова заснул.

Потом лежал и трогал рукою высокую деревянную спинку дивана — формой она напоминала волну. Артём сразу вспомнил, что похожий диван был в его детстве — стоял в гостевой комнате. Любимое место для игр — по самой кромке диванной спинки Артём водил караваны: маленькую игрушечную лошадь и трёх разномастных солдат. Вся эта компания шла будто бы по горе и иногда теряла кого-то: то лупоглазого гренадера, то стрелка с отломанным копьём, то римского легионера. Почему-то всегда выживала лошадь.

Мысли, которые пришли Артёму в голову под вечер, были неожиданны.

"Разве для этого мы делали революцию? — счищая ногтями со своей груди присохшее мыло, думал он, хотя ни в какой революции никогда не участвовал. — Для этого — чтоб каэр Бурцев бил меня по лицу? Эта недобитая белогвардейская гнида? Эти чеченцы — за что они сидят? Наверняка грызлись против советской власти, собаки! А Сорокин — вообще натуральный людоед! Почему революция не убила их всех? Почему они смеют бить меня?"

Одними и теми же словами Артём думал об этом очень долго, быть может, час или ещё больше. Он дошёл до того, что сумрачно мечтал, как напишет и доложит в администрацию обо всём. О чём таком он может доложить, Артём не знал, но ему до слёз, по-детски хотелось мести — так сладостно было представлять, что Кучераву, Сорокина, Бурцева, дневальных — всех уводят, и Ксиву тоже, и Шафербекова.

На Соловках называли расстрел по-всякому. Одни говорили: уводят налево. Другие — под размах. Третьи — отправить на Луну. Четвёртые — в шестнадцатую роту. Впрочем, отправкой в шестнадцатую роту называли любую смерть — болезнь ли, самоубийство или что-то другое.

Артём очень сильным чувством, где смешивались горячая ярость и нестерпимая жалость к самому себе, желал всем им смерти и мысленно отдавал команды: Кучерава? Под размах! — и Кучерава начинал рыдать, растирая по небритой морде слёзы. Сорокин? Налево! — и от Сорокина начинает пахнуть ещё сильней, ещё гаже, и он хватается за нары, а его тащат на улицу. Бурцев? На Луну! — и видел, как Бурцев бледнеет и вдруг кричит: "За что? В чём дело? Какая, к чёрту, Луна!" — но его не слушают.

Неожиданно Артём вспомнил роман Жюля Верна "С Земли на Луну".

"Постой, как же он назывался полностью? — спросил себя Артём и, на секунду замешкавшись, вспомнил: "С Земли на Луну прямым путём за 97 часов 20 минут".

"Есть ли здесь, на Соловках, хотя бы ещё один человек, который читал эту книгу?" — думал Артём, воспринимая, естественно, знание о Жюле Верне как своё очевидное и неоспоримое превосходство. По сути, одного этого знания вполне хватало бы, чтоб Артёма немедленно выпустили отсюда — и уж тем более не позволяли бить его перед всей ротой! За чужие, подброшенные карты!

"А ведь это Афанасьев мне подкинул!" — понял Артём так остро, что снова отдалось в виске, а оттуда — в глаз.

Тихо подошёл, судя по одеяниям, бывший священник и попросил:

— А нет ли хлебушка у вас?

— Чего? — не понял Артём.

— Хлебушка, — ещё раз жалостливо попросил священник. Поверх рясы, несмотря на жару, на нём была надета женская кофта.

— Нет у меня ничего, — огрызнулся Артём и с головой спрятался под покрывало.

"Афанасьев! — повторял про себя Артём в темноте. — А кто же ещё? Ну и мразь этот поэт. Мразь. Какая мразь. Я же убью эту мразь!"

Артёма кто-то потрогал прямо по голове — через покрывало. Он, чертыхнувшись, вылез наружу и снова увидел священника: тот и не уходил.

— А сахарку? — спросил он. — Сахарку нет?

— Уйди! — крикнул Артём, — Уйди, поп! — и снова влез под одеяло, успев заметить, как священник всплеснул руками — несколько, впрочем, наигранно — и начал мелко креститься.

— Да уйди ж ты! — кто-то ещё погнал побирушку, но Артём уже не смотрел.

До самого ужина он не вылезал из-под покрывала. У него была истерика. В темноте, в запахе своего тела, своей подсохшей крови, Артёма охватил очень убедительный страх: теперь ему стало казаться, что за ним должны прийти.

"А как иначе? — думал он. — Ты ударил командира взвода! У тебя нашли запрещённые карты! Ты устроил драку с руководством. Тебя запросто могут расстрелять!.. Господи ты Боже мой! — шептал Артём, почти плача и готовый закричать в голос. — Мамочка! Они же убьют меня! Выведут за ворота и застрелят. И засыплют землёй. И меня начнут черви жрать. Вот тут, где соски. Вот тут, где живот. Вот тут, где лицо, — Артём ощупывал себя всего: уши, губы, пах, ноги. — И всё из-за этой мрази! Из-за Афанасьева! Из-за этого стихослагателя!

Шулера! Надо было удавить его! Убить его ночью! А если я доложу, что он сдал бракованные веники, — за это меня могут простить? Но ведь я сам их — я сам их сдал вместе с ним! Меня ещё сильней накажут... А как, как ещё сильней? Что может быть сильнее, чем расстрел, идиот? Проклятый идиот!.. Мамочка! — повторял он и сжимал челюсти изо всех сил, чтоб смолчать, не привлечь ничьего внимания. — Мамочка! Спасите меня кто-нибудь! — и снова трогал себя.

— Э! Ты там дрочишь, что ли? — спросил кто-то и стянул покрывало: Артём попытался поймать ткань зубами и не смог и поэтому вжался в спинку дивана.

— О, — сказал человек, стянувший покрывало, судя по виду, из блатных, — ну и мурло. Ты б оттёр мурло-то. Весь в кровяке... Есть покурить?

— Нет, — даже не сказал, а выдохнул Артём.

Больные оживились, начали привставать со своих диванов: раздавалось громыханье тазов с едой.

Артём — и тот вдруг привстал, облизывая губы.

Медсестра, что ставила градусник, принесла мешок Артёма: он порылся, нашёл миску.

Догадался, что миску Василий Петрович положил, — Артём точно не клал, он её кинул на свои нары, когда скомандовали построение на шмон. Зачем-то поискал святцы...

На ужин принесли винегрет из картофеля, свеклы, моркови, капусты, трески и пшённую кашу. Всё было нестерпимо вкусное.

Сердясь на пульсирующий висок, Артём ел, замирая от восторга, который странным образом оказался даже сильнее, чем только что обуявший страх смерти. Он чувствовал на языке тугую свекольную плоть, хрусткую капустную, распадающуюся картофельную — всё это мешал со вкусом пшёнки, закусывал хлебом; голова кружилась, словно от влюблённости и близости, и мелко крошилась кровавая борода.

Больной на кровати, стоявшей справа, всё время косился на Артёма — ему, естественно, казалось, что любопытствуют к его обеду, и он зажмуривался, чтоб острее ощутить рыбье тело трески и привкус прелой моркови.

— Я помню, вы за меня заступились, — сказал этот больной, так и не дождавшись ответного взгляда Артёма.

Артём скосился в сторону голоса. Ба, да это Филиппок. Артём даже поискал поблизости пенёк — с письмом Сорокина: а вдруг так и стоит под кроватью, ждёт, когда у Филиппка заживёт нога.

— Я? — удивился Артём на слова Филиппа: своё заступничество он забыл напрочь. — Не было такого, — сказал он.

И отвернулся.

* * *

Ночь проспал — будто неподъёмной землёй засыпанный. Даже ребро не мешало — оттого, что, как лёг плашмя, положив сверху на голову подушку, так и пролежал.

Клопов и вшей в больничке не водилось.

"Так странно, — размышлял утром Артём, бережно трогая нитки на виске. — Все эти месяцы ем мало, постоянно на тяжёлой работе. Когда грузил в порту — сутками на сырых сквозняках. Когда с баланами — в воде с утра до вечера, и не простужался. Не болел вообще! Даже соплей не было".

Артём, правда, не чувствовал жара — и даже напротив, после обеда ему стало лучше, он начал успокаиваться, — тем более что за ним так никто и не пришёл вчера.

Ну, висок прошили, глаз заплыл, лицо распухло, в ребре отдавало, лежать на левом боку было совсем нельзя, ещё подташнивало — но всё терпимо. Крови было много, но вся натекла с виска да из носа — а нос тоже стоял на месте, не сломали.

Артём решил пока об этом никому не говорить, а пофилонить, сколько сможет.

Спрятавшись под своё покрывало, тихо потягивался и в путаных, полусонных мыслях перебирал всё то прекрасное, душистое, вкусное, что удалось ему отведать в последнее время.

Сухофрукты, плитка шоколада, конская колбаса были в посылке матери... Шоколад тоже пропах колбасой, но это его нисколько не испортило. Сухофрукты из второй посылки, по совету Василия Петровича, замочили в кипятке — и пили, истекая сладостным потом.

Потом шпик, сметанка с лучком — о, каким это оказалось блаженством.

Вот только Бурцев... там был Бурцев. К лешему Бурцева.

Ещё было варёное яйцо.

...А где оно было? Да не было его нигде, оно приснилось однажды, дня три назад. Ах, какое было яйцо во сне! Из такого яйца наверняка б вылупился золотой петушок.

Вчерашний винегрет...

В третий раз замерили температуру — и опять записали в журнал тридцать девять и два.

На завтрак принесли две воблы, жаренные в тюленьем жире, и картошку в мундире — правда, одну. Но снова были радость, и очарование, и восхищённое головокружение.

"Дома ты это есть бы не стал, выбросил бы эту воблу в окно", — пытался увещевать себя Артём, но сам же себе старался не верить.

Освоившись, Артём начал изучать ближних соседей и обстановку.

Во всю стену огромной больничной палаты была незакрашенная, как в большинстве других помещений монастыря, фреска.

Фреска изображала больных — но среди них был, кажется, Христос. Он поддерживал одного из хворых — седобородого старика.

Артём был не очень сведущ в библейских историях и этот сюжет не знал.

С минуту он любовался на фреску, потом отвлёкся на людей.

Кроме юродивого Филиппа и батюшки-побирушки, то и дело вышагивающего меж монастырских диванов, почти все больные лагерники показались Артёму схожими, как сушёная вобла.

Он помнил, что вчера, да, подходил за табачком какой-то блатной, но, озирая сейчас палату, Артём не мог его узнать — напротив, готов был подумать почти на любого, что это он и был.

Бережно приподнявшись на руках — в рёбрах всё-таки болело, — Артём присел, стараясь не сутулиться, и заглянул, что там с другой стороны высокой диванной спинки.

Там стоял такой же диван, и на диване сидел батюшка Иоанн — тот самый владычка, который угощал Василия Петровича сметанкой с лучком.

Батюшка подшивал рясу.

Они встретились глазами.

— Доброе утро, владычка, — сказал Артём несколько неожиданно для самого себя.

— Как твоё здоровье, милый? — спросил владычка просто и ласково. — Я вижу, тебя тоже подшили!

Артём не нашёл тех слов, которые показались бы ему подходящими, — и просто улыбнулся, пожав плечами: всё ничего вроде бы, подшили, да.

— А с батюшкой и не надо искать особых слов, — сказал Иоанн, перекусывая нить. — Которые на сердце лежат — самые верхние, — их и бери. Особые слова — часто от лукавого, — и владычка улыбнулся.

“Вот как...” — подумал Артём с удивлением и потрогал нитки на виске.

Почему-то это было почти приятным.

— А как же стихи? — спросил он. — Стихи — это всегда особые слова.

— Думаешь, милый? — спросил батюшка. — А я думаю, что лучшие стихи — это когда как раз с верха сердца взятые. А вот когда только особые слова выбираются — тогда и стихи напрасные.

Артём почесал давно не стриженными ногтями чуть зудящую щёку. Мельком глянул на пальцы и увидел кровавую корочку под ногтями: наскрёб вчерашнего.

— И какие у вас слова лежат сейчас на самом верху? — спросил Артём: ему отчего-то хотелось говорить с владычкой.

— Что не стоит печали наш с вами плачевный вид, — сказал владычка, улыбаясь. — Что раз мы здесь собрались — на то воистину воля Божья. А ведь и не одни невинные здесь собрались, верно? Всякий про себя думает, что он точно невиновен, — да не каждый даже себе признается, с какой виной он сюда пришёл. У одного — злохулительные слова, у другого — воровские бредни, у третьего — иная великоважная ошибка. И что нам теперь жаловаться, жителям соловецким? Нас сюда против воли привезли, а дедушка Савватий — основатель монастыря — сам ведь приплыл. И ведь он немолод был! Как ты думаешь, милый, Савватию показалось тут легко? Дедушка явился на пустой остров — шесть лет прожил, ничего у него, кроме репы, не росло, никто его не кормил, крыши над головой не было, никто не топил ему в его ветхом шалашике, никакого благоустроения не имелось вовсе. А жил, старался! А мы что? Только обида и сердечное смятение, вместо того чтоб покаяться — и если не за те грехи, что вменили нам неразумные судьи, так за другие.

Артём потрогал голову и под волосами пальцами нашёл объёмную, отчего-то чуть сырую шишку, трогал её, иногда морщась и тем не менее продолжая слушать владычку.

— Для человека греха как бы и нет, если этот грех никто не видел! — говорил батюшка Иоанн. — Да́ ведь, милый? Не пойман — не вор. Бог — один, кто знает любого вора, и у него есть свои Соловки для всех нераскаявшихся, в сто тысяч раз страшнее.

— Так зачем же на земле Соловки, когда и там они приготовлены? — спросил Артём. Он, естественно, не верил ни одному слову владычки, однако получал душевное удовольствие от его тихой ласковой речи.

— Я же говорю, милый: у Бога Соловки для нераскаявшихся — так, значит, лучше раскаяться вовремя, и земные Соловки — не самое дурное для этого место. Здесь без малого пятьсот лет жили так же тяжко, как и мы. Знаешь, как в Патерике соловецком писано о том житье: "Тружахуся постом и молитвами купно же и ручным делом... иногда же землю копаху мотыгами... иногда же древеса на устои монастыря заготовляху и воду от моря черпаху... и во прочих делах тружахуся и рыбную ловитву творяху... и тако от своих потов и кормов кормяхуся". Что изменилось? Много ли отличий от наших дней? Мытарства те же. Путь всё туда же.

И здесь владычка — Артём даже чертыхнулся от удивленья — подмигнул. Но в то же мгновение вернул себе тихое, хоть и улыбчивое, благообразие.

— И вот что вспоминаю я ещё, — сказал владычка. — Читал вчера о соловецком архимандрите Варфоломее: "Дух же исходит от его тела добронравен". А он на тот час одиннадцать недель, как помер! Что тут сказать, милый? Мы пахнем хуже некоторых мёртвых! Да, моют нас редко, кормят скудно, вошь живёт на нас, и хворость в нас. Но самый худший запах, милый, идёт от нераскаянного греха! Его смыть тяжелее всего!

Другой батюшка, что непрестанно кружил по палате, спрашивая хлеб, к дивану владычки старался не подходить. Но, заметив, что путь побирушки проходит недалеко, в пределах почти уже досягаемости — если не руки, то броска ботинком, — владычка Иоанн этот самый ботинок со своей ноги снял и выказал резкое и явное намерение кинуть его. Батюшка-побирушка, прикрываясь рукой, отбежал на несколько шагов — и стоял в отдалении, вытянув тонкую шею, похожий на испуганную птицу, ровно до тех пор, пока владычка ботинок свой не бросил на пол к ноге.

— Я тебе! — погрозился владычка побирушке.

Артём не без труда сдержал смех, но попутно обратил внимание на то, что веснушчатая рука владычки, когда он грозил, сложилась не в кулак, а привычно — в щепоть. Эта щепоть была обращена к самому владычке, и он тряс ей так, будто быстро посыпал себя солью.

* * *

Послеобеденный замер температуры показал всё те же тридцать девять и два.

— А ты что никак не умоешься? — спросила пожилая медсестра, легко задев пальцем щёку Артёма. — Иди умойся, а то доктор будет ругать.

Лёгкое прикосновение — а так терпко что-то качнулось в душе, и теперь раскачивалось. Какая-то игрушка была у Артёма в самом раннем детстве — наподобие маленьких весов. Качнёшь их — и они долго ищут равновесие: наблюдать за этим можно было подолгу, пока не закружится голова.

Артём даже приложил ладонь к щеке, чтоб прикосновение не исчезло так быстро.

"А она ведь тоже наверняка заключённая? — подумал Артём. — Её тоже осудили. И она тоже должна за что-то раскаиваться, как владычка говорит? Это же смешно!"

— Только под душ не ходи, — сказала пожилая медсестра. — Нельзя, чтоб на голову. И с такой температурой тем более.

"А тут и душ есть?" — встрепенулся Артём.

Но умываться не пошёл, всё ленился и потягивался — это ж какое удовольствие выпало: никуда не ходить, а только лежать и лежать.

Лежать — совсем не скучно. Лежать — весело.

"Странно, что в детстве я предпочитал игры лежанию, — дурашливо подумал Артём. — Надо было лежать и лежать. Вся жизнь потом на то, чтоб наиграться..."

Пришёл доктор. Само появление его вызвало словно бы лёгкую тряску и сквозняк.

Он был восточного типа — очень красивый, с пышной чёрной бородой, с умными, тёмными, вишнёвыми, напоминающими собачьи, глазами. Наверное, мать у него была русской, а отец — южных кровей. Или наоборот.

Доктор двигался между монастырскими диванами быстрый и белый, как парусник.

"Как парусник с вишнёвыми глазами..." — по привычке изобразил Артём Афанасьева.

За доктором почтительно следовали фельдшеры и медсёстры.

Больных было около ста человек. С некоторыми доктор говорил подолгу, к другим вообще не подходил. Но все его ждали, и даже доходяги пытались привстать на локтях, пропеть что-то — просьбу, жалобу...

— Доктор Али, — звали иногда то с одной стороны, то с другой. Доктор не отвечал.

По отрывочным репликам доктора и его сопровождения Артём догадался, что серьёзная часть лежащих тут лагерников — туберкулёзники, сифилитики и болеющие цингой. Другая половина — битые и покалеченные конвойными, десятниками, командирами: Артём оказался не один. Было ещё несколько саморубов и самоломов, вроде Филиппа, и пара порезанных, но не добитых блатными.

— Хлебушка нет, доктор? — спросил батюшка-побирушка у доктора Али.

У батюшки была жуткая гнойная сыпь по всей груди, которую он показывал не без гордости — как соловецкие награды.

— Хлебушка нет, — отвечал доктор серьёзно. — Клизма есть. Не хотите клизму?

Артёма это немного покоробило.

— От коммунизьму — одну клизьму, — отвечал батюшка недовольно и глумливо, вставив в оба слова ненужный мягкий знак, что глумливость заметно усилило.

— Хотите хлеба, батюшка, — спросите у неба, — в тон ему отвечал доктор Али, чем, признаться, сразу вызвал у Артёма потерянную только что симпатию. Его высказываниям, конечно, придавал особое очарование мягкий восточный акцент.

— Ох-ох-ох, — приговаривал владычка Иоанн, слушая этот досужий разговор.

Дошла очередь и до Артёма.

— Тут больно? Тут? — быстро спрашивал доктор Али. — Кажется, нет ничего. Тошнит? Покажите зрачок.

— Как я его покажу? — засмеялся Артём, хотя доктор уже взял его за подбородок. — Смотрите.

— Температура какая у него? — спросил Али пожилую медсестру, шествующую за ним с раскрытым журналом.

Пальцы у него были сильные и горячие. "Если у меня тридцать девять и два, — подумал Артём, — то сколько у него тогда? сорок два?"

— Почему не умытый? — высказал доктор даже не Артёму, а всем стоящим позади себя. — И вши, наверное, у него. При такой завшивленности брюшной тиф может начаться прямо в лазарете! Вот будет позор!

Было понятно, что доктор Али говорит не столько для своего сопровождения, а во имя некоей общей значимости своего управления.

Едва доктор отошёл, пожилая медсестра махнула журналом на Артёма: ну-ка иди умойся, немедля!..

— Где душ-то? — спросил Артём у соловецкого монаха, прислуживающего теперь в лазарете. Бывшие монахи носили свои головные уборы набекрень — так их запросто можно было отличить от сосланных сюда батюшек, которых, к слову сказать, монахи не любили.

Монах указал жестом, куда.

— Воду не лить! — крикнул вслед сильным, но словно застуженным когда-то голосом.

В душевой никого не было: обход.

Душ представлял собой железный бак, полный водой, с бака свисала железная цепь; видимо, она давала воде свободу.

Артём быстро разделся, дёрнул с силою за цепь, полилась кривыми струями какая-то муть, но тёплая, приятная.

Отклоняя голову, чтоб не намочить узорное шитьё на виске, он встал поскорее под эти струи, тихо посмеиваясь и глядя себя руками по груди.

По всему телу бежала тёмная вода.

"Какой я грязный-то! — подумал Артём отчего-то с удовольствием. — Или вода такая?"

Поискал глазами мыло, не нашёл и начал яростно натирать себя руками — всё, кроме больных рёбер.

За этим своим копошением в воде сначала решил, что ему слышится женский смех... перестал шевелиться — и сразу убедился: нет, не кажется. Выше этажом смеялись женщины, молодые и голые. Они там тоже мылись.

"Голые и белые", — подумал Артём, изо всех сил вслушиваясь в смех и голоса: даже рот раскрыл. В рот попадало брызгами из душа.

Белые и голые.

— Йодом в рот мазанная! — медленно произнёс Артём вслух чужое и непонятное ругательство. — Йодом. В рот.

Раз тронул себя, два, три — и накопленное задолго взорвалось в руке под женский смех.

* * *

Артём шёл назад лёгкий, мокрый, полный сил.

На обратном пути снова встретил монаха, думал, будет ругаться, что лил воду, но тот кивнул: вон там к тебе. И показал кривым пальцем закуток.

В закутке на лавочке сидел Василий Петрович.

Рядом с лавочкой были свалены окровавленные и драные носилки, стояло несколько вёдер, одно — полное старыми бинтами, ещё какой-то врачебный мусор.

— Напрасно, Артём, вы так не похожи на больного, — сказал с доброй строгостью Василий Петрович. — Я бы на вашем месте старался больше соответствовать этой роли. А с вас всё, насколько я вижу, как с гуся вода, — и даже потянулся рукой, чтоб коснуться волос молодого товарища, но не коснулся, конечно.

Артём улыбнулся.

— Вас там чуть не убили, между прочим, — сказал Василий Петрович. — Вы помните?

Не очень хотелось про это вспоминать, и Артём сделал неопределённую гримасу. Пока у него такая высокая температура и швы на башке — его в роту назад не погонят, а там будь что будет.

Судя по всему, его всё-таки угробят, понимал Артём, но бояться этого долго он не умел: страха хватало на несколько часов.

— Какие там новости у вас?

Теперь Василий Петрович помолчал, выдерживая паузу и не отвечая: судя по всему, он готовился к другому разговору.

— Как Бурцев? — спросил Артём, позируя своим жестяным равнодушием даже не перед Василием Петровичем, а перед собой.

— Бурцев? — переспросил Василий Петрович в явном огорчении. — Мстислав — да, озадачил. Поначалу, когда случилось с китайцем, я думал, что... Что он китайца так потому, что слишком много было китайцев среди красных войск. Бурцев же из колчаковских — у них особенно много беды было с ними. Но теперь вот вы...

Артём хмыкнул.

— Но вообще зря вы его поручиком назвали, — чуть более оживлённо заговорил Василий Петрович, до сих пор будто бы пытающийся понять Бурцева. — Он на поручика обиделся.

— То есть если бы я назвал его полковником, он бы не обиделся? — спросил Артём, улыбаясь.

Василий Петрович смолчал, поджав губы: Артём был прав.

— Лажечникова избили только что, — сказал Василий Петрович. — Я шёл к вам, его занесли в роту, а лежал за дровней... Весь чёрный. И непонятно, кто бил-то. Не начальство вроде бы.

— А я, кажется, знаю кто, — сказал Артём, вспомнив разговор на кладбище между Хасаевым и казаком.

Василий Петрович почему-то не стал переспрашивать, кого Артём имел в виду.

— Здесь все понемногу звереют, — ещё помолчав, сказал Василий Петрович. — Страшно — душа ведь.

Артём подумал и ответил очень твёрдо:

— Наплевать. Психика.

На том и начали расставаться.

Василий Петрович принёс ягод — угостил Артёма.

— Спасибо, — сказал Артём искренне, с удовольствием взвешивая кулёк на руке. — Монаху на входе, наверное, надо отсыпать?

— Я уж дал ему, — сказал Василий Петрович спокойно и чуть сухо. — Вообще сюда нельзя ведь, пришлось его подкупить...

Вы, надеюсь, теперь всё поняли про Афанасьева? — спросил Василий Петрович, уже поднявшись.

Артём моргнул — в том смысле, что понял, понял. Давно всё понял.

— Знаете, Артём, как получается сглаз? — вдруг заговорил, казалось бы, о посторонней теме Василий Петрович. — Когда в человеке есть какие-то зачатки болезни — тогда к нему прививается та же мерзость или хвороба. У вас всё было здесь, насколько это возможно, хорошо, потому что внутри у вас было всё правильно устроено. Я любовался на вас. Даже учился у вас чему-то. "Надо же, — думал, — никаких признаков человеческой расхлябанности, слабости или подлости". А потом что-то случилось — и покатилось. Знаете, как они вас все били? Меня б убили, если б мне так попало. А вы вон бегаете. Быть может, ваша бравада вас подвела, Артём? Вы подумайте над этим... Тут нельзя победить, вот что вам надо понять. В тюрьме нельзя победить. Я понял, что даже на войне нельзя победить, — но только ещё не нашёл подходящих для этого слов...

Артём поднялся, пожал руку Василию Петровичу. Он решил не думать сейчас же, сию минуту над его словами — оставить на потом: скажем, попытаться осмыслить это, засыпая. Самые важные вещи понимаются на пороге сна — так иногда казалось Артёму. Одна закавыка: потом с утра не помнишь, что понял. Что-то наверняка понял, а что — забыл.

Но, может, и не надо помнить?

— Артём, вас ведь карцер ждёт, вы понимаете? — сказал Василий Петрович уже в коридоре.

Всё настроение испортил.

✳ ✳ ✳

"А что ты думал? — издевался над собой Артём по пути назад. — Тебе двойной паёк выдадут? Пирог с капустой?"

— Чего там тебе принесли, делись, — сказал блатной, поймав Артёма на входе в палату.

Если б всё это было произнесено с нахрапом — Артём ответил бы зло: чего уж было терять после всего произошедшего. Но блатной обратился с улыбкой — несколько даже заискивающей. Ему можно было б и отказать, весело сказав: "А не твоё дело!" — и всё это восприняли бы как надо, был уверен Артём. Хотя бы потому, что блатной тут был не в компании: в карты он порывался играть с кем ни попадя — даже владычке Иоанну предложил однажды; и вообще скучал.

— Дать ягодку? — спросил Артём.

— А то, — ответил блатной и тут же сложил руки ковшом.

Не совсем осознанное, было у Артёма потайное желание задобрить, с позволения сказать, блатного Бога: вдруг, если накормить этого — тогда и Ксива отлипнет, как банный лист?

— Хорошо, не четыре руки у тебя, — сказал Артём, отсыпая в грязные ладони разных ягод.

— Чего? — не понял блатной.

На кистях его были невнятные наколки, заметил Артём, и ещё какой-то синюшный рисунок виднелся на груди — в вороте рубахи, которая была размера на три больше, чем требовалось.

Щёки у него были впалые, глаза чуть гноились, лицом он казался схожим с рыбой: вперёд вытягивались губы, дальше шли глаза, подбородок был скошен почти напрочь; будешь такому бить в бороду — и сломаешь кадык.

Прозвание у блатного было Жабра.

— Бабу хочешь? — сказал блатной, немедленно засыпав почти все ягоды в рот. Губы он тоже раскрывал как-то по-рыбьи. Артём постарался не заглядывать в блатную пасть, чтоб не увидеть рыбьи же мелкие сточенные зубки.

— Ох ты, — с очевидной и нарочитой иронией сказал Артём, глядя в лоб блатному — скошенный и едва заметный. — А откуда у тебя баба?

— У меня бабы нет, — начал блатной говорить уже несколько хамоватым тоном: Артём знал эту их манеру — отвоёвывать каждым словом всякий мужской разговор в свою пользу, чтоб при первой же возможности раздавить собеседничка как клопа.

— А у кого есть? — спросил Артём весело: как бы то ни было, плевать он хотел на эти манеры — и это было видно, что плевать он хотел, даже с низким лбом можно было о том догадаться.

Блатной догадался и продолжил более сдержанно:

— Там бабий лазарет, — блатной показал пальцем вверх. — Есть бабы рублёвые, есть полтинишные, есть пятиалтынные. Местный монашек может сделать тебе встречу. Полтину ему, полтину мне — я посторожу, а после тебя попользуюсь. И на бабу — уж какую выберешь.

— У меня нет денег, — сразу сказал Артём.

— А чё есть? — спросил блатной и даже чуть подцепил Артёма за рукав двумя пальцами, измазанными к тому же ягодным соком.

— Убери руки-то скорей, — сказал Артём ласково.

Блатной убрал, чуть медленней, чем надо, но тут же предложил:

— А в картишки?

Артём даже не ответил: по коридору несли нового больного, носильщики — знакомые лица; двенадцатая рота вновь обеспечила пополнение лазарета.

Впереди шёл монах, указывал дорогу. Лажечникова — по виду натурально неживого — тащили Хасаев с напарником и кто-то третий, всё время загораживаемый монахом.

Вот уж кого Артём не ожидал увидеть — но он явился, Афанасьев. Мало того, когда, семеня, держась за край попоны, на которой лежал бессознательный Лажечников, проходил мимо, подмигнул. Морда невыспавшаяся — опять, поди, в карты с блатными играл.

Сзади всю эту процессию подгоняла пожилая медсестра.

— Тебя хотел повидать! Навязался к чеченам в помощники! — прошептал Афанасьев, выйдя из палаты. — Сюда ж не прорвёшься. Но местные фельдшера таскать больных не хотят — поэтому... Что у тебя? Так били — а у тебя только нос распух да нитки вот на виске! Зашили?

— Зашили, — повторил Артём, пытаясь раскачать в себе неприязнь к этой рыжей твари, и всё никак не получалось.

Афанасьев схватил себя за чуб, привычно как бы пробуя на крепость свою голову: не слетит ли, не сорву ли.

— "Не по плису, не по бархату хожу, а хожу-хожу по острому ножу..." — пропел Афанасьев, с нежностью глядя на Артёма.

У Артёма против его воли промелькнуло: "Нет, не он, нет..." Артёму будто бы хотелось уговорить самого себя, притом что хитрить тут было нечего: Афанасьев сбросил святцы, а кто же ещё.

— Идём, Афанас, — позвал Хасаев.

— Ага, сейчас приду, — не оглядываясь, ответил Афанасьев.

— Они казака? — спросил Артём, показав глазами на чеченцев.

— А кто же, — ответил Афанасьев с деланой строгостью и тут же решился спросить: — Ты, наверно, думаешь, это я тебе святцы? Артём, Богом клянусь...

Артёма вдруг осенило, как всё это закончить:

— Афанас, а дай рубль взаймы? А лучше два.

Так бы Артём ни за что стрелять не стал — не было привычки, но в эту минуту показалось простым и даже спасительным.

Афанасьев с удовольствием дал и напоследок ещё раз подмигнул.

— Я приду ещё! — сказал, схватив себя за чуб.

— Ага, — ответил Артём. — Только не тащи больше из роты никого. Тут уж коек свободных нет.

Очень довольный шуткой и ещё, кажется, тем, что отдал два рубля, Афанасьев захохотал.

— Эй, — с полдороги Афанасьев вернулся. — Вот ещё рубль, держи. Пожрать себе купишь...

* * *

Лажечников очнулся, но говорить не мог, только моргал и дышал. Из бороды его вырвали несколько клоков, и на челюстях кровянила содранная кожа. Мохнатые брови казака встали почти дыбом, будто от ужаса. Смотреть на него было тяжело.

— Может, пить? — спросил Артём у Тимофея Степановича.

Пожилая медсестра прогнала Артёма:

— Иди на своё место, без тебя знают, всё дадим.

Он ушёл, влез под покрывало, там вскоре настигли мысли горячие и нудные: что значит одно приключение в душевой для такой молодости.

Не выдержал, выбрался на свет. Вынул из кармана мятый рубль и любовался на него с тем чувством, как будто это была картинка с обнажённой девицей.

Рубль сулил ошеломительную и долгожданную радость — такую огромную, что её едва могло вместить сознание.

“Тёмная? Русая? Рыжая? — лихорадочно думал Артём. — Какая будет? За рубль может быть очень красивая... Волосы кудрявые или прямые? И что — её можно совсем раздеть? Снять всю одежду?”

На рубле было написано: “Лагерь Особого Назначения ОГПУ”. Ниже: “Расчётная квитанция”. Ещё ниже: “Принимается в платежи от заключенных исключительно в учреждениях и предприятиях Лагерей Особого Назначения ОГПУ”.

“Почему ничего не написано про платежи рублёвым красавицам?” — дурачился Артём.

Правду сказать, ему было немного стыдно, но эта долгожданная, звериная радость — она была куда сильнее, она оглушала так, что сознание иногда словно бы уходило под воду.

“Потом, разве ей не нужен рубль? — отчитывался перед собой Артём, трогая нитки на виске. — Её же никто не принуждает, верно?”

Батюшка-побирушка, пользуясь тем, что владычка Иоанн задремал, вновь пришёл к дивану Артёма — тот поспешно спрятал рубль в карман.

Видя неприветливое настроение Артёма, батюшка начал толкать дремлющего Филиппка:

— Не осталось с обеда хвостика селедочного? Очистков от картошечки, может?

— Уйдите, батюшка, нету, сами голодны, — жалостливо, в отличие от многих других, просил Филиппок, но именно на него батюшка и осердился.

— "Сами голодны..." — передразнил он. — Ничего, ничего. Была бы свинка — будет и щетинка.

— О чём вы таком говорите, батюшка? За что корите? — слезливо жаловался Филиппок, но его уже не слушали.

Батюшка-побирушка лишь на первый взгляд мог показаться душевнобольным: нет, при внимательном пригляде становилось ясным, что он скорей здрав — и уж точно не дурнее любого лагерника. Речи его служили тому порукой.

Нередко батюшку угощали, особенно когда поступали новые больные из тех рот, где жизнь была получше и платили порой двойные, а то и тройные зарплаты, — мастеровые из пятнадцатой роты, канцелярские из десятой, спецы из второй. И тогда он становился точен в словах и наблюдателен.

Звали его Зиновий.

Особенно батюшка любил сахарок.

Больные лагерники — в первую очередь из числа верующих — тянулись к нему, пока не знакомились с владычкой Иоанном и не переходили в другой, так сказать, приход.

Батюшка Зиновий очевидно ревновал.

Лицо у него было неразборчивое, как бы присыпанное песком и маленькое, словно собранное в щепоть. Волосы — редкие, русые, длинные, безвольные.

Докучливое его побирушничество легко сменялось в нём дерзостью и брезгливостью — особенно в отношении тех больных, что ни разу его не угощали и не собирались в дальнейшем — видимо, Филиппок к таким и относился.

Впрочем, любого насилия батюшка-побирушка опасался и, если возникала угроза сурового воздаяния, — сразу отступал и затаивался.

Разговоры его всегда носили характер ругательный и беспокойный: советскую власть он не любил изобретательно, разнообразно и не скрывал этого.

Однако к теме подходил всякий раз издалека.

— Как всё правильно устроено в человеческом букваре, — объяснял Зиновий цинготному больному с жуткими ранами на дёснах, которые батюшку нисколько не смущали. — Переставь во всём букваре одну, всего единственную буквицу местами — и речь превратится в тарабарщину. Так и сознание человеческое. Оно хрупко! Человек думает, что он думает, — а он даже не в состоянии постичь своё сознание. И вот он, не умеющий разобраться со своим сознанием, рискует думать и объяснять Бога. А Богу можно только внимать. Перемени местом в сознании человека одну букву — и при внешней благообразности этого человека скоро станет видно, что у него путаница и ад во всех понятиях. Вот так и большевики, — переходя на шёпот, продолжал батюшка. — Перепутали все буквы, и стали мы без ума. Вроде бы те же дела, и всё те же мытарства, а всмотреться если — сразу видно, что глаза мы носим задом наперёд и уши вывернуты внутрь.

Жилистый монах из бывших соловецких, неприметно пришедший забрать бельё излеченного и отправленного назад в свою роту лагерника, зацепился как репей за одно слово разглагольствующего батюшки и взвился так, словно давно был к этому готов и слова припас:

— А чего вы жалуетесь? — даже притоптывая ногой в грязном сапоге, говорил он. — Мы и до вас так жили тут на Соловках, и даже тяжелее. Вставали в три утра — а вы тут в шесть! И работали до темноты. Рабочих-трудников монахи гоняли не меньше, чем вас — чекисты!

Батюшка Зиновий немедля стих и спорить не стал.

Артём приподнялся на своём диване и взглянул на владычку Иоанна. Ему хотелось услышать пояснения случившейся перепалки.

Тот готово отозвался на взгляд Артёма — как ждал.

— Островом белых чаек и чёрных монахов называли Соловки, — сказал батюшка Иоанн через минуту. — Им тяжело тут было, правда.

— Так вы на его стороне? — негромко спросил Артём про монаха.

— Нет никаких сторон, милый, — ответил батюшка Иоанн. — Солнце по кругу — оно везде. И Бог везде. На всякой стороне.

— И на стороне большевиков? — спросил Артём. Ответы батюшки ему не очень нравились.

Батюшка Иоанн улыбнулся и, похоже, решил начать сначала:

— Монахи и в прежние времена испытывали недостаток любви к священству. Они же в безбрачии живут, в неустанных трудах, в немалой скудости. Наверное, они считали, что имеют право упрекнуть кого-то из нас в потворстве плоти. Что ж, и я не скажу, что всё это напраслина. Но здесь, на Соловках, многие монахи, как закрыли большевики монастырь, пошли в услужение к чекистам. Теперь они, милый, числятся в ОГПУ — помощниками по хозяйству — и предерзостно ведут себя с заключёнными архиереями, будто свершая тайное своё отмщение. А за что мстить нам? Всякий из нас на своём месте. Мы в тюрьме — они на воле.

— Этот монах ругался, что их воля всегда была как ваша тюрьма, — сказал Артём.

Владычка Иоанн покивал головой, улыбаясь тепло и беззлобно.

— Будет великое чудо, если советская власть преломит все обиды, порвёт все ложные узы и сможет построить правильное общежитие! — ответил он так, словно напел небольшую музыкальную фразу.

— Где их воля будет как наша тюрь... — насмешливо начал Артём, но батюшка Иоанн приложил палец к губам: тс-с-с.

Артём наконец догадался, что батюшка просто не хочет прилюдно разговаривать на все эти трудные темы.

— Слушай этого обновленца! — вдруг выкрикнул со своего места батюшка-побирушка, обладающий, как выяснилось, хищным слухом. — У него попадью красноармейцы снасиловали — а он всё про общежитие рассказывает! Слушай его, он тебе наговорит!

Артём боялся взглянуть на владычку, но, когда всё-таки повернул голову, увидел, как батюшка Иоанн тихо сидит, переплетя пальцы и шепча что-то. Дождался, пока ругань прекратится, поднял глаза и снова улыбнулся Артёму: вот, мол, как.

* * *

— Нашёл рубль? — спросил Жабра вечером: как чуял.

— Нашёл, — сказал Артём не своим голосом, немедленно почувствовав душное и томительное волнение.

Когда принесли ужин, блатной снова направился в сторону Артёма, но оказалось — не к нему.

Жабра присел на диван к Филиппку и попросил, прихватив пальцами его миску:

— Погодь, не ешь! Дай-ка.

Филипп, ничего не понимая, отдал свою миску: Жабра поднялся и пошёл с ней к себе. По дороге он съел всё, что лежало в миске, и, развернувшись ровно возле своего дивана, принёс назад пустую посуду, вложив её в руки Филиппку.

Всё это было так нагло и просто, что Артём против воли улыбнулся — улыбкой косой и удивлённой.

Заметив эту улыбку, блатной кивнул Артёму, как сообщнику.

Ситуация была дурная и нелепая.

Едва ли Артёму пришло бы теперь в голову заступаться за кого бы то ни было... но сообщником Жабры он точно не желал выступать. И так получилось, будто выступил.

"Как будто я из-за рублёвой на всё это смотрел молча!" — раздражался Артём.

Филиппок минуту оглядывал свою миску, а потом тихо заплакал.

Ничего не видевший, но заметивший плачущего соседа владычка Иоанн поднялся и, прихрамывая, пришёл со своего места.

— Что такое, милый? — спросил он Филиппа.

— Да ничего, — ответил Артём, почувствовав, что перед владычкой ему всё-таки будет стыдно за всё это. — На, жри, — он сунул свою нетронутую миску Филиппку.

И тот принял дар.

— Что такое? — спросил владычка уже Артёма.

— Голодный, — ответил он.

Быстро и всхлипывая иногда, Филипп съел всё подчистую.

"Пшёнка", — сказал себе Артём, стараясь не смотреть, как едят другие.

— Дойдёт тать в цель — поведут его на рель, — вдруг сказал Филипп громко.

Артём поначалу и не понял, к кому он обращается, о чём говорит. Поразмыслив, догадался, что слова обращены к Жабре. Но ещё глупее было то, что Филипп снова воспринял Артёма почти как заступника — потому и поднял голос.

Жабра, к счастью, не догадался об этом.

Филипп протянул миску Артёму.

— Чего тянешь? — спросил он раздражённо. — Иди мой, помытую вернёшь.

Только когда Филипп стал подниматься, Артём медленно вспомнил, что тот вроде и не вставал до сих пор. По палате точно не бродил, а всё спал или тупо глядел в потолок.

Самодельный костыль лежал под диваном у Филиппка: опираясь на него, он поднялся и, неловко взяв миску, сделал первый шаг. Одна нога ниже колена была у него ампутирована.

— Блядь! — выругался Артём, рывком сев и ощутив резкую боль в рёбрах. — Блядь! — повторил он на этот раз уже от боли.

Напуганный Филипп встал и оглянулся: не его ли ругают. Владычка Иоанн насупился бровями так печально и болезненно, как будто его больно толкнули в грудь. Один Жабра, торопливо вернувшийся откуда-то из коридора, ловко и как ни в чём не бывало обошедший Филиппа, нашёлся как пошутить, наклонившись к дивану Артёма:

— Зовёшь уже? Сюда нельзя привести. Придётся самому до неё дойти.

Перемогая боль, Артём посидел немного, потом спросил:

— Что, сейчас уже?

— А ты думаешь, им долго готовиться надо? — спросил Жабра рыбьим своим ртом. — Подняла жопу да понесла.

"Его ж можно поймать на крючок, на червя", — подумал Артём, глядя в этот рот.

Монах ждал в конце коридора, вроде как поправляя оконную раму, про которую тут же забыл, едва подошли Артём с Жаброй.

— Полтину давай, — сказал монах.

Голос у него был такой, словно, как зарождался в груди, так оттуда и раздавался.

— Где девка? — спросил Артём, денег не показывая. Ему уже ничего, кажется, и не хотелось. Не радость уже была, а словно обязанность, только не ясно, к кому обращённая.

— В дом терпимости, что ли, пришёл? — спросил монах из своей утробы. — Чё тебе ещё показать?

— Дай ему полтину, фраер, — сказал Жабра, снова с чего-то почувствовавший свою силу.

Артём шмыгнул носом и не придумал, как себя повести: уйти бы, надо было бы уйти, но так болезненно захотелось посмотреть: всё-таки рыжая, русая или тёмная? Только посмотреть, и всё.

— Нате, делите, — Артём протянул вверх соловецкий рубль. Монах взял в кулак бумажку, одним движеньем куда-то спрятал и пошёл.

Жабра больно толкнул Артёма в бок: иди за ним.

"Надо ему жабры вырвать", — подумал Артём, но двинулся за монахом.

— Это моя комната, — сказал монах, встав у двери. — Баба там. Свет не жечь. Пока схожу мусор вывалить — надо успеть. На кровать не ложитесь. Стоя случайтесь.

Артём молчал.

Монах толкнул дверь: она оказалось открытой. Внутри была еле различимая и пахучая полутьма.

— Не вздумай, говорю, свет жечь, — повторил монах, уходя. — За бабу тридцать суток карцера полагается.

— И вечно гореть в аду, — сказал Артём будто сам себе.

— А за повторное полгода изолятора, — утробно бубнил монах, уходя. — И поделом.

"Святоша какой", — подумал Артём, всё никак не решаясь войти.

— Давай уже, бля, — толкнул его Жабра, и снова больно.

— Ты, пёс, — развернулся Артём, — ещё раз дотронешься до меня... Понял, пёс?

Жабра что-то ловил своим ртом, но глаза при этом были тупые, наглые: Артём различал в упор их белую муть.

Шагнул в комнату, закрыл за собой дверь, поискал крючок — и нашёл, накинул.

Развернулся и, пытаясь хоть что-то рассмотреть, привыкал к полутьме.

— Я тут, — раздался женский голос.

Она сидела у окна на стуле.

Артём сделал два шага — она поднялась навстречу.

— Вот о подоконник обопрусь, а ты давай, — сказала она; дыхание пахло пшёнкой. Лица́ Артём никак не мог разглядеть.

— Быстрей надо, — сказала она, поднимая свои одежды, в темноте напоминающие перешитый мешок: возможно, так и было.

— Волосы какие у тебя? — спросил Артём, взяв прядь в ладонь. Из чем-то закрытого окна едва пробивался фонарный свет с улицы, но цвет волос было не различить.

— Ты стричь, что ли, меня пришёл? — прокуренно хохотнула она.

— Замолкни, — сказал Артём, правой рукой проведя женщине по лицу: надбровья, нос, губы...

— Что ты, как, бля, слепой елозишь по мне, — выругалась она, хлопнув Артёма по руке.

Нос был тонкий, лоб чистый, кожа сухая, обветренная, губы женские, мягкие.

Артём сунул ей рубль в руку и пошёл.

Забыл, где крючок на двери, возился — женщина коротко и неприятно посмеялась у него за спиной.

— Ещё кто будет? — спросила, икнув, когда Артём наконец открыл.

— Нет, — ответил он.

В коридоре сразу увидел Жабру, тот стоял наготове.

— Теперь я, — сказал Жабра, спеша протиснуться мимо Артёма.

Поймав его за ворот, Артём прошептал блатному на ухо очень настойчиво:

— Вот тебе рубль. Не трогай её, будь добр. Пошли со мной.

Жабра чертыхнулся, но ухватил рубль, спрятал в карман.

— Пошли, пошли, — повторил Артём, потянув Жабру за пиджак.

Сам не знал, зачем всё это сделал.

* * *

Настроение с утра было препоганое: всё опять обвалилось и придавило — ожидание карцера, Ксива, Бурцев, Сорокин, Кучерава... или расстреляют? Ведь могут же и расстрелять? Придёт посылка от матери, а его зарыли. В посылке колбаса — кто её съест? Или обратно пошлют посылку? "Считаем нужным вам сообщить, что по причине расстрела вашего сына посылку возвращаем за ненадобностью".

Артём вцепился руками в покрывало и сидел так.

Новому саморубу без двух пальцев меняли повязку, он рычал.

— Летом саморуб — редкий случай, это зимой они гуртом идут, — рассказывал кто-то неподалёку. — А на одном участке прошлой зимой был такой десятник: каждому саморубу отрезал ещё и ухо. И над дверью вешал. Так у него целое ожерелье висело. Приехало соловецкое начальство на проверку, а он докладывает: сорок саморубов наказано отсекновением ушей! И его — к награде!

"Брешут всё", — думал Артём.

Лажечников едва приходил в сознание, ничего не ел и говорить не мог. Грудь у него стала чёрная, а борода обвяла, словно подрезанная у корня.

Артём вспомнил, как поймал божью коровку, когда ломали кладбище, а Лажечников это заметил и говорит: "У нас такую кизявочку называют Алёнка". И пробубнил над божьей коровкой: "Алёнка, Алёнка, полети на небо, там твои детки сидят у сапетки".

"Полети" он произносил "пальти, пальти" — это было смешно: здоровый казачина в бороде и в бровях, а шепчет над кизявочкой.

— Что за сапетка? — засмеялся Артём.

— А бабье грешное место, — сказал Лажечников, щурясь. — Но ежели по правильному — корзина из прутьев тальника, это и есть сапетка. Шутка такая.

"Надо было всё сделать вчера с этой блядью, — ругал себя Артём, в мыслях своих спеша с одного на другое. — Надо было всю её разодрать на части, всю раздеть, рассмотреть, обнюхать, везде пальцами залезть... Потому что когда теперь? Да никогда!"

При этом никакого возбуждения Артём не чувствовал, и плоть его была вялая и сонная.

Филипп прежде прятал свою ногу в покрывале, а теперь выставил культю наружу и проветривал. Над ней кружились мухи.

Свою миску он не мыл: может, надеялся, что Жабра не будет из-за этого отнимать еду.

Цинготный больной неподалёку после каждого обеда выковыривал изо рта зубы. Артём как заметил один раз ужасные раны на дёснах у него, так теперь не мог отвязаться от воспоминания.

Артёму замерили температуру — на этот раз тридцать девять и три.

"Может, у меня горячка? — думал он. — Что же я ничего не ощущаю? Впасть бы в бред — может, тогда не тронули бы. Проклятое сознание, уйди!"

Явился Жабра, про которого вовсе не было ясно, что у него болит. Настроен он был так, будто Артём теперь — вша и осталось эту вшу задавить ногтем.

— Мне сказали, тебя в карцер посадят, — сразу начал Жабра. — Знаешь, куда пойдёшь? На глиномялку.

Артём молчал.

— Знаешь, что такое глиномялка? Подвал под южной стеной. На дне — глина, которую надо месить ногами. С утра до вечера в глине по колени. Пайка — 300 грамм хлеба. По уму, в подвал влезет человек тридцать, не больше, но загоняют обычно под сто. Лежат все на цементном полу — ни покрывал, ничего. Оставляют только бельё. Если белья нет — голый. Кормят из одного ушата, а посуду не дают, поэтому жрут так, из рук. Чтоб сдохнуть — надо неделю. Тебе дадут точно месяц, но, наверно, больше.

— К чему ты это всё рассказал? — спросил Артём.

— А отдай пиджак, всё равно не нужен, — сказал Жабра.

— Отцепись, — сказал Артём.

Жабра улыбнулся: раскрыл свой рыбий рот, и показались действительно рыбьи, мелкие и грязные зубы.

— И ещё пять рублей ищи, — сказал Жабра. — А то донесу, что ты с бабой был. Ещё месяц накинут. К обеду чтоб были.

Филиппок на этих словах ногу зарыл в покрывало.

Владычка Иоанн, который разговора толком не слышал, но о чём-то догадался, привстал со своего места и в своей ласковой манере попросил Жабру:

— Милый, иди-ка ты на своё место, полежи да отдохни; что ты покоя не знаешь, всё тебе не сидится на месте.

Жабра послушался и пошёл, но вспомнил что-то и вернулся на два слова:

— Из твоей роты передают: тебе посылка пришла, ждёт на почте. Надо бы её забрать, сюда принести, и я посмотрю, как с ней быть... Да? Привет от Ксивы, понял? Напиши письмо, чтоб посылку забрали, мы найдём нужного человека для этого. Напиши: "Я лежу в лазарете и прошу отдать посылку". Так можно. А я монаху письмо твоё скину — и он всё устроит.

Владычка Иоанн, дождавшись окончания разговора, снова улёгся, но было ему неспокойно, и он ворочался.

Вскоре, не дожидаясь завтрака, поднялся и, тяжело хромая, вышел из палаты. Не было его достаточно долго, но явился он повеселевший.

Съел свой остывший завтрак, к которому никто, конечно, не притронулся, и после, порозовев, еле слышно напевал что-то.

Часа через полтора владычку вызвали — он тяжело, от одного дивана до другого, пробрался в коридор, но всего спустя минуту вернулся с мешком, который положил Артёму на диван.

Артём потянулся к мешку — ёкнуло в ребре, — тогда, изловчившись, подхватил его левой рукой, уложил к себе на колени: ну да, посылка от матери.

Как она пахла! Это было просто невозможным. Артём оглянулся по сторонам: все должны были чувствовать этот восхитительный, разнообразный дурманящий аромат.

Даже не залезая в мешок, а только закрыв на мгновение глаза, Артём мог бы назвать почти всё из того, что было в мешке: щекотала ноздри горчица, тяжело расплывался белый запах сала, тонко и остро вился жёлтый запах лимона, обволакивал разноцветный запах сушёных фруктов, пыльно и рассыпчато пах рис, туманно и тяжело веяло чаем, легко, чуть светясь, пах сахар, в сахаре и горчице, золотясь и нежась, плавала вяленая рыба, и колбаса — ах, эта конская колбаса — она совсем не пахла лошадью, она пахла мясным развратом, плотью, жизнью...

— Владычка Иоанн! — Артём повернулся к батюшке, растроганный и удивлённый. — Как вы узнали? Как вы забрали её?

Владычка поманил Артёма пальцем, чтоб не говорить во всеуслышание.

Артём накрыл мешок покрывалом и перешёл к владычке на диван.

— На почте только наш длинногривый брат работает, — говорил шёпотом владычка, посмеиваясь. — Я уговорил!.. А то, я вижу, к твоей посылке слишком много рук тянется. Главное, чтоб она попала к тебе, а дальше ты, милый, сам решишь, кого стоит угостить, а кого нет. И не сердись на них! Филиппа не обижай — он с работы, раненый, с поломанной ногой, нёс огромный пень, упал, потерял сознание от боли и усталости. Пролежал день. Администрация думала: сбежал, искали с собаками. Как нашли — собаки ещё раз ногу порвали. Потом его допрашивали два дня. Потом бросили в глиномялку. Пока разобрались, что не по вине наказывают, — там началась такая болесть, что пришлось резать ногу. И теперь ему без ноги скакать до самыя смерти! Ты добрый, не кори его за его пустословие. Через своё пустословие он тоже движется к Богу... И на Жабру не сердись! Легко ли человеку с таким прозванием жить? Он ведь тоже создан по образу и подобию — а его все Жаброй зовут, хуже собаки — так и собаку никто не назовёт, милый... И не обозлись за весь этот непорядок вокруг тебя. Если Господь показывает тебе весь этот непорядок — значит, он хочет побудить тебя к восстановлению порядка в твоём сердце. Всё, что мы с тобой видим, — просвещение нашего сознания. За то лишь благодарить Господа надо, а не порицать!.. Ну, иди, иди к своим дарам.

Потрошить посылку на виду у всех Артём посчитал совсем лишним, но удержаться от того, чтоб съесть конской колбасы, не смог.

Откусил раз, откусил два — и встретился глазами с Жаброй. Тот выглядел обескураженно.

Артём не стал отводить взгляда и яростно оторвал зубами ещё кусок колбасы. Не глядя порыл рукой в мешке, нашёл по запаху связку сушёных яблок — достал и закусил колбасу ими.

Жабра поманил Артёма, указав на двери в коридор.

Тот со счастливой улыбкой кивнул: иду, иду немедленно, дорогой товарищ.

— Не ходи никуда, милый, — позвал его владычка, но было поздно. Артём так и вышел в коридор с колбасой и яблоками.

— Ты не понял, фраер... — начал Жабра.

— Как же не понял, — удивился Артём. — Всё я понял.

Связку яблок он взял в зубы, чтоб не мешали.

Жабра ловко нырнул от первого удара, но второй — с левой — поймал. Незадача состояла в том, что в левой была ещё и колбаса, и удар был слабый. Ответный Артём получил по

рёбрам — кажется, Жабра понимал, куда бьёт. Было так больно, словно одно ребро отломилось и воткнулось куда-то в самую нежную мякоть.

Артёма повело. Он выплюнул яблоки. В глазах отекало.
Жабра норовил теперь попасть в висок, причём пальцы держал, как птица — когти.

"Он нитки на виске хочет развязать... — с дурашливым
страхом осознал Артём. — Развяжет нитку, и башка моя... как
ботинок... раззявится... всё вывалится..."

Яблоки под ногами хрустели.

Кто-то выскочил из палаты, зашумел: "Эй! Дурни! Эй!"

Артём заметил, как монах идёт по коридору, в руке полено — тоже по их душу.

Пугнул левой, ушёл от удара под рукой Жабры так, что
оказался у него за спиной, и всадил ему правой, крюком, в затылок.

Дверь в палату была открыта, и Жабра туда влетел и загрохотал где-то там.

Артём подхватил с пола колбасу, яблоки было уже не собрать, и поспешил вослед за Жаброй.

Монах, поняв, что не поспевает, с размаху кинул поле-
ном — как будто всю жизнь жил с ним и ненавидел его и вот
решил выбросить.

Полено ударилось в стену так, что треснуло.

✳ ✳ ✳

Температура опять была высокая.
Зато спал как рыба во льду: крепко, не слыша ничего, никого
не помня.

Утром набрал съестного — понёс владычке Иоанну.

— Ничего не надо, милый, — печально отнекивался он. —
Вот дай побирушке. А мне ничего не надо. Чем я тебе отплачу,
милый? Я беру, только когда других могу угостить, — а тут ты
сам всех можешь покормить, кого хочешь. Не буду ж я при
тебе дары твоей мамки отдавать другим в палате? Нехорошо

получится. Иди лучше сам покорми, кого меньше всего хотел бы обрадовать: теперь уже можно, теперь ты его победил, будь же добр к нему, тебе это к лицу, милый.

— Обойдётся, — сказал Артём.

У Артёма в это утро сняли швы, а Жабру, наоборот, ещё вчера зашили: когда падал, рассадил себе лоб и половину рыбьей морды, включая губы. Выглядел он бесподобно и странным образом напоминал теперь двух рыб сразу.

— Язык у тебя тоже раздвоенный теперь, змей? — спрашивал Артём, присаживаясь к Жабре на его монастырский диван по дороге в сортир. Жабра двигался, уступая гостю место, и молчал, изнывая от боли и дрожа челюстями.

На обратном пути Артём опять заглядывал к Жабре, вытирал сырые руки о его покрывало, туда же сморкался.

Некоторое время разглядывал блатного.

Шов этот через всё блатное лицо Артёма забавлял.

— Предлагаю сменить тебе кликуху. Будешь не Жабра, а Корсет, — предложил Артём, потешаясь.

Жабра молча сглатывал: глотать ему было больно.

На обед Артём забрал у Жабры миску с обеденным винегретом.

— Всё равно ведь жевать не можешь, — сказал. — Жамкаешь только, еду переводишь. Я тебе червячков в навозе нарою, Жабра. Будешь их глотать, не жуя.

Жабра по тупости не понимал, что Артём говорит, и пайку свою защищать даже не пробовал.

Артёму и не надо было, чтоб его понимали, он веселил только себя.

Винегрет отдал Филиппку. Тот не хотел принимать, тогда Артём просто вывалил порцию из миски Жабры в миску Филиппку и отнёс пустую посуду блатному.

Протянул: бери. Жабра не вовремя решил показать характер, за посудой руки не протянул.

Артём не удержался и резко ударил пустой миской Жабру по голове.

Тот от неожиданности скривился, швы на губах разошлись, потекла кровь.

Полюбовавшись, Артём ушёл на свой диван, улёгся, приглядывая за блатным: того било и лихорадило.

Обезумев, он добежал до дивана Артёма, тронуть его боялся и только выкрикивал:

— Пришьют тебя! Тебя пришьют! — Жабра на каждом "ш" плевался кровью; и — Артём по-детски удивился — слёзы из глаз блатного тоже не текли, а брызгали, надо ж ты.

— У тебя рот порвался, — ехидничал Артём, не вставая. — Иди к доктору Али, попроси тебе губы пришить на место. А то жабры свои застудишь.

— А! — орал Жабра уже без слов. — Мыа!

— Господи, Боже ты мой милостивый, — шептал владычка, которого Артём не видел за спинкой дивана. — Боже ты мой, Господи!

Вскоре Жабру увели перешивать.

Через минуту заглянула пожилая медсестра — и сразу к Артёму.

Он думал, сейчас начнут за Жабру отчитывать, но оказалось другое. Она тронула рукой его лоб и сразу закричала не хуже Жабры:

— У тебя температура нормальная! Ты здоровый! Почему у тебя тридцать девять всегда? Где ты греешь градусник? Ты знаешь, как это?.. Это — симулянт! Ты! Симулянт! — слова из неё вырывались невпопад и путано.

До сих пор она казалась Артёму вполне интеллигентной — он думал, что это какая-то несчастная каэрка, — и фамилия у неё была звучная, вроде Веромлинской или наподобие, а тут — как подменили.

— Откуда я знаю, почему у меня тридцать девять? — удивился Артём. — Нигде я не грею градусник! Сама ты его греешь где-нибудь! — Он никогда б не заговорил с пожилой медсестрой на "ты", но она так орала, так орала.

— Что же вы творите! — почти плакал владычка, вставший и пришедший, чтобы замирить шум.

Пока пожилая медсестра отчитывала Артёма, заявился, громыхнув дверью, доктор Али, весь взъерошенный и обозлённый, даже борода участвовала в его возбуждении.

— Таких, как ты, в моём лазарете — не будет! — процедил он, не доходя до Артёмова места десять шагов. — Собирай вещи! Вылетишь отсюда пулей! — взмахнул своим белым парусом и отбыл.

Артём сидел не двигаясь, держа мешок в руках.

Сердце его громко билось, ошалевшее.

Он пытался хоть какую-нибудь мысль додумать до конца — в пределах одной фразы, — но только метался от градусника к доктору Али, оттуда к губам блатного, и снова назад, и никак ничего не понимал.

Владычка Иоанн сел рядом.

— Ты как дитя, милый, — говорил он торопливо и жалостливо. — Только тут детей не ставят в угол, а сразу кладут во гроб! Помолись сам, а я за тебя молюсь денно и...

С другой стороны подсел больной, всегда тихо лежавший на своём месте, рядом с владычкой Иоанном, — крупный, давно не бритый мужчина, с большим носом, большими губами, мятыми щеками.

— Я артист, моя фамилия Шлабуковский, — сказал он, утирая пот с лица и трудно дыша. — Но дело не в этом... Я слышал, как вас отчитывали... Я заметил то, на что вы не обратили внимания, — она всегда даёт вам градусник после меня... И не стряхивает... У меня жар... Который день жар... А они замеряют вам температуру — и ставят мою... Я только что понял... Эти люди — кого они могут лечить? Этот персонал всех может только похоронить. Вы имейте в виду — я готов подтвердить, что ваш градусник был с моей температурой...

Артём не успел обрадоваться, как за ним пришёл красноармеец из охранной роты. На плече висела винтовка.

Он громко назвал фамилию Артёма, с ошибкой и с неправильным ударением.

У Артёма пересохло во рту и ослабели ноги.

Он точно знал, что зовут его, и никакой путаницы тут нет.

Красноармеец снова повторил фамилию, совершив в ней другую ошибку и ещё раз на глаз переставив ударение — которое снова было неверным.

Все эти ошибки звучали так, словно Артёма уже начали проворачивать в мясорубке.

Красноармеец выругался и назвал фамилию в третий раз, добавив:

— ...Который, мать его дрыном в глотку, Артём!

— Вот он сидит! — сказал Филиппок, усевшись и показывая на Артёма рукой. — Здесь! Вот!

Артём взял мешок и, не глядя ни на кого, пошёл к выходу.

Последним мелькнуло: владычка крестил веснушчатой рукой его спину.

* * *

— Мешок-то куда? Ещё покрывало возьми с подушкой, — сказал красноармеец, скалясь. — А то и диван волоки. Будешь как Иван-дурак на печи.

Лицо у него было как картошка в мундире, лопнувшая улыбкой.

“Словоохтливый...” — выпало в сознании Артёма единственное слово, но оно зародило способность к мышлению.

Артёму пришлось возвращаться обратно к своему к дивану.

Владычка принял мешок в руки и сказал уверенно:

— Сберегу до твоего возвращения.

На улице шёл дождь, Артёма привели в ИСО, он успел немного промокнуть, и остыть, и продышаться.

До сих пор он внутри этого здания не был — и не стремился туда.

Пройдя мимо пивших кипяток дежурных внизу, поднялись на третий этаж, красноармеец крикнул, приоткрыв дверь безо всякой надписи:

— Привёл заключённого из лазарета! — и назвал фамилию, в четвёртый раз её переврав.

Артём даже засмеялся — негромко, но искренне. Его точно привели не на расстрел — это уже было весело.

В кабинете сидела Галина за громоздким и некрасивым столом.

Или, быть может, сама она была стройна и по-женски деловита настолько, что стол казался таким чрезмерным, грубым.

На столе стояла печатная машинка, крупная и тяжёлая, как трактор.

Вся комната, кроме окон и стены за спиной Галины, была заставлена стеллажами. Там, видимо, хранились дела лагерников.

Она произнесла фамилию Артёма без единой ошибки:

— Горяинов?

— Да. Я.

— Артём?

— Артём Горяинов. Да.

Галина трогала бумаги на столе, но было видно, что она и так всё помнит отлично.

— Садитесь, — сказала она через минуту, как будто не помнила, что он стоит.

"Всё ты помнила..." — подумал Артём и сел на табурет у стола.

Табурет был шаткий.

Он попробовал, чуть привстав, его установить понадёжней, но Галя попросила:

— Сидите спокойно.

Артём уселся, однако ноги пришлось держать в напряжении — всё время казалось, что он сейчас завалится вместе со стулом на пол. Даже в виске заныло и в ребре отдалось.

"Лучше б я стоял..." — подумал Артём.

— Вот донесение... — Галина читала одну из бумаг и морщилась: видимо, от помарок и несуразностей письменной речи, — "...в ходе проверки обнаружил в мешке Горяинова карты игральные...".

— Карты не мои. Я играть-то не умею. Мне их подкинули, — быстро сказал Артём.

Галина подняла глаза — они были зелёного цвета, — и очень спокойно, почти без эмоций, произнесла:

— Я. Ещё. Ничего. Не. Спра. Ши. Ва. Ла.

Артём замолчал.

Галина карандашом почесала лоб так торопливо, словно там только что сидела муха и теперь осталась щекотка от мушиных лапок.

За спиной Галины на стене висели бликующие, чистые — видимо, протёртые — портреты Троцкого и Дзержинского. Ленина почему-то не было.

Стараясь не привлекать внимания, Артём скосился в одну сторону, в другую — вдруг главный большевик где-то ещё есть, пока не замеченный... впрочем, крутить головой не стоило — Галя чуть сдвинула бумаги, и Артём увидел на столе, под стеклом, портрет Ленина из "Огонька" и рядом — портрет Эйхманиса, вырезанный из газеты и наклеенный на толстую бумагу или картон: чтоб не смялся и не стёрся.

— Откуда карты? — спросила Галина.

— Я объясняю, — терпеливо повторил Артём. — Не мои. Подбросили.

— Афанасьев? — быстро спросила Галина.

— Почему? — спросил Артём, шатнувшись на стуле и с трудом удержавшись.

— Афанасьев играет в карты.

— Может, играет, но не рисует, — пожал Артём плечами.

— Но карты у него могли быть? — спросила Галина.

Артём опять пожал плечами, на этот раз ничего не говоря.

Галина ироническим взглядом оценила этот жест. Артём почувствовал себя глупо: "Жму плечами, как гимназист..."

— Индус Курез-шах действительно не умеет говорить по-русски? — прозвучал неожиданный вопрос.

— Я не знаю. Он только пришёл, а я... попал в больницу, — Артём улыбнулся.

— Василий Петрович ничего не говорил о своём прошлом?

— Что-то было...

— Что?

— Занимался охотой. У него была собака Фет. Он из образованной семьи, отец говорил на нескольких языках... — Артём неожиданно понял, что ничего толком о Василии Петровиче не знает.

— Во время Гражданской войны он чем занимался? — бесстрастно спросила Галина, по-прежнему разглядывая разные бумаги на столе и время от времени трогая карандашом свой висок. Глядя на это, Артёму самому сильно захотелось почесать там, где ещё вчера были нитки.

— Воевал, — неуверенно ответил Артём.

— С кем?

Артём озадаченно молчал. Как-то нужно было грамотно и необидно ответить: с вами? С большевиками?

— Слушайте, вы у него спросите, я на самом деле не очень знаю. Я просто всегда был уверен, что он сидит как каэр, — ответил Артём.

Его куда больше волновало, что в комнате явственно пахло духами. Он даже немного захмелел от этого запаха: никаких духов он не слышал уже давным-давно.

— А вы что не воевали? — спросила Галина.

— С кем? — спросил на этот раз Артём.

Галина, в отличие от него, долго слов не подбирала.

— С нами, — ответила она просто. — Или против нас.

Артём мысленно отметил, что и "с нами", и "против нас" вполне может означать одно и то же, и особого выбора тут нет.

— Вы же знаете, я по возрасту не подлежал призыву.

— Афанасьев не рассказывал, встречался ли он с поэтом Сергеем Есениным накануне его самоубийства? — спросила Галина.

"Прыгает с места на место", — быстро подумал Артём и тут же ответил:

— Нет.

Галина аккуратно прихватила самый кончик карандаша зубками. В одном из соседних помещений кто-то болезненно и коротко вскрикнул — словно человека ударили, и он тут же потерял сознание.

На крики Галина не отреагировала, даже не подняла глаз, только, убрав карандаш, быстро облизала губы кончиком язычка.

— Смотрите, Горяинов, — сказала она чуть громче, чем говорила до сих пор. — У вас обнаружены карты — запрещённая вещь. Откуда они взялись, вы не знаете. Это раз. Неделю карцера вы заслужили... Вы устроили драку с командиром взвода и командиром роты. Неподчинение приказам сотрудников администрации — ещё от недели до полугода карцера. А нападение на сотрудников администрации — высшая мера социальной защиты, то есть расстрел. Это два.

— Я не нападал, — сказал Артём, в ответ Галина вертикально подняла карандаш: тишина, ясно?

— На этом можно закончить, но тут не всё, — продолжила она. — Принуждение женщины к сожительству — ещё месяц карцера.

"Монах стучит? Или Жабра?" — подумал Артём, покрываясь противным потом. Секунду раздумывал: сказать, что не имел никакого "сожительства", или не стоит? — но не успел.

— Подделка подписи при получении посылки в результате сговора с заключённым из числа антисоветски настроенного духовенства. Ещё от трёх дней до двух недель карцера, — Артём сморгнул, как будто ему сыпали на голову что-то ненужное, вроде соломенной трухи. — Наконец, симуляция во время нахождения в лазарете. "...Больной Горяинов... симулировал горячку..." — прочитала Галина на одном из листков.

— Зачем мне симулировать, если я "больной"? Вы же сами видите, что они пишут? — с некоторой, неожиданной для себя насмешливой дерзостью быстро ответил Артём. — Там эта медсестра — она же не медик, она чёрт знает кто...

— Заткнись, — вдруг сказала Галина просто. У Артёма упало сердце от её голоса; губы её, которые только что казались красивыми и возбуждающими, тут же показались тонкими, злыми, старушечьими. — Вас можно ликвидировать немедленно. А можно посадить в карцер ровно до окончания вашего срока.

— Чтоб я там сдох? До окончания нашего срока? Я могу объясниться по каждому случаю, — не унимался Артём; голова его кружилась, он понимал, что надо торопиться изо всех сил, ужасно торопиться.

— Заткнись, — ещё раз повторила Галина, но только громче и злей.

Артём на полуслове закрыл рот, как будто муху поймал. Сидел с этой мухой во рту: нестерпимо хотелось открыть рот и произнести ещё сто слов — и даже тысячу самых нужных слов, они все зудели и бились во рту.

Три минуты они молчали.

"Это всё, — повторял Артём. — Это уже всё... это бравада, о которой мне говорили... Это уже всё, точно. Или что-то нужно сказать? Нет, это всё. Почему я не падаю в обморок от страха? Ведь это всё..."

— Страшно? — спросила Галина; в углу её гадких старушечьих губ мелькнула улыбка.

Артём сглотнул слюну и промолчал.

В углу кабинета за её спиной стоял вместо сейфа сундук, закрытый на замок. Там, наверное, хранились самые важные документы.

"Или она там свои трусы держит?" — подумал Артём с бешенством.

— Есть другой выход, — сказала Галина. — Потому что вы молодой человек, и цепь случайностей... Могла привести.

"Не много моложе тебя, сука, — подумал Артём и сразу же, без перерыва: — Милая, родная, самая милая, самая родная, не убивай меня, я буду целовать твои ноги, пожалуйста!"

— Вы, мне кажется, можете встать на путь перековки, — Галина явно говорила чужими для неё словами, но других по такому случаю и не было, — ...и выйти по истечении срока или даже раньше — нормальным, хорошим, правильным советским человеком. Но нужно подготовиться, чтоб подобных случаев не было впредь, да?

— Конечно, — сказал Артём.

Он дышал через рот. Язык был сухой. Он чувствовал свой сухой язык и сухое, холодное нёбо.

— Чтоб вам не вбрасывали карты — мы должны знать, кто их может вбросить, так?

— Так, — ответил Артём, всё уже понимая.

— Чтоб не было симулянтов. Чтоб здесь тайно не устраивали лагерникам случек, как для собак. Чтоб люди, попавшие сюда за проступки перед советской властью, не преумножали своей вины. Лучше это всё предотвращать заранее, а не доводить до карцера или высшей меры социальной защиты, так?

— Так, — повторил Артём, лихорадочно думая, что ему делать после того, как закончится всё это перечисление.

— Мы с вами подпишем бумагу, что вы будете — мне! лично мне! — способствовать и помогать во всех трудных случаях. Их много! Потому что десятники, взводные и ротные из числа всё тех же заключённых часто превратно понимают свои задачи и, следя за выработкой и дисциплиной, сами злостно нарушают дисциплину. Потому что контрреволюционеры, которым советская власть дала возможность исправить вину, только усугубляют её антисоветскими речами, которые, как и в Гражданскую войну, могут стать делами. Потому что воры и убийцы — все эти блатные! — бессовестно пользуются ближайшим родством к рабочему классу, превращаясь в ярый асоциальный элемент с круговой порукой, пьянством и картёжничеством. Вы не хотите жить среди всего этого?.. Сколько вам ещё находиться здесь, на Соловках?

— Больше двух с половиной лет, — ответил Артём.

— Вот думайте, как вам их прожить, — сказала Галина. — Просидеть в карцере? Или... выйти по заслуженной амнистии, отсидев половину? Кто у вас дома? Мать? Невеста?

— Мать.

— Мама ждёт... Почему она вам не пишет писем?

Артём замешкался.

— Так получилось. Шлёт посылки. Только что прислала, — ответил он, тут же вспомнив, что Галина знает о посылке и даже о том, как Артём её получил.

— Ой, — как-то совсем по-домашнему сказала Галина, увидев ещё одну бумагу на столе. — У вас ещё драка в лазарете. Вы избили Алексея Яхнова.

— Кого? — удивился Артём. — Жабру, что ли?

— Какую жабру? — спросила Галина, без особого, впрочем, интереса, уже протягивая Артёму какой-то самый важный листок с пропечатанными буквами. — Вот тут форма, надо лишь расписаться.

— Слушайте, — Артём даже сделал неосознанное движение, чтоб сдвинуть табуретку назад, но снова едва не упал. — Мне ещё нечего... — он привстал и постарался установить табурет крепче, — совсем нечего рассказать о нарушениях. Но я со всем согласен, с каждым вашим словом. Это нужное дело!

— Ну так расписывайтесь, — сказала Галина, по-прежнему держа листок на весу. Она даже привстала, чтоб Артёму было ближе дотянуться, левой рукой тут же оправив сзади юбку.

Артём против воли скользнул по фигуре Галины взглядом. Она была хороша... эта юбка... и эти, чёрт, духи... Живот у неё — как он пахнет? Если живот без одежды?

— Давайте знаете, как сделаем, — попросил Артём, улыбаясь и вкладывая все свои силы, всё естество, всю нежность, всё человеческое, всё честное, всё самое сердечное в свою просьбу. — Я уйду, и всё обдумаю, и наверняка буду вам полезен. Я помогу. И вы меня вызовете — да хоть даже завтра... или послезавтра — и я уже приду... “Как сказать? — думал Артём. — С донесением? Какая мерзость! С рассказом? А что не с романом? Не со стихами?” — ...я приду и уже что-то... важное расскажу. Чтоб вы увидели, что я способен к работе. Что я нужен. И тогда мы сразу всё это подпишем. А сейчас — я ещё ничего не сделал, а уже подпишу. А если ничего не смогу сделать?

— Сможете, я вижу, Артём, — она впервые назвала его по имени, это прозвучало так голо, так остро, так приятно, как если бы она показала живот, немного голого живота... или увидела немного его голого тела и назвала это тело по имени...

— Нет, я прошу вас, — Артём не знал, как к ней обратиться. — Я прошу. И я обещаю. Что ж я, сейчас подпишу... а пользы от меня никакой? Надо, чтоб уже была польза. В следующую же встречу я...

— “Встречу...” — тихо передразнила его Галина, садясь на место.

Ещё минуту она молчала, наглядно недовольная.

— Ну, я надеюсь, — сказала Галина с лёгкой неприязнью. — Тогда забирайте вещи и возвращайтесь в роту. Вы ведь здоровы?

— Здоров, — ответил Артём, хотя уверенно подумал: "Я ужасно болен. Я скоро сдохну".

Галина опять потрогала карандашом свой висок.

Висок был бледный, чуть впалый. На карандаш упала тёмная прядь.

— Так не ваши карты? — спросила Галина.

— Да нет. Я играть-то не умею, говорю.

— А что умеете? — Галина разговаривала отстранённо, думая о чём-то другом.

— Не знаю... — Артём посмотрел на прядь и, сам от себя не ожидая, пошутил самой дурацкой шуткой, которая могла ему прийти сейчас в голову. — Целоваться умею.

Галина отняла карандаш от виска, словно он мешал бы ей поднять удивлённые глаза.

Иронически осмотрела Артёма. Отёк с той половины лица, где его подшивали, ещё не спал окончательно... нос этот припухший, потный лоб, грязные волосы, сухие губы... прямо смотрящие глаза, где наглость и лёгкий испуг замешались одновременно...

Она сделала короткое движение карандашом: выйди отсюда, дурак.

* * *

На обитом, затоптанном, из двух деревянных брусков пороге Информационно-следственного отдела Артём некоторое время озирался в поисках своего красноармейца.

Подумав, решил вернуться обратно — не хватало ему ещё одного нарушения.

"Как это назовут? — думал Артём устало. — Побег из-под стражи?"

Его остановили на посту внизу:

— Кого ищешь?

Сопровождавший Артёма красноармеец сидел тут же, трепался о чём-то со старшим поста.

— Его, — указал Артём.

— Чего тебе? — спросил красноармеец.

— Меня отпустили назад в лазарет, — сказал Артём.

— И чего мне? Донесть тебя? — спросил красноармеец, пихнув старшего поста: посмотри на чудака.

Оба зарегота́ли, показывая тёмные рты с чёрными зубами.

— Компас не дать тебе? — крикнул постовой вслед, и зарегота́ли снова.

“Из морячков”, — предположил Артём равнодушно, словно чуть подмороженный.

На улице стояло вечернее соловецкое солнце, пронизывая лучами тучи. Лучи мягко и скользко шли по-над кремлёвскими стенами, и всё в воздухе казалось подслащённым.

По пути в лазарет Артём размышлял обо всём одновременно, словно избегая думать о самом главном, — но эти попытки были тщетными.

“...Солнце так светит... — вспомнил и передразнил Афанасьева, — только на санках кататься по такому закату...”

“...Боится, что заложу его... — без улыбки смеялся над Афанасьевым. — Три рубля дал! Хитрый рыжий сволочуга...”

Но зла на ленинградского поэта всё равно не было.

Вспомнил про владычку Иоанна с мешком, в котором лежала посылка, и подумал: “...Сейчас немедленно всё сожру... удушусь, а съем — всё равно в роту идти... Может, оставят переночевать в лазарете?.. Пасть доктору Али в ноги?.. Нет, не выйдет...”

И дальше думал: “Как же люди могут полюбить Бога, если он один знает всё про твою подлость, твоё воровство, твой грех? Мы же всех ненавидим, кто знает о нас дурное? Я эту суку Галину ненавижу. Она знает, что меня можно прижать. Она меня прижала! Что делать теперь?”

Потом немного путано думал о Бурцеве, о Ксиве, ещё о Жабре — и, вспомнив, какой Жабра стал жалкий, глупый со своей зашитой рыбьей мордой, засмеялся вслух.

От своего собственного смеха стало противно — эта ненужная и невозможная теперь улыбка на лице заставила вернуться к тому, что нужно было понять: "Они же сделают меня стукачом. Или угробят в роте. Как мне выкрутиться? Как? Может быть, снова всё обойдётся?"

И сам себе ответил: "А вот нынче вечером тебя блатные порежут на куски — и обойдётся..."

Слабый человеческий рассудок подкинул Артёму решение: вернуться к Галине, подписать всё и попросить немедленно перевести его в другую роту.

Одной частью сознания Артём уговаривал себя, что это стыдно, что он так не поступит, потому что не стукач и потому что не хочет никого ни о чём просить, тем более эту тварь... но одновременно он понимал, что не идёт назад в ИСО по совсем другой причине.

И он проговорил себе вслух, что это за причина: "Она не переведёт тебя никуда, идиот! На кого ты будешь стучать в новой роте, где ты никого не знаешь? И с чего ей тебя переводить? С того, что ты струсил? Больше им заняться нечем, как переводить всех напуганных с места на место?.."

"Что значит струсил? — остервенело ругался Артём сам с собою. — Меня угробят сегодня или завтра! Проткнут! Как мне это принять? С открытым, чёрт, сердцем? Я что, бык на заклание?"

В лазарете, замученный этим, в двух лицах, разговором, упал на диван.

Спустя минуту владычка Иоанн принёс мешок с посылкой. Трудно — видимо, его мучило больное колено — присел рядом.

— Спасибо, владычка, — сказал Артём, принимая мешок.

Вообще ему стоило усесться на диване — нехорошо лежать рядом со священником, — но не было никаких сил: едва шевельнул рукой и раздумал.

— А лежи, лежи, — сказал владычка Иоанн. — Тебе силы ещё понадобятся...

Они помолчали.

Едва Артём захотел услышать его голос, владычка заговорил, словно в который уже раз понимал его мысли.

— Всё ищешь, милый, правду или честь. А правда или честь — здесь, — и владычка показал Евангелие. — Возьми, я тебе подарю. Тебе это нужно, я вижу. Как только поймёшь всей душою, что Царствие Божие внутрь вас есть, — будет тебе много проще.

— Нет, — сказал Артём твёрдо. — Не надо.

— Ой, не прав, милый, — сказал владычка, пряча Евангелие. — Ну, дай Бог тебе тогда... Дай Бог превозмочь всё.

Не успел ещё владычка уйти, а в палату уже заглянули пожилая медсестра и монах. "За мной", — понял Артём.

— Иду, иду, — сказал громко, с места, потому что медсестра уже раскрыла рот ругаться и понукать Артёма.

Брать ему было нечего: мешок с вещами так и был не разобран, только миску да ложку оттуда вынимал.

Мешок с посылкой владычка Иоанн перевязал на свой узел.

Филипп лежал с закрытыми глазами, выставив отпиленную ногу наружу. Лажечников смотрел на Артёма, но словно не совсем узнавал. Артём свернул к нему по дороге, на ходу развязывая посылку — в посылке был сахар, он насыпал казаку полную плошку.

— Ты? — спросил Лажечников еле слышно; прозвучало так, словно у него звук "т" лежал на языке, и он его вытолкнул.

Артём не ответил.

Жабра спрятался под покрывало, хотелось оголить его, сдёрнуть напоследок, но Артём поленился, тем более что пожилая медсестра перетаптывалась, словно стояла на горячем полу.

— Ещё нет чего? — спросил батюшка Зиновий, заметивший, как Лажечникову пересыпали сахар.

Артём, заглянув в мешок, выловил недоеденную конскую колбасу, сунул в руки батюшке.

— А сахарочку? — спросил он уже в спину Артёму. — Сахарочку бы тоже?

На больничном посту Артёма остановили: видимо, искали его учётную карточку, а потом ещё и доктора Али, чтоб в ней расписался, — второпях всё, лишь бы выставить поскорее.

Владычка Иоанн, несмотря на болезненную хромоту, вышел проводить Артёма и торопливо шептал, как будто могли не увидеться:

— Я вот так размышляю: ты не согрешил сегодня — и Русь устояла.

Он словно бы догадался, что происходило с Артёмом в ИСО, и от этого Артёму было ещё дурней на душе и раздражительней.

— Здесь все грешат, — быстро отвечал Артём; отчего-то он себя чувствовал как на вокзале, ему пора было уезжать, и теперь все слова были лишними, но он их зачем-то произносил, — ...грешат во сто крат больше нас.

— А ты не за них отвечай, а за Русь, — скороговоркой говорил владычка Иоанн. — Они грешат, а ты уравновешивай. Праведное дело больше весит, чем грех!

— Нет! — с трудом сдерживая злобу, отвечал Артём. — Грешишь — и спасаешься, а праведное — ни на шаг над землёй не поднимает, а тянет на дно.

— Бог правду видит, да не скоро скажет, — совсем уже беспомощно даже не говорил, а просил владычка.

— В ИСО его надо, пусть бы там всё сказал, — отвечал Артём с улыбкой, которая на лице его была как чужая — даже челюсти от неё сводило.

— Ангел тебе в помощь, милый, — сказал владычка, когда монах раскрыл Артёму дверь: проваливай.

— Где просто — там ангелов сó сто, а где мудрено — нет ни одного, — надерзил Артём напоследок. Произнёс всё это громко, но не оборачиваясь. Владычку видеть больше не хотел.

В роту Артём шёл деловой, как на рыбалку. Черпал из мешка присланный матерью сахар и ел с руки: через минуту стал сладкий, липкий, шершавый — мухи кружились возле лица и с размаху вшибались то в щёки, то в лоб от жадности и удивления. Артём отмахивался, потом вытирался сахарной рукой.

— За Русь отвечай! — вслух дразнил отсутствующего владычку Артём, хрустя сахаром на зубах. — А вот завтра вызовут к Галеньке — и про всю Русь буду отвечать. Всё за эту Русь расскажу.

И хохотнул — изо рта разбрызгался сахар по сторонам.

Шагавший мимо чекист из бани — в тюленьей куртке на голое тело, несмотря на тепло, — недовольно оглянулся на хохот, но Артёму было плевать.

— Ваше Евангелие, — ругался Артём, — не помирило даже владычку Иоанна с побирушкой Зиновием, а их вместе — с монахом. С кем оно может помирить меня?

Встретил оленя Мишку, тоже потянувшегося к сахарку.

"Переживу ночь или нет?" — думал, усевшись прямо на землю и подставляя оленю поочерёдно лицо и руки: тот облизывал Артёма, часто моргая и торопясь.

Над ними, истерично вскрикивая, метались чайки.

В прихожей для дневальных чеченцы улыбнулись Артёму, как долгожданному.

— Привет, брат! — сказал Хасаев и даже хлопнул его по плечу. — А что ты не в карцере?

Артём мысленно хмыкнул, ничего не ответил и твёрдо шагнул в пахучую свою двенадцатую конюшню, псарню, скотобойню, мясорубку.

* * *

Едва Артём вошёл в роту, Моисей Соломонович запел. Песня была незнакомая и грустная: "Он был в кожаной тужурке, тридцать ран на груди..."

Ксиву Артём увидеть не ожидал, но сразу же встретился с ним глазами. Тот заулыбался, с некоторой даже ласкою разглядывая мешки в руках Артёма.

Артём, расталкивая лагерников и не отвечая на приветствия тех, кто с ним здоровался, поспешил к своим нарам.

Василий Петрович встал ему навстречу, собрался вроде бы обнять, но Артём пробормотал что-то невразумительное, забрался наверх и там уже приступил к тому, что собирался сделать.

— Митя, — позвал Щелкачова. — Ты не слушай меня, живи своим умом... Угощайся вот лучше.

Выхватил из мешка две вяленые рыбины с отсутствующими глазами.

— А вы? А ты? — спросил Щелкачов.

— А меня в другую роту переводят, на повышенное довольствие, — ответил Артём. — Тройной паёк! Моисей Соломонович, идите, идите сюда. Прекратите петь на минуту.

Тот не заставил себя ждать.

— Хорошо поёшь, Соломоныч. Не портишь песню. Спой мне, знаешь, какую? "Не по плису, не по бархату хожу, а хожу-хожу по острому ножу..." У меня, знаешь, были плисовые штаны и хоть не бархатная, но шёлковая рубашка. И ещё отец, через особую дощечку с вырезами, натирал мне пуговицы гимназического мундира. У меня, представь, был отец. Спой?

— "Не по плису"? — переспросил Моисей Соломонович с удовольствием, кивая и улыбаясь. — Да, да, — но петь не стал, понёс поскорее, пока не передумали, насмерть запечатанную железную банку с подсолнечным маслом.

— Афанасьев! Рыжая сволочуга! — обрадовался Артём, когда дремавший рыжий поэт свесился с третьего яруса своим чудесным чубом. — А у меня для тебя сюрприз! Что тут у нас в этой жестянке? Конфеты! Чтоб их грызть! Держи!

Курез-шах и Кабир-шах получили на двоих остатки сахара в отдельном мешочке и долго улыбались и кланялись. Авдею Сивцеву достался последний кусок колбасы.

— Чтоб твоя лошадка тебя дождалась, Сивцев! — пожелал Артём.

Фельетонист Граков, молча вставший за своей очередью, удостоился связки баранок.

— Ой, и ты тут, Самовар, — удивился Артём. — Держи подболоточной муки и с генералом своим не делись. Его и так теперь хорошо кормят.

— Какого генерала? — спросил Самовар, с достоинством принимая дары.

— Фельдмаршала, — пристыдился Артём. — Фельдмаршала Бурцева.

Самовар наглядно, всеми своими надбровными дугами обиделся, но муки́ не вернул.

— Ешьте, милые, я вас всех скоро сдам с потрохами. Если доживу, — шептал Артём, оглядывая лагерников.

Они действительно принялись немедля есть: странно прятать в заначку то, чем угостили.

— Василий Петрович, — Артём легко спрыгнул вниз. — Смотрите, сколько я вам чаю принёс! До зимы хватит точно... И орехов. А где наша зайчатина? Где китаец желтолицый? У меня ещё рис для него есть.

— Китаец?.. Китайца взводный Мстислав Бурцев перевёл в карцер, — ответил Василий Петрович, скорей с грустью, чем с любопытством рассматривавший Артёма.

— Вот как, — отозвался Артём тем тоном, как если бы ему сообщили о небезынтересной светской новости, — ...Василий Петрович, я б отдал вам всю посылку, но вас бы за неё наши блатные зарезали, — сказал Артём свистящим шёпотом.

Василий Петрович сморщился: похоже, ему была болезненна ситуация, в которой Артём был вынужден паясничать. Он не мог его прервать, но и терпеть не хотел.

По крайней мере, Артём так всё это понял, но остановиться уже не мог.

Когда явился Ксива, замешкавшийся с поиском товарищей, мешок был пуст.

— Готовил тебе половину, а тут вот какая незадача: всё разобрали, — сказал ему Артём. — Вот возьми хотя бы мешок. Может, платье себе сошьёшь из него.

Ксива молча смотрел, играя желваками. Губа его озадаченно свисала при этом, чуть шевелясь.

Объявляли вечернюю поверку, был слышен буйный и пьяный голос Кучеравы. По рядам пошёл Бурцев, в руке у него был стилет. Он помахивал им.

— Загиб Иванович ночью к тебе придёт, — сказал Ксива Артёму. — Дождёшься? Или можешь прямо сейчас удавиться.

— Почему удавиться? — спросил Артём. — Дождусь.

Афанасьев сидел на своих нарах и всё это наблюдал, не говоря ни слова.

Загибом Ивановичем здесь называли смерть.

* * *

Смерть к Артёму не пришла: Ксиву и Шафербекова отправили на ночные работы, Крапин не соврал... Блатные из их угла несколько раз поглядывали в сторону Артёма.

Он долго ждал их — кажется, пока не рассвело: боялся, сжимал челюсти, представлял, как заорёт, если подойдут... или начнёт метаться по нарам, всех топча и забираясь под чужие покрывала...

...давил клопов и всякий раз думал: и тебя вот так, как клопа... и тебя вот так же...

...иногда забывался, в голове что-то падало, взвизгивало, орали чайки прямо над головой.

От кашля или скрипа нар вздрагивал, просыпался, весь вспотевший: но никто не стоял рядом, никаких чаек не было, только храп и скрип зубовный.

“Надо гуся себе завести, — думал Артём; мысли были медленные, будто он шёл по грязи и каждое слово нужно было, как ногу, из тягучей жижи извлекать. — Завести себе гуся... Привязать на верёвочку... Придут резать — гусь загогочет, забьёт крыльями... всех разбудит”.

Под утро Хасаев начал громыхать чаном в тамбуре для дневальных, и это саднящему от ужаса и усталости рассудку показалось успокаивающим: ну, раз грохочут чем-то — что теперь случится? Ничего... Разве нужно дневальным, чтоб кого-то зарезали? Совсем не нужно...

Только здесь крепко заснул, и приснилось, что он снова в ИСО у Галины и всё подписал.

И так легко на душе, так славно...

На утренней поверке Артём стоял чумной. Звуки доносились искажённые, издалека, как под водой. Люди ходили мутные, воздуха снаружи не было, только внутри. Того и гляди, осоловелая соловецкая рыба проплывёт меж ног.

Рыба действительно появилась.

Вывели перед строем вора, укравшего селёдку из кухни. Наказание, наверное, придумал Кучерава, исполнял Сорокин: провинившегося били селёдкой по лицу. Он не вырывался, терпел, только закрывал глаза. После третьего удара щека начала кровянить.

Артём отчуждённо и без жалости думал: "А вот если б предложили вместо того, чтоб зарезать меня, бить селёдкой ещё два с половиной года? Я бы согласился. Подумаешь: бить селёдкой".

— Селёдку-то выбросят или в суп кинут потом? — спросил кто-то рядом.

На разводе появился незнакомый, крепкий, молодой, в очках мужик. Во время экзекуции он смотрел в сторону, иногда трогал очки: похоже, ему всё это не нравилось.

После традиционной малоумной матерщины, которую проорал Кучерава, дали слово незнакомцу.

— Меня зовут Борис Лукьянович, — сухо и не очень громко, но басовито сказал он. — Я занимаюсь подготовкой лагерной спартакиады, посвящённой очередной годовщине Октября. Меня интересуют те, кто всерьёз занимался спортом: бег, прыжки, плавание, бокс, гири, футбол.

— Бег через границу принимается? — спросил кто-то. Раздался хохот.

— А плавание за баланами? — спросили в другом месте. Заржали ещё веселей.

— А комариков считать — это спорт или частное увлечение?

Всем было очень смешно.

"Вот оно", — понял Артём. Шагнул из строя:

— Я!

— Встать в строй! — прошипел Бурцев.

Артём не двинулся с места: не заметят ещё, а надо, надо, надо, чтоб заметили, позвали, спасли.

"Зови меня скорей, эй, в очках! Я буду прыгать для тебя во все стороны! С мячом на голове и с гирей на ноге! Ну же!"

Борис Лукьянович что-то шепнул Кучераве.

— Сюда иди! — ткнул Кучерава толстым и гнутым пальцем в Артёма. — Смотри, если набрехал! — И, уже обращаясь ко всем, добавил: — Все самозванцы получат трое суток карцера!

Борис Лукьянович нахмурился: слова про карцер ему тоже показались неуместными.

Теперь Артём смотрел на строй, поймав себя на мысли, что с этой стороны роту никогда не видел.

"А приятно так стоять..." — думал Артём удивлённо. Ему немедленно понравилось чувствовать себя начальством.

Афанасьев улыбался и подмигивал Артёму.

"Вот так, Афанас, а фокусников и картёжников сюда не берут", — с ироничной мстительностью размышлял Артём.

Увидел Щелкачова и добавил: "...и шахматистов, Митя, тоже!"

Фельетонист Граков перетаптывался, по всей видимости, пытаясь вспомнить какой-нибудь вид спорта, которым он когда-то занимался, но странным образом позабыл о том. Бокс? Нет, точно нет. Гири? Объективно нет. Плавание? Вряд ли. Футбол? Даже не видел, как это выглядит. Может быть, прыжки? Но что это за прыжки? Как их совершают?

Схожие чувства переживал Моисей Соломонович, который уже пытался прорваться в артистическую роту, и вроде бы его готовились перевести, но всё ещё раздумывали. Теперь он решал вопрос, плыть или не плыть — да и плавают ли на спартакиадах, да и годовщина Октября — далеко ли в октябре уплывёшь.

Сивцев стоял понуро и отстранённо, словно и не понимал, о чём речь: он даже не смеялся, когда балагуры горланили про бег и баланы.

Нашлось всего трое желающих — видимо, угрозы Кучеравы повлияли.

Сразу после развода вызвавшиеся отправились с Борисом Лукьяновичем на проверку спортивных навыков.

Артём чувствовал не волнение, а совершенно неуместное безразличие. Отчего-то он был уверен, что его возьмут.

Дышал через нос, размазывал комаров по лицу, шёл, глядя под ноги.

Совсем мальчишкой Артём недолго занимался боксом: около трёх месяцев. Вообще у него получалось, но тут вовсю началась война... Много чего началось.

Не имевший никакой предрасположенности ни к рукоприкладству, ни к подавлению тщедушных и робких, Артём тем не менее был самым сильным в своём гимназическом классе, лучшим на брусьях и турнике и порой несколько даже бравировал своей природной ловкостью и умением метко, с оттягом бить в зубы, сшибая с ног.

При этом разозлиться как следует никогда не умел.

После гимназии драться приходилось куда реже.

Его однажды, лет в девятнадцать, двое, немногим старше его, пытались ограбить — снять пальто. Артём прикинул шансы и благоразумно решил убежать. Рванул сначала резво, но пальто путало ноги, мешало бегу — вдруг развернулся и с такой силой ударил первого, нагонявшего, что показалось — у того лопнула щека.

Вроде бы не должно было такого случиться, но Артём так убедительно и четко это видел, что сам испугался и побежал в итоге вдвое быстрей.

Ещё он подрался, когда подрабатывал грузчиком. Там был дядька, тоже грузчик, вдвое больше — и он бы Артёма прибил, когда б не был сильно пьян и оттого неряшлив в замахе. Артём сбил о него кулак до крови, но, надсадив дыханье и умаявшись, всё же победил... На работу, правда, не пошёл больше. И так собирался бросать это занятие, а тут ещё с этим бугаём разбираться заново. Хотя в сравнении с тем, что теперь творилось вокруг Артёма, тот случай казался совсем смешным.

В общем, послужной список выглядел не очень убедительным — но не мешал Артёму быть спокойным сейчас.

Вот только он не спал. И ещё этот шрам на виске. Если попадут — и он снова разойдётся? Примут его опять в лазарет? Скорей всего нет. Будет ходить с мозгами наружу, пока все не вытекут.

"А драться с кем? — размышлял Артём. — Неужели с этим в очках? Очки-то он снимет? Хорошо б он вообще не видел без очков".

Спортивную базу решили делать за монастырём. Возле нового, длинного, ещё без крыши амбара наблюдалась поляна, вроде бы пригодная для игр с мячом; чуть поодаль врыли турник... собственно, всё.

Работали строители — естественно, лагерники: двое — внизу, подавая доски, двое принимали сверху. Десятник, притащив себе откуда-то сена, полёживал внутри амбара и наблюдал. В руках у него был кий, сломанный посередине.

— Здесь будем... — сказал Борис Лукьянович, близоруко осматриваясь: у него с собой была папочка, положить её было некуда.

Он присел на корточки и переписал себе в захватанную грязными пальцами ведомость всех приведённых из двенадцатой роты. Артём заглянул в список — там уже было фамилий тридцать или около того.

— С кого начнём? — спросил Борис Лукьянович и сам тут же выбрал, кивнув Артёму: — Давайте с вас... Говорите, занимались боксом? Насколько серьёзно?.. Впрочем, сейчас увидим... Пиджак, наверное, надо снять? Боксёрских перчаток у нас нет, зато я нашёл вот такие замечательные варежки... Примеряйте. Хорошо? На варежки, в свою очередь, мы приспособим... ру-ка-ви-цы! За неимением спортивного — рабочий инвентарь, хо-хо.

"Какой интеллигентный человек, неужели он сейчас будет меня бить по лицу? — с доброй насмешкой думал Артём. — Раз рабочий инвентарь, дал бы мне черенок от лопаты, всё фора была бы..."

Единственное, что Артёму всерьёз не нравилось, — так это навязчивое внимание строителей, забросивших свою работу и о чём-то пересмеивающихся.

— А что, у вас простой? — спросил Артём десятника: с недосыпа он часто вёл себя как подвыпивший.

— Занимайся своим делом, у них перекур, — ответил десятник недовольно.

— Не обращайте внимания, — сказал Борис Лукьянович тихо. Он вообще был настроен очень приветливо и добродушно, но чувство веского достоинства слышалось за каждым его словом. Артём уважал таких людей.

— Прямо здесь будем? — спросил Артём, когда Борис Лукьянович, тоже надев варежки, а на них рукавицы, бережно снял этими лапами очки и передал их стоявшему рядом лагернику из двенадцатой, выдавшему себя за бегуна и прыгуна.

— Можем выйти на улицу, — сказал Борис Лукьянович, с костным хрустом разминаясь.

Хруст был впечатляющим.

"Если он так хрустит, — зябко подумал Артём, — можно представить, какой от меня сейчас хруст будет стоять".

Для виду он поскакал на одной ноге, на другой, сразу понял, что его слишком качает, и начал разминать себе шею и голову, будто пытаясь её выкрутить или вкрутить.

"Надо было за бегуна себя выдать, — подумал напоследок Артём. — Хотя бы не стали бить по голове..."

Борис Лукьянович повёл бой неспешно и бережно, только намечая удары. Через полминуты Артём уже успокоился, а через минуту подумал с некоторым раздражением о противнике: "...Так уверенно ведёт себя, словно и подумать не может... что я могу его сбить..."

Неожиданно для себя Артём перешёл в наступление, был встречен прямым в голову, но не унялся и, настырным рывком сблизившись, провёл "двоечку".

Борис Лукьянович не шелохнулся, а, напротив, с довольной улыбкой кивнул: продолжайте, продолжайте, очень неплохо.

Минуты через три Артём начал уставать.

— Много суетишься, — сказал Борис Лукьянович, по-прежнему стараясь находиться в обороне и предоставляя Артёму поработать самому.

Лагерники, работавшие на крыше, чтобы лучше видеть поединок, переползли поближе.

Понимая, что сил хватит ненадолго, Артём начал откровенно осаждать Бориса Лукьяновича — тот же двигался мягко, руки держал высоко у лица, призывно выглядывая в щель между мощными кистями...

"...Да как же тебя... — повторял Артём, — ...да как же тебя достать... да как же... тебя бы..."

Потом воздух в грудной клетке Артёма исчез, и образовалось огромное душное облако, заполнившее разом все внутренности. Артём смотрел вокруг глазами, полными слёз, и, раскрыв рот, мучительно ждал, когда же ему наконец вздохнётся.

Он пропустил всего один, очень короткий и совершенно незаметный удар в солнечное сплетение.

Двое лагерников, смотревших бой, теперь смеялись, а Борис Лукьянович вообще куда-то пропал.

"Надо мной? — подумал Артём с медленной и душной тоскою. — Неужели я так смешон?.."

Он нашёл в себе силы чуть разогнуться и посмотреть в сторону смеющихся. Нет, дело было не в нём, слава тебе... В тот момент, когда Артём пропустил удар, лагерник, сидевший на краю стены, не удержался и упал вниз прямо на десятника.

Борис Лукьянович сразу бросился к ним, испугавшись, что десятник задавлен... но всё обошлось.

Странным образом вместе с воздухом к Артёму возвращался и слух — десятник страшно матерился, — и почему-то обоняние: пахло свежеструганой доской, а раньше и не заметил, — и даже рассудок: он вдруг понял, что Борис Лукьянович, отвлёкшись на падение лагерника, не заметил, в каком плачевном состоянии находился Артём, прямо-таки убитый в грудь.

— У вас что на виске? — спросил Борис Лукьянович, вернувшись; дыхание у него даже не сбилось. — Шрам? Недавний? Ну, ничего, поживёт за полтора месяца. Я старался не бить туда.

"Ты вообще старался не бить", — благодарно подумал Артём.

Борис Лукьянович сбросил рукавицы, снял варежки, махнул другим кандидатам: пойдёмте теперь вы.

— А мне? — спросил Артём, поспешно сдирая с себя потные варежки и всё ещё не находя воздуха в достаточном количестве. — А что я?.. Можно я с вами пока побуду?

— Отчего же "пока", мы вас берём. — бросил Борис Лукьянович, выходя на улицу. — Придётся, конечно, поднатаскать, — добавил он, оглянувшись: — Природные навыки есть, а профессиональных умений — чуть меньше.

"«Чуть меньше» он сказал в том смысле, что вообще нет", — сразу догадался Артём, несмотря на это понимание, в один миг ставший счастливым до такой степени, что ему ужасно захотелось выкинуть какое-нибудь нелепое коленце.

Десятник всё матерился и даже порывался драться, но упавший лагерник от греха подальше забрался снова наверх и там пережидал.

Артём поспешил было за всеми смотреть на бегуна или прыгуна, но вдруг вспомнил, какую он себе радость припас. Как знал!

Раздавая посылку, он так и не решился отдать шматок сала, горчицу и лимон. Какое б ни было у него состояние по возвращении из лазарета, сколько бы ни готовился он умереть, а на эти яства рука не поднялась: спрятал в пиджак.

Он уселся возле стены амбара, сплюнул раз длинную слюну, сплюнул два... и, глядя на солнце, начал кусать, яростно надрывая жёсткие волокна, сало и заедать его лимоном. Горчица раскрошилась в кармане, и Артём иногда залезал туда пальцами, возил рукой и облизывал потом всю эту горечь, и снова выжимал лимон в рот, и рвал сало зубами.

Смотрел всё это время вверх, в небо, щурился...

Как солнце себе выдавил в рот: кислое, сальное, горчичное.

✳ ✳ ✳

— Жить будете в келье, — сказал Борис Лукьянович. — На занятия приходи́те сами, без десятника — десятников нет. Потом зарядка, и...

— А сегодня можно?

— Что?

— В келью?

— А когда же?

Артём даже не пошёл в двенадцатую за вещами: решил, что дождётся, когда Василий Петрович будет возвращаться со своего ягодного наряда, и попросит его принести.

Происходящее с ним нельзя было спугнуть.

Первые полчаса от Бориса Лукьяновича Артём не отходил ни на шаг: тот словно стал зароком его чудесного везения. Тем более что других двоих из двенадцатой Борис Лукьянович отправил обратно в роту: "Как только будет нужно — вас вызовут", — сказал он, и ему эти дураки вроде бы поверили, зато Артём всё понял и поймал себя на том, что испытывает тихое и самодовольное злорадство: а меня взяли, а меня взяли!

Пока Борис Лукьянович осматривал амбар и долго, покусывая губы, пересчитывал записанных в его ведомости, Артём повисел на турнике, хотя никакого желания к тому сейчас не имел.

"Веду себя, как будто мне четырнадцать лет и я пытаюсь прикадрить девицу", — думал Артём, дожидаясь, когда в проёме дверей мелькнёт Борис Лукьянович, чтобы с раскачки, рывком оседлать турник — он когда-то умел делать такую штуку.

Кисти вскоре заныли, просто висеть стало невозможно, пришлось оседлать турник, не дожидаясь внимания спортивного начальства.

"А ведь он такой же лагерник, как и я, — подумал Артём, спрыгивая с турника. — Как, интересно, ему доверили всё это..."

Руки пахли железом, салом и горчицей.

Пока Артём облизывался как кот — щёки приятно и сладостно горели от лимона и свиного сала, — едва не упустил Бориса Лукьяновича, направившегося по своим делам дальше.

При всей своей человеческой привлекательности Борис Лукьянович, кажется, был не очень разговорчив и минуты через три бросил быстрый и задумчивый взгляд на поспешающего следом Артёма.

"Он может подумать, что я стукач, и отправить меня обратно в роту", — подумал Артём с таким отвратительным, удушливым страхом, какой не испытывал, кажется, даже от угроз Ксивы и Шафербекова.

Но куда было деваться?

Они остановились у входа в Троицкий собор, где располагалась уже знакомая Артёму тринадцатая рота. Борис Лукьянович, видимо, пришёл сюда в поиске очередных счастливцев: как раз подходило время обеда.

— Вы можете пообедать в своей роте, а после отправиться обживать новое жилище, — сказал Борис Лукьянович строго.

— А меня туда пустят? — спросил Артём.

— Чёрт, действительно, — ответил Борис Лукьянович и улыбнулся настолько мило, что Артём, если б поманили, так и бросился бы этому очкарику на шею, словно к обретённому старшему брату.

"Надо было оставить лимон и угостить его, идиот!" — выругался Артём.

Борис Лукьянович, переспросив фамилию, записал по слогам надиктованные данные в какую-то уже подписанную неразборчивым начальством бумагу — и передал Артёму: "Такого-то откомандировать в распоряжение... и обеспечить вышеуказанным..."

— Будет исполнено! — громко сказал Артём, принимая бумагу, хотя ему ничего не приказывали.

— Вы всё-таки пообедали бы! — крикнул Борис Лукьянович ему вслед. — И завтра, думаю, можно отоспаться, — на этих словах Артём оглянулся. — Много дел у меня! Надо набирать состав где-то!

Келья, доставшаяся Артёму, располагалась в бывшем Наместническом корпусе на втором этаже. Строгое, белое, с высокими окнами здание чем-то напомнило Артёму его гимназию.

Дневальный на посту прилежно пояснил, куда идти.

Открыв дверь в свою келью, Артём увидел человека. Тот лежал на деревянной, грубо сколоченной, без белья кровати, положив под голову мешок с вещами. Внешний вид его наглядно свидетельствовал о том, что участвовать ни в каких соревнованиях он не может. В лучшем случае играл в детстве с мячом в компании кузин, хотя и то вряд ли.

Чуть замешкавшись, человек сел и воззрился на Артёма — скорей с раздражением, чем с испугом.

На ногах у него были огромные, тёплые не по сезону ботинки, словно он только что пришёл с улицы... но лицо при этом заспанное, а волосы всклокоченные.

— Вы кто? — спросил он неприветливо.

— Меня сюда определили жить, — осматривая келью — точно такую же, как у Мезерницкого, — сказал Артём, заодно приметив в руке у собеседника наполовину съеденную, нечищеную морковь.

— Это кровать предназначена для моей матери, — заметил человек очень строго и даже протянул руку, как бы указывая, что даже садиться на вторую, тоже деревянную и незастеленную кровать нельзя; только тут он заметил, что держит морковь, и попытался положить её на деревянный столик возле кровати, что удалось ему с некоторым трудом, так как морковь прилипла к ладони. Видимо, придя на обед, человек заснул с этой морковью, не успев её доесть.

"Вот как", — подумал Артём, глядя на морковь и пытаясь понять, о какой такой матери идёт речь; впрочем, замешательство его было почти весёлым: тут явно имела место какая-то ерунда, которая обязана была разрешиться хорошо.

— А где ваша мать? — спросил Артём.

— Она ещё не прибыла, — важно ответил человек, грязной и липкой после моркови пятернёй причёсывая свою всклокоченную гриву, отчего та ещё больше расползалась в разные стороны.

— Может быть, я побуду здесь до её прибытия? — с улыбкой спросил Артём.

— Нет, — ответил всклокоченный. — Я знаю, как это бывает: сначала вы займёте место, а потом маме будет негде жить.

— Но у меня бумага, — сказал Артём. — И я всё-таки присяду. Мы ничего не расскажем вашей маме о том, что я садился на её кровать.

Когда Артём сел, всклокоченный немедленно встал, и вид у него был такой сердитый, словно он собирался немедленно выбросить гостя вон, что, конечно же, казалось забавным в сочетании с его вдавленной грудной клеткой и длинными, из одних тонких костей, руками.

— Да смотрите же, — сказал Артём, улыбаясь и протягивая бумагу.

Тот взял её в руки.

— Вас зовут Артём? — спросил он. — Горяинов?

— Да. А вас?

— А нас Осип, — ответил всклокоченный в крайнем неудовольствии и, взмахнув бумажкой, твёрдо объявил: — Это ошибка! Вам немедленно нужно пойти и разобраться. Сказать, что вышеприведённое заявление не соответствует действительности!

— Дайте-ка мне... вышеприведённый документ, — мягко попросил Артём, потому что Осип слишком уж широко размахивал рукой с зажатой в ней бумагой. — Я обязательно во всём разберусь, позвольте только отдышаться.

— Разберётесь? Обещаете? — спросил Осип с той строгостью, которую напускают на себя в общении с ребёнком.

— А когда приедет мама? — спросил Артём.

— Скоро, — ответил Осип и быстро добавил: — Но съехать вам будет нужно гораздо раньше, чтоб я успел, — он окинул рукой келью — четыре шага в длину, три в ширину, — всё подготовить...

— Так и будет, — пообещал Артём.

Некоторое время они пробыли в тишине: у Артёма не было вещей, и заняться ему было нечем, а уходить из кельи он не хотел.

Зато уверенно чувствовал, что в комнате есть овощи, помимо моркови на столе.

— Кажется, у вас имеется сухпай? — прямо спросил Артём. — Давайте я приготовлю нам на двоих салат, а потом вам всё верну, как только получу своё довольствие?

Осип больше для видимости задумался, подняв глаза к потолку, и, выдержав паузу, решительно ответил:

— Отчего бы нет, — и с этим выдвинул из-под лежанки ящик со съестным.

Там были картофель, крупа, солёная рыба — Осип значительно отметил, что это сазан, — морковь, лук, репа, макароны, подболоточная мука и мясные консервы.

У Артёма даже голова закружилась.

— Я не знаю, что со всем этим делать, — вдруг признался Осип, взяв морковь в одну руку, а картофель в другую, так что напомнил Артёму монарха с державой и скипетром.

Зато Артём знал.

Вскоре Осип Витальевич Троянский громко и размашисто делился с Артёмом своими наблюдениями и выводами по самым разным поводам.

— В северо-западной части острова Белое озеро переименовали... в Красное! — Его покрытое оспинами, носатое и не очень симпатичное лицо стало вдохновенным и почти привлекательным. — Святое озеро у кремля, — здесь Осип поднимал вверх тонкий и длинный, как карандаш, палец, — называют теперь Трудовое! Постоянная путаница! Мне сложно привести в порядок свои представления об острове. Но самое важное — они! — и Осип поднимал палец ещё выше, словно пытаясь проткнуть кого-то зависшего над его головой. — Они думают, что, если переименовать мир — мир изменится. Но если вас называть не Андрей, а, скажем, Серафим — станете ли вы другим человеком?

— Я Артём, — поправил Артём. Он выставил на стол грубо порезанный салат из репы, моркови и лука и начал ловко очищать рыбу.

— Да, безусловно, извините, — соглашался Осип и продолжал, время от времени облизывая губы, отчего, видимо, они даже летом у него были обветренные: — Вместо того чтоб менять названия, они бы лучше обеспечили нам питание. Вы даже не представляете, какое разнообразие рыбы можно обнаружить в этих водах. Сельдь и треска — это понятно, это и сюда перепадает, хоть и в ужасном приготовлении, я ел в карантинной. Но здесь ведь водится три вида камбалы, навага, зубатка, корюшка, бычки — поморы их называют "керчаки", до десяти видов вьюнов — редкая среди рыб живородящая форма! А ещё сёмга, два вида колюшек — трёхиглая и девятииглая... А озёра? Здесь великое множество озёр — более трёхсот! И в них водится ёрш, карась, окунь, щука, плотва. И даже встречаются форели! И всё это можно есть! Но мы не едим! Почему?

Артём ещё не нашёлся с ответом, как Осип начинал выкладывать новые свои размышления:

— Стоит задуматься, какие тут бывают миражи. Вы ещё не становились свидетелем здешних миражей? О, это удивительно. Обыкновенно невидимый, тем более с низких мест острова Кемский берег иногда появляется на горизонте и кажется близким! Небольшие острова, находящиеся на некотором отдалении от нас, порой кажутся сплющенными и приподнятыми вверх. А остров Кутузов порой принимает вид вообще фантасмагорический — то он видится гигантской шапкой, то грибом, то зависшим в воздухе дирижаблем!.. Стоит задуматься: может быть, и мы тоже — мираж? Вот нам с вами кажется, что мы сидим в тюрьме, а мы — жители гриба? Или пассажиры дирижабля?

— Или вши под шапкой, — сказал Артём, как ему показалось, к месту.

Но Осип взглянул на него строго и тут же расставил всё на свои места:

— Французский геометр Монж давно уже объяснил, в чём тут дело. Причины в различной плотности верхних и нижних слоёв воздуха — и в происходящем вследствие этого преломлении лучей света!

* * *

Невзирая на геометра Монжа, Артём всё равно чувствовал себя как в мираже. Надо было покрепче держаться руками за дирижабль, чтоб не выпасть.

Оказалось, что теперь он прикреплён ко второй роте.

Василий Петрович говорил, что в ней собраны спецы на ответственных должностях, но всё обстояло несколько иначе. Помимо хозяйственников и экономистов, всё больше из числа каэров, тут ещё были научные работники, в лице того же Осипа, а также счётные и канцелярские работники из Административной и Воспитательно-просветительской части. Будущее спортивное празднество, как понял Артём, пустили по линии воспитания и просвещения — поэтому разномастную публику, набранную Борисом Лукьяновичем, тоже переводили сюда.

Подъём во второй роте был в девять утра.

Некоторая сложность обнаружилась в том, чтобы вечером угомонить Осипа, потому что разговаривал он непрестанно. Но в первую же ночь Артём безо всяких угрызений совести заснул ровно посредине очередного монолога своего учёного товарища, а тот, кажется, ничего не заметил.

Зато с утра Осип проснулся в натуральном страдании: казалось, что всё лицо ему замазали столярным клеем.

Артём сходил за кипятком, заодно осмотрелся повнимательней.

Кельи располагались по обеим сторонам просторного коридора. Топка, отметил Артём, была общая. Ровно сложенные дрова в нише стены — видимо, ещё монахи их здесь хранили.

Возле дров стояла обувь: сапоги, ботинки, калоши.

"Здесь не воруют!" — удивлённо понял Артём.

Размеренно начавшийся день продолжался совсем хорошо.

Забежал на минуту озабоченный Борис Лукьянович и вручил Артёму на руки 8 рублей 27 копеек соловецкими деньгами. К деньгам — специальное разрешение на свободное посещение магазина и проходку за территорию кремля без конвоя.

У Осипа такая бумага уже была; мало того, он имел право свободного выхода на берег моря, а в пропуске Артёма значилось, что ему в такой возможности отказано.

"А мне и не надо", — подумал Артём, разглядывая пропуск, который держал в правой руке, сжимая в левой деньги.

— Забегите завтра в канцелярию и распишитесь за всё это, — велел Борис Лукьянович, спеша дальше. — А то я всё под свою ответственность раздаю.

На радостях Артём позвал Осипа затовариться в соловецком ларьке — он располагался прямо в кремле, в часовне преподобного Германа.

Но ларёк оказался закрытым.

Тогда отправились в "Розмаг" за пределами кремля.

Артём чувствовал себя торжественно и взволнованно, почти как жених.

Казалось, что часовые на воротах должны сейчас отнять все бумаги как поддельные и отправить задержанных под конвоем в ИСО, где, наверное, Галя уже заждалась Артёма... но нет, их спокойно и даже как-то обыденно выпустили.

"Как же всё удивительно", — признался себе Артём, чувствуя непрестанный щекотный зуд в груди.

Даже чайки орали радостно и восхищённо.

Случалось, Артём ходил без конвоя по ягоды — но там всё равно был наряд и никому бы не взбрело в голову вместо работы отправиться по своим делам. А тут он шёл, никому ничем не обязанный и безо всякого сопровождения.

Осип, кстати, совершенно не осознавал этой прелести: на общих работах в карантинной его продержали всего полторы недели и тут же определили в Йодпром — на производство, как он пояснил Артёму, йода из морских водорослей.

Каждый день Осип отправлялся в располагавшуюся на берегу гавани Благополучия лабораторию, которую, к слову, успел разругать за отсутствие самых необходимых для работы вещей.

"На баланы бы тебя, там всё необходимое есть", — беззлобно думал Артём.

"Розмаг" оказался аккуратной деревянной избой, стоящей на зелёной лужайке, вдали от всех остальных построек: что-то во всём этом было сказочное.

Внутри пахло как из материнской посылки: съестным и мылом, сытостью и заботой.

Товары подавали четверо продавцов, тоже лагерников, преисполненных своей значимости, — на такую работу без хорошего блата было не попасть.

"Выбор в «Розмаге» не обескураживающий, но простой и самоуверенный, как советская власть", — сказал как-то Василий Петрович.

Так и оказалось.

Килограмм сельди стоил рубль тридцать, колбасы — два пятьдесят, сахара — шестьдесят три копейки. Одеколон — пять рублей двадцать пять копеек, английская булавка — тридцать копеек за штуку.

Имелись два вида конфет и мармелад — тот самый, которым Афанасьев угощал Артёма. Пшеничный хлеб, чай. Оловянные тарелки, ложки, кружки. Зубной порошок, пудра, румяна, помада для губ, расчёски. Продавались также примус, печка-буржуйка, чугунок и огромная кастрюля.

В отделе одежды предлагались валенки, войлочные туфли, штаны, бушлаты, шапки и огромное количество разномастной обуви, беспорядочно сваленной в несколько ящиков.

— Приобрести, что ли, одеколон? — сказал Артём. — И мармелада к нему. Будем растираться одеколоном и есть мармелад. Как вам такой распорядок на вечер?

— Да, можно, — совершенно серьёзно поддержал его Осип. — А у меня нет денег, — быстро объявил он. — Не купите мне?.. эту... — и, почти наугад поискав пальцем, указал на булавку.

"Вот Анчутка..." — подумал Артём, но купил, конечно: сам же потащил его в магазин.

Осип тут же, не глядя, положил булавку в карман.

Ещё Артём приобрёл полкило колбасы, шесть конфет и тарелку с ложкой — вчера он Василия Петровича так и не увидел.

"Надо бы купить буржуйку, — размышлял Артём и тут же сам с собой издевательски спорил: — А ты уверен, что так и будешь в келье жить? Пойдёшь, мой любезный, на общие работы опять! И будешь с собой таскать буржуйку зимой в лес!"

По пути назад встретили возле кухонь троих фитилей, дожидавшихся, пока повезут на помойку объедки. Надо ж было попасть ровно тогда, когда повар выставит бак и, по сложившейся уже традиции, вернётся на минуту в кухню. В это время фитили рылись в баке, находя кто капустный лист, кто рыбью голову.

Они сами были похожи то ли на обросших редким скользким волосом рыб, то ли на облезших, в редких перьях и грязной чешуе, птиц.

Артём был чуть раздосадован, что ему портили настроение.

— Зачем они это делают? — ужаснулся Осип. — Послушайте, нужно отдать им колбасу, — он схватил Артёма за рукав. — Эти люди голодные, а у нас есть ещё.

— Да, сейчас отдам, — с неожиданной для него самого злобой вырвал рукав Артём. — Отдайте им свою булавку лучше.

— Зачем им булавка? — не унимался Осип. — Они голодны!

— Идите к чёрту, — сказал Артём и пошёл быстрей.

Через минуту Осип нагнал его.

Руку он держал в том кармане, куда положил булавку.

"Правда, что ли, хотел отдать?" — подумал Артём с лёгким презрением.

— Вы что, не видели фитилей? — спросил он, немного остыв.

— Фитилей? — переспросил Осип и, поняв, о чём речь, ответил: — Нет, почему-то мне это не попадалось.

Слово "это" прозвучало так, будто Осип вынес на своих длинных пальцах что-то неприятное, вроде детской пелёнки.

— Ну, представьте, что "это" — мираж, — сказал Артём. — По Монжу.

— По Монжу? — переспросил Осип и, помолчав, добавил: — Нет, это не мираж.

— Вы вообще почему здесь очутились? — спросил Артём быстро.

— Меня посадили в тюрьму, — объяснил Осип.

— Надо же, как, — сказал Артём.

Они уже были возле своего Наместнического корпуса.

— Эй! — позвали, судя по всему, Артёма. — Стой-ка!

Он оглянулся и увидел Ксиву, Шафербекова и Жабру, поспешающих наперерез.

“Шесть рублей 22 копейки, полкило колбасы, шесть конфет”, — вталкивая Осипа в двери корпуса, перечислил Артём про себя всё то, что мог потерять немедленно.

Не считая жизни, про которую забыл.

— Вроде бы нас, — сказал Осип, чуть упираясь у поста дневальных.

— Нет-нет-нет, не нас, — больно толкая его, шептал Артём, готовый закинуть Осипа на плечо и бегом бежать на второй этаж: учёный был тщедушен и вообще неприятно гибок под одеждою, словно сделанный из селёдочных костей.

Наклонившись над лестничным проёмом и невидимый снизу, Артём услышал грохот дверей и тут же окрик дневального.

— Куда? — спросил дневальный, поднявшись, судя по голосу, с места.

— Вот эти двое нужны... которые прошли, — быстро и чуть шепелявя, сказал беззубый Шафербеков своим гнусным голосом.

У Артёма, как припадочное, колотилось сердце.

— За мной? — спросил Осип, придерживаемый Артёмом за рукав. — Может быть, из лаборатории?

— Стойте на месте! — шёпотом велел Артём.

— Вы откуда? — спросил внизу дневальный.

— Нам нужен Артём Горяинов, — сказал Жабра.

Артём даже вздрогнул. Узнать, как его зовут, было несложно, но он всё равно испытал краткий приступ гадливости, услышав из уст Жабры свою фамилию. Одно дело, что эта мразь искала неведомо кого, похожего на Артёма, а другое, когда так. Ощущение было, словно Жабра поймал Артёма своими нестрижеными когтями за воротник.

— Мало ли кого вам нужно, идите за пропуском, — ответил дневальный.

Артём нагнулся и увидел, как дневальный подталкивает блатных к выходу.

Будто бы зная о том, что его слышат, Жабра обернулся и крикнул:

— Никуда не денешься, понял, фраер?

✳ ✳ ✳

“О чём я думаю?! — размышлял Артём ночью под крик никогда не замолкающих чаек и язвительные разговоры Осипа. — Что я веду себя как дитя?! Я же могу пойти к Галине и наговорить про Жабру, и про Ксиву, и про Шафербекова — чтоб их всех засадили в карцер... А что я могу наговорить, я же ничего не знаю? Плевать, надо спросить у Афанасьева. Или просто наврать. Наврать что-то ужасное, и эту мразь заморят в глиномялке...”

Чуть шевеля губами, Артём уговаривал себя, не слушая очередные парадоксы Осипа о скучном, ледниковом, мусорном, наносном ландшафте Соловков.

По страсти, с которой Артём убеждал себя, казалось, что всё в нём уже готово к этому шагу и с утра он немедленно отправится в ИСО...

...Но никуда Артём, естественно, не пошёл и, попивая утренний кипяток вприкуску с колбасой из ларька и морковкой из сухпая Осипа, даже не вспоминал своё ночное вдохновенное и горячечное бормотание.

В десять для всех будущих страстотерпцев соловецкого спорта Борис Лукьянович проводил разминку. Затем разбивались по группам: бегуны — бегали, прыгуны — прыгали, футболисты гоняли тряпичный мяч: настоящий им пока не выдавали — он был один-единственный. Появились два борца и дюжина богатырей, набранных со всех рот тягать гири. Гирь тоже было немного, и за ними стояли в очередь, без особой, впрочем, охоты.

Помимо борцов и тяжеловесов, команда подобралась молодая, студенческая, из горожан — поэтому и обстановка была шебутной, смешливой, много валяли дурака.

Как-то улетел мяч, а мимо проходил невесть откуда взявшийся батюшка Зиновий. Ему заорали: “Длиннополый, подай!" — но тот на мяч плюнул, и это всех несказанно развеселило. Тут же кто-то предложил ввести соревнование среди духовенства по метанию кадила — студенты снова покатились от хохота.

Артём вдруг заметил, что не смеялись только он и Борис Лукьянович.

По возрасту Артём оказался посредине остальных — все студенты были моложе его лет на пять-семь, а тяжеловесы с гирями — старше на семь-десять.

Приглядевшись, он понял, что Борис Лукьянович — тоже почти его ровесник, разве на пару лет старше. Впрочем, опыта общения с людьми, в том числе с большевистским начальством, у него было очевидно больше.

Артём мысленно признал верховенство Бориса Лукьяновича, но вида не подавал: держался достойно, как бы на равных, твёрдо за шаг до панибратства. Борис Лукьянович это, похоже, отметил, обратился к Артёму раз за мелкой помощью, обратился два, — Артём оказался точен, быстр и сметлив. На третий раз Борис Лукьянович уже перекинулся с ним шуткой, говоря об остальных на площадке в третьем лице. Артём шутку развивать не стал и посмеялся вроде от души, но в меру: так было надо, он чувствовал.

"Борис Лукьянович имеет право ставить себя чуть выше остальных, а мне незачем", — понимал Артём.

Перед обедом Борис Лукьянович ушёл, попросив Артёма последить за общей дисциплиной.

Почему бы и нет: гиревиков с борцами Артём благоразумно не трогал, а студенты сами по себе играли с удовольствием до самого обеда.

Вернулся Борис Лукьянович часам к четырём с каким-то белёсым парнем.

— Вроде нашёл тебе напарника, — кивнул на новенького, — в карцере! На Секирку только пока меня не пускают.

"На «ты» перешёл", — не без удовольствия отметил Артём, разглядывая белёсого: до сих пор Борис Лукьянович сказал ему "ты" только однажды, когда они дрались, — но там ситуация предполагала некоторую близость.

Новоприведённый оказался на полголовы выше Артёма, в редкой неопрятной щетине, напуганный и потный.

"Неужели и я так же смотрел?" — подумал Артём, брезгливо дрогнув плечом.

— А давай ты, — предложил Борис Лукьянович, протягивая Артёму рукавицы. — Что мне-то, ты у нас боксёр.

Поглядывая на противника, Артём осознавал своё превосходство. Это было малосимпатичное, но всё равно неодолимое чувство. Белёсый ведь, скорей всего, не знал, что Артём и сам здесь второй день. Напротив, он был уверен, что попал в компанию прожжённых мастеров, давно уже снятых с общих работ. Наглядный страх белёсого усиливал ощущения Артёма, и он всем своим независимым видом подчёркивал: да, мы тут веселимся, да, я намну сейчас тебе твои ребристые бока, потный шкет.

На этот раз Артёма даже не смущало, а чуть возбуждало внимание окружающих. Гиревики первыми оставили свои гири, вскоре подошли и борцы. Футболисты ещё играли, но многие уже сбавляли бег и откровенно косились на Артёма с белёсым.

— Готовы? — спросил Борис Лукьянович.

Артём коснулся рукавицей лба.

— Висок-то ничего? — вдруг вспомнил Борис Лукьянович.

— Я буду другую сторону подставлять, — ответил Артём; Борис Лукьянович, сдержав улыбку, кивнул.

Всё произошло очень скоро: Артём пугнул слева, пугнул справа, быстро понял, что белёсый плывёт: несмотря на то что руки держит правильно и вроде бы умеет двигаться, продолжает очень бояться... ну и сунул ему, при первой нехитрой возможности, в зубы, куда жёстче, чем следовало бы.

Белёсый упал.

Чайки, и так ведшие себя безобразно, тут вообще захохотали.

Один из студентов, подбежавших поглазеть, насмешливо ахнул, но другие не поддержали — белёсый выглядел весьма жалко.

Подниматься он не стал. Облокотившись на правую руку, стянул рукавицу с левой, зажав её край меж челюстью и плечом, — и тихо трогал варежкой губы.

У Артёма поначалу едва не свело челюсти в радостной улыбке: вот-де как я, — но он быстро понял, что радоваться тут нечему.

Борис Лукьянович помог белёсому подняться.

Артём понял, что это нужно было сделать ему.

— Ты побережнее в другой раз, — сказал Борис Лукьянович, подмигнув Артёму, и повёл белёсого в амбар.

Подмигивание немного успокоило Артёма.

"Ну а что, — сказал он себе. — Мне сказали проверить парня — я проверил..."

Но прошло ещё десять минут, и Артём неожиданно понял, какой он кромешный дурак.

"Надо было танцевать вокруг него минут хотя бы пять, а только потом уронить! — горестно и злобно отчитывал он сам себя. — А то неизвестно кого ещё найдут ему на смену!"

Борис Лукьянович, напоив белёсого водой и предложив ему поесть, вернулся.

Похлопал Артёма по плечу. Тот скривил улыбку, ничего не сказав.

— Подержи очки? — попросил Борис Лукьянович и резво вклинился в ряды футболистов.

Артёму болезненно хотелось, чтоб Борис Лукьянович вместо дурацкой забавы с мячом как-то успокоил его. Но хоть очки дал, и то хорошо.

Он гладил дужку и продолжал тихо злиться на себя.

Тут примешивалось и другое, стыдное чувство: белёсого наверняка вытащили из карцера, где, как вечно рассказывали, творилось чёрт знает что — может быть, даже из той самой глиномялки, которой пугал Жабра... У него была спасительная возможность задержаться в спортсекции — и тут Артём.

— Какая гадость! Подлость какая! — шёпотом повторял Артём, одновременно желая, чтоб белёсый доел наконец консервы и провалил отсюда.

"Куда? — спрашивал себя Артём. — Назад в карцер?"

Очень вовремя объявился фельетонист Граков, который непонятно когда и откуда пришёл.

— А ты что тут? — спросил Артём, спеша заговорить не столько из интереса к Гракову, сколько потому, что хотел отвлечься. — Тоже решил податься в олимпийцы?

— Куда там, — отозвался Граков. — Я теперь по печатной части: газета, журнал...

— В "Новые Соловки" взяли? — едва ли не всерьёз обрадовался Артём, хотя с Граковым разговаривал разве что пару раз и никаких особенных симпатий к этому молчаливому и не очень приметному типу не испытывал; чуть было не добавил: "...И Афанасьева за собой тащи, вы же из Питера оба", — но тут же вспомнил, что двое упомянутых общения избегали.

— Борис Лукьянович где? — спросил Граков. — Я по его душу. Готовлю статью о предстоящих соревнованиях.

— А вон, — показал Артём.

Борис Лукьянович, близоруко щурясь, высматривал мяч, это выглядело мило и забавно. Похоже, без очков он ни черта не видел на другом конце поля и определял мяч исключительно по скоплению весёлых студентов.

Студенты, ещё с утра отметил Артём, несмотря на своё серьёзное, хоть и насильно прерванное образование, умели ругаться небоскрёбным матом. Только Борис Лукьянович даже в запале игры выражался исключительно корректным образом.

— Ко мне? — он подбежал, чуть запыхавшийся и приветливый.

— Вот, из газеты, — подавая ему очки, сказал Артём. — Товарищ Граков.

Борис Лукьянович посмотрел на Гракова сначала без очков, а потом в очках — как бы сверяя впечатление.

— Я пишу статью о... — начал Граков, но Борис Лукьянович тут же тоскливо скривился:

— Слушайте, я не умею. Вот Артём хорошо говорит. Скажите ему что-нибудь, Артём.

"С чего это? Откуда он взял?" — удивился Артём, впрочем, довольный. Граков тут же развернул блокнот и достал из-за уха карандаш: пришлось немедленно отвечать.

— Участие заключённых в спортивных соревнованиях — это... — начал Артём очень уверенно, перевёл взгляд на Бориса Лукьяновича, тот медленно кивнул большой головой — с таким видом, словно слушал и тут же переводил про себя на русский иностранную речь, — ...это не развлечение. Это отражение грамотно поставленной культурной работы Соллагерей. Отражение пути, проходимого исправляющимися, но пока ещё виновными членами общества.

— Вот! — сказал более чем удовлетворённый Борис Лукьянович в подтверждение и начал протирать о майку очки.

— Спорт — это очищение духа, столь же важное, как труд, — чеканил Артём, откуда-то извлекая сочетания слов, которыми никогда в жизни не думал и не говорил. — В спорте, как и в труде, есть красота. Спорт — это руки сильных, поддерживающие и ведущие слабых. Товарищ Троцкий говорит: "Если б человек не падал — он бы не смог приподняться". Спорт учит тому же, что и Соллагерь, — приподниматься после падения.

— Ах, красота, — по-доброму ёрничая, нахваливал Борис Лукьянович. — Это просто соловьиный сад. Артём, вы могли бы стать великолепным агитатором. Громокипящим!

"Тютчева любит или Северянина? — мельком подумал Артём, чуть зардевшийся от похвалы, сколь бы ни была она иронична. — Скорей, Тютчева. И Блока, конечно".

— Подождите, — попросил Граков, наносящий в свой блокнот каракули, явственно напоминающие хохломскую роспись, но никак не буквы. — Сейчас... Да, слушаю.

Артём изгалялся ещё полчаса, пока не кончились страницы в блокноте у Гракова.

— За вами вчера приходили в двенадцатую роту из ИСО, — сказал Граков на прощанье. — Я как раз собирал вещи, чтоб перейти на новое место... Нашли они вас?

Артём смотрел на Гракова не мигая, даже забыв ответить.

Про Галю он не вспоминал целый день.

"Пора стучать, Артём, пришла твоя пора", — пропел мысленно и, не попрощавшись с Граковым, медленно пошёл к амбару, возле дальней стены которого в прошлый раз ел сало с лимоном, — там отличное место, чтоб подумать, как теперь быть... Будто что-то зависело от его дум.

"Это тебе за белёсого", — сказал себе Артём.

"Ага, — отозвался сам же. — А когда б не было белёсого, то и Галина про меня забыла бы... Может, спросить у неё: «А разве участники спортсекции не освобождаются от обязанностей филёра и доносчика?»" — пытался развеселить себя Артём, но всё равно было не забавно.

По пути его поймал Борис Лукьянович.

— Слушай, Артём, а ты всё равно худоват что-то, — сказал он. — Давай выпишем тебе ещё и сухпай? С завтрашнего дня? Денежное довольствие — как бойцу, а сухпай — как агитатору, верно?

Больше ни с кем Борис Лукьянович таким добрым и шутливым тоном не разговаривал.

✱ ✱ ✱

"Вчера не явились, значит, сегодня прямо из кельи заберут", — предполагал Артём, чувствуя тяжесть на сердце.

Отчего-то вызов в ИСО пугал его даже больше, чем возможность встретить блатных на входе в Наместнический корпус.

"Оттого, что бесчестье страшнее смерти", — патетично произнёс Артём про себя, заранее зная, что всё это глупые слова, блажь.

По дороге в кремль Артём решительно свернул в "Розмаг" и приобрёл чугунок: "...хоть покормить себя горячим перед грехопадением".

Деньги теперь он носил при себе: это как-то придавало ему сил — возникало обманчивое ощущение свободы и весомости.

"А начнёшь стучать, — подзуживал себя Артём, — тебе ещё один паёк назначат, третий. Всегда будут рубли на кармане. Разъешься. Станешь масляный, медленный, щекастый..."

Представил, как, икая, переходит кремлёвский двор, жирный, что твой нэпман; стало чуть забавней на душе.

На главной кухне по бумаге Бориса Лукьяновича старший повар выдал ему сухпай, да ещё с капустой, с головкой чеснока, с жирами...

Повар — нестерпимо пропахший баландой, рыбой, пшёнкой и гречкой, бритый наголо, с единственным глазом мужичина — внимательно осмотрел Артёма, пытаясь на всякий случай понять, что за тип перед ним и отчего ему улучшенный паёк.

Артём подмигнул повару. Как-то было диковато подмигивать одноглазому.

"Пусть думает, что я главный лагерный стукач, — продолжал Артём насмехаться над самим собою, унося паёк, — ...пусть догадается по моей наглой морде, что я отсидел своё и осталя вольняшкой в монастыре из природной склонности к подлости и лизоблюдству! За это меня и кормят!"

Ни блатные, ни красноармейцы не ждали Артёма у корпуса.

Он спешил ко входу в свою роту так, словно о нём печалились в келье сорок ласковых сестёр.

...или лучше одна, и не сестра вовсе.

"Может, Галина забыла про меня? — думал Артём, хрустя капустным листом и резво, пока никто не окликнул, поднимаясь на свой второй этаж. — Или ИСО так и не сможет меня найти? Потеряют в бумагах, подумают, что заключённого Горяинова услали на дальнюю командировку, и забудут до конца срока? Так ведь бывает?"

Он готов был поверить во что угодно, лишь бы не встречаться с этой тонкогубой тварью больше никогда.

В келье на своей незастеленной лежанке полулежал смурной Осип с каким-то, без обложки, учебником.

"Осип дома", — с тёплым чувством отметил Артём, словно его учёный товарищ тоже мог послужить ему защитой. Заодно поймал себя на мысли, что говорит "дома" про эту их клеть, а вот двенадцатую роту, прежний помойный клоповник, никогда так не называл.

— Давайте-ка приготовим щи, Осип? — предложил Артём с порога.

— Вы умеете? — недоверчиво спросил Осип, облизнувшись.

Артём умел.

Облизывался Осип только в хорошем настроении, заметил Артём. В плохом, напротив, держал рот запечатанным и сухим.

Печь в коридоре уже кто-то растопил, Артём подбросил поленьев и скорей, пока не заняли место, приспособил свой новый чугунок.

Через полтора часа всё было готово.

— Водоросли штормами выбрасывает на берег, — рассказывал Осип про свою работу, держа миску обеими руками за края, словно та могла упрыгать куда-нибудь. — Образуются валы в несколько километров длиной. Они все съедобны, ядовитых водорослей нет. В Англии, Японии, Шотландии из них делают много вкусного. Конфеты, варенье, бланманже.

— Так вы этим занимаетесь? — дурачился вспотевший от долгой суеты возле печки Артём, разливая щи. — Принесёте бланманже из водорослей попробовать?

— Нет, не этим... — отвечал Осип, внимательно глядя то в свою миску, то в чугунок. — Да, делают бланманже. А ещё мороженое, квашенку, печенье. Но мы пока что занимаемся другим, ибо советской власти не до печенья. Ей нужен вышеназванный йод, чтобы залечивать свои раны.

Осип всегда острил весьма едко и совершенно без улыбки. Юмор подтверждал, что этот человек не настолько рассеян и потерян, как то могло показаться на первый взгляд.

— Помимо того, — продолжал он в той же интонации, — из йода можно делать клеящее вещество альгин, целлюлозу, калийные соли.

— Но вы пока делаете только йод? — уточнил Артём.

— Да, — коротко ответил Осип, зачерпнул ложкой щи и некоторое время держал ложку над миской, не обращая на неё внимания. — Водоросли испепеляют, выщелачивают водой и в этой воде освобождают йод от йодистого калия. Всё очень просто. Для более масштабной работы пока нет возможностей. Хотя у товарища Эйхманиса, естественно, огромные планы.

Осип наконец попробовал щи, Артём был уверен, что он даже не заметит, что съел, но всё случилось ровно наоборот.

— Это очень вкусно, — сказал Осип с достоинством. — Научите меня?

Артём размашисто кивнул. К нему откуда-то пришло сильное настроение.

— Большевики вообще обожают всё планировать, заносить в графы и распределять, — продолжил Осип, поднося ко рту следующую ложку. — Это какой-то особый тип психической болезни: сумасшедшие, но подходящие ко всему строго научно.

Артём весело скосился на дверь и перевёл тему:

— Вы общались с Эйхманисом? — спросил он насколько мог просто и даже легкомысленно, чтоб настроить и Осипа на этот лад.

— Естественно, общался. И сразу потребовал от него привести сюда мою маму.

“В тюрьму?” — хотел пошутить Артём, но не стал.

— И он? — спросил.

— Немедленно согласился, — гордо сказал Осип.

— А зачем вам мама, Осип?

— Ей без меня плохо, — ответил он уверенно, — а мне она необходима для нормальной работы.

— А как вам Эйхманис показался? — спросил Артём.

— Начальник лагеря — и, значит, подонок, иначе как бы он им стал? — ответил Осип очень просто.

— Так... — сказал Артём, подняв ложку вертикально, словно собирался ей ударить Осипа в умный лоб. — Что там ещё делают вкусное из водорослей?

✳ ✳ ✳

С утренней разминки Бориса Лукьяновича вызвали в Культурно-воспитательную часть.

— Артём, проведи? — попросил он коротко, как о чём-то само собой разумеющемся.

Дело нехитрое — провёл.

Час спустя Борис Лукьянович вернулся, но только на минуту, и попросил Артёма отследить, чтоб брусья врыли где надо, а не где попало.

Брусья вскоре принесли.

Дело несложное — проследил.

В остальное время Артём истязал себя на турнике. С баланами это всё было несравнимо.

“...И не следит никто, — наслаждался Артём. — Хочу — вишу, хочу — сижу, хочу — в небо гляжу”.

Глядел он, впрочем, даже раскачиваясь на турнике, всё больше на дорогу из монастыря: не спешат ли красноармейцы из полка охраны препроводить его в ИСО, а то там Галина заждалась.

Вместо красноармейцев увидел Ксиву, который с лесного наряда плёлся под конвоем на обед в числе таких же умаянных лагерников, как и он.

Издалека было не понять, смотрит Ксива на Артёма или ему не до того.

После обеда запах спортсекции подстихал: на одном сухпае, подкрепляясь хлебом с морковью, сложно было до самого вечера задорно тягать гири и бодро бегать. Но вернулся Борис Лукьянович, и Артём с удовольствием решил, что теперь это не его головная боль: пусть старший следит за всеми и погоняет их.

Борис Лукьянович явился без пополнения, зато с доброй вестью.

— Друзья и товарищи! — объявил он. — С нынешнего дня помимо денежного довольствия мы будем иметь ежедневную горячую кормёжку на обед!

Студенты заорали, Артём тоже не огорчился — жрать ему по-прежнему хотелось постоянно.

— Только нам его не довезли почему-то, — с улыбкой сбил настрой Борис Лукьянович. — Артём, может, сходишь, узнаешь, в чём дело?

Понадеявшись, что Ксива уже в роте и с ним удастся разминуться, Артём поспешил в монастырь — через Никольские ворота — на главную кухню.

Проследовал с главного входа мимо поста с оловянным выражением лица — даже не окликнули, хотя лагерникам в рабочие помещения главкухни было, естественно, нельзя.

Старший повар шёл навстречу в сапогах, в грязном и чёрном фартуке, с топором, Артёма узнал и смотрел на него с некоторым напряжением, не моргая своим единственным глазом с выжженными ресницами и отсутствующей бровью.

Артём опять не представился, но сразу поинтересовался, в чём дело и где обед спортсекции, которая по личному приказу начлагеря готовится к олимпиаде в честь революционной годовщины? Может быть, написать докладную Фёдору Ивановичу?

Артём нарочно сказал "Фёдору Ивановичу" — так звучало куда убедительней: будто бы он только что сидел с ним за одним столом и пришёл разузнать имена и должности саботажников.

— Что такое? — прорычал повар. — Я велел!

Слова у него были будто порубленные топором, как мясные обрезки: "...шэтэ так? Я влел!"

От греха подальше Артём ушёл дожидаться на улице: вроде как в начальственном раздражении захотел перекурить.

Баки с горячим обедом вынесли через три минуты.

"В следующий раз, — отчитался себе Артём, поспешая за кухонным нарядом, — когда тебя соберутся бить блатные, Бурцев и десятник Сорокин, к ним присоединится одноглазый повар с половником и разнесёт тебе им башку, наконец".

Площадь была почти пуста — только олень Мишка караулил кого-нибудь с сахарком, а Блэк присматривал за олешкой.

Блатные не заставили себя ждать: Артём услышал их голоса и оглянулся, они были совсем рядом.

— Я эту суку из окна заметил, — скалился рыбьими зубками Жабра. Видимо, пока Артём ходил на кухню, тот успел найти в двенадцатой Ксиву и Шафербекова. Четвёртым с ними торопился какой-то леопард, преисполненный интереса к тому, как пойманного фраера сейчас разделают на куски или хотя бы проткнут.

— Товарищ часовой! Товарищ красноармеец! — заорал Артём, называя служивого человека "товарищем", что было запрещено — только "гражданин"! — и побежал к монастырским воротам, слыша топот за спиной.

"У Ксивы ботинки были развалленные, ему бегать неудобно!" — успел вспомнить Артём.

Вслед им залаял, а потом и побежал, скоро нагнав Артёма, Блэк.

— Эй, не кусайся! Эй! — попросил на бегу Артём, потому что пёс нёсся ровно у его ног, скаля зубы. Зато олень Мишка никуда не побежал, но вспрыгивал на месте, подкидывая зад.

Бежавший босиком леопард нагнал Артёма почти у ворот, вцепился в пиджак, надрывая рукав.

— Чего ещё? — спросил красноармеец, не понимая, что творится. — Ну-ка, тпру все! Щас пальну промеж глаз! — Он действительно передёрнул затвор и поднял винтовку.

Остановился только кухонный наряд с баком, Шафербеков же с Жаброй и Ксивой тоже добежали прямо до поста и стояли теперь возле Артёма.

Он быстро переводил глаза с одного поганого лица на другое.

Блэк крутился под ногами, коротко полаивая на людей.

— Мне надо выйти, — сказал Артём, подавая пропуск красноармейцу, и пихнул в лоб леопарда, так и не отпускавшего рукав.

— А чего орал? — спросил красноармеец, возвращая пропуск.

Артём ничего не ответил и шагнул за ворота, забрав свою бумагу и не глядя сунув её в карман.

С той стороны ворот остановился и, тяжело дыша, развернулся к блатным, так и стоявшим возле поста.

Артём чувствовал, что спина его была горяча и затылок пылал, как обожжённый. Но тут же осознал, насколько забавна ситуация: он стоял здесь, а эти там — и выйти они не могли, пропусков у них не было: даже Ксива ходил на лесные работы с десятником.

Выпустили кухонный наряд с баками — они, поваром настропалённые, заторопились в сторону спортсекции.

— Жабра, иди сюда, — ласково позвал Артём. — Мармелада дам. Хочешь мармелада? — Он действительно достал из кармана приобретённую с утра мармеладку. — Лови! — и кинул. — ...Смотри только, чтоб рот не надорвался опять!

Мармелад поднял леопард и тут же проглотил, не жуя.

— Ксива! — крикнул Артём. — Не ссы криво!

Вспомнил и про Шафербекова: Афанасьев на вениках рассказывал, как этот тип покромсал жену, сложил в корзину и переправил в Шемаху.

— Шафербе-е-еков! — протянул Артём. — Тебе, говорят, жена посылку прислала из Шемахи? Или жену в посылке прислали? Я так и не понял! Сходи на почту, выясни?

Жабра и Ксива стояли, раскрыв рты, вне себя от злости — у Ксивы даже нос посинел. Улыбался и щурился Шафербеков — будто Артём его слепил.

— Ну-ка, пошли вон, — велел красноармеец блатным и, оглянувшись к Артёму, добавил: — И ты шлёпай отсюда, потешник.

Блатные отошли и сели возле монастырской стены.

"Получше тебе, блудень соловецкий?" — спросил себя Артём, подрагивая от удовольствия, словно ему красивая, сисястая девка с длинными крашеными ногтями почесала спину и подула на шею.

"Ещё бы! — ответил себе же взбудораженно. — ...Только как я пойду назад? Не просить же красноармейца препроводить меня до кельи?"

Поймал и раздавил пальцем большую каплю пота, скатившуюся из-под волос по лбу.

Навстречу спешил Борис Лукьянович — от нечего делать Артём его подробно рассматривал: брюки клёш, тельняшка, весь полный сил, плечи бугрятся, шея кабанья, уши, как у всех здоровых людей, — маленькие.

— Слушай, ну! — начал Борис Лукьянович ещё за несколько шагов. — Я на тебя прямо-таки любуюсь! Обед, вижу, несут бегом! Что ты им сказал такое на кухне?

Не отвечая, Артём ждал, когда Борис Лукьянович поравняется с ним, и только улыбался.

— Искал тебя, отлично, что нашёлся, — сказал Борис Лукьянович, подойдя и не замечая некоторой взвинченности в лице Артёма, зато обратил внимание на другое: — О, у тебя рукав надорван... Смотри, сейчас будет совещание у Эйхманиса. Скажу, что ты мой помощник, и вместе зайдём, да? Ты хорошо говоришь. Вступишь, если возникнет необходимость. Тем более что там Граков будет всё слушать опять и записывать. Так что нужны правильные речи. Я их не умею.

— И я не умею, — ответил Артём, толком не успевший успокоиться после случившегося.

— Ты всё отлично умеешь! — убеждённо сказал Борис Лукьянович. — ...Без обеда перетерпишь? Я тоже голодный. А после совещания сразу пойдёшь отдыхать.

Артём понадеялся, что блатные ушли: но нет, так и сидели там же. Вскинулись удивлённо, леопард встал и почесал в промежности.

— Чего, опять назад? — спросил красноармеец Артёма.

Поискав, Артём нашёл в кармане пропуск — весь в горчице и сальных пятнах.

— На суп его можно пустить, — сказал красноармеец, возвращая бумагу.

Вздохнув, Артём шагнул за Борисом Лукьяновичем.

Блатные поднялись и медленно тронулись им навстречу.

— Почему не в роте? — заорал на них вдруг налетевший, как вихорь, Бурцев. — Наряд отменили? Здесь объявили привал? Или открыли бульвар?

Ксива при виде Бурцева сдал два шага назад, Шафербеков — один.

— Ты кто такой? — заорал Бурцев на Жабру. — Какая рота?

Жабра шмыгнул носом и быстро пошёл в сторону лазарета, напряжённый всем лицом, будто пересчитывая зубы во рту.

Ксиву с Шафербековым Бурцев так и не тронул, а на леопарда замахнулся стилетом:

— Пошёл прочь, дрянь!

Через полминуты все разошлись, остался один Бурцев, Артём с Борисом Лукьяновичем прошли мимо.

Сапоги на Бурцеве были новые, отличные и начищенные до блеска.

С Артёмом он не поздоровался.

* * *

Прошли через монастырский двор и вышли с другой стороны — Управление лагерем располагалось в здании на причале. Через эти ворота заключённых не выпускали, но Борис Лукьянович, видимо, имел особый документ.

Кабинет у Эйхманиса был просторный, полный воздуха. На столе стоял графин с чистой водой. Портретов на стенах не было, только самодельная карта Соловецкого острова с многочисленными флажками.

“Кто-то из заключённых рисовал наверняка”, — подумал Артём.

Когда входили, Эйхманис поднял глаза и ничего не сказал.

При ярком дневном свете стало заметно, что он загорелый. Волосы ровно зачёсаны назад, высокий голый лоб с белой, у самых волос, полоской — видимо, иногда на жаре ходил в кепке или фуражке. Глубокая морщина между бровями. Крупные поджатые губы. Неподвижный взгляд направлен прямо на Бориса Лукьяновича.

Что-то в нём было такое... Артём поискал подходящее слово... Словно он был иностранец! Каждую минуту ожидалось, что вдруг он перейдёт на свою, родную ему, речь, и совсем не латышскую, или немецкую, или французскую — а какую-то ещё, с резкими, хрустящими, как битое стекло, повелительными словами.

Отдельно в уголке сидел Граков, с чрезвычайно осмысленным видом делая заметки в своём блокноте.

— ...Фёдор Иванович, я знаю, что артистам теперь положен доппаёк, артистов сняли с работ... но нам, спортсменам, я считаю, нужен тройной паёк. Хотя бы до соревнований.

У многих недостаток веса... Это может сказаться... — чуть стесняясь, но в то же время настойчиво, словно принуждая себя произнести всё, что считал нужным, говорил Борис Лукьянович.

— Борис Лукьянович, с вашей командой только одна проблема, — громко, словно бы на плацу, с чуть нарочитой резкостью отвечал Эйхманис, несмотря на то что ему, судя по всему, происходящее казалось забавным. — Двадцать три из двадцати семи предполагаемых участников соревнований находятся здесь по статье "Терроризм".

Борис Лукьянович потрогал дужку очков, как бы желая их снять, но раздумал, будто решил: а вдруг не увижу что-то важное?

"Насколько Борис Лукьянович смотрится меньше рядом с Эйхманисом, — отметил Артём. — Или это власть? И если бы на месте Эйхманиса сидел Борис Лукьянович?.. Я бы воспринимал всё иначе?"

— Терроризм! — повторил Эйхманис и поднял карандаш вверх, покрутив им лёгким круговым движением с таким видом, словно готовился бросить в дальний угол кабинета, или в Гракова, которого просто не замечал.

Артём некстати вспомнил, что Галя тоже всё время разговаривала с карандашом в руке.

— У нас что, нет других преступников? — спросил Эйхманис; он чуть ослабил пальцы, карандаш скользнул вниз, Эйхманис поймал его за самый кончик и покачал в воздухе, словно это была стрелка часов; в его неосмысленной игре было симпатичное мальчишество. — Воры есть? Есть. Грабители есть? Есть. Мошенники есть? Оч-чень много! Так почему ж вы набрали одних террористов? Это самая любимая ваша статья Уголовного кодекса? Или вы готовите нам какой-нибудь сюрприз к годовщине Октября?

Борис Лукьянович кашлянул и посмотрел по сторонам — Артём догадался, что тот ищет стакан: ему захотелось воды. Но стакан был только у Эйхманиса.

— Иван! — крикнул Эйхманис куда-то, легко пристукнув ладонью о стол; Борис Лукьянович и Артём вздрогнули, в стакане Эйхманиса мягко качнулась вода. — Кружку принеси, будь добр!

Эйхманис, несмотря на то что обожал муштру, построения и военные смотры, сам был в гражданской одежде. Который раз Артём его видел — и всякий раз это отмечал: в то время как вся лагерная администрация носила форму, он появлялся на людях то в свитере красивой вязки, то в одной тельняшке, а сейчас сидел в элегантном пиджаке, три верхние пуговицы на рубашке были расстёгнуты, виднелась крепкая шея — вместе с тем было в нём что-то молодое, почти пацанское.

Артём поймал себя на чувстве безусловно стыдном: в эту минуту Эйхманис ему по-человечески нравился.

Он так точно, так убедительно жестикулирует, и за каждым его словом стоит необычайная самоуверенность и сила.

Если б Артёму пришлось воевать — он хотел бы себе такого офицера.

Принесли кружку, Эйхманис резко, по-хозяйски передвинул графин со своего стола на стол совещаний, стоявший впритык.

— Понимаете... — начал Борис Лукьянович, наполнив себе кружку и бережно отпив; было видно, что ему трудно объясняться. — По статье "Терроризм" чаще всего попадаются... студенты. Если студент идёт в террористы — он, как правило... в неплохой физической форме. То есть, многие из них готовят себя...

— Ну да, готовят, — в тон Борису Лукьяновичу и вроде бы без раздражения сказал Эйхманис, но Артём почувствовал, что физкультурник опасается поднять глаза на начлагеря.

Борис Лукьянович снова на несколько секунд замолчал.

— Чего не скажешь ни о рабочих, — закончил он наконец, — ни о крестьянстве... Ни о нэпманах. Ни о большинстве уголовников — у многих из которых здоровье уже подорвано. Есть, я догадываюсь, среди каэров люди, которые могли бы нам...

— Да-да, террористов из новых и каэров из бывших, — засмеялся Эйхманис; Артём наконец решился на него мель-

ком взглянуть и сразу встретился с ним взглядом: глаза начлагеря были серые, чуть надменные и чуть усталые, зато
с пушистыми и длинными ресницами: как он их уберёг до
своего возраста, неясно. Он что, никогда не прикуривал на
ветру?

Смех у него звучал так, что было понятно: смеётся в его
кабинете только он один, всем остальным это делать необя-
зательно.

Зубы у Эйхманиса были ровные, уши твёрдые, как бы вы-
резанные резцом, на подбородке заметная ямочка... и только
скошенная, ускользающая какая-то линия скул, снова замеченная Артёмом, чуть портила впечатление. С такими скулами сама голова Эйхманиса казалась недостаточно крупной
для его тела и напоминала что-то вроде морского валуна, который долго обтачивало море, а потом сплюнуло, сгладив то,
чему нужно бы выглядеть резче и очерченней.

— ...это будет славная компания, — закончил Эйхманис
и тут же спросил у Артёма, впервые переведя на него взгляд. —
Вот вы за что сидите, Артём?

Артём едва не поперхнулся, услышав своё имя, — он точно
помнил, что Борис Лукьянович представил его просто как помощника, никак не называя, да и глупо было бы знакомить
начлагеря с рядовым заключённым.

Это знание Эйхманиса могло означать всё что угодно —
но Артём явственно почувствовал оглушительную гордость:
его знают! Он замечен!

— Я? — переспросил Артём, что вообще было не в его при-
вычках.

Эйхманис коротко и терпеливо кивнул: да, вы.

— За убийство, — сказал Артём.

— Бытовое? — быстро спросил Эйхманис.

Артём кивнул.

— Кого убили? — так же быстро и обыденно спросил Эйхманис.

— Отца, — ответил Артём, почему-то лишившись голоса.

— Вот видите! — обернулся Эйхманис к Борису Лукьяновичу. — Есть и нормальные!

Борис Лукьянович посмотрел на Артёма и ничего не сказал, только ещё раз выпил воды.

Граков не отрывал глаз от блокнота и, кажется, даже не писал, а рисовал или черкал что-то.

— У меня есть предложение, — вдруг нашёлся Артём, чтоб перевести на другое внимание Эйхманиса и Бориса Лукьяновича. — Может быть, имеет смысл подключить Информационный отдел и посмотреть в делах? Там может обнаружиться информация о людях, которые занимались спортом, но по тем или иным причинам не объявили о своём желании участвовать в соревнованиях. Их можно отдельно и настойчиво попросить. Просто нужно знать, кого именно.

— Иван! — позвал Эйхманис, и тут же в дверях появилось лицо секретаря. — Пошли вестового в ИСО, пусть Галину вызовет.

— Идея очевидная, а в голову не пришла. Спасибо, Артём, — сказал Эйхманис совсем просто, и Артём с трудом не покраснел от удовольствия, но начлагеря уже обращался к Борису Лукьяновичу. — Итак, пайками обеспечим. По общему составу участников ещё проведём работу. А теперь общая организация. Слушаю вас внимательно...

Борис Лукьянович подробно отчитался: перед каждым смысловым абзацем он набирал воздух, словно ему всякий раз нужно было доплыть до следующего раздела.

Эйхманис больше его не перебивал.

Артём с некоторым сомнением думал, а не обернётся ли его инициатива новой, отдельной встречей с Галиной, которую он нисколько не хотел видеть.

Она всё не шла.

В разговор ему пришлось вступить ещё раз, когда заговорили о воспитательной нагрузке соревнований, — тут Граков по-новому приосанился и с шумом перелистнул свои каляки-маляки, открыв чистый лист.

Артём уже придумал несколько трескучих лозунгов для соревнований и сразу же предложил их на выбор. Ни души, ни сердца он в это не вкладывал — оттого подобная деятельность давалось ему особенно легко. Но Эйхманис отнёсся к предлагаемому более чем серьёзно и записал себе каждый лозунг, сокращая слова и целые предложения, в чём легко обнаружились навыки студента, когда-то всерьёз посещавшего лекции. Граков, заметил Артём, записывал куда более полно и совершенно не поспевал, понапрасну надеясь на свою память.

В конце встречи, безо всякого пафоса, Эйхманис подытожил общую картину и набросал несколько тем, чтоб Борис Лукьянович подумал.

Речь его выдавала человека собранного и внимательного. Когда все поднялись, Эйхманис ещё раз переспросил:

— Вы, Артём, отвечаете за общую дисциплину, но и в соревнованиях тоже принимаете участие?

— Так точно, — спокойно ответил Артём, уже освоившись.

Эйхманис окинул его изучающим взглядом, и Артём тотчас догадался, о чём начлагеря собирается его спросить.

— Бокс, — сказал Артём, чуть улыбнувшись.

Эйхманис кивнул.

— Галина, видимо, у нас чем-то занята, — сказал он. — Вас к ней сведут, она тем временем подготовит нужную информацию по спортивным кадрам.

Артём хотел было сказать: "Да мы знакомы с Галиной!", но сразу же передумал.

В коридоре, дожидаясь, когда вызовут, сидели священник, молодой парень, по виду из леопардов, и каэр — выправка и взгляд выдавали его.

Все трое внимательно осмотрели Бориса Лукьяновича, Артёма и Гракова.

Артём, не в силах сдержаться, нёс на лице печать посвящённости в неведомые обычным лагерникам вопросы.

Что до Бориса Лукьяновича, то он вообще не заметил других посетителей, а просто был озабочен.

* * *

— Сегодня у Мезерницкого посиделки, пойдёмте? — предложил Граков Артёму на улице. — Он о вас хорошо говорил.

Они смотрели на море. Над водой летала — то снижаясь, то взмывая, — словно раскачиваясь на невидимых качелях, чайка.

Артём расценил уважительное обращение к нему Гракова как ещё одно доказательство своего нового положения.

— Да? — приветливо переспросил Артём. — А во сколько?

Он вдруг раздумал бояться блатных — кто его тронет после того, как Эйхманис называл его по имени? Артём может растоптать их всех.

"А то, что Борис Лукьянович узнал, за что сидит лагерник Горяинов, — так мало ли кто и за что здесь сидит", — отмахнулся от себя Артём.

По крайней мере, расстались они нормально. "Неплохо вы придумали с поиском новых кадров", — сказал Борис Лукьянович, не очень, впрочем, уверенный, судя по его внешнему виду, в том, что сам произносил.

Да и ладно, решил Артём. Главное, что Эйхманису понравилось.

"А то, что тебя опять к Галине приведут? — ещё раз спросил сам себя. — Означает ли это, что ты полный кретин со всеми своими предложениями?"

"А зачем ей меня делать стукачом, если я и так работаю по отдельному указанию начлагеря?" — с некоторым вызовом ответил себе Артём.

В общем, успокоился: расклад вроде неплохой — даже хороший расклад.

Он шёл к своему корпусу — уверенный, сильный. Чайка настырно кружила прямо над головой — подпрыгнул и едва не попал ладонью ей по хвосту.

Оставался один вопрос: звать ли Осипа.

"Нужен мне этот невротик или нет? — спрашивал себя Артём. — Разве дело, если каждый будет со своими друзьями приходить?.."

Он благоразумно решил не вспоминать, как Василий Петрович в прошлый раз его самого позвал к Мезерницкому.

"К тому же он так дурно и глупо говорил про Эйхманиса — ничего в нём не понял, — размышлял Артём, имея в виду

Осипа, и всё пытаясь придумать вескую причину, чтоб идти одному. Хотя при чём тут Эйхманис — ты же не к Эйхманису идёшь на посиделки", — тихо издевался сам над собою.

Осипа он позвал, конечно.

Тот вернулся с работы привычно раздражённый: Артём заранее знал, что Осип сейчас начнёт ругаться на отсутствие нужного инструмента, или на глупейшие лагерные ограничения, или на хамство администрации, поэтому прервал это всё сразу:

— Осип, а нас пригласили в гости! — объявил торжественно, похрустывая морковкой: пообедать сегодня он так и не успел.

Осип, щурясь, некоторое время смотрел на Артёма. Потом ответил:

— Думаете, это уместно?.. Я, наверное, не хочу никуда.

— Пойдёмте, — уверенно сказал Артём. — Нас там отлично накормят... Но мы и с собой принесём кое-чего, — с этими словами он выдвинул свой сухпай из-под лежанки.

Осип заглянул в сухпай, как будто там могло обнаружиться что-то новое и необычное.

...В келье Мезерницкого уже сидели фельетонист Граков и Василий Петрович: Граков — на лежанке, Василий Петрович — у окна на стуле; сам хозяин выступал перед ними.

Артём едва сдержался, чтоб не захохотать, как ребёнок, — он был необычайно рад увидеть своего старого товарища. И Василий Петрович тоже вспыхнул глазами: как если бы дунули на угли.

"Ах, Артём, милый Артём", — говорил весь вид Василия Петровича.

— Была империя, вся лоснилась, — рассуждал Мезерницкий, размахивая руками; ногти у него по-прежнему были нестриженые и с чёрной окаёмкой. — А вот Соловки. И всем тут кажется, что это большевики — большевики всё напортачили, — Граков, слушая Мезерницкого, смотрел в стол, чуть подрагивая бровями, словно у него был тик. — А это империю вывернули наизнанку, всю её шубу! А там вши, гниды всякие, клопы — всё там было! Просто шубу носят подкладкой наверх теперь! Это и есть Соловки!

Осип с минуту озирался по сторонам, пока внимание его не остановилось: на столе была разложена разнообразная снедь.

Василий Петрович встал, молча зазывая Артёма на своё место, с таким видом, словно сам сидел тут не первый час и уже притомился отдыхать, в то время как уставшему с дороги Артёму обязательно нужно присесть.

Всё это, конечно, растрогало Артёма ещё больше. Он положил завёрнутую в бумагу рыбу на стол и крепко обнялся с Василием Петровичем.

— Вы, что ли, не видитесь в роте? — серьёзно, с едва различимой иронией спросил Мезерницкий.

— Меня перевели... — ответил Артём. — Это мой друг Осип, учёный.

— "...И днём и ночью кот учёный всё ходит по цепи кругом..." — сказал Мезерницкий, протягивая руку Осипу. Тот пожал её с некоторым неудовольствием.

— Я вам вещи принёс, Артём. А то вы всё не заходите, — негромко сказал Василий Петрович. — Впрочем, и правильно делаете.

Артём почувствовал, что от Василия Петровича — пахнет. Запах был неприятный, но странно знакомый.

"Да это ж запах барака! Моей двенадцатой роты! — догадался Артём. — Когда ж я успел отвыкнуть?"

И даже как-то легче стало, и отлегло: "...Да обычный запах!.." — даже не подумал, а скорей приказал себе Артём. Приказал и подчинился.

— ...прозревали, какой он — народ, — продолжал о своём Мезерницкий, раскладывая принесённые гостями яства в разные стороны: это порезать, это почистить, это на салат, это на потом. — Может, он такой? Может, он сякой? И тут их наконец привезли посмотреть, какой он — народ. Они и прозрели! Только прозрели — во тьму! Прозрели — во тьму! Видят мрак! И пытаются теперь его описать соответствующим образом: народ — он, знаете ли, тёмный и безмолвный. "Да, тёмный и ещё страшный!" "Действительно, тёмный, страшный и как-то душно пахнет!" "И ещё колючий! Пахучий и колючий!" А это шуба, вывернутая наизнанку! Носили эту шубу на себе и не знали, что за дух там стоит в рукавах и под мышками!

— Это что? — спросил Осип, показывая пальцем.

— Это, — прервался Мезерницкий, кстати, совершенно не обидевшись, что его прервали, — тюленье мясо, — и тут же спросил у Артёма: — А вас куда перевели?

— Во вторую, — сказал Артём, улыбаясь.

— И чем теперь занимаетес? — спросил Мезерницкий, без мягкого знака в конце слова.

— Придумываю лозунги, — ответил Артём, продолжая улыбаться.

Мезерницкий, своеобразно сложив губы, покивал: да, мол, неплохо.

— Проще, чем на баланах? — спросил.

— Несколько проще, — столь же серьёзно ответил Артём.

— Мезерницкий, вы вот говорите: прозрели на Соловках. По-моему, была возможность увидеть и понять народ в Гражданскую? Разве нет? — сказал с улыбкой Василий Петрович.

— Нет, не говорите, — ответил Мезерницкий, тут же отвлёкшись от Артёма, и Артёму всё это казалось замечательно милым: разговор всех со всеми одновременно. — Во-первых, война, там другие обстоятельства. Там куда меньше быта. Во-вторых, даже на войне, где хватало всевозможного сброда, такого разнообразия типажей, как на Соловках, было не найти, тем более что иных типажей и не существовало тогда вовсе. Да, отчасти знали мужика и рабочего. Казака и осетина. Священника. Сироту. Прочее. Но на войне, как ни странно, люди всегда представляются чуть лучше, чем они есть: их так часто убивают, это очень действует — по крайней мере, на моей памяти нас убивали чаще, чем мы, и я так и не разучился огорчаться по этому поводу. Может быть, оттого, что тех, кого мы убивали, — мы не знали вовсе, а порой и не видели вблизи их смерть; зато тех, кого убивали из нас, — мы знали близко и видели исход всякой души.

Зашёл, совершенно не ожидаемый Артёмом, Моисей Соломонович и всем очаровательно сделал руками и глазами: сидите-сидите-сидите, я буду очень незаметный.

Мезерницкий кивнул ему, как знакомому, и начал ловко нарезать тюленье мясо.

Граков даже привстал, чтоб видеть это.

Артём обратил внимание на его щёки — всегда словно расслабленные, как у спящего.

Моисей Соломонович, стоя у дверей, облизал губы, будто готовясь запеть и борясь с этим желанием.

— А тут, я говорю, тюрьма... — продолжал Мезерницкий, — ...и люди вдруг оборачиваются другими сторонами. Мы крайне редко убиваем друг друга тут, зато трёмся, и трёмся, и трёмся всеми боками, не в силах разминуться, — и вдруг прозреваем суть. Это как если бы мы были посажены в полный трамвай, и он сошёл с ума и вёз бы нас целый год или три. Поневоле приходится привыкать друг к другу... Здесь мы познакомились со своими вчерашними врагами в упор и начали даже делить с ними хлеб. Здесь мы остались почти голые — у большинства из нас нет ни званий, ни орденов, ни регалий, только сроки. Здесь мы узнали советского нэпмана и советского беспризорника — эти человеческие виды лично мне были неизвестны доселе. Здесь я увидел лагерную охрану и конвойные роты — а это есть идеальный образчик трудового народа, на время, с тоскою в сердце, оставившего плуг и токарный инструмент.

Граков на этих словах быстро перевёл взгляд с тюленьего мяса на Мезерницкого и обратно.

“...Слишком быстрые глаза при таких медленных щеках...” — отстранённо подумал Артём.

Осип, напротив, теперь уже с интересом прислушивался к Мезерницкому, позабыв о тюленьем мясе.

— Вам не кажется, что это не столько народ, сколько плесень на нём? — красивым своим и глубоким голосом сказал Моисей Соломонович. — А разве мы можем судить о вкусе сыра по плесени на нём?

— Есть такие сыры — с плесенью, — сказал Мезерницкий.

— Боюсь, что советская власть готовит другой вид сыра, в котором плесень будет исключена, — сказал Моисей Соломонович. — ...Только молоко! Новый народ — только молоко и сливки. Никакой плесени.

Василий Петрович внимательно смотрел на Моисея Соломоновича. Что-то в его взгляде было... нехорошее.

Моисей Соломонович, испросив разрешения, начал помогать Мезерницкому готовить и накрывать на стол, и свершал это не без остроумной ловкости.

Граков поинтересовался у Осипа, как идут дела в изучении морских водорослей: стало понятно, что они уже встречались и на эту тему имели некоторые беседы.

— ...Вы же так не доживёте до конца своего срока, — тихо, но разборчиво, сквозь общий шум, выговаривал Василий Петрович Артёму. — Вас точно хотят убить. Вы как-то заигрались во всё это. Я даже не знаю, чем вам помочь.

— Василий Петрович! — Артём даже боднул лбом товарища в его многомудрый лоб, чего до сих пор себе не позволял. — Не портите мне моё июльское, зелёное настроение! Да и не случится ничего со мной...

Василий Петрович внимательно посмотрел прямо в глаза Артёму и только вздохнул.

Артём порылся в принесённом мешке: если что и боялся он потерять, так это присланную матерью домашнюю подушечку — отчего-то она была ему дорога: он даже и не клал её под голову, а куда-то прятал под сердце и так спал на ней; да и то не всегда. Подушечка, в пёстренькой наволочке, была на месте. Правда, тоже пахла бараком.

Между тем Моисей Соломонович, незаметно для себя, тихонько запел:

— ...Мане что-то скучно стало: "Я хочу, хочу простор... чтоб шикарная коляска... с шиком въехала во двор..."

Мезерницкий, озирая стол, яростно потирал руки.

— Ах, всё Мане нудно стало: платье лёгкое, как пух, итальянские картинки надоели Мане вдруг, — красиво, в нос выводил Моисей Соломонович.

Эту песню исполнял он так, словно шмары и шалавы всея Руси попросили Моисея Соломоновича: расскажи о нас, дяденька, пожалей.

Дяденька некоторое время жалел, и потом, незаметно, начинал петь совсем другое, неожиданное.

Когда попадалась Моисею Соломоновичу русская песня, казалось, что за его плечами стоят безмолвные мужики — ратью чуть не до горизонта. Голос становился так огромен и высок, что в его пространстве можно было разглядеть тонкий солнечный луч и стрижа, этот луч пересекающего.

Если случался романс — в Моисее Соломоновиче проступали аристократические черты, и, если присмотреться, можно было бы увидеть щеголеватые усики над его губой, в иное время отсутствующие.

Лишь одно объединяло исполнение всех этих песен — верней, от каждой по куплетику, а то и меньше — где-то, почти неслышимая, неизменно звучала ироническая, отстранённая нотка: что бы ни пел Моисей Соломонович, он всегда пребывал как бы не внутри песни, а снаружи её.

— Перевели нашего тенора, — сказал Василий Петрович Артёму. — Теперь он по кооперативной части.

Моисей Соломонович, между прочим, принёс с собою дюжину пирожков с капустой и ещё столько же с яйцом.

Стол был не то чтоб очень богатый, зато разнообразный, уставленный и уложенный сверх меры.

— Всё это поедать одновременно не есть признак воспитанного человека, а вот если с чаем — тогда другое дело, — объявил Мезерницкий. — Тогда сочетание рыбы, пирогов с капустой, тюленьего мяса, брусники и моркови становится вполне уместным. Посему, Граков, идите за самоваром — он клокочет на печи в коридоре.

— А что у вас аналой? — спросил Осип Мезерницкого.

— Это не совсем аналой, — ответил Мезерницкий. — Это тумбочка! Приспособили!

Все засмеялись.

Показалось, что самовар окончательно занял оставшееся в келье место, но, когда — "в рифму к аналою", как по-

думал Артём, — появился по-прежнему прихрамывающий
владычка Иоанн, все с воодушевлением потеснились ещё
больше.

— А я вот... конфет, — сказал владычка, выглядывая место,
куда можно насыпать сладкого.

— Конфеты пока держите при себе, — сказал Мезерницкий. — Сейчас мы попросим гостей отведать тюленьего мяса
и на освобождённое место... выложим...

Перед едой только владычка Иоанн и Василий Петрович
перекрестились, больше никто, заметил Артём.

Несмотря на свой зачаровывающий копчёный и солёный
запах, тюленина оказалась безвкусной, как мочалка. Хотя, если закусывать её пирогами с капустой, запивать горячим чаем, получалось совсем даже ничего.

Все жевали, и у всех на глазах стояли слёзы напряжения
и умиления.

— У вас ведь скоро кончается срок, Мезерницкий, — сказал Василий Петрович, который буквально уронил слезу, рас-
правившись с тюленьим мясом.

— И не говорите, Василий Петрович, — как бы невпопад
и оттого смешно ответил Мезерницкий.

— И куда поедете, опять в Крым? — спросил Граков.

Мезерницкий с едким юмором посмотрел на Гракова, одновременно не отказывая себе в пироге с капустой. Так с на-
битым ртом и ответил:

— Как же, в Крым, у меня же там гражданская жена... Оттуда в Турцию, из Турции в Париж, оттуда в Москву и снова на
Соловки... Так и буду по кругу, — и запил всё это чаем.

Моисей Соломонович беззвучно смеялся на слова Мезерницкого, Артёму тоже было смешно. Зато Василий Петрович
совсем не улыбался.

— А всё-таки куда соберёшься, милый? — спросил владычка Иоанн.

— А в Москву, куда же, — спокойно ответил Мезерницкий.

— Какую Москву, бегите в деревню, а то опять за манишку
и в конверт, — сказал владычка Иоанн и даже показал рукой,
как Мезерницкого схватят за манишку. Тут уже все засмея-

лись, даже Осип, которому смех был вообще несвойственен: речь прозвучала из уст владычки крайне неожиданная и оттого ещё более трогательная.

— Вылечили вашу хворь, владычка? — спросил спустя минутку Артём у батюшки Иоанна.

Все уже были распаренные и понемногу наедались. Самый крепкий аппетит оказался у Моисея Соломоновича и Осипа, который был сегодня неразговорчив — видимо, предпочитал одного внимательного собеседника сразу нескольким шумным.

— Нет, милый, — ответил владычка, — Зиновия выписали. А мне только разрешают погулять на свежем воздухе — размять колено. Вот я к вам и завернул по приглашению Василия Петровича, — и кивнул Василию Петровичу.

Открылась дверь, и Артёму пришлось ещё раз удивиться — на этот раз Бурцеву.

"С другой стороны, он же тут был — отчего бы ему не зайти, — сказал себе Артём, спокойно глядя на Бурцева. — Тут никто не в курсе твоих с ним проблем".

Бурцев разом измерил взором всех гостей — тем особым образом, который даёт возможность ни с кем отдельно не соприкоснуться глазами.

— У вас тут... аншлаг, — сказал он.

Бурцеву места действительно не было, но, кажется, Мезерницкого это нисколько не расстроило.

Владычка Иоанн порывался подняться, а Моисей Соломонович — вообще выйти из-за стола, захватив, правда, с собою две конфеты, но Мезерницкий встал напротив Бурцева так, чтоб остановить любое движение за своей спиной.

— Давно тебя не было, брат, — сказал Мезерницкий, и Артём сразу почувствовал в его обращении нечто почти уже дерзкое, словно тот захмелел от чая. — Всё в делах?

Бурцев прямо посмотрел на Мезерницого и ничего не ответил.

— Говорят, у тебя теперь новая должность. И, как я догадываюсь, ты пришёл с визитом, дабы я разделил твою радость, — сказал Мезерницкий.

— Мне предложили перейти в Информационно-следовательский отдел, — спокойно ответил Бурцев.

Он вёл себя очень достойно.

— Как ты растёшь, — сказал Мезерницкий. — Скоро Эйхманиса сменишь, если с такой скоростью...

Бурцев ещё раз посмотрел на своего теперь уже бывшего товарища и ответил:

— Я не клоун, Мезерницкий.

Только когда Бурцев вышел, Артём догадался, о чём был этот диалог.

Клоуном сотрудник администрации Бурцев назвал музыканта духового оркестра Мезерницкого.

✳ ✳ ✳

— Давайте-ка я сам, — сказал Борис Лукьянович Артёму. Артём с удовольствием снял перчатки в виде рукавиц и варежек — настоящие, как вчера пообещал Эйхманис, должны были доставить на ближайшем пароходе из Кеми.

— Чемпион Одессы, — кивнул Борис Лукьянович, когда нового кандидата в спортсекцию привели под конвоем.

Артём ничего не ответил, чтоб не выдать словом своих печальных опасений. По озадаченному виду Бориса Лукьяновича было понятно, что одесская школа — это не шутка.

Лоб и нос, плечи и руки — всё выдавало в этом парне состоявшегося боксёра. Когда он снял свой замусоленный пиджак, стало совсем неприятно: мышцы его напоминали те мокрые и десять раз перекрученные рубахи, которые Артём когда-то выжимал вместе с матерью.

К тому же парень был взбешён тем, что его вытащили из роты. Ни с кем соревноваться он желания не испытывал. Но и сдаваться тоже, похоже, не собирался.

На Бориса Лукьяновича поглядывал с неприязнью. На Артёма вообще не смотрел.

Поединок начался так стремительно, что, казалось, вот-вот и закончится.

Борис Лукьянович, до сих пор смотревшийся как самое идеальное среди всех спортсменов сочетание скорости и силы, теперь выглядел мясисто, медленно и озадаченно.

Одесский чемпион бил сразу и со всех сторон, словно у него было шесть рук, и каждая оспаривала право быть самой быстрой и дерзкой.

Через минуту, к удивлению Артёма, Борис Лукьянович начал немного раздражаться, но поделать всё равно ничего не мог: достаточно было и того, что он до сих пор не упал, хотя один глаз у него уже заплыл и ухо пылало, как поджаренное.

Вообще, ничего не мешало ему сказать: спасибо, голубчик, мы вас берём, — но Борис Лукьянович, похоже, немного потерял рассудок от частых зуботычин.

Чемпион дышал через нос — и самое дыхание его было злое, раздражённое, жаждущее унижения соперника.

— Здесь нет канатов, — бросил он с презрением. — Не соизволите ли соблюдать хотя бы видимость квадрата? Я не бегун, чтоб вас догонять.

Донельзя обиженный этими словами, Борис Лукьянович кинулся на чемпиона и через мгновение лежал поверженный и распахнувшийся настежь всеми руками и ногами.

Артём присел возле, похлопал по щеке, позвал — слава Богу, тот начал выплывать, постепенно осознавая смысл предметов, звуки, цвета, причину нахождения Артёма рядом.

Через минуту он сел, придерживая себя за виски кулаками.

Чемпион, сняв рукавицы с варежками, с необычайной брезгливостью побросал их прямо на землю, встал спиной к Борису Лукьяновичу, натянул свой пиджак и красиво засунул руки в карманы.

Борис Лукьянович жестом попросил у Артёма очки — так, словно без очков не умел разговаривать.

— Отлично работаете, — сказал он громко. — Вынужден ходатайствовать о переводе вас в спортсекцию.

— Мне отвратительна вся ваша показуха, — сказал чемпион.

— Вы отказываетесь? — спросил Борис Лукьянович.

Чемпион некоторое время молчал.

Борис Лукьянович успел за это время подняться, не отказавшись от помощи подавшего руку Артёма.

— Мне всё равно, — сказал чемпион.

— Вот и договорились, — равнодушно бросил Борис Лукьянович и ушёл в спортивную, уже под крышей, казарму. Махнул Артёму: идёмте, мол, на пару слов.

— Артём, вы ему не противник, — сказал Борис Лукьянович просто. — Во-первых, он тяжелей вас... Но дело, конечно, не только в этом... Вам надо искать противника по вашей силе и вашей подготовке. А то получится быстрое и бесславное избиение. Соответственно, нужен противник и для него.

Артём молчал и слушал: а что было сказать?

— И, кажется, тут есть ему пара, — спокойно продолжал Борис Лукьянович, иногда чуть морщась от боли в голове. — К нам прибыл один британский шпион. Я по его посадке уже определил: может...

— А если мне не найдут пары? — наконец решился спросить Артём.

— Лучше тогда оставить вас при спортсекции как тренера и моего помощника, — ответил Борис Лукьянович и, взглянув на Артёма, добавил: — В роту не пойдёте пока, не переживайте. Впрочем, вы сами понимаете — это всё ненадолго.

— Тут ненадолго, там ненадолго — а срок он тоже, знаете, не навсегда, — ответил очень довольный Артём.

Ему никогда не нужно было многого для радости.

Борис Лукьянович всё пытался получше пристроить очки — будто лицо у него несколько изменило форму, вследствие чего очки стали и малы, и ещё как-то, что ли, угловаты.

— Думаю, надо тогда в ИСО идти, — сказал он, трогая поочерёдно нос и ухо, — запросите там, кого они ещё могут нам предложить. Фамилию шпиона я вам сейчас запишу, всё время забываю...

Артём шёл в кремль и чувствовал, какое у него превосходное настроение.

Разбирать его на составляющие не было никакой необходимости. Когда так много мирской мерзости клубится вокруг — только и остаётся, что нести ласковую улыбку поперёк лица.

“...Вот я сам иду к Галине... — думал Артём словно бы в полудрёме; денёк был тёплый, пригожий, солнце — разнеженное, комары — медленные, — ...иду к Галине, и что-то там будет... а по дороге меня может встретить Ксива с ножом... и Жабра с кольём... и Шафербеков с костылём... а я иду себе... Я себе иду”.

На посту в ИСО сидел всё тот же морячок с наглой мордой и чёрными зубами.

Артём вдруг понял, что не знает ни фамилии, ни должности Галины.

Раздумывать было некогда, поэтому он так и сказал:

— Мне к Галине.

— Её нет, — ответил моряк и встал, чтоб перекурить на улице. Шёл прямо на Артёма — стоять на пути не имела смысла, и Артём волей-неволей поспешил на воздух. Морячок всё равно его подтолкнул, просто из вредности и хамства.

“Как бы хорошо было развернуться и зазвездить ему в зубы”, — подумал Артём без обиды.

И чтоб окончательно себя ублажить, неожиданно решил: “А я в библиотеку пойду! И никто и не заметит, что нет меня...”

За всё время своего срока Артём ещё ни разу не был в библиотеке и пребывал в уверенности, что туда так просто не попасть.

Но нет, никто его не остановил.

Он прошёл в читальный зал — там сидели то ли лагерники, то ли вольнонаёмные, листали журналы, на Артёма никакого внимания. Всё было так обыденно — и поэтому удивительно.

Артём подошёл к заведующему библиотекой — судя по внешнему виду, священнику.

— Добрый день, молодой человек, — сказал он. — Что желаете? Вы, как я понимаю, ещё не записаны здесь?

— Нет, я впервые, — тихо ответил Артём, даже поёживаясь от удовольствия.

— Какая рота?

Артёма быстро оформили и завели на него отдельный формуляр.

— Мне бы стихов, — сказал Артём так, словно просил конфет.

— Чьих? — спросил его библиотекарь.

— А любых, — всё тем же счастливым шёпотом ответил Артём.

Ему и принесли — несколько рваных книжиц: Некрасов, Надсон, том из собрания Брюсова, стопку "Красной Нови", ещё что-то с разнокалиберными буквами, то сидящими, то стоящими друг у друга на головах.

Сел возле окна. К окну прилетела чайка, постучала клювом: дайте корма. Приглядывалась наглым глазком.

Артём даже не стал читать всё, а просто листал и листал все эти журналы и книжки — прочитает две или три строки, редко когда целое четверостишие до конца — и снова листает. Как будто потерял какую-то строку и хотел найти.

Без смысла повторял одними губами стихотворную фразу, не понимая её и не пытаясь понять.

"...Чьи ноги по ржавчине нашей пройдут?.." — шептал Артём, и лицо его было таким, словно он произносил вслух изначально неразрешимую задачу по геометрии.

И не заметил бы, как начало вечереть, — голод о себе напомнил.

Так и вышел с этой строкой на улицу: "...чьи ноги... по ржавчине... нашей... тьфу ты. Ноги какие-то, ржавчина. Что я скажу Борису Лукьяновичу? А скажу что-нибудь. Пойду-ка я лучше куплю себе мармелада к вечернему чаю..."

Ларёк в кремле был уже закрыт.

В тот, за пределами кремля, магазин, куда Артём уже повадился ходить, он не решился отправиться — путь пролегал мимо спортсекции, могли заметить — неудобно же.

Артём вспомнил, что здесь имелся ещё один магазин — "Розмаг" на причале, в торце Управления СЛОНа: он его заметил, когда ходили с Борисом Лукьяновичем к Эйхманису.

Торговали там, правда, только для вольнонаёмных, конвойного полка и чекистов — но Артём почти как вольный себя и чувствовал — после библиотеки... по крайней мере, очень хотел это почувствовать и рад был обмануться.

В пропуске у него значилось, что ему запрещён выход к морю, — но он же не к морю, он в Управление, где и так уже бывал.

Этот "Розмаг" был побогаче: у Артёма на миг дыхание перехватило от вида печёнки — ах, как хочется жареной печёнки! — сливочного масла, копчёной колбасы, коробок с чаем.

Впрочем, вида показывать было нельзя, и он поспешил к прилавку; впереди стоял только один красноармеец из роты охраны, продавец насыпа́л ему леденцов и на Артёма не смотрел.

Когда красноармеец, пересыпав леденцы в карман, вышел, Артём решительно ступил к прилавку, но не успел открыть рот, как продавец его осадил:

— А ты откуда, парень?

— Освобождён по амнистии, остался вольнонаёмным! — вдруг браво соврал Артём, чего не ожидал от себя и мгновение назад. — Будем знакомиться! Леденцов хочу.

На самом деле он хотел печёнки, но её покупка показалась Артёму куда более серьёзным шагом — который немедленно бы вскрыл его обман, а леденцы — что леденцы, ерунда.

Кажется, во всём этом был смысл, потому что продавец, на лице которого, с подзастывшей ухмылкою, ещё читалось некоторое недоверие, бросил на весы оставшиеся леденцы вместе с бумажкой, на которой они слипшейся гурьбой лежали.

— Вообще мы закрылись уже, — сказал продавец, втайне недовольный собой.

— Спасибо! — поблагодарил Артём, скорей подсовывая деньги, чтоб продавец, упаси Бог, ничего не спросил: скажем, документ или хотя бы место работы.

Но так и случилось: подавая сдачу, продавец, всё сильнее хмурясь, поинтересовался:

— А куда нанялся-то?

Артём протянул ладонь под сдачу, которую продавец никак не выпускал из своей лапы.

— На Заячий остров, — ответил он, изо всех сил улыбаясь.

— И чем занимаешься?

Артём, продолжая улыбаться, прихватил за кончик бумажный рубль и потянул на себя. Продавец ослабил хватку.

— Шиншилловых зайцев развожу, — сказал Артём, оглянувшись на входе. — Соловецкая порода! Питаются одними каэрами!

На улице, прикрыв дверь, не выдержал и засмеялся.

"Ай! — восхищался. — Ай, какой я!"

Сунул леденец в рот и, в один мах раскусив его, залюбовался на вечернее солнце и золотые воды: такая сладость была во всём.

Где-то поблизости раздался выстрел.

Артём вздрогнул.

Ему не понадобилось времени, чтоб понять случившееся: оно настигло его разом и наверняка.

Под магазином была тюрьма. Туда сажали за самые злостные нарушения режима. И там же время от времени расстреливали.

Расстрел так и называли на Соловках — "отправиться под размах" значило: "под «Розмаг»".

Солнце светило, и кричали чайки, и шумел залив.

Артём поискал глазами, куда полетела человеческая душа. Ведь полетела же куда-то?

Леденец был огромный, отвратительный и липкий. Он заполнял весь рот. Артём явственно почувствовал, что у него кусок мыла во рту.

* * *

Его подняли ночью — стук в дверь был ужасным, Артём никогда бы не подумал, что пótом можно покрыться так быстро.

Или он спал уже мокрым?

Только присев на кровать, понял, что, если б пришли за ним, вести под размах, никто б так бережно, хоть и настойчиво, стучаться не стал — дверь же не запиралась.

— Кто там? — ссохшимся со сна голосом спросил Артём.

Осип спал как ни в чём не бывало. Он на ночь съел все леденцы, которые Артём ему с удовольствием отдал.

— Это я, — отозвались из-за дверей, не называя имени, но Артём и так догадался: Борис Лукьянович.

Поскорей открыл.

— Артём, извините, бога ради, но я ничего не могу поделать. Нам надо идти. Собирайтесь немедленно.

— Что такое? — Мало того что Артём был весь взмокший, у него ещё и сердце поскакало, как мяч, больно задевая о все рёбра.

— Там приехали какие-то чекисты то ли из Кеми, то ли даже из Москвы к Эйхманису в гости, — шёпотом сказал Борис Лукьянович, поглядывая на Осипа; "...в такую минуту — и боится разбудить этого... сластолюбца..." — мельком подумал Артём, сам ещё не зная, в какую именно минуту и что его ждёт. — Видимо, начлагеря хвалился им спартакиадой, и они потребовали немедленного развлечения, — объяснил Борис Лукьянович. — Вам придётся участвовать в поединке.

— С кем? — спросил Артём, перестав натягивать штаны. — С чемпионом Одессы? — Хотя сам успел обрадоваться: "...Ну, хоть не расстрел..."

Борис Лукьянович только кивнул.

Дальше Артём одевался молча. В окошко светило ночное соловецкое солнце, замешенное на свете фонарей. Солнце было как творог, который мать подвешивала в марле — и он отекал бледной жидкостью в подставленную кастрюльку. Цвет этой жидкости был цветом соловецкой ночи.

На улице оказалось свежо, тихо, просторно. Артём подумал, что никогда не видел монастырь ночью.

Чаек не было вовсе.

С интересом выбежала посмотреть, кто идёт, собака Блэк. Повиляла хвостом.

Следом появился олень Мишка, стоявший под рябиной.

"Наверное, гости разбудили наше зверьё, — догадался Артём. — Надо было оставить леденцов олешке. А то скормил всё Осипу..."

— Куда мы идём? — спросил Бориса Лукьяновича.

— В театр, — ответил он. — Там все...

Театр располагался в части бывшего Поваренного корпуса.

Артёма сразу провели в гримёрку.

Он услышал шум на сцене.

— Кто там? — спросил Бориса Лукьяновича.

— Борцы, — коротко сказал он.

В углу гримёрки, закрыв глаза, сидел чемпион Одессы. Лицо у него было бледно и губы плотно сжаты. На челюсти иногда вздувался желвак.

"Он меня убьёт сейчас безо всякого «Розмага»", — спокойно и обречённо подумал Артём.

У зеркала стоял знакомый Артёму гиревик, весь потный и пахнущий. Судя по всему, отработал уже и теперь огорчался тому, как исхудал в последнее время, — таких больших зеркал он давно не видел.

На полу, несколько неуместный, стоял канделябр.

"Реквизит, — понял Артём. — Интересно, если сейчас ударить чемпиона Одессы канделябром по затылку, это может как-то повлиять на исход поединка?"

Привели ещё одного артиста — на этот раз циркача.

Он появился в спортсекции только сегодня утром и пообещал подготовить особый номер: разбивание дикого камня на груди атлета.

"А что без камня? — подумал Артём, попытавшись присесть, но сидеть совсем не хотелось. — И без атлета? Чекиста из зала попросит прилечь на минутку? И как охерачит молотом по груди..."

Хотелось пить.

Да и то не очень.

— Может, размяться? — предложил Артёму Борис Лукьянович без особого энтузиазма.

— Пожалуй, — сказал Артём и решительно встал.

В темноте закулисья он пошёл на шум и полосу противного света: хоть посмотреть, что там.

Там свистели чекисты, а вскоре Артём увидел и борцов: они были голые по пояс и грязные, как чёрт знает что.

Один лежал на животе, поджав под себя ноги и выставив огромный зад, второй силился поднять его, запустив руки под грудь.

Сделав шаг вперёд, Артём увидел и гостей.

Они поставили стол возле сцены. На столе стояли многочисленные бутылки, виднелась нарезанная снедь: зелень, огурцы, колбаса, хлеб.

Человек шесть сидели на стульях. Эйхманис и ещё один, Артёму неизвестный, стояли возле стола со стаканами в руках.

Эйхманис был в форме, но распаренный и с расстёгнутым воротником. Второй — вообще без кителя и заметно более пьяный.

Все были при оружии.

"Господи, зачем я всё это затеял? — затосковал Артём. — Как было просто всё решить, проще не придумаешь — отдавать посылки Ксиве, и всё! Нужны тебе эти посылки? Не сдох бы с голода! Зачем ты сюда вызвался? Ты что, умеешь этот бокс? Ты же ни черта не умеешь!"

— Замолкни! — ответил сам себе вслух.

Пошёл куда-то — надо было куда-то идти, не стоять же на месте.

Только идти оказалось некуда и очень темно к тому же — Артём немедленно налетел на стул, сам едва не упал вместе с ним.

Выпрямился, отряхнулся, почувствовал, как сильно дрожат ноги.

Как передвигаться на этих ногах?

Поднял стул, сел на него. Кажется, так было лучше — в темноте тебя вроде бы и нет, остался один рассудок, но если его погасить, то совсем будет просто.

Попытался вспомнить сегодняшнее, верней, уже вчерашнее стихотворение — ту строчку из него, что какое-то время повторял. Что-то там было про ржавчину и про ноги. Про ржавчину и про ноги. Про ноги и про ржавчину.

"Как это, интересно, может сочетаться? — напряжённо думал Артём. — В одной строчке? Ноги! И ржавчина! И, главное, это нисколько меня не удивляло! Но это же кошмар какой-то! Какая-то ерунда! Господи, напомни, что это была за строка! Это ужасно важно! Ничего не получится, если я её не вспомню!"

— Чёрт! — снова окликнул себя вслух Артём. — Чёрт, да перестань же ты наконец.

Поднявшись со стула, он корил себя молча и злобно.

"А тому, — думал он, — кого застрелили в башку, пока ты ел леденцы, — ему было проще? Ему было легче? Он совсем не волновался? Тебе всего лишь надо выйти на сцену и получить кулаком в морду! Но тебя не убьют! Тебя не расстреляют!"

— Артём! — звал в темноте Борис Лукьянович. — Артём, вы где? Пора!

Снова уронив стул на пол, Артём спешно пошёл на голос.

— Перчаток нет, — суетился Борис Лукьянович рядом со снимающим рубашку Артёмом. — И не привезут. Вот сшили из шинельного сукна, попробуйте.

Артём попробовал. То, что он сам будет бить такими, — ему нравилось. А то, что его, — нет.

Чемпион натянул перчатки совершенно равнодушно.

На Артёма он по-прежнему ни разу не посмотрел.

— Выхода нет. Держитесь. Я буду вместо рефери, — шептал Борис Лукьянович, пока спешили к сцене. — Постараюсь вам подыграть.

— Ну да, — ответил Артём. — Врежьте ему по печени, что ли, когда никто не видит.

На сцене оказалось чуть светлей, чем хотелось бы, пришлось некоторое время привыкать.

У стола стояло уже четверо чекистов, все, кроме Эйхманиса, краснолицые, мясистые — и все жевали.

Эйхманис пустым стаканом показывал на одесского чемпиона и что-то негромко говорил.

Артём нарочно не прислушивался.

Зато он услышал, как Борис Лукьянович просит его противника:

— ...потяните, а? Хотя бы раунд.

Противник не отвечал, постукивая перчаткой о перчатку.

Бой начался, как и предполагалось, ужасно: Артём ощутил себя в центре мясорубки, и то, что он не упал тут же, объективно было чудом.

Выручил Борис Лукьянович, который вмешался при первой же возможности, встав между противниками, снова, негромко, попытавшись сделать внушение чемпиону:

— Я вас прошу, слышите?

Тот просто двумя руками оттолкнул Бориса Лукьяновича, с силой нажав ему на плечи.

— Да и хер с тобой, пёс! — сказал Артём чемпиону.

Тот никак не откликнулся — казалось, что он слабо понимает русскую речь.

"Отстоял полминуты — и хватит!" — отчаянно решил Артём и кинулся навстречу своему позору.

Через семь секунд с кратким восторгом понял, что ему удалось нырнуть и уйти от удара, который сбил бы с плеч башку, как переспелую грушу. До чемпиона он не достал, но хотя бы ретиво изобразил попытку.

Держать противника на расстоянии вытянутой руки не получалось — тот легко пробивал длинный удар хоть с трёх шагов.

Артём старался изо всех сил — и чувствовал своё поразительное бессилие.

Снова вклинился Борис Лукьянович.

— Э! — заорал кто-то с места. — Уйди! Фёдор, пусть он, бля, не лезет! Только мешает!

Эйхманис улыбнулся кричавшему и скомандовал:

— Борис, уйдите в сторону пока. Это же не соревнования!

Артём, упираясь руками в колени, пытался отдышаться, исподлобья глядя на чемпиона, который ровно стоял на месте и, похоже, нисколько не сбил дыхания.

Борис Лукьянович кивнул Артёму напоследок: делать нечего, теперь сами.

Артём ещё раз посмотрел в зал и вдруг увидел до сих пор не замеченную Галину. Она сидела поодаль, держа в руке яблоко. Выражения её лица было не разглядеть.

Дальнейшее Артём помнил только урывками.

Появилось лицо чемпиона, кто-то крикнул с места: "Давай!", Артём, пряча голову и пропуская удар за ударом, снова бросился вперёд с твёрдым намерением выгрызть этому подонку глотку, он точно заметил, что у него получился один удар — снизу, в подбородок, — так что чемпион ступил шаг назад и тряхнул головой, словно пытаясь поставить глаза на место, — и, похоже, поставил.

Потому что дальше Артём видел только потолки и свет кругами.

Удара он не заметил.

Сначала свет был под веками, и круги были красные.

Потом он открыл глаза и круги остались — только превратились в жёлтые.

Сцена под ним плыла.

* * *

Чекисты орали, как большие, мордастые и пьяные чайки, — и голоса у них были довольные.

Артём различил голос Эйхманиса, тоже довольный и возбуждённый.

— Да у них и вес разный! Он тяжелей! Этот легче! Но стоял же! — говорил Эйхманис.

— Стоял-стоял, — ответили в тон Эйхманису. — А потом лежал.

Все захохотали.

Раздалось чоканье.

Борис Лукьянович помог Артёму подняться.

— Ничего, — повторял он. — Ничего-ничего. Очень даже ничего.

Галины в зале уже не было, заметил Артём. Чекистов вообще стало меньше, как будто бы двое или трое вышли. Может, покурить...

— Борис, Артём, спускайтесь сюда, поешьте. Позовите борцов, циркача... — позвал Эйхманис.

— Спасибо, мы... — извиняющимся тоном начал Борис Лукьянович, но Эйхманис просто, словно бы удивлённый, откинул назад голову: "...Что?" — и Борис Лукьянович, даром что близорукий, тут же побежал в гримёрку.

Артёма чуть подташнивало.

— Я только рубашку надену, — сказал он Эйхманису.

— Давай, давай, — ответил тот, улыбаясь.

Когда Артём вернулся, все, кроме одесского чемпиона, уже стояли возле стола. Никто ничего не трогал.

— Наливайте себе, — предложил Эйхманис борцам. — А где этот? Скорострельный? — спросил у Бориса Лукьяновича.

— Умывается, сейчас подойдёт, — соврал тот: Артём видел, что чемпион сидит в гримёрке, на своём же месте, закрыв глаза.

Борцов уговаривать не пришлось, циркач так вообще налил себе стакан всклень, хотя, когда он успел выступить, Артём и не помнил.

— За будущую спартакиаду! — сказал самый крупный чекист, протягивая стакан Эйхманису. — Смотр показал, что... — фразу он не закончил и выпил одним глотком без малого полный стакан.

Эйхманис, в отличие от своего гостя, чокнулся с каждым из лагерных спортсменов и каждому что-то сказал:

— А красиво было... Как вы это делаете?.. Борис, спасибо, всё неплохо... Артём, я понимаю, с кем вы имели дело! За вашу дерзость! Чекисты знают цену дерзости. Она порой стоит очень дорого! Тем более вы чуть не сбили его с ног.

Артём ещё не пришёл в себя толком и никак не мог сообразить, что ему думать о себе и своём поражении: это был полный позор или всё-таки нет?

— Ну, угощайтесь здесь, — сказал Эйхманис на прощание, и чекисты пошли прочь. Только самый крупный, пройдя пять шагов, вернулся и забрал со стола непочатую бутылку.

— Да у меня там... склады, — засмеялся Эйхманис. Глаза его при этом были неподвижны.

— Упьются ещё, — ответил тот. — Слишком жирно ты их.

Артём заметил взгляд Бориса Лукьяновича — он смотрел на говорившего с ненавистью. В руке у него был стакан водки, даже не пригубленный.

— Вот я перечисляю, — продолжил Эйхманис, дождавшись чекиста с бутылкой и уходя вместе с ним. — Борьба. Бокс. Гимнастические упражнения на брусьях и турнике, там тоже есть мастера. Футбол. А в финале — пирамида из всех участников...

Борис Лукьянович с облегчением поставил стакан на стол.

— Не будешь, Лукьяныч? — спросил его один из борцов.

На столе помимо огурцов и колбасы обнаружилась плошка красной икры и плошка чёрной, в банке из-под какао виднелось топлёное масло — вообще не тронутое.

Зато Артём уже знал, что, если топлёное масло намазать на хлебушек да посолить — оно будет вкусней сливочного.

Соль тоже была.

Он урвал себе краюху хлеба и намазал её маслом слоем чуть не в палец, сверху чёрной икрой, а по ней — красной, засыпал всё зеленью и украсил огурцом. Огурец был покусанный чекистами, но это показалось неважным.

— Ещё по одной? — предложил циркач.

Выпили, только Борис Лукьянович снова пропустил — он и не ел ничего, скатал себе хлебный шарик и держал в пальцах.

— Лукьяныч, ты чего? — спросил его один из борцов, уже охмелевший.

— Да я сытый, — ответил тот мягко, но Артём видел, что он брезгует.

Артём вспомнил, что, когда Борис Лукьянович его поднял и он уселся на сцене, вслед за жёлтыми кругами появилось лицо чекиста, который черпал красную икру из плошки рукой — и облизывал потом пальцы.

“Ну и что...” — сказал себе Артём, откусывая хлеб, мажась и собирая свободной рукой икринки, попадавшие на рубаху.

— Я пойду... отнесу в гримёрку ему... — сказал Борис Лукьянович, набирая колбасы, — хлеба уже не было.

"А я ведь пьяный", — с удовольствием подумал Артём; он не запомнил вкуса ни первого стакана водки, ни второго, но тут вдруг пришла обратная волна, и сразу стало весело и душевно, и в груди образовался ватный, щекотливый, ласковый клубок — захотелось кого-нибудь обнять, и чтоб случилась хорошая песня.

Водка кончилась после третьего разлива, икру из плошек едва ли не вылизали, зелень подъели до последнего лепестка.

Вышли на улицу — солнце покачивалось и дрожало.

Где-то возле кремлёвских ворот раздавались голоса чекистов — они громко матерились, и кто-то кого-то успокаивал.

В келье Артём нарочно вёл себя шумно, надеясь разбудить Осипа, — но безрезультатно.

— Как бы хорошо водочки сейчас ещё рюмку, — сказал Артём вслух. — Или пару пи-и-ива... А, Осип?

Осип даже не шевелился.

Это славное настроение как пришло, так и оставило Артёма в один миг.

Он вдруг ощутил себя избитым, обиженным, взбешённым и жалким одновременно.

— Ненавижу проигрывать! — сказал Артём вслух, пьяный, и пахнущий, и презирающий себя. — Ненавижу! Заплатить Ксиве, чтоб зарезал его? Закончился мой кант! Только начался и сразу закончился! Пусть его Ксива зарежет...

Артёма резко начало тошнить, и он поскорей завалился набок, чтоб уберечь всё то, что доел за чекистами.

Не было сил раздеться. Хотелось плакать.

Артём поискал рукой в мешке возле кровати и достал присланную матерью подушку. Засунул её под сердце, зубами прикусил покрывало, дышал носом, чувствовал влагу под веками.

Всё вокруг было сырое, клубился чёрный туман, в тумане Артём едва различал самого себя, сидящего на кочке посреди огромной воды.

"Если сдвинуться — сразу упаду в воду, утону", — понимал Артём.

Раздался плеск.

Из тумана выплыла лодка: сначала её нос, потом мягко, беззвучно проскользил борт — и Артём увидел старика, стоящего в лодке. В руках у старика было весло.

Лица его было не различить, только бороду, и высокий лоб, и, кажется, незрячие глаза.

Длинная одежда его по низу была сырой.

В самой лодке плескалась грязная вода. Старик стоял в ней едва не по колени.

"Куда на такой? Утонем..." — подумал Артём. Взял лодку за борт — и с силой подтолкнул её, чтоб плыла дальше.

Остался сидеть один.

* * *

Эйхманис был весёлый, с лёгкого похмелья — по глазам видно, что лёг спать под утро, встал бодрый и деятельный часов в десять, немедленно выпил водки, а когда провожал гостей — выпил ещё, прямо на причале.

Он прискакал к спортсекции, посмотрел, как достраиваются площадка и здание, спрыгнув с коня, о чём-то поговорил с Борисом Лукьяновичем.

— О, Артём, — заприметил Эйхманис. — Хорошо дрался. Я хотел, чтоб ты победил.

Артём почувствовал запах алкоголя — только не застоявшийся и старый, а свежий, ядрёный, как со дна зимней капустной бочки.

— Дело в том, что Артём вышел как замена, — начал пояснять Борис Лукьянович. — У нас есть теперь другой противник в тяжёлом весе...

— Английский шпион который, Роберт? — спросил Эйхманис.

— Да, Роберт.

— А в среднем весе никого? — быстро спросил Эйхманис, глядя на футболистов.

— Пока нет. Но Артём мне нужен при спортсекции, — поспешил добавить Борис Лукьянович, не понимая, куда клонит начлагеря.

— Да ладно, сами справитесь, раз так, — сказал Эйхманис.

Артём похолодел: решалась его судьба, и, кажется, не в его пользу.

Борис Лукьянович молча смотрел на Эйхманиса.

— Со мной поедет, — отрывисто сказал Эйхманис. — Сегодня в командировку. Мне нужны смышлёные, но не каэры. Товар не очень частый! — он засмеялся и тут же чуть скривился: похоже, выпил он вчера много, и похмелье иногда настигало.

— Так что нам делать? — спросил Борис Лукьянович.

— Вам? — переспросил Эйхманис со своими характерными начальственными модуляциями, от которых сразу становилось чуть не по себе. — Ничего, занимайтесь. Артём, идите в свою роту, соберите вещи и ждите на улице. Мне ещё нужно пару человек забрать. Говорят, какие-то чертёжники были в двенадцатой роте? Кабир-шах?

— Да, есть такой, — ответил Артём, лихорадочно пытаясь решить, что случилось: хорошее или дурное?

Гикнув, Эйхманис умчался в сторону кремля.

— Даже не знаю, что и думать, — сказал Борис Лукьянович.

Артём молча подал ему руку, попрощался и пошёл.

Осипа в келье не было.

Разделил имевшиеся деньги на две части: одну с собой взял, другую свернул в трубочку и засунул в материнскую подушку, туда, где нитки разошлись...

Подумал, брать или не брать сухпай.

Остановился на том, что взял картошки и моркови, и соли в коробке, и чая. Скрутил из куска ткани котомку, разложил всё, завернул и приспособил эту котомку на плечо, связав её концы в узелок.

Сменную одежду брать не стал, только пиджак повязал рукавами на поясе и кепку натянул на случай дождя.

Будет удача — накормят и спать положат под крышу.

А не будет удачи... значит, не повезло.

"А кант — он всё равно ко мне вернулся", — догадывался Артём, всё ещё боясь спугнуть своё везение.

Спел тихонько: "Не по плису, не по бархату хожу, а хожу, хожу... по острому..."

На улице сразу определил, куда идти: у водоосвятительной башни стояли Кабир-шах и его брат Курез-шах, Митя Щелкачов и ещё один незнакомый молодой лагерник.

Чуть поодаль перетаптывался Ксива.

Артём, не обращая на него внимания, кивнул Мите, подошёл к башне и сел на травку.

Эйхманиса ждать долго не пришлось — снова, похоже, выпивший грамм сто, он появился на этот раз пеший, зато в сопровождении Галины и двух красноармейцев, и осмотрел собравшихся.

Все немедленно подтянулись, Артём тоже, естественно, поднялся, заметив, что Ксива исчез, как и не было.

— Здра, гражданин нача... — попытался заорать Щелкачов, но Эйхманис отрезал рукой: не надо.

— Подвода у ворот, грузимся, — скомандовал один из красноармейцев.

— Я его ищу уже несколько дней, — кивнув на Артёма, сказала Галина негромко, но он услышал.

— Что-то срочное? — спросил Эйхманис.

Галя сделала бровями: почему мы обсуждаем это при заключённых.

— Да куда он денется, — отмахнулся Эйхманис. — Потом закончишь свою работу. А то я свою гоп-команду амнистировал. Не с кем мне...

Начлагеря явно торопился отвязаться от своей подруги, догадался Артём.

Он шёл медленно к подводе, ожидая, что его окликнут и вернут.

Но этого не случилось.

Когда садился на подводу, увидел, как Галина с недовольным лицом идёт в сторону ИСО.

Кто-то из шедших по двору лагерников не поприветствовал Эйхманиса как положено, и он, минуту назад пребывавший в благодушном настроении, вдруг закричал в натуральном бешенстве:

— Кто? Кто такие? Рота! Не слышу? Командира роты ко мне!

Стоявший ближе всех красноармеец тут же помчался бегом, ещё не понимая, куда бежит.

Лагерники стояли побледневшие, глядя на Эйхманиса растаращенными глазами.

Начальник роты благоразумно не нашёлся, зато объявился командир взвода и был схвачен за ворот Эйхманисом.

— Что за дисциплина у вас? — кричал он хорошо поставленным, с яростным хрипом голосом. — Они не знают, как приветствовать начлагеря? Что у вас творится в роте? Слушать мою команду! Начальника роты перевести рядовым в тринадцатую! Этих всех в карцер! Роту после работ — на построение и три часа строевой подготовки!

“Вот так вам, имейте привычку приветствовать начлагеря, ага...” — размышлял Артём, поудобнее устраиваясь на подводе.

Он думал всё это не то чтобы всерьёз, а скорей с некоторой усмешкой над самим собою. Но всё-таки — думал.

И не стыдился себя.

* * *

Работой они занялись неожиданной и странной.

Сначала по дамбе, построенной ещё монахами, попали на остров Большая Муксольма. Там со времён игумена Филиппа, подальше от монастыря, разводили скотину. Эйхманис традиции не стал нарушать: издалека был слышен бычий рёв, виднелись огромные скотные дворы, пахло.

— Куда мы направляемся, не знаете? — шёпотом спросил у Артёма Митя Щелкачов.

Артём пожал плечами.

— В любом случае, — сказал, помолчав, — волноваться причин не вижу. Едва ли нас в сопровождении Эйхманиса повезут на тайные соловецкие рудники.

Митя улыбнулся, но озираться не перестал.

Эйхманис то уезжал далеко вперёд, то возвращался назад; заметил у дороги рябину и подъехал на коне сорвать гроздь.

Артём подумал-подумал и тоже, подождав, когда Эйхманис ускачет, спрыгнул с подводы, добежал до рябины. Хотя сомнения были: после начлагеря рвать ягоды... в этом имелся некоторый вызов...

"Это ж не его рябина..." — уговаривал себя Артём, догоняя подводу и видя, как хмуро смотрят на него сопровождающие начлагеря красноармейцы.

Раздал всем по несколько ягод. Митя, весь кривясь, прожевал одну, а Кабир-шах и Курез-шах не решились: так и держали в руках, иногда принюхиваясь к ягодам.

На скотные дворы не заехали, только оставили там подводу. Окончательный путь их лежал на остров Малая Муксольма.

Эйхманис снова пропал куда-то.

Был отлив, и с Большого на Малый добирались пешком, по каменистому дну.

Все с интересом смотрели себе под ноги.

Артём, не сдержавшись в своём мальчишестве, время от времени подбирал маленькие камни и тут же их бросал.

Было заметно, что Щелкачов хочет сделать то же самое, но не решается.

Слева виднелась гора Фавор; Артём едва ли не впервые находил сумрачные соловецкие виды красивыми. Подсыхающая, поломанная высокая трава, редкие валуны в траве, еловый перелесок...

На острове было всего три хаты и часовня.

Эйхманис сидел на пеньке возле одной из хат. Рядом с ним стоял бородатый старик, по виду — из бывших монахов. Они разговаривали — очень неспешно. По манере разговора было ясно, что виделись они не впервые.

Лошадь Эйхманиса, непривязанная, неподалёку щипала травку.

В позе старика не наблюдалось подобострастия.

Похоже, местный надзиратель о приезде Эйхманиса предупреждён не был и распознал гостей с заметным запозданием.

Он выбежал в рубахе, заправляя её на ходу, только когда заметил лагерников и красноармейцев — а начлагеря проглядел.

— Надзиратель Горшков... — издалека начал служивый, подбегая к Эйхманису.

Эйхманис, недовольно скривившись, показал ему рукой, чтоб замолк, и тут же сделал в воздухе круговое движение пальцем: мол, разворачивайся и следуй, откуда явился.

Горшков, споткнувшись на бегу, встал и мгновение думал, как быть. Не найдя иного выхода из ситуации, развернулся и еле-еле двинулся назад, втайне ожидая, что его окликнут.

— Досыпай, — сказал начлагеря вслед надзирателю.

— Я не спал, гражданин Эйх... — резко обернувшись, начал тот, вращая маленькими глазками, но Эйхманис повторил короткое рубящее движение ладонью, будто отрубая любую речь, обращённую к нему, помимо монашеской.

Надзиратель растерянно двинулся дальше, но и спина, и затылок его по-прежнему выдавали мучительное ожидание хоть какого-то приказа начальства.

— Горшков! — смилостивился Эйхманис. — ...Определи людей.

Надзиратель поспешно вернулся и шёпотом указал красноармейцам на третью хату, а всех остальных повёл к старику.

Артём, уже усевшийся прямо на траву, поленился суетиться — а то он дверей в хату не найдёт.

"Эйхманиса Горшков к себе хочет пригласить", — догадался Артём.

Что-то ему подсказывало, что спешить некуда. Изредка он отрывал по одной рябиновой ягодке и долго потом катал её во рту, с зуба на зуб, будто потешаясь.

— Эй, пойдём, — позвал Артёма Горшков, явно постеснявшись при Эйхманисе назвать заключённого шакалом, как то было принято.

Артём сделал вид, что поднимается.

Горшков отвернулся, и Артём уселся на место.

Старик полез в карман своих задубелых штанов, достал оттуда трубочку и кисет с махоркой.

— Всё дымишь, тюлений староста? — поинтересовался Эйхманис, внимательно глядя на руки старика.

— А чего остаётся делать, хоть так смрад перебить! — без улыбки ответил старик.

Эйхманис в своей манере кивнул.

Артём подумал, что этот кивок может означать всё что угодно: то, к примеру, что начлагеря ценит стариковское остроумие, или то, что предлагает ему ещё поговорить, пока его не отправили под размах, где старику самое место.

Эйхманис посмотрел на Артёма, и тот на мгновение пожалел, что не ушёл, — однако теперь уже было поздно шевелиться.

Начлагеря смотрел так, словно вдруг различил Артёма среди окружающей их природы.

— Отец Феофан, — сказал Эйхманис, с Артёма глаз не сводя, — а вынеси-ка нам пару кружечек.

Артём не опускал взгляд и смотрел в ответ прямо и спокойно, чуть улыбаясь.

"Так странно в устах Эйхманиса слышать это «отец Феофан»", — думал Артём медленно и не двигаясь. Сейчас должно было что-то произойти.

— Достань-ка, — сказал Эйхманис красноармейцу.

Тот развязал привезённый с собою мешок и достал оттуда бутылку водки.

— Закусить? — спросил негромко.

Эйхманис еле заметно и с лёгким нетерпением качнул головой, что читалось как: нет, давай быстрей.

Отец Феофан вынес две кружки, нацепив их дужками на замечательно длинный и словно бы прожаренный указательный палец, который к тому же венчался костяным и загнутым ногтем.

Он так и подставил кружки под водку, не снимая их с пальца. И лишь когда каждая была наполнена до краёв, бережно стянул крайнюю и передал Эйхманису.

— Артём, иди-ка... — позвал начлагеря. — А вам не положено, бойцы, — добавил он, глядя на красноармейцев, хотя те и не надеялись на такую компанию.

Артём с внешним спокойствием принял приглашение, хотя внутри у него всё ликовало.

— А Феофан у нас не пьёт, — добавил Эйхманис, поднимая сощуренный взгляд на старика. — ...Или запил?

Старик не улыбнулся и не ответил, лишь коротко и неопределённо качнул головой.

— Знаю я вас, монахов, — сказал Эйхманис. — Вы тут всегда брагу готовили из ягод. Грешники!

— А было дело, — спокойно ответил отец Феофан.

Эйхманис залпом выпил свою кружку, не чокнувшись с Артёмом. Затем, не глядя, протянул руку — Артём быстро догадался о смысле этого движения и подал гроздь рябины. Эйхманис, удовлетворённо кивнув, отщипнул одну ягоду и закусил ею.

Артём тоже выпил, не закрывая глаз, — нельзя было хоть что-то пропустить.

Эйхманис поднял пустую кружку, и тут уже отец Феофан догадался, что делать, и подставил длинный палец. На него начлагеря вновь надел кружку.

— Двадцать пять лет на Соловках, — кивнул на Феофана Эйхманис, обращаясь к Артёму. — Четвертной ведь? — Отец Феофан согласно моргнул тяжёлыми веками. — Четыре года монашествовал в монастыре, а потом перебрался сюда... на Малую Муксольму... Отстроил себе хату и начал... совмещать труды молитвенные... — здесь Эйхманис сорвал ещё одну ягоду с грозди Артёма и бросил её в рот, — ...с рыболовством и охотой на морского зверя... И, когда появились большевики, места своего не покинул, разве что вдруг начал курить махорку. Мы ему, — улыбнулся Эйхманис не столько даже Феофану или Артёму, сколько славному алкогольному теплу у себя в груди и в голове, — как специалисту, определили восемнад-

цать целковых жалованье... Занимается он всё тем же, что
и прежде: рыбачит, охотится, поставляет рыбу на соловецкую
кухню и тюленье мясо в сельхоз. Нашим свиньям на прокорм.
Поэтому зову я его "тюлений староста". А он откликается.
В часовню так и ходишь по сей день, тюлений староста?

— А чего ей пустовать, — просто ответил отец Феофан.

— Горшков-то хоть с тобой молится? — поинтересовался
Эйхманис.

— Не замечен, — ответил отец Феофан, рассмешив начлагеря: Эйхманис от души захохотал.

Смех у начлагеря был не очень приятный, но Артём тоже
засмеялся — чуть тише, чем Эйхманис, но чуть громче, чем
стоявшие рядом красноармейцы.

— Иди, Артём, определяйся, — сказал Эйхманис.

В хате у Феофана вся утварь была самодельной. В красном
углу имелся целый иконостас: "Купина неопалимая", "Сосновская", "Утоли моя печали" и несколько "Казанских". На
стенах сушились тюленьи шкуры. Пахло там тяжело, душно,
зато не человеком — и то хорошо. Иконы во всём этом неис-
требимом и тяжёлом рыбьем духе производили странное
впечатление: Артём подумал, что если самую маленькую "Ка-
занскую" перенести отсюда в другой дом — то этот дом за час
весь пропахнет рыбацким духом. Из самого дальнего сундука,
с самого его дна, достанешь кружевные манжеты — и вздрог-
нешь: как будто в них рыба наряжалась на свои рыбьи празд-
ники.

...Отдохнуть им не дали — да и с чего было отдыхать, когда
за работу не принимались ещё.

До самого вечера лагерники рыли ямы там, где указывал
Эйхманис.

Сначала в одном месте всё перелопатили, потом сдвину-
лись на полкилометра — и занялись тем же самым.

Назначение Курез-шаха и Кабир-шаха выяснилось очень
скоро: оказалось, что они оба чертёжники. Им выдали метр,
бинокль, старую карту — и отправили без конвоя изучать
местность: судя по всему, для создания карты новой и самой
подробной.

Артём работал расторопно, быстро, даже с удовольствием — и усталости не ведал. Эйхманис это заметил, Артём точно знал — и оттого стал работать ещё лучше.

Митя Щелкачов, напротив, постоянно уставал — парень он был петроградский, книжный, к работе непривычный.

Третий же лагерник, хоть и совсем молодой, тоже отличался крестьянской хваткой и тихим, ненадрывным постоянством в труде. Звали его Захаром.

Чем все они занимаются, Артём догадался, когда солнце уже садилось, а мокрая от пота спина начала стынуть.

Они искали старые монастырские клады.

...Догадался, и никому не сказал.

✳ ✳ ✳

— Здесь всегда была живодёрня, поэтому монахи и не ушли — им привычно! — Эйхманис засмеялся, провожая взглядом отца Феофана.

Обедать вместе со всеми отец Феофан не стал: поблагодарил и сослался, что нужно идти проверять снасти.

Эйхманис не уговаривал.

Похоже, что Эйхманис запил, хотя запой этот был необычный и ничем не напоминал Артёму отцовское мрачное пьянство.

С первого взгляда признаков того, что начлагеря пьёт, было не обнаружить: разве что кожа его стала бледнее, а глаза тяжелей. Речь оставалась стройна — удивляло лишь то, что говорил он заметно больше.

Теперь они сидели на берегу и вкушали яств: Артём, двое красноармейцев, лагерники...

Артём сидел к Эйхманису ближе всех.

Красноармейцы благоразумно держались поодаль и время от времени недовольно поглядывали на Артёма: тот за прошлый день освоился окончательно. Замечая непорядок на скатерти, Артём щедро нарезал то колбасы, то зелени. Его самоуправство красноармейцам не нравилось, и нож в руке Артёма — тоже. Но одёрнуть лагерника, когда тот самим началагеря усажен обедать, было неуместно.

Эйхманис время от времени кивал ему на пустые стаканы, и тогда Артём разливал водку — себе и Фёдору Ивановичу. Остальные то ли сразу отказались, то ли им и не предлагали.

Курез-шах и Кабир-шах вообще не решались сидеть у самобраного стола в присутствии началагеря — и то неловко присаживались на корточки, то, при малейшем движении Эйхманиса, вставали.

Даже когда он начинал говорить — поднимались, словно и представить себе не могли, что такого большого начальника можно слушать сидя.

Эйхманис это видел краем глаза и, похоже, веселился, но вида не подавал.

Щелкачов и другой молодой лагерник тоже постарались присесть так, чтоб и Эйхманису не загораживать вид на воду, и красноармейцев своей близостью к начальству не раздражать.

Время от времени Артём на правах непонятно кого брал со скатерти кусок колбасы, огурец, ломоть хлеба — и передавал кое-что Мите.

Митя делился с товарищем, и они очень медленно, молча жевали.

К алкоголю Артём был устойчив; если его и пьянило чтото — так это восхитительная бредовость самой ситуации.

Ужасно хотелось, чтоб это увидели все. И Артём мысленно перечислял, кто эти все: Афанасьев... Бурцев... Сивцев... казак Лажечников, если он не помер... Мезерницкий... Моисей Соломонович... чеченцы и блатные... Граков, конечно. Кучерава и Крапин... доктор Али! И эта сука Галина тоже...

Почему-то не хотелось, чтобы свидетелями происходящего стали Осип и Борис Лукьянович, — но Артём не стал размышлять на эту тему и просто мысленно удалил названных из числа свидетелей пиршества.

Под вопросом оставался также Василий Петрович, и Артём в своих блаженных размышлениях то сажал его напротив, то убирал прочь.

Пожалуй, впервые за всё время своего срока Артём был по-настоящему счастлив. И это солнце ещё, прямо в глаза. И весь пропах копчёной колбасой — ею он, стараясь не отдавать себе в этом отчёт, не спешил угощать Щелкачова и лакомился сам, млея от натурального наслаждения.

Красноармейцам, кроме всего прочего, тоже, видимо, хотелось колбасы — но не будешь же пред Эйхманисом ходить туда-сюда и побирушничать со скатерти: взяли себе по яичку и рыбине — и будьте довольны, товарищи бойцы.

Сам Эйхманис ел мало, водку закусывал то укропом, то петрушкой — и, щурясь на солнце, говорил:

— Монастырь: 509 трёхаршинных сажен по кругу, высота девять метров, ширина — шесть. Восемь башен. Твердь!.. Монах-зодчий сделал каменные ниши в городской стене и внутри башен: сначала их хотели приспособить под погреба для пороха и снарядов, но раздумали и сделали по-другому. Эти ниши предназначались узникам! Ниша: два аршина в длину и три в ширину. Каменная скамейка — и всё. Спать — полусогнутым! Окошко — три рамы и две решётки. Вечный полумрак. Ещё и цепью к стене... Дарственные манифесты на соловецких сидельцев не распространялись: никаких амнистий!.. Переписка с родными была запрещена! Сроки были такие — "навечно", "впредь до исправления" и "до кончины живота его никуда и неисходно". А? Никуда и неисходно!

Эйхманис дожевал петрушку вместе со стебельком и цыкнул зубом.

— А ещё земляные тюрьмы! — негромко и внятно говорил он, обращаясь к Артёму, хотя Артём чувствовал, что Митя Щелкачов, сидящий позади него, тоже слушает изо всех сил. — Знаешь, как они выглядели? Потолок — это пол крыльца. В потолке щель — для подачи еды. Расстригу Ивана Буяновского посадили в 1722 году — Пётр посадил, — а в 1751-м он всё ещё сидел! Под себя ходил тридцать лет! Крысы отъели ухо! Караульщик пожалел, передал Буяновскому палку — отбиваться от крыс, — так караульщика били плетьми!.. Земляная тюрьма, огромная, как тогда писали: "престрашная, вовсе глухая", — имелась в северо-западном углу под Корожанской башней. Под выходным крыльцом Успенской церкви — Салтыкова тюрьма. Ещё одна яма в земле — в Головленковской башне, у Архангельских ворот. Келарская тюрьма — под келарской службой. Преображенская — под Преображенским собором... Кормили как? Вода, хлеб, изредка щи и квас. Настаивали при этом: "Рыбы не давать никогда!"

Артём посмотрел на скатерть и на всякий случай взял рыбий хвост, присосался к нему, уважительно косясь на Эйхманиса.

— Знаешь, что дальше было? — говорил Эйхманис. — Синод запретил земляные тюрьмы — жестоко! А соловецкие монахи не засыпали их! А зачем? Удобно! Парашу выносить — не надо!.. Я говорю: здесь всегда была живодёрня! Нашему отцу Феофану оказалось некуда идти! Соловки тюрьмой не напугаешь.

Артёма так и подмывало спросить: если раньше была живодёрня — значит, Фёдор Иванович считает, что и сейчас она осталась таковой?

Но не спрашивал — не дурак.

Приехал на лошади Горшков, тяжело спустился на землю.

По нему было видно — не меньше полночи провёл с Эйхманисом за одним столом.

— Садись, Горшков, — сказал Эйхманис.

Тот присел, удивлённо скосившись на Артёма, на этот раз без спроса разлившего водку.

Горшков был, как большинство других чекистов, мордастым, крепким типом. Щёки, давно заметил Артём, у их породы были замечательные — за такую щёку точно не получилось бы ущипнуть. Мясо на щеках было тугое, затвердевшее в неустанной работе, словно эти морды только и занимались тем, что выгрызали мозг из самых крепких костей.

— Я знаю, о чём ты думаешь, — сказал Эйхманис Артёму, снова выпив не чокаясь и на Горшкова никакого внимания не обращая. — Ты думаешь, чем наш порядок отличается от порядка прежнего? Ответ знаешь или сказать?

— Знаю, — сказал Артём.

— Вот как? Говори, — велел Эйхманис.

Горшков — и тот повёл щекою в сторону Артёма.

"Неправильно скажу — перекусит глотку, — понял Артём. — Зажарят и сожрут".

— Здесь не тюрьма, — твёрдо ответил Артём. — Здесь создают фабрику людей. Тогда людей сажали в земляные ямы и держали, как червей, в земле, пока они не подыхали. А здесь даётся выбор: либо становись человеком, либо...

— Ага, либо мы тебя перемелем в порошок, — добавил Эйхманис. — Ты действительно так думаешь?

Артём даже протрезвел. В ушах у него стоял лёгкий звон. День вокруг тоже звенел: всеми деревьями, движением воздуха, птичьими голосами.

Красноармеец сломал неподалёку сук: он готовил костёр.

— Я думаю, у вас тут государство в государстве, — сказал Артём. — Свои владения, свой кремль. Свои палаты, свои монахи. Своя армия, свои деньги. Своя газета, свой журнал. Своё производство. Свои парикмахеры и гетеры. Свои палачи, — здесь Горшков дрогнул щекой и перевёл взгляд на Эйхманиса, но тот не реагировал. Артём продолжил: — Свои театры, служащие и, наконец, заключённые... При въезде, я слышал, заключённым кричат: "Здесь власть не советская, а соловецкая". Это правда. Религия здесь общая — советская, но жертвоприношения — свои. И на всём этом вы создаёте нового человека. Это — цивилизация!

Артём замолчал и сидел, глядя на скатерть, не решаясь поднять глаза на Эйхманиса. Но неожиданно тот засмеялся:

— И язык ещё, да? Свой язык здесь возникает понемногу, — неясно было, шутит Эйхманис или нет, и Артём на всякий случай кивнул. — Смесь блатного и дворянского, большевистского новояза и белогвардейского словаря, языка театралов и проституток. "Всё смешалось: фрак, армяк и блуза!" Может, Курез-шах и Кабир-шах что-нибудь подкинут нам. А, невинные жертвы большевистской диктатуры?

Курез-шах и Кабир-шах закивали головами.

Эйхманис несколько секунд с видимым удовольствием наблюдал это беспрекословное согласие, потом разом стал серьёзным и, повернувшись к Артёму, чётко продолжил:

— У нас здесь свои классы, своя классовая рознь и даже строй особый — думаю, родственный военному коммунизму. Пирамида такая — сверху мы, чекисты. Затем каэры. Затем бывшие священнослужители, попы и монахи. В самом низу уголовный элемент — основная рабочая сила. Это наш пролетариат. Правда, деклассированный и деморализованный, но мы обязаны его перевоспитать и поднять наверх.

— Почему каэры так высоко, товарищ Эйхманис? — вдруг подал голос Горшков.

— Кто руководит наукой? — быстро ответил Эйхманис. — Буржуазная интеллигенция и бывшие контрреволюционеры. Кто играет в театре? Они же. Кто организует занятия в клубе, кто организует воспитательную работу в кружках, кто читает лекции?..

Эйхманис отвернулся от Горшкова и завершил мысль, глядя в глаза Артёму:

— Это не лагерь, это лаборатория!

✳ ✳ ✳

Проснулся Артём ночью с тем замечательным чувством, когда ты не знаешь, где спишь, но помнишь, что ничего страшного, кажется, не происходит — и даже напротив.

В хате была полутемь, но через минуту Артём смог различить глаза Казанской Божьей Матери, не моргая наблюдающей белую ночь.

Переступив через Митю и Захара, пошёл во двор.

Заслышав шум, сразу проснулся и сел Кабир-шах: в полумраке были заметны его напуганные белки.

"...Сияет, что твоя Казанская, нехристь", — иронично подумал Артём, а вслух сказал:

— Это я, спите. Ночь ещё.

У Горшкова опять светилось окно, похоже, приоткрытое: голоса доносились очень явственно — кто и что говорит, было так сразу и не понять, зато частый хохот был различим: это Эйхманис смеялся — лающе, резко, будто издевательски.

Забыв, где тут отхожее место, Артём помочился на угол.

"Как собака..." — подумал, зевая.

Голова была особенно ясная: выпитое не застаивалось в теле — копал, потел, много пил воды, а под вечер даже искупался, хотя вода была по-осеннему холодная...

...На обратном пути вздрогнул: возле хаты стоял отец Феофан. Если б тот не прикурил свою трубочку, Артём так бы и прошёл мимо: настолько монах напоминал что-то не совсем живое, вроде, к примеру, дерева.

"Чёрт, неудобно, — подумал Артём. — Наверняка слышал, как я тут... на угол... Кто мне мешал отвернуться и поссать на траву? Ей-богу, придурок".

— Доброй ночи, — хрипло сказал Артём и убил на щеке комара.

— Доброй, — спокойно ответил бывший монах.

— Слушайте, отец Феофан, — обрадовался Артём, что с ним разговаривают, и сам тут же простил себе своё скотство — молодость легка на такие штуки. — А Эйхманис — правда он ищет клады?

— Разве то секрет? — ответил старик. — Ищет везде. Все Соловки уже перерыл. И здесь ищет. И спрашивает у меня, где лучше искать.

— А что ты сам не нашёл, отец Феофан? Раз советы даёшь — так поискал бы.

— А зачем мне? Я никуда отсюда не собираюсь. Вынешь золото на свет — оно с тебя спросит, зачем ты его достал. У меня и другого спроса хватает. А Эйхманис спросу не боится. Пусть себе ищет.

— Феофан! — крикнули из окна хаты надзирателя — и Артём узнал по голосу Горшкова.

В то же мгновение Артём догадался, что старик только что вышел из горшковской хаты — как бы покурить, но на самом деле хотел сбежать к себе, так как тяготился ночным общением с чекистами. От старика веяло не соловецкой ночью, а человеческим бодрствованием, и одежда его пахла не воздухом и вечером, а людьми и вином.

"...Как собака, — снова успел подумать Артём, — всё чую, как собака..."

— Ай? — откликнулся отец Феофан.

— С кем ты там гутаришь? — спросил Горшков и высунул башку в окошко.

— Заключённый Артём Горяинов! — подумав, ответил Артём и тут же отчётливо разобрал, как Эйхманис внятно произнёс где-то за спиной Горшкова: "Пусть оба идут!"

— Оба сюда! — скомандовал Горшков и шумно вернулся за стол — послышалось дребезжание посуды, кто-то с грохотом сдвинул несколько стульев.

Ничего не сказав Артёму, Феофан смиренно побрёл к хате Горшкова.

Ведомый только хорошими предчувствиями, Артём вернулся за рубахой к своей лежанке и, одеваясь на ходу, поспешил вслед за стариком. Благо тот оставил дверь открытой — а то было б неловко, чертыхаясь, лезть в чужой, тем более чекистский дом — там, на пути, обязательно попалось бы какое-нибудь бесноватое ведро, хорошо ещё, если пустое, а не с хозяйскими помоями.

Горшков жил скудно: печь посреди избы, возле печи кровать, но, судя по тому, что на полу, едва не возле дверей, было тоже постелено, сегодня хозяйское место занимал Эйхманис. За исключением стола и стульев, из мебели имелся только сундук. Над окном висела связка сухой рыбы, над кроватью — шашка и часы на гвозде с тем расчётом, чтоб лёжа можно было дотянуться до них.

Эйхманис сидел во главе стола — нисколько, несмотря на смутные ожидания Артёма, в отличие от Горшкова, не уставший и не обрюзгший от ночного пьянства — но, напротив, будто бы ставший чуть более резким и быстрым и во взглядах, и в движениях. Горшков со своим набыченным медленным видом и тугими щеками явно не соответствовал начальственному настрою.

— Придумал ответ? — спросил Эйхманис отца Феофана.

— У меня их и не было, Фёдор Иванович, ответов-то, — сказал монах.

— Пролетариат лучше Христа, — быстро, будто бы не слушая отца Феофана, сказал Эйхманис. — Христос гнал менял из храма — а пролетариат поселил тут всех: и кто менял, и кто стрелял, и кто чужое воровал... Революция такая, революция сякая, а где огромная правда, которую можно противопоставить большевистской? Сберечь ту Россию, которая вся развалилась на куски, изнутри гнилая, снаружи — в вашем сусальном золоте? Кому сберечь? Зачем?

Эйхманис быстро обвёл глазами всех собравшихся, и Артём спокойно встретил его взгляд.

— Соловки — прямое доказательство того, что в русской бойне виноваты все: что, ротные и взводные из "бывших" — добрей чекистских? Артём, скажи? А то Феофан не знает.

— Все... хороши, — сказал Артём с продуманной паузой.

Горшков тряхнул тугими щеками и в который раз уже с бешенством посмотрел сначала на Артёма, а потом на Эйхманиса: как смеет этот шакал?.. — но Эйхманис на взгляд Горшкова снова не ответил.

Он молча и не моргая смотрел на Артёма.

Артёму на мгновение почудилось, что глаза у начлагеря совершенно безумные: в них нет ничего человеческого. Он перевел взгляд на его руки и увидел, что запястья у начлагеря не мужицкие, а будто бы у музыканта, и пальцы тонкие, а ногти — бледные, стриженые, чистые.

— А чего ты не налил ему? — спросил Эйхманис Горшкова. — Налей, он гость.

Горшков, не глядя на Артёма, придвинул ему бутылку и стакан, зацепив и то, и другое в одну руку с жирными и почти красного цвета пальцами без ногтей.

Эйхманис ухмыльнулся.

Феофан смотрел в стол.

Артём налил себе на большой глоток и сразу же выпил.

На блюде лежала неровно порезанная сельдь — пахла она призывно и трепетно. Артём не решился дотянуться к ней, но странным образом почувствовал родство этой сельди с женскими чудесами... Такое же разбухшее, истекающее, невероятное.

Даже губу закусил, чтоб отвлечься.

— Недавно в Финляндию сбежал один — из полка, — с какого-то своего, одному ему понятного места продолжил Эйхманис. — Тут же отпечатали книжку, на русском языке, ты подумай... Мне Бокий привёз только что, — пояснил Эйхманис, коротко взглянув на Горшкова. — Пишет эта мразь в книжечке своей, что за год мы тут расстреляли шесть тысяч семьсот человек. Там, наверное, барышни падают в обморок, когда читают. Мы можем и шесть тысяч, и шестьдесят шесть расстрелять. Но тут в тот год всего семь тысяч заключённых находилось! И кого ж я расстрелял? Три оркестра, два театра, пожарную роту и питомник лисиц? Вместе с лисицами!

Артём подумал-подумал — и дотянулся до пирога, лежавшего на блюде возле Горшкова.

Пирог оказался с капустой: пышный и сладкий, у Артёма, кажется, даже мурашки по телу пошли от удовольствия.

Следом всё-таки ухватил ломоть сельди и забросил в рот: о-о-о. Жевал, с глазами, полными восторга.

Горшков проглотил слюну и тяжело выдохнул: "Не нажрался ещё?" — говорил его вид.

"А то тебе мало", — подумал Артём.

— Пишут ещё, что здесь мучают заключённых, — продолжал Эйхманис, будто бы не замечая происходящего за столом, но на самом деле очень даже замечая. — Отчего-то совсем не пишут, что заключённых мучают сами же заключённые. Прорабы, рукрабы, десятники, мастера, коменданты, ротные, нарядчики, завхозы, весь медицинский и культурно-воспитательный аппарат, вся контора — все заключённые. Кто вас мучает? — Эйхманис снова посмотрел на Артёма, и тот сразу перестал жевать, не от страха, а скорей тихо и ненавязчиво валяя дурака. — Вы сами себя мучаете лучше любого чекиста!

Похоже, Эйхманис начал расходиться — Артём догадался об этом по Горшкову, который медленно убрал руки со стола и выпрямился.

— Голые! — громко сказал Эйхманис — тем тоном, каким в театре читают стихи. — Пишут, у нас тут голые выходят на работу! А если это уголовники, которые проигрывают свою одежду? Я сам их раздеваю? Что за идиотизм? Знаете, что будет, если я раздам им сейчас сапоги всем? Завтра половина из тех, кто имеет сапоги, будут голыми!

Эйхманис кривился и словно бы сдерживал припадок.

— Проституток заселяем к монахиням, пишут! А как вы хотели? Чтоб монахини отдельно, а бляди отдельно? И ещё отдельно баронессы? И потом проститутки идут голые, а вы удивляетесь? Я потому их и заселяю вместе, что у меня падает сразу и количество драк, и заражённость сифилисом, и разврат, и распад, и ад! — Эйхманис взял стакан и на слове "ад" жёстко ударил им об стол.

— Мы только политических заселили отдельно! — кого-то, то ли присутствующего здесь, то ли отсутствующего отчитывал Эйхманис. — И ещё священников отселили! И мы роем, своими руками зарабатываем средства, чтоб всем было по нраву! Потому что того, что присылает Москва, хватило бы вам только на гробы! И правильно! Надо уметь зарабатывать самим, мы не в раю. А чего вы хотите — вся страна так живёт! Страну ждёт война! Из мужика давят все соки! Из пролетариата — давят! А вас нужно оставить в покое?

Артём, на счастье, половину пирога уже прожевал и сидел, глядя то на бутылку — там оставалась ещё половина, то на селёдку — её вообще никто не трогал, а она возбуждала натуральным образом, тревожа самое что ни на есть мужское.

Гульба этой ночи была восхитительной. Иногда Артём пощипывал себя за ногу: не снится ли ему это? В голове снова растекался сладостный хмель; и он бы ещё выпил.

Эйхманиса Артём не боялся вовсе. И не понимал, отчего его боится Горшков.

Говорили, что Эйхманис однажды лично расстрелял кого-то ко дню рождения Дзержинского. Может быть, кого-то и расстрелял — но с чего ему расстреливать Артёма?

— Почитать россказни про нас, так получается, что здесь одни политические — и все они сидят на жёрдочке на Анзе-

ре, — говорил Эйхманис. — А здесь домушники, взломщики, карманники, воры-отравители, железнодорожные воры
и воры вокзальные, воры велосипедов и конокрады, воры-
церковники, магазинные воры, воры при размене денег —
которые зовутся вздёрщики, воры, которые обкрадывают
гостей своих подруг-проституток, содержатели малин и притонов, скупщики краденого, фармазоны, которые «куклы»
делают и липовые пачки денег используют для покупки, об-
манывая крестьян... А пишут ведь, что здесь сидят и принимают муку крестную лучшие люди России. Ты, Артём, между
прочим, знаешь, что чекистов тут сидит больше, чем белогвардейцев? Нет? Так знай! — Эйхманис вдруг захохотал, глядя на Горшкова.

Смех этот никого не расслабил.

Монах теперь смотрел в окно, будто бы ожидая рассвета —
с рассветом, говорят, пропадает любая нечисть. Горшков же
смотрел в стол.

— А содержат их куда хуже, чем многих иных! — сказал
Эйхманис с некоторым даже вдохновением. — Артём знает,
в каких кельях живут каэры и священники! Чекистам келий
не дают! Они в одной казарме все. Хотя, казалось бы, чьи заслуги перед революцией выше? Чекистов или каэров? Как ты
думаешь, Горшков?

Горшков закусил губу и начал напряжённо смотреть прямо, словно ответ был мелко прописан на противоположной
стене.

— А ничьи! — издевательски ответил за него Эйхманис. —
Ничьи заслуги революции не важны! Они ан-ну-ли-ро-ва-
лись! И начался новый счёт! Кто работает — тот ест пироги!
Кто не работает — того едят черви! Вот сидит Артём — и вдруг
он завтра убежит? — Здесь Горшков снова вскинулся и даже
поискал револьвер на боку — он там и был — не пристрелить
ли бегуна? — но Эйхманис всё не подавал сигнала и продолжал говорить: — Убежит и расскажет там всем всю правду.
А какую правду он знает? Он был в двух ротах, пять раз ходил на баланы, пять раз на ягоды и общался с двумя десятками таких же заключённых, как он. Он опишет свой барак —

как будто его бараком ограничивается мир... А здесь не столько лагерь, сколько огромное хозяйство. Загибай пальцы! — приказал Эйхманис Артёму: — Лесозаготовка — лесопильное и столярное производства. Рыбная и тюленья ловля. Скотное и молочное хозяйство. Известково-алебастровый, гончарный, механический заводы. Бондарная, канатная, наждачная, карбасная мастерские. Ещё мастерские: кожевенные, сапожные, портновские, кузнечные, кирпичные... Плюс к тому — обувная фабрика. Электрификация острова. Перегонный завод. А, у тебя пальцы кончились. Давай начинать сначала...

Эйхманис налил себе стакан, и Артём подумал, что здесь все пьют по часовой стрелке, пропуская Феофана... сейчас его очередь будет.

— ...Железная дорога, торфоразработки, сольхоз, пушхоз и сельхоз. Монахи тут ничего не могли вырастить, говорили "климат не тот"; а у нас растёт — и картофель, и овёс! Лодочное и пароходное сообщение. Стройка новых зданий, ремонт старых. Поддержка в порядке каналов, вырытых монахами. Заповедник и биосад в нём. Смолокурня, радиостанция и типография. Театр, даже два театра. Оркестр, даже два оркестра. И две газеты. И журнал. А ещё у нас больница, аптека, три ларька... Ты, кстати, где купил эту кепку, Горшков?

— В ларьке, — быстро ответил Горшков.

Эйхманис, глядя на Артёма, кивнул головой так, словно кепка Горшкова послужила доказательством всего им сказанного.

— Пишут: плохо кормят. А где я возьму? Природа скудна, естественных богатств — минимум. Все работы и промыслы могут быть только подспорьем. Для. Внутренних. Потребностей. Лагеря. Но мы исхитряемся и кормим столько народа, сколько монахи никогда не кормили. Им бы привезли столько заключённых — они бы передохли у них через неделю... Пишут: лечат плохо. А мы каждый год выписываем медикаментов на 2000 рублей! Где они? А я тебя спрошу! Где? Воруют, может? Но только если я чекистов за это гноблю в карцерах — про это не напишут! То, что у нас школа для неграмотных работает, — не напишут! То, что я открыл церковь, разрешил бывшим священникам и монахам ходить в рясах, — не напишут.

Феофан вдруг с чмокнувшим звуком раскрыл крепко сжатый рот и произнёс:

— Сначала запретить носить рясу — а потом разрешить: и вроде как благое дело зачлось? Можно ещё выпороть кого, а потом маслом смазать по голым костям — ещё одно благое дело.

Эйхманис вдруг повеселел, а то, похоже, ему с каждой минутой становилось всё скучнее.

— О! — сказал Эйхманис, как будто Феофан, наряду с кепкой Горшкова, снова подтвердил его правоту. — А говорил: ответов нет. Я ж знал, что есть.

Феофан молчал, но Артём странным образом всё ещё вслушивался в сказанное им. "Ж" и "ш" старик произносил так, словно это было что-то круглое, лохматое — собрать бы в руку и гладить.

Горшков дважды скрипнул зубами и едва не задохнулся от своего низколобого бешенства, но Эйхманис остановил его самым коротким взглядом из возможных.

— Феофан, кроме своих святых сказок, ничего не читал наверняка, зато Артём вот Достоевского читал, думаю. Помню, у Достоевского на каторге были кандалы, а за провинности — их секли. Как детей. Вас секли тут?

Артём вспомнил, как его Крапин охаживал дрыном, но зачем про это рассказывать; поэтому просто качнул головой: нет, не секли. Не секли же, действительно.

— И кандалов я на вас не вижу, — сказал Эйхманис, повышая голос. — Снимаете, что ли, на ночь?

Феофан опять чмокнул ртом — у него там, похоже, имелось наготове ещё одно окающее слово с пушистыми шипящими, но в этот раз Эйхманис остановил и его:

— То, что ты сказал, — мне нравится. И если Горшков вздумает тебя давить за это — ему тогда самому придётся заниматься охотой на тюленя. Но теперь ты помолчи. Вам вообще длиннополым надо заткнуться отныне и навсегда. Я с Артёмом буду разговаривать, ему это никто не объяснит. Артём, ты любишь стихи? Я иногда читаю стихи. Говорят, что поэты умеют сказать самое... Да. Если о нас напишут стихи и споют песни — значит, нам будет оправдание на века. А про нас уже пишут и поют. Но вот что надо заметить, Артём. Простые люди в русской деревне стихов никогда не читали. Самое главное им объяснял поп — и про Бога, и про Россию, и про царя. Тираж любой книги Блока был — одна тысяча экземпляров. А у любого попа три тысячи прихожан в любой деревне. Это сильнее, чем театр! Сейчас есть кино — но поп сильнее, чем кино, потому что кино — молчит, и там всё... на бегу. А поп — он не торопится. И монах вообще не спешит.

Эйхманис посмотрел на Феофана, проверяя, торопится ли тот успеть поспать до рассвета, или ему и здесь хорошо.

— И если батюшка говорит, что советская власть — от Антихриста, — а они говорят это неустанно! — значит, никакого социализма в этой деревне, пока стоит там церковь, — мы не построим! — сказал Эйхманис, со злым лукавством косясь на Феофана, будто бы довольный его молчанием. — Это даже не палки в колёса! Поп тащит наш воз в противоположную сторону, и тащит с куда большим успехом! В самом лучшем случае — силы наши равномерны. Мужик слушал попа почти тысячу лет — а мы должны научить его слушать нас — за десять! Это — задача!.. И мы её выполним!

Эйхманис с полминуты сидел, глядя в стол и чуть прокатывая пустой стакан меж большим и средним пальцами.

— Рассказывают, что мы убили русское священство, — тихо продолжил он. — Как бы не так. В России сорок тысяч церквей, и в каждой батюшка, и над каждым батюшкой своё начальство. А в Соловках их сейчас одна рота длиннополых — 119 человек! И то самых настырных и зловредных. Где же остальные? А всё там же. Проповедуют о царстве Антихриста. Нет, Феофан? — вдруг крикнул Эйхманис и ещё громче скомандовал: — Заткнись!..

— Да ладно бы только проповедовали! — кривя улыбку, продолжил Эйхманис, голос его стал жестяной и бешеный. — Никто ж не рассказывает, что было обнаружено в Соловецком монастыре, когда мы сюда добрались в 1923-м. А было обнаружено вот что. Восемь трёхдюймовых орудий. Два пулемёта. 637 винтовок и берданок с о-о-огромным запасом патронов. Феофан! — снова, нежданно и яростно, рыкнул Эйхманис. — На кого хотели охотиться? На тюленей? Из пушек? А? Заткнись!

— Мы понимаем, что это такое? — спросил Эйхманис, точно уже спрашивая не сидевших здесь, а кого-то, находящихся за их спинами. — Неприступная крепость, которую англичане взять не смогли, а царь Алексей Тишайший десять лет осаждал. И она полна оружием, как пиратский фрегат. Монахи здесь, между прочим, издавна были спецы не только по молитвам, но и по стрельбе. И что вы приказали бы предпринять советской власти? Оставить здесь монастырь? Это... прекрасно!.. Прекрасное добросердечие. Но, думаю, вполне достаточно, что мы их всех не расстреляли немедленно, и даже оставили тут жить... Пушки, правда, отобрали... Но если Феофан напишет бумагу, что ему требуется пушка, — я рассмотрю...

Эйхманис потряс папиросной пачкой, высыпал табак и выудил наконец последнюю папиросу.

Поискал глазами огня, но нашёл старика-монаха и сразу почувствовавшего недоброе Артёма.

— ...Спать идите, — сказал Эйхманис устало и недовольно.

Но лицо у него было такое, словно он не только что смертельно захотел отдохнуть, а напротив: вдруг проснулся и заметил чужих и незнакомых людей.

Артём уже выходил, когда Горшков неожиданно, в один миг, заснул.

На улице они с монахом услышали отчаянный грохот и вскрик человека.

Артём приостановился, а Феофан, напротив, поспешил ещё скорее.

В доме раздался смех Эйхманиса.

Подумав, Артём пошёл вслед за Феофаном. Через несколько шагов понял, что за шум был: Эйхманис выбил табуретку из-под Горшкова.

* * *

Эта селёдка, со всем её маслом и золотом, не выходила у Артёма из головы — хотя при чём тут его голова.

Выйдя из хаты Горшкова, он сначала ощутил себя в безопасности, а потом вдруг почувствовал, как у него снова томительно заныло внизу живота, будто там сама собою накручивалась какая-то нить, — и места внутри становится всё меньше и меньше, всё меньше и меньше, — и от этого так хорошо и страшно было на душе, и волнительно, и бесстыдно.

Феофан, зашедший в свой дом, вернулся и спросил:

— Спать-то идёшь?

— Я подышу пока, — хрипло ответил Артём, уже зная наперёд, что собирается сделать.

От алкоголя он стал беспутный и смелый.

— Ну, дыши, — сказал Феофан. — А я дверь прикрою тогда... а то комары.

Комары вились у лица, но эта нить внутри тянула сильнее, и, едва дождавшись, когда Феофан прикроет дверь, Артём поспешил за хату, подальше от окошек, — и уже взял себя — сгрёб! — всей ладонью за причинную плоть — она была живой, горячей, разбухшей, полной гудящей крови.

У Горшкова снова засмеялся Эйхманис, но было плевать.

Лес, стоявший рядом и полный поющих птиц, ликовал.

Там будто бы работала огромная фабрика. Кто-то отчётливо шил на швейной машинке. Кто-то ударял серебряными спицами — спицей о спицу, спицей о спицу. Кто-то мыл хрустальные чашки в тазу. Кто-то вкручивал скрипучий болт. Кто-то раскачивал остановившиеся ходики. Кто-то токал катушками ниток друг о друга. Кто-то набрасывал звонкие кольца на деревянный перст. Кто-то тянул воду из колодца, наматывая цепь. Кто-то щёлкал ножницами, примеряясь к бумажному листу. Кто-то стругал, кто-то катал орехи в ладонях, кто-то пробовал золотую монету на медный зуб, кто-то цокал подковой, кто-то подгонял остальных, рассекая воздух плёткой, кто-то цыкал на ленивых, кто-то, наконец, свиристел — весь лес словно бы подпевал Артёму и всей его восторженной крови.

"Откуда здесь столько птиц? — смутно, будто из последних сил подумал Артём. — Соловецкие леса такие тихие всегда, как вымершие... А сейчас что?"

Едва дойдя до угла, Артём уже заладил себя тешить: комары вились возле голой, снующей туда и сюда руки и никак не могли сесть на неё — это было смешно, но не настолько смешно, чтоб засмеяться: потому что внутри живота безбольно и тихо лопались одна за другой нити, свободы и пространства там становилось всё больше — и на этой свободе стремительно распускался огромный цветок, липкий, солнечный, полный мёда.

И птицы ещё эти сумасшедшие...

Представил себе женщину, белую в тех местах, где у неё белое, тёмную — где тёмное, дышащую открытым ртом, не знающую, как бы ей ещё извернуться, чтоб раскрыться ещё больше.

...В последние мгновения Артём не сдержался и задавил трёх комаров, сосущих его кровь, резко прижавшись щекой к своему плечу, одновременно чувствуя, как будто звёзды ссыпаются в его двигавшуюся руку...

Через всё тело прошла кипящая мягкая волна: от мозга до пяток — и ушла куда-то в землю, в самое её ядро.

"Так зарождался мир! — вдруг понял, словно выкрикнул криком внутри себя эту мысль Артём. — Так! Зарождался! Мир!"

...Его выплеснуло всего! — как-то неестественно долго расплёскивало — вот так, вот так, да, вот так... да кончится это когда-нибудь! — было уже не сладко и не томительно, а чуть-чуть больно, и тошно, и зябко, и едва раскрывшийся цветок уже закрывался, остывал, прятался — зато комарья стало в семь раз больше, и Эйхманис смеялся не переставая — и в доме, где ночевал Артём, кто-то заворочался: оказывается, это было очень рядом и очень слышно.

Артём присел, у него закружилась голова, он ощутил ладонью землю, а на земле — густое и влажное, словно здесь кто-то отхаркивался.

Резко поднялся, вытер руку о штанину.

Никакого мира не зародилось — в свете соловецкой ночи виднелись белые капли на траве. Растёр их ногой.

* * *

Эйхманиса с утра никто не видел.

Артём, едва проснувшись и пойдя умываться, не выдержал — зашёл за угол, посмотрел, не осталось ли следов вчерашнего.

"...А то сейчас появится Эйхманис, сразу всё заметит и спросит грозно: «Это кто здесь ночью натворил?»" — посмеялся над собой Артём.

На душе было несколько противно. Но терпимо, терпимо...

К завтраку Феофан достал сразу шесть сельдей — и с утра она ничего женского уже не напоминала, зато вкусна была по-прежнему.

Все ели жадно, быстро, с удовольствием. Облизывали пальцы, улыбались друг другу. За столом почти не разговаривали — так были увлечены.

У Кабир-шаха, отметил Артём, даже белки глаз покраснели от напряжения.

Щелкачов ел аккуратнее всех: чувствовалось воспитание. Иногда он внимательно и чуть щурясь посматривал на иконы, висевшие в избе Феофана.

— Кажется, что, если такую сельдь есть бы каждый день — так и будет выглядеть настоящее человеческое счастье, — вдруг сказал Щелкачов, переведя взгляд на Артёма.

Артём с улыбкой кивнул: он оценил сказанное.

— Спасибо, отец Феофан! — громко поблагодарил Артём на неведомо кем данных ему правах старшего здесь, когда сельдь была доедена.

Он и сам себе постыдился бы признаться, что хочет услышать, как отец Феофан с ним заговорит. Отчего-то казалось, что Феофан хорошо понял, как именно дышал вчера Артём, — и от этого в сердце Артёма чувствовался тошный неуют.

Вместо ответа Феофан кинул какую-то тряпку на стол — вроде бы его старые порты. Все тут же начали вытирать об них сорок раз облизанные руки, никто не брезговал.

Феофан вышел из избы.

"...И чёрт с тобой, старый бес, — подумал Артём, — мало ли чем ты сам тут занимаешься всю свою бобылиную жизнь..."

Когда все остальные понемногу побрели на солнечный свет, Щелкачов так мило улыбнулся Артёму, что они сразу же разговорились. Тем более что Артём не выспался и ещё чувствовал брожение алкоголя внутри — а в таком состоянии он почему-то всегда был говорлив, раскрыт настежь и любопытен к другим. Вдвойне хотелось разговаривать из-за Феофана: этот тихий и настырный стыд требовал отвлечения.

— Ты понял, чем мы занимаемся? — спросил Артём задорным шёпотом.

Щелкачов так же весело пожал плечами — в том смысле, что сложно не догадаться.

Артём тем не менее вопросительно расширил глаза: а откуда ты мог догадаться?

На этом месте они оба расхохотались, потому что разом поймали себя на том, что после первого вопроса Артёма смогли перекинуться парой фраз, не сказав при этом ни слова.

— Меня и позвали сюда, — сказал Щелкачов, — потому что я иконами занимаюсь.

— Где? — не понял Артём.

— Меня ж перевели из двенадцатой, — ответил Щелкачов. — В музей, который Эйхманис создал.

— Тут ещё и музей есть? — подивился Артём, вспомнив вчерашние перечисления начлагеря: музей-то он и не называл, загибая пальцы.

— Да-да, — сказал Щелкачов. — В Благовещенской церкви. Две с половиной тысячи икон. Среди них — чудотворные Сосновская и Славянская...

Здесь Щелкачов внимательно и быстро посмотрел на Артёма, и тот сразу догадался о смысле взгляда: Щелкачов пытался понять, значимо ли всё это для Артёма или нет. Сам Щелкачов, судя по всему, был верующим — чего об Артёме сказать было нельзя, но он вида не подал — напротив, кивнул уважительно и заинтересованно.

— Говорят, что Славянская икона — работы Андрея Рублёва, и перед ней молился сам соловецкий игумен Филипп, затем ставший митрополитом Всея Руси, а после задушенный по приказу Иоанна Грозного, — рассказал Щелкачов.

Артём снова несколько раз кивнул с тем видом, что слышал про все эти истории, — и он действительно когда-то что-то про это знал, но давно забыл.

— И что ты делаешь в музее?

— А сижу в алтаре Благовещения и рисую экспозицию на глаз: определяю век, ценность, содержание... Меня начальник музея выменял у Кучеравы за три церковных ризы, — посмеялся Щелкачов, и Артём тоже хохотнул. — Я немного понимаю в иконах и прочей древности — учился этому. Так что я быстро догадался, зачем нужен... Фёдору Ивановичу. Раскопаем мы какую случайную вещицу — ему надо сразу понимать, тридцать лет ей или триста, ценна она или — подними и брось, стоит тут копать дальше или нет.

— Ты не знаешь, он что-то находил уже? — спросил Артём.

— Кто ж нам скажет, — пожал плечами Щелкачов. — Может, и находил. Ходят такие слухи... Будто бы он нашёл в одной бумаге запись, что клад там, где след от третьей головы в полдень на Троицын день — и надо копать один сажень вглубь. Под головой, предположили, храмовый купол. Ох уж поискали они нужную голову тут, покопали вволю в Троицын день — целый ударник устроили, ничего не нашли... Но то, что он изучил все церковные бумаги и к нему постоянно водят на беседы соловецких монахов, — это я слышал.

Подошёл третий молодой в их команде, Захар.

Он был низкоросл, кривоног, носат, не по возрасту щетинист — видно было, что не брился дня три, а уже так оброс:

если не будет бриться неделю, в свои двадцать или сколько там ему будет иметь настоящую, чуть курчавую бороду.

Артём ещё вчера хотел у него спросить, где они встречались раньше, но всё забывал.

— Не помнишь? — улыбнулся Захар; когда он, щурясь, улыбался, глаза его будто исчезали под веками. — А нас везли на одном рейсе, мы едва не передушились в трюме: по дурости полезли самыми первыми — а надо бы наоборот: тогда места достались бы у выхода, там хоть воздуха можно понюхать.

Артём покивал: да, было дело.

— Мы и в тринадцатой были вместе, но там в толкотне редко нас сталкивало, да я и без бороды был, и всё время на другие наряды... А потом меня перевели в двенадцатую — как раз, когда ты... — Захар, снова сощурившись, посмотрел на Артёма и добавил: — Дрался там с блатными, а потом в больничку попал.

Артёму понравилось, что с блатными он всё-таки, как свидетелям показалось, дрался, а не прыгал от них, как бешеная вошь, с нар на нары...

— Вас, как я понял, взяли в спортсекцию? — спросил Щелкачов Артёма — и он тут же вспомнил, что давно Щелкачову "тыкает", а тот ему — нет. "Ну и ладно!" — быстро решил Артём.

Он кивнул: да.

— Бокс? — уважительно произнёс Щелкачов.

Артём усмехнулся. Вдвойне было смешно оттого, что Захар, судя по его виду, слово "бокс" услышал впервые и значения его не понимал.

Никогда особенно не задумываясь об окружающих его людях, Артём легко догадался, что Захар ищет себе дружбы — с ним, Артёмом, — и причины тому просты: с блатными дружить — себя продать и потерять, а с Щелкачовым — сложно, он умный. Захар искал сближения с понятным ему человеком в надежде, что в трудную минуту тот, быть может, пособит.

Зато Артём давно уже ни с кем сближения не искал, оттого что догадался: помочь не может никто. Мало того — лучше и не отягощать собою никого: к чему было хоть Василию Петровичу, хоть Афанасьеву смотреть на то, как Артёма гоняют блатные — и догнали бы вконец, когда бы Бурцев не разбил первым его башку.

"А я ещё сержусь на Бурцева! — вдруг подумал, вернее сказать — понял Артём. — Надо бы сельди раздобыть да ему привезти в дар. Если б не он, меня б уже... порвали бы..."

Щелкачов — тот тоже был не прочь найти в Артёме товарища — хотя бы по той причине, что они пользовались одним словарём, допускали в речи причастные обороты и явно принадлежали к среде книжной. Но Щелкачов был не нужен Артёму тем более, и общался он с ним лишь потому, что ему было душевно и забавно, и сегодня его никто вроде бы не должен был убить — а разве это не повод для радости.

К тому же утро, которое начинается с кремлёвской сельди, — это утро необычайное, доброе.

До обеда они немного поработали — кто копал, кто чертил, Артём всё больше отгонял лопатой всевозможный тысячекрылый гнус.

Красноармеец при них был, но ни во что не вмешивался и не погонял — наверное, ему так и приказали: присматривать и не лезть.

К обеду появился Горшков — с распухшим лицом и свежей ссадиной, прошедшей через скулу и на висок. В руках был свёрток.

Артём смотрел на Горшкова чуть опасливо: кто его знает, что у него после вчерашнего позора на уме.

— Здра, гражданин начальник! — на всякий случай гаркнул Артём, вовремя пнув Щелкачова, чтоб поддержал. Захар подоспел только к "...чальник".

— Бриться и мыться будете сейчас, — сказал Горшков, будто не услышав приветствия, — а то притащили вшу к нам на островок — на хрен бы она нужна.

Следом заявился Феофан с пирогами.

Пироги были вчерашние, или позавчерашние, а то и недельные — но что с того, когда весь день на воздухе с лопатой. Все бросились есть, давясь и дыша носом, время от времени обводя округу глазами: не выросла ли поблизости из земли бутылка молока или, пусть с ней, воды.

— Озёрной попьёте сейчас, — сказал Горшков.

...К тому же пироги были не только с капустой, но и с повидлом — и, когда это повидло попало Артёму на пальцы, он даже зажмурился: где я? Кто я? Почему я жру повидло, я что, сплю?

У озера Артём и Захар быстро всё с себя поскидывали и полезли в воду, Щелкачов задумался, а индусы вообще пристыли.

Отчего Щелкачов замешкался, Артём быстро догадался: у него на шее, вокруг пояса и на щиколотках висели мешочки с нафталином и чесноком — Василий Петрович тоже так себя украшал, вшам на страх, — но пахучие обереги, кажется, помогали не очень. Артём однажды тоже такой пытался носить, но скоро решил, что съесть чеснок куда приятнее.

— А вы что, глупоглазые? — заорал Горшков на индусов. — Ну-ка, геть до воды!

Артём заплыл подальше, пить не стал — но рот водой пополоскал, в горле побурлыкал ею — три раза сплюнул — вроде как и попил.

Когда возвращался, всем уже раздали мыло, а отец Феофан ходил с бритвой по берегу, будто поджидая того, кто первый решит вернуться.

Курез-шах и Кабир-шах стояли по пояс в воде, слабо оплёскиваясь и глядя на отца Феофана с некоторым страхом.

...Первым решился выйти из воды Захар — судя по всему, купаться он не любил и быстро замёрз.

— Может, щетину я сам? — предложил он. — А ты, отец, голову?

— Небось, больше одного уха не отрежу, — неожиданно пошутил отец Феофан, и все поочерёдно засмеялись: даже Горшков, и тот улыбнулся, но дала о себе знать вчерашняя ссадина, и он тут же скривился.

"Интересно, он мысленно называет Эйхманиса «сукой» или не решается? Или сам себя убедил, что с табурета упал по своей собственной воле?" — веселил себя Артём.

Захар без волос стал совсем пацаном, зато нос у него вырос вдвое и заострился.

— Ты не с Кавказа ли? — спросил Артём, не вылезая из воды, весь в мыле — и продолжая расторопно себя натирать.

— С-под Липцев… — ответил Захар, будто ожидая издёвки и очень её не желая. — Крестьяне мы. Но тоже на горе живём. Маленькая, но гора.

Он всё гладил голову, удивлённый своим видом: в деревнях наголо бриться было не принято — по бритой голове в былые времена определяли каторжников — и вот он им стал.

Артём почувствовал, что парень болезненно воспринял его шутейный вопрос, и больше не лез.

Глядя на то, как из воды идёт худощавый, впрочем, недурно сложенный Щелкачов, и выбредая следом, по пути оплёскивая мыло, Артём поймал себя на мысли, может, и неуместной, но всё равно явившейся: он тут был самый видный, красивый.

Надо было всего пару дней не работать и питаться пирогами с селёдкой, чтоб всякая дурь в голову полезла…

Побритый наголо Щелкачов изменился не очень — как был питерский головастый мальчик с внимательными глазами, так и остался. Разве что ушей прибавилось на голове и синюшный череп смешил.

Пришла очередь побриться и Артёму — Феофан делал своё дело ловко и бережно.

Артём всё ждал — особенно в момент, когда Феофан крепко брал его за подбородок двумя пальцами, выбривая под губой, — что тот скажет шёпотом: "А тебе, охальник и рукоблуд, за то, что ты запоганил траву возле моего окошка, я отсеку сейчас нос…" — но ничего такого не случилось.

Солнце уже теряло жар, когда Артём ополоснулся, смыл мелкие остриженные волосы и кожную шелуху с плеч, и вдруг, глянув на своё отражение в воде, едва не засмеялся в голос: такой чистотой и юностью светилось всё его лицо, такой восторг ощущало тело — что какая тут тюрьма, и при чём она тут! — если целая, до самого солнца, жизнь впереди. Солнце плавало рядом в воде, как кусок масла.

Индусы между тем всё никак не могли решиться на то, чтоб доверить свои лица и волосы бородатому монаху с лезвием. Они так и стояли в озере по пояс, покрытые мурашками и вконец озябшие.

Артём разохотился было посмаковать картину пострижения индусов, но тут, нежданный, образовался Эйхманис, трезвый и бодрый.

— Здра! — заорал Артём очень искренне — Эйхманис привычно обрубил крик рукой: умолкни.

— Ты в какой роте, Артём, я забыл? — спросил Эйхманис, и Артём, сначала ответив в какой, потом быстро — нехорошо голым говорить с начальством — натянув рубаху, уже внутри рубахи подумал, что с ним общаются уже не как с заключённым, а как с бойцом, солдатом, армейцем. "...И это просто замечательно, — думал Артём, выныривая из рубахи так ретиво, что едва не оборвал уши, — это ужасно приятно..."

— И где живёшь? — спрашивал Эйхминис. — В келье?

Артём ответил, что да, в келье, на два места, и зачем-то уточнил: с Осипом Троянским, ботаником.

— А, я знаю про него, — сказал Эйхманис.

— Он сказал, что скоро меня должны оттуда переселить, потому что он обратился с просьбой разрешить его матери приехать к нему с материка и проживать с ним в келье, — пояснил Артём, отчего-то догадавшись, что Эйхманису это будет любопытно.

— Мать в келью? — улыбчиво переспросил Эйхманис и посмотрел на Горшкова. — Как весело, — Горшков на всякий случай кивнул. — Думаю, он чего-то недопонял, — сказал Эйхманис, и Горшков снова кивнул, на этот раз куда убеждённей.

— В общем, Артём, я посмотрел на всех вас, — продолжил Эйхманис. — Будете работать при мне, задачи я объясню, ты будешь старший группы.

Артём щёлкнул бы каблуками, если б не был босым — но пятки всё равно медленно соединил и подбородок поднял чуть выше.

— Горшков, сделай ему бумагу, что он командирован в монастырь и обратно, — велел Эйхманис, на Горшкова не глядя. — А ты, Артём, получишь там обмундирование на всех и продукты. И инструменты кое-какие — там Горшков всё напишет в заявительном письме.

"Жаль, что в военных уставах не прописано, что помимо ответа «Будет исполнено!» — можно в особо важных случаях подпрыгивать вверх, — совершенно спокойно и очень серьёзно думал Артём, — ...подпрыгивать и орать".

* * *

Собрался спешно, всё принюхиваясь — Феофан явно наготовил чего-то грибного и вкусного, из печи шёл важный дух.

Когда уже выходил — заявились навстречу все остальные лагерники, неся на лицах усталость от долгого смеха: Курез-шаха и Кабир-шаха всё-таки выгнали на сушу и обрили.

— Суп с грибами будет вам, каторжные, — посулил отец Феофан, тоже немного развеселившийся.

Все разом уселись за стол, в благоговейном ожидании: лица вытянулись и сосредоточились.

Артём решил остаться: ему так не хотелось лишиться обеда, что даже бритые — и оттого почему-то обрусевшие на вид — индусы не смешили.

Суп пах, как лесной концерт. Эти чёртовы грибы выросли под птичий в сто тысяч голосов гомон и теперь сами запели: их голоса струились вокруг и волновали невероятно...

Но тут объявился Горшков.

— Ты чего пристыл тут? — в меру строго сказал Артёму. — Я за тобой ходить буду?

Артём запнулся, не зная, что ответить, — хорошо, ещё не уселся за стол и не начал суп хлебать.

— Держи свою бумагу, — сказал Горшков недовольно. — Провожатый ждёт, мчи пулей.

"...В который раз хотел назвать меня шакалом, но из-за того, что я старший группы, — снова не решился, — догадался Артём и тут же посмеялся над собой: — Что-то ты слишком о многом стал догадываться, догада. Может, все твои догадки — ерунда? И всё не так, и ты — дурак, Артём?"

С красноармейцем он знакомиться не стал, сел на лошадь — и поехал следом.

Верхом, надо сказать, он катался впервые — поначалу было боязно, что лошадь окажется норовистой и Артёма сбросит наземь — вот и будет тебе тогда "старший!" — но нет, она спокойно пошла вслед за красноармейской кобылой.

Трясло, конечно, но если приспособиться, то ничего — красноармеец никуда не спешил, спасибо ему. Через несколько минут Артём успокоился.

"Как скоро ты превратишься в Бурцева, дружок? — задиристо спрашивал себя он, — Начнёшь ли бить Щелкачова лопатой по хребту?.."

...Посмеивался, но ответа до конца не знал.

Нет, конечно, он и представить себя не мог в такой ситуации, но — вдруг?

"Если, к примеру, Эйхманис попросит? — Что попросит? Ударить Щелкачова лопатой?.."

Ни к чему не придя, Артём вообще перестал думать, а только озирался и поглаживал себя по голове ладонью: это было приятное чувство.

Если по пути попадались лагерники — из числа работавших за пределами кремля, — Артём выправлял осанку, и выражение лица его становилось независимым — ему так хотелось показать, что он теперь не просто шакал, как и все, — а шакал верхом на лошади, и даже красноармеец впереди не столько охраняет его, сколько — сопровождает.

Судя по тому, что на Артёма смотрели в основном неприветливо, лагерники кое о чём догадывались. Например, о том, что этому бритому наголо парню выпал кант. Или даже фарт.

В монастырь явились уже ближе к ночи.

Артёму, конечно же, хотелось, чтоб он подъезжал, а там — р-раз, и Василий Петрович идёт, или Афанасьев — ай, как хорошо можно было бы порисоваться. Но красноармеец заставил Артёма спешиться у ворот, забрал повод и пошёл в свою сторону.

— Эй, а куда мне? — негромко окликнул его Артём.

— А я, мля, знаю, — сказал красноармеец, не оборачиваясь. — Куда приказано — туда и следуй.

Потом всё-таки смилостивился, обернулся.

— Завтра соберёшь всё, что приказали, и двинем взад. Стой на площади, как соберёшься, жди меня. До полудня должны уехать.

На воротах Артём показал своё командировочное письмо, его пропустили, и он поспешил в келью.

— Надеюсь, что мама Осипа ещё не приехала, — бубнил вслух Артём. — А то Осипу придётся спать на полу...

Постучалась самозваная мысль о том, что мама Осипа могла оказаться вполне моложавой... а что? — если, допустим, ему двадцать с небольшим, а она родила его молодой... но Артём тут же оборвал себя: мерзость какая, мерзость, прекрати.

Монастырский двор был пустым. Артём подумал и решил, что, наверное, ни разу не случалось такого, чтоб он оказался здесь совсем один.

"А вдруг все ушли? — то ли усмехнулся, то ли затаился в надежде Артём. — Осталось двое постовых, и никого нет?.."

"...И не было", — ответил сам себе.

Только две чайки вскрикивали и кружили над двором, мучимые бессонницей и мигренью.

Навстречу одинокому человеку с разных концов двора двинулись олень Мишка и собака Блэк — каждый в своей манере. Блэк — достойно, но чуть танцуя своим мускулистым телом и сдержанно помахивая хвостом. Мишка — более бестолково и поторапливаясь, словно опасаясь, что, если он запоздает, — всё вкусное достанется псу.

"...Вот и лагерники, — посмешил себя Артём, — ...зайду сейчас в любую роту — а там нары полны всякого зверья. Кроты, крысы, лисы — все грызутся, дерут друг друга, обнюхивают... Кто там на воротах у меня проверял документ, я забыл уже, — и Артём всерьёз посмотрел в сторону поста. — Может, там два козла сидело, с козлиными глазами, а я и не заметил..."

Мишка и Блэк приближались.

"А у меня и нет ничего", — с привычным огорчением подумал Артём, глядя на зверьё, и осёкся, нащупав в кармане кусок пирога: не помнил даже, когда прихватил его. Вроде после бритья на озере... кажется, да... чей-то объедок лежал там — зажрались. Или не объедок, а кто-то оставил, пока брили, и Артём умыкнул, не задумываясь.

Разломил пирог, левую протянул псу, правую оленю, оба взяли поднесённое, даже не принюхиваясь. Касание звериных влажных губ осталось на обеих руках.

Артём так и пошёл в свой корпус с этим ощущением: лёгкого и чуть мокрого тепла.

Зверьё доело всё разом, олешка сделал пару шагов вослед, но понял, что ничего больше нет, и остановился, а Блэк сразу знал, что, если дают один раз и уходят, значит, всё. Благодарно дождался, пока Артём исчезнет за дверями корпуса, и пошёл досыпать.

В келье пахло кисло, Осип, как обычно, спал крепко, Артём, особенно не церемонясь, стянул ботинки, потянул с плеч пиджак — и тут его сосед неожиданно вскинулся, напуганный шумом. Артём даже застыл, так и став с полуспущенным пиджаком на руках.

— Кто? Что? — вскрикнул Осип: в глазах его гулял ужас, он не узнавал своего товарища и двигал ногами, отползая в угол. — Уходите! — то ли приказывал, то ли умолял он. — Прочь! Мне не надо этого!

— Осип! Осип! — Артём хотел взмахнуть рукой, но мешал пиджак. — Это я, Артём!

Несколько мгновений Осип пытался осознать смысл сказанного.

— Я напугался... — сказал он шепотом. — Думал: чекист.

Потом долго тёр виски.

* * *

— ...Сконструировал аппарат для осаждения и фильтрации йода, — рассказывал Осип с утра, под завтрак. — Большой чан с двумя фильтрами. Мешалка и труба движимы электричеством. Труба снабжена вентилятором. Знаешь, как было до этого?

— Как? — поинтересовался Артём; он всё равно ничего не понимал и лишь время от времени думал: огорошить Осипа словами Эйхманиса о том, что едва ли в келью к нему подселят мать, или не лезть не в своё дело. Кстати сказать, кому-кому, а Осипу Артём не очень хотел хвалиться своим новым назначением. Хотя всё равно с трудом сдерживался, вопреки здравому смыслу.

— До сих пор осаждение велось вручную, в бутылях, — объяснял Осип; отчего-то, говоря о бутылях, он показывал поднятую вверх морковь, которую держал в руке. — Процесс, во-первых, трудный для рабочих, а главное, вредный — пары брома, окислы азота, пары кислоты, пары йода — и всем этим люди дышали.

— Ужас, — согласился Артём и повторил. — Окислы. Пары.

— Да, — кивнул Осип, довольный, что его слышат. — А я сделал так, что запаха почти нет, усилий прилагать не надо — всё идёт само собою, — и тут же, без перехода, мелко засмеялся, немножко даже подпрыгивая на своей лежанке. — Как же я вчера был напуган! Отчего вы побрились? Вошёл кто-то без волос — как бес, — рук не видно, и — будто свисает мантия. Я думал, что пришли забрать... даже не меня, а душу.

Осип так же резко перестал смеяться, как начал.

— Ешьте морковь, — сказал Артём, кивнув Осипу на зажатый в его руке овощ.

— Мне пора, — вдруг ответил Осип и засобирался.

— А мама ваша? — не сдержался Артём. — Она скоро приедет?

— Ой, — встрепенулся Осип. — Спасибо, что напомнили. Мама уже выехала. Вам нужно зайти в ИСО и заявить о необходимости предоставления вам нового места.

Артём поперхнулся, но ничего не сказал, только в который уже раз подумал: "Вот Анчутка... К нему мама приезжает — а я иди в ИСО. Чёрта с два я туда пойду".

...Пока Артём размышлял, Осип уже ушёл, забыв попрощаться.

Артём ещё раз умылся и даже решил на себя посмотреть — в их корпусе имелось общее зеркало. Из зеркала глянул бешеными и яркими глазами взрослый, повидавший жизнь пацан — загар чуть в белую крапинку, как подсоленная горбушка хлеба, башка красивая — по Арбату б её выгулять, ох.

“Отъелся за последнее время, как волчара”, — с удовольствием подумал Артём, чуть-чуть даже прищёлкивая зубами.

Он очень себе понравился.

Он был полон летних сил.

...По командировочному письму получил на лагерном складе одежду на свою группу: размер определял на глаз, ему никто не перечил, давали выбирать.

Себе, естественно, подобрал влитое: сапоги болотные, высокие, галифе с леями и гимнастёрку с раскосыми карманами.

Приоделся сразу в новое, умытый и наглый вышел на улицу с таким чувством, будто ему сейчас должны честь отдавать красноармейцы.

На радостях позабыл забрать необходимый инструмент. Вернулся на склад, получил три лопаты, кирку, топор, совок, полотно, ведро, щётку и веник — это Щелкачов заказывал.

“...Стирать землю с золотых украшений и складывать их в ведро, как рыбу”, — посмеялся Артём; его всё смешило.

Ещё карандаши и бумага — для индусов с их черчением.

Со всем своим барахлом — тюк одежды, ведро, — ощетинившийся черенками лопат, чертыхающийся и попеременно что-то теряющий, еле выбрел на монастырский двор — там снова всё уронил.

Набежал Афанасьев, кинулся помогать — всё такой же весёлый, чубатый, леденец во рту, видимо, вчера хорошо раскинул святцы.

— Тёма! — пропел Афанасьев, поигрывая конфеткой в зубах. — И что, тебя ещё не убили?

— Нет, я теперь при Эйхманисе, — сразу выпалил Артём: сколько ж можно было в себе это таить.

— В качестве? — весело спросил Афанасьев и схватил себя за чуб, видимо, чтоб голова не отвалилась.

— Это, брат, секрет! — в тон ему ответил Артём, чуть дурачась.

— Но не шутишь?

— Честное соловецкое! — съёрничал Артём: ещё месяц назад ему и в голову б не пришло острить так. — А ты?

— А я тоже готовлюсь к переводу, — похвастался Афанасьев. — По театральному делу. Но ты кручёней, ты верчёней, ты вообще лихой паренёк, а? А приодет-то как? Дьявол меня разорви!

В ответ Артём только сморгнул с достоинством: да, лихой; да, разорви тебя дьявол.

— Ну, я побёг, — нарочито сковеркал язык Афанасьев. — У нас репетиция. Скоро премьера. Сам гражданин Эйхманис явится. Ты одесную от него сидеть будешь? Или ошуюю?

Артём захохотал, Афанасьев тоже — они по разу толкнули друг друга, как пацаны, и разошлись, только Афанасьев ещё раза три оглянулся.

Уже когда на некотором отдалении был, сдержанно, быстро осмотревшись, крикнул:

— А лопаты-то куда? Ведро? Ты его мыть будешь? Или зарывать?

Это уже были совсем нехорошие шутки, тем более что вокруг невесть кто бродил, но Артёму по-прежнему было всё равно: он картинно плюнул в сторону Афанасьева и отвернулся.

Там, куда отвернулся, в поле зрения как раз Ксива объявился — нёс свою отвисшую губу куда-то.

Артём, у ног которого лежало всё его барахло, перебрал ногой, что ему больше всего может сейчас пригодиться, и остановился на кирке.

“...Башку ему отшибу”, — решил он, не очень отдавая себе отчёт в том, серьёзен он или нет.

Ксива, кажется, тоже догадался, к чему идёт дело, и, враз оценив ситуацию, достаточно поспешно пошёл в свою сторону и даже губу прибрал.

Артём ещё постоял, играя киркой, — ну, кто тут? Выходите, черти, — семеро варёных на одного пережаренного.

...Вернувшись к тюку с одеждой, уселся на него: "...а то унесут сейчас, как будешь объясняться..."

На мгновение задумался, что он всё-таки немного смешной в своих болотных сапогах посреди двора, но не захотел об этом размышлять, отмахнулся.

Пришёл Блэк, потёрся боком, Артём расчесал ему в том месте, где у собаки была бы борода, когда б росла. Блэк благодарно закатил чёрные глаза. Дышал он сладким собачьим духом — Артём с детства любил этот запах.

Олень Мишка выжидательно стоял рядом: тут только чешут или могут угостить сахарком?

Даже соловецкие, такие тоскливые, облезлые, почерневшие стены, пустые монастырские окна, словно бы пахнущие чекистским перегаром, нелепые звёзды на куполах — даже это всё на сегодняшнем солнце играло, немного раскачивалось и, если прикрыть глаза, двоилось, троилось.

...Но когда одна беда миновала тебя, а судьба своего требует, всё равно выйдет другая.

Где-то на самом дне билось, как журчеёк, слабое предчувствие, что лучше притаиться и пропасть в такое утро, но как было внять этому чувству.

Откуда ни возьмись появился десятник Сорокин — со своими потными подмышками, пахнущими, как с утра пойманная и уже тронутая солнцем рыбина, со своими грязными, как соломенная труха, слипшимися младенческими волосами, со своим мутным взором бешеной собаки и губами, полными слюной, словно их, как конверт, промазали клеем, но не заклеили.

Он был очень пьян.

В жизни его очевидным образом произошло важное событие; ощущение этого события клубилось вокруг него, как рой помойной мошкары.

Чайки сопровождали Сорокина с остервенелыми криками: им тоже, наверное, казалось, что он под мышками несёт по рыбе.

Сорокин первым увидел Артёма и с полминуты, время от времени моргая, разглядывал его, пытаясь вспомнить, когда и где видел этого типа. Болотники, галифе с леями и гимнастёрка с раскосыми карманами сбивали с толку, но Сорокин поднапрягся и наконец озарился.

Перед ним был тот самый шакал, что однажды унизил его перед лагерниками.

Сорокин обещал запомнить его — и, надо ж те, запомнил.

"Мне продукты ещё надо получить", — некстати и с лёгкой тоской подумал Артём, оглядываясь: неудобно же идти с этими лопатами к ларьку... Или на кухню? Что там было написано в командировочной бумаге?

— Ты, шакал, думал, моя амнистия спасёт тебя? — начал Сорокин издалека; его шатало, но не так, чтоб очень, и вообще, подумал Артём почти отстранённо, он здоровый мужик, этот десятник. — Я из тебя сейчас выбью длинную соплю, — цедил Сорокин, подходя всё ближе. — И удавлю на этой сопле.

Когда Сорокину оставалось полтора шага, Артём, безо всякого усилия и ни о чём не думая, быстро привстал с тюка и ударил бывшего десятника в подбородок снизу.

Сорокин упал.

Артём снова сел на тюк.

Он сидел и смотрел в небо, рядом лежали лопаты, кирки, Сорокин, стояло ведро, в трёх шагах, подняв уши, застыл удивлённый Блэк, олень Мишка, напротив, отбежал чуть дальше, но всё равно оказался на пути красноармейцев, которые всё видели и спешили к Артёму.

За шиворот, как нашкодившего щенка, его подняли с тюка и дали оплеуху.

Артём хотел всадить ещё и красноармейцу, но его уже остужало, как чугунок, снятый с огня и опущенный под воду, — ещё шипело и парило, однако с каждым мигом становилось холодней и холодней.

— Куда его? — спросил один красноармеец второго.

Тот, присев на колено, теребил Сорокина:

— Подох, чё ли?

Не услышав ответа, со скрипом поднялся и чуть озадаченно оглянулся, видимо, ожидая немедленно увидеть поблизости доктора Али, которого отчего-то не было.

У Сорокина изо рта натекла слюна. В слюну села и чуть не увязла там крупная муха.

— У меня командировочное удостоверение от Эйхманиса, — злобно сказал Артём, но смотрел при этом всё равно на Сорокина: ...неужели?

— Завали пасть, — ответил ему красноармеец, причём говорить он начал одновременно с Артёмом и успел произнести свою угрозу ещё тогда, когда Артём выговаривал по слогам "командировочное удостоверение", — однако на фамилии "Эйхманис" красноармеец что-то понял, и второй оплеухи уже не последовало.

— В ИСО его, — сказал он.

— Будете отвечать перед начальником лагеря за потерю имущества, — объявил Артём, чувствуя жестяной вкус каждого слова: Сорокин смотрел в небо полуоткрытыми глазами, которые уже не выдавали живого человека.

— А этого куда? — спросил второй красноармеец своего товарища, кивая на Сорокина.

— Лопаты бери пока, сложим внизу в ИСО, — ответили ему. — А десятнику врача позовём.

Странным образом Артём пошёл пустой ко входу в ИСО — вослед ему два красноармейца несли тюк с одеждой, инструменты и ведро. Они сами сообразили, что выглядят смешно, но было поздно — не бросать же теперь всё это.

У самого входа Артём обернулся и едва не вскрикнул от счастья, как уколотый: Сорокин вдруг сел и с неожиданной страстью начал отирать лицо руками — увидев это, Блэк залаял, будто рассердился, что труп ожил.

Вид Сорокина и все его движения говорили о том, что он ничего не понимал и ни о чём не помнил. Просто вот слюна налипла...

— Живой, — сказал Артём красноармейцу радостно.

— Пошёл, — ответил красноармеец Артёму и втолкнул в дверь.

Инструменты и форму оставили возле дежурного — и, когда Артёма повели наверх, он уже на втором этаже догадался, кого сейчас увидит.

...Ну да, вот третий — а куда же ещё...

Помощник дежурного по ИСО попытался доложить, но знакомый женский голос ответил:

— Не надо, я видела в окно.

Галина сидела за столом. На стене, за её спиной, по-прежнему висели портреты Троцкого и Дзержинского.

— Садитесь, — сказала Галина, мельком подняв глаза на Артёма, — естественно, она что-то писала, — но, подняв глаза и тут же опустив, не сдержалась и снова посмотрела на него.

Артём прошёл к её столу — табурет был тот же, он помнил, и, пока садился, успел заметить, что портрет Ленина остался на месте, под стеклом стола, а портрета Эйхманиса, который там тоже имелся, — уже не оказалось...

"Или нет, — вдруг понял Артём. — Он на том же месте, просто Галина его перевернула... чтоб не видеть!"

— Вернулся наконец, Горяинов, — сказала Галина и быстро, как-то даже деловито облизала губы. — Тебя тут наши бумаги дожидаются уже который день. О добровольной помощи Информационно-следственному отделу, которую ты обязуешься оказывать.

Она была без формы — в рубашке с закатанными рукавами, две верхних пуговицы расстёгнуты, шея коротковата, но лицо красивое, чуть вспотевшее, кожа смуглая, глаза широко расставлены, взгляд внимательный и чуть злой, мочки ушей проколоты, но серёжек нет, скулы крепкие, зубы белые, губы обкусаны, как у подростка, и шелушатся.

"Влип? — почти спокойно подумал Артём. — Или нет?"

— Гражданин Эйхманис направил меня с поручением, — ответил Артём и полез в карман за командировочными бумагами...

— Я тебя не спрашиваю, Горяинов, кто тебя и куда отправил, — перебила его Галина; едва видная капелька слюны слетела с её губ и попала на бумаги, разложенные перед ней. — Речь идёт о том, что ты многократно нарушил дисциплину и порядок, отбывая срок в Соловецком лагере особого назначения, за что должен быть немедленно наказан. Твоя келья теперь — карцер, ясно тебе? — голос её звенел и высился. "...Влип-влип-влип-влип..." — отстукивало в голове у Артёма.

— Я пытаюсь объяснить, — хрипло начал он, — что бывший десятник Сорокин попытался препятствовать исполнению приказа товарища Эйхманиса...

— Гражданина! — перебила его бешеная женщина. — Гражданина Эйхманиса! Тебе он не товарищ, тебе не объяснили ещё? Мало просидел? Может быть, тебе удвоить срок? Хотя ты и свой в карцере не досидишь!

Галина даже встала из-за стола, она неотрывно смотрела на Артёма, пытаясь прожечь его насквозь, убить немедля, сейчас же — будто бы именно Артём являлся отвратительным сгустком всего того, что она ненавидела и чему яростно желала смерти.

Артём это чувствовал, и ему становилось всё страшней.

"...Господи, отпусти меня, — лихорадочно думал он. — К блатным, к Ксиве, к Жабре, куда угодно..."

— Гражданин Эйхманис назначил меня, — почти выкрикнул Артём, и тут же забыл, или ещё не придумал впопыхах слово, которое должно было обозначить смысл его назначения, — назначил своим ординарцем! И я должен выполнить его приказ!

"...Что я несу, Боже мой... — кричало всё внутри, — меня же убьют за всё это!"

И оба они, кажется, кричали: он — голосом ребёнка, заслонившего лицо рукой от ужаса, она — голосом покинутой и обиженной женщины, требующей, чтоб ей немедленно доказали, что она — любима, нужна, что без неё мир пуст, а с ней...

— Кем? Кем, ты сказал? Повтори! — требовала она, готовая захохотать, и, обойдя стол, подошла к Артёму в упор, словно собираясь вцепиться ему в лицо. На ней была тугая юбка.

Она встала перед Артёмом и оперлась задом о свой стол.

— Ординарцем, — упрямо и громко повторил Артём, глядя на эту юбку. — Как вы смеете меня задерживать?

В голове его, совсем ему непонятная, появилась откуда-то извне фраза: "Она так нарочно".

"Она нарочно так, — думал кто-то вместо напуганного и леденеющего Артёма. — Она нарочно так. Она нарочно так. Ты должен угадать. Ты должен угадать. Иначе она уйдёт, сядет за стол — и тогда всё..."

Не отдавая себе отчёта, он, так и сидевший на табурете, вдруг чуть наклонился, взял её за ногу и влез, влез, влез этой своей рехнувшейся рукой ей в тугую юбку — насколько смог, — а смог только до колена, — но это уже было... это уже было кошмаром, расстрелом, червивой ямой.

"Угадал? — вопил какой-то бес внутри Артёма. — Что, угадал?!"

— Ах ты тварь! — сказала Галина внятно и, как показалось, совсем бесстрастно.

Но Артём уже вставал, комната качнулась, застыла как-то боком... откуда-то — он увидел это мельком, словно выпал из разверзнувшегося неба и полетел вместе со всей этой комнатой на огромной скорости, — появились её тонкие, обкусанные губы и потная щека, — и он в эти губы вцепился, пытаясь спастись и не разбиться вдребезги.

Тут же почувствовал, как она одной рукой взяла его за гимнастёрку, собрав ткань в кулак, а другой за шею — очень больно вколов в его кожу даже не ногти, а когти: тварь, тварь, ты тварь! — вот что вопила её рука.

...Взбесившийся, тонкий, змеиный язык её был у него во рту, и сопротивлялся там, и бился, как ошпаренный...

"Чай только что пила, с сахаром", — подумал кто-то вместо Артёма, потерявшего рассудок.

Вырвав когти из его шеи, она столь же резко поискала что-то в паху у него, никак не умея найти.

— Да расстегни ты это всё, где там у тебя... — велела бешеным шёпотом.

* * *

Эти болотные сапоги — они были так неуместны: он спускался вниз с третьего этажа по лестнице на негнущихся ногах. Ноги дрожали.

"Болотные сапоги, потому что ты — в болоте", — приплыла к нему первая мысль, и он её нёс, и она покачивалась в его мозгу, как палый лист на воде.

Вышел на улицу, не помня как, запомнил только, что, пока спускался, в нескольких кабинетах стрекотали печатные машинки, напоминая каких-то птиц. Птицы клевали буквы. Буквы разбегались в стороны.

Очень удивился, что на улице солнце — оно слепило. А казалось, что должен быть вечер. Казалось, столько всего прошло уже. Целая жизнь взметнулась вверх, рассыпалась, как салют, и пропала.

...И руки тоже у него дрожали.

Он облизал губы. Губы пахли чем-то чужим.

Едва ли не в самое лицо налетела чайка, гаркнула что-то.

Он вдохнул, осмотрелся и что-то вспомнил.

Сначала — что тут был Сорокин, и его уже нет.

Потом — что у него были лопаты. Кирки. Ведро. Топор. Тюк с одеждой и болотными сапогами. Бумага для черчения и карандаши.

Артём развернулся и вошёл в ИСО.

Ничего не говоря, он двинулся к инструментам, сваленным прямо тут же, у входа.

— Э! — крикнул дежурный красноармеец. — Ну-ка положь!

Тут в ИСО вошёл другой красноармеец, и Артём узнал своего вчерашнего провожатого.

— Мудень ты берёзовый, где тебя носит, йодом в рот мазанный? — заголосил он.

Артём смотрел на него, как контуженный.

— Забирай инструмент, чего ты его здесь вывалил? — велел провожатый.

— Петро, нельзя, — ответил ему дежурный. — Изъят.

— Как, ёп-те, нельзя, ты что, — всплеснул руками провожатый. — Там товарищ Эйхманис ждёт.

Дежурный был слегка озадачен таким известием, но по-
зиций не сдавал.

— Тебе что сказали в кабинете? — спросил он Артёма.

"Она мне велела: «Выйди!»" — вспомнил Артём, но не стал
об этом говорить. Голос у неё был сиплый, и прядь прилипла
к виску.

— Ничего не сказали, — тихо ответил Артём. Даже голос
у него дрожал.

— Сейчас разберёмся, — сказал дежурный и, кликнув своего помощника из подсобки, велел: — Сбегай на третий,
спроси у Галины, что с изъятым инструментом делать.

— Тьфу! — сказал провожатый; Артём знал теперь, что его
зовут Петро.

Петро, ещё раз обозвав Артёма "муднем", вышел курить,
на ходу сворачивая цигарку.

Две минуты Артём ждал, изредка трогая пальцами холодную стену.

Вернулся Петро, спросил:

— Ну?

Ему никто не ответил.

Наконец спустился помощник дежурного и отчитался:

— Инструмент передать Эйхманису, Артёму Горяинову приказано остаться в кремле до особого распоряжения и вернуться в свою роту.

Артём тяжело дышал через рот, стараясь не смотреть по
сторонам, чтоб не встретиться с Петром глазами.

"Сама ты тварь", — подумал он очень отчётливо и уверенно.

"Она не боится, что я сейчас всем скажу, что я её..." —
остервенело спросил себя.

"И сегодня же вечером тебя пристрелят, придурок", — ответил себе же.

— Чего ты встал, образина? — крикнул Петро на Артёма. — Тащи хоть до лошади это барахло, — и для ясности
ткнул Артёма в бок.

Артём собрал, что смог, Петро придержал дверь и выпустил его во двор.

— Как я всё это повезу теперь один, ты подумал, твою-то мать? — спросил Петро, разглядывая сваленное Артёмом возле его лошади.

— Ещё продукты надо получить, — ответил Артём никаким голосом.

— Бумагу дай, — сказал Петро.

Он ушёл за продуктами, Артём ждал его полчаса, чувствуя себя мразью, пылью, подноготной грязью... и эти ещё болотные сапоги на нём.

Чайки орали в самые уши.

"...Чтоб тебе сгореть! — даже не с бешенством, а с какой-то неизъяснимой жалостью, что не может сгореть немедленно, думал Артём о себе. — Чтоб тебе сдохнуть, сгнить немедленно! Как же ты родился такой корягой! Такой кривой корягой! Кривой, червивой корягой! С пустой своей головой! С пустой своей головой поганой! Как же? Как я ненавижу тебя! Как же я ненавижу!"

Он оглянулся по сторонам, ища хоть какого-нибудь спасения... и вдруг нашёл её окна — вот же они! — у окна стояла эта тварь, эта паскудная развратная тварь!.. Но тут же отошла, исчезла, едва поймала его взгляд.

О, как бы он закинул туда камень — с какой радостью! Какую бы истерику устроил бы здесь! Как орал бы, что эта сука только что сняла трусы перед лагерником, я блядью буду, что говорю правду! Вспорите ей живот — там моё семя! Что же ты делаешь, сука, ты же губишь живого человека! Посмотрите на это окно! Где ты, тварь, куда ты там делась? Она спрашивала: "Где у тебя там?" Показать? Вот у меня там! Показать ещё раз? Вот здесь!

...Дико — но Артём вдруг снова почувствовал возбуждение: горячечное мужское возбуждение, острое и очень сильное.

...Естественно, он ничего не кричал, и только вдруг понял, что у него выкатилась огромная незваная слеза. Он подхватил её уже на лету — как холодное насекомое, и сжал в кулаке.

"...Твоё тело — взбесилось!" — сказал он сам себе, не понимая, как то, что у него творится в паху, может сочетаться с тем, что творится в его голове.

Вернулся Петро с мешком съестного.

Над головой у него толпой кружились чайки, словно он нёс на голове мясную требуху.

Он ещё раз оглядел всё, что ему придётся везти, и посоветовал:

— Улепётывай, мудень.

Артём развернулся и пошёл.

Через три шага вспомнил и, не оглядываясь, ответил:

— Сам ты мудень.

Ещё семь шагов ждал, что его догонят, но никто не догнал.

✳ ✳ ✳

...Кажется, он даже заснул — будто шёл, шёл по шаткому льду и упал в прорубь, — но в проруби оказалась не вода, а земля — причём горячая, словно разогретая, и очень душная.

Спал в этой душной земле.

Потом лежал, закрыв глаза, и пытался ничего не слышать, ничего не понимать, ничего не помнить.

"А вот я сейчас открою глаза и увижу маму, — молил он. — И окажется, что я дома, и мне двенадцать лет, и меня ждёт варенье, и муху поймал паук в углу, и она там жужжит, и я придвину стул и, привстав на цыпочки, буду смотреть, как он там наматывает паутину на неё, чтоб потом утащить муху в расщелину меж брёвен стены. А мать скажет: «Тёмка, как тебе не жалко? Мне вот жалко муху! Господи, что ж она так жужжит! Иди скорей чай пить!»"

— Что она так жужжит, мама? — спросил Артём вслух.

Он открыл глаза. Никакой мамы не было.

Постучались в дверь.

Артём сел. На полу лежали болотные сапоги — так бы и порезал их на куски.

"Какого чёрта они не откроют сами, — подумал Артём, невесть кого имея в виду под словом "они". — Дверь не заперта!"

— Кого там? — спросил он громко.

Дверь медленно — зато со скрипом — отворилась, и на пороге образовался Василий Петрович.

Артём выдохнул так, словно если не весь груз, то хотя бы часть его вдруг упала с души.

— А я увидел вас — как вы по двору идёте. И такой красивый, такой поджарый и помолодевший... Когда б вас в Москву — комсомольские барышни бы таяли... и в таких сапогах! — с порога зажурчал Василий Петрович, весь щурясь, как рыболов.

— Тьфу на них! — сказал Артём, глянув на сапоги, и снова почувствовал, как близко слёзы у него.

— Отчего же это, — удивился Василий Петрович, тоже заметив сапоги на пути у себя. — Мне бы такие очень понадобились — осень уж близится, осень, а мои развалились совсем.

Артём вдруг вспомнил — и зажмурился от душевной боли — что свою собственную одежду он сложил в тот тюк, куда засунул форму для всех остальных — и её теперь красноармеец увёз к Эйхманису. Да что ж это такое-то!

Он бросился к окну: вдруг этот Петро так и стоит во дворе? — но, естественно, нет. Олень Мишка перетаптывался на том месте.

День уже явно прошёл: белёсый соловецкий вечер наполозал.

— Что такое, друг мой? — спросил Василий Петрович озадаченно. — Что вы мечетесь, как Чацкий?

Артём обернулся и некоторое время смотрел на Василия Петровича, ничего не говоря.

— Да и чёрт с ним! — решил наконец вслух, махнув рукой.

"Тебя завтра же расстрелять могут! — сказал себе Артём, — А ты о старых штанах опечалился!"

По совести говоря, он уже не очень верил в то, что его убьют: а за что? Его задержали в ИСО, он не виноват. Десятника ударил? Так он уже не десятник был, а освобождённый по амнистии бывший лагерник, к тому же пьяный.

Вся эта правота, конечно, выглядела шатко — но она же была.

— Как вы сюда попали, Василий Петрович? — спросил Артём, ещё не улыбаясь, но понемножку оживая.

— Я же ягодками то одних, то других кормлю, — готово отвечал его старший товарищ. — Везде свои люди, без блата никак — они ж все не пойдут в двенадцатую роту за брусникой, вот я им и разношу время от времени... И тебе вот принёс, — в каждом слове милейшего Василия Петровича были разлиты ирония, и самоирония, и доброта, и лукавство, и новоявленные мудрости соловецкого жития.

Он выставил на стол кулёк смородины вперемешку с малиной — Артём и не помнил, когда ел эти ягоды.

— Можно? — переспросил он.

— Нет-нет-нет, — с деланой строгостью запротестовал Василий Петрович. — Только смотреть. Полюбуетесь — и я дальше по ротам понесу свои ягоды — вволю, чтоб подразниться, — и засмеялся. — Кушайте! Кушайте, Тёма.

Василий Петрович уселся напротив Артёма — на кровати Осипа.

Артём схватил кулёк, тут же зачерпнул горсть и отправил в рот.

Как воспитанный человек, предложил Василию Петровичу, тот, не переставая солнечно щуриться, ответствовал, подняв вверх раскрытую ладонь и несколько раз качнув ей влево-вправо.

— Как там в нашей роте? — спросил Артём, облизываясь.

— А всё как-то так, — ответил Василий Петрович, — ...в тяготах и суете. Лажечников умер. Неужели не знаете? Вроде бы, когда вы лежали в больничке — тогда и умер? Афанасьева к артистам перевели. Блатные — блатуют и лютуют иногда. Кормлю их ягодами, Артём, представляете, какой позор старику? Бурцев... ну, про Бурцева вы сами всё поняли — лучше он не становится, только хуже. Китайца из нашей роты он, кажется, доконал совсем — уехал наш ходя в карцер, и с концами... Крапин — на Лисьем острове, кого-то там разводит — кажется, не совсем лисиц...

— А вы, значит, всё ягоды собираете? — спросил Артём, как бы поддерживая разговор — ему было ужасно вкусно и говорить не хотелось.

— А я всё ягоды, — согласился Василий Петрович. — А вы?..

Артём дал понять, что сейчас дожуёт и ответит, а сам подумал: "Сейчас я скажу милому Василию Петровичу, что начальник лагеря Эйхманис назначил меня старшим в поиске кладов — да-да-да, кладов! — на соловецких островах, после того, как мы с ним два дня пили самогон, — да-да-да, с ним пили самогон! — а сегодня я приехал сюда и на третьем этаже Информационно-следственного отдела во время допроса изнасиловал сотрудницу лагеря... или она меня изнасиловала. Да-да-да, разделись почти донага, на мне остались так понравившиеся вам болотные сапоги и спущенные галифе, а на ней — рубашка с закатанными рукавами, и мы неожиданно вступили в плотскую, чёрт, связь. Скажу — и Василий Петрович решит, что я сошёл с ума. И будет прав... Забыл сказать, что Галина — любовница Эйхманиса, Василий Петрович".

Прокрутив этот монолог в голове, Артём почувствовал натуральное головокружение и болезненную тошноту.

"Это ни в какие ворота..." — сказал он себе, чувствуя, как на лбу и висках разом появился бисерный пот.

Так как Артём всё не отвечал, а лишь делал странные знаки глазами — мол, ем, всё ещё ем, и сейчас всё ещё жую, а теперь глотаю, — Василий Петрович решил ответить за него сам:

— Мне казалось, вы попали... как они это называют? в спартакиаду?.. но я прохожу последние дни мимо спортивной площадки — вас там не видно.

— Да, — очень твёрдо ответил Артём, но больше ничего не сказал.

И к ягодам не прикасался, держа кулёк в руке. Рука была мокрой.

— Ну, хорошо, — кивнул тактичный Василий Петрович. — Потом расскажете. Я что зашёл: раз уж вы здесь — пойдёмте на наши соловецкие Афины? Мы сегодня собираемся. Мезерницкий, опять же, про вас спрашивал. И владычка Иоанн интересовался.

— А когда? — встрепенулся Артём.

— А вот сейчас, — сказал Василий Петрович, поднимаясь. — Вы, как я вижу, не очень заняты. Там, не поверите, будет некоторое количество пьянящих напитков. У вас есть какие-то закуски?

— У меня? — Артём полез под свою лежанку, так и не выпуская из рук кулёк с ягодами.

— Дайте я подержу, — предложил Василий Петрович.

Не глядя, Артём протянул ягоды. Следом — обнаруженные в ящике консервы.

— О, мясо-гороховые... — с интересом сказал Василий Петрович. — И ещё одни. Где вы их набрали?

— ...Не помню, — ответил Артём снизу.

— Хорошо живёте, — сказал Василий Петрович.

— Хорошо, — эхом отозвался Артём.

* * *

— А что, другой обуви у вас нет? — спросил Василий Петрович, когда Артём обувался. — Там, знаете ли, не очень сыро.

— Василий Петрович, прекратите, — с некоторой даже болью попросил Артём.

— Ну, как хотите, как хотите, — примирительно сказал Василий Петрович.

Встречались опять у Мезерницкого.

— Мы приветствуем вас, Артёмий, милый наш товарищ по несчастью! — шумел хозяин, обводя рукой то ли накрытый стол, то ли гостей за столом.

— Отчего же... — раздумчиво ответил Артём, разглядывая стол.

— Отчего же "товарищ" или отчего же "по несчастью"? — громко переспросил Мезерницкий.

Артём, будто ничего не понимая, но с улыбкой посмотрел в ответ: на том и закончили.

Над столом сияла радуга. Там имелись следующие напитки: лиловый денатурат, желтеющая политура, очищенный солью шерлачный лак — весь в чёрных лохмотьях. Рядом стоял неочищенный — "...на любителя", — пояснил Мезерницкий. Зеленеющий вежеталь. Цветочный одеколон для дам, хотя никаких дам не было.

— "Букет моей бабушки", — отрекомендовал Мезерницкий последний напиток.

В соловецких ларьках, между прочим, время от времени продавалась даже водка, в том числе и заключённым, по 3 рубля 50 копеек за бутылку — но на её покупку требовалось отдельное разрешение, появлялась она редко, уходила по блату, поэтому соловецкие лагерники старались обходиться своими возможностями.

— Что за праздник? — доброжелательно спросил Артём, разглядывая из-за плеча Мезерницкого, кто тут ещё есть в келье.

— Разве русские люди пьют, чтобы праздновать? — спросил Мезерницкий.

— Празднуют, чтобы пить, — с нарочитым бесстрастием сказал Граков; он привстал и подал руку Артёму.

— А владычка Иоанн нас благословит, — сказал Мезерницкий, оборачиваясь к батюшке.

— Упаси Бог, милый, — сказал владычка, улыбаясь Артёму, но разговаривая с Мезерницким. — Молю Господа, чтоб сия отрава не пошла вам во вред.

— У Мезерницкого именины, — шепнул Василий Петрович Артёму.

— Что ж вы! А я пустой, — озадаченно ответил Артём.

Василий Петрович покачал головой в том смысле, что ничего и не надо.

— Колесо истории едет мимо целых народов, а нас задело заживо, — отвечал Мезерницкий владычке. — Мы лечим раны, — и снова показал на радужный стол и покачивающиеся напитки.

— ...Переехало! — в тон Мезерницкому добавил Граков, видимо, имея в виду колесо истории.

— Нас всех намотали на это колесо, — продолжал Мезерницкий, степенно кивнув Гракову в знак согласия. — Не поймёшь, где голова, где зад, руки-ноги торчат в разные стороны, один глаз вытек, другой всосало в черепушку, и он там плавает, между мозгом и носоглоткой, боясь выглянуть наружу, но!.. Но, друзья мои!

— Вы лошадь погоняете, голубчик? — ласково спросил Василий Петрович Мезерницкого.

— Нет! — очень серьёзно ответил Мезерникий. — Но ставлю разделительное — "но"! Потому что всю свою юность мы проговорили о народе. О народе — как о туземцах. О его величии и его судьбах. О его непознанности. Мы даже идею Бога, — тут Мезерницкий быстро взглянул на владычку, — познали и обрушили, но до народа так и не добрались. И вот оно! Состоялось место встречи! Место встречи народа — и Серебряного века! Серебряный век издыхает, простонародье — просыпается. Что мы должны сделать? То, что не сделали толстовцы и народники, — вдохнуть дух просвещения в туземные уста и — уйти с миром.

— Мировоззрение Мезерницкого несколько противоречиво, — с мягкой улыбкой сказал Василий Петрович. — Не далее как в позапрошлый раз он говорил, что аристократия, и даже ясней выражаясь — белогвардейцы и каэры, — в силу своего естественного превосходства способны постепенно заменить большевиков. По той простой причине, что большевики мало что умеют, а раздавленная и обесчещенная аристократия умеет всё — что легко доказать, наблюдая управленческие кадры Соловецкого лагеря, где, как выражался Мезерницкий, одни "наши".

— ...Да, всё меняется, — согласился Мезерницкий. — Человек меняется, я меняюсь, идёт постоянный обмен веществ, целые народы меняют кровь на кровь, око на око, огонь на огонь — что вы хотите от меня? Всё течёт! Я тоже теку.

Произнося речь, Мезерницкий исхитрялся глазами показывать Артёму на напитки: этот? Или этот? Что предпочтёте?

— Да любой! — сказал Артём вслух. — Всё одно!

— Не скажите, — ответил Мезерницкий и налил Артёму что-то зелёное.

— Я одного не понял, — сказал Василий Петрович. — Отчего ж дух просвещения надо вдохнуть именно здесь? Неужели ж нет другого, более удобного места в России?

— Нет! — уверенно и даже чуть тряхнув головою, ответил Мезерницкий. — Здесь мы — уста в уста. Там красноармеец, пролетарьят, беспризорник — любой из них убежит, спрячет голову матери или жене в подол, в мох, в корневища — как ты его лицо обернёшь к себе? А здесь — всюду его лицо, куда ни дыхни.

— Вы ведёте разговор... как акробат, — с некоторым, впрочем, добрым разочарованием сказал Василий Петрович.

— Здесь происходит исход не только Серебряного века, — будто бы не услышав, а на самом деле отвечая на сказанное, говорил Мезерницкий. — Здесь заканчивают свой путь последние Арлекино. Последние денди. Взгляните, к примеру, на эти болотные сапоги, — и Мезерницкий указал на сапоги Артёма, одновременно чокаясь с ним.

— Прекратите, слышите, — с улыбкой попросил Артём, удивлённо чувствуя, что краснеет. — Я не нарочно...

— Хорошо, хорошо, — поспешно согласился Мезерницкий и поискал глазами, кого бы привести в качестве примера: владычка Иоанн не очень подходил. Граков — тоже нет. Василий Петрович... увы.

Пример явился, как заказывали.

Артём сразу вспомнил, кто это и как его зовут — Шлабуковский, артист. Это он лежал с лихорадкой в больнице и объяснил Артёму, что ему который день ставят градусник с чужой температурой. Вернее сказать — с его, Шлабуковского...

Но это был другой человек! Во-первых, он был в чёрных перчатках с белыми стрелками. Во-вторых, с тростью. В-третьих, в ботинках с замшевым верхом и отличных, от портного, брюках. Наконец: в твидовом пиджаке.

— Вы опять вынесли на себе весь театральный реквизит, душа моя, — сказал Мезерницкий.

Шлабуковский равнодушно, со скрытым весельем отмахнулся. Похоже, он тоже узнал Артёма.

— Ну, что, спа́ла температура? — спросил Шлабуковский.

— У нас же общая температура, — ответил Артём. — Судя по вам, спа́ла!

Шлабуковский почти беззвучно захохотал, кажется, очень довольный шуткой. Артём никогда не видел такой смех — неслышный, но заразительный.

— Шлабуковский, прекратите ваш припадок удушья; когда вы наконец научитесь смеяться вслух, — донимал его Мезерницкий, но, похоже, они были настолько дружны, что вправе были не обращать друг на друга внимания.

— У вас там шарлотка подгорает, — сказал Шлабуковский с большим достоинством и поставил трость в угол, положив сверху перчатки.

— Чёрт! — сказал Мезерницкий по поводу шарлотки; владычка Иоанн перекрестился, Мезерницкий выпил залпом свою дрянь, Артём понял, что ему тоже пора, но спросил у Шлабуковского: "А вы?" — тот оглядел стол и ответил: "Чуть позже!" — с таким видом, словно через семь минут должны будут принести его любимое шампанское 1849 года.

Артём выпил. Чувство было такое, словно ему плеснули в рот и заодно в глаза краску, перемешанную с кислотой, — это не глоталось, но жгло и душило.

Некоторое время он пребывал в лёгкой уверенности, что сейчас умрёт.

Открыл рот, попытался выдохнуть: воздух исчез.

Чудом появился Мезерницкий, будто знавший заранее, чем дело закончится, — в руках он нёс сразу четыре кружки ячменного кофе.

— А вот, а вот, — засуетился он около Артём. — А запить. А остыл уже.

Артём скорей сделал глоток: разбавил краску.

Но, удивительно, воздух едва начал проникать, а на душе уже становилось теплее и будто бы чище.

Владычка Иоанн смотрел на него, как на родное дитя, и, едва Артём вздохнул — батюшка и сам задышал.

Он обладал удивительным качеством — ни с кем не разговаривая, поддерживать всякий разговор: настолько полным понимания и вовлечённости был его взгляд.

Мезерницкий опять ушёл и вернулся с блюдом, на котором располагалось что-то пышное и очень ароматное, несмотря на то, что чуть подгоревшее, — видимо, та самая шарлотка.

— Бог ты мой, а я и не поверил, — всплеснул руками Василий Петрович. — Думал, шутка. Как же вы её приготовили, голубчик?

— На Соловках, как мы знаем, возможно всё, — отвечал Мезерницкий, ставя блюдо на стол, который поспешно пришлось освобождать — бутылки и склянки разноцветно зависли на вытянутых руках гостей, по-птичьи подыскивая себе место, — и лишь когда всё спиртное и съестное обрело некоторый покой, честно рассказал: — Купили сушеную дикую грушу, Василий Петрович — уже полдела. Нашли масло и повидло. Тюлений жир. Наконец, чёрные сухари. И вот вам — угощайтесь. Артём, ещё по одной? Тут все непьющие.

— Под шарлотку я всё-таки рискнул бы, — сказал Василий Петрович.

— Ну так рискнём! — сказал Мезерницкий и налил себе с Артёмом по второй, а Василию Петровичу — прорывную.

— Артём, — сказал Василий Петрович чуть патетично, хотя в глазах его было наглядное лукавство, — мы с вами столько...

— ...Ягод съели, — подсказал Артём.

— Да, — согласился Василий Петрович, будто бы даже охмелевший заранее. — И ни разу ещё не выпили. Непорядок!

— Выпьем не раз ещё, — сказал Артём, тоже немного — насколько умел — расчувствовавшийся.

— Думаете? — очень серьёзно спросил Василий Петрович, словно Артём знал нечто, ему неизвестное.

— Думает! — ответил за него Мезерницкий, уставший их ждать со стаканом в руке. — *Ergo bibamus*! — и сам себе перевёл с латыни: — Следовательно, выпьем!

И выпил.

Артём во второй раз потерял воздух и снова застыл в его ожидании. Василий Петрович на удивление легко перенёс употребление ещё более, казалось бы, злого, в чёрных лохмотьях напитка, и поспешно искал младшему товарищу кружку ячменного кофе, заодно самовольно отломил ему — но не себе! — кусочек ещё не тронутой шарлотки.

Тем временем Мезерницкий заставил всех на минуту задуматься.

— Знаете ли вы, мои образованные друзья, что выражение *"ergo bibamus"* — "следовательно, выпьем" — позволяет прекратить любой спор и любую фразу превратить в тост?

Артём сначала выпил глоток кофе, а потом уже попытался осознать смысл сказанного. Внутри его песочными волнами осыпалось сознание и подступал тяжёлый хмель.

— Граков, будешь пить? — спросил Мезерницкий как бы в качестве примера, подтверждающего его слова.

— Вы же знаете, я не пью, — сказал Граков чуть напуганно.

— ...Я не пью, *ergo bibamus*! — завершил Мезерницкий и действительно ещё разлил по одной.

— Милый ты мой, дай же ты ребёнку отдышаться, как с цепи сорвался! — не удержался тут владычка Иоанн.

— Да! — осушив третью, воскликнул Мезерницкий. — Именно! ...С цепи сорвался, *ergo bibamus*!

Все захохотали, и владычка тоже тихо засмеялся, прикрывая глаза рукой.

— Так решительно не получится разговаривать, — пожаловался со слезой в лукавом голосе Василий Петрович, естественно, тут же попался на крючок.

— ...Решительно не получится разговаривать, *ergo bibamus*!

Пришлось пить ещё одну.

Все застыли, как дети в игре, переглядываясь и сдерживая смех; у Артёма внутри неожиданно стало сладко-сладко:

и Эйхманис, и красноармеец Петро, и тюк с одеждой, и десятник Сорокин с потными подмышками, и эта сука ушли сначала далеко-далеко, а потом всё та же сука, перевернувшись в мягком и чарующем воздухе, вернулась обратно, и он неожиданно почувствовал её запах, и её дыхание, и её обветренные губы...

Остальные между тем пытались найти хоть какое-то слово, которое не способно было бы привести к немедленному употреблению радужного алкоголя.

Мезерницкий, то ли сурово, то ли смешливо, осматривал гостей, как бы пребывая в засаде, но одновременно нарезая шарлотку. Ногти у него на этот раз, заметил Артём с удовлетворением, были чистые и стриженые.

"Именины же!" — пояснил он себе.

Владычка Иоанн, кажется, готов был прочесть молитву перед принятием совместного ужина, но, видимо, всерьёз опасался немедленно услышать про *ergo bibamus*.

— Как я вас, — строго, но с иронической, всех расслабившей модуляцией в голосе сказал Мезерницкий. — Говорить, однако, можно о чём угодно! Просто результат любого спора предопределён!

И все разом, будто желая вдосталь наобщаться, пока их не поймали за рукав, заговорили.

* * *

— ...Я был в Крыму: ещё дамы, ещё эполеты, но ничего этого уже нет, эта жизнь умерла!.. Есть мёртвые города — где уже никто не живёт и лишь руины. А это был мёртвый город с живыми людьми! — говорил Мезерницкий, который как-то странно пьянел: как будто его обволакивало тёплое, чуть туманное облако — оно глушило любые звуки, и каждое слово давалось ему с некоторым трудом. — Грустно? Грустно! Но отчего же нам не грустить сейчас — всего этого тоже скоро не будет.

— Чего? — не понял Шлабуковский.

— Всего, — и Мезерницкий развёл руками. — Рот, баланов, леопардов, десятников, Эйхманиса... ничего! Вы не понимаете, что мы из одного мифа тут же перебрались в другой? Троя, Карфаген, Спарта... Куликовское поле, Бородино, Бастилия... Крым, Соловки. Понимаете?

— Я не хочу в миф, — сказал Шлабуковский. — Я хочу в кроватку с шишечками. И рисованными амурами в голове. И чтоб я в пижаме... Тем более я не вижу никакой разницы между Крымом и Соловками. По-моему, Крым в момент прорыва туда большевиков и махновцев оторвало от большой суши, какое-то время носило по морям и вот прибило сюда. Публика примерно та же самая, только она забыла уплыть вовремя в Турцию.

— Вы, Шлабуковский, анархист и мещанин в одном лице, — сказал Мезерницкий. — Хотя, с другой стороны, кем ещё нужно быть, чтоб пойти в артисты.

Граков рылся в книжках на полочке.

Василий Петрович сидел за столом и задумчиво жевал — что-то не более травинки величиной.

Артём забрался с ногами на лежанку Мезерницкого, сняв сапоги, в которых было чересчур жарко, и внимал одновременно и Шлабуковскому, и владычке Иоанну, который только что всё-таки пригубил рюмку чего-то лилового.

— Церковь — человечество Христово, а ты вне церкви, ты сирота, — тихо говорил владычка Иоанн. — Верующий в Христа и живущий во Христе — богочеловек. А ты просто человек, тебе трудно.

Артём слушал владычку, и ему казалось, что голова его очищается, как луковица — слой за слоем... и сначала было легко, всё легче и легче, как будто он научился дышать всем существом сразу, и всё вокруг стало прозрачнее... но одновременно нарастала тревога: что там, внутри у него, в самой сердцевине — что?

Вот ещё одно слово владычки, для которого Артём был как на ладони — и вот ещё одно, и вот ещё третье, — а вдруг сейчас последний лепесток отделят — а там извивается червь? Червь!

Будто бы беду отвели — так чувствовал Артём, — когда Мезерницкий, похоже, умевший, невзирая на своё облако, одновременно и говорить, и слушать, вдруг оставил свою тему и перебил владычку:

— А я вот иногда думаю, отец Иоанн: какое христианство после такого ужаса?

Владычка Иоанн чуть устало, но очень миролюбиво посмотрел на Мезерницкого. Глаза у владычки были совсем засыпающие: умаялся, бедный.

— А первохристиане что? — спросил он негромко, но таким тоном, словно первохристиане только что были где-то здесь. — Их рвали львы. А Христа что? Его прибили гвоздями! А он — сын Бога! Бог отдал сына.

— Вся Россия друг друга прибивала гвоздями, — сказал Мезерницкий. — Она теперь не хочет в Бога верить. Пусть Бог верит в неё, его очередь.

Владычка через силу улыбался, словно смотрел на свое чадо — которое расшалилось, но сейчас успокоится.

— А Он верит, он верит, — согласился владычка. — Его очередь — всегда, Он и не выходит из очереди. Сказано: любяй душу свою — погубит ю, а ненавидяй душу свою — обрящет ю. Россия свою душу возненавидела, чтоб обрести.

— А она обретает, — вдруг взял на тон, а то и на два выше Мезерницкий. — Обретает! — даже Граков обернулся на этот голос, а Василий Петрович перестал жевать травинку.

Мезерницкий сделал такое движение двумя руками, словно разорвал это самое невидимое облако и вылез наконец наружу, вспотевший и замученный.

— Батюшка у нас книг не читает. В России попы вообще книжность не очень любят, поскольку она претендует на то место, что уже занято ими... на место, откуда проповедуют, — сказал Мезерницкий очень чётко, Василий Петрович на слове "попы" поднял посуровевшие глаза и всё-таки смолчал. — Но тем не менее Россия уже сто лет живёт на две веры. Одни — в молитвах, другие — окормляются Пушкиным и Толстым. Граков, что там у тебя? Толстой или Пушкин? Тургенев? И Тургенев хорошо! Потому что беспристрастное прочтение русской литературы, написанной, между прочим, как правило, дворянством, подарит нам одно, но очень твёрдое знание: "Мужик — он тоже человек!" Самое главное слово здесь какое? Нет, не "человек"! Самое главное слово здесь — "тоже"! Русский писатель — дворянин, аристократ, гений — вошёл в русский мир, как входят в зверинец! И сердце его заплакало. Вот эти — в грязи, в мерзости, в скотстве — они же почти как мы. То есть: почти как люди! Смотрите, крестьянка — она почти как барышня! Смотрите, мужик умеет разговаривать, и однажды сказал неглупую вещь — на том же примерно уровне, что и мой шестилетний племянник! Смотрите, а эти крестьянские дети — они же почти такие же красивые и весёлые, как мои борзые!.. Вы читали сказки и рассказы, которые Лев Толстой сочинял для этого... как его?.. для народа? Если бы самому Толстому в детстве читали такие сказки — из него даже Надсон не вырос бы!

— Вы к чему ведёте? — спросил Василий Петрович несколько озадаченно.

— А вы подождите, Василий Петрович, — ответил Мезерницкий. — *Ergo bibamus* нас всё равно ждёт, оно неизбежно. Пока же — о Толстом, и то в качестве примера. Можно Толстого сменить на Чехова — Граков, поставьте книгу на место, хватит её жать, — такая же история. Чехов — он вообще никого не любит; но всех он не любит, как людей, а мужик у него — это сорт говорящих и опасных овощей... это что-то вроде ожившего и злого дерева, которое может нагнать и зацарапать. Наши мужики ходят по страницам нашей литературы — как индейцы у Фенимора Купера, только хуже индейцев. Потому что у индейцев есть гордость и честь — а у русского мужика её нет никогда. Только — в лучшем случае — смекалка... А чести нет, потому что у него в любую минуту могут упасть порты — какая тут честь.

— И всё-таки? — спросил Василий Петрович, которому монолог Мезерницкого с самого начала не нравился.

— Большевики дают веру народу, что он велик! — сказал Мезерницкий, явно сократив себя — слов у него в запасе было гораздо больше. — И народ верит им. Большевики сказали ему, что он не "тоже человек", а только он и есть человек. И вы хотите, чтоб он этому не поверил? Беда большевиков только в одном: народ дик. Может, он не просто человек, а больше, чем человек — только он всё равно дикий. По нашей, конечно же, вине — но это уже не важно. Что делать большевикам? Понятно что — не падать духом, но сказать мужику: мы сейчас вылепим из тебя то, что надо, выкуем. Мужик, естественно, не хочет, чтоб из него ковали. Его, понимаете ли, секли без малого тысячу лет, а теперь решили розгу заменить на молот — шутка ли. Однако уже поздно. Сам согласился.

— Мы-то здесь при чём, голубчик? — спросил Василий Петрович.

— Мы? — искренне удивился Мезерницкий. — Мы вообще ни при чём — нас уже нет. Мы сердимся на немца-гувернёра, что он кричит на нас: как он смеет? Вот бы его убить! Мы бегаем по лугу и ловим сачком бабочек. Потом они лежат и сохнут в коробках, забытые нами. Мы совращаем прислугу и не очень стыдимся этого. Мы воруем папиросы из портсигара отца... Мы — в эполетах, и заодно лечим триппер — в этом самом своём Крыму, в жаре, голодные, больные предсмертной леностью мозга... и всё собираемся взять Москву, всё собираемся и собираемся, хотя ужасно не хочется воевать — как же не хочется воевать, Боже ты мой. Тем более что индейцы победили нас — у них оказалось больше злости, веры и сил. Индейцы победили — и загнали нас в резервацию: сюда.

Мезерницкий сел и очень твёрдой рукой разлил по стаканам — во все стаканы разное.

Артём подумал: отчего же молчит владычка, повернулся в его сторону — а он спит.

Некоторое время Артём смотрел на него с нежностью, пусть и хмельной, иначе никогда бы не посмотрел так, и владычка вдруг открыл глаза — будто почувствовал, что на него смотрят.

В то же мгновение, как его глаза открылись, владычка улыбнулся Артёму — словно доброе к нему отношение только и ждало, чтоб проявиться, и с трудом пережидало батюшкин сон.

Владычка быстро перекрестился и, приговаривая: "...Пора, пора, не встану завтра..." — тихо поднялся — с таким видом, словно вокруг всё было в стекле, и нужно было исчезнуть как можно тише, — Мезерницкий, набрав воздуха, продолжил в это время что-то говорить, выбрав почему-то Гракова в качестве слушателя; тот поддакивал на разные лады: "Есть смысл!.. Да-да... Безусловно!.. Отчего бы и нет!.."

"У владычки, — думал Артём, — наверняка было в запасе множество чудесных слов в ответ — но не было смысла тратить их на пьяных и разбитых людей".

"Заплутавшие мои, милые..." — вот о чём говорил весь извиняющийся и тихий вид владычки.

— Вот только не надо думать, что у меня бред, — сказал Мезерницкий, даже не провожая взглядом владычку, но обращаясь уже ко всем.

— А никто так и не думает, — ответил Шлабуковский. — Мне тоже налей.

— ...А мужика тоже будут перековывать в лагере? На воле нельзя? — спросил Артём, едва владычка ушёл: при нём он не хотел участвовать в споре.

— А много ты видел на Соловках мужиков? — спросил Мезерницкий. — Большевики ждут, что мужик и так их поймёт... Если не поймёт — его сюда привезут доучивать... Поймёт сам — ему же лучше. Но в любом случае, Тёма, ковать привычней в кузнице. *Ergo bibamus!*

* * *

— Эти разговоры — они болезненные... Рваные! Но цените их, Артём. Они были в Петербурге. Иногда были в Москве, но реже... Теперь они есть только здесь, и больше их нигде не будет... — говорил Василий Петрович по дороге назад, провожая Артёма. — ...Какая подлая изжога от этих напитков...

— А владычка? — спросил Артём то, что ещё в прошлый раз собирался спрашивать. — Почему он с вами? Разве ему это нужно?.. — Артём поискал нужное слово и, не найдя, добавил: — ...По чину?

— Ему-то? — усмехнулся Василий Петрович. — Нет, это нам всю жизнь было не по чину... Ты знаешь, когда я был ребёнком, и отец — а отец мой был барин, хоть и промотавшийся, — когда он приглашал батюшку в наш барский дом исполнить службу, после службы священника за общий стол не сажали. Ни у нас, ни у соседей, нигде — не са-жа-ли! Это было — моветон. Его кормили отдельно... Закуску выносили, даже рюмку водки иной раз. И он там ел, один — как дворня... Я уж не говорю про петербургские среды: туда было легче привести чёрта на верёвке — о, все бы обрадовались необычайно, — чем батюшку... Мы все умели — и желали! — разговаривать без попа... а теперь хотим при нём, с ним, вот как повернулось! Чтоб он слышал нас! И жалел!

Василий Петрович о чём-то задумался, но потом другая мысль увела его в сторону, и он, побежав за ней, тут же об этом заговорил вслух:

— Однако я скажу: у Мезерницкого семь пятниц... на неделе. Никогда не поймёшь, в чём суть его отношения. Он последовательно говорит взаимоисключающие вещи.

— ...А он в чём-то прав, — задумчиво сказал Артём; его слегка мутило, но с этим можно было справиться, — ...о кузнице, к примеру.

Василий Петрович встрепенулся, словно он птица и в него бросили камнем, но ещё непонятно кто.

— Можно иначе сказать — это лаборатория, — продолжил Артём чужими, недавно слышанными словами, хотя жест Василия Петровича заметил.

— Тёма, душа моя добрейшая, о чём ты, никак не пойму, — сказал Василий Петрович, остановившись.

Артём пожал плечами и прямо посмотрел на Василия Петровича.

— Артём, а вы были в цирке? — спросил Василий Петрович. — Нет? ...Я к тому, что это не лаборатория. И не ад. Это цирк в аду.

Помолчал и добавил:

— Фантасмагория.

— Я общался с Эйхманисом, — сказал Артём очень спокойно. — Он говорит много разумных вещей. И видит всё с другой стороны.

— Это да, — с некоторой уже издевательской готовностью согласился Василий Петрович. — А вы-то со своей видите, Тёма?

— Не надо горячиться, Василий Петрович, вы сами отлично знаете, что я вижу.

— Я? — искренне удивился Василий Петрович. — Я думал, что знаю, да. Но теперь не уверен! Что вы вообще делаете рядом с Эйхманисом? Вы никогда не слышали такой поговорки: "Близ царя — близ смерти"?

Артём молча смотрел в глаза Василию Петровичу и не отвечал.

— Хорошо-хорошо-хорошо, — неизвестно с чем соглашался Василий Петрович. — Просто расскажите мне, что он говорил, вкратце... А? Что-нибудь о перековке? Переплавке?

Артём по-прежнему молчал.

— Я, естественно, не знаю точно, но могу догадаться, — сказал Василий Петрович шёпотом: на улице хоть и был вечер, но по двору ещё ходили туда и сюда лагерники и красноармейцы. — Зато я точно знаю, что он вам не говорил, — здесь Василий Петрович взял Артёма за плечо, сказал: "Отойдём", — и буквально придавил его к ближайшей стене.

Над головой Артёма была полукруглая арка из белого камня, за спиной — огромный валун стены, пахнущий водой, травой, огромным временем, заключённым внутри него.

— Обсуждали вы такие темы, как посадка заключенных в одном белье в карцер, представляющий собой яму высотой не более метра, потолок и пол которой выстланы колючими сучьями? — спросил Василий Петрович, дыша Артёму в лицо. — Эйхманис сообщил вам, что лагерник выдерживает не более трёх дней, а потом — дохнет? Рассмешил он вас шуткой про дельфина? Это когда лагерники, услышав красноармейскую команду "дельфин!", должны прыгать, допустим, с моста — если их ведут по мосту — в воду. Если нет моста, надзор порой расставляет лагерников на прибрежные валуны — и те, заслышав команду, ныряют. И хорошо, если на дворе август, а не ноябрь! А если не прыгают — их бьют, очень сильно, а потом всё равно кидают в воду!.. Не вспомнил Фёдор Иванович, что на местных озёрах лагерников в качестве наказания заставляют таскать воду из одной проруби в другую? Не рассказал, как тут, в Савватьевском скиту, жили политические — те самые, что вместе с большевиками устраивали их революцию, а потом разошлись во взглядах и сразу угодили на Соловки. Да, они тут не работали, да, только устраивали диспуты и ссорились. Однако, когда политические однажды отказались уходить раньше положенного срока с вечерней прогулки — наше руководство подогнало красноармейский взвод, и дали несколько залпов по живым, безоружным людям! Героям, говорю я вам, их же собственной революции!.. Вы, Артём, каким-то чудом избежали общих работ, уже которую неделю занимаетесь чёрт знает чем и перестали понимать очень простые вещи. Напомнить их вам? Думаете, если вас больше не отправляют на баланы, значит, никто не тягает брёвна на себе? Думаете, если вам хорошо — всем остальным тоже стало полегче? Здесь люди — у-ми-ра-ют! Каждый день кто-то умирает! И это — быт Соловецкого лагеря. Не трагедия, не драма, не Софокл, не Еврипид — а быт. Обыденность!

Василий Петрович всё сильнее сдавливал плечо Артёма, потом вдруг расслабил пальцы, убрал руку и отвернулся.

Ещё с полминуты они молчали.

— ...Да и вас самого тут чуть не зарезали, — донельзя усталым голосом сказал Василий Петрович. — Чуть не затоптали насмерть. Как же так?

— Это не всё, — вдруг сказал Артём. — Он говорил про другое. Он говорил, что мы сами... мы сами себя. И я вижу, что это так.

Василий Петрович быстро обернулся, и глаза его были расширены и едва ли не блестели.

— Мы сами себя — да! — разом догадавшись, о чём речь, продолжил Василий Петрович. — Но зачем же он поставлен над нами началом? Чтоб мы сами себя ещё больней мучили?

Где-то поблизости болезненно крикнула чайка, словно ей наступили на хвост, а несколько других заклекотали в ответ.

Василий Петрович упёрся двумя руками в стену возле головы Артёма и навислал над ним.

Артём чуть склонил голову в сторону: смотреть нетрезвому, взрослому, раздражённому, под пятьдесят лет мужчине в глаза — не самое большое удовольствие в жизни.

Отвечать больше не хотелось.

Свистящим шёпотом, будто его озарило, Василий Петрович воскликнул, вдруг перейдя на "ты":

— Да ты попал под его очарование, Артём! Это несложно, я сам знаю! Но ты помни, умоляю, одно. Эйхманис — это гроб поваленный! Знаешь, что это такое? Крашеный, красивый гроб — но внутри всё равно полный мерзости и костей!

Артём наконец поднял руку и высвободился, почти оттолкнув Василия Петровича.

Он стоял в шаге от него, рассматривая съехавшую набок неизменную кепку товарища.

— Я любил тебя за то, что ты был самый независимый из всех нас, — сказал Василий Петрович очень просто и с душой. — Мы все так или иначе были сломлены — если не духом, то характером. Мы все становились хуже, и лишь ты один здесь — становился лучше. В тебе было мужество, но не было злобы. Был смех, но не было сарказма. Был ум, но была и природа... И что теперь?

— Ничего, — эхом, нежданно обретшим разум, ответил Артём.

А что он ещё мог ответить.

Поискал глазами, где его рота, и резко направился туда. Через два шага его всё-таки вырвало. Артём даже не остановился, лишь переступил через гадкую лужу, вытер губы рукавом — от рукава ужасно пахнуло одеколоном и желудочным соком — и поспешил к своему корпусу.

Чайки гурьбой слетелись клевать то, что осталось после Артёма.

* * *

Утром пришёл красноармеец, сказал: "Собирайся!".

Артём спал плохо и мало, проснулся до зари и долго лежал лицом к стене, не шевелясь. Сначала пытался не думать — ничего не вышло, потом пытался думать — тот же результат.

Пока Осип собирался на работу, Артём делал вид, что спит.

— Что ж так пахнет духами, — несколько раз спросил Осип, нюхая воздух. — Артём! Артём, спишь?.. Или одеколоном?

"Нет, бля, не сплю — дрова рублю", — мысленно отвечал Артём, желая Осипу, как в той приговорке, осипнуть и вообще провалиться к чёрту.

...И потом красноармеец.

Артём сидел на лежанке, пытаясь по его виду понять, что же теперь случится.

Ничего понять было нельзя, пришлось собираться.

О, эти болотные сапоги.

Красноармеец внимательно смотрел, как Артём их надевает.

Женские чулки Артёму было бы менее противно натягивать.

"Что он так смотрит, — думал Артём. — Может, он собирается снять их с меня сразу после расстрела?.."

Иной раз такими мыслями Артём себя удивительным образом взбадривал, но тут получилось едва ли не наоборот: его вдруг снова затошнило, руки потеряли крепость, сапоги не лезли, и не лезли, и не лезли — это был смех и позор какой-то...

Артём встал — носок так и не пробрался вовнутрь, несколько шагов он прошёл, как хромой конь.

— Натяни сапог-то, — сказал красноармеец равнодушно. — Нет, что ли, другой обувки-то?

— Нет, — ответил Артём, сам едва услышав свой голос.

...Дорога была в ИСО.

На втором этаже встретил Бурцева — тот быстро спускался вниз, под мышкой папка с бумагами, дорогу не уступил —

пришлось посторониться и красноармейцу, и Артёму: так и прошелестела эта сволочь мимо, даже не кивнув, как и не были знакомы никогда.

На третьем во всё том же кабинете ждала Галина, с поджатыми губами, с ледяным взглядом... но пахнущая духами.

Кивнула ему на табуретку.

Артём сел.

Фотография Эйхманиса под стеклом был перевёрнута лицом вверх, с удивлением заметил он.

"Зря она ему рога не пририсовала", — подумал Артём из своего душного душевного подземелья.

Галина придвинулась ближе к столу, в упор — так что объёмная грудь её тяжело застыла ровно над столом.

— Если ты, — сказала Галина одними губами, — скажешь хоть слово — проживёшь ровно столько, сколько нужно, чтоб довести тебя под размах. Никакого карцера не жди — по тебе донесений как раз на три расстрела. Тебе хватит одной пули.

Артём поднял глаза на Галину и кивнул.

Она тоже кивнула: хорошо.

— Никому ещё не похвастался? — чуть громче спросила она. — О чём вчера шептался с Василием Петровичем своим во дворе?

Артём проглотил слюну, не зная, что сказать.

— О другом, — выдавил он.

Галина недолго разглядывала Артёма.

— Так как ты у нас остался без работы, — сказала она, вернувшись к бумаге на своём столе, — пришлось... оформить тебе новую должность... С сегодняшнего дня Артём Горяинов направляется... сторожем в Йодпром. Ваш сосед Осип Троянский там работает, так что... теперь поработаете вместе. Придёте — вам всё там покажут... На таких должностях у нас обычно духовенство трудится в поте лица... Вот будете как попович.

Некоторое время они сидели молча.

Галина постукивала карандашом по столу.

На щеках её выступил румянец, заметил Артём.

Выражение глаз её с ледяного понемногу сменилось на чуть более живое — словно бы она задумала какое-то озорное девичье дело.

— Спасибо, — сказал Артём тихо и внятно.

— Ага, — сказала Галина беззаботным голосом, каким, наверное, разговаривают барышни на Арбате.

...Вниз по лестнице Артём почти бежал — как в гимназии несказанно много лет назад.

“Живой, живой, живой, — повторял он. — Я живой. Я такой живой. Я не хочу быть богочеловек. Я хочу быть живая сирота. Без креста и без хвоста... Да!”

Некоторое время он метался по келье — как влюблённый перед свиданием. Впрочем, собирать ему всё равно было почти нечего: паёк, как участник спартакиады, он уже не получал, вещи у него остались только тёплые, зимние — а погода ещё нежилась, отекала солнечно в преддверии августа.

“...И что же мне теперь, голодным быть?” — встрепенулся Артём, благополучно забыв, что, если б ему полчаса назад сказали бы: кормить тебя не будем вовсе, зато не расстреляем — он был бы согласен, благодарен и безмерно счастлив.

Есть очень хотелось. У него под лежанкой, помнил Артём, были овощи, хоть и много — а хотелось чего-нибудь вроде мяса большим куском.

Не раздумывая, он выдвинул ящик из-под кровати Осипа.

Осип был богат: похоже, только что получил посылку. Сушёные вишни и черешни. Варенные в сахаре груши. Макароны в марлевом мешочке. Рис, гречка, горох. Горчица, сало. Орехи... Хлеб.

“Только несколько вишен и горсть черешен...” — рассудительно решил Артём и тут же набил полный рот.

“И сала... — разрешил себе, — один кусочек”.

Благо оно было нарезано и недоедено.

“Наверное, матушка, так и прислала ему — нарезанным — сало, — догадался Артём. — А то сам Осип так и грыз бы его, пока челюсти не вывернул”.

Одним кусочком не обошлось, и тремя бы не обошлось тоже, если б Артём не скомандовал себе: всё, пора, пора, уходи. Всё-таки сушёные вишни и сало — это чудесная штука.

"Как вернусь домой — только этим и буду питаться", — решил Артём.

...До Йодпрома было два километра сосновым лесом.

Артём знал эту дорогу, да она и нехитрая была — из кремля на север, мимо тишайшего, как Алексей Михайлович, озера по гранитной набережной, через пути узкоколейки, — спустя несколько минут работающих кто где лагерников и конвойных совсем не будет видно, — потому что дальше прямо, прямо, прямо, лес слева, лес справа, очень спокойно, почти беззвучно, только если прислушаться — услышишь ручей, текущий в Святое озеро.

"Не по плису, не по бархату хожу... а хожу-хожу по острому ножу..." — тихо напевал Артём по дороге. Ему казалось, что это очень весёлая песня.

"...Если б я умел размышлять, — думал Артём, — я стал бы как Мезерницкий: я был бы уверен сразу во всём, особенно в самом неприятном, — и эта уверенность не огорчала бы меня..."

"...Какие все люди непонятные, — думал Артём. — Никого понятного нет. Внутри внешнего человека всегда есть внутренний человек. И внутри внутреннего ещё кто-нибудь есть".

"Вот Шлабуковский — он какой? Афанасьев — какой? Граков — кто там внутри Гракова? Моисей Соломонович — разве он то, что он есть — то, что поёт свои бесчисленные песни? Бурцев? Крапин? Кучерава? Борис Лукьянович? Щелкачов? Захар? Лажечников?.. Хотя нет, он уже умер... Ксива? Жабра? Каждый из них был ребёнком, который залезал маме на колени? Когда они слезли с этих коленей?"

Ему не очень хотелось вспоминать вчерашние слова Василия Петровича, хотя, с другой стороны, он ведь сказал, что Артём здесь становился лучше — как это странно, ведь сам он не замечал за собой ничего такого. Он вообще себя не замечал — он просто был тут и делал всё, чтоб не умереть.

"Но ведь и другие так же делают, — думал Артём. — Или не так же?.. А как делают другие? В чём моё отличие от них? Надо бы спросить у Василия Петровича, а то я не понимаю".

Артём нарочно не вспоминал Эйхманиса и Галину — потому что это были трудные мысли, они тревожили его, по-разному — но тревожили, а он не хотел тревожиться.

Тем более если Артём на мгновение отпускал своё сознание на волю — он тут же очень внятно чувствовал ладонью грудь Галины, которую он разыскал в её рубашке, оторвав четвёртую пуговицу сверху, и вывалил наружу, и сосок её, ужасно твёрдый, упирался ему ровно посредине ладони... куда было идти с такими мыслями?..

...Если они настигали — надо было бежать от них, как от комарья, чтоб не сожрали. Вот и сейчас Артём немного пробежал — рванувшись с места — и снова почувствовал, какой он лёгкий, молодой, красивый. Убеждение было такое, что если он с размаху влепится плечом в сосновый ствол — то сосна, крякнув, завалится.

Через сто метров сбавил шаг, дыхание почти не сбилось, зато навада эта осталась позади, и ладони снова были пусты — хватайся ими за воздух, следуй дальше.

У дороги лежала поваленная берёзка. Листья её были красные, словно напитались кровью.

...С дороги налево, до деревянной калитки — и там, на пригорке, стояло белое здание, аккуратное, как торт, три окна с торца, четыре с лица, посредине крылечко со ступеньками. Филиппова пустынь — здесь и располагался теперь Йодпром: раньше был в другом месте, видимо, только что переехали.

Возле здания в палисадничке виднелось что-то вроде бревенчатого курятника с маленьким окошком и маленькой дверцей — быть может, келья того самого Филиппа, кто знает. Как бы только он входил в эту дверцу? Разве что кланялся каждый раз до земли.

Поодаль дома стоял высокий крест, и под крестом — колодец.

Артём вполне по-хозяйски прошёл туда выпить воды.

Теперь это будет место его обитания.

Вслух он об этом не думал, но вся душа его молила, чтоб здесь он и остался до конца срока — посреди леса, никем не видимый, никому не нужный, всеми забытый.

"Наверное, она хочет, чтоб я ни с кем не общался и заткнулся, — подумал Артём. — Так я готов рот запечатать и принять обет молчания..."

Вода была холодной и вкусной.

— Ну, что, дедушка Филипп, — сказал Артём вслух, — принимай постояльца! Без креста и без хвоста.

...Осип встретил Артёма удивлённо, даже спросил вроде как в шутку, потому как шутить он не очень умел, прозвучало сурово:

— Вас присматривать, что ли, за нами прислали?

Артём хмыкнул.

Осип и сам, надо ж ты, догадался, что был отчасти бестактен, поэтому тут же перевёл разговор:

— Мы совсем недавно перебрались сюда. Тут неплохо. Пойдёмте, покажу, как живём.

Коллеги Осипа к Артёму никакого интереса не проявили — люд учёный, занятой; Артём и сам не стремился с ними знакомиться.

— Ничего тут не трогайте, — предупредил Осип, кивнув на всевозможные свои приспособления и препараты; чем, естественно, вызвал у Артёма тихое желание всё к завтрашнему дню поломать и перепутать.

В лабораторном помещении было шесть комнат: три под лаборатории, две пустующие — "...будем переделывать в жилые и сюда перебираться окончательно, чтоб не тратить время на хождение туда и сюда", — сказал Осип; ещё имелась кухня, причём на кухне жили морские свинки, шесть штук.

— Вы их едите? — спросил Артём вполне серьёзно.

— Нет-нет, их выращивают, — ответил Осип. — Здесь не только Йодпром, но и биосад... разводят животных... нам, кстати, сказали, что сторож и будет ими заниматься. Так что, может, познакомить вас с этими созданиями?

— Потом-потом, — отказался Артём. — У меня будет много времени.

На чердаке, заметил Артём, стоял непрестанный грохот и шум.

— А там кто? — спросил Артём. — Обсерваторию строят?

— Нет, — ответил Осип. — Наверху живут крольчата. Двенадцать штук. Пойдёте смотреть?

— Позже, — сказал Артём. — Я хочу посмотреть свою комнату.

Он вдруг почувствовал, что не выспался — и заснёт сейчас невероятным сном, каким не спал уже не сосчитать сколько дней. Всегда ведь кто-то мешал, или кто-то, пусть даже Осип, посапывал рядом, и мог зайти кто-то из надзора в любую минуту, поднять и обидеть, и дневальные орали, и комвзвода погонял дрыном — а тут только кролики на чердаке... и эти ещё, свинки...

— Тут ничего нет, только вот покрывало... быть может, эта фуфайка заменит вам подушку, — показывал Осип, раскрыв дверь, но Артём, даже не дожидаясь окончания его речи, обвалился на пол, отогнал фуфайку в угол, засунул туда голову, хотя пахла она невозможно: и краской, и, кажется, кроличьим помётом, и человечиной — а ну и что. Артём уже спал, убитый.

...Во сне, будто не через одну дверь, а через сорок дверей, он услышал невозможно далёкую и в то же время слышную человеческую речь.

— А здесь что? А это? А тут? — повторял один и тот же голос, густой и неприятный настолько, словно это заговорила простуженная гусеница.

Артём понимал, что это явился какой-то чин из кремля и с ним были красноармейцы, потому что они непрестанно топотали туда и сюда и вот-вот должны были зайти в комнатку сторожа, а сторож спит, и ничем не занят, и это отличный повод немедленно его выгнать взашей, а то и отправить в карцер, но Артём всё равно ничего не смог поделать с собой и недвижно лежал, заваленный всем своим сроком, чёрной землёй, в которой искал клады, обрывками слов и жестов Эйхманиса, жаром Галины и её истекающим, влажным запахом, шёпотным бормотанием Василия Петровича, отвисшей губой Ксивы, культей Филиппка, баланами, крестом владычки Иоанна, варёными грушами из посылки Осипа...

— А тут нет пока ничего, закрыто, — соврал где-то рядом, почти над ухом Осип, и гусеница уползла за ним, и снова стало почти тихо, только кролики что-то разыскивали на чердаке, находили, съедали и снова разыскивали, передвигаясь словно не на лапах, а на квадратных колёсах.

"Или это Эйхманис?! — вдруг кто-то зарычал внутри Артёма. — Вдруг Эйхманис? Зайдёт и спросит: «А это кто? Артё-ём! А чего ты тут делаешь?»"

...Артём загнал голову в самый рукав телогрейки и как умер: никаких сил уже не было бояться.

— Эй, да что же с вами такое, — тормошил его Осип. — Вы будете приступать к своим обязанностям или нет? Пора уже сторожить. Пойдёмте, я согрел вам чаю. И научу, чем кормить свинок.

Артём поднялся, отчего-то совершенно пьяный, с головой, вскипячённой от неожиданного и сильного сна. Путая ноги, пошёл вслед за Осипом.

Даже не спросил — Эйхманис приходил или кто другой. Предпочёл решить, что это было в бреду.

— Свинок буду кормить кроликами, — хрипло сказал Артём, — а кроликов — свинками.

* * *

Осип был человек, помнящий о том, что порядочность и порядок — слова однокоренные.

На кухне, где в своих ящиках за нехитрой деревянной загородкой обитали морские свинки, Осип повесил листок, где переписал их имена: Рыжий, Чиганошка, Чернявый, Желтица, Дочка и Мамашка.

"Он что думает, я с ними буду разговаривать?" — с мрачной иронией думал Артём.

Зато Осип действительно показал, где тут чайник — хоть и не согрел его, вопреки обещаниям.

Кормить морских свинок следовало овсом, брюквой и репой.

В отдельной клетке обитали ещё и белые мыши, тридцать штук. Артём поискал глазами: нет ли ещё листка, где перечислены все мыши по именам, и не дай Бог перепутать — сдохнут от обиды.

"Надеюсь, тут карцер не предусмотрен за каждого погибшего мыша, — раздумывал Артём всё в той же тональности. — А то я попрошу перевести себя на баланы".

"А что — баланы? — ответил себе чуть серьёзнее. — Я сейчас бы смог".

Не отдавая себе отчёт, он говорил с Василием Петровичем — оспаривая его вчерашние слова.

Артём ничего уже не помнил толком — ни сжирающего людей комарья, ни матерных потешек Кучеравы, ни зверского труда, ни ощущения скользкого и неподъёмного дерева на плече.

"...Только найти бы с чем чаю попить. Вот — морковь. Это, наверное, кроликам предназначается. Кролики сегодня будут без моркови".

Горячий черничный чай с морковкой, в пустом доме, посреди леса, в нескольких километрах от Информационно-следственного отдела, охраны и надзора.

"...Нет, как бы всё-таки сделать, чтоб меня забыли..." — в который раз мечтал Артём, поглядывая теперь уже на репу.

В ответ на его мысли в окно постучали.

Оказалось, что это может напугать взрослого, сильного, молодого человека.

Артём почувствовал, что у него ноги подкосились, хоть он и сидел на стуле.

"Кто это? — запрыгали, как блохи, мысли в голове. — Ко мне? Я сторож — как я должен сторожить? Умереть, а морских свинок спасти? Может, вообще не отзываться? Кому тут нужно ходить вечерами? Или Осип чего забыл?.. Или святой Филипп пришёл меня проведать? «Кто пил из моего колодца?»"...

...Снова постучали.

Артём поставил кружку, взял со стола нож и пошёл к дверям.

— Кто там? — спросил он громко.

— Открывай, — очень спокойно ответил женский голос.

Это была Галина.

— Ну, быстрей, — глухо сказала она. — Не могу разобраться с ключом.

Артём поспешно открыл.

Галя была одна и легко, без шороха, юркнула в помещение, будто какой-то неучтённый зверёк из этого биосада.

— Ждала, пока уйдут, — потирая накусанные комарами щёки, говорила она, безошибочно двигаясь в сторону кухни. — Тележатся, как все учёные.

Она говорила с Артёмом, будто со старым знакомым. Он молчал, и внутри него снова всё дрожало.

"...Скоро в желе превращусь — на таких нервотрясках..."

Зайдя в кухоньку, Галина положила руки на чайник и стояла так какое-то время, не оборачиваясь, вроде бы разглядывая зверьё, но вроде бы и не видя его.

— Знал, что приеду? — спросила.

— Знал, — ответил Артём, хотя ничего он не знал и даже думать про неё такое не решился бы.

— Тварь, — сказала она довольно, обернулась и поцеловала его в губы.

* * *

Она уехала, кажется, через час... или чуть позже — Артём толком не помнил.

Сначала, одевшись в темноте, твёрдым голосом велела, чуть-чуть насмешливо и требовательно, как подросток:

— Теперь разговаривай со мной. Я хочу, чтоб ты говорил.

Артём сморгнул и замешкался — он не знал больше ни одного слова.

Десять минут назад, за шаг до почти уже неизбежной потери сознания, он прошептал передавленным от пронзительного восхищения голосом: "Галя..." — и чуть укусил её за плечо.

Теперь он ни за что не решился бы само имя это произнести — да кто он такой, как он может сметь.

— Нет, сначала нужно тебя покормить, — сказала она, не дождавшись от него ни слова. — Где ты бросил мою сумку — при мне сумка была?

— Я не видел, — тихо сказал Артём.

— "Не видел..." Ищи теперь, — ответила она.

Сумка лежала прямо при входе. В сумке были мясные консервы и, Боже ты мой, апельсины, четыре штуки.

— Я один съем, — сказала она, очищая апельсин. — А ты вот эти. Ел такое?

— Откуда это? — спросил Артём, не трогая жёлтые удивительные фрукты.

— Прикатились, — ответила Галина серьёзно.

Они были на кухне — Галя присела на стул, Артём стоял.

Недлинные, чуть ниже плеч, волосы она распустила и, когда разговаривала, иногда дула на падающие пряди, или поправляла их рукой, быстро посматривая на Артёма.

— ...Урчат как голуби, — сказала она, кивнув на морских свинок, и тут же протянула Артёму апельсин: — Ешь. Умеешь?

Артём взял апельсин.

Он стоял босой — не надевать же ему было болотные сапоги.

Тем более что в Йодпроме топили — видимо, учёные нуждались в тепле для работы.

— У тебя что, нет другой обуви? — спросила она скорей заботливо, чем издевательски. — Почему ты в болотных сапогах всё время?.. И ты их так долго снимаешь.

Артём пожал плечами. Потом тихо сказал:

— Нет.

Она ещё раз посмотрела на него, чуть дольше, чем обычно, и сказала:

— Ладно, я поеду. Сторожи.

Артём тронулся было за ней, к выходу, но Галя остановила:

— Сиди тут, пока я не уеду. Не надо... провожать. Потом закроешься.

...Хлопнула дверь.

Он не выключал свет и долго сидел на кухне.

Морские свинки заснули.

Артём съел один апельсин — он был вкусный, но во рту, не менее сильный, чем апельсин, был вкус этой женщины — её кожи и пота.

У него не было ни радости, ни удивления — не думать ни о чём получалось очень просто: и если он ступал в себя, пытаясь найти хоть какое-то чувство, какую-то мысль, то ходил по себе, как по пустому дому, заглядывая в каждую комнату и ничего не находя, кроме тихого сквозняка.

Это был не плохой сквозняк и не страшная пустота — как будто то ли переехал куда-то, то ли съехал откуда-то навсегда. Но вот куда?

Ненадолго задремал под утро. Сон был такой — словно он всю ночь при страшном гомоне и мерцающих огнях делал какую-то удивительную и редкую работу, требовавшую не только сил, но и выносливости, и яростной радости... моряк в тропиках? Что-то такое. Во сне весь этот тропический гомон и всполохи огня, и птичий перещёлк непрестанно длились, кружились, взмывали в небеса.

Проснулся от голосов учёных. Дверь-то он не закрыл за ней, тоже ещё — сторож!

— Апельсины! — удивлялся кто-то. — Сторож питается апельсинами!

Артём поскорей вышел из своей каморки. Осип как раз, видимо, направлялся к нему: столкнулись лоб в лоб.

— ...Товарищи спрашивают, можно ли воспользоваться апельсиновыми корками — мы будем добавлять их в чай при заваривании. Догадываюсь, что это... своеобразно.

— Конечно, — сказал Артём негромко, сам вспоминая, не осталось ли случаем ещё чего-нибудь.

...К утру тепло в Йодпроме спало — было зябко, чуть болела голова.

— Откуда они у вас? — спросил Осип.

— Прикатились, — вернувшимся эхом повторил Артём.

Через пять минут он пошёл отсыпаться в свою келью.

По дороге в монастырь стало чуть лучше — задувал ветерок, из головы вынося кутерьму короткого сна, навевая, казалось бы, невозможную и тем не менее вполне ощутимую беззаботность.

Деревья стояли задумчивые: лето ведь на осень повернуло.

“Осень — хорошо”, — подумал Артём.

Мысль о Галине была сладкая, горькая, кислая — как щавель: тихо сводило челюсти.

“Галя... тоже хорошо”, — осторожно подумал Артём, внимательно следя, как отзовётся его сознание на эти внутренне проговариваемые слова.

Сознание пульсировало.

“Ты клады должен был копать. А когда вернётся Эйхманис — тебя самого закопают, — почти уже весело подумал Артём. — И никто искать не будет... А мама?”

Его нисколько не печалили все эти мысли — только по той причине, что в этом лесу, в одиночестве, поверить в них было крайне сложно.

Он вдруг сообразил, что так и несёт в руке один апельсин, который забрал с кухни.

Начал счищать кожуру прямо зубами, попробовал было и её сжевать тоже — но нет, невкусно, горько. Зато апельсин — да, чудесный, спасибо, Галя.

От её имени, второй раз за утро мысленно повторённого, у него закружилось в голове, возникло желание крикнуть...

“...Надо же, впереди тюрьма, и там действительно — Василий Петрович прав — убивают людей... а тут тишина, иду один — свободен. Каково? Может, пойти ещё куданибудь?”

В лесу послышался шум.

Потом на дорогу вышли два красноармейца. Они закурили, встав возле большого чёрного валуна, время от времени посматривая на Артёма.

Когда он проходил мимо, красноармейцы уже забыли про него и о чём-то разговаривали, цедя злые, тяжёлые и горькие, как махорка, слова.

Неподалёку раздавался стук топоров и жуткий мат. Вроде бы кого-то били.

Артём прибавил хода.

На входе в монастырские ворота встретил Кучераву, тот вылупился — впрочем, мельком, — на Артёма: похоже, не узнал.

Артём даже потрогал своё лицо, погладил себя по бритой башке: может, что-то такое изменилось в нём, что он стал совсем иным.

По монастырскому двору ходили люди, но он не хотел с кем-либо столкнуться, и смотрел в булыжную тропку свою, и торопился.

В роте было пусто: все на работах — один Артём...

Он упал на свою лежанку, лицом вниз, по-прежнему оглушённый всем с ним происходящим, и улыбался в материнскую подушку, никому на свете не видимый.

Через две минуты, а может, и через одну даже открылась дверь, он быстро оглянулся.

— Что, не закрывается? — спросила она. — Ну да, нельзя же вам. Давай твои сапоги сюда положим...

Она быстро своими ножками сдвинула болотные сапоги к дверям и, на ходу с усилием снимая юбку, вернулась к лежанке Артёма.

Встала возле неё, одним коленом упираясь в край — на Гале остались коричневые сапоги на каблуках, с посеребрёнными застёжками.

Всё это было ужасно соблазнительно, до спазма в груди.

— Только быстро, — сказала строго. — Ты умеешь быстро?

— Я не знаю, — ответил Артём, глядя на неё снизу вверх.

✳ ✳ ✳

...Дыша, и расширяя глаза, и больно вцепившись в затылок, вдруг назвала его "Тёмка" — одними губами, куда-то в висок — но он услышал, как его имя толкнулось с её дыханьем о его кожу...

Получилось так, словно бы, сказав ей, неожиданно для самого себя, "Галя" вчера ночью, он назвал первую часть пароля, а сейчас она произнесла отзыв.

Они назвали друг друга по именам — и только после этого немного научились говорить. По крайней мере, Артём.

Она стояла у дверей, глядя на него пьяными глазами.

— У тебя вода есть? — спросила.

— Нет... Вот в кувшине.

— Подай.

Артём подал.

— Бр-р, — смешно скривилась она и отдала кувшин обратно.

— Они иногда делают обход, — сказал Артём, кивнув на дверь.

— Ну и что? — спросила она. — Вот я сделала обход, проверила... — и тихо, очень красиво засмеялась.

Оказывается, Артём никогда не слышал, как она смеётся. Он тихо улыбнулся, пытаясь своими грубыми неловкими губами повторить линию её губ.

— Ты за меня переживаешь или за себя? — спросила она, сразу став строгой.

— За тебя, — твёрдо ответил он, выбрав "ты" между "ты" и "вы".

— А за себя?

Артём пожал плечами, не сводя с неё взгляда и получая пронзительное удовольствие от того, что мог ей смотреть в глаза.

— Ты можешь подумать, что он со мной сделает? — сказал он, улыбаясь, хотя улыбка была скорей выжидающей.

— Он тебя убьёт, — ответила Галя; в голосе её было что-то детское: так ребёнок говорит, что сейчас придёт папа́ и всех накажет.

Артём кивнул.

Галина вышла.

— Здра! — кто-то гаркнул тут же в коридоре.

Артёма едва не подбросило от этого крика.

С минуту сидел, потом, когда её строгие каблуки стихли, опять лёг.

Он лежал с бешеным сердцебиением, рот был сухой, глаза сухие — и в голове словно сухой сквозняк просвистел.

“...А если меня действительно расстреляют из-за неё?” — думал он.

“...А за что?”

“...Как за что? Сожительство с заключёнными из женбарака карается карцером, а тут...”

“...А что тут? Про сотрудниц ИСО ничего нигде не сказано...”

“...Ага, самому не смешно? Идиот”.

О начлагеря Артём старался не вспоминать. Сама фамилия “Эйхманис” звучала так, как взмах ножниц, которыми отрезают голову.

Пролежав ещё минуту, он почувствовал, что покрылся потом — мелким, будто лихорадочным.

“...Нет-нет-нет, — успокоил он себя, — всё будет иначе: ей не захочется, чтоб я тут был, и она оформит мне амнистию — скостит срок вдвое или даже втрое... и я поеду домой”.

Потом опять думал про неё: “С ума она сошла? Совсем она, что ли, сошла с ума?”

Всплыло слово “фантасмагория” — недавно его кто-то произносил... а кто?

Василий Петрович, кто.

Артём вскинулся: ведь Василий Петрович вчера приносил ягоды, а он их не доел. Где же они? Или доел? Или всё-таки оставил в келье?

На общем столике, ближе к лежанке Осипа валялся пустой кулёк: вот кто доел.

“Ах, так”, — сказал Артём, благополучно забыв, что сам ещё вчера лакомился из запасов Осипа салом, вишней и черешней.

Выдвинул ящик с продуктами: остались только крупы и варёные груши — остальное Осип, наверное, унёс на свою работу, догадался Артём.

Груш не очень хотелось — снова хотелось сала или, на худой конец, сыра — но в любом случае что-нибудь животного, имеющего отношение к плоти, и крови, и молоку.

— А у меня же были деньги! — вспомнил Артём, схватил материнскую подушку, куда их спрятал, прощупал пальцами: да, на месте.

"Сейчас пойду в ларёк... куплю себе на все... что там есть? Колбасы бы, ох... хватит на колбасу?"

Чтоб выйти, надо было обуться; и опять эти чёртовы сапоги.

"А если мне Эйхманис велит сдать одежду? Он же наверняка велит. Положим, сменная рубаха и штаны у меня есть. Зато из обуви только валенки. Придётся покупать. Может, не тратиться на колбасу? А то будешь босой, как леопард бродить... не в валенках же... Нет, ужасно хочется колбасы... Иду за колбасой, определённо. А если Ксива? Жабра? Шафербеков? Они обещали из тебя самого сделать колбасу... К чёрту, к чёрту. Надо срочно колбасы... Кстати, паёк мне положен или нет, у кого спросить?"

Артём спешил вниз, в сапогах ноги едва гнулись, и, едва выйдя из корпуса на улицу, увидел Митю Щелкачова.

Охнул от радости и тут же вперил в него взгляд: что, что, какую весть принёс?

— Слава богу! — воскликнул Митя, очень довольный. — А то ваш дневальный меня не пускает и за вами идти тоже не желает! А я вот... вещи принёс! Нам их привезли — форму и... вот ваш мешок, держите. Вы куда делись? Мы так и не поняли.

— Не важно, не важно, — отмахнулся Артём. — Как... Фёдор Иванович?.. Эйхманис, он как — что-то сказал обо мне?

— Эйхманис! — довольно повторил Щелкачов. — А Эйхманиса-то и не было больше — он как тебя отправил тогда, больше не появлялся. Говорят, в Кемь уехал.

— И что же вы делали?

— А ничего не делали, — засмеялся Щелкачов. — Слушали мат Горшкова. Здесь настолько любопытно ругаются, что я решил составить словарь брани...

Приняв мешок и вглядываясь в Митю — словно у того на лице имелось подтверждение всему им только что произнесённому, — Артём чувствовал себя как дитя, вставшее после новогодней ночи засветло: побежало дитя босиком к ёлке, а там деревянный конь в яблоках — огромный, в половину настоящего, целая армия солдат трёх армий, не считая партизан, три бутылки лимонада, часы с подзаводом, сабля и ещё что-то, в ёлочной мишуре закопанное, — страшно ещё и туда потянуться: сердце может разорваться.

— Митя, — сдавленным голосом сказал Артём, — подожди меня минутку. Сейчас я сниму эти... сапоги, переоденусь, и пойдём в "Розмаг" — непереносимо хочу тебя угостить чем-нибудь.

— Полноте, — махнул Щелкачов рукой. — Не стоит.

— Молчи, — велел Артём и бегом помчался назад.

...Как же хорошо в своих ботинках, в своей рубахе: чувствуешь себя словно защищённым — своим же собственным теплом, нагретым когда-то и удивительным образом не выветрившимся.

Колбасы не было, кончилась к вечеру — купили в "Розмаге" брынзы, Артём сказал "...на все!" — и на обратном пути, не обращая ни на кого внимания, начали есть.

Тут же подскочили леопарды, двое, Артём отломил — не жалко, — но велел: "Больше не подходите — пинка дам". — "А я тебе в харю плюну!" — ответил леопард, и рот его уже был полон брынзой.

Артём захохотал, толкнул Митю — смешно, мол, — но тот улыбнулся в меру, ему, видимо, было не так забавно.

В дворовой соловецкой сутолоке Артёма быстро различили Мишка и Блэк. Им тоже досталось прикорма и ласки. Только чайки мешали, оголтело и неумолчно требуя своего.

Брынза была чудесная, мягкая, кислая, молочная — хоть плачь.

— Как там наши сарацины? — расспрашивал Артём, Щелкачов секунду подумал и с удовольствием засмеялся, поняв, что речь идёт про Кабир-шаха и Курез-шаха.

Сзади Артёма ощутимо хлопнули по плечу.

"Блатные..." — ёкнуло у него в сердце.

А там был Борис Лукьянович.

— Артём! — они с искренним чувством обнялись. — Где вы? Как? Освободил вас начлагеря? Мне без вас немного сложно — мало кому можно довериться тут.

— Ой, да я хорошо, — улыбался Артём во всё лицо. — Хотите брынзы?.. Меня перевели на новую работу, но я спрошу — можно ли к вам, — отвечал он, хотя сам чувствовал, что привирает — от всей души, но привирает: какая, к бесу, спартакиада, когда у него такая... что?.. работа? жизнь? песнь?

...Когда у него такая фантасмагория.

— Да, да, спросите, — сказал Борис Лукьянович. — Тем более что паёк на вас все эти дни выписывали — я же не получил приказа о вашем переводе. Так что можете забрать вам причитающееся. А то что вы — брынзу. Хотя это вкусно, конечно, спасибо... Завтра получите сухпай, да?

Артём закрыл глаза, открыл, взял себя за ухо и так некоторое время шёл.

"Нет, не сплю".

* * *

— Как ты меня назвал?

— Шарлатанка.

— Какое хорошее слово. Как леденец во рту, по зубам катается... Ещё как-нибудь назови.

— Шкица.

— Это что?

— Как шкет. Только дамочка.

— Шкица... Шкица. Тоже хорошо.... А что ты не стал дела иметь с проституткой? Рубль ей отдал. И не стал. Дурачок.

Артём недолго молчал, рисуя пальцем не видимый ему самому узор на стене. Они лежали в темноте в его сторожевой каморке.

"Ей рубль, а вообще три", — вспомнил он.

— Не стал, — сказал он, помолчав.

— Какой гордец, — тихо засмеялась она. — ...Теперь дождался своего?

Артём на мгновение перестал рисовать на стене: а вдруг она сейчас рассердится? Вторая его ладонь лежала поверх её руки — не сжимая, не пытаясь сплестись пальцами, просто — поверх. Их руки — это единственное, чем они соприкасались сейчас.

Артём попытался через свою ладонь почувствовать: как она — злится или просто шутит? задирает его? или сама себя злит нарочно?

Он ничего не ответил на всякий случай.

— Иди тогда чай мне приготовь, — велела Галя.

Артём смахнул со стены свои не существующие на самом деле рисунки и пошёл на кухню.

Странное дело: оставляя её на минуту, он сразу же терял всякую веру в реальность происходящего и тем более — в её человеческие и, дико сказать, женские чувства.

— Осип сделал термос. Сам, — доложил он, поспешно возвращаясь, — ...теперь у нас всегда есть кипяток.

Уйдя всего на две минуты, он успел испугаться: а как теперь её настроение — не разошлось ли по швам, не обернулось ли чем-то невозможным и жутким; Артём неизменно чувствовал, что вероятность этого огромна: только моргни — и тут же не узнаешь мир вокруг себя.

Своим голосом, произнося в темноту комнаты слова, Артём словно пробовал, есть ли тут жизнь, и если есть — то какая она: тёплая, млекопитающаяся — или холодная, вздорная и пожирающая людей целиком.

Так шарят дрожащим фонариком или шипящим факелом в подземелье, всякую минуту опасаясь увидеть такое, что поседеешь навек.

— Троянский? — переспросила она из темноты.

Артём и не понял поначалу, о чём это.

— А. Да, Осип. Троянский.

Несколько часов назад Артём, с этим самым Осипом пере-
ругавшись, перетащил в свою комнату диванчик из того помещения, где учёные собирались сделать перекурочную.

"А где мои друзья будут курить, когда похолодает?" — разо-
злённо и чуть в нос спрашивал Троянский. "Стоя! Стоя надо
курить!" — отвечал Артём негромко, двигая диван: ему никто не помогал; учёные вообще с каждым днём воспринимали его присутствие всё недовольнее.

Воспользоваться термосом Осип тоже не предлагал Артёму, но он и не спрашивал.

В качестве столика под чай Артём, снова отлучившись,
принёс тумбочку, на которой велись записи о весе морских
свинок и прочие наблюдения за их насыщенной жизнью.

Когда вернулся во второй раз, Галя сидела совсем одетая,
только с распущенными волосами, трогала рукой этот самый
диванчик.

— Вшей тут нет у тебя? — спросила.

— А надо? — поинтересовался Артём с улыбкой.

Она не засмеялась.

— Я там пирог с навагой принесла. Давай поедим. Я сама
ничего не ела весь день. Включи свет! Только окно... прикрой
чем-нибудь.

Артём сделал всё, как велели.

Присел возле столика на колени — налил ей и себе по
чашке.

Тем временем она потянулась за своей сумкой.

Сумка была не совсем женская — кожаная, военная, на
ремне, — только небольшая и почти новая. Зато внутри имелся вполне дамский набор: пудра, помада, духи — Артём заметил, когда она открыла и начала там, в женской манере,
что-то поспешно и чуть раздражённо перебирать: да где же?

Искала, видимо, расчёску, но не нашла — зато обнаружи-
ла другое.

— Смотри, какие у меня записки, — сказала.

— Кому? — спросил Артём, дуя на чай, хотя он был и не
такой уж горячий.

— А никому. Лагерники пишут. Изъяли. Слушай. "Пойду к лепкому, и ты приходи. Без тебя таю как конфетка. Остаюсь до гроба твоя верная". А? Вот это любовь. А вот слушай ещё, — она повыбирала в сумочке, там было много, непонятно зачем она их носила при себе: — "Вам из весная Гала хочет с вами знакомица". Понял? Гала! Из! Весная! — она будто бы ожидала, что он засмеётся.

— Да, — очень серьёзно ответил Артём.

Она посмотрела на него секунду и, чего-то не найдя в его лице, выдохнула:

— Ну ладно... — и убрала записки. — ...А с чем чай? Травой пахнет какой-то.

— Я туда еловые веточки добавляю, — сказал Артём, напряжённо разглядывая её: что-то происходило, и это надо было остановить.

— Правда? — спросила она и наклонилась к чашке. — ...Интересно... Не хочу такой. Поеду.

Вдруг поднялась, подхватила сумку — сумка раскрылась, одна записка выпала, Галя её не заметила, обошла сидящего Артёма, поспешила к выходу.

Он тоже поднялся, пошёл следом, тоскливо понимая, что вот и всё, кажется, вот и конец — и что случится потом, никто не объяснит ему, но ничего хорошего, наверное, не будет.

Сейчас она уйдёт — и прощай, фарт необычайный.

А если он попытается, скажем, поцеловать её в щёку на прощание — то случится вообще что-то ужасное.

Хотя если он не выйдет её провожать — будет совсем плохо.

В общем, выбор невеликий и печальный.

— Гала из весная, — пояснил он тихо. — Я это понял так, что сделанная из весны.

Она остановилась, держась за косяк дверей, и ещё раз посмотрела на него.

В прихожей было темно, и глаз её Артём не мог рассмотреть.

Тогда он добавил наугад:

— Ты.

* * *

...Всё это было болезненно и невозможно, держалось на каких-то ветхих неразличимых нитях, которые — вздохнёшь — и оборвутся... но каким-то чудом продолжалось.

Он шагнул к ней, а ей некуда было деться — позади двери, впереди он.

Потом их куда-то на кухню занесло, они страшно напугали морских свинок — звери попрятались, люди уронили и чайник, и термос, всё было в кипячёной воде... пока не нашли себе места в каком-то новом углу, на старом кресле, искусали друг друга — так и помирились.

Артём не сразу пришёл в себя, рассудок ещё туманился и пропадал — вот Артём, почти уже без рассудка, безрассудный, ощутил себя отчего-то поплавком, который вздрагивает, вздрагивает, вздрагивает — и у него там внизу рыба, она поймала его, или он поймал её, тут уже не поймёшь, и вот сейчас он должен эту рыбу извлечь на белый свет — она вся сырая, золотистая, небывалая, жадная — или, наоборот, его утянет на дно, этот самый поплавок, и он там задохнётся совсем — и это чувство неразрешимости всё длилось, и длилось, и длилось, и этот, чёрт его побери, поклёв всё продолжался, круги по воде шли всё чаще, всё жёстче, и вода одновременно становилась всё гуще, как олово, в этой воде не выживают, в этой воде гибнут навсегда, да, это точно, да, да...

А потом вдруг кто-то перевернул разом всю реку, вместе с отражённым в ней солнцем, или звёздами, или рыбами, и всё полетело сверху, как из корыта — солнце, рыбы, звёзды.

...Руки у неё были смуглые, в пушке. А грудь и... ещё одна часть тела — ослепительно-белые, как мороженое...

— Я хочу чай твой. С ёлками, — сказала она хрипло. Накричалась. И встать пока не могла — надо было, чтоб он первый это сделал.

Он поднялся, вышел и впервые куда увереннее почувствовал, что вернётся и теперь наконец всё будет хорошо. Теперь уже не может быть плохо. По крайней мере, сразу.

Термос, к радости, не разбился.

— А пирог-то, — крикнула она из комнаты, где, судя по голосу, одевалась. — Пирог забыл. Пирог неси!

...Они пили чай, и Галя сказала:

— Спрашивай меня: почему ты. Я же должна объяснить.

— Я не имею права обращаться без разрешения, — ответил Артём.

Она засмеялась: тихо и тепло.

Отсмеялась и сказала:

— Ты ударил Сорокина. Я поняла, что тебя за это посадят в карцер и скоро убьют. Ты шёл к ИСО — весь такой юный, потный — я даже запах твой почувствовала, хотя — как это, с третьего этажа... И у меня всё. Сжалось всё.

Артём смотрел в чашку.

— Я тебя до этого видела, но ты был не такой. Когда вы там дрались перед Эйхманисом и его гостями, — фамилию "Эйхманис" она произнесла с каким-то особенным и, как Артёму показалось, мстительным чувством... но, может, только показалось, — ...там тебя было не жалко. И вообще всё было противно там. Только... ну, не важно.

Артём поднял глаза и очень тихо, бережно посмотрел на неё, чтоб не сбить этот тон, этот голос... Хотя сам подумал мельком: "...Ещё как важно".

— А, нет, я же тебя до этого вызывала. Когда ты валял дурака, а в конце сказал, что умеешь целоваться. Я подумала: "Сейчас вызову Ткачука, и ему выбьют все зубы. По крайней мере передние, и сверху, и снизу... И будешь после этого целоваться". Наглые твои глаза зелёные... крапчатые... — и она вдруг посмотрела ему в глаза, словно проверяя.

Артём неслышно сглотнул слюну и ничего не стал думать о том, что слышит. "Ну да, вот так", — к этой фразе можно свести то, что он почувствовал и по поводу Ткачука, и по поводу глаз.

— И потом мне нужно было тебя... взять на работу, — продолжила она. — Не потому что сексотов не хватает — здесь каждый пятый сексот, — а просто... Надо было. И ещё я разозлилась. Может быть, всего больше разозлилась оттого, что ты мне стал нравиться. Мне никогда не нравился ни один... здешний. Вы все для меня были... к примеру, как волки или лошади — другая природа.

Галя недолго молчала. Артёму показалось, что она поймала себя на своей неуместной искренности, но тут же махнула рукой: чего теперь? После всего вот этого? После кресла, которое едва не развалили на семь частей?

— Если б ты не полез ко мне — ничего бы не было, — с незаметной, словно бы внутренней, в скулах спрятанной улыбкой сказала она. — Так и пошёл бы в карцер. Но ты точно угадал, когда надо... Все лезут, когда не надо. А когда надо — наоборот, не лезут... С одними приходится смиряться, других — тормошить. И то и другое — неприятно. Ты взял и угадал — впервые. Не веришь? — спросила она неожиданно громко.

— Почему, почему, верю, — сказал Артём. — Можно я пирог теперь буду есть?

Она снова засмеялась, на этот раз откинув голову — и он увидел её шею: голую, незащищённую. Смех у неё был такой, словно он был всегда чуть замороженным, а сейчас оттаял. И таким оттаявшим смехом она не смеялась очень давно. Весь день. Или месяц. Или всё лето. Всё время было не смешно ей — а тут вдруг стало смешно.

— Ешь, ешь, — сказала. — Я тоже хочу. Ты зверей покормил сегодня?

— Да, — сказал он, сам не помня, врёт или нет. — А зачем они здесь?

— Как зачем? — она ела пирог и запивала чаем, и стала совсем домашней и беззаботной. — Тут же биосад.

— Я знаю. Что это?

Галя закрутила головой — в том смысле, что смеяться уже устала, да и чай с пирогом мешают... но всё равно смешно.

— "...Знаю. Что это?" — необидно передразнила она Артёма. — Это Фёдор приказал. Эйхманис.

Странным образом теперь в его фамилию она вложила безусловно уважительное чувство.

— В мае... когда? Прошлый год, или уже позапрошлый... очень давно. Всю северо-восточную часть острова объявили

заповедником. Озёра, болота, лес, который нельзя выру-
бать, — всё вокруг вошло в заповедник.

— Зачем?

— Затем, что леса много порубили, и звери стали пропа-
дать — а не хочется, чтоб остров был лысым и без жизни.
Фёдор заложил питомник лиственниц... потом ещё каких-то
деревьев. И вот биосад появился. Фёдору надо оленей вырастить, этих ещё... морских свинок... ондатру хочет развести — чтоб прижилась; её к вам в озеро запустили — видел
тут озеро рядом?... И тех, кто здесь был, и тех, кого не было
никогда, — всё зверьё ему откуда-то привозят... — она снова
крутанула головой: то ли волосы смахнула, то ли какую-то
мысль, то ли всё это ей казалось забавным и ненужным —
хотя, не поймёшь, может, и наоборот: очень серьёзным
и нужным.

— Тут сначала, когда лагерь организовали — шла охота
с утра до вечера. Ногтев любил... Это начальник лагеря был
до Фёдора, знаешь? А потом Фёдор запретил охоту... Он и чаек запретил истреблять — а я их перебила бы, голова раска-
лывается к вечеру, окно не открыть... Хотя сам Фёдор охотится иногда. Но только на тех зверей, которых много... Не то что
Ногтев. Тот вообще так и стрелял бы с утра до вечера.

— Вот политических расстреляли, мне говорили, когда
Ногтев был... — сказал Артём, кусая пирог: он вообще что-то
разнежился и обмяк.

Галя, напротив, перестала жевать и спросила тем, другим
своим голосом, про который Артём скоропостижно забыл:

— Кто сказал?

Артём, полулежавший, сел, дожевал пирог и только после
этого ответил очень спокойно и как мог доброжелательно:

— Здесь все про это знают. Ни для кого не секрет.

Галя вздохнула.

"А о чём мне с тобой разговаривать? — быстро думал Артём. — Я ничего не знаю, кроме лагеря. И, кажется, ты, Галя,
тоже ничего не знаешь, кроме лагеря. Может, лучше, если
ты спросишь меня, за что я отца убил? Или мне поинтересоваться, почему ты работаешь на Соловках, а не гуляешь по

Красной площади под ручку с кем-нибудь во френче и в галифе?.."

Она задумчиво покусала себе нижнюю губу.

— В общем, слушай, — сказала. — Если тут про это все говорят, надо, чтоб кто-то знал, как было на самом деле... К ним было особое отношение — потому что это не уголовники и не каэры. Это да, революционные деятели, не понявшие большевистской правоты — и в этом упорствующие.... Но никому не надо было их расстреливать. Они сами этого добивались целый год. От Фёдора бы не добились. А от Ногтева добились. И то пришлось постараться. Они жили в Савватьево. Ни работ, ни охраны, полное самоуправление. Они там лекции читали друг другу, на фракции разбились... Межфракционная борьба, — Галя весьма едко усмехнулась, — ругались, мирились, чего только не было. Прогулки — круглые сутки, и днём, и ночью. Электричество там не гасло до утра. Семь часов свиданий в неделю! С Ногтевым не общались, орали на него: "Пошёл вон, палач!" — и он уходил. Фёдор тогда был его заместитель, он приходил вместо Ногтева, но с ним общались только старосты, остальные тоже... выказывали презрение... Единственные, кого политические видели, — солдаты на вышках. Но солдатам Фёдор запретил общаться с политическими. Так они сами приходили к вышкам — поначалу редко, потом стали ежедневно, а потом и несколько раз на дню. Чего только не кричали, повторять неприятно... Иначе как "бараны" к солдатам не обращались. А потом — тебе самому не дико? Здесь люди работают, и даже гибнут иногда, едят одну треску, — по крайней мере одиннадцатая, двенадцатая и тринадцатая роты живут тяжело, я же знаю... А у этих диспуты — да и какие диспуты, всё пустое, всё ссоры из-за каких-то закорючек... Тут вся земля вверх дном, а они...

Галя, похоже, снова успокоилась, и даже откусила пирога, и запила чаем, и словно кстати вспомнила:

— Ты знаешь, что у них паёк был выше красноармейского? Они ели лучше, чем те, кто их охраняет! Так им ещё и посылки слали, а красноармейцам — нет! Знаешь, сколько им посылок приходило: шесть тысяч пудов в год! И хоть бы один сухарь оттуда своровали бы. Никогда. Зато у красноармейцев не было цинги, а политические умудрились заболеть ей. Сказать отчего? Оттого, что они валялись целыми днями, закисая от безделья... Знаешь, какие у них требования были? Чтоб каждую партию заключённых проверяли их старосты и решали, кто политический, а кто нет. Нет, ты подумай! Они что думают, во Франции или где там — в Финляндии — им такое позволили бы?.. Старосты хамили Фёдору. Кричали, что мы доставим и предоставим всё, что им нужно, и даже втрое. Открыто хаяли советскую власть.

Галя допила чай и достала оттуда ёлочную веточку.

Кажется, она начала всё это рассказывать только потому, что ко всей этой истории имел отношение Эйхманис.

Артём, признаться, сам уже был не очень рад, что завёл об этом речь.

Но, с другой стороны, всё сказанное Галей было очень интересным — он смог бы теперь ответить Василию Петровичу.

И ещё вот что заметил: саму Галю эта история волновала, и, рассказывая её, она словно бы хотела оправдать Эйхманиса — это чувствовалось.

— ...Потом пришло распоряжение из Москвы ограничить срок прогулок до шести часов, — продолжила она. — Фёдор распоряжение зачитал, один, без охраны зайдя к ним в скит — он всегда так ходил. А у них там, естественно, свои топоры, ножи... В распоряжении было написано: прогулки с девяти утра до шести вечера. Ведь можно нагуляться до шести вечера, если начнёте в девять утра, да? Тем более если не работаешь? А они вот решили, что не нагуляются. Ну и электричество в двенадцать ночи отключалось. Тоже по распоряжению Москвы... Политические отказались признавать эти требования.

Галя бросила веточку обратно в чашку: надоела.

— Окончательное решение принял Ногтев. Они же назло всё делали: им трижды объявили о необходимости разойтись. Но они нарочно ходили под фонарями. Кто-то дал команду, и началась стрельба, причём красноармейцы стреля-

ли вверх. В толпу стреляло только трое человек, я знаю их
всех, ногтевские сподручные: одного, Горшкова, перевели
с глаз подальше на один остров тут, другого в Кемь... Остался Ткачук только. Если б все красноармейцы стреляли в толпу — перебили бы политических поголовно, это было не-
трудно.

Галя подняла глаза и посмотрела на Артёма.

"Тут уже про Галю из весную не скажешь", — подумал Артём, скорей весело, чем напуганно.

— А потом они, — вспомнила Галя, — устроили голодов-
ку с требованием вывезти их на материк. Их и вывезли, пожалуйста. Только я не думаю, что там им будет лучше — они
здесь жили, как у Христа за пазухой. Всей работы — дров
себе же нарубить на отопление дома. И того не хотели! Себе
самим было заготовить дров — ниже достоинства. А жечь
дрова, которые им другие заключённые нарубили, — нормально. Им хворост для варки пищи — и тот рубили, привозили, а они не гнушались! Оставалось только денщиков
потребовать для конных прогулок по острову... Глупо это
всё с их стороны, Тём.

...Раз "Тём" — то отчего б тогда совсем не расхрабриться:
кажется, всё-таки можно.

— Говорят, что Ногтев несколько раз лично убивал одного
или двух, сходящих с парохода, — сказал Артём, каждое слово
произнося твёрдо, но будто бы вкрадчиво — словно оставляя
себе возможность забрать любое из них, в случае, если они
вызовут раздражение.

Галя, словно донельзя уставшая, пожала плечами:

— Как ты себе это представляешь? Знаешь, как тут называют слухи? Параша! Очень гадкое и точное слово. Выстрелил, наверное, один раз в воздух. Убивал!.. Может, и убил
кого-нибудь когда-нибудь. Я не знаю, и никто этого не видел — ты не верь. Если кто видел — он в соловецкую землю
зарыт... Да и где теперь Ногтев? Он нехорошо закончит, по-
мяни моё слово.

"А ты — хорошо, Галя?" — едва не спросил Артём.

Даже так: Гала.

* * *

...После вечерней поверки в лагере он шёл в Йодпром.

Куковали кукушки вслед, но он не считал, сколько раз.

Так торопился, словно Галя уже ждала там.

Даже дороги толком не замечал — она с каждым днём становилась всё короче и короче: рукой подать, две тысячи метров, смешно, в один разбег можно взять.

Потом ужасно злился на учёных — те никак не хотели собираться и расстаться со своими свиньями.

— Несите их в лагерь, в свои кельи и спите там в обнимку со своей морской поросятиной, — вслух бубнил Артём, заперевшись в своей каморке: душевное возбуждение его было столь велико, что он ничем не мог заниматься.

Сухпай получил, высыпал его на пол и теперь строил башню из луковиц и консервов. Луковицы падали. Брал в руку, принюхивался к ним, они тоже пахли плотью, почвой, ядрёной жизнью.

Вконец озлившись на учёных, хотел уже запустить луковицей в стену, но остановил себя — вспомнил, как неделями ныл желудок от голода, и на запах прокисшей пшёнки текла слюна...

...Да, проходил тут случайно мимо больнички — почувствовал ужасный запах, даже пошатнулся, но через мгновение вспомнил: да это ж винегрет, который ел и млел, когда лежал там. Винегрет так пахнет!..

Резко поднялся, отправился к учёным.

Троянский чуть ли не на цыпочках выходил из кухни, прижал палец к губам:

— Тс-с! Они очень пугливые.

Артём хмыкнул.

Троянский сунул ему в руки листок — всё тот же, с именами свинок, — чтоб Артём, наверное, всё-таки выучил за ночь все имена наизусть или как минимум повторил.

— Рыжий, Чиганошка, Чернявый, Желтица, Дочка и Мамашка, я помню, — сказал Артём.

— Нет, я там описал вкратце их приметы, вы ж не знаете, чем они отличаются, — сказал Осип. — А мы пробуем их называть исключительно по именам.

— А они вас? — спросил Артём.

Троянский не ответил — посчитал, наверное, что плоская шутка.

В проём дверей Артём увидел, что свинки лежат на большом подоконнике, видимо, принимали солнечные ванны.

— Вы с ними побольше разговаривайте, — предложил Троянский.

— А как же, — ответил Артём. — Я им стихи читаю, пою колыбельные. Анекдоты рассказываю...

Троянский быстро посмотрел на Артёма.

— Приличные, — добавил Артём.

— Никогда не замечал у вас привычки кривляться.

Артём пожал плечами: ему было всё равно.

“Как бы дал по лбу...” — подумал он почти равнодушно.

“...Ты уже Сорокину дал недавно”, — ответил сам себе.

...Учёные еле-еле ушли, с Артёмом традиционно не прощаясь.

Он подождал ещё минуту: может, кто-то остался? Увлёкся производством мармелада из водорослей.

Нет, тишина.

— А свиньи-то что? — всполошился Артём. — Так и лежат на подоконнике? А как замёрзнут? Обвинят в халатности.

Он поспешил на кухню, с размаху раскрыл дверь, перепуганные свинки, хоть и были на полу, но заполошно бросились друг к другу — напугались.

Им хотелось сбиться в одну кучу-малу, однако верхние совсем не хотели быть наверху и норовили забраться в самый низ, из-за чего у свинок ничего не получалось.

— А-а-а! — заголосил донельзя довольный Артём. — Стра-а-ашно!

Некоторое время любовался на животную кутерьму и суету, потом тихо прикрыл дверь.

Подождал с минуту, пока там всё притихнет, потом заново всё повторил, получая от этого совершенно упоительное мальчишеское удовольствие.

— А чего спи-и-им! — закричал, рванув на себя дверь: зверьё напугалось ещё пуще, куча-мала, как и в прошлый раз, не удавалась, страх был неуёмный, искренний, подвижный.

"Так и срок можно скоротать! — ликовал Артём, хохоча вслух. — Как бы только они не передохли от разрыва сердца все..."

Здесь он сам едва не получил удар, потому что наверху раздался визг и жуткое грохотанье.

— Лося, что ли, они завели и на чердак затащили! — выругался Артём, бросившись на шум.

Выбегая, успел заметить, что свинки в третий уже раз кинулись в одну кучу, всё с тем же, уже теряющим очарование глупым желанием каждой поросятины оказаться ниже всех.

На чердаке было ещё хуже: картина преступления проявилась немедленно.

Крупный рыжий кот сидел в кроличьем вольере и держал в зубах довольно крупного крольчонка.

Тот был явно уже не жилец, едва пузырился тихой кроличьей кровью и предсмертно дрожал.

У кота были совершенно злодейские глаза.

Глаза эти яростно смотрели на Артёма.

В глазах, казалось, осмысленно живут две проникновенные мысли: первая — "А ты ещё кто такой?", вторая — "Ох, не успею ни съесть, ни спрятать!"

— Да едрит твою мать! — в сердцах выругался Артём: так его дед ругался, московский купец третьей гильдии.

Кот сморгнул, но кролика не выпустил, а перехватил покрепче.

Теперь Артёму показалось, что кот согласен на переговоры, примерно такого толка: "...Давай съедим напополам, раз так, чего орать-то..."

Остальные кролики в кромешном ужасе вжались в разные углы вольера, иные даже зажмурились. Кролики были чёрного и серого окраса.

— Я сейчас убью тебя, — уверенно пообещал Артём коту, озираясь в поиске того, чем это можно сделать.

Обнаружился железный совок, в который сгребали кроличий помёт.

Завидев в руках человека совок, кот вмиг оставил тихую свою добычу — Артём было подумал, что эта хищная тварь бросится прямо на него, и даже успел слегка напугаться... но коту был просто нужен чердачный лаз за спиной Артёма, который остался открытым.

Скрежеща когтями и по-бойцовски взревев, кот рванул мимо Артёма — вслед полетел совок, но разве тут попадёшь.

Артём бросился к бездыханному кролику, схватил его за шиворот и так и побежал за котом.

Торопиться, впрочем, было некуда: кот пропал.

— Куда ж ты делся? — громко спрашивал Артём, весь позеленевший от натуральной злобы. — И откуда ты взялся? Я ж тебя не видел ни разу! Иди, кролика доедай своего, что бросил-то. Иди, гад!

Трижды обошёл весь Йодпром — без результата. Все двери и окна были закрыты, чёрт знает, куда спряталась эта сволочь. Сдвинул диван, заглянул под все столы, тумбы и кресла, ещё раз обеспокоил морских свинок — тишина.

...Бездумно мерил шагами коридор, обращаясь куда-то в потолок на манер героя древнегреческой трагедии:

— И что я теперь буду делать? Как я объясню смерть моего подопечного животного? Ответь!

"Может, в лесу добыть зайца? Силки поставить и поймать? — всерьёз задумался Артём. — Кто у нас охотник? Василий Петрович вроде охотился. Может, он расскажет, как делают силки?.. Да нет, какой он, к чёрту, охотник, он же говорил, что никого убить не смог ни разу..."

"...Или Бурцева попрошу? «Брат Бурцев, забудем прошлое! Поймай мне зайца! Век не забуду!» Должны тут длинноухие водиться ведь! Никто и не отличит. Пусть Осип придумает теорию, как в неволе домашние кролики постепенно превращаются в диких зайцев..."

— Или снять с кролика шкуру — натянуть на кота? — вслух предположил Артём. — Слышишь, гад? Натяну на тебя шкуру, будешь с длинными ушами ходить, подонок...

Вернулся ни с чем на кухню, открыл термос, плеснул себе чайку. Решил, что хоть свинок надо покормить — они были ужасно прожорливы.

Предложил им моркови и капусты — те не отказались.

— Что ж вы столько жрёте, сволочи? — спросил Артём, удивлённый.

Наверху вновь ожил кроличий питомник: уселись на свои велосипеды с квадратными колёсами и поехали туда-сюда то по кругу, то наискосок.

“О, — подумал Артём. — Одного сожрали, они три минуты побоялись и снова давай разыскивать, что тут можно погрызть... Всё как у нас на Соловках, никакой разницы”.

Кота Артём мысленно прозвал “Чекист”. Вылитый ведь.

— Кыс-кыс-кыс! — позвал Артём: может, отзовётся на ласку.

“Убью хоть одного чекиста”.

Как же, так и прибежит.

Чекисты в ласке не нуждаются.

Только чекистки иногда.

...Гали всё не было.

Кролик — чёрт бы с ним. С каждой минутой Артём всё явственней тосковал по Гале.

Старался отвлечься, вспоминал о чём ни попадя, но чувство к женщине находило, как проявиться. То вдруг в руках, в ладонях возникало навязчивое, как зуд, ощущение её тела — лопатки, шеи, другого всякого — и тогда Артём прятал руки в карманы, сжимал их в кулаки, чтоб зуд пропал. Тогда на губах чувствовался её вкус, её сладкий пот, мурашки на её шее — и Артём кусал свои губы и облизывался, как тот самый кот.

“Сгинь, Галя! — просил. — А то начну выть тут... Все звери передохнут от ужаса...”

Галя не покидала его.

Незаметные, вновь подкрадывались мысли, тёплые и навязчивые.

“Почему, если проститутка в тот раз велела мне «быстро», — это мерзость? — спрашивал себя Артём. — А если Галя... — он перехватывал воздуха, чтоб додумать... — если она спро-

сила «Ты можешь быстро?» — от этого заходится сердце? Почему? Ведь одно и то же?"

Ловил себя на том, что он опять о Гале, о Гале, о Гале —
и спешил далеко прочь, куда-нибудь на волю, в Москву, в За-
рядье, в любой трактир — с тарелками гороха на столах —
или в кинотеатр...

...Представил вдруг так чётко и явственно, как сидит в ки-
нотеатре, и пронёс с собою бутылку пива, и на экране женщины (естественно, похожие на Галю) заламывают руки, и раскрывают огромные чёрно-белые глаза, и беззвучно кричат...

...Вышел из кинотеатра, вознамерившись погулять — "куда, куда, куда хочу идти?" — скороговоркой спрашивал себя, — вот, к примеру, на Пречистенку — просто пошляться,
там жил один дружок...

Встречу его, спросит: "...Где был? Давно не видел, Тёма,
тебя!"

"А на Соловках... Разве не знал?" — ответит Артём будто
нехотя.

Про Соловки уже все знали года с 23-го. Сказать, что был
на Соловках, — это красиво, в этом есть жуть и мрачное мужское достоинство.

Хотя... дружок начнёт спрашивать, за что посадили, — лучше не надо этого разговора.

"Тогда иначе, — мечтал Артём, — познакомлюсь с девуш-
кой... Юной, в юбке, с колечком на мизинце. «Как ты жил?» —
спросит она, глядя его отросшие уже волосы..."

"Многое было... Соловки были... Не спрашивай лучше..." —
так Артём отвечал бы уставшим голосом, полузакрыв глаза.

Он поймал себя на том, что и сам сейчас лежит, глаза полузакрыв, и весь разнеженный, как будто ледяного пива попил на жаре.

Сел, засмеялся вслух над собой.

Встряхнул себя вопросом:

— А как же Галя? Какая ещё девушка с колечком — когда
Галя? Может, вернёмся с ней, начнём жить? А что? Родим детей. Они вырастут. "Папа и мама, — спросят однажды, — вы
где познакомились?" — "А в тюрьме. Папа убил вашего де-

душку и сел в тюрьму. А мама хотела посадить папу в карцер и тоже убить. Но потом раздумала и, вызвав его в свой кабинет, сказала «...Да где ж там у тебя?..» Как вам, дети, такая история?”

Артём снова засмеялся.

В дверь стучали. Это было совсем весело и очень многообещающе.

“Открывай, сирота, — велел себе, — ...без креста и без хвоста!”

* * *

Артём заметил, что про Эйхманиса она могла говорить в любую минуту и с любого места — едва его разговор касался, — но даже если и не касался — тоже.

Он мог выглянуть из-за всякого события, словно мир был полон его отражениями и отчётливыми следами.

— ...Он забыл про тебя уже, — говорила Галя, глядя в потолок, вроде бы успокаивая Артёма, но на самом деле в её словах слышалось некоторое пренебрежение: кто ты такой, чтоб тебя Фёдор помнил, — ...для него не имеет значения: заключённый, нет. Не потому что он вас считает за людей — он никого не считает за людей. Поэтому он иногда кажется человечным — потому что ему всё равно. Здесь одни лагерники работают везде, он с ними и общается — а с кем же ещё? Ты думаешь, ты один такой — ой, тебя Эйхманис позвал к себе. Наверняка ведь так думал? Да ему просто скучно с этими красноармейскими скотами — а большинство из них скоты. Если завтра всех красноармейцев посадили бы, а его бы назначили их перевоспитывать — в нём бы ничего не дрогнуло. Почему? Потому что Эйхманис куда больший скот, чем все вы, вместе взятые...

“По-моему, ты просто любишь его”, — подумал Артём, но смолчал: а какое его дело.

— Если по правде: он ни с кем не хочет разговаривать — ему плевать, — цедила свою трудную и болезненную речь Галя. — Но он видел, как Троцкий вёл себя с людьми, — и хочет быть похожим. Он работал с ним... Мы там и встретились впервые... — эту тему она тут же расхотела продолжать и разом подвела итоги: — Но если ему понадобится тебя расстрелять — он даже не моргнёт глазом. Фёдор убил сотни людей.

Они сегодня ничего не делали друг с другом: Галина пришла какая-то необычная, не стала его целовать — и Артём, естественно, не решился к ней подступиться.

Легла на диван — сразу было видно, что устала, а когда пошла речь про красноармейских скотов и про Троцкого, Артёма как озарило: она же пьяная.

Галя почувствовала, что он догадался.

— Водку будешь? — спросила.

Артём смолчал, глядя на Галину, — она и не ждала ответа.

Всякий раз, уже запомнил он, в её сумке что-то было — без подарков Галя не приходила.

— Откуда такая водка? — удивился он, видя извлечённую бутылку с разноцветной наклейкой: со времён НЭПа не видел ничего подобного, а потом ведь ещё был сухой закон, всё самое вкусное давно допили.

Галя насмешливо посмотрела на Артёма и ответила:

— Хорошая водка всегда в наличии для оперативно-следственных мероприятий.

Артём кивнул, хотя ничего не понял.

— На расстрелы... — пояснила она через минуту, так и не найдя стакана, который высматривала по комнате, поворачиваясь всей головой — как птицы смотрят.

Он сходил за кружкой.

Когда вернулся — Галя уже сидела на диване, чуть раскачиваясь.

— После расстрелов — хочется выпить: сложная мужская работа, — пояснила она, наливая.

Артём втянул воздух носом, чувствуя отвратительный запах водки.

— И что теперь? — невнятно спросил он, хотя она догадалась всё равно, про что вопрос.

— Насухую расстреляют. Водой запьют, — ответила Галина и неровным движением сунула ему кружку в руки — водка качнулась и лизнула руку. Ощущение было — как лёгкий ожог. Хотелось подуть туда.

Выпил залпом.

Будто камень проглотил.

Он застрял где-то посреди грудной клетки.

— ...Эйхманис сегодня так хохотал, — вдруг вспомнила она, начав с какого-то места, на котором сама запнулась. — В административном отделе одна белогвардейская сволочь собралась — по его же собственному выбору. Теперь они назначают старших на разные участки работы. И знаешь, что придумали? Они должность дают по фамилии. Не понял? Ну, смотри. Счетовод — естественно, Серебренников. Из белогвардейцев. Зоологическая станция — Зверобоев. На электрофикации — Подтоков. Астрономическую обсерваторию затеяли — Медведицына поставили, а он только в бинокль умеет смотреть, — здесь Галя сама засмеялась, что-то вспомнив. — Догадался, почему Медведицын? Я сама не сразу догадалась — Большая Медведица, созвездие. Эйх сразу раскусил — ему смешно!..

"Значит, «Эйх»?" — заметил Артём.

— Есть ещё Дендрологический питомник! — вспомнила Галина. — Там работает Владимир Дендярев... То ещё жульё. Но, в отличие от Зверобоева с Медведицыным, хотя бы знает свою работу. И чувствует, что его ценят. Обнаглел до такой степени, что потребовал себе гужевой транспорт! Так Фёдор велел предоставить ему козла! Дендярев не отказался — и теперь ведёт козла до Никольских ворот, потом садится на него верхом и въезжает в монастырь. Дальше спешивается и передаёт поводья красноармейцу — а тот привязывает козла возле поста!..

Галя снова засмеялась, хотя смех её был злой и звучал так, словно она его, как водку, неопрятно расплёскивала из себя.

Артёму отчего-то было совсем не смешно. Какая-то несмешная водка в горло попала, наверное.

— Он тут распустил всех, — говорила Галя со всё большим раздражением. — Этому козла — ладно. Селецкий, который руководит лесозаготовками, — бывший начальник царской тюрьмы — сказал, что ему нужен револьвер. И заключённо-

му выдали револьвер, Фёдор велел! Бурцев, которого перевели в ИСО из твоей роты, тоже захотел револьвер — и ему пожалуйста. Осип твой потребовал мать — ему привезут. Ему
без мамы неприятно сидеть в тюрьме! Ещё потребовал командировку на материк — его отправят скоро, без конвоя!..
Граков тут рассказывал... — начала она какую-то новую историю, Артём чуть дрогнул веком, но вида не подал; она осе-
клась, и тут же продолжила о другом: — Все спецы из заключённых, что управляют заводами — кирпичным и прочими, —
живут с женщинами: Фёдор разрешил гражданские браки.
И ты думаешь, кто-нибудь ценит это, рассказывает на воле?
“Я сидел на Соловках, мне дали временную жену, возможность
гулять по острову, платили зарплату — мне хватало на то,
чтоб покупать в ларьке лучшие папиросы, сладости к чаю
и кормить собаку и кота, которые скрашивали мою жизнь
в лагере”? Нет, никто про это не говорит! У всех настоящие
жёны дома! Но все всё равно обижены! Все, уверена, распи-
сывают свои крестные муки — вся страна уже знает про Соловки, детей Соловками пугают! Зато местные чекисты на
Фёдора каждую неделю пишут доносы... И если б не его отношения с Глебом — Глеб Бокий, знаешь?.. — Фёдора бы самого сюда посадили давно.

Галя снова начала, по-птичьи поворачивая голову, что-то
себе искать, и Артём догадался, что теперь и ей самой нужна
посуда.

Снова сходил на кухню — вернулся с морковью, хлебом
и двумя кружками: одна с чаем, другая пустая. Когда подходил к своей сторожевой комнатке, с удивлением услышал,
что Галя так и продолжала разговаривать, словно и не заметила его отсутствия.

— ...Потому что вы все люди, а он — полубог, — заключила она и подняла пустые и чёрные глаза на Артёма.

— Бога же отменили, — сказал Артём, бережно разложив
снедь и тихо расставив кружки.

— Богов и не было никогда. Были только полубоги, — сказала Галя, выкладывая каждое слово отдельно и с паузой,
чтоб они не слиплись в её захмелевшей гортани.

"Из двух полубогов, — отстранённо подумал Артём, — можно сделать одного бога. Ленин и Троцкий — раз, и готово... Хотя Троцкий, кажется, уже вырван из иконостаса — как зуб".

Ему было тревожно.

"Лучше бы она ушла", — подумал он, глядя на Галю.

Галя налила водки и тут же опрокинула её в себя.

Артём подумал, что сейчас закашляется, — но нет, проглотила и посидела с полминуты, закрыв глаза, без движения.

Он тоже не шевелился.

Потом выдохнула и только после этого будто бы проснулась.

Тихо, с трудом, раскрыла глаза — а тут Артём, Тёмка.

Галя улыбнулась.

Улыбка тоже была чужая и опасная.

— Правда, что в ротах молодых мальчиков пользуют? — вкрадчиво спросила Галя.

— Не знаю. Не видел, — сказал Артём, глядя на неё — только не в глаза смотрел, а в губы, которые странно потеряли свою форму и всё время неприятно кривились, словно зубы во рту нагрелись и обжигались.

— Правда, — сказала Галя уверенным шёпотом. — Используй меня. Я твой... как ты говорил? Шкет! Давай, как будто я здесь лежу на нарах... напуганный.

— Не надо, — попросил Артём очень тихо. — Мне не нравится. Ты не видела, как там. Не играй в это. Пожалуйста.

Ей было всё равно: губы её продолжали кривляться.

— Тогда я тебя использую, — сказала она.

Медленно сползла с дивана, со скрежетом отодвинула мешавший на пути к Артёму табурет — хлеб упал, морковь скатилась, кружки запрыгали, звеня боками...

И тут Галя очень искренне, совсем не пьяно завизжала — в её голосе был такой жуткий испуг, что Артём сам оцепенел.

Она смотрела куда-то за диван.

— Галя! Да что там? — крикнул он, вскакивая.

— Ты... — не находя воздуха, без голоса выдохнула она в ответ, видимо, едва-едва придя в себя. — Ты жрёшь сырое мясо?.. Ты рехнулся совсем, шакал?

Артём наконец увидел, в чём дело — сбоку от дивана лежал кролик, которого он где-то бросил, пока искал кота.

Ужас был в том, что кролик был наполовину сожран — у него, кажется, не было одной ноги и части живота, из которого свисали мелкие кроличьи кишки.

Артём схватил кролика за уши, кишки раскрутились ещё длиннее.

— Тварь, меня вырвет сейчас! — взвизгнула Галя.

— Это не я! — заорал Артём. — Это Чекист сожрал!

— Какой чекист? — заорала в ответ Галя. — Я тебя застрелю сейчас, контрик! — она действительно полезла в кобуру, которой не было у неё на боку, и, заметив это, она пнула валявшуюся возле ноги кружку.

— Это кот! Замолчи, наконец! — гаркнул Артём вне себя, и в ту долю мгновения, когда они оба молчали, раздался грохот.

Стучали в дверь.

Опрометью Артём бросился к дверям, по дороге вспомнил про Галину — где она? с ней-то как? — прибежал назад, её уже нет, по дверям опять грохотали...

— Да ч-ч-чёрт! — выругался Артём и снова метнулся ко входу, открыл.

Там стояли двое из надзора — впрочем, как сказать — стояли: держались друг за друга.

— Шакал! Где был? — спросил первый и толкнул Артёма в грудь.

Пахло от него погано, будто он водку закусывал лягушачьей икрой с болотным илом.

— Кроликов проверял на чердаке, — с ходу ответил Артём.

— Га! Я же тебе говорил, — сказал второй и тоже пихнул Артёма.

Они прошли туда, где горел свет — Артём оставил, когда бегал за кружками, — но на кухне не нашли, чего искали.

— Тут, одни, бля, крысы водяные, — громко сказал красноармеец; "тут" он произнёс как "тыт", а слова "водяные" вытянул изо рта, словно оно было длинное и отвратительное, как червь.

— Где кролики, ты, хер? — позвали Артёма.

— Он же сказал: на чердаке, — вспомнил один красноармеец.

— Электричество включи, шакал, — велели Артёму. — Не видно ни ляда.

Артём подумал и включил.

— Вот так, бля! — обрадовались свету надзорные и, грохоча, полезли на чердак.

Артём стоял внизу.

На чердаке раздалось топотанье, мат-перемат, снова топотанье, кто-то, кажется, упал... и потом хохот.

— Да хватит одного, — сказал красноармеец, спускаясь и отхаркиваясь.

Артём посторонился, чтоб не плюнули на него. Потом сделал ещё шаг назад, чтоб его снова не пихнули.

— Тут есть кто ещё? — спросил красноармеец, не глядя на Артёма.

— Нет, — сказал он.

— А бабы есть?

— Нет, — повторил Артём.

— На, разделай и пожарь, — сказал красноармеец, сунув Артёму кролика со сломанной шеей.

"На всю ночь тут останутся..." — лихорадочно думал Артём.

Появился второй красноармеец, последние ступени ему не дались, и он с грохотом их пересчитал.

Посидел на полу, потом кряхтя поднялся. Заметил кролика в руках Артёма, молча забрал, крикнув своему товарищу, пропавшему на кухне:

— На хрен ты ему дал? Мы с ним тут будем сидеть, что ли? Пошли в женбараке возьмём эту... Ляльку. Она и приготовит.

Артём стоял на месте, моля, чтоб всё это завершилось.

Надзорные ещё три минуты что-то мычали на кухне и потом не прощаясь ушли, оставив все двери открытыми.

Артём медленно, боясь сглазить, двинулся следом, в дверях увидел огромную белую ночь — в её свете всё было как голое; торопливо закрылся.

— Галя! — позвал тихо.

В сторожевой каморке её не оказалось. И в лаборатории — нет. И в других комнатах — тоже нет.

Наконец на кухне он отдёрнул штору и увидел её. Она сидела на подоконнике и гладила кота.

Кот мурчал, зажмурившись, но одним глазом всё-таки поглядывая на Артёма.

— Он и свинок хотел сожрать, — шепнула она, кивнув на кота.

“Красноармейцы прямо рядом с ней стояли”, — понял Артём: ему уже было почти смешно. Хорошо хоть шторы плотные — а если б нет?

Галя была совершенно протрезвевшая.

— Оцарапалась, — сказала она ясным голосом. — Тут гвоздь где-то, — и показала палец с пунцовой каплей.

Артём взял Галю за запястье и слизнул кровь, тут же вытер язык о горбушку руки и снова слизнул.

— Вода поёт. Как тетерев, — сказала она, прислушиваясь.

Это из крана подтекало и потом, с еле слышным журчаньем, струилось где-то под полами.

* * *

Про главное Артём с утра, когда запускал учёных, забыл. Тем же вечером в Йодпроме Троянский встретил его с таким видом, как если бы ему всё открылось про Артёма — самое ужасное, самое невозможное. И теперь Осип не знал, что с этим знанием делать.

— Не сообщил утром, простите, — быстрым извиняющимся шёпотом сказал Артём; отвёл Троянского в свою комнату и в ярких, впрочем, в основном надуманных подробностях рассказал про пьяных надзорных.

Приврал заодно, что те забрали не одного кролика, а двух.

— Вы должны написать бумагу об этом — на административную часть, — тут же сказал Осип. — Иначе с нас спросят.

— Вы что? — тихо ответил Артём. — Я не буду ничего писать. Они завтра придут и уже мне свернут голову.

— Вы разве трус? — спросил Осип, сплющив слово "трус" в губах до такой степени, что оно будто бы так и осталось висеть на губе, зацепившись последней буквой.

"Разве что вы дурак", — подумал Артём, искренне скучая от глупого разговора и думая лишь, как бы побыстрее выпроводить этих чертей.

— Осип, а вы поинтересовались у товарища?.. — сказал, входя в комнатку, ещё один учёный муж. У него в руках была кроличья голова с ушами, позвоночником и ещё какими-то шерстяными лохмотьями.

— Да, кстати, — всплеснул руками Осип. — А это что тогда?

Кролика Артём вчера выкинул вместе с котом в окно. Кот тут же принялся грызть мёртвую крольчатину. Артём был уверен, что никаких следов там не останется.

Тем более что под окном были кусты — какого беса учёные мужи искали в этих кустах, непонятно.

"...Хоть бы уши обглодал, чекистская сволочь", — подумал Артём и, усмехнувшись, спросил:

— Вы хотите сказать, что я съел двух кроликов? Сырых? Вместе со щкурами? И у второго не доел голову?

— А вы хотите сказать, что это чекисты съели сырых кроликов? — спросил Осип.

Услышав про чекистов, второй учёный, покашливая, удалился. Кроличью голову он унёс, держа за уши.

— Они их не ели, они забрали их с собой, — терпеливо повторил Артём.

— Да, — саркастически скривился Осип. — А одному кролику оторвали голову и выбросили её в окно. Не можете мне описать в подробностях, как это выглядело?

— Я не наблюдал этого, Осип, я не знаю, — сказал Артём, глядя Осипу в глаза и очень жалея о том, что не чувствовал никаких сил к тому, чтоб ударить этого тонкого и саркастичного человека по лицу. Это совсем было бы подло — не Сорокин же, не Ксива с мокрой губой.

— Итак, — сказал Осип с таким видом, будто он стоял на кафедре. — Или вы пишете бумагу в административную часть, или мы сами будем вынуждены её написать.

— Сами, — добродушно предложил Артём. — Только проваливайте отсюда поскорей.

— Что значит "проваливайте"? — вскрикнул Осип. — Это вам тут нечего делать! А мы в город больше не пойдём. Слишком много времени уходит на это.

— В какой "город"? — не понял Артём.

— В монастырь, в кремль — туда, в эту тюрьму, — сказал Осип быстро.

В проёме дверей снова появился учёный муж, на этот раз без кролика, но за его спиной отсвечивал мудрой плешивой головою третий.

— Вы не имеете права, уходите, — ещё раз повторил Артём, понимая, что вот теперь он окончательно глупо выглядит.

Учёные переглянулись и поочерёдно хмыкнули — возникло чувство, что они таким образом общаются друг с другом.

— Смотрите, что у него есть, друзья мои! — сказал один из учёных, указывая пальцем.

Все трое вперились во что-то обескураживающее.

Артём скосился, ожидая увидеть на этот раз наполовину объеденную морскую свинку.

Но нет, то была недопитая бутылка водки.

Учёные в голос засмеялись — только не Осип.

Он вышел, презрительно взмахнув полой своего халата.

Артём, себя не помня, кинулся за ними следом в их учёные покои, схватил первую попавшуюся колбу и запустил ею в стену.

Не сказать, чтобы учёный люд проявил готовность к немедленному поединку, даже своими превосходящими силами. Однако и страха в их глазах не читалось.

— Да он пьяный до сих пор, — сказал один из них.

— Завтра же на вас будет написано подробнейшее заявление, — глухо пообещал Артёму другой, сидевший к нему спиной и даже не обернувшийся.

Артём выбежал на улицу, хотел было немедленно отправиться в кремль — но тут же раздумал: надо же Галю встретить, всё рассказать ей!

"Где она обычно ждёт?" — решал Артём, озираясь; сердце колотилось, губы дрожали — всё было невозможно обидным и нелепым.

Вдруг понял, что надо забраться на крышу — оттуда лучше видно.

Вернулся в здание, сразу отправился на чердак: промелькнула мысль передушить оставшихся кроликов и покидать вниз, учёным на радость...

Гали не было видно нигде.

Удивительно, но ещё пели птицы — в тихом вечернем свете, в нежнейшем тепле подступающей белой соловецкой ночи, — и пение тоже было тихое и тёплое.

Подлетела куда-то совсем близко кукушка и несколько раз гукнула. Артём поискал глазами: ага, прямо на столб во дворе уселась — крупная какая птица! Он первый раз в своей жизни увидел кукушку.

Она тоже заметила Артёма и сразу сорвалась с места, быстро взмахивая большими крыльями.

Оказывается, сверху было видно море.

Море лежало недвижимое, словно неживое. В море виднелись каменистые островки. Артём долго смотрел в даль вод.

Сердце его успокаивалось.

Солнце садилось не вниз, как там, в России — оно словно бы катилось ровно по горизонту и так закатывалось понемногу.

Вид у солнца был такой, словно оно плавится и отекает, как мороженое — и к тому моменту, как уйдёт за горизонт, ничего от него не останется. Завтра встанет — а вместо огромного солнца куцый, еле тёплый шарик, весь всклокоченный от стыда.

Говорят, что солнце здесь всходит и заходит почти на севере. Значит, север — там.

"...А если в келью Филиппа нам пойти? — размышлял Артём, приметив бревенчатую избушку в палисаднике. — Дедушка Филипп, пусти погрешить, мы тихо..."

Комары пропали совсем.

Облака были розовые и фиолетовые и пенились красиво и ароматно, как французское мыло.

Виднелось ещё озеро. На воде время от времени появлялись быстрые круги — наверное, это плавали те самые ондатры, которых завёз Эйхманис.

Если б не круги — озеро показалось бы недвижимым и твёрдым, как из стали. Заходящее солнце лизало эту сталь, как дети железо в морозное своё русское детство — но только к озеру язык не прилипал.

“А меня ж этой работы лишат — чего я тут сторожу? — вдруг напугался Артём. — Учёных, что ли?.. А ещё донос их, ой...”

Надо было, чтобы скорей явилась Галя и разрешила сомнения.

Артём искал глазами то здесь, то там, потом снова затихал, не дыша. Пока он на крыше — ничего не происходит, и не произойдёт. Только кролики внизу колобродят.

Кто-то, услышал Артём, влез на чердак: “...Проверяют, не жру ли, мерцая глазами в полутьме, ещё одного крольчонка...”.

Он едва успокаивался, как снова начинало нудно тянуть под сердцем: отчего же ему никак не удаётся прожить в покое хотя бы неделю. Артём представил себя как то ли зверя, то ли человека, ползущего вверх по скале — то один камень обвалится под ногой и ухнет вниз, то другой... То какая-то птица начинает кружить на предмет его печени — и ни рукой от неё не отмахнуться, ни плюнуть в неё...

Так остро всё это почувствовал, что поймал себя на том, что держится руками за крышу изо всех сил.

И хорошо, что держался, — потому что вдруг увидел в лесу человека.

Минуту вглядывался — может, блазнится... Взмахнул рукой, но человек не ответил.

“Галя? Нет? Если Галя — почему с другой стороны от дороги? И в какой-то странной рубахе незнакомой...”

Артём, стараясь не очень шуметь, спустился вниз... Учёные, оказывается, все уже легли спать. Самый беспокойный из них, видимо, только что проверил кроликов и тоже улёгся.

Мимо колодца, через заборчик, забирая выше, Артём пошёл в лес, к тому месту, где видел человека.

"Галя, наверное, а кто же? Даже не буду здороваться, а сразу поцелую её", — решил он.

В лесу было гораздо темнее, чем на крыше, но вроде бы он верно запомнил направление.

...От неожиданности Артём издал совсем новый для себя звук: "Хак!" — вырвалось из него: как если бы выпала из глотки мелкая внутренняя кость.

Перед ним стоял мужчина, старик.

...Быть может, старик.

Уже после Артём попытался вспомнить, какой он был, и воспоминание выглядело так, словно в краску белой ночи добавляли ещё краски, густой, мутно-белой, и ещё, и снова — пока весь образ не размывался.

Он не был голый — на нём была рубаха, а на ногах, кажется, штаны; а вот имелись ли ботинки, или лапти, или сапоги? Скорей, он казался вросшим в землю, как дерево — или что?

...Ноги, наверное, утопали в траве.

Ростом он был с Артёма, борода — белёсая, как эта самая белая соловецкая ночь. Глаз было не различить.

Он был очень, больше любого фитиля, худ. Но стоял твёрдо.

Посоха у него не было в руках, он ни за что не держался.

— Кто ты? — выдохнул Артём, не дойдя нескольких шагов; но сам он не желал знать, кто это, — он заговорил лишь затем, чтоб ощутить, что ещё не онемел от ужаса.

Артём разом весь, до поясницы покрылся по́том и на полушаге, не дождавшись ответа, развернулся и побежал в сторону окон, где были люди — живые, домашние, человеческие люди.

Никто его не окликнул.

...Уже к утру, после случайного, вздорного, недолгого сна Артёму стало казаться, что, когда он побежал, старик протянул руку, и в руке были ягоды. Но как он мог это увидеть?

* * *

Когда взошло солнце, всё вчерашнее стало нестрашным и каким-то, право слово, дурацким.

Артём сходил на это место, никаких следов, естественно,
не нашёл; да и не искал особенно — ему нужно было срочно
увидеть Галю.

“Может, она передумала?” — спрашивал он себя, взбрыки-
вая ногой мох и траву.

“Передумала — что?” — отвечал себе.

Учёные ещё спали.

Чтоб не встречаться с ними, решил немедленно пойти —
как это теперь, оказывается, принято говорить — в город.

Когда уже выходил, заслышал писк морских свинок — они
привыкли к утренней кормёжке; но возвращаться не стал —
вот пусть учёные и кормят.

Какая-то птица провожала Артёма, перелетая с дерева на
дерево.

Иван-чай, недавно застилавший всё, опадал, повсюду стояли куцые метёлки.

Зато ощутимо пахло грибами.

Навстречу шли люди — наверное, на утренние работы.
Через минуту Артём с удивлением разглядел людей из своей
прошлой роты — ощущение было не самое лучшее.

Показалось, что они сейчас все как один начнут на него
указывать и орать: “А вот филон! А он отлынивает! А пусть на
баланы вместе с нами!”

Едва не дрогнул: хотел уже развернуться и пойти в обратную сторону. Совсем глупо выглядело бы...

Его тоже признали: на лицах появилось что-то вроде
оживления.

Артём вдруг понял, насколько он лучше выглядит, чем
те, кто идёт ему навстречу. Они были — как выжатые, с по-
черневшими глазницами, со впавшими ртами — серое ста-
ричьё.

Ксива тряс губой так, что, казалось, она раскачивается из
стороны в сторону, будто кадило, и всё одёргивал Шафербе-

кова, идущего впереди, — но тот не отвечал: он и сам хорошо видел Артёма.

Шафербеков раздумывал о чём-то, но решения придумать не мог.

Сивцев посматривал на Артёма словно бы с надеждой: а вдруг скажет хорошую весть или даст пирога.

"И Самовар тут!" — удивился Артём на бывшего генеральского денщика, который верой и правдой начал служить Бурцеву, однако ушедший в ИСО новый его хозяин прислугу за собой не потащил — пережитки: так что иди-ка ты, дядя, на баланы, советские люди сами умеют начищать себе сапоги.

"Здороваться, нет?" — поспешно решал Артём; тем временем сблизились, Артём кивнул Сивцеву; денщик, не здороваясь, пронёс мимо своё самоварное лицо: "...старый дурак", — посмеялся Артём, не спуская, впрочем, глаз с губы Ксивы и сизой щеки Шафербекова.

Благо наряд сопровождали десятник и два красноармейца, а то ещё неизвестно, как бы всё обернулось...

С каждым шагом, как слепая ископаемая черепаха, подползал навстречу Артёму монастырь.

...Но оказался ближе, и впечатление стало чуть другое: увидел красные кремлёвские купола, обитые золотом, — если сощуриться, возникало чувство, что солнце тёплыми волнами стекает по красной жести.

"Надо бы Афанасьеву про это сказать, может, пригодится", — поставил себе Артём на заметку.

Он шёл к воротам широким кругом — так, чтоб увидеть здание, где жила Галя, — возле монастыря, в общей для всех чекистов бывшей Петроградской гостинице, на втором этаже. Артём проходил мимо этого дома несколько раз, но окон её не знал. Зато знал многое другое, и это знание было головокружительным.

— Ваш пропуск, — спросил красноармеец.

— Наш пропуск, — ответил Артём, подавая бумагу.

Красноармейцу такой тон не понравился, но что поделаешь, казённую бумагу не съешь.

Вот она, зелёная стрела Преображенского собора. Афанасьев говорил, что это собор весёлый, лёгкий, будто даже смешливый. Ещё он говорил, что купола его полны киселём.

"Если Гале про это сказать? Поймёт она?" — задавался вопросом Артём.

Бывший соловецкий митрополит колол дрова для рабочих кухонь.

Раздался осипший сигнал — это пришла "Нева", Артём помнил голос этой посудины ещё с тех пор, как грузил бочки с треской на причале.

"...Вот разве что поесть хочу", — понял Артём, глядя на митрополита и слыша "Неву".

Он же получил продуктовый паёк, как помощник Бориса Лукьяновича, — там было чем поживиться.

"А прежняя рота твоя ворочает баланы в холодной воде, — сказал себе Артём и сам же себе ответил: — И что мне? Сгореть со стыда? Я тоже ворочал".

Чуть запоздавший, вёл свою группу Василий Петрович.

Тут Артём уже встал на дороге — не обойти: ему хотелось начать утро с того, чтоб его простили, тогда и день обещал удасться.

Василий Петрович мотнул головой, тронул кепку, было видно, что он сердится по-прежнему, но что ж теперь — обходить этого бритого загорелого подлеца?

— Я на минутку, на минутку, — сказал Артём, приобняв Василия Петровича, говоря негромко и быстро. — Я не знаю, как часто ваши Афинские вечера собираются, Василий Петрович, и о чём вы там говорите, но я там видел Гракова... Вы будьте в его присутствии чуть внимательней, ладно? А то он пересказывает ваши разговоры кому попало.

Василий Петрович, так ничего Артёму и не сказавший, строго кивнул, сжал Артёму локоть и поспешил обратно к своей ягодной команде.

"А ведь я мог бы до сих пор ягоды собирать! — вспомнил Артём, глядя им вслед. — Василий Петрович уговаривал ведь... Хорошо было бы? И не случилось бы того, что случилось. Что ты, Артём, выбираешь?"

Выбор его был понятен, однако на данный момент недоступен.

Он так и не пошёл есть — а вдруг Галя появится и уйдёт по своим делам, уедет в Кемь или в Москву, и с концами — эта шарлатанка, этот шкет, эта... У Артёма снова захолонуло сердце, и на мгновение чёрная рассыпчатая, трепещущая многими крыльями стрекоза появилась в глазах.

"Да что ж с тобой такое..." — едва ли не вслух засмеялся он.

По уму, надо было бы давно убраться со двора, но Артём нарочно бродил под окнами ИСО: "...может, заберут, — поёживаясь, думал он. — ...Или самому пойти с повинной... Товарищ красноармеец, я съел двух кроликов на вверенном мне объекте, требую отвести меня в кабинет к Галине, она меня накажет".

"Заберут сейчас, да не туда, — узнаешь..." — одёргивал себя Артём в который раз и сам себя не слушался.

На дворе было довольно многолюдно, но все торопились по своим делам, никто не шлялся без смысла и заботы.

Прошли трое красноармейцев, не глядя на Артёма. Он подумал, что и красноармейцы, и блатные всегда казались ему на одно лицо — как китайцы. Блатные: грязные, как обмылки, со сточенными зубами. Красноармейцы: со своими собачьими лицами и вдавленными глазами. Как их было отличить? Проще было одну чайку отличить от другой.

Каждая пролетавшая мимо чайка старалась как можно громче проорать в ухо. С утра они всегда были голодные и злые. Эти твари за последние времена вовсе разучились охотиться, и питались исключительно на помойках или возле кухни. И ещё промышляли воровством или открытым грабежом. Натуральное древнее, до Екатерины ещё, казачество.

Блэк с Мишкой сделали круг за Артёмом, потом отстали: от него пахло солнцем, дураком, желанием: но едой — нет.

"Ой, а я знаю этого человека..." — угадал Артём.

Он приметил Виоляра, бывшего мексиканского консула, про которого рассказывал Василий Петрович. Виоляр поехал к родне своей жены в Тифлис и оттуда, вместе с любимой, угодил на Соловки.

Виоляр тоже никуда не спешил, но чего-то ожидал, находясь в состоянии явственного душевного волнения. Он стоял на углу ближайшего здания, переступая с ноги на ногу и томясь.

"Может, он тоже Галю ждёт?" — посмеялся Артём, тут же ощутив свою шутку как лёгкий удар под дых: нет, это было вовсе не смешно.

"...Сейчас женбарак поведут, дурачина", — пояснил себе он, и в подтверждение догадки появился строй женщин, направлявшихся на общие работы: "...Торф, скорей всего", — прикинул Артём.

В ближнем к Виоляру ряду шла высокая тонкая женщина — вид её был горд и подбородок высок, но глаза источали такую тоску, что сердце защемило.

Поразительно, но женский строй, обычно матерящийся много хуже мужичья, при виде Виоляра стих — кажется, все знали, что у них свидание, и мешать не желали. Они даже чуть тише пошли — все, включая конвоиров.

Виоляр держался за каменный угол, перебирая тонкими пальцами, и улыбался — здесь подошло бы сказать: улыбался изо всех сил. Если бы строй шёл мимо него на минуту больше, лицо Виоляра вдруг лопнуло бы резкой, поперёк, трещиной...

Но едва строй прошёл, Виоляр вдруг собрался и несколько даже облегчённо отправился по своим делам — кажется, он работал где-то при "Розмаге".

Зато Артёму стало ещё муторней.

— Вижу тебя, вижу, — негромко произнёс женский голос у него за спиной. — Стоишь, как глупый. Ты бы ещё рукой мне начал размахивать: "Я тут, эй!".

Голос был очень довольный.

Артём не оглядывался, чтоб не спугнуть это чудо. Внутри у него словно вспорхнула стая мелких птиц.

— В Преображенский собор иди, на самую крышу, где погорелые окна. Скажи, что у тебя наряд там... мусор разгребать. Вот ключ, в кармане у тебя, а то там замок. По крытой галерее иди, а не через роты.

* * *

— "Спасайте, не спасайте, ведь жизнь мне не мила, а лучше приведите, в кого я влюблена..." — негромко и лукаво пропела Галя, отряхивая юбку, колени свои.

Она сегодня была — как приручённая.

Артём ни слова не говорил, только смотрел.

Он и подумать не мог, что влюблена она в него — с чего бы это? Но не огорчался: подумаешь, влюблена в кого-то, а поёт всё равно здесь, мне.

...И если бы только пела, люди добрые...

— Тут ведь, не смотри, что всё выгорело, — была церковь, ты понял? — сказала Галя.

Артём кивнул.

— Ты всё понимаешь, — согласилась Галя.

Свет здесь был неявный, пыльный, пахло горелым хламом, и Галя всматривалась в Артёма с таким видом, словно собиралась забрать его отсюда и отнести к себе домой.

На стенах ещё сохранились росписи: то одним, то другим глазом смотрел из разных углов Христос, бороды торчали клоками, розовая пяточка младенца отчётливо была видна.

— Есть люди, у которых мысли — желания, а желания — мысли, — сказала Галя. — А у тебя ни желаний, ни мыслей. Твои мысли — твои поступки. Но и поступки твои все случайные. Тебя несёт ветром по дороге. Ты думаешь, он тебя вынесет — но если он тебя вынесет куда-нибудь не туда?

Артём пожал плечами, чуть улыбаясь.

— Твоё понимание живёт отдельно от тебя, — сказала Галя. — Ты никаких усилий не делаешь и обычно не знаешь о том, что понимаешь. Но если тебя спросить — ты начнёшь отвечать, и вдруг окажется, что ты опять всё понимаешь.

Артём снова улыбнулся — ему было очень приятно всё, что она говорила; только он иногда прислушивался, не полезет ли кто-нибудь на чердак.

— Как же ты такой радостный сюда попал? — спросила Галя даже не его, а себя; поэтому Артём и не отвечал, хотя подумал: "...Сюда много кто попал...". — Тебе бы место... у моря, чтоб ты нырял, а барышни пугались, не утонул ли.

"Вот я тут ныряю", — хотел ответить Артём, но снова не стал.

— Только твоё понимание для твоей радости лишнее, поэтому ты не думаешь ни о чём, — заключила Галя, ещё раз всмотревшись в него. — Я всё никак не решу: объяснить тебе хоть что-нибудь или оставить тебя в твоём чудесном полузабытьи?

Артём, чуть закусив нижнюю губу, смотрел на неё. У Гали по шее стекла капля пота.

Она вдруг зажмурилась и чихнула, и сразу после этого засмеялась.

Артём в который раз прислушался: не идёт ли кто сюда.

— Кровля собора, — сказала Галя, подняв указательный палец вверх, — была шашечная: когда начало гореть, шашки ветром бросало до Святого озера! Верста, наверное! Говорят, было очень красиво... Когда сюда пятьсот лет назад приплыли монахи — тут был зелёный луг. А когда сюда пять лет назад пришли мы — пожарище.

"И они построили храм, а вы — тюрьму", — подумал Артём отстранённо, даже добродушно, безо всякой обиды на свою судьбу.

— А я знаю, что ты подумал, — сказала Галя.

Артём был уверен, что не знает, но всё равно немного испугался: "...Опять сейчас начнётся", — решил неопределённо.

— Эйхманис говорил: тут всегда была тюрьма, — примирительно сказал Артём на всякий случай: а вдруг всё-таки знает.

— А чего это ты про Эйхманиса разволновался? — с ходу спросила Галя, как ждала.

— Почему? — искренне удивился Артём. — Я не разволновался.

— Всё время вспоминаешь про него.

"Я не вспоминаю, сама ты вспоминаешь", — так и срывалось с языка у Артёма, но он заткнулся, не стал об этом.

— При царях — ладно, — не слушая его, заторопилась Галя. — Знаешь, кто тут сделал новую тюрьму? После революции? "Союзники" — белогвардейские товарищи: они сюда сослали представителей Временного управления из Архангельска — те показались им слишком "красными". А?

Артёму было почти всё равно, но ей, очевидно, нет.

— Теперь тут обижают семь тысяч человек, — говорила Галя о том, что, видимо, давно хотела сказать. — А до сих пор тысячу лет секли всю Россию! Мужика — секли и секли! — Артём поёжился: их точно сейчас услышат, как она всё это объяснит? Что проводит лекцию заключённому Горяинову? — Всего пять лет прошло — но кому сейчас придёт в голову отвести взрослого человека на конюшню, снять с него штаны и по заднице бить кнутом? — почти уже кричала Галя. — Ты не думал об этом? Как быстро все про всё забыли!

— Зато здесь бьют дрыном по голове, — сказал Артём глухо: это самое малое, что мог сказать.

— И что? — спросила Галя с вызовом, сузив бешеные глаза.

— Мне казалось, что так не должно быть при новой власти, — сказал Артём, ни о чём не думая: а с чего ему было молчать теперь.

— Не так склалось, як казалось! — чьими-то чужими словами выкрикнула Галя, лицо её было яростным и неприятным, она привстала с таким видом, словно хотела ударить Артёма по лицу, раскарябать его щёки и глаза до крови, чтоб ему было больно, больно, больно — больнее, чем ей.

Артём тоже встал, — она крикнула: "Ты!.." — хотела, наверное, добавить обычное здесь "...шакал!" — но не стала — ногами они растревожили пыль, стало противно дышать, — "...тварь!" — наконец придумала она и ударила даже не кулаком, а будто бы когтями в грудь, под левое плечо. "Прекрати!" — тоже почти выкрикнул он, схватил её за руку, рванул к себе, он явно был сильнее, но она тоже оказалась цепкой, сначала упиралась, потом вдруг со злобой и всерьёз вцепилась зубами ему в кисть руки, Артёму некуда было деться: не орать же, он зажмурился, стиснул челюсти, терпел, было действительно больно, и сразу потекла кровь по руке — прокусила ведь, ты посмотри...

Галя отпрянула, он тут же перехватил своё запястье рукой, сжал рану.

Она стояла с сияющими глазами: что? понял? ты же всё понимаешь — ну так понял ещё раз?

Крови у неё на губах почему-то не было.

Артём дышал через нос.

— Испакостил меня, ещё и ведёт контрреволюционные разговоры, — сказала Галя прочувствованно, будто бы свершив месть.

Артём ещё почти минуту смотрел молча, потом засмеялся: это было смешно — про разговоры.

Она тоже попыталась засмеяться, но вдруг заплакала. Артём впервые видел её слёзы и напугался.

— Галя, — позвал он и приобнял её, ожидая, что оттолкнёт, но она не оттолкнула. Но и не приникла. Плакала негромко, не жалостливо, но уверенно — словно надо было отплакаться немедленно.

Он попытался повернуть её лицом к себе, и она наконец поддалась, повернулась.

Вдруг он сказал ей прямо в пахнущий его кровью рот:

— Я люблю тебя.

Она услышала, но вела себя так, словно ничего не было.

Чуть отстранилась, руками вытерла лицо: оно было не раздражённое, но и не приручённое уже — а просто лицо.

— Для женщины надо хлопотать, голуба, — сказала она, не глядя на Артёма и чуть разглаживая заплаканные веки и растирая щёки. — Ты, кстати, помнишь, что тебя могут расстрелять в любой день? И как мне быть? Когда я хочу платок с разводами, баретки с резинками и пудру "Лебяжий пух"?

— Ты похлопочи, — сказал Артём тихо с ударением на "ты". — А потом вся твоя жизнь будет как лебяжий пух.

— Я похлопотала. Сторожем должен был идти ваш владычка Иоанн, а пошёл ты. А батюшка больницу сторожит и двор возле неё метёт.

— Выпусти меня — я буду хлопотать, как последний раб, — повторил Артём.

— Выпущу, — вдруг просто ответила она, и тут же: — В театр идём завтра? Премьера.

И, не дожидаясь ответа, взяла сумку и направилась к выходу.

— Галя. Работать мне где? — спросил Артём, чувствуя себя мелко и стыдно.

— Ты сторож? Вот и сторожи. На тебе ответственность, — ответила она, не оглядываясь, и, выйдя, быстро начала спускаться вниз по лестнице.

Через несколько минут Артём шагнул следом. У дверей, когда закрывал чердак, его едва не хватил удар — на полу, возле входа, полуголый, сидел беспризорник, леопард, хлопал глазами, ничего уже от голода и одичания не боясь. Среди всех эти погорелых росписей и прокопчённых святых он выглядел как натуральный малолетний чёрт.

— Брысь, чтоб тебя! — с перепугу выругался Артём, чуть не выронив ключ.

Тот даже не двинулся, набрал в рот соплей погуще и сплюнул.

Чего ему было надо — неясно. Подслушивал, нет? Тут такое происходило.

Артём уходил с опаской, торопясь: вдруг да и бросится на спину этот чертяка.

Отпустило, едва увидел взрослых лагерников при свете: блатарей, доходяг, шваль человеческую — все свои, хорошо.

— Прибрался, матери твоей бис? — спросил внизу дневальный.

— Иди, проверяй, — ответил Артём через плечо. — Чистота как в детской.

Вышел на улицу, поднял голову.

Два окна в погорелом соборе.

* * *

Они встретились глазами, когда он заходил в зал. Место Артёма было ровно перед Галей, в третьем ряду.

"Она нарочно так, — догадался Артём. — Чтоб я думал про неё весь спектакль".

В последний миг перед тем, как сесть, Артём поднял глаза и увидел в невысокой боковой ложе Эйхманиса. К счастью, тот разговаривал с кем-то и Артёма не заметил.

Артём поскорее уселся, чувствуя, как голова гудит от прилива крови. Не без труда справился с желанием сползти под ряды и там затаиться.

Галя тем временем не унималась. Ей нужно было кого-то окликнуть, сидя ей показалось неудобным, и она встала, при этом задев затылок Артёма бедром.

Пожалуй, это было приятно; но не пред глазами Эйхманиса.

Артём чуть наклонил голову, чтоб дать Гале покрутиться вволю, но едва разогнулся и сел прямо, тут же почувствовал её руку у себя на плече, причём мизинцем она дважды быстро пощекотала его шею. Перегнувшись через Артёма, Галя сказала кому-то, сидящему впереди его:

— Френкель, вас Эйхманис ищет, идите к нему в ложу, — и только после этого убрала руку.

Человек, которого искал Эйхманис, быстро поднялся, обернувшись, едва кивнул Гале, осмотрел Артёма — как раз в то мгновение, когда Галина рука сползала с его плеча, — руку эту заметил, но сделал вид, что ничего не видел, отвернулся в сторону и, прося прощения, двинулся к началу ряда.

Он был невысок и малоприметен, но что-то в его движениях, в его крепко сжатых, чуть влажных губах выдавало человека жуткой, упрямой воли.

— Нафталий Ароныч, — услышал Артём голос Эйхманиса, — иди сюда, надо быстро переговорить.

Френкель поднял голову, сдержанно улыбнулся и снова кивнул — но чуть иначе, на военный манер.

Одновременно с Френкелем вдоль первого ряда неспешно шёл Моисей Соломонович. Он давно уже высмотрел Артёма и с необычайной приветливостью махнул ему рукою. Здоровался он, впрочем, почти со всеми, на самые разные лады, словно его приветствия были сувенирами из лавки — и каждому доставался свой.

— "...Мара, Мара, что я буду делать, когда погонят на остров Соловки! Ты здесь будешь вдоволь наслаждаться, а я погибну, сгину от тоски..." — перездоровавшись вроде бы со всеми, красиво пропел Моисей Соломонович: Артём был почти уверен, что это сделано и для него тоже: показать, насколько соседствовавший с ним горемыка освоился теперь — может пропеть сомнительную песенку на глазах чекистов, и ничего ему не будет.

Френкель, увидел Артём, быстрым взглядом окинул Моисея Соломоновича, и во взгляде этом была неприязнь — но настолько мгновенная, что едва ли кто-то ещё заметил это.

Зал быстро собирался — рассчитан он был человек на пятьсот.

Артём случайно заметил усевшихся рядом Виоляра и его жену: сцепившись руками, они смотрели прямо перед собой, ничего, похоже, не видя и не слыша.

Все сидели вперемешку — красноармейцы и заключённые; самое высокое начальство, впрочем, располагалось в двух боковых ложах, а первые ряды были густо усеяны сотрудниками администрации и управленцами.

Из рот, что гоняли на общие работы, поблизости не было никого — зато через три места от Артёма трогал большим пальцем щёку Бурцев — "хорошо выбрит, нет?" — да и возле него, с обеих сторон, едва не в половину ряда, располагалась всякая, как Артём мысленно определил, погань из Информационно-следственного отдела.

"Наверное, Бурцев захочет понять, как я здесь оказался", — подумал Артём без особого удовольствия. Лучше бы Галя посадила его в самый дальний угол.

Галя могла бы усесться и на первый ряд, но оттуда, осенило Артёма, ей нельзя было бы видеть Эйхманиса.

И, может быть, его, Артёма.

Или ей хотелось видеть их обоих сразу.

Сам Артём разглядывал серый занавес с белой чайкой. В лагере всё было в этих чайках, он так давно с ними свыкся, что только когда занавес начали раздвигать, вспомнил: такая же чайка была символом Московского художественного театра.

Первые минуты действия он вообще не понимал, что происходит: Галя за плечом, Бурцев неподалёку, Эйхманис слева... Артём несколько раз скосился туда, в начальственную ложу, и увидел, что Френкель так и не ушёл — остался сидеть возле начлагеря. Как-то он видел этого Френкеля на построениях — обычный заключённый, чего он там расселся в ложе.

По сцене туда и сюда бегали заламывающие руки девушки, судя по всему, дочери купца — который сидел по центру и так раздражённо расчёсывал рукою бороду, что, казалось, она сейчас отвалится.

Тем более что в бороде был Шлабуковский, в обычное время её не носивший.

Голос, в отличие от бороды, у Шлабуковского оказался собственный, и непомерный: хватило б и на два зала — он даже шептал так, что было отчётливо слышно.

Другим удивлением Артёма было то, что сидевшие вокруг него, и особенно позади, не просто следили за действием, но всякую двусмысленную реплику воспринимали двояко.

— На что ты рассчитываешь, скажи на милость? — спросил купец у появившегося на сцене молодого человека.

Помимо четырёх дочерей, у купца оказалось ещё и два сына — первым предстал зрителям младший.

— Предоставьте мне свободу спать, гулять и есть, когда я хочу! — воскликнул сын, полуобернувшись к залу, и услышал в ответ хохот и одобряющий гул.

Артём чуть оглянулся — и сразу увидел Эйхманиса, который тоже смеялся и рукой указывал Френкелю на зал. Френкель почтительно склонил голову, но улыбки на его лице не было.

Бурцев, кстати, тоже не улыбался, но, похоже, внимательно изучал дочерей купца. Зал его бесил.

— Порядку не будет, — сказал Шлабуковский, выдержав нужную паузу, и Эйхманис снова улыбнулся, и на первых рядах кто-то захохотал.

Следом появилась мать, как водится в русской литературе, сердобольная и тихая, в меру сил пытающаяся защитить детей от злой судьбы и скорого на расправу отца.

— Все у нас тихие и смиренные, — со слезой в голосе шептала она одному из сыновей, делая широкий жест рукой, осеняя и зал тоже.

— При отце! — обрывал её сын и разве что не указывал на Эйхманиса. — А так за пазухой ножи у всех!

Зрители снова гудели, отчего-то довольные собой, лавки скрипели, царило замечательное оживление — словно все сидевшие в бывшем Поваренном корпусе бывшего монастыря собирались после занавеса сесть в трамвайчик, а то и на личный автомобиль, и отправиться куда захочется.

Эйхманису очевидным образом нравилось всё происходящее: он отвлекался от сцены, лишь когда зал особенно шумно отвечал репликам артистов.

— Имеет право! — кричал купец.

— Ваше право — палка о двух концах! — отвечал старший сын.

— Дрын! — крикнул кто-то ему в тон, и это было поводом для мгновенного веселья, которое, впрочем, затихало немедленно, потому что за реальными событиями пьесы никто не забывал следить, и сопереживание было явное, прочувствованное.

Сказать, что актёрская игра оказалась бесподобна, Артём не смог бы — но вне сомнения, это был настоящий театр, не любительский.

На реквизит Эйхманис явно не поскупился: мебель стояла купеческая, крепкая, шторы на окнах висели такие, что хоть платья из них шей, под конец открыли шампанское — так даже оно вспенилось, дало настоящий аромат.

Все доверились действу безоглядно.

В последней сцене купеческие дочери и старший сын с невестой, стоя спиной к зрителям, примкнули к несуществующим окнам, в ужасе глядя на только что застрелившегося отца — за сценой действительно прозвучал выстрел, похоже, из револьвера, — и, чтоб разглядеть то, чего в действительности за сценой не было, многие встали, особенно задние ряды... кто-то тем временем уже аплодировал, кто-то кричал "Браво!", дочери купца поспешили за кулисы, но тут же выбежали обратно, приведя за руки Шлабуковского — слава Богу, он был не убит, все были несказанно рады его видеть, и Эйхманис тоже. Только Виоляр, мало понимавший по-русски, смотрел на сцену удивлёнными глазами, так и не отпустив руку жены.

Артём не выдержал и обернулся на Галю, словно бы имел ко всему происходившему отношение, она улыбалась и по-домашнему, как родной и любимый человек, моргнула ему сразу двумя глазами. Артём опешил, поспешил отвернуться и встретился взглядом с Афанасьевым — тот выглядывал из-за сцены, держа себя рукой за рыжий чуб, и, казалось, в глазах его было понимание — совершенно Артёму не нужное.

...Хотя, может, всё-таки показалось.

Когда уже все поднялись на выход, Афанасьев снова появился и крикнул:

— Тёма! Тёма, не уходи пока.

Артём, извиняясь и не глядя в лица идущих навстречу, двинулся к сцене, стараясь держаться подальше от ложи Эйхманиса.

Они шумно обнялись с Афанасьевым.

— Пойдём, я тебя познакомлю со Шлабуковским! — позвал он; Артём и не успел ничего ответить — разгорячённый и раскрасневшийся Афанасьев говорил без умолку. — Как он дал купца, ты видел? Я наблюдал за Эйхманисом — тот даже руки потирал, — и Афанасьев показывал как.

В этой гримёрке Горяинов уже бывал.

— Вот, это мой друг Артём, — представил Афанасьев, причём из-за плеча товарища Артём и видеть не мог, кому его представляют. — С Фёдором Ивановичем работает, — отчётливым шепотком добавил Афанасьев.

Артём наконец сделал шаг вбок — Шлабуковский беззвучно, чуть устало хохотнул: то есть поднял подбородок и открыл рот, трижды выдохнув.

Артём понял теперь, отчего тот так смеётся — без звука. С его-то голосом захохочешь — можно и посуду перебить.

— Да мы знакомы, — пояснил Артём.

— А, чёрт, — засмеялся Афанасьев, схватил себя за чуб и отвёл к столу, где щедро, на два блюда, были нарезаны колбаса и брынза, и хлеб лежал рядом, и кто-то уже нёс самовар, а Шлабуковскому откуда-то из-под полы подавали рюмку с чем-то зелёным.

— Это было прекрасно, восторг, — сказал Артём, улыбаясь.

— Ещё... — и Шлабуковский поднял два пальца, показывая кому-то, кто принёс ему рюмку.

Рюмки тут же появились, целая перезвончатая россыпь — у двух актёров, игравших сыновей, Афанасьева, Артёма, ещё кого-то.

Женщин не было — похоже, им предназначались другая гримёрка. Изредка доносились женские голоса.

— Идут, идут! — оповестил кто-то, стоявший у дверей.

Все разом опорожнили рюмки, стаканы и кружки — и побросали в ловко подставленную кошёлку.

Когда в гримёрку вошёл Эйхманис, кошёлка как раз задвигалась под стол.

За Эйхманисом втиснулись Френкель и Борис Лукьянович.

Артём уже было отвернулся в надежде, что удастся переползти в дальний угол и остаться незамеченным — на глаза попалась борода Шлабуковского, мелькнула шальная мысль её натянуть: хорош был бы он с чёрной бородой, да без волос... вдруг Артём увидел, как в проёме дверей показалась Галя, нарочито спокойная.

“К чёрту, — отчётливо подумал Артём. — К чёрту. Что ей надо?”

— А театр? — спрашивал Эйхманис Бориса Лукьяновича, продолжая только что начатый разговор. — Вы видели репертуар нашего театра? — Шлабуковский встрепенулся, но никто на него не обратил внимания. — Здесь половина постановок не могла бы идти на материке. А карикатуры видели в нашем журнале? А симфонический оркестр? — и Эйхманис усмехнулся. — Думаете, я не понимаю, что они дают Рахманинова? Ненавистника советской России и эмигранта? Тот же оркестр играет “Прощание с друзьями”: марш, который я знаю с юных лет, но назывался он тогда — “Двуглавый орёл”!

— Я слышал, — глухо отвечал Борис Лукьянович. — Я тоже знаю этот марш.

— Знаете такое выражение: "Иго моё благо"? — продолжал Эйхманис; Артём вдруг догадался, что начлагеря подшофе — он его уже заставал в таком состоянии. — Или как там ваш купец сейчас говорил? — обратился Эйхманис на этот раз к Шлабуковскому, и тот сразу привстал, пытаясь вспомнить и понять, какую из реплик имеют в виду, — "...а хочется мне прежде всего, — процитировал Эйхманис по памяти, — о душах ваших думать..."

— "...мне кажется, в них корысть да вражда", — закончил Шлабуковский.

— Так! — сказал Эйхманис и безо всякого перерыва, вполне приветливо поинтересовался: — Артём, как там обмундирование, получил?

— Получил, — ответил Артём, глядя на Эйхманиса глазами совершенно, как ему самому показалось, круглыми — от стыда и ужаса.

— Ну, садитесь, — обратился Эйхманис уже ко всем, тут же повернулся к Френкелю с тихим вопросом: — Принесли? — Френкель, в свою очередь, подал знак кому-то за Галиной спиной, и оттуда, через головы, поползли бутылки вина — две, три, четыре... — Празднуйте, — сказал Эйхманис широко разводя руки. — Спектакль был... — Артём почувствовал, что у всех, имеющих отношение к постановке, чуть-чуть приостановилось сердце, особенно у Шлабуковского, который, по-видимому, был ещё и режиссёром... — достойный нашего театра.

Больше ни слова не говоря, Эйхманис развернулся и медленно пошёл к выходу. Френкель шёл рядом, рукой отстраняя попавшихся на пути артистов.

Галя, видел Артём, будто нехотя пропустила Эйхманиса, не глядя на него и в то же время необъяснимо как обращённая именно к нему.

Эйхманис, чувствуя это, прошёл мимо Гали, как проходят мимо голой, без стекла, керосиновой лампы.

* * *

Возвращались по кельям хорошие-прехорошие: Шлабуковский под руку с Тёмой, следом не в такт притоптывал Афанасьев, распевая с длинными то ли многозначительными, то ли
просто пьяными перерывами:

— Рви, солдат… пи… ду… на час…ти! …особливо… чёрной…
мас… ти!

Артёму казалось, что поэт смотрит ему прямо в затылок,
когда поёт.

"…Неужели догадался? А как?"

— Смотрите, у Мезерницкого свет, — оповестил компанию Шлабуковский, указав тростью. — Сейчас мы к нему на-
грянем! Афанасьев, не так ли? Артемий?

— Эх, мне же на смену, — только сейчас вспомнил Артём. — Мне же давно пора.

— Да ладно, подождёт ваша смена, — отмахнулся Шлабуковский. — Вы же при Эйхманисе работаете, Афанасьев сказал. А Эйхманис нам велел: "Празднуйте!" Это был, позвольте,
приказ!

Странным образом Артём нашёл слова Шлабуковского
убедительными.

"А что будет-то? — хорохорился он. — Кто с меня спросит?
Учёные? Я их кроликам скормлю всех…"

Зато Афанасьев упёрся:

— Нет, нет, я туда не ходок.

— Послушайте! — сказал Шлабуковский, нависая над поэтом — он был на голову его выше и вообще статен, — вы туда
не ходили оттого, что водились с одними урками и фактиче-
ски лежали на дне среди раков и… пиявок. Но теперь — теперь вы приобщены к храму искусства и, можно сказать, имеете право — наверх…

— Я всегда имел право, — с неожиданным и грубоватым
пафосом отвечал Афанасьев, — но туда мне не нужно.

Шлабуковский только открыл рот, чтоб произнести ещё
один монолог, однако Афанасьев, сказав "Адьо!", отправился
своей дорожкой — а именно, вдруг красиво засвистев, позвал

Блэка и сделал с ним круг рысцой по двору, размахивая припасённой колбаской.

— Нам тоже надо было положить колбасы к вам в карманы, — раздумчиво сказал Шлабуковский. — Ну, ничего — нас примут и с пустыми руками — мало ли я их прикармливал.

Дневальные, похоже, знали особое положение Шлабуковского: его никто ни о чём не спрашивал — он заходил в свой корпус так, как не столь давно в лучшие московские и петербургские рестораны.

Они уже были возле кельи Мезерницкого, когда оттуда вышел Василий Петрович.

— О, гости нежданные, — устало и не очень радушно удивился он. — ...А мы уже расходимся.

— Даже шарлотки не осталось? — спросил Шлабуковский и смело вошёл в келью.

Так получилось, что Василий Петрович остался на пути Артёма.

— Ну, что? — спросил Василий Петрович, не сходя с места.

— В театре был, — ответил Артём, ещё не очень распознавший настроение старшего товарища.

— И как? — спросил Василий Петрович всё в том же тоне.

— Очень понравилось, — искренне ответил Артём, и так как Василий Петрович молчал и молчание можно было расценить как ожидающее, продолжил: — ...старшего купеческого сына играет Иван Комиссаров — бывший бандит, он с пулемётом грабил подпольные валютные биржи — а такого барина умеет делать, — Артём засмеялся. — Вы никогда не были? А после спектакля несколько пьес сыграл местный оркестр. Тоже... впечатлительно.

— Оркестры, ч-чёрт! — впервые на памяти Артёма выругался Василий Петрович, глядя куда-то в сторону. — А у помещиков тоже были свои крепостные театры! На кой же дьявол надо было менять одних на других?

"В каком-то я дурацком положении оказался, — сокрушённо, но вместе с тем весело подумал Артём, — Галя меня кусает за то, что я про дрын вспоминаю, Василий Петрович рвёт на части за крепостной театр. Чего я делаю посредине между них? Пересадите меня на мой край опять..."

— Что играл вам этот прекрасный оркестр? — с издевательской любезностью поинтересовался Василий Петрович.

— Рахманинова, — шмыгнув носом, ответил Артём: он всё уже понял, нужно было как-то заканчивать разговор, только он не мог понять как — прорваться ли к Мезерницкому, идти в свою келью или, не заходя туда, спешить в Йодпром.

— Рахманинова? — делано удивился Василий Петрович.

— Да. И ещё "...Проклятьем заклеймённый".

— И как?

— Звучит, — ответил Артём.

— Я слышал, слышал, как тут звучит пианино, — мстительно продолжал Василий Петрович. — Его тоже сослали на Соловки, оно поёт мимо нот. Только глухие люди не способны это услышать!..

Артём пожал плечами — но в темноте не было видно, да и кого тут волновали его жесты.

— Если б прислушались, сразу осознали бы: всё, что вокруг вас, — какофония! Какофония и белибердовы сказки! И варвары, изъясняющиеся на неведомом наречии, решившие обучить нас — нас! — своему убогому языку! Своровали всё — страну, свободу, Бога... Теперь ещё и язык воруют — у меня в голове навалены эти слова, торчат углами... "Проклятьем заклеймённый" — это что? Опера из жизни индейцев? "Диктатура пролетариата" — это как? Может, это блюдо? Из чего его готовят? "Интриги Антанты", "весна революции", "светлое будущее", "тяготы царизма", "борьба классов" — а это что такое? Названия канонерок? Что за воляпюк? Вы знаете смысл этих ругательств? В качестве чего их можно использовать? На этом языке можно спросить: "Который час?" Или, скажем, раскланяться и сказать: "Доброго вам утра!" За что нас одарили этой уродской речью? "Чрезвычайная комиссия!" — а? Кофейня — знаю. Булочная — знаю. Чайная — знаю. А чрезвычайная — это что? Самая главная чайная? Или это означает, что у нас до сих пор не было никаких дел, а теперь вдруг настали такие важные дела, что — Боже ты мой! Ведь они не просто важные, а чрезвычайно важные! Глаза на лоб лезут от их важности! Всё кругом новое, в кумаче — раньше были кумовья, а теперь сплошные кумачи! Тогда жили-были шерочка с машерочкой — а нынче к ним ещё прилепилась каэрочка... Вашего купеческого сына в финале, надеюсь, расстреляли? Пьеса-то из новых? Про тяготы и эксплуатацию?

— Нет, это старая пьеса.

— Вот! — поднял вверх палец Василий Петрович. — Старая пьеса! Всё вокруг — старая пьеса! В самой старой пьесе было сказано: "Не надо бояться тех, кто убивает тело, но душу убить не сможет, скорее надо бояться тех, кто может и душу, и тело погубить в геенне". Знаете такого автора, господин товарищ Артём?

Артём повернулся, чтоб уходить, но Василий Петрович поймал его за рукав. Пальцы у него всё-таки были железные.

— Чекист, впервые поднявший над Соловецким монастырём красный флаг, сел сюда как заключённый, — начал шептать ему на ухо; казалось, что он пьяный в хлам, но алкоголем вовсе не пахло. — Вы ничего ещё не поняли, Артём? Их всех сюда же и посадят. И здесь же и зароют. Тут Бог близко. Бог далеко от себя пропащих детей не отпускает. Этот монастырь — не отпускает! Никогда! Бунт в 1666 году был — его подавил Иван Мещеринов, подчинённые ему стрельцы побивали монахов камнями, устроили тут бойню, и трупы потом не хоронили. Так Иван Мещеринов сам вскоре сел сюда же! И грек Арсений, который правил церковные книги — из-за чего, собственно, и взбунтовался монастырь, — он тоже сел! И они сидели все вместе! И жрали из одной поросячьей плошки! И вы так будете сидеть: и Эйхманис твой, — здесь Василий Петрович начал говорить вообще одними губами, — и все его бляди, и ты, глупец, с ними! Этот монастырь — он же с зубами! Ты видел его сторожевые башни? Они же — каменные клыки! Он передавит всех, кто возомнил о себе!

— Василий Петрович, — очень внятно сказал Артём, — отпустите мою руку. Или я вас ударю.

— Да, конечно, — согласился Василий Петрович и очень мягко отпустил руку. — Безусловно ударите. Я вам напоследок вынужден передать: Мезерницкий просил вас более не навещать его.

— В чём дело? — не понял Артём.

— Вы же приближённый Эйхманиса, да? И гордитесь этим. И все мы рады за вас. Мне уже рассказали, в каком окружении вы сидели только что в театре. А ещё, говорят, вы далеко за полночь вдвоём с Эйхманисом пьёте водку и обсуждаете огромные вопросы. Это очаровательно... В молодые ещё годы — подобный успех, о!.. Но такие люди в нашем кругу — неуместны.

— Да что за... — почти прокричал Артём, но махнул рукой и в ярости почти побежал вниз.

— Неуместны! — крикнул ему Василий Петрович вслед.

"Что за херня! — лихорадочно бубнил Артём, громыхая по ступеням, — Фарисеи! Фарисеи и безмозглые дураки! Мезерницкий сам играет в духовом оркестре! Шлабуковский — в театре! А Граков — в газете... Я же, дери за ногу, предупредил их про Гракова — и мне теперь заказан сюда вход? Мне! За то, что я два раза рыл для Эйхманиса землю и один раз сидел в театре среди сволочи из ИСО? Да пошли они все к растакой матери! Знать я их не хочу! И этого старого болвана тоже! Пусть он собирает свои ягоды, пока не околеет..."

Артём даже остановился, едва превозмогая желание вбежать наверх и оттаскать Василия Петровича за его старые уши в синих прожилках, взять его за шиворот и бить носом в ссаный кошачий угол.

...Надо было на работу, на работу — там можно успокоиться, а здесь больше нечего делать, вообще можно теперь не возвращаться сюда.

Артём бегом добежал до поста, сунул красноармейцу пропуск и перетаптывался в бешеном нетерпении, пока тот пытался уловить на листок фонарный свет.

— Может, мне вслух прочитать? — спросил Артём сдавленным от злобы голосом.

— Бабе своей будешь вслух уроки давать, — сказал красноармеец и безо всякого почтения поинтересовался: — Ты где спал, тюлень?

Артём сморгнул, немного помолчал и глупо спросил:

— К...то?

Красноармеец свернул его пропуск вчетверо, положил в карман и громко харкнул в сторону.

— Выход за пределы уже запрещён. Ты опоздал на два часа. С минутами. В следственный корпус твою бумагу отнесу завтра с утра. Будешь им всё объяснять. А пока пошёл в свою роту отсюда и доложи командиру о том, что я тебе тут сказал. Пусть он сам думает. Потому что за невыход на работу тебе всё едино карцер.

Артём сжал зубы и пошёл назад в свой корпус.

Если б разжал зубы на миг — завыл бы.

* * *

Ему несколько раз за ночь виделся один и тот же полубред: как он отправляется к Гале, подробно рассказывает ей о самоуправстве красноармейцев, она берёт наган, вместе они спешат к воротам, и — бах! бах! — всё в дыму, красноармеец на земле, Артём подбирает его винтовку. Второй из наряда, сняв с головы будёновку и прижимая её к груди, падает на колени.

Артём так не хотел отпускать эти им самим надуманные виденья, что зубами вцепился в покрывало: очнулся с этой дерюгой во рту, с трудным похмельем — вроде бы и не от вчерашнего вина, хотя, может быть, и от него тоже.

Ещё было утро — и сразу же, едва открыл глаза, взвыл гудок электростанции. Теперь, оказывается, подъём был не в пять, а в шесть и будили уже не колоколом.

С мутным сердцем и тошнотой Артём начал одеваться, но потом вдруг остановился.

"А зачем я? — спросил себя. — Куда? Чтоб на меня орал начальник роты? Да кто он такой? Я вообще должен быть в Йодпроме, чего мне делать на построении? Как все разойдутся — пойду к Гале, и пусть она вернёт мне пропуск... Всего-то! А какой ад был в голове ночью! Ничего ж не случилось!"

В коридоре суетились с завтраком, пахло едой; Артём ногой выдвинул ящик из-под своей лежанки, отломил хлеба, стал есть — без всего... Потом подумал, поискал соль — посолил, получилось совсем хорошо.

Лагерь выявлял в себе всё новые качества, думал Артём: оказывается, тут имелась возможность не только погибнуть на баланах, но и попасть в некий зазор, затаиться, пропасть — и тебя могут не заметить, забыть.

“А почему бы и нет? — подзаводил себя Артём, кусая хлеб. — Тут семь тысяч человек, разве им жалко, что один так и останется сидеть в своей келье? Разве остальные без меня не справятся?”

— Справятся, — ответил он себе вслух и рухнул на кровать. Выпростал из-под себя покрывало и влез под него с головой. Некоторое время в темноте доедал хлеб — это было новое, забавное ощущение. Кажется, даже в детстве он никогда не ел под одеялом.

Комроты, комвзводы, десятники и дневальные — все знали, что у Артёма особая работа и по утрам он отсыпается.

“Вот и отсыпаюсь!” — сказал себе Артём и действительно заснул.

...Пробуждение было обескураживающим: в келье хлопотливо разговаривала женщина, и точно не Галя — голос был старушечий, ласковый, торопливый.

Такого просто быть не могло. Артём резко сел на кровати.

— Ой, — испуганно вскрикнула женщина.

Она не была старухой — просто голос дребезжал от волнения; на вид ей было немногим больше пятидесяти, и выглядела женщина моложаво. Высокий лоб и, как это Артём определил, длинные щёки сразу выдавали в ней, во-первых, интеллигентную особу, во-вторых, что самое важное, мать Осипа Троянского — который стоял здесь же, крайне недовольный присутствием Артёма.

— Это твой сосед? — спросила мать Троянского, одновременно улыбаясь Артёму, но с таким видом, словно на соседней кровати его сына спал странный зверь, вроде ондатры, который мог и не владеть человеческой речью.

— Несомненно, — сказал Троянский. — И он давно должен был найти себе другое место.

— Да, я хочу двухэтажную квартиру на Пречистенке, — ответил Артём, растирая кулаками скулы.

— Вы что, ссоритесь? — спросила мать по-прежнему напуганно.

Артёму даже жалко её стало, тем более что Троянский брезгливо не отвечал.

— Я Осипу всё время мешаю, — пояснил Артём, вполне добродушно. — И здесь я ни к месту, и там, где мы работаем, я ему в тягость...

— Там, где мы работаем, — ответил Троянский, нажимая на "мы". — А вот что вы там делаете, я так и не понял.

Артём посмотрел на мать: вот видите, я же вам объясняю. Мать совершенно неожиданно приняла сторону Артёма.

— Осип, так нельзя, — сказала она очень твёрдо. — Нас теперь учат, что есть законы общежития — и тебе, видимо, некоторое время, пока всё не выяснилось, придётся их соблюдать.

Удивительно, но на Осипа это оказало воздействие — по крайней мере, в нём словно убавили температуру, и он продолжил заниматься тем, чем до сих пор занимался: перекладывать из материнских сумок продукты в свой ящик.

— Давайте лучше я вас покормлю, — предложила женщина. — Меня зовут Елизавета Аверьяновна, и у меня есть борщ — в Кеми исхитрилась сварить и довезти сюда. Тут вот дневальный разогрел, я его за это яичком угостила.

"...А что, борщ же, — подумал Артём, лукаво объясняя себе свою утреннюю покладистость. — К тому же надо всё объяснить Троянскому про кроликов... а то ерунда какая-то..."

— А меня — Артём, — представился он и сбросил с себя покрывало, чем на мгновение смутил женщину — был бы казус, если б он назвал себя и, неожиданно распахнувшись, предстал голый из-под одеяла; но Артём спал одетым и даже в носках.

— Он и в поезде-то не хотел ездить никогда — там посторонние люди, а тут... — по-матерински просто пояснила Елизавета Аверьяновна Артёму поведение сына и обвела взглядом келью.

Артём тоже обвёл: да, мол, посторонние... толпятся...

Борщ между тем пах так, что Артём неизвестно на каких запасах воли сдерживался от желания схватить миску и выбежать с ней в коридор.

— Осип? — выжидательно спросила мама.

Троянский наконец задвинул ящик с утроившимися за утро запасами.

— Да, Артём, я прошу, — чинно сказал он, указывая на стол.

Артём с необычайной готовностью вновь уселся на свою лежанку, ближе к столику.

— Осип, я хочу открыться, — торжественно сказал Артём, глядя, впрочем, на борщ, где плавало лохматое мясо, куском в половину миски. — Одного кролика действительно забрали красноармейцы. Но другого — задрал кот.

— Что же вы молчали! — всплеснул Осип руками. — Мы бы приняли меры! — он даже засмеялся, что вообще было ему несвойственно. — Этот жулик наловчился залезать через слуховое окно, представляете? Он сегодня ещё одного крольчонка задушил. Мы были готовы его убить! Но в нашей среде, к сожалению, никто не способен на это.

— Да о чём вы? — с улыбкой спросила Елизавета Аверьяновна и положила в борщ сметану.

Во рту Артёма сразу накопилось столько слюны, что он не смог говорить.

Первая же ложка ударила в голову так, словно Артём залпом выпил чудесной, пламенной, с царского стола водки, а потом сам царь жарко поцеловал его, скажем, в лоб.

Артём одновременно вспотел и стал полностью, до последней жилки, счастлив.

Счастье это желало длиться и длиться.

Этот борщ был не просто едой — он был постижением природы и самопостижением, продолжением рода и богоискательством, обретением покоя и восторженным ликованием всех человеческих сил, заключённых в горячем, расцветающем теле и бессмертной душе.

Они съели по три тарелки, пока бидон не опустел.

Несколько раз Артём едва не перекусил свою ложку.

Елизавета Аверьяновна тем временем достала из своих сумок халву — издающую тихий, сладкий запах, похожую на развалины буддистского храма, занесённого сахарной пылью.

Допив через край остатки борща и пальцами подцепив листик капусты, другой рукой Артём потянулся к халве, и Осип — со своей стороны — тоже.

Они в четыре руки разломали этот храм и немедленно стали поедать его осыпающиеся обломки. Артём чувствовал на губах соль, жир, липкую прелесть халвы, восторг, упоение.

После халвы они ещё съели по три пышных, сладострастных булки с домашним яблочным вареньем и наконец насытились.

— Как вы тут живёте, расскажите мне теперь, — вкрадчиво попросила Елизавета Аверьяновна: было видно, что вопросов у неё накопилось сто, или даже тысяча, а она пока лишь один выложила.

— Вы бы сами хоть чего-нибудь поели, — вспомнил Артём. — Давайте я чайник вскипячу.

— Не надо, я термос принёс... — сказал Осип, доставая термос из своей сумки, раскрыл его, принюхался: — Тёплый... Вполне.

— Он сам сделал термос, — похвалил Осипа Артём.

— Он всегда был выдумщик, — сказала Елизавета Аверьяновна, протирая кружки. — Ещё когда в гимназии...

— Здесь никогда не было глубокой жизни ума, — вдруг перебил её Осип. — Трудовая коммуна, хозяйствование — да. Христос являлся? Быть может. Но русская мысль тут всегда спала — одни валуны вокруг, какая ещё мысль. И Эйхманис эту мысль не разбудит: всё, чем он занимается, — кривляние.

Артём картинно поджал губы и внимательно оглядел дверь.

Елизавета Аверьяновна с улыбкой посмотрела на сына, потом, уже переставая улыбаться — на Артёма, и затем, уже с мольбой и печалью в глазах, — снова на Осипа.

— Но ты же работаешь, — сказала Елизавета Аверьяновна, — и очень успешно.

— Артём, знаете, что Соловки по форме похожи на Африку? — спросил Осип; видимо, у него шла какая-то непрестанная борьба с матерью, густо замешанная на обожании. —

Не замечали? Соловки — вылитая Африка. А мы тут — чёрные большевистские рабы.

— Фёдор Иванович сегодня разговаривал со мной, — тихо, стараясь быть весомой и услышанной сыном, сказала мать, но обращаясь отчего-то к Артёму. — Фёдор Иванович говорит, что Осипу необходима командировка — с целью продолжения научной работы. И он готов отпустить его — под моё честное слово.

— Это мне нравится, — сразу же, как будто заранее придумав ответ, крайне язвительно воскликнул Троянский. — Здесь я на консервации. Работы, по сути, никакой. И вот меня, как мясную консерву, распечатают и скажут: "Птица, лети!" Я немного полетаю, потом вернусь, и меня опять закатают в консервы. Как прекрасно, мама.

"Зачем он злит свою мать, какой болван... Такой обед портит", — думал Артём, рассеянно улыбаясь.

Елизавета Аверьяновна изредка взглядывала на него и тоже словно пыталась улыбнуться, всё ожидая и никак не умея дождаться, когда всё происходящее обратится в шутку.

— Мне тут давеча Эйхманис, — продолжал Троянский, похоже, испытывая удовольствие от своей, хоть и перед матерью, дерзости, — цитировал, не поверите, письмо Пушкина Жуковскому. Пушкин пишет... сейчас... — и Троянский пошевелил в воздухе пальцами, вспоминая, — "...шутка эта пахнет каторгой. Спаси меня хоть крепостью, хоть Соловецким монастырём". Знаете, зачем цитировал? Затем, что он искренне уверен, что спасает нас. Съедая — спасает!

И Троянский оглядел всех с таким видом, словно они должны были вот-вот захохотать; но вот отчего-то не захохотали.

К чаю так никто и не притрагивался. Он стоял на столе, холодный, без малейшего дымка.

— А лабиринты, Артём? — вдруг вспомнил Троянский. — Вы знаете, что здесь на нескольких островах выложены из камней лабиринты? Не большие, в человеческий рост, а маленькие, в один камень — даже кошке такой лабиринт будет мал. Я думаю, что этим лабиринтам очень много лет. Скорее всего — пятый век до нашей эры. Сначала их строили германцы, потом у них переняли лопари... не важно. Никто не знает их предназначения... Я предположил, что в центре лабиринта — захоронение. И выложенные камни — это сложные пути, чтоб душа покойного не могла выйти на волю.

Троянский ещё раз посмотрел на мать, но от неё понимания ждать было тщетно — она всего лишь женщина. Попытался найти интерес в лице Артёма, но Артём катал песчинку халвы на столе.

— Так вот, — решительно завершил Троянский. — Нынешние Соловки стали таким лабиринтом. Ни одна душа ни должна выйти отсюда. Потому что мы — покойники. И вот мою упокоенную здесь душу — выпускают из лабиринта. Добрейший Фёдор Иванович, радетель, попечитель и всемилостивец. Мама, ты ещё не заказала службу в его честь?

Елизавета Аверьяновна моргнула так, словно сын застал её за некрасивым делом — например, он вошёл в свою комнату, а она там читает его дневник.

Сын криво усмехнулся: всё ясно, мама, всё ясно.

— И вот, широко размахивая крыльями, я буду парить над материком, вдыхая полной грудью... — Троянский вдруг закашлялся, мать сделала движение, чтоб помочь ему, но он остановил её рукой: не надо, — ...буду парить, — продолжил он, откашлявшись и чуть раскинув, как птица, руки, — а на ноге у меня будет длинная, в тысячу вёрст незримая проволока. Едва возникнет желание — и меня на полуслове... или на полукрике — карк! — потащат назад.

— Я обращалась, Осип, во все инстанции, и пересмотр дела возможен, — снова тихо и внятно повторила мать.

— И главное, никому там не расскажешь, что здесь происходит, — говорил, словно оглохший, Троянский. — Я вроде бы птица, и как бы на воле, но клюв мне надо держать прикрытым.

"Наелся, барчук, и начал изголяться над матерью", — в серьёзном раздражении подумал Артём.

— А я бы поведал, да. Или хотя бы перечислил, — прошептал Троянский уверенно и жёстко. — Собачья похлёбка! Каменные мешки! Они стреляют в нас! Они сажают нас в ледяные карцеры!

— ...Кто тебя сажал, что ты врёшь, — скривившись, неожиданно перебил его Артём, впервые перейдя на "ты" с Троянским. — Всем хочется рассказать про карцеры, где сами ни разу не сидели, — а про то, что здесь зэка бегают на оперетки, политические шляются по острову, а каэры ходят в цилиндрах и в лакированных башмаках, поедая мармелад, — никто не расскажет. Мать пожалел бы.

Троянский раскрыл удивлённые глаза и с минуту смотрел на Артёма, даже не моргая.

— Плебей, — заключил он какую-то свою, длинную и витиеватую, мысль вслух. — Хам. И раб. Иди вон, там тебя покормят мармеладом с руки.

* * *

Артём спешил на улицу, чуть поглаживая руку, — он ударил Троянского в губы, как и хотел, того бросило назад так сильно, что показалось: сломалась шея! — голова мотнулась резко и безвольно, к тому же Осип ударился о каменную стену затылком. Мать ахнула, кто-то уронил бидон из-под борща, одновременно очень отчётливо на улице раздался выстрел, в ответ ещё несколько...

— Цо то бендзе, цо то бендзе, — повторял Артём, пытаясь вспомнить, откуда он запомнил эту фразу... и вспомнил: Митя Щелкачов рассказывал, что так он в детстве дразнил поляков, живших в соседней слободе. "Цо то бендзе" означало: "что-то будет".

Навстречу, снизу, чудовищно громыхая, бежали красноармейцы, Артём прижался к стене, чтоб их пропустить, но оказывается, спешили по его душу. С размаху, очень сильно, его ударили в висок, тут же сгребли, сдирая кожу, за голову, и бросили вниз по ступеням:

— На улицу, шакал! Строиться на площади!

Артём покатился через голову, он распахал себе скулу о железные перила и, кажется, вывихнул руку.

"За что меня? За что?" — изо всех сил пытался понять он.

"Меня будут бить, убивать перед строем? Перед всеми? И Галину?" — с трудом поднимаясь и чувствуя кровь, текущую по лицу, вопрошал Артём.

Но внизу, у дверей, заметил, что всех остальных, застигнутых в кельях, так же, с боем, с матерной бранью, уродуя и калеча, гнали на улицу.

На площади уже толпились заключённые — десятки... а вскоре — и сотни, тоже изгнанные из рот или согнанные с ближайших работ, из порта, с узкоколейки, из административных зданий, прачечных, кухонь, плотницких и столярных мастерских. Несколько музыкантов с перепугу выбежали с трубами, один со скрипкой... Актёров выбили на улицу с репетиции чего-то исторического — Шлабуковский сначала стоял в короне, потом снял её и держал в руке, не зная, куда деть. Рядом с ним толпились пажи в смехотворных панталонах.

Пошёл дождь, и Шлабуковский, не думая, надел корону на голову — как будто она могла спасти от ливня.

Артём, исподлобья озираясь и держась в стороне от зверствующего конвоя и непрестанно охаживающих дрынами кого ни попадя десятников, занял место в битом строю. Он встал во второй ряд — который достать было сложней всего, потому что первый без конца ровняли кулаками и палками и последние ряды столь же ретиво подбивали до искомого ранжира.

...Кто-то орал, кто-то плакал, кто-то выл, кто-то истерично вопрошал: "За что, начальник?"

Надо всем повис истеричный клёкот чаек — и сквозь этот клёкот, сквозь мерзейший человеческий мат, сквозь гай и рёв, сквозь беснующийся на соловецком дворе дождь Артём наконец расслышал самое главное:

— Мезерницкий стрелял в Эйхманиса!

"Он что, с ума сошёл? — не понял Артём. — Зачем?"

Тут же, шёпотом, сипло, поворачивая чёрные, одинаковые, грязные головы, переспрашивали:

— Убил? Не убил?

Неясно было, чего больше в этом вопросе: тайной надежды на смерть Эйхманиса или, напротив, истового желания, чтобы всё обошлось, потому что смерть начлагеря означала то, что погибнут все и немедленно.

"Как же я не заметил!.." — вдруг удивился Артём.

Мезерницкий лежал посреди площади, мёртвый. Ему стреляли в лицо, потому что щеки у него не было, и потом стреляли в спину. Он лежал в луже крови, а неподалёку лаял Блэк — и не было ясно, кого он прогоняет: красноармейцев, лагерников, смерть...

Когда площадь уже была полна народа, в южные, Иорданские, всегда закрытые ворота прямо на коне влетел Эйхманис.

Красноармейцы сняли ружья с плеч, готовые к любому приказу.

Все смолкли.

Земля бурлыкала пузырями, словно вскипая.

Дождь сделал ещё круг и ушёл куда-то под красные крыши, намотался на зелёный шпиль Преображенского собора...

Только чайки вскрикивали и непрестанно сыпали сверху на строй помётом. Никто не вытирался.

— На колени! — в бледной ярости вскрикнул Эйхманис и выхватил шашку из ножен.

Строй повалился так, словно всем разом подрезали сухожилия — несколько тысяч сухожилий одной беспощадной бритвой.

На коленях стояли священники, крестьяне, конокрады, проститутки, Митя Щелкачов, донские казаки, яицкие казаки, терские казаки, Кучерава, муллы, рыбаки, Граков, карманники, нэпманы, мастеровые, Френкель, домушники, взломщики, Ксива, раввины, поморы, дворяне, актёры, поэт Афанасьев, художник Браз, скупщики краденого, купцы, фабриканты, Жабра, анархисты, баптисты, контрабандисты, канцеляристы, Моисей Соломонович, содержатели притонов, осколки царской фамилии, пастухи, огородники, возчики, конники, пекари, проштрафившиеся чекисты, чеченцы, чудь, Шафербеков, Виоляр и его грузинская княжна, доктор Али, медсёстры, музыканты, грузчики, трудники, кустари, ксендзы, беспризорники, все.

Эйхманис был в одной рубахе и, похоже, не мёрз — хотя от земли шёл ледяной пар и в строю многие стучали зубами, не в силах сдержаться, и держались руками за землю, будто в неустанной морской качке.

Артём успел заметить, что Троянский не пожелал падать на колени, и тут же получил прикладом по затылку... теперь он валялся на животе, за строем... где осталась его мать, было непонятно.

Бурцев тоже встал на колени и стоял строго, чинно, полузакрыв глаза, как на присяге.

"Ну и кто теперь клоун?" — подумал, прерывисто дыша, Артём, переведя взгляд с Бурцева на Мезерницкого...

Сам Артём и не заметил, как встал на колени.

И только спустя минуту вдруг понял, что и он тоже, вместе со всеми, стоит здесь, облизывая дождь с губ, желающий только одного — жизни.

Хотя одно, удивительное чувство жило в нём: что все, стоящие сейчас на коленях, стоят за дело, и лишь он один — за так: просто не желает ослушаться и готов разделить общую вину.

Ничего не произнося, Эйхманис пролетел — свирепый, с обнажённой шашкой — вдоль рядов.

Конь под ним ликовал и всхрапывал.

Страх, распространяемый его движением, был вещественный, почти зримый: этот страх можно было резать кусками, вместе с людьми.

Чайки уже не просто кричали, а дразнились то человеческими, то звериными голосами.

Блэк узнал понятную ему речь и вдруг с бешенством залаял в ответ — а чайки залаяли на него.

Эйхманис рубанул шашкой невидимую цепь — и в тот же миг, раскрутившись со шпиля, зайдя по-над головами, посыпал крупный, как ягода, дождь.

— Рассатанился, — прошептал кто-то рядом с Артёмом.

Кажется, это был голос владычки.

Артём попытался поднять глаза, чтоб посмотреть вверх.

Тяжёлая капля ударила ему ровно в глазное яблоко.

|КНИГА ВТОРАЯ|

Островов улетали последние чайки, уводя за собой оперившихся и обнаглевших за лето пёстрых птенцов.

Лето в этом году было хоть и с перерывами на стылые дожди, но неожиданно долгое, и чайки чуть припозднились, разнежились, хотя, говорят, иной раз уже в августе собирали манатки.

— А может так быть, что чайки улетят на зиму — а обратную дорогу не найдут? — размышлял Афанасьев. — Сядут следующей весною где-нибудь в Ярославле... а то и в Московском кремле. Скажут: а вроде и в этих местах ничего, давай здесь останемся, поорём!

Артём посмеивался, принюхиваясь к сорванному ёлочному хвостику: он едва пах. Странно, но здесь и цветы весной не пахли, и деревья осенью. Объёмное соловецкое небо будто бы засасывало в себя все запахи, оставляя только лёгкое головокружение.

Иногда посмотришь налево, потом направо — а кажется, что везде одно и то же, и небо с разноцветными облаками вращают вокруг тебя, а ты будто находишься в центре детской юлы, ошалевший.

Самые насыщенные здесь всегда были облака, словно они не только вобрали в себя все соловецкие цвета, но и запахи тоже.

— Нет, ты представь, — не унимался Афанасьев. — Я всё это время был уверен, что такие поганые чайки только на Соловках могут быть. Проклятое место во всём должно быть проклято. Только тут может водиться эта гадкая птица с её жадным, бабским, хамским характером. Но если они улетают — значит, есть ещё одно такое же место на земле, где они

тоже орут с утра до вечера и мучают каких-нибудь несчастных своими воплями. А кто это может быть и где, Тём? В Аф-
рике?

Артём серьёзно посмотрел своему товарищу в глаза, словно собираясь ответить, и Афанасьев как-то так раскрылся навстречу, ожидая, что ему прояснят ситуацию. Вместо этого
Артём прыснул со смеху. Нет, он всё-таки был очень рад Афанасьеву.

— Хорошо, — согласился Афанасьев, рыжие чертенята
раскачивались на качелях в его глазах. — А может, там другая
сторона света, где всё оборачивается иначе? И эти чайки там
с ангельскими характерами?

— Да-да, — согласился Артём. — Там тоже имеется лагерь,
где Кучерава приходит в роту с бидоном тёплого молока и
всех поит из рук, из белой чашки.

Тут уже Афанасьев захохотал.

— На самом деле у одной чайки обнаружили кольцо на
лапке — Рим там написано, — пояснил Артём, насмеявшись. — Они из Рима.

— Да что ты говоришь? — озадачился Афанасьев и привычно взял себя за рыжий чуб. — Вот те раз...

Почему-то это его удивило; зато и дало новое направление
сумасбродной мысли.

— Давай пойдём дальше, — предложил Афанасьев. — Вот
Римская империя распадалась, разваливалась на куски и
ошмётки, а эти же чайки летели на Соловки — где ещё не было вообще ничего! Ещё не родились русские люди, и Христос
к ним не приходил, потому что ни лешему, ни кроту Христос
не нужен.

— Ага, — согласился Артём. — И это мы для них — непонятно что за приблуда такая! Было ведь беззвучно, прозрачно,
мирно. Зима в Риме с их парадами и гладиаторами, а лето —
на соловецкой даче, в тиши — чем не жизнь. Но потом появились два монаха. Потом ещё сто. Натаскали камней, начали
стучать, стругать, с утра до вечера служить свой молебен,
стен понастроили, крестов понаставили. Дальше — больше:
к монахам прикатил целый балаган с винтовками и балалай-

ками, и вообще затеялось невесть что... И кто, спрашивается, кому помешал?

— А может, — вдохновился, словно прикурил от слов Артёма, Афанасьев, — чайки эти пообтёрлись и теперь говорят друг другу: о, смотри, белохвостая — всё как в Древнем Риме опять: те же рожи, та же мерзость, то же скотство и рабство...

Артём глубоко вдохнул через нос и хорошо задавшуюся тему решил пока поприкрыть.

Сильно пахло лисами и неопрятной лисьей жизнью на Лисьем острове.

Остров этот был в двух верстах от главного соловецкого, и располагался на нём лисий питомник.

Управлял им бывший, по двенадцатой роте, взводный Артёма — Крапин.

Они вполне сошлись характерами и жили мирно.

Артём обитал тут уже пятую неделю. Помимо ухода за лисами, делал дурацкую стенгазету, проводил политинформации, числился дворником и поломоем — работы хватало, но жаловаться было не на что.

Афанасьев же появился часа полтора назад — его прислали на место лагерника, которого черно-серебристая лиса Глаша укусила за руку. Рука загноилась, пришлось отправлять напарника в больничку — но уж точно Артём не ожидал увидеть здесь питерского поэта: с чего бы вдруг?

Самого Артёма переправила сюда Галя сразу после случая с Мезерницким, на другой же день.

— Ты тоже ходил на эти ваши Афинские вечера, — не глядя на него и даже, кажется, раздражаясь, сказала Галя. — Сейчас всех потащат в ИСО, будут заговор искать... На Лисий поезжай... Забудется, надеюсь.

Артём такую благодарность испытал тогда, что, будь это хоть сколько-нибудь уместно в её кабинете, уставленном полками с делами, — он встал бы на колени и ноги Гале целовал.

— Ну, рассказывай новости, что там в кремле? — просил Артём Афанасьева; они нарочно ушли на бережок, чтоб переговорить.

Афанасьев наконец отпустил свой чуб — он так и остался стоять клоком, как рыжий куст над обрывом.

— У нас теперь новый начальник лагеря, — с ходу огорошил Афанасьев. — Два дня как явился.

— Откуда? — выдохнул Артём, вытаращив глаза и отбросив ёлочный хвост как совершенно лишний в таком разговоре.

— А я знаю? — ответил Афанасьев. — Из преисподней, как все они. Фамилия Ногтев. Он тут уже заправлял в своё время, ещё до Эйхманиса, но мы с тобой его не застали.

— А Эйхманис где? — спросил Артём, сам думая про Галю: что с ней? Не уехала ли она вместе с Эйхманисом? И что будет теперь с ним самим — с Артёмом. Странно, но своё какое-никакое благополучие он отчего-то связывал с бывшим уже начлагеря и без него оказывался словно бы гол и не защищён.

— Нашёл что спросить, — одной стороной рта криво улыбнулся Афанасьев. — А Эйхманис, думаю, занял то место в преисподней, что стынет после Ногтева... Слушай лучше другое. После выстрела Мезерницкого взяли сразу всех, кто ходил на эти ваши Афинские ночи. У тебя большой фарт, Тёма, что ты сюда уехал — и не знаю даже, что за звезда тебя пригревает. Мезерницкий стрелял из револьвера, который выдали Шлабуковскому на один спектакль — сугубо для театральных нужд, а не для стрельбы в начальника лагеря. То ли Шлабуковский забыл его сдать, то ли ещё что — но в тот вечер он заявился к Мезерницкому с револьвером в кармане. Мы с тобой его, если помнишь, провожали. И я ушёл, а ты отправился туда, в келью.

— Я не дошёл, — быстро сказал Артём.

— Да что ты? — без особого доверия в голосе откликнулся Афанасьев. — Твоё счастье... И там Шлабуковский вроде как забыл револьвер. Или Мезерницкий выкрал его. Или Шлабуковский нарочно передал ему револьвер. За всё это в любом случае полагается расстрел.

— Шлабуковского расстреляли? — тихо спросил Артём, но всё равно воздуха хватило только до середины второго слова.

— Погоди, — оборвал его Афанасьев, дрогнув челюстью, как бы отогнав торопливые вопросы Артёма. — Шлабуковскому для начала выбили часть зубов, в первой же беседе на заявленную тему. Но потом, Тёма, его вызвал Эйхманис — и, представь себе, Шлабуковского выпустили! А ещё через неделю — отправили домой, по условно-досрочному: он половину срока уже отсидел!.. Вот как судьба поворачивается! А?

Артём перевёл взгляд на море и даже сделал такое движение, словно его слегка толкнули в лоб: вроде как попытался поставить мозги на место, потому что вид Афанасьева всё равно ничего не объяснял.

— А за что его выпустили? — спросил Артём и не Афанасьева вовсе, а неведомо кого — грязную пену у берега.

Афанасьев пожал плечами и через некоторое время предположил:

— Может, за то, что он театр тут собрал... Может, Эйхманис поверил Шлабуковскому, что тот ни при чём. Кто ж знает. Но только Ногтев, едва появился, сразу пообещал, что амнистий пока не будет, потому что место, где стреляют в начлагеря, — нездоровое, и он принимается за лечение. А лекарь Ногтев, судя по его поганой морде, знатный... Так что уплыл наш денди Шлабуковский на последнем пароходике!

— А Василий Петрович? — вспомнил Артём; он вовсе не держал зла на Василия Петровича, как, впрочем, и на Афанасьева — хотя про подброшенные святцы по-прежнему помнил; но мало ли как бывает в жизни — на всех не наобижаешься. — А владычка? — ему, конечно же, хотелось ещё и про Галю спросить — не уехала ли она, но как тут спросишь, Галя ж не ходила на Афинские вечера.

— Василия Петровича тоже взяли, посадили в карцер, вот только к приезду Ногтева выпустили... По-моему, сдал твой Василий Петрович. А владычка как мёл полы в больничке, так и метёт. Хотя, возможно, его тоже допрашивали, я не знаю.

— И Гракова? — спросил Артём — тут уже, конечно, безо всякого сердечного интереса, а просто за компанию.

— А Граков стукач, — легко, как нечто самой собой разумеющееся, сказал Афанасьев. — Он и на воле уже был стукачом и возле нашего питерского поэтического ордена вертелся — и все мы об этом знали.

— Отчего ж ты не сказал никому? — Артём и правда не мог понять такого поведения Афанасьева.

— Я? — искренне удивился в ответ Афанасьев. — Зачем? Разве я похож на юродивого, чтоб тыкать пальцем и кричать: смотрите, бес!.. А потом — у вас же были Афинские вечера. А я не из Афин. Я в Питер приехал из ма-а-аленького городка, где ни одного ровного забора не было, и все нужники — деревянные. И учился я только три года — я ж пишу с ошибками.

— Там ничего такого не было, — быстро ответил Артём. — Никаких Афин.

— Было-было, — стоял на своём Афанасьев. — Ты москвич, ты гимназист, ты вырос, глядя на Московский кремль, в театр бегал с пяти лет, у тебя особая природа, ты по праву входил туда, а я дворняга...

— Ерунду какую-то говоришь, и всё, — повторил Артём чуть раздражённо: в его понимании это действительно была несусветная ерунда.

Афанасьев хмыкнул.

— Раз ты такой умный, Тёма, поясни тогда мне мой фарт, — сказал он вкрадчиво. — Четыре... да, четыре дня назад пригоняют мне парашу: наши с тобой венички, всю партию, вернули назад в монастырь. С требованием разобраться и наказать. Помнишь, мы с тобой заготовили вкусных веничков с колючей проволочкой? Веничек чекистский, веничек соловецкий, окровавленный веник зари?

Артёму бросило жар в голову: час от часу не легче! Что ж они за дураки были, как такая блажь вообще могла в голову взбрести! Ещё не оброс толком с тех пор, как побрили, а уже готов поседеть с такими новостями.

— Ну, думаю, — рассказывал Афанасьев, — амба. Прощайте, театральные подмостки, я пошёл на Секирку!.. Проходит ночь, и узнаю, что за эти венички взяли в двенадцатой роте

Авдея Сивцева и ещё одного, Захара, из-под Липецка... Помнишь такого?

— Да помню, помню, — ответил Артём, в том смысле, что: продолжай, не тяни.

— Может, они тоже имели наряд по веникам, я не знаю, — сказал Афанасьев. — Хотя вряд ли им пришло бы в голову, как и нам, вязать их колючкой... Не похоже на Сивцева нисколько. Но сидят теперь в карцере за наши забавы именно они.

— Бля, я убью её! — против воли вырвалось у Артёма; он, конечно, всё понял: история эта пошла через Галю, она быстро выяснила, кто виноват в заготовке весёлых веничков, и снова прикрыла Артёма — потому что одного Афанасьева наказывать за такое дело нельзя. Пришлось и поэта тоже с глаз долой упечь — тут как раз вовремя подвернулся покусанный лисами лагерник на их острове, и место освободилось.

Хотя история, конечно, была ещё сложней: Галя могла бы отправить Афанасьева на любую дальнюю командировку, на баланы или на торф — но послала его к Артёму как привет: смотри, тварь, помню про тебя.

Порадоваться во всей этой истории можно было только одному: Галя не уехала.

— Кого убьёшь-то, Тём? — спросил Афанасьев, снова взяв себя за чуб и придерживая, чтоб голова, если что, не укатилась.

"Но разве нельзя по-другому меня было прикрыть, Галя? — спрашивал Артём; слёзы у него на этом ветру были близко, и он несколько раз вдохнул, чтоб остудить заполошное сердце своё. — Галя!" — ещё раз позвал он мысленно, вглядываясь в море.

Ответа ему не было, зато Афанасьев всё смотрел на Артёма.

— Лису Глашу, — сухо ответил Артём, вставая. — Видел, какая стерва?

...Афанасьев нагнал его через минуту, шёл следом как ни в чём не бывало — Глашу так Глашу — и плёл свои привычные словесные узоры.

— Тём, я знаешь что заметил? В Москве солнце заходит — как остывший самовар унесли. В Питере, — и Афанасьев махнул рукой куда-то в сторону, — как петровский пятак за рукав спрятали. В Одессе, — здесь рука взлетела уже в другую сторону, — как зайца на барабане прокатили... В Астрахани — закат такой, словно красную рыбу жарят. В Архангельске — как мороженой рыбой угощали, да мимо пронесли. В Рязани — как муравьями поеденная колода. В Риге — будто таблетку под язык положили. И только тут — как бритвой, — Афанасьев быстро чиркнул указательным пальцем возле шеи, по горлу...

Артёму не было дела до всех этих стихов.

Нет больше никакой поэзии на свете.

Сделав два нагоняющих шага, Афанасьев тихо взял его за рукав и с улыбкой в голосе сказал:

— Я всё равно убегу.

✳ ✳ ✳

К запаху надо было привыкнуть.

Лисий смрад висел над островом, иногда солёными сквозняками его угоняло в море — но тут же будто бы приносило обратно: нет, такого нам не надо, живите сами со своим звериным духом.

Афанасьев явно был парень небрезгливый, даром что поэт: ему сразу оказалось всё равно.

И Артём тоже привык в своё время.

Небольшой остров был обставлен щитами, чтоб лисы не убежали к морю.

Людей никто не стерёг — надзорных тут не было вовсе.

В лисьем питомнике каждая лиса имела свою квартиру на ламповом отоплении и небольшой, огороженный земельный участок, за что Крапин, оказавшийся разумным, дельным мужиком, шутливо называл их "мелкими землевладельцами".

Гулять выпускали только Фуру — одну из лис, любимицу Крапина, в награду за почти домашний нрав; Артём её, естественно, называл Фурией. Дружбы у Артёма с ней не было, хотя он исправно прикармливал её рыбой, зато Крапину лиса едва не бросалась на шею, когда он появлялся.

Приросшие мочки ушей Крапина теперь уже не казались Артёму, как то было раньше, признаком ограниченного ума, но служили теперь доказательством надёжного характера. И ещё — его красный широкий затылок, такой красный, словно его вынули из борща.

Крапин с Артёмом показывали Афанасьеву питомник, готовя его к новой работе.

Пожалуй, Крапин к Афанасьеву по старой памяти относился не очень душевно, памятуя его дружбу с блатными и неустанные картёжные забавы. Но тут, на Лисьем, блатных не было, и Крапин был готов присмотреться заново к рыжему жулику.

— Семьдесят три лисы старых, семьдесят шесть молодых, двадцать голубых песцов и пять соболей... — рассказывал Крапин, сурово цедя слова. — И дюжина кошек.

— Коты на варежки? — спросил Афанасьев.

Крапин не ответил, словно не расслышал.

— Когда у лис пропадает молоко, кошки докармливают, — негромко пояснил Артём.

— А котята на прикорм лисам идут, — пояснил Крапин, который, конечно, всё слышал, и подытожил: — Хозяйство!

Питомник был разделён на улочки.

Вход в каждую лисью квартиру был сделан в виде трубы, чтоб напоминать лисе нору, иначе звери беспокоились и боялись спать.

Лисы, как и люди, стараются жить постоянными парами, но на острове самцов не хватало, отчего пришлось вступить в некоторое противоречие с природой: чужих черно-серебристых мужей гоняли по разным квартирам.

Лисьи случки на Артёма, стыдно признаться, действовали так, что сводило дыхание.

— Вот бы нам так с женбараком устроиться, — вслух мечтал товарищ Артёма. — Почему лис хотят разводить, а поэта Афанасьева нет?

Крапин снова делал вид, что не слышит лукавого говорка нового работника.

Он был из тех людей, что пустых словесных шуток и выкрутасов не любят — хоть и умеют на них отвечать, иногда на удивление точно, — зато Крапин хорошо видел юмор самой жизни.

— ...Чем кормим? — отвечал он Афанасьеву, который наглядно завидовал лисьему быту. — Рыбой кормим, бросовый овощ завозят с монастырской главкухни. А поначалу была задача трудная: чем кормить. Отчего-то решили — воронами будем. Ворон много, надо только лов наладить. А ворона знаешь какая умная птица — охо-хо! В общем, на пробу сделали фантик с приманкой, по бокам фантика клей. Ждать не пришлось, ворона тут же прилетела, клюнула, фантик прилип. Ну, думаю, поймаю сейчас. Тут прилетает другая ворона — раз за фантик — и сняла его с носа своей подружки. И обе улетели, прохиндейки.

Крапин скрутил себе самокруточку, ловко работали здоровые пальцы в коричневом от махорки и жира глянце.

Что-то было домашнее в подобных, нередких здесь разговорах, и Артём не первый раз ловил себя на этой мысли. Иной раз просыпался ночью: где Ксива? где Шафербеков? — заглядывал вниз со своих нар — а перед глазами — пол.

...В каждой лисьей квартире была установлена гордость Крапина и его выдумка — лисофон. Чтоб не обегать полторы сотни дворов, Крапин выпросил в кремле оборудование — сделать прослушку для каждой лисы.

— Сидишь в конторе, — пояснял он Афанасьеву, — решил узнать, как дела у Глаши. Включаешь номер её квартиры и слушаешь по лисофону. Если лисята её полаивают и шебуршатся — значит, всё в порядке. Если скулят — значит, у Глаши молока не хватает.

— А если тишина — значит, все подохли, — в тон Крапину закончил Афанасьев; за время работы в театре он немного подрасслабился; хотя и раньше излишним послушанием не отличался.

— ...Все подохли, — в тон ему продолжил Крапин, — и ответственный работник питомника, то есть ты, едет на Секирку. Иначе сказать: в погоню за подохшей лисой. И лиса от него далеко не уйдёт.

"О как!" — подумал Артём и подмигнул Афанасьеву: слыхал? А ты думал, ты один тут шутить умеешь, рыжий поэт?

Крапин даже книги читал — что было для Артёма серьёзным удивлением. В монастыре Крапин никогда б себе такого не позволил, а на острове лишних глаз было мало — чего бы и не почитать. Хотя Крапин и здесь старался делать это в одиночестве, и Джека Лондона в руках бывшего милиционера Артём заметил случайно, когда примчал в его домик на прошлой неделе доложить, что Глаша принесла сразу восьмерых лисят — дело небывалое.

Никакой лисофон, естественно, толком не работал — и по лисьим квартирам ходил с проверками Артём. Зверей этих он, признаться, не очень любил и побаивался.

"Лучше б мы коз разводили, — посмеиваясь, жаловался на судьбу Артём. — Надо Галю спросить, нет ли тут козьего питомника... Молочком бы отпоился, похорошел бы..."

— Тут у нас амбулатория, — степенно показывал Крапин; Афанасьев не переставал удивляться, что Крапину, кажется, втайне даже нравилось.

Амбулатория представляла собой одну комнату. В комнате имелся шкаф, полный заграничных лекарств и всяких склянок, стол для записей, над которым висела картонка с изображением лисы в анатомическом разрезе, посреди комнаты стояла мягкая, широкая лавка, уснащённая ремнями, для осмотра лисиц.

...Галя приезжала на остров лишь однажды, две недели назад. На той же лодке, что её привезла, Крапин, наскоро побрившись, отправился докладывать в монастырь о своих достижениях, Галя поговорила с его заместителем по всякой бумажной работе и, пока работники питомника сели обедать, пошла с Артёмом на осмотр лисьих квартир.

На этой лавке они и сцепились друг с другом, как одуревшие. Впрочем, Артём знал, конечно, что медицинская комната была единственной, что закрывалась изнутри.

Посреди их встречи в окно постучали...

...Оборвав дыхание, Галя расширенными глазами смотрела на Артёма, он чувствовал её бешеные ногти в спине...

...Оказалось, чайка прилетела и требует хлеба — это была обычная их соловецкая привычка: тук да тук, угощайте.

Но смешно было только потом, поначалу — совсем нет.

Артём до сих пор смотрел на лавку эту с томлением и тихой тоской.

— Микроскоп даже... Рейхерта есть, — продолжал Крапин. — Умеешь пользоваться? — спросил он, не глядя на Афанасьева.

— Рейхертом нет, но... — поспешно, хотя и тут несколько валяя рыжего дурака, отвечал Афанасьев.

— И не надо, — оборвал его Крапин, — будешь пользоваться этой штукой, — он развернулся и направил в лоб Афанасьеву натуральный пугач.

Афанасьев скосился на Артёма: что, мол, такое? Артём пожал плечами: и такие здесь шутят шутки.

— Сдаюсь, — сказал Афанасьев, но руки вверх не поднял.

— Глисты у всех лис, — пояснил Крапин. — От глистов помогают американские облатки. Только лиса не знает, что ей нужно их глотать, поэтому приходится использовать этот инструмент.

Крапин повернул пугач в сторону и выстрелил в картинку с лисой. Отскочив от стены, на стол упала белая облатка.

— Главное, приспособиться к этой работе, — объяснял Крапин, по-прежнему не глядя на Афанасьева. — Бывший наш напарник был опытным домушником, поэтому ходил с пугачом по лисьим квартирам. Стучался и на вопрос "Кто там?" стрелял в рот появившейся хозяйке. Но Глаше такое обращение надоело, и она его укусила... А меня тоже третьего дня покусали, — поведал Крапин, обращаясь исключительно к Артёму. — Везли на самолёте из Кеми трёх молодых лисиц... Тряска, бензин — видно, одна очумела совсем. Стал выгонять их, уже на острове, — она меня хвать за руку. Боялся, загноится, — но вроде ничего, — Крапин засучил рукав и показал сухо подживающие следы лисьих челюстей. — Так что ты продумай, как тебе половчей выполнять свою работу, — сказал Крапин, наконец повернувшись к Афанасьеву и передавая ему пугач.

— Можно рыбу бросать лисе, она рот раскроет, и тогда ей в пасть: бах! — предложил Афанасьев крайне серьёзно.

— Можно, — не менее серьёзно отвечал Крапин. — Но за одну потерянную облатку работник получает дрыном по хребту, я дрын с острова привёз, не забыл... А за вторую — уезжает на обозначенную ранее Секирку, сидеть на жерди и запоздало раскаиваться.

Афанасьев наскоро сложил понимающую физиономию, подогнав одну бровь ко второй уголком и огорчительно поджав свои всегда розовые, будто чуть вспухшие, далёким девкам на радость, губы.

— Тут у нас зубной кабинет, — толкнул следующую дверь Крапин. Афанасьев присвистнул: — Только лисам лечат не плохие зубы, а хорошие — самые острые резцы...

В отдельной, крытой сарайке располагалась ещё и фотография: специально для лис. Фотографировал сам Крапин: у бывшего милиционера обнаружилось множество полезных навыков.

— Щёлкните меня, гражданин начальник, — запросился Афанасьев, зачем-то подтягивая свои новые хлопчатобумажные штаны. — Не помню, когда последний раз фотографировался.

— У нас после того, как фотографируют, — снимают шкуру, — без улыбки ответил Крапин, сворачивая новую самокруточку.

Возле фотографии лиса играла с местным молодым псом, родившимся в тюрьме, о чём он вряд ли догадывался.

Собака наскакивала и вроде бы брала силой и задором, но всякий раз лиса бесшумно выворачивалась. Красивый хвост свой при этом она держала палкой, чтоб не запачкать: кокетка, да и только.

— Пёс радуется, что он сильней, — сказал Крапин. — Пёс — дурак. Он только думает, что может укусить. А она от природы — убийца. И если что не так — сразу же убьёт.

Артём незаметно всё поглаживал большой палец о средний и указательный, словно пытаясь вспомнить то ощущение, когда он, пальцами вцепившись в лавку... смотрел на Галю и дышал.

* * *

Ночью лиса ходила по крыше.

Дом несколько дней как топили. Потрескивало не только в старой печи, но и стены отзывались — кряхтя, и потолки — удивлённо, и полы — с укоризною.

Ночи вернулись тёмные, словно прокопчённые и промёрзшие до самой сердцевины за то время, пока их всё лето держали взаперти.

Пахла ночь то лисьим, то селёдочным хвостом, и, если приходилось выйти во двор по нужде, — сырой, отдающий смрадом ветер толкал в затылок.

Появились звёзды — всё лето их не видел, веснушчатые, как рука владычки, но и они тоже будто отдавали селёдкой.

С улицы неизменно хотелось в избу, в тепло; жаль, чая совсем не было, и ягод тоже — а то как чайку хорошо, когда звёзды в окне и мутный, пересоленный ветер, подвывая, носится туда-сюда, словно потерял свой ошейник.

Афанасьева заселили в одну комнату с Артёмом, и они заняли общую, на полу застеленную, лежанку.

— ...Возле Йодпрома, — рассказывал Афанасьев, которому не спалось, — поймали, не поверишь, Тёма, дедка одного. Оказалось — монах, жил в какой-то норе, питался корешками и ягодками... Может, и прикармливал кто — но сам он сказал, что жил молитвой.

Артём, который уже готовился спать, открыл глаза и увидел в свете уличного фонаря растрекавшийся, давно не белённый потолок.

— Говорят, дед и не знал про то, что теперь тут лагерь, и семь лет к людям не выходил, — тихо засмеялся Афанасьев. — Его подержали три дня в ИСО, ничего не добились и отправили в Кемь: иди работай, дедушка, антихрист пришёл, от него в лесу не спрячешься... Так он, неведомо как, опять вернулся на остров с целью залезть в нору поглубже и больше уже не вылезать... Но тут его уже быстро поймали и определили на этот раз в четырнадцатую роту.

Рассказ свой Афанасьев вёл, опираясь рыжей башкой на руку, но рука затекла, и он повалился на спину.

— И что? — спросил Артём, повременив.

— Дед? — беззаботно отозвался Афанасьев. — Доходит уже. В норе оказалось проще выжить, чем в четырнадцатой роте.

"А я знаю этого отшельника", — подумал Артём, но ничего не сказал.

Вместо этого спросил:

— А твои друзья как? Не передохли?

Афанасьев притих, раздумывая.

— Какие друзья? — спросил так, вроде бы и не догадавшись.

— Да блатные, — ответил Артём; он втайне мечтал, чтоб однажды набежала одичавшая резвая волна и всех его неприятелей разом унесла в море.

Афанасьев вздохнул.

— Нет, Тёма, они мне не друзья. У вора вообще не может быть друзей. Может, ты думаешь, что блатной — это привычка брать чужое, подлый характер и гнусные повадки? И ещё речь — ну да. Слышал, как они разговаривают? — Артём слышал, но забыл; Афанасьев с ходу напомнил, чуть, в меру, подгнусавливая: — "Из-за стирок влип: програмал стирочнику цельную скрипуху барахла. Но тут грубая гаца подошла, фраера хай подняли. Чуть не ступил на мокрое!" Я, Тёма, все эти слова знаю, и повадки их запомнить смогу, и характер себе испортить, и заиметь привычку брать чужое и не раскаиваться о том. Но, Тёма, перекрасить свою фраерскую масть я не смогу всё равно! Вор — это другое, чем мы с тобой, растение! У него на месте души — дуля, и эта дуля ухмыляется и показывает грязный язык. Вором нельзя стать на время, поиграть в него тоже нельзя, вор — это навсегда. Они воры не потому, что ведут себя, как воры, а потому, что больше никак себя вести не умеют... Я для них в самом лучшем случае — порчак. Знаешь такое слово, Тёма? Порчак — это и не фраер, и не вор, а так, подделка. От фраера ушёл, вором не стал — такого колобка съедают первым... Лучше уж фраером оставаться и не строить из себя.

Афанасьев, видимо, что-то вспомнил важное и занимательное, отчего привстал на локте.

— Тебя, Тёма, знаешь как назвали они однажды? Я слышал случайно! "Битый фраер!" Вот как! Битый фраер, Тёма — это хорошо, это почти уважение. Они и тебя зарежут, причём с большей охотой, чем обычного фраера, — но в твоём случае им уже будет чем похвастаться... Заслужил, Тёма, точно тебе говорю. Я сам, брат, — тут Афанасьев понизил голос, — не ожидал, что ты так долго проживёшь... Хорошая у тебя звезда. За пазухой её носишь, наверное?

Артём, сам не понимая своего движения, положил руку на грудь, будто под рубахой у него действительно что-то было.

По крыше опять прошла лиса, словно выискивая лаз в тёплые комнаты, к запахам съестного.

Афанасьев посмотрел наверх и спросил:

— Ты, поди, и смерти не боишься? Думаешь, и нет её?

В полутьме Артём заметил, что его товарищ даже кивнул головой вверх, словно это не лиса, а самая смерть там и бродила.

— А что, есть? — спросил Артём.

Он-то наверняка знал, что лиса.

Рыжий поэт снова упал на спину, но вытянул обе руки перед собой, растопырил пальцы и стал их рассматривать.

— Мне тут Кабир-шах... или Курез-шах?.. кто-то из них рассказал, что смерть — путешествие. Самое любопытное в жизни. Настолько любопытное — что только сиди и радуйся, как перед спектаклем... — Уронив руки, Афанасьев помолчал, собираясь с мыслями; выдохнул и сказал: — Ждёшь его, ждёшь, этого путешествия, высунул голову за кулисы, а тебе щ-щёлк! — и голову ножницами отрезали — огромными такими, ржавыми. Башка упала, вот тебе и всё путешествие.

Только из безголового тела разная жижа льёт напоследок, и спереди, и сзади.

Неожиданно Афанасьев начал чесать щёку — частым собачьим движеньем, разве что искры не летели из-под когтей от такого хруста.

Артём посмотрел на это как на привычный афанасьевский финт; собственно, так оно и было.

Что до слов, сказанных Афанасьевым, — Артём вроде бы понимал их смысл, но оценить мог только красоту слога, потому что — его товарищ был прав — никаких ножниц он не чувствовал и представить их перещёлк под собственным подбородком так и не научился, хотя возможности для этого в последнее время ему были предоставлены не раз. Должно быть, знать о своей смерти — не самая важная наука на земле.

— ...В общем, такие путешествия не в моём вкусе, — досказал Афанасьев, начесавшись. — У меня есть другое предложение из области географии. Готов меня слушать, Тёма?

— Говори, Афанас, — сказал Артём; хотя откуда-то знал заранее, что сейчас сказанное ему окажется ненужным и лишним.

Афанасьев, перевалившись на грудь, встал и, скрипя половицами, подошёл к окошку — долго вглядывался, даже рамы потрогал.

Потом вернулся назад и постоял у дверей, прислушиваясь.

— Здесь точно никого нет? — спросил он.

— Разве что лиса, — сказал Артём.

— А этот ваш... лисофон — сюда не мог Крапин провести?

— Всё, что ты сейчас скажешь, сразу идёт радиограммой в информационный отдел, — ответил Артём. — Утром по соловецкому радио перескажут вкратце.

Афанасьев ещё покружил с минуту, в полутьме натыкаясь то на стул, то на собственные ботинки, которые по лагерной привычке принёс в комнату, а не оставил, как его товарищ, у порога.

Потом наконец уселся рядом с Артёмом и задыхающимся то ли от восторга, то ли от волнения голосом поведал примерно следующее.

Бурцев уже месяц как назначен старостой Соловецкого лагеря.

Услышав это, Артём только покрутил головой: стоило уехать, как в лагере началось чёрт знает что. И неясно, радоваться или огорчаться тому.

Пока Эйхманис собирал дела, а Ногтев ещё не вступил в должность, Бурцев успел высоко подняться. Работая в ИСО, он исхитрился собрать материал на чекистское руководство, которое, как выяснилось, состояло наполовину из кокаинистов и сифилитиков. Пользуясь этим материалом, Бурцев получил серьёзную власть и разнообразные полномочия.

Дело доходило до того, что он сажал чекистов среднего звена в карцер — и никто на него пожаловаться не мог, потому что все жалобы шли через его бывший отдел в ИСО, где Бурцев оставил своего человека, тоже из бывших колчаковских офицеров.

“Самым интересным на берегу не угостил, — мельком подумал Артём про Афанасьева, от таких вестей по примеру товарища начавший поглядывать то в окно, то на двери. — Припас до ночи... дичь свою жареную...”

Красноармейцев из надзора Бурцев держит в натуральном страхе: ввёл палочные наказания за пьянство и грубые дисциплинарные нарушения. Заодно Бурцев давит всех, кто попадается под руку — и блатных, и каэров, и бытовиков, и бывших социалистов, которых не терпит с особо мстительным чувством.

Случай с Мезерницким Бурцеву был даже выгоден: он сам занялся допросами, чтоб его смутные дела оказались в тени; к примеру, зубы Шлабуковскому именно наш Мстислав и выбил.

Шлабуковского Эйхманис спас, но в целом всему происходящему не препятствовал. Собственно, никаких причин для того и не было: надзорные перестали насиловать девок из женбарака, а чекисты больше не устраивали громких кутежей, показательных пыток — вроде комариной на берегу Святого озера, и пьяной стрельбы по-над головами во время общих разводов.

Но главной затеей Бурцева был отбор боевой группы для побега. Из кого она набрана, Афанасьев не знал, но догадывался, что это в основном бывшие белогвардейцы и несколько портовых мастеровых. В ближайшее время, пока не закончилась навигация, в течение одной ночи эта группа обезоружит конвойную роту, взорвёт маяк, разрушит радиоточку, разорвёт телефонную связь, захватит пароход "Глеб Бокий" и уйдёт в Кемь. А оттуда — в Финляндию.

Артём молчал.

"Ну и кто на этот раз клоун?" — спросил он сам себя.

Ему показалось, что он даже думает шёпотом.

Афанасьев сидел, не шевелясь, выжидательно глядя на Артёма.

Лиса наверху нашла самое тёплое место возле трубы и тоже утихла.

— Я не побегу, — сказал Артём.

Они ещё помолчали.

— Не побежишь? — переспросил Афанасьев, словно что-то могло измениться за минуту.

— Нет. Зачем ты это мне рассказал?

— Ну, раз не побежишь, то... — начал Афанасьев, но споткнулся... подумав, продолжил: — Тёма, я знаю наверняка: у тебя есть блат. Меня отсюда надо вывезти. Чем скорей, тем лучше. Я сам ничего не могу придумать, чтоб уехать, — Крапин меня не послушает. Разве что саморуб сделать... или самолом — но куда я потом побегу со сломанной ногой или без пальцев на руке?.. Выручи, Тём. Переправь меня, пожалуйста. За лекарствами, за чем угодно. Пусть меня даже в карцер посадят на большом острове, перетерплю. Когда всё это затеется — меня освободят... Тём?

"А пусть тебя лисы покусают, Афанас — и поедешь в больничку", — хотел пошутить Артём, но не стал — какие тут шутки: всё стало несмешное вокруг.

— Спим до завтра, — сказал он и решительно полез под одеяло.

Накрылся с головой, отвернулся к стене и заснул быстро.

Почивал крепко: ему отчего-то нравилось, что лиса свернулась у трубы и сторожит их утлый домик. Хотя бы в трубу теперь точно никто не заберётся.

* * *

Утром Артём, надевая штаны, выронил из кармана сложенную вдвое пачку соловецких денег — на Лисьем острове он получал самую высокую за всё его соловецкое житьё зарплату, а тратить её было некуда: магазины все остались на большом острове.

— Я тебе три рубля должен, Афанас, — сказал он весело; Афанасьев ещё дремал, но уже жмурился на звук человеческого голоса и пытался зарыться глубже в одеяло. — Помнишь, в больничке мне давал? — не отставал Артём.

— Помню, — бормотнул Афанасьев в подушку.

— На, держи, — сказал Артём; дождался, пока Афанасьев развернётся, откроет глаза и протянет руку за деньгами. — Во-от. И больше со мной на вчерашнюю тему не говори, — отчётливо и доброжелательно попросил он.

Афанасьев потёр глаза и уселся, исподлобья поглядывая на товарища. Артём два раза встряхнул свой потрёпанный, лисами пропахший пиджак и, не без изящества взмахнув им через плечо, тут же попал в рукав.

— В монастырь смогу уехать? — спросил Афанасьев глухо.

— Будет возможность — поедешь, я помогу, — ответил Артём легко, словно речь шла про кружку чая, которую обещал налить, — а нарочно ничего придумывать не стану, прости, Афанас.

Тот кивнул и ещё раз протёр кулаками глаза.

— Сколько времени? — спросил Афанасьев. — Ни колокола, ни гудка не слышал...

— Восемь уже, милый, ты своё переспал давно, — ответил Артём. — Тут ни колоколов, ни гудков — здесь свобода, равенство и тунеядство! Пойдём лис кормить, а потом и себе стол накроем... Сегодня банный день — надо до вечера как следует измазаться, чтоб воду попусту не переводить.

— Здесь и баня есть? — наконец проснулся Афанасьев.

— А то, — посмеивался Артём. — Крапин с дрыном знаешь как пропаривает.

— Надо бы нам наши венички из монастыря запросить, — пошутил Афанасьев.

Артём тоже засмеялся. Утро начиналось весело. Бежать куда-то было совершенно незачем.

С тех пор как погонщина — работа из-под палки — прекратилась вовсе, Артём почувствовал, что сильно повзрослел, разросся душой, всё внутри стало будто на два размера больше. Он помнил, как в юности, лет в четырнадцать, поймал себя на мысли, что, заходя в кладовку, ему нужно чуть-чуть нагибаться — дорос наконец. Теперь он ходил по свету с твёрдым чувством, что где-то надо бы немного преклонить голову, а то снесёт до самого затылка, или пройти боком, потому что всей грудью в проём не помещаешься — но где преклонить, где посторониться?

Оказалось, что дурная, на износ работа расти не помогает, но, напротив, забивает человека в землю по самую глотку. Человек растёт там, где можно разбежаться, подпрыгнуть, спугнуть птицу с высокой ветки, едва не ухватив её за хвост.

Под утро прошёл дождь, неопрятный и многословный, согнал лису с крыши, взмесил грязь, запах поднялся ещё гуще — но Артёма всё это забавляло; у него уже имелись калоши, он раздобыл пару Афанасьеву, и они вдвоём чавкали, увязая и матерясь, до лисьего питомника, откуда уже раздавался нервный лай: жрать! жрать!.. Никакого лисофона не надо.

Лис кормили раз в день, в обед, но кормящих самок и подрастающих лисят прикармливали ещё и с утра.

Завтрак готовили им загодя и потом разносили. Лисята жили на верандах, покрытых проволочной сеткой, — чтоб гулять на солнышке, а не только сидеть в норе.

Солнышко, правда, сегодня было совсем далёкое и будто подостывшее, в мурахах простуды.

Беспечно переругиваясь с Афанасьевым, который вооружился пугачом и предлагал для начала испробовать его хотя бы на Артёме — "...у тебя ведь тоже могут быть глисты?" — Артём старался не думать про Бурцева, потому что даже мысленное произнесение этого имени тревожило, наводило смуту, хоть и замешенную на уважении: вот он какой оказался — бесшабашный офицер, гордец, упрямец, лихач — но лихач организованный, импровизаций не терпящий, железный, как машина.

"Я бы так не смог", — вот всё, что понимал Артём; и понимал он это, наверное, впервые в жизни — потому что, видя остальных людей и зная их поступки, он догадывался, что либо умеет, как они, и даже лучше, чем они, либо и не хочет вовсе на них походить.

...Из этого ряда, безусловно, выпадал Эйхманис. С Эйхманисом Артёму и в голову не пришло б себя сравнивать — с тем же успехом он мог сравнить себя с Цезарем или с Робеспьером.

Эйхманис был старше Артёма лет на пять или семь — стоило бы сказать, что эти годы выпали на Мировую и Гражданскую войны, — но суть располагалась где-то ещё глубже... Артём втайне догадывался, что Эйхманис был старше — *навсегда*.

Что таилось в столь звучном слове, понимать было не обязательно: навсегда, на целую жизнь, на одну ампутированную душу, на один, в конце концов, ад... Но и эти слова тоже, по совести говоря, ничего для Артёма не значили, и смысл их он взвесить не мог: ну, душа, ну, ад — положил одно слово на одну ладонь, второе на другую — веса никакого нет в них, ладони — пусты и мёрзнут.

Картошка с треской весит больше, чем совесть, а клопы наглядней ада.

...Однако неистреблённое даже здесь, в этих стылых местах, мальчишеское чувство царапалось внутри с вопросом: а кто оказался бы сильнее, сойдись они — взвод на взвод или один на один — Эйхманис и Бурцев? Не то чтоб в элементарной драке, а в каком-то другом поединке, где было бы задействовано всё: и штык, и дерзость, и ум, и сумрачное прошлое каждого из них.

Артём улыбнулся и покрутил головой — вроде бы заматерел, покрылся новой кожей, толще прежней, а дурацкая, детская мысль — нет-нет да и плеснёт хвостом.

Он даже не мог бы признаться себе, кому б в той схватке желал поражения, а кому победы.

"...Может, Троянский прав и ты стал рабом, полюбившим своё рабство?" — спросил себя Артём.

"...А если бы Мстиславу Бурцеву потребовалось сейчас меня расстрелять — ни за что, а просто во имя исполнения своей великолепной затеи — он сделал бы он это?" — размышлял Артём дальше.

Поймав себя на крючок этим вопросом, Артём даже поёжился, потому что ответ был ясен: конечно, расстрелял бы.

"...Отчего же я тогда должен желать Бурцеву удачи?" — продолжал себя пытать Артём.

"...Оттого, что Эйхманис тебя на минуту пригрел, и твоя жалкая человеческая душа сама себе вставила кольцо в губу — и бегает за тенью хозяина, который к тому же уехал, оставив тебе в подарок свою бывшую шалаву..." — издевался над собой Артём; и снова гнал от себя все эти мысли, потому что жизнь его не нуждалась в них нисколько, жизнь его нуждалась только в продолжении жизни.

"...Не говори так о Гале", — попросил он себя: за Галю ему отчего-то было куда больней, чем за всё остальное — в числе остального значился и сам Артём.

Афанасьев, которого Артём уже минуты две как вроде слышал, но не слушал, продолжал дурачиться, спрашивая про всё подряд, как рыжий переросток, оставленный на третий год доучиваться.

Наверное, поэта именно потому душевно тянуло к Артёму, что с ним он мог побыть самим собою — дурашливым дитём, — чего в лагере себе ни с кем не позволишь.

И не за то же ли самое и Артём ценил Афанасьева?

— А что это у вас лиса трёхногая? — с деланым испугом любопытствовал Афанасьев. — Съели с Крапиным одну ногу? Думаете, никто не заметит? Решили, что чекисты только до трёх умеют считать?

— Это Марта, — отвечал Артём, благодарный за то, что Афанасьев всё-таки избавил его от занудных размышлений. — Она убежала в прошлом месяце, — здесь Артём со значением посмотрел на Афанасьева, — и попала в капкан. Отгрызла себе ногу, чтоб дальше бежать. Представляешь, какая сила воли?

Афанасьев ненадолго стал серьёзным, впрочем, серьёзности сомнительной — потому что, оценивая, он осматривал свою руку, как бы прикидывая: а если мне попадётся капкан? как тогда я?

К Марте недавно привели самца — они зажили вдвоём, и дело у них шло на лад: Артём вчера видел, полюбовался с минуту, до лёгких спазмов в груди.

— А самцу — то, что у неё три ноги, не мешает? — с интересом и сомнением спросил Афанасьев.

— Нет, — ответил Артём.

Афанасьев ещё подумал и впервые без малейшей улыбки сообщил:

— Я б не смог.

— Ну да, — согласился Артём, — ...хотя сейчас редко встретишь женщину с тремя ногами.

...Так хохотали по поводу трёх ног, — Афанасьев с его фантазией, похоже, отлично себе это представил, — что сначала напугали и Марту, и её самца, а потом не заметили Крапина.

— Здра, гражданин начальник! — по привычке большого лагеря заорал Афанасьев — на Лисьем так кричать было не принято.

Крапин сморщился и сделал такое движение, словно собирался Афанасьева скомкать и спрятать в карман, чтоб потом выбросить в печку.

— Артём, как думаешь, кто там? — спросил Крапин, показывая на море.

По морю шла моторная лодка. Люди в лодке пока были неразличимы.

Афанасьев, заметил Артём, обрадовался так, словно это Бурцев за ним послал: ну, мы плывём в Финляндию или нет?

Крапин же был немного встревожен: он недавно отчитался за всех лис, фотографии отвёз, что ещё? Может, новый начальник лагеря Ногтев требует его теперь?

Все трое вглядывались, и хоть глаза у Афанасьева с Артёмом были помоложе, бывший милиционер всё равно первым разглядел гостью.

— Галина к нам, — сказал Крапин. — Что-то она зачастила. Наверное, решила себе шубу заранее присмотреть, стерва.

Афанасьев скосился на Артёма и смотрел не отрываясь, чуть подрагивая губами.

Артём сначала терпел этот взгляд, потом повернулся и без особого расположения спросил:

— Чего смотрим, Афанас? Глаза застудишь.

— Хотел тебе сказать, Тёма, — добродушно, нисколько не обижаясь, прошептал Афанасьев, переведя взгляд на спину уходящего к маленькому деревянному причалу Крапина. — Знаешь что ещё было в лагере — сдуреть, и только.

— Говори быстрей. — Гости уже причаливали, а Галя встала, но лодка начала раскачиваться, и она снова присела на лавку в лодке.

— У твоего Троянского есть коллега в Йодпроме, — весело щурясь, рассказывал Афанасьев, — такой же высоколобый. К Троянскому приехала мать, а к тому на том же пароходе — дочь, на свиданочку. Я её видел: нечеловеческой красоты, как весенним цветком рождённая...

Артём вздохнул: ну, быстрей же рассказывай, зачем мне этот Троянский вообще, и эта дочь из цветка.

— Через две недели, — размеренно продолжал Афанасьев, отчего-то уверенный в том, что Артёму это нужно услышать, — гражданин Эйхманис девушку к себе вызвал и говорит: "Выйдешь за меня замуж — отца немедленно отпускаю!" А отец только три месяца отсидел из пяти своих лет. Она тут же отвечает: "Выйду, согласна, только отпустите папашу!"

Артём вздрогнул и, не веря, вперился в Афанасьева. История эта, на первый взгляд, Артёма не касалась вовсе — но с другой, не до конца понятной стороны — ещё как касалась. И Афанасьев, сволочь, откуда-то знал об этом.

— Дальше что? — спросил Артём, поглядывая то на сходящую Галину и встречающего её Крапина, то на Афанасьева.

— И отпустил, — сказал Афанасьев.

— Врёшь, — сквозь зубы процедил Артём.

— Весь лагерь про это знает, — спокойно ответил Афанасьев. — Отец этой красавицы уехал вместе со Шлабуковским, на одном рейсе, а она — уже с Эйхманисом, вот на днях. И говорят, они уже поженились, прямо в Кеми, чтоб до Москвы не тянуть...

Артём пальцами надавил себе на виски, наскоро соображая, как бы отнестись к очередной обескураживающей вести с острова.

— Ох, Афанас, — почти застонал Артём. — У тебя, надеюсь, больше нет новостей? Союзники в монастырь не прилетели на дирижабле? Ленин не ожил? Тунгусский метеорит обратно не улетел на небо?

Афанасьев подумал и ответил:

— Нет, такого не было.

* * *

"Моё закружение. Моя тёплая. Милая моя, сердечная. Как ты нужна мне", — повторял Артём целый день. Никогда и никому таких слов он не говорил.

Но и Гале не мог сказать. Крапин взял её в оборот и вообще не отпускал — один раз только отлучился на минуту, забежал в свою отдельную избушку, вернулся оттуда в начищенных сапогах и наодеколоненный.

Ему ужасно польстило, что он разгадал причины её приезда — видимо, Галя сразу, ещё на причале, шепнула Крапину про шубу. Улучив минутку, он насмешливым шёпотом похвалился Артёму: "Насквозь вижу — так и есть: приехала себе зимние наряды выбрать, стерва..."

"Эх ты, Пинкертон, — подумал Артём. — Столько жулья поймал, а одна баба тебя сбила с панталыку..."

Галя была в красиво повязанной косынке. Ей очень шло.

От Гали, верно, исходил такой женский ток, настолько полна была эта женщина готовностью к человеческим горячим забавам, что и все остальные работники питомника — и лисий повар, он же снабженец — один из бывших содержателей подпольного притона, и матёрый советский казнокрад, зам Крапина по бумагам — он же заведовал радиосвязью с островом, которая, кстати, ни черта не работала, и водитель моторки, который Галю привёз — совершенно уголовного вида, с двумя выбитыми зубами в хищной пасти, как она не боялась с ним ездить, и, собственно, грудь расправивший Крапин — все заметно повеселели и стали словно подшофе.

Один Афанасьев держался поодаль, хотя на проходящую мимо юбку всё равно косил, изучал, как она сидит да на чём.

"Танцы, что ли, объявили на вечер?" — сердился Артём, с неприязнью рассматривая мужиков.

"Никто не догадывается, — безо всякого удовольствия думал он, — что всё это... мне привезли... Так что утритесь!"

Он вспоминал, как Галя через голову, суматошно, почти с яростью снимает свою гимнастёрку — и открываются её белые, чистым мылом мытые, но всё равно чуть пахнущие потом подмышки, и будто всплёскиваются — как свежайшая простокваша в огромных плошках — её груди, и своей жадной, цепкой, злой рукой она тянет Артёма к себе, и быстрыми движениями трогает его другой рукой по спине, по шее, по затылку, по бедру — даже не гладит, а словно бы обыскивает: где?.. где у тебя?.. где у тебя там было это?

...у Артёма начинало сводить сердце, он останавливался ненадолго, смотрел по сторонам, как прибитый солнечным ударом. Афанасьев тоже вставал и молча дожидался, иногда продолжая трепаться ни о чём, привычно пересыпая слова красивые со словами корявыми и любуясь получившейся картинкой, а иногда замолкая и Артёма разглядывая с ироничной нежностью.

"...как же, никто не догадывается, — поправлял Артём сам себя, — когда Афанас знает всё! Откуда он знает, собака такая?"

...и снова отвлекался на Крапина: Артём впервые в жизни испытал чувство ревности — вот ведь оно какое, и не знал за собой. Разве что зубами не скрипел, а так — и в жар бросало, и в холод, когда Галя ушла в домик Крапина попить чаю. Весь извёлся, когда Крапин повёл её в амбулаторию... там же эта лавка... кто знает эту сумасшедшую стерву?.. Впору было бежать по кустам к окошку и, как чайка клювом, стучать в стекло.

Весь день ходил сам не свой. Обедать не стал.

— Не будешь? — спросил Афанасьев, кивая на его миску с пшёнкой и рыбьим жареным хвостом. — И правильно, — и сам доел.

"Неужели она так и уедет ни с чем?" — повторял Артём, выходя на улицу, втягивая живот и с трудом глотая слюну.

К вечеру поднялся тяжёлый, сумрачный ветер, щиты, ограждающие остров, трещали, несколько повалилось. Их заново подняли, закрепили, от души промёрзнув, пока работали... лисы попрятались по квартирам...

Море подпрыгивало, словно заглядывая: а что там за щитами, есть ли что живое?

Водитель моторки сказал, что возвращаться опасно — можно перевернуться.

Галя дождалась, когда Крапин предложит остаться — а сделал он это немедленно — и, вроде как подумав, согласилась.

"Спасибо, Господи!" — воскликнул Артём, чуть не клацнув зубами на радостях — этот бешеный ветер: он бы обнял его, если б мог ухватить.

Посмотрел на Крапина и понял, что этот немолодой волчара думает то же самое, только без Господа — кого там, интересно, благодарят бывшие милиционеры?..

— То верное решение, разумное, — громко приговаривал он, ласково щурясь. — Оттого, что нынче у нас баня. Цените баньку? — и заглядывал Гале в глаза с таким видом, словно вопрос о том, кто будет её банщиком и как следует пропарит, был уже наполовину решён. — Мы и венички наделали зягодя, — добавил Крапин; звучало это как: я давно тебя ждал, приготовился.

Артём подумывал — а не броситься ли Крапину на плечи, чтоб вывернуть эту его красную, плешивую башку на широкой, в борще проваренной шее.

Про баню Галя, как положено молодой воспитанной женщине, к тому же чекистке, ничего не сказала... но отправилась туда первая — не по деревенскому уставу, где бабы всегда ходили последними.

Ветер ещё не стих, но мужики всё равно сидели на крытом крылечке амбулатории, ровно напротив бани. Крапин вышел было покурить на улицу, но на таком ветру его самокрутку, как ни прятал в руке, выдуло за полминуты, и он вернулся назад.

Остальные по очереди оглядывали баню в надежде, что то ли Галя забудется и выйдет голой на крыльцо подышать, то ли вдруг обнаружится ранее не замеченная расщелина в стене, то ли целый угол баньки на ветру вдруг рассыплется... А что, разве такого не бывает?

Артём плюнул и пошёл на обход острова — может, опять щиты повалило.

Небо почернело, море варило свой свинец, холодно было по-настоящему — ветер на пустых пространствах будто пытался отобрать одежду: раздевайся догола, пацан, буду тебя рвать на части и по кускам рыбам бросать...

— Да пошёл бы ты ко всем своим солёным соловецким чертям! — вслух ругался Артём, еле шагая.

"Как же тут зимой выживают?" — впервые задумался он, отмахиваясь рукой.

Щиты стояли на месте, трепеща.

Возле причала вышел к морю: то всё больше впадало в буйную, чернеющую истерику. Поймал себя на лёгком страхе — что остался совсем один перед этой громадой. Стоял поодаль, зачарованный и застывающий.

...В пенящихся водах неожиданно увидел здоровое бревно. Через полминуты его легко выбросило на берег.

В бревне было сажени три.

Артём с опаской приблизился, поглядывая в море: кто его бросил — ведь он где-то там.

Бережно потрогал бревно рукою — как будто могло ожить, вскрикнуть.

Заметил на нём выбитую топором надпись. Уже уверенней счистил рукою налипшие водоросли и прочитал: "Спасите нас. Соловки". Каждая "с" была острая, как наконечник стрелы.

Подумал немного и с неожиданным остервенением покатил бревно обратно к воде, как будто кто-то его мог приметить за этим чтением и надо было скорее избавиться от улики.

"Я не умею читать, — пришёптывал он. — Значит, это не мне..."

Столкнул бревно в воду и, не оглядываясь, быстро пошёл. Сначала чувствовал, что бревно, заново брошенное в море, может нагнать и ударить концом в спину... потом прошло.

Нет ни моря, ни ветра, ничего, а только маленькое окошко в бане.

Как было б хорошо, когда никого б тут, на Лисьем острове, не было, — мечтал Артём: и он один встречает Галю на берегу, и они сразу целуются в губы — ах, как прекрасно любимую женщину поцеловать в губы — разве что-то может быть лучше на свете?

Поцелуй был бы сначала солёный от моря, потом чуть пресный от долгого ожидания, и затем сразу сладкий, и сладкий, и снова сладкий от счастья.

...В баню Артём ввалился готовый к жару и порке соловецкими вениками безо всякого снисхождения.

Там уже грелись мужики.

Крапина Галя так и не позвала, поэтому он попытался сорвать душу на лисьем поваре — тот вскоре заголосил, сбежал остужаться. Казнокрад минуту-другую крепился, но, когда разозлённый его стойкостью Крапин щедро плеснул на каменку и повёл веники по новому пылающему кругу, тот тоже, выпучив глаза, поспешил в сторону кадки с холодной водой, куда сразу уронил голову в надежде, что не даст довариться вкрутую мозгам...

И только Афанасьев вытерпел пытку — он, догоняя свой чуб, порыжел всем телом, но даже не вскрикивал, терпел, закусив руку и зажмурившись...

Пошатываясь и хватаясь за почерневшие стены, вышел голый прямо на улицу.

— Куда ты, там же эта... баба, — попытался остановить его лисий повар, но Афанасьев ничего не слышал.

На Артёма у Крапина сил уже не хватило.

Артём забрался на верхний, усыпанный берёзовыми листьями полок и запропал в своём блаженстве, вытянув ноги, накрыв голову руками, выдыхая так, словно бы плыл в кипячёной реке... вдруг поймал себя на мысли, что он всё равно счастлив — в этой соловецкой дали, в несвободе, окружённый людской болью, на маленьком, пропахшем лисами островке, неподалёку от сумасшедшей женщины, которую полюбил — ведь полюбил же?.. — а она лежала здесь, сейчас, на этой лавке, голая... найти бы хоть каплю, с неё скатившуюся...

Счастлив даже от Афанасьева, который пришёл с улицы, нахлёстанный теперь уже ветром, завалился в парилку и холодной, мокрой рукой стукнул Артёма по ляжке:

— Ну-ка, подвинься!

Артём перевернулся на спину, потом уселся, свесив ноги, время от времени растирая правой рукой пот и грязь по груди и слушая уверенное биение своего сердца.

Афанасьев поддал.

Каменка зашипела, что твой Змей Горыныч, пойманный на цепь и мучимый людьми, которых он, дай ему волю, поприжарил бы. Дыханье этого Змея было пряное, ароматное, потому что кормили его с тех пор, как забрали в плен, только травкой да корой.

Ожгло затылок, Артём чуть пригнулся, перетерпел и через краткое время почувствовал, как сердце побежало быстрей, словно пробивая себе путь наружу из грудной клетки. Пот полил в новые четыре ручья, и счастье стало гуще и горячей.

— Душа спеклась, как картошка-пеклёнка, — сипло сказал Афанасьев. — С такой душой жить проще будет теперь...

* * *

Вечер получился вовсе удивительным.

Ужин повар накрыл в административной избе, за большим столом — наверное, Крапин велел, да и можно было это понять: не к себе же ему звать Галину ужинать? А одну отправлять в пустую избу пить чай — тоже как-то негостеприимно.

Вина на столе не было — Крапин, кажется, и не пил, и другим бы не дал, — но после бани все были в славном, отмытом состоянии духа, улыбчивые, добрые.

Артём зашёл, когда друзья-товарищи уже собрались, и Галя сидела непривычно улыбчивая, а лисий повар суетился возле неё с пирогами — и с яблоком, и с капустой, и с рыбой, и один даже с сыром — ошалеть и только.

"А это мой дом, — вдруг представил Артём. — И она — моя жена. Я могу не ревновать её ни к кому и не болеть об этом, потому что, когда все напьются чаю и наговорятся, она останется со мной, и всю ночь я буду дышать её тёплым затылком..."

"...Неужели так бывает?" — спросил.

"...Бывает — и будет, — ответил. — Только черничного чая из соловецкой ягоды больше никогда не буду пить".

И отодвинул пустую кружку.

И как-то по-новому вгляделся в беспечно говорящего Крапина, у которого даже глаза просветлели и стали ясней.

— ...А позавчера, — хрипло засмеялся, а следом закашлялся, но тоже как-то весело, продолжая им самим начатый разговор. — Пошёл с удочкой рыбку половить себе на жарочку. Со мной — Фура, лису так зовут, — пояснил Крапин специально для Гали. — Вытаскиваю первую. Фура крутится рядом: угощай. "Нет, — говорю, — ты отобедала уже". Она потявкала, но я дальше ловлю, не о чем нам с ней разговаривать. Хоп, вторая. Фура опять за своё. Мой ответ прежний. Она говорит: ах, так! — хвать мой кисет и побежала до кустов. Я удочку оставил, и за ней. Погоняла она меня, кисет сбросила в кустах — и пошла по своим делам. Благо видел, где уронила кисет, — нашёл скоро. Самокруточку сделал, иду обратно, посмеиваюсь. Вернулся на берег — а она, ты подумай, мой улов сожрала. Заранее знала, пока кисет несла, что вернётся и отомстит мне! И ведь что характерно: легла поближе — полюбоваться, как я буду топотать от бешенства. Но расстояние выбрала такое, чтоб, если я вздумал камнем в неё бросить — была возможность убежать... А? — И Крапин снова посмотрел на Галю: — Такой финт и человек не догадается выкинуть!

Он рассказал ещё дюжину историй про лисий характер, повар подыгрывал и вставлял иной раз меткое словцо, Артём вдруг разглядел в его маслянистых глазках отсветы прежней, нэпманской, в московских злачных местах, жизни; бумажный зам разговаривать не умел, однако общей милейшей картины не портил. Было по-настоящему забавно слушать Крапина, Галя смеялась в меру, будто соблюдая чин, даже баней и послебанным чаем не отогретый, — но всё равно от души, зато Афанасьев заливался до слёз и, кажется, проникся к гражданину бывшему милиционеру нежнейшими чувствами — он и не ожидал от Крапина такой наблюдательности и доброты. А кто зверя видит и знает — тот неизбежно мудрый и в человечьих делах человек.

Пироги доели, посуду прибрали — Галя, конечно, к пустым чашкам и не притронулась, и не разрешила Крапину подать ей кожаную чекистскую тужурку: сама, спасибо.

Спать Галю определили в домик Артёма — где он раньше ночевал с тем лагерником, которого покусали, а теперь вот делил крышу с Афанасьевым. У снабженца нашлись чистые простыни и наволочки для гостьи.

Водитель моторной лодки лёг в бане. Крапин в своей избушке, где, на правах старшего, проживал один.

Что до Артёма и Афанасьева — то их Крапин отправил в третий жилой домик на острове, где обитали его заместитель по всяческой отчётности и повар, он же снабженец.

В этом домике был чердак, запылённый, но для разового сна пригодный.

Насмеявшийся и пирогов наевшийся Афанасьев сразу завалился и засопел.

Артём изо всех сил старался не шевелиться и всё прислушивался, как там внизу. С чердака можно было бы спуститься через избу, а можно и по лестнице через чердачное окно. Но он всё равно хотел дождаться, когда всё успокоится, чтоб не волноваться за возможный шум, который неизбежно случится. Повар, как у поваров водится, захрапел сразу, а бумажный зам жёг лампу целый час — что-то, вдохновленный приездом Галины, рисовал там, чертил таблицы и считал лисьи хвосты.

Наконец и этот затих, потушив лампу.

С тяжестью в груди — словно лежал под мешком с мукой — Артём выждал ещё какое-то время, пытаясь читать про себя стихи — но бросил на полпути, не добравшись после первых строк ни до палача с палачихой, ни до чёрта, хрипящего у качелей, ни до кроличьих глаз, ни до балующего под лесами любопытного...

...Надеялся, что прошло полчаса с лишним, но скорее ограничилось всё пятнадцатью тягучими минутами.

Стараясь не шуметь, Артём поднялся и двинулся к чердачному окну... естественно, полы заскрипели так, что дом, казалось, сейчас развалится... Артём замер и решил сделать два твёрдых шага, так в итоге тише получится — и тут же влетел лбом в балку — едва не заорал от боли... присел и минуту любовался на золотые россыпи в глазах... трогал лоб, облизывал руку — был уверен, что раскроил полголовы и всё уже в крови... но нет, рука была сухая...

Толкнул окно с чердака — оно истошно прорыдало в темноту — хорошо ещё, дождь сыпал понемногу — его лёгкий перестук и перехлип хоть что-то скрывал.

А может, и не очень...

Из окна повеяло не осенним холодком.

Плюнул на всё: "А если мне по нужде надо — чего, я обязан красться, что ли?" И решительно слез вниз, едва ли не нарочно громыхая.

Пока спускался по лестнице, лицо запрокидывал, чтоб на битый лоб попадали капли — дождь был почти белого цвета — но в месте ушиба ничего не чувствовалось, словно влага испарялась на подлёте.

Ступив на землю, почувствовал себя, как сбежавший из клетки зверь — воля, и нет больше ничего.

Не оглядываясь, поспешил к избе, где ночевала Галя.

Она тут же, едва стукнул пальцем, выглянула в окно.

"Не спала!" — ёкнуло в сердце.

— Крапина не видел? — спросила она, улыбаясь; голос был хорошо слышен через стекло. — Приходил час назад, просился с отчётом.

— И что ты сказала? — спросил Артём, стоя у окна и словно бы не торопясь в дом.

— Что-что... Спросила, не хочет ли на Секирку — там и отчитается по всем вопросам.

* * *

...Такой ужас творила: всё просила трогать, и царапать, и мять, и сама царапала, и стыда не знала ни в чём, словно никогда не встречала человека с другой анатомией и хотела запомнить её навсегда, в самых немыслимых подробностях...

Она впервые была с ним совсем-совсем голая: он совершенно одурел от этого.

"Как же так, — думал после Артём, без печали, но лишь в трепетном и благодарном удивлении, — в телесном общении женщина поначалу приникает куда ближе, чем в душевном. И проникается телесным куда раньше, чем душевным. Разве не должно быть наоборот?"

"А как бы здесь было наоборот, — посмеялся над собой Артём. — Ты бы месяца три подряд под руку водил её гулять к морю?"

Возможность сделать наоборот отсутствовала. Чтобы узнать друг друга, пришлось раздеться донага.

Лиса снова перебегала по крыше, часто меняя место — подобного шума и барахтанья она ещё не слышала.

— Кто это? — запоздало приметила лисьи шаги Галя: до этого слышала только то, что происходит у неё внутри.

— Да лиса это, лиса.

— А почему она на крыше?

— Там тепло.

— ...Да, Крапин натопил... — и сбросила одеяло с себя.

Лежала — тихо, как святая. Только чуть смешливая — и в глаза старалась не смотреть. А святые смотрят ведь — и всегда в глаза.

Артём привстал на локте и погладил её по животу.

Кроткая моя. Услада моя.

Она улыбнулась — губы чуть слиплись, и наконец глянула на него, чуть щурясь в темноте, словно была близорукой — и Артём ощутил такую ужасную нежность к этим глазам и к этим губам, такую боль, такую жизнь внутри.

Она знала, о чём он думал.

— Когда ты снимаешь с меня одежду, я как будто выхожу из моря, я очищаюсь, — сказала Галя. — Мне не стыдно. Я сейчас такая чистая, какой никогда не бывала.

— Да, — сказал Артём: не о том, что он согласен, а о том, что слышит её.

Потом подумал и наклонился к самому её лицу, и на ухо прошептал — потому что вслух такое стыдно было бы сказать:

— Не-вы-но-си-мое... счастье... хотя я внутри... тебя... и дальше скороговоркой, — только одной малой частью себя... — потом помолчал и закончил: — А если б было такое возможно, чтоб внутри тебя — быть всему? Всей своей кровью через тебя течь, всем... Там же рай!

— ...Глупость, глупость, глупость... — подумав, словно прислушавшись к температуре внутри, ответила Галя, слегка хмурясь, но совсем по-доброму. — Там не рай. Там такая температура, что только я могу её выдержать...

Артём бесшумно засмеялся и подышал ей чуть выше груди, ртом приникая почти к самой коже — так в детстве он дышал на окно, пытаясь разглядеть улицу, извозчика, тумбу с афишами на углу.

— Почему ты спрашивала тогда про Есенина? — вдруг вспомнил он тот день, когда Галя его вызвала и напугала.

— Люблю, — просто ответила Галя. — Ещё Уткина, Мариенгофа, Луговского... Тихонова.

— Правда? — переспросил Артём.

— А почему нет? — сказала она с некоторой, едва ощутимой обидой. — А что ещё можно любить?

Он смотрел на неё удивлённо и радостно, словно всякий раз снимал с неё не одну и ту же одежду, а новую, потом — вроде бы и так с голой — ещё одну, — а следом — опять с голой — какой-то третий незримый покров — и везде оказывалась снова она, только ещё лучше.

Галя нашла свою гимнастёрку и попросила его отвернуться.

Он послушался, а сам думал: "Только что лежала без всего и отворачиваться не просила, а начала одеваться и — «отвернись!». Смешная".

Теперь Галя сидела в гимнастёрке — и больше без всего, и это ей отлично шло.

Но, поискав глазами и ничего возле себя не найдя, она по пояс укрылась одеялом — видимо, что-то такое собиралась сказать, о чём раздетой говорить не пристало.

— У меня для тебя очень хорошая весть, — сказала Галя торжественно и совсем незнакомым голосом, не женским, задыхающимся и всхлипывающим, не начальственным, невыносимым и стылым, а каким-то третьим, — ...к тебе мама приехала. Она писала прошение на свидание — и я дала ей. — Галя заглянула Артёму в глаза.

Артём моргнул и отвернулся.

— И она сразу приехала, — повторила Галя; и, не дождавшись ответа, спросила: — Ты что?

— Да, хорошо, — сказал он, но ложь его была слишком слышна, тем более что внутренне, с тоской и неприязнью, Артём повторял: "...Зачем это всё? Чего ж ты делаешь всё время, Галя! А я ещё не спросил с тебя за Авдея Сивцева и Захара — едва дорвался до твоих белых сисек — скот я, скот!.."

— Ты что? — уже в другой интонации, куда громче, пытала его Галя. — Не хочешь мать видеть? — Артём поднял глаза и смолчал. — Я нарочно взяла лодку и поехала за тобой — чтоб тебе сделать... радость! Тебя мать ждёт! А ты не хочешь ехать? — словно никак не умея поверить в происходящее, всё переспрашивала она, но вместо ответа Артём погладил свою щёку, щека его была щетинистой, жёсткой, зато горячей, нацелованной. — Ты что, урод? — с бессильной злостью спросила Галя, и даже руки её — готовые мгновение назад ударить его по щеке — словно ослабли.

Вопросы её звучали так, будто он ей — Гале — а не матери отказывал в свидании. Будто она что-то узнала про него, напрочь отрицающее возможность их близости — какое право после такого своего поведения он имеет на то, чтоб видеть её и дышать в самую кожу?

"Сейчас всё опять плохо закончится... — понял Артём. — Почему ж у меня всякий раз всё так плохо заканчивается... Только порадуюсь, что всё хорошо, — и сразу всё плохо".

— Я поеду-поеду, — сказал он торопливо, хотя смутно понимал, что ехать никуда не надо, кто-то ему подсказывал, что делать этого нельзя, но он подсказки не услышал и ещё раз повторил: — Поеду-поеду-поеду. Я просто удивился очень. Я не ждал совсем. Как ты не понимаешь — это же удивление. Я здесь — и вдруг мать. — Артём заговаривал Галю, и даже сам начинал верить в свою скороговорку: а как же ему было не удивиться, но теперь он всё осознал, и благодарен ей — свидания позволяют далеко не всем, а она взяла и придумала ему праздник — хорошая, хорошая, хорошая Галя, добрая и ласковая, надо сделать всё, чтоб её не огорчить.

Она сначала совсем не верила ему, потом поверила немного, самую малость, потом ещё сдалась и поверила чуть больше, а после даже дала себя поцеловать, нехотя, полуотвернувшись... но следующий поцелуй уже выпал в самые губы, и губы раскрылись, и рот был уставший, но горячий... Артём скинул это надоевшее уже одеяло и обнаружил, что и у неё всё горячее и плывущее — лишь одни глаза застыли, но мы эти глаза зацелуем сейчас, зацелуем и отогреем, только одеяло... одеяло совсем не нужно, даже на ногах.

* * *

Пока был у Гали — нежданный, выпал снег — видимо, падал непрестанно, пока они там царапались — не пышный, но ровным, хрупким слоем.

Выпал и пошёл себе дальше, на большой остров.

Всё вокруг было новое, ни разу не виданное.

"А что, неплохо, — решил Артём, полюбовавшись. — Звёзды сверху, снег внизу".

"Хорошо!" — повторил он, решив оставить мысли о матери до завтра, и поспешил к себе.

Через полтора десятка шагов оглянулся в надежде: может, Галя смотрит на него — и тут же в ужасе ёкнуло сердце: его отчётливые следы вели прямо от избы, и он стоял на конце своего пути, как восклицательный знак.

— Чёрт. Чёрт меня задери! — вслух выругался Артём.

Сметая ногами натоптанное, вернулся обратно.

Позади осталась чёрная растрёпанная полоса, ведущая к избе. Как будто Артём пролетал мимо на помеле, соскочил возле дома и остаток пути добирался ползком: прими холопа, боярыня, отогрей в своих юбках.

"Что, что делают в таких случаях? — размышлял Артём, пьяный от своей несусветной радости и юности, ещё уверенный, что сейчас придумает, как быть. — Может, запутать следы? Допустим, я пойду спиной назад..."

Артём попробовал — получилось ещё хуже — как будто он пришёл к Гале — и обратно решил не возвращаться.

"Выйдет утром Крапин, он тёртый милиционер — сразу по ботинкам определит, кто у Гали ночевал. Спросит: «Чего твои следы там делают?». «Откуда я знаю? — отвечу. — Вон, может, Афанасьев в моих ботинках гулял...»"

"А точно! — обрадовался Артём. — Он же крепко спит, натяну ему свои ботинки. Вот тебе, Афанас, месть за святцы!.."

"А как же Галя? Галя оказывается под подозрением, что к ней ночами ходят рыжие поэты".

Попробовал снова пойти, как все люди ходят, лицом вперёд — получалась прежняя картина: неведомо как он оказался у Гали и оттуда ушёл на чердак. Весь питомник утром будет наблюдать этот путь.

"Может, увести следы к морю? — размышлял Артём. — Все подумают, что я утонул. А я — раз! — и лежу себе, сплю. «А в чём дело?» — спрошу удивлённо, когда утром на чердаке объявится крапинская огромная башка. «А ты почему не в море?» — спросит Крапин, у которого его милицейские концы не сойдутся с концами. «А почему я должен быть в море, что я, пароход "Глеб Бокий"?»"

...Нет, так тоже не годилось.

Артём схватил стоявшие возле порога грабли и пошёл понемногу в сторону своего чердака, тут же за собой сгребая снег.

Получилась вообще несусветная ерунда. Везде снег как снег — лежит, не шелохнётся, — а возле домика, где спала Галя, — как на тракторе прокатились.

"...Вот пусть разбираются, кто к ней на тракторе ночью приезжал..." — пытался себя развеселить Артём, но становилось уже не смешно. Трактор всё равно имел путь ровно от лестницы с чердака до её избы.

"Может, на всём острове снег разгрести? — прикинул он. — Как раз до утра забот... Или хотя бы возле Галиного дома. Выйдет Крапин, скажет: вот чудо, на весь остров снег выпал, а этот дом как куполом накрыли... Может, в Бога уверует наш милиционер..."

...Деваться было некуда — Артём решил переворошить граблями как можно больше снега и возвращаться кривыми, через амбулаторию, путями — главное, чтоб никто не появился, а то придётся объясняться: да вот, мол, решил прибраться, а то снег везде — неопрятно.

Привлечённые суетой, к Артёму сбежались три вечно голодные кошки, пёс — в надежде, что с ним собрались поиграть, вот и грабли для этого взяли, заодно и Фура слезла с крыши, облизывая с лап снежок... Артём стоял посреди зверья как молодой, пути попутавший, Дед Мороз. Попробовал пугнуть — не тут-то было, пёс, например, только развеселился и стал подлаивать, кошки не теряли веры в то, что Артём достанет рыбку из кармана, а Фура вообще ничего не боялась и только с тайной мыслью посматривала на кошек — а то всё рыбка да рыбка...

Раздался звук открывающегося окна, и, ошарашенная, выглянула Галя в гимнастёрке.

Артём поднял грабли и поприветствовал её, попытавшись улыбнуться. Надо было что-то сказать, но что?

— Ты что, рехнулся? — спросила она в бешенстве, глядя на зверьё и своего любезного посреди. — Ты что тут делаешь с граблями?

Ответить было нечего.

$$* * *$$

К утру весь снег размело: точно вчера сорок вёдер снега доставили на заблудившейся штормовой туче, а сегодня и след его растаял.

Никто ничего не заметил. Отпечатки кошачьих и собачьих лап в леденеющей грязи, вот и всё.

Только ель возле амбулатории стояла, как дура, в неподтаявшем грязно-белом чепчике и затасканном фартучке.

— Надо ехать, а то вдруг опять шторм, — сказала Галя Крапину.

Они встретились на пятачке меж амбулаторией, баней и административной избой.

Артём с Афанасьевым сидели на крытом крылечке амбулатории. Афанасьев был молчалив и напряжён. Он очень ждал от Артёма разрешения своей просьбы.

— Конечно, — ответил Крапин Галине.

Похоже, ему было неудобно за вчерашнее — он и сам не мог понять, как такое могло ему в голову прийти: с отчётом... ночью... А всё объяснялось просто: сегодня от этой женщины не исходил вчерашний дурманящий ток.

Но чёрная её маленькая голова на фоне мутного неба тревожила Артёма.

— К Горяинову прибыла мать на свидание, он уедет на моей лодке, — сказала Галина.

Крапин улыбнулся и махнул рукой Артёму:

— Слышал?

Артём поднялся и чуть натянуто улыбнулся в ответ:

— Так точно!

— Что ж ты молчал! — крикнул Крапин; они вообще разговаривали громче, чем надо, — и так всё было слышно. — Вези посылку сюда, не съешь по пути!

Артём кивнул, на этот раз не потрудившись улыбнуться.

Собирать ему было нечего — он надеялся скоро вернуться — а что там делать, на большом острове, лучше здесь свою Галю поджидать. Взял только пропуск на проход через Никольские ворота и надел шерстяные носки, а то ноги мёрзли.

Его комната была прибрана женской рукой — в чём это выражалось, он даже не понял, но на сердце потеплело. На бегу, уже выходя, Артём схватил подушку и принюхался: пахнет! пахнет её волосами! — и сначала бросил подушку обратно на лежанку, но потом вернулся и перепрятал под одеяло: может, сохранит запах.

— Ну, бывайте, вашу отчётность я Ногтеву передам, — сухо сказала Галя взявшемуся её проводить Крапину; Артём догадался, что ей не хотелось никаких проводов — к чему эти сантименты...

Крапин и сам тяготился происходящим, посему взял под козырёк, развернулся и поспешил в сторону питомника. Навстречу ему бежала ласковая до подобострастия Фура.

“Хорошо, что она разговаривать не умеет, — порадовался Артём. — А то б растрепала сейчас...”

До причала они шли молча, Артём держался чуть позади.

Рулевой уже сидел в лодке.

Наконец Галя, не оглядываясь, в строгости своей скрыв явное удовольствие, сказала:

— Иди вперёд. Ты меня разглядываешь.

Артём, усмехнувшись, обогнал её и быстро обернулся, чтоб заглянуть в Галино лицо. Заодно и Афанасьева увидел. Тот брёл поодаль, без шапки, расстёгнутый, не решающийся окликнуть — как брошенная собака.

До причала оставалось два десятка шагов. Уже на мостках Артём встал спиной к морю и как ни в чём не бывало сказал так громко, чтоб его товарищ, почувствовавший что-то и прибавивший ходу, услышал:

— Афанасьева надо захватить! — и указал Галине рукой: вот этого. — Гражданин Крапин послал его за лекарствами в монастырь.

— Бумаги при тебе? — спросила Галина, оглядывая расхристанного Афанасьева с ног до головы, но минуя его заискивающий взгляд.

Афанасьев, улыбаясь во всё лицо, хлопнул себя по карману: вот!

Ничего не сказав, со своей привычной отстранённой миной, Галя уселась вперёд.

Никакой бумаги у Афанасьева, конечно же, не было.

Когда уже тронулись, мотор взревел, на берег выбежал Крапин, замахал руками, но видел его только Артём, сидевший лицом к берегу, да и тот сразу отвернулся.

На берегу снова лежало вчерашнее бревно, в ожидании человека, обученного грамоте.

...Плыли недолго, но Артём успел промёрзнуть до посинения.

Галя так ни разу и не посмотрела на Артёма, всё мимо.

"Неужели ж так и сердится... за мать? — гадал Артём, подрагивая. — Да нет... Просто не хочет, чтоб Афанасьев заметил... Проклятый берег, когда ж он настанет".

Кремль появился в тумане, как угроза.

На причале Галина, ни с кем не прощаясь, молча ушла, будто и в моторке была одна; если и лежало там что — то какие-то тюки с грязным барахлом, пусть другие с ними разбираются.

Артём всё понимал, конечно, но всё равно поёжился — от набранного в пути холода, от нелепой своей обиды.

"Страсть делает человека мнительным", — впервые в жизни сформулировал он мысль не взятую с потолка, а оплаченную хоть малым, но опытом.

По дороге к Никольским воротам Афанасьев тронул его за плечо и остановил, встав на пути.

— Ты меня взял, я тебе должен, Тёма, — сказал он.

Артём пальцев ног не чувствовал совсем. Вот бы во вчерашнюю баню опять забраться.

— Ерунда, — с трудом разжимая губы, сказал Артём, поглядывая на красноармейцев, топчущихся на посту — ботинки у них были ещё летние. И махнул головой: пошли скорей, Афанас.

Тот сморщился: погоди, слушай, это важно.

— Тёма, тебе надо знать, — сказал Афанасьев, глядя в сторону. — Когда меня сюда направили... Бурцев велел мне ненавязчиво попытать тебя насчёт Галины. А если она приедет на Лисий остров — а Бурцев откуда-то знал, что Галина приедет, — он приказал мне присмотреть за вами.

Артёма слегка качнуло — и сразу, будто его перевернули ногами вверх, а потом резко поставили на землю, закружилась голова.

— Присмотрел? — спросил он и вдруг понял, что Афанасьев вчера не спал, а нарочно сразу умолк и отвернулся, чтобы дать Артёму уйти.

— Он всё знает про вас, Тёма, — сказал Афанасьев, продолжая смотреть в сторону. — Вам бы надо поостеречься. Особенно тебе. Её разве что погонят отсюда, а тебе ещё лет пять накинут и сразу усадят в такой карцер, что... убьют ведь, Тёма.

— Не твоё собачье дело, рыжий, — сказал Артём и сжал сизые челюсти до боли в дёснах.

— Не моё, — согласился он без обиды.

Артём, чуть подтолкнув его плечом, пошёл к Никольским деревянной походкой.

Афанасьев тут же тронулся следом, бубня негромко, внятно, но словно без знаков препинания:

— Оказался бы ты на воле — и не взглянул бы на неё. Она ж самая обычная. Она красивая, потому что — власть. Была бы вагоновожатой — отвернулся бы и забыл. Остерегись, Тём.

Артём резко оглянулся, но Афанасьев, сразу обо всём догадавшись, резво сделал два шага назад, хоть и без страха в глазах:

— Я знаю, знаю — ты можешь. Видел. Не надо, брат. Я же тебя люблю.

— Любишь? — с нежданным хрипом переспросил Артём — как старый бинт с коркой оторвал. — Святцы ты мне подбросил, псина?

Афанасьев сморщился, словно у него на миг прихватило где-то под рёбрами, и не ответил.

— Вот и пошёл тогда на... — велел Артём.

В соловецком дворе, век бы его не видеть, вроде как случились изменения, но пока непонятные.

Да, чаек осталось совсем немного, и крик их был куда слабей. Да, подмели и прибрались — к приезду нового начлагеря. И праздношатающихся лагерников стало куда меньше, словно всем нашли работу.

Блэк был всё такой же и Артёма признал, а Мишка немного похудел и вроде бы замёрз.

Возле входа в ИСО стоял красноармеец из полка надзора, и рядом с ним Бурцев, рукой, будто сведённой судорогой, державший красноармейца за подбородок.

— Что у тебя за щетина, свинья? — повторял Бурцев. — Что за щетина? А, свинья? Может, ты служишь конкистадором?

Артём поспешил забежать в свой прежний корпус, поймав себя на том, что ему одновременно явились сразу две мысли: "Афанасьев был прав, этот хлыщ набрал большой власти — так отчитывать надзорных!.." — и: "...красноармеец наверняка убеждён, что «конкистадор» — это немецкая матерная брань..."

Было так холодно, что Артём забыл всё, о чём думал, ещё когда бежал по ступеням: главное, согреться, главное, согреться, а то заболеет, уже, кажется, заболел.

В его бывшей келье — о, чудо, — было натоплено почти как в бане, вымыто, радостно.

Мать Троянского недоумённо посмотрела на сына, его ответного взгляда или жеста Артём не заметил, потому что на ходу скинул ледяные ботинки и сразу рухнул на койку, лицом вниз.

— Вообще это кровать моей матери, — взбешённо сказал Троянский.

"Ударь меня подушкой по спине, мушкетёр", — подумал Артём блаженно.

Он вдруг вспомнил, как дал Троянскому полтора месяца назад по губам — несильно, но с оттягом, так что у того чуть шея не надломилась.

Впрочем, судя по речи Осипа, рот его поджил.

— Мы всё равно уезжаем, Осип, — сказала мать негромко.

Артём почувствовал, что о нём говорят как о пьяном и нездоровом человеке.

"Куда это они уезжают? — подумал Артём. — Неужели его действительно отпускают в бесконвойную командировку?.."

— Ой, — неожиданно вскрикнул Осип.

Артём чуть напрягся, но оборачиваться всё равно не стал.

— Что там? — раздался голос матери.

— Булавка, — ответил Осип некоторое время спустя. — В кармане была.

— Ты так и не дал мне постирать свои брюки, Осип, — сказала мать с укоризной. — Откуда у тебя булавка в кармане, зачем?

— Это я ему купил, — сказал Артём, непрестанно пошевеливая оттаивающими пальцами ног и сладостно вдыхая запах чистого, не далее как вчера стиранного белья.

По молчанию Артём удивительным образом догадался, что и мать, и сын смотрят на его пошевеливающиеся пальцы в сырых носках. Осип с брезгливой неприязнью, его мать — с машинальным желанием снять носки и подсушить над печкой.

"Кажется, я научился видеть затылком", — усмехнулся Артём.

Хорошо лежать лицом в подушку — можно даже язык людям показывать, а те ничего не увидят.

Через минуту Троянские ушли. Кажется, Осип направился попрощаться со своими коллегами в Йодпроме, а матери всегда найдут себе женские дела.

Артём повернул голову, скосил глаза и увидел огромный чемодан и холстинную котомку: а ведь и правда уезжают! Что творится...

...Никогда б потом не смог Артём расшифровать, как у него родилась эта простейшая и вместе с тем чудовищная мысль, что буквально подбросила его на кровати.

Наверное, началось с того, что он осознал факт отъезда Троянских, потом подумал, что сам остаётся, да и чёрт бы с Троянскими, а он и тут переждёт, следом вспомнил, что рыжая питерская сволочь готовится к побегу, и чёрт бы и с ним тоже, но тут же явственно увидел Бурцева, отчитывающего красноармейца, и выплыли слова Афанасьева про то, что при побеге будет захвачен оружейный склад... они же перебьют всех чекистов! — пронзило Артёма, — и наконец, самое главное: они же Галю застрелят! Галю застрелят наверняка! Все чекисты из ИСО живут в одном здании — в бывшей Петроградской гостинице за Управлением! Туда придут ночью и всех перестреляют!

Все эти размышления вместились в один миг, меньше, чем в миг — Артём успел ещё представить, как Галя на шум и выстрелы открывает свою дверь — она, наверное, привыкла к пьяным чекистским дебошам, но тут это форменное быдло разошлось особенно сильно, — и, впопыхах накинув на полуголое тело шинель, делает шаг в общий коридор, злая и невыспавшаяся, поворачивается на топот и шум, и её тут же бьют штыком в живот, потому что ошалевший, забрызганный кровью лагерник не успел перезарядить винтовку — а Галя не успела даже рассмотреть его лицо.

Артём схватил себя за голову, чтоб она не лопнула.

— Идио-от! — пропел он. — Идиот! Какой ты идиот! Твоя привычка ни о чём не думать и жить по течению — убьёт тебя! И ладно бы тебя — она убьёт её!

Что-то надо было делать. Это тебе не снег граблями разгрести. Вчерашние страхи показались дурацкими, детскими... Какие следы на снегу, когда затевается такое! Такое — что? Злодеяние? Но Артём не считал это злодеянием — он ни минуты не сомневался в том, что лагерники имеют право сбежать — их тут убивают — они бегут прочь, чтоб попытаться пожить — кто им запретит?

Но — Галя? Как же быть с Галей? Она же наверняка сделала тут много кому зла — её точно захотят убить. Те, кого она сделала сексотами, — они захотят. Те, кого она отдала своему... как его?.. Ткачуку, который выбивает зубы? Могло такое быть? Или она наврала Артёму про это?

Да какая разница — её всё равно застрелят, зарежут, заколют, затопчут.

“Как поступить? — в лихорадке думал Артём. — Сказать Гале, что затевается побег? Чтоб всех арестовали и расстреляли? Ужас. Это просто ужас. Об этом даже думать нельзя”.

Сказать Гале, что им нужно срочно вернуться на Лисий остров? И что, она послушает?

Сказать Афанасьеву, чтоб не смели убивать Галю?

— Ха! Ха! Ха! — вслух, отчего-то вспомнив Шлабуковского, ответил себе Артём.

Бурцева убить? Позвать его к себе в келью и задушить?

Бред, бред, бред, что за бред.

В дверь постучали, и она тут же отворилась. На пороге стояла мать Троянского.

— Извините, конечно, не моё дело, но к вам приехала мама, — сказала она. — Её сюда, в монастырь, не пускают, только мне Фёдор Иванович дал пропуск. А вы можете получить в Информационно-следственном отделе пропуск на выход к матери. Всех, приехавших на свидание, селят в бараке неподалёку от монастыря. Можно даже получить разрешение на то, чтоб переночевать с роднёй. У них там отдельные комнаты.

Артём несколько раз кивнул головой: хорошо, хорошо, хорошо. Понял, понял, понял. Хорошо-хорошо-хорошо.

Дверь закрылась.

“Ещё мать, ещё мать, ещё мать”, — подумал Артём, изо всех сил сжимая башку.

* * *

Когда объявили вечернюю поверку, он хотел затаиться и не идти, но явился незнакомый дневальный, наорал матом, даже порывался ударить. Артём смотрел на него чуть удивлённо: совсем, что ли, с ума сошёл?

"Сейчас поломаю его на части и засуну в ящик для съестных припасов", — прикинул устало, ленивым движением уклоняясь от руки замахнувшегося дневального.

Про Галю Артём ничего не придумал — да и как бы он с ней поговорил: пойти в ИСО и приказать: "Позовите мне Галину"? Ему бы там точно дали в зубы.

К матери он тоже не пошёл; впрочем, он сразу знал, что их встреча не случится.

Построение было общим, для всех рот.

Лагерники томились. Благо, снова чуть затеплело, и вчерашний снег позабылся, как некстати приснившийся.

Над головами летали молодые чайки. Редкие старые чайки, которые должны были их сегодня-завтра увести на юга, подальше от сошедшей в этом году с ума соловецкой природы, ходили по двору и не тратили сил.

Артём никого толком не знал из той роты, в строю которой стоял, заняв наугад место во втором ряду.

...Да и в остальные роты вглядываясь, тоже видел много новых лиц — наверное, нагнали за то время, пока он был на Лисьем острове.

Попробовал найти в двенадцатой роте Василия Петровича, но сразу наткнулся на Ксиву — и Ксива тоже его видел, скалился...

Артём отвернулся.

"Зачем Галя меня вытащила сюда? Что мне делать тут?" — ещё раз спросил он себя, но совсем слабо, будто осипшим, севшим голосом и заранее зная, что ответа не будет.

Кто-то пытался разговаривать, тут же прибегали то отделенные, то взводные, взлетали дрыны — били от души, злобно, стараясь.

"Порядки стали построже", — понял Артём: он видел всё это как бы со стороны и никак не мог поверить, что он такой же, как все остальные лагерники. Нет, он оказался здесь случайно, и место его на маленьком острове, с Фурой на крыше, с Крапиным и с лисьим поваром из притона... "Надо же, — часто вспоминал Артём, — Крапина посадили за то, что он целый притон перестрелял, а теперь вот... с таким же делягой живёт бок о бок".

Артём вздрогнул, снова вспомнив, где он, и посмотрел в сторону Никольских ворот, до которых было так недалеко — минута. И езжай себе в свою избушку, только б лодку раздобыть.

Один раз вдоль строя прошёл Бурцев, надменный и ни на кого не смотрящий.

Галины не было.

Простояли они уже целый час. Многие пытались дремать на ногах, плечом привалившись к соседу. Но смотрящим за порядком и это не нравилось, снова кому-то досталось дрыном, и кто-то вскрикнул от неожиданности, и крик был такой жалкий, что в строю засмеялись: забавно же, когда человеку так неожиданно больно.

...Часа через полтора с лишним появился Ногтев, Артём никак не мог рассмотреть его — уже заметно стемнело.

Начлагеря громко поприветствовал соловецких лагерников.

— Здра! — проорали они вразнобой.

Артём не кричал.

Ногтев, видимо, оказался недоволен приветствием, махнул какому-то чекисту, тот вместо него поздоровался с лагерниками ещё раз. "Здра!" — проорали они снова, получше, — два, — "Здра!", — три, — "Здра!" — взлетели все чайки, что были на дворе, отделенные бегали вдоль строя, выглядывая, кто голосит без должного старания, Артём на всякий случай начал открывать рот и шёпотом выцеживать "Здра..." — а если сексоты рядом?.. плевать, всё равно он тут не задержится... но на десятый раз и Артём решил покричать, на двадцать какой-то у всех вышло совсем хорошо, ещё дюжину раз гаркнули для закрепления и с приветствием закончили.

Так устали, что хоть спать ложись на площади.

Пошёл третий час поверки.

Ногтев вразвалку двигался вдоль рядов, время от времени указывая нагайкой на кого-то: тогда лагерников за шкибот вытаскивали из строя и сразу уводили. Видимо, кому-то немедленно полагался карцер за проступки, ведомые одному начлагеря.

— Выше бороду, поп, скоро Бога увидишь, — напутствовал Ногтев батюшку Зиновия, отправляемого на общие работы.

Зиновий часто моргал и что-то пришёптывал.

Дошла очередь до второй роты.

Артём решил не смотреть на Ногтева. Смотрел в затылок стоящего впереди лагерника.

— Кто здесь едет в бесконвойную командировку? — басовито спросил Ногтев.

Троянского вытолкнули из строя. Потом больно ткнули в спину, и он, наконец, сказал:

— Я.

"Ай ты, и Осип здесь..." — только узнал Артём, но на бывшего соседа по келье смотреть тоже не стал. Застыл недвижимо и не дыша, чтоб его никто не заметил, не различил, не запомнил.

— Не вернёшься к седьмому ноября — расстреляем в роте каждого десятого, — сказал Ногтев Троянскому прямо в лицо. — Осознал?

Троянского снова ткнули в спину, но он никак не мог вспомнить, на какую букву начинается положенный ответ, и они высыпались из него вперемешку, перепутанные и очень быстрые:

— Вы... бз... Да!

Ногтев пошёл дальше, от роты к роте, с прибаутками и матерком, но вместе с тем скучно и муторно верша свой суд — от всего этого веяло тоской и душевным блудом.

Покорный и прибитый вид лагерников говорил о том, что подобные сегодняшнему осмотры и перетряски лагерного состава случаются уже не в первый раз.

"...Такой наверняка может стрелять из нагана по только что прибывшему этапу", — вдруг вспомнил Артём.

На четвёртом часу к охвостью ногтевской свиты присоединился встревоженный пилот, при первом же случайном взгляде начлагеря стеснительно показавший на часы.

Скомандовали расходиться.

Некоторое время все ещё стояли: не шутка? Обратно в ряды дрынами не погонят?

Наконец, не узнавая свои ноги, лагерники, путаясь и толкаясь, пошли по своим ротам.

Артём тоже, пытаясь быть незаметным и торопясь, двинулся в сторону кельи: видеться с Ксивой и Шафербековым он не имел ни сил, ни желания, но ещё не знал, как будет разбираться с Троянскими — придут они последнюю ночь ночевать или нет.

На входе в роту его поймал дневальный за рукав:

— Горяинов? Тебе велено идти в ИСО, — информационно-следственный отдел он называл — "исос", подцепляя последнее "с" со стеснением, будто догадываясь, что эта буква там не нужна, но не зная, как закончить слово на гласную.

"Что там ещё? — слегка передёрнуло Артёма. — Ведь не Бурцев же?.. Ведь ни в чём я не провинился?.."

"Ни в чём, конечно, — по привычке отвечал сам себе, — разве что давно заработал остаток срока досидеть на Секирке..."

В ИСО, против обыкновения, горели несколько окон: то ли въедливость Бурцева заставила его новых коллег работать больше, то ли новый начлагеря по новому спрашивал; а может, и то и другое.

Назвался дежурному; от волнения чуть мутило.

Вышел красноармеец проводить лагерника наверх.

Второй этаж, третий. Всё, Галин кабинет.

Открыли дверь, спросили: "Разрешите?" — и втолкнули Артёма.

Галя сидела за столом.

Глядя сейчас на неё, он снова забыл и думать о том, что это всё та же женщина, которая...

В комнате было тускло: белые ночи и белые вечера закончились, одной слабой лампочки на помещение не хватало.

Артём никогда не был тут так поздно.

— Тварь, ты почему не идёшь к матери? — сразу раздался вопрос; говорила Галя сквозь зубы, словно с трудом выпуская слова на волю. — Шакал! У тебя совесть есть?

"Что ты рот-то не можешь раскрыть, — думал Артём, щурясь. — Я ведь знаю, как он у тебя открывается..."

Он по-прежнему стоял у дверей.

— Сядь на стул, — сказала Галя и сама встала при этом.

Он прошёл к её столу и заметил, что под стеклом теперь не было ни одного портрета вообще — только какие-то бумаги с записями. Почерк у неё был красивый и очень понятный.

"Жаль, не могу прочитать кверху ногами, — почти всерьёз огорчился Артём. — Вдруг там написано: «Уточнить дату расстрела Горяинова» — и три вопросительных знака".

Галя выпила воды — успокаивалась.

— Тебе что, стыдно, Тём? — спросила она совсем другим голосом. — Перед матерью?

Ему — до физической тошноты — не хотелось об этом говорить. Он и помнить-то этого не желал — и не вспоминал ни разу за все свои Соловки.

И приезд матери был не нужен ещё потому, что это сразу было и воспоминанием, и эхом — а зачем оно?.. зачем она?..

Но и не отвечать на Галин вопрос было нельзя, тем более в её кабинете, где в одном из шкафов лежало его дело и, наверное, все доносы на него, которых давно хватало на то, чтоб одну огромную жизнь пересекла одна маленькая смерть.

— Нет, не стыдно, — сказал он, ощутив, что слюны нет во рту, и слова его сухие и растрескавшиеся.

— А что? Как это случилось?

Артём проглотил слюну — о, неужели она не понимает неуместность таких вопросов и всего этого душевного разговора в тюрьме, в её кабинете, где людям, быть может, ломают позвоночники и отбивают внутренности...

— Мы с матерью... и с братом... вернулись домой... С дачи. Брат заболел, и мы приехали в середине августа, неожиданно, — начал он говорить так, словно это была обязанность и с ней надо было поскорее покончить. — Я вошёл первый, и отец был с женщиной. Он был голый... Началась ругань... крики, сутолока... отец был пьяный и схватил нож, брат визжит, мать полезла душить эту бабу, баба тоже бросилась на неё, я на отца, отец на баб... и в этой сутолоке... — Здесь Артём умолк, потому что всё сказал.

— Ты убил его из-за обиды за мать? — ещё раз переспросила Галя, хмуря брови.

Артём снова сделал болезненную гримасу, словно света было не мало, а, напротив, очень много, больше, чем способно выдержать зрение.

— Эта женщина... Мне было не так обидно, что он с ней... Ужасно было, что он голый... Я убил отца за наготу.

Артём вдруг расставил пошире колени и выпустил прямо на пол длинную, тягучую слюну и растирать не стал.

Галя посмотрела на всё это, но ничего не сказала.

Ей воистину было нужно понять Артёма.

— У тебя в деле ничего нет про женщину, — сказала она тихо.

— А я не сказал на следствии, что там была женщина, — ответил Артём, и Галя вскинулась на своём кресле: как так? вы что? — И мать не сказала: ей было бы стыдно... перед людьми. Она глупая у меня.

— А у тебя-то есть соображение? — спросила Галя, расширяя глаза; Артём, естественно, понимал, в чём дело: когда б они с матерью сказали, что там была женщина, это могло бы изменить исход дела. Он только не хотел говорить Гале, что стыдно было не только матери — стыдно было бы и ему: только не перед людьми. А вот перед кем — Артём не знал. Может, перед убитым отцом?..

Не было ответа на этот вопрос, да и кому он был нужен? Артёму точно нет.

— Есть, — ответил он Гале, чтоб завершить разговор.

Он всё размышлял, стоит ли говорить сейчас про все эти белибердовы россказни Афанасьева.

На вечерней поверке, при виде Ногтева, Артёму вдруг показалось совершенно немыслимым то, о чём говорил рыжий на Лисьем острове. Какой захват оружейных складов? Какой побег? Всюду вооружённые красноармейцы. За начальником лагеря ходит целая кожаная свита с пёсьими глазами. Сейчас Бурцев достанет свой револьвер и возьмёт их в плен? Дурь какая-то!

Завтра с утра пароход уедет и, кстати, увезёт Троянского — и нечего будет захватывать заговорщикам, — и всё, что так пугало и мучило Артёма, окажется фантазией рыжего сочинителя, у которого мозги продуло на соловецких сквозняках.

Но хотя бы про Бурцева надо сказать — что он всё знает про них.

И ещё не забыть про Авдея Сивцева и Захара, чтоб она придумала что-нибудь и отпустила обоих.

С чего начать-то?

— Галя, тебе надо знать... — начал Артём и тут же, ошарашенный выстрелами где-то то ли совсем поблизости, то ли этажом ниже, вскочил, уронив табуретку...

— Сидеть! — крикнула ему Галя, скорей по привычке, как кричала многим, попадавшим к ней в кабинет.

"Всё-таки началось! — запрыгало в голове у Артёма. — Они всё-таки решились!"

— Галя, стой! — крикнул он ей, побежавшей к дверям. — Это побег! Это заговор!

— Заткнись! — оглянувшись на него с искажённым лицом, почти сорвавшись на визг, крикнула, как клюнула ему в лоб, и вышла в коридор.

В коридоре на разные голоса, словно на пожаре, орали чекисты.

— Тут он! Тут! Готово!

— Убит?

— Убит?

— Убит, что ли?

— Раненый! Чуть, сука, не попал в Ткачука!

Артём несколько раз прошёлся по комнате: а ему что? А ему куда? А он за кого?

Через минуту вернулась бледная, но спокойная, с потемневшим взором Галя. Убрала наган в ящик стола.

— Бурцева арестовали в его кабинете. Он отстреливался. Теперь пошли по ротам — кого-то ещё будут брать под арест. Я ничего не знаю об этом. Пересиди ночь в келье, завтра отправлю тебя на Лисий. Сейчас я красноармейца вызову.

* * *

Красноармеец проводил только до выхода из здания Информационно-следственного отдела.

Пахло оружием, порохом, нервозностью, бешенством, страхом, выбитой пулями извёсткой.

Всякий пробегавший навстречу чекист взглядывал Артёму в лицо, будто в нём подозревали задержанного заговорщика.

— Надо забрать все дела из его кабинета, — озабоченно говорили между собой двое поднимавшихся вверх. Артём догадался, что речь идёт о Бурцеве и всех собранных им материалах.

Афанасьев был прав, прав, прав.

Чекистов в здании оказалось неожиданно много, словно они повылезали из шкафов, из-под столов, из-под диванов, где прятались.

— Это кто? — спросили у красноармейца внизу очередные черти в кожаных тужурках.

Артём вздрогнул. Чекисты искали, кого бы им убить.

— С допроса, велели отпустить, — ответил красноармеец.

Его вытолкнули во двор.

В Преображенском стоял крик, словно туда забрались обезьяны и теперь их гоняли плётками по нарам и стенам.

Блэк, припадая на передние лапы, истошно лаял в сторону собора.

По двору иногда пробегали красноармейцы.

Артём заспешил в сторону Наместнического корпуса, но оттуда ему навстречу за волосы вытащили священника, и внутри здания кто-то орал, словно человеку зажали самые больные чресла дверью... а может, так оно и было.

Чекист, тащивший священника, был пьян — не отпуская волос из кулака, он проблевался на камни двора и через эту зловонную лужу потащил своего пленника дальше. Длинная борода батюшки была неестественно вывернута и зримо тяжела, словно состояла не из волоса, а была некой бескостной частью тела.

Артёма проняла догадка: вся борода была в крови — полна кровью, как намыленное мочало. Кровь текла изо рта, из носа, со лба, из ушей.

Сделав шаг назад, Артём оглянулся в болезненной и вялой нерешительности: куда идти? В корпус нельзя — там убьют и не спросят, кто ты и кому дышал в затылок прошлой ночью.

Отчего он не пошёл к матери? Спал бы сейчас у неё на коленях.

“Дровяной двор!” — подсказал ему кто-то, и он доверился.

Вдоль стен, избегая света фонарей, Артём побежал к дровяным складам, дыхание сразу сбилось, он дышал как плакал.

Ему казалось, что земля накренилась, и Соловецкий монастырь, как каменный тарантас на кривых колёсах, несётся с горы и сейчас ударится об ужасную твердь, и всё рассыплется на мельчайшие куски, и это крошево без остатка засосёт в чёрную дыру.

...Полез между поленниц, сдерживая сип, рвущийся из глотки.

Дрова были длинные — для монастырских печей, расцарапал щёку, нахватал заноз полные ладони, забрался как можно дальше и стих там, видя одну звезду над головой.

Несколько раз где-то за кремлёвскими стенами стреляли. Залп. Ещё залп. Ещё залп. Потом ещё много раз одиночными.

Где-то завизжала женщина, и крик скоро оборвался.

Кто-то пробежал совсем близко, но его скоро нагнали, послышались звуки ударов.

Артём закрыл глаза: а вдруг они у него светятся в темноте — или отражают звезду?

За ближайшим углом кто-то разнообразно ругался матом — матерщина сыпалась из человека, как очистки, обрезки и шелуха из мусорного мешка.

...Шум прекратился неожиданно.

Стало так неестественно тихо, как будто всё громыхавшее и вопившее в последние часы — вопило и громыхало только в голове у Артёма.

Он открыл глаза: может, сон?

Звезда стояла на прежнем месте.

Кто-то неподалёку заговорил, но голос был совсем спокойный: словно человек проснулся, вышел на улицу со стаканом молока в руке, поинтересовался у прохожего, который час, удивился, остался один, напел невнятную песенку, снова отпил молока.

Артём старательно прислушивался: этот голос мог его успокоить, дать ему понять, что ничего страшного в мире нет, а если было — то оно миновало.

То зубами, то ногтями Артём начал извлекать занозы, и это занятие тоже упорядочивало душу, потому что избавляло от боли немедленно: вот только что саднило в самом беззащитном месте между большим и указательным пальцем, и вот уже не саднит. И собственная слюна в собственной ладони — тоже успокаивала. И всё лицо у Артёма было замурзано, потому что достать занозу из самой середины ладони зубами было сложно, зато очень увлекательно — изо рта текло, словно он стал собакой — но стесняться было нечего и некого: в дровне под редкой звездой человек со своей занозой, всё просто, ничего удивительного.

Он поискал в карманах штанов, чем вытереть руки и лицо — платка у него никогда не было, но вдруг?.. В пиджаке тоже не было.

"Вот Крапин, — вспомнил Артём, — старые рубахи свои аккуратно разрезал на платки... Я вот всегда его считал ниже себя — он же милиционер, а я знаю наизусть несколько длинных стихотворений Андрея Белого — но у него есть платки, а у меня нет".

Мысль о Крапине была тёплая, родная... Артём как-то разом убедился, что завтра же туда вернётся, а лежанка его ещё застелена простынями, на которых спала Галя, — не забрал же их лисий повар назад, — и всё это забудется, и никто, ни один человек никогда не узнает, как он, задыхаясь от страха, сидел в дровах.

Артём вытер руки о штанины, ещё раз прислушался и услышал только море — странно, а днём его было не слышно.

Он поднялся и полез обратно, иногда останавливаясь и поводя головой: всё стихло ведь, не показалось?

Не показалось.

Он выбрался и двинулся домой, беспечный, как если бы шёл по Пречистенке.

— Э, иди сюда! Кто такой, сука?

Его окликнули из открывшейся двери монастырской бани.

Артём подошёл и встал у самого края квадратного языка света, выпавшего на улицу.

В свету кружился пар.

Рядом с дверями лежал пьяный или труп.

Нет, всё-таки труп.

На порог бани вышел человек.

Обшлага у шинели чёрные. Фуражка с околышем... Знакомое лицо. Горшков.

Горшков был в форменной одежде, но босой. Его пошатывало, но он держался за косяк.

Он тоже узнал Артёма.

— Это ты с Эйхманисом клады искал? — с недоброй насмешливостью спросил он. — Нашёл Эйхманис клад?.. Мы знаем тут много мест, где можно рыть! — Горшков оглянулся назад, и там в ответ, в несколько глоток, захохотало что-то многоголовое и пугающее.

— Сюда пусть идёт! — велели из-за спины Горшкова.

Артём сделал четыре шага по освещённому квадрату до порога.

В предбаннике, у самого входа, лежали вповалку сапоги, все очень грязные и отсвечивали каким-то незнакомым, мерзостным светом.

Подняв глаза, Артём увидел несколько совсем голых, мокрых и распаренных мужчин, сидевших на лавках.

У одного свисала такая длинная мошонка, словно он с детства привязывал к ней грузило и так ходил, привыкая. Второй держал всю свою обильную мотню в руке и то сжимал кулак, то ослаблял — с порога казалось, что он держит там огромную, варёную, волосатую жабу. Третий разливал по стаканам водку, тоже голый, но постыдной частью не видимый за столом и пустыми бутылками. Ещё кто-то ревел и порыкивал в парилке.

Из раздевалки вышел ещё один, очень здоровый, мужик в подштаниках. Остановившись посреди предбанника, он внимательно посмотрел на Артёма.

— Ещё одного нашли? — спросил он. — Тоже в расход?

— Ткачук, — не расслышав его, сказал Горшков, — пусть шакал сапоги отмоет, — и махнул свободной рукой в сторону Артёма.

— Пусть пока отмоет, — ответил Ткачук и прошёл в парилку.

— Мой сапоги, шакал, — сказал Горшков Артёму.

Все сапоги были в человеческой крови, поэтому так странно отсвечивали.

Артём, ничего не помня, не думая и не зная, взял один сапог, поискал ему пару и даже нашёл. С этими сапогами он двинулся в сторону парилки, но его неловко пнул по ноге один из сидевших, так и не выпустив своей волосатой жабы из кулака:

— Куда, блядь? Так и будешь туда-сюда ходить с сапогами? Таз налей и замывай на улице, блядь... безмозглый хер.

В другой руке мужик держал стакан с водкой и немного расплескал её, пока ругался.

Артём увидел отчётливо: водка стекает по красной, в густом волосе, руке.

Артём вспомнил кричавшего мужика: это он тогда заходил в Йодпром за кроликом и кролика забрал.

Артём прошёл в парилку, взял таз, начал лить туда горячую воду. Потом передумал и, приподняв таз за один край, медленно, стараясь не шуметь, выплеснул. Включил кран с холодной. Она лилась и бурлила в тазу.

На пороге парилки лежала тряпка — вытирать ноги. Артём сходил за ней, подождал, пока наполнится таз, отодвинул его и, не заворачивая кран, несколько раз прополоскал и отжал тряпку под водой.

Толкнул дверь в предбанник, и, стараясь никого не задеть, прошёл с тазом и с тряпкой в тазу на улицу.

Поставив таз на землю, сел на порожке, так, чтобы через плечо падал свет. Скосился на лежащее возле бани тело. Наконец рассмотрел, что труп, когда ещё был живым человеком, получил пулю в голову, и тогда череп человека, превратившегося в труп, стал будто сдвинутым набок.

Или это Артёму только показалось в полутьме и в начавшемся ночном бреду.

Кровь пахла и, смешанная с грязью, отмывалась тяжело. Сапоги становились осклизлые и сильно пахли внутренностями человека — по крайней мере Артём сейчас, если б умел думать, — подумал бы, что человеческие внутренности пахнут именно так.

Он посмотрел в темноту и, словно размышляя о себе со стороны, а не изнутри собственной головы, осознал, что может вскочить и побежать.

Вряд ли за ним погонятся эти голые люди, отмывающиеся после убийства других людей.

— Григорий, — уговаривал Горшков вышедшего из бани Ткачука. — Надо свести его. Если Ногтев начнёт допрашивать... мало ли что... Там бумаги его вроде пожгли уже... Хорошо, бляха, Ногтев улетел в Кемь...

Артём поднялся и занёс в предбанник первую пару сапог. Он не мог никуда бежать. Он мог вымыть ещё пару окровавленных сапог.

Посреди предбанника снова стоял Ткачук — натуристый, с мокрыми кустистыми бровями, зубастый — как будто у него за каждый чужой выбитый зуб вырастало два собственных в его мощном, со здоровенными губами, рту.

Кто-то, всё так же со стороны, подсказал Артёму: речь идёт о Бурцеве, которого надо расстрелять, чтоб его не допросил улетевший в Кемь Ногтев.

Чекисты и командиры полка надзора заранее решили раскрыть и подавить заговор в отсутствие начальника лагеря. И потом обставить всё так, чтоб никто не прознал об имевшихся у Бурцева материалах на большую часть лагерного комсостава.

— Опять сапоги все перемажем, — сказал Ткачук таким тоном, словно ему предлагали сходить сорвать кочан капусты.

— Да ладно, одного-то, — цедил пьяную, но осмысленную речь Горшков. — Заодно чистых девок приведём из женбарака.

Артём сидел возле таза с новой парой сапог, иногда вглядываясь в темноту.

Из темноты вышел Блэк, понюхал воздух и, рыча, убежал.

Артём, не вставая и даже как будто освоившись — а что, сижу и мою сапоги, обычное занятие, — вернул чистую пару в предбанник и прихватил новые два, даже три сапога, уже не заботясь о парности — сами разберутся.

"Бурцева расстреляют одного, — подсказывал кто-то Артёму. — А тебя не расстреляют, потому что ты ни при чём. К тому же Горшков хоть и пьяный, а помнит, как ты копал Эйхманису клады. Поэтому сиди и отмывай сапоги".

Из темноты вышли два человека, волоча за собой рогожу.

Вытирая о себя скользкие, как рыба, руки, Артём узнал Авдея Сивцева и Захара.

Он ожидал, что за ними придёт конвойный, но конвойного не было.

Вид у обоих был дурной, пахнущий смертью. Они походили на помойных собак. Глаза таращились, а лица будто свело от холода.

Они разглядывали Артёма: зачем он здесь, что он делает возле таза, полного крови?

И руки, и штаны, и рубахи, и лбы, и губы, и щёки — всё у них было в земле.

— Зарыли? — раздался голос Ткачука над головой Артёма.

"Их вытащили из карцера, чтоб зарывать трупы", — в очередной раз шепнул кто-то Артёму в самое ухо. Артём чуть дрогнул щекой.

Авдей и Захар поочерёдно мотнули своими искривлёнными лицами. С волос посыпалась подсохшая земля.

— Ну пойдём тогда, — обратился Ткачук к своим, — заодно этого чинарика прикопают. — И он кивнул на мертвеца, лежавшего возле бани.

— За работу, шакал! — кинул он Артёму.

Авдей и Захар раскинули рогожу и, путаясь, потянули труп на неё.

Артём ступил ногой на рогожу, чтоб не задиралась.

— Ну, берём? — спросил Авдей негромко; голос его дрожал.

Переглянувшись, взяли и понесли.

Артёму досталась голова, она болталась из стороны в сторону. Руки Артёма скользили, и он скоро не удержал и выронил... что нёс.

Вытер ладони о себя, перехватился половчей и попробовал снова.

Авдей и Захар уже знали дорогу — они насколько возможно твёрдо шли к Святым воротам.

Вскоре их нагнали чекисты и командиры из полка надзора. Трое из них оделись — шинели хлопали о голенища вымытых сапог. Четвёртый надел только галифе и шёл, до пояса голый, обильно жирный.

Между ними, пошатываясь, брёл Бурцев со связанными за спиной руками. Куда его ранили, понять было нельзя — вся его гимнастёрка спереди была окровавлена, кровь стекла и ниже, поэтому брюки до колен — набрякли, почернели.

Один за другим к их неторопкому ходу присоединились ещё несколько человек из бани, поспешно одевающиеся на ходу, рядовые красноармейцы, неясно откуда взявшиеся, и ещё некто, похоже, из лагерной администрации — он был в гражданском пальто и франтоватой кепке и шёл рядом, заглядывая в лицо Бурцеву, словно ожидая, что тот обратит на него внимание — на этот случай незваный провожатый, видимо, заготовил речь или как минимум обидную фразу.

Один из красноармейцев нёс чадящий факел.

В каменном проходе, к полукруглым, напоминающим формой княжий шлем Святым воротам, факел разгорелся и затрещал.

За ворота Бурцева выводили уже толпой — как самого дорогого гостя в дорогу.

Становилось понятным, сколь сильно его успели здесь возненавидеть.

Бурцев же ничего не замечал, только иногда путал шаг, спотыкался и по-прежнему смотрел в землю, будто под ногами у него расползались путаные письмена, которые он пробовал, без особого тщания, дочитать.

Воздух начал светлеть.

Артём, предощущая рассвет, вдруг различил все предметы явственно и резко. К нему вернулись чувства и онемевший на несколько часов рассудок.

Третьих петухов ждать не приходилось, но эта ночь всё равно должна была закончиться.

“Меня точно не убьют”, — впервые за ночь сам, без подсказки, осознал Артём.

Чужая мёртвая голова его больше не пугала. Не пугало ничего. Всё уже случилось. А что ещё случится — того не избежать.

— Эй, ты, — окликнул Бурцева всё тот же чин в гражданской одежде.

Артём был уверен, что Бурцев идёт в полусознании, но нет, он приподнял голову и с силой плюнул в сторону окликавшего.

— Что за баба тут? — раздался вдруг голос Ткачука.

На дороге, встречая идущих, стояла мать Артёма Горяинова.

Она была недвижима и пряма, только концы платка шевелились на ветру.

Артём без удивления узнал её и, остановившись, не мигая, всмотрелся в похудевшее материнское лицо.

Она тоже узнала сына и вглядывалась в него: как поживают глаза на его лице, не тянет ли ноша в его руках, не собрался ли он сам умереть сейчас.

— Не собрался, — сказал Артём шёпотом. — Прости, мать, если удостоимся — увидимся потом.

Она не слышала его, но смотрела ему прямо в губы.

— Ты откуда, баба? — спросил Ткачук.

— Вольнонаёмная, наверно, — сказал Горшков, которому нравилось чувствовать себя трезвым и всё помнящим. — Прачка.

— Пошла вон, дура! — сказал Ткачук и выстрелил из своего маузера над головой женщины.

Она сначала присела, а потом некрасиво побежала прочь.

Горшков, путаясь в кобуре, тоже достал наган и пальнул вверх.

Артём смотрел вниз, на закурчавленную кровью голову, чтоб ничего больше не видеть.

Бурцев переждал всё происходящее, опустив подбородок и закрыв глаза. Время от времени он морщил лоб, словно отгоняя комаров — хотя никаких комаров не было.

Его остановили неподалёку от женбарака, возле дурно присыпанного рва, и сразу начали в него стрелять, с трёх сторон — не выставив строй и не отдавая команд. Каждому хотелось сделать это первым и как можно больнее. Никто не смог сразу насытиться его смертью, поэтому Бурцеву несколько раз выстрелили в лицо, подбежав к самому телу. Лицо распалось на части.

В женбараке снова проснулись и завизжали соловецкие бабы: целую ночь им выпало слушать человеческие казни.

Чекисты тут же, едва отерев пахучий пот, вспомнили, зачем они сюда явились помимо убийства.

Пока Артём, Захар и Сивцев закапывали Бурцева — положив его лицом вниз, чтоб ничего не видеть, чтоб он вообще казался не человеком, а чем-то другим, — из женбарака на прокисший свет вытащили несколько девок.

К лицам подносили отобранный у красноармейца фонарь, чтоб рассмотреть получше.

— Да куда ты эту? — придирчиво ругался Ткачук. — Она ж старуха. Иди спи, чертова кочерга.

Бурцева уже присыпали, когда вернулся Горшков и, спросив: "Тут?" — ещё трижды выстрелил в землю, после чего побежал за бабами с опалёнными бровями и чёлками.

— Простите, Мстислав, — сказал Артём вслух, еле слышно.

Захар даже остановил движение лопаты, чтоб не мешаться и дать людям поговорить.

Когда последним возвращался мимо них красноармеец с факелом, Артём заметил на земле маленький, с пятак, кусок черепа с волосами. Сразу отвернулся. Некоторое время стоял, не дыша.

Могильщики пошли обратно к Святым воротам.

Навстречу им, неровно, словно за ночь стал подслеповат, пробежал Блэк, принюхиваясь к земле.

— Прачка так и смотрит вон, — сказал Захар, кивая через плечо. — Только подальше отошла. Поди, думает, что теперь до неё не дострельнуть.

Артём знал, что смотрит, и не оглянулся.

Пальцы на руках у него свело, и он пытался их разогнуть и снова согнуть.

На пальцах лопалась корка чужой насохшей крови.

— Лопаты надо занести и это... спросить, чо дальше, — сказал Сивцев в монастырском дворе.

Артёму было всё равно, занести так занести — он точно помнил, что сегодня выживет.

"...Русский мужик, — подумал только, — закопал, спросил: «Чо дальше?» А если скажут: «Раскопай!» — раскопает заново..."

Вернулись к бане.

Внутри раздавались тягостные женские стоны, как будто каждую крыл не мужской человек, а черт с обугленными чёрными яйцами и бычьим раскалённым удом — тонким, длиной в полтора штыка, склизко выползающим откуда-то из глубин живота, полного червей и бурлыкающего смрада.

✳ ✳ ✳

Артём помнил, как однажды утром на Спасской башне раздалось вдруг не "Боже, царя храни", а "Интернационал". Он тогда резко сел на кровати и удивлённо посмотрел на уже проснувшихся родителей.

— Глянь-ка в окно, — шутливо сказал отец матери, — может, и солнце взошло... с углами.

Сейчас Артёму даже не снилось, а чудилось, что Спасская башня, то и дело расползающаяся в погорелый Преображенский собор, заиграла какую-то новую, взвизгивающую, как тележное колесо, музыку, за этой музыкой, еле поспевая, спешил барабан, раздувая тугие щеки и не в такт хлопая себя по голому чекистскому животу.

На телеге вповалку лежали голые попики. За телегой бежал привязанный ослик. На шее у ослика позвякивал колокольчик.

Артём спал мало и просыпался медленно, с чувством огромной, больше самой головы, закипающей головной боли.

Каким-то смешным подобием этого пробуждения было утро в самом начале двадцатых, когда Артём с друзьями поехали на дачу, ужасно там перепились и устроили пожар, который с пьяных глаз еле потушили — у пианино на крышке прогорела страшная дыра, открывшая струны, на стене обуглился любимый отцовский, с Кавказа привезённый ковёр, потолки были в саже, посуду перебили, и она хрустела под ногами — чайный сервиз — бабушкино наследство, хрустальная ваза, крынка под молоко, суповые тарелки из магазина "Мюр и Мерилиз". Чтоб не задохнуться, кто-то крайне решительный высадил стулом окно, и стул застрял ножками на улице, а спинкой в комнате.

Артём подумал тогда, преодолевая алкогольную тошноту и с удивлением обнаружив на себе енотовую шубу, что если он повесится посреди их небольшой, милой гостиной прямо в шубе, то картина будет полностью завершена.

И сегодня тоже Артём испытывал натуральное похмелье, словно впал в девятидневный безоглядный запой, и теперь, на десятый день, выползал наружу из-подо льда, дрожащий, безумный, пытаясь ухватиться за его твёрдый, корябистый край.

Глаза ныли. Руки деревянно тряслись. Рот был сух. Одежда бесподобно грязна и пахуча.

...Когда он явился после поверки, мать Троянского сидела в ногах у сына. Осип спал. Наверняка она подумала, что Артём вылез из могилы, потому что там холодно и неуютно, а в келье тепло и чисто.

Артём лёг под одеяло в одежде и в ботинках и поджал, как в детстве, ноги к животу.

Троянские, наверное, ушли на рассвете: он был без чувств и ничего не слышал.

Быть может, они, имея на руках пропуск, решили дождаться отхода "Глеба Бокия" в порту, чтоб не попасть на утреннее построение.

Часы, которые за годы, проведённые под перезвоны Спасской башни, отстроились в голове Артёма, отчётливо говорили, что вот-вот, менее чем через минуту, раздастся истошный гудок и скомандуют подъём.

Кажется, теперь на поверку выгоняли всех — даже те роты, работа которых начиналась с восьми, а то и с девяти.

Надо было как-то объяснить и оправдать себе прошедшую ночь, чтоб нашлись силы подняться и воля жить, смотреть.

Ни сил, ни воли не находилось, только изнутри черепа давила и давила шумная, неуёмная боль. Артём зажал бы уши руками, если б верил, что его пальцы способны выпрямиться.

Ничего в себе не преодолев, он всё-таки поднялся и медленно сел на кровати. В голове медленно переливалась вчерашняя вода из таза. Простыня, успел заметить Артём, была почти чёрная и отсыревшая, как будто её жевала корова с больным, кровоточащим ртом.

"Афанасьева тоже расстреляли? — спросил себя Артём: оказалось, и думать можно шепотом. — Его ведь тоже должны были расстрелять. Я там, наверное, ходил по засыпанному рву, а он лежал внизу".

У Артёма не получалось долго и связно размышлять обо всём этом, словно в душе его, как в том пианино, образовалась дыра, и если выйти на улицу — на голые струны, в самую душу нападает снег. Нажмёшь на клавишу — а звук образуется короткий, странный, сиплый, тут же обрывающийся.

Раздался гудок, длинный и всегда неожиданный — он всверлился в один висок и, с намотанной на остром конце костяной стружкой, вылез с другой стороны черепа, всё ещё вращаясь.

— Подъём! — закричал где-то в здании человек, как будто ему неожиданно высыпали на обнаженные чресла полное ведро пиявок.

Восстановить миропонимание Артёма мог только его собственный голос и его собственная осмысленная речь.

Он несколько раз вдохнул и выдохнул. Поиграв кожей на лбу и подвигав скулами, раскрыл наконец глаза. С усилием сжал, а потом разжал кулаки, смиряя дрожь. Топнул ботинками об пол. Облизал губы, словно готовясь запеть.

— Доброе утро, Артём, — сказал себе. — Ты живой. И теперь будешь жить дальше.

Невыспавшиеся глаза его горели: в каждом зажгли по свече, и в глазницы отекал горячий воск. Голова была будто перебинтована суровым наждачным бинтом: повязку наложил сумасшедший санитар, обладающий звериной силой.

Он ещё, сколько смог, набрал воздуха и медленно выдохнул через нос.

— Если бы вчера у Бурцева всё получилось... — с едкой неприязнью к самому себе начал Артём.

...ему нужно было пересилить неприязнь и принять лекарство...

— Если бы у него всё получилось, то во рву лежала бы Галя. А если б в Галином кабинете оказался я, — а я там был, — то меня закопали бы рядом с Галей, — сказал Артём и поднялся.

...Поверка прошла как будто обыденно, невыспавшиеся люди стояли молча. Всякий в меру сил делал вид, что пустые места в строю не повод удивляться и переспрашивать, а где такой-то.

Афанасьева — не было.

Артём то и дело ловил быстрый перегляд в рядах. Казалось, что лагерники сегодня как никогда желают поскорей убраться поработать на самые дальние командировки.

Мимо рабочих рот, выглядывая кого-то, прошёл Ткачук.

"Неужели меня?" — подумал Артём, чувствуя как его сердце вновь падает вниз и превращается в кусок солонины.

Ткачук был упруг, широколиц и широкобёдр, скор в движеньях, розов и свеж, словно, пока Артём в полубреду проваялся полтора часа, он завалился на трое суток и спал беспробудно, как в берлоге под семью слоями снега.

"Какой крепкий они народ", — подумал Артём безо всякого уважения, а только с мукой.

— Сегодня опять понадобишься, — ткнул Ткачук своим здоровым пальцем в Артёма. — Я нарядчику сказал уже. У ИСО сиди, чтоб не искать.

...Возле здания уже дожидались неведомо чего Захар и Авдей Сивцев. Оба с дурными цветом лица, губы спеклись, глаза в чёрных впадинах.

Они не поздоровались. То ли не было чувства, что расставались. То ли приветствие слишком явственно обозначило бы их совместные вчерашние брожения: а кому нужно было про это помнить?

Артём присел на землю.

Захар и Авдей стояли рядом, томясь зябким ожиданием и одновременно не желая, чтоб кто-нибудь про них вспомнил.

— И не знаешь, где лучше — в карцере али здеся, — сказал Сивцев, пожёвывая губами.

Блэк с утра был словно не в себе, к людям не подходил и всё кого-то разыскивал.

— Они нашу бригаду второй день гоняют, чтоб никакие другие ничего не видали, а потом и нас зароют? — рассудил Сивцев, поглядывая на Артёма. И "никакие", и "другие" он произносил с "я" на конце, слова получались смешные, как скоморохи.

"Где же Галя? — думал Артём, глядя на Блэка. — Вывози меня немедленно отсюда, Галя!"

Появился Горшков, выглядел он похуже, чем Ткачук, но тоже ничего — умытый, побритый, покормленный. Не глядя на стоявших у отдела могильщиков, он заскочил в дверь, но тут же, вспомнив о чём-то, вернулся.

Подошёл к Артёму — тот сразу встал.

— Если скажешь Эйхманису, что мы над ним смеялись, — попадёшь во вчерашний ров, — сказал ему Горшков на ухо.

— Вы не смеялись, — тихо ответил Артём, глядя в сторону.

Высморкавшись на камни двора, Горшков ушёл.

Сзади на сапоге у него была кровавая клякса — это Артём плохо отмыл.

Блэк, который давно что-то задумал и вёл себя непривычно, вдруг изловчился и в прыжке поймал чайку, та заорала, призывая на помощь, но взбесившийся пёс, помогая себе лапами, скоро перекусил ей голову и за минуту даже не сожрал, а разодрал птицу на части.

Всё было в перьях вокруг и в мелких птичьих внутренностях.

Никто не решился отогнать Блэка, и только другие чайки изо всех птичьих сил голосили и делали дерзкие зигзаги в воздухе, раздосадованные предательством пса, и вчерашней стрельбой, и резкой переменой погоды — третьего дня ещё было тепло, а вчера обвалился снег, а сегодня непонятная, ветреная муть — надо бы немедля улетать, — и вот одну из старейших чаек порвали в клочья.

Торопливо засуетились взад-назад красноармейцы, выглянул на улицу и снова ушёл в здание Ткачук, кто-то произнёс фамилию нового начлагеря — и Артём догадался, что из Кеми прилетел Ногтев.

В кожаном своём пальто, начлагеря зашёл во двор — Блэк словно только его и ждал: сорвавшись с места, он понёсся на Ногтева.

Начлагеря оказался проворней сопровождавшего его красноармейца, успевшего только винтовку снять с плеча — первым же выстрелом ловко выхваченного из кобуры нагана он сшиб собаку с ног и вторым добил куда-то в шею.

Одна из чаек, взбудораженная очередной стрельбою, прошла над головой Ногтева и оставила белый след у него на плече.

Он выстрелил чайке вслед, но на этот раз не попал.

— Чаек перебить, — смеясь, скомандовал Ногтев. Несмотря на промах, он был доволен собой. — Чтоб дорогу сюда забыли.

Тут же сбежались красноармейцы, возбуждённые, как перед баней; началась несусветная пальба.

Чайки, истошно крича, никак не могли поверить, что их всех собираются уничтожить, — на некоторое время взлетали, потом снова стремились к главкухне, тем более что уведомленный повар раз за разом выносил сначала объедки, а потом в запале вывалил чуть ли не весь обед какой-то роты — тринадцатой, наверное.

Одна взрослая чайка, поняв происходящее, в предсмертной ярости бросилась на красноармейца — не на шутку его испугав, — но её сбили на втором круге перекрёстной стрельбой из трёх винтовок.

Красноармейцы хохотали, да и лагерникам чаек было не очень-то жаль.

"Никто отсюда не улетит", — подумал Артём, усмехаясь сквозь боль во всём лице. Ему тоже было всё равно.

Он долго смотрел на Блэка, но потом объявился дневальный ИСО, пихнул Захара, указал ему на собаку и выругался. Захар всё понял, поднялся и, озираясь, чтоб не застрелили, добежал до Блэка, взял собаку за ногу и потащил.

Мёртвый Блэк оказался некрупной, не очень красивой и не очень чёрной собакой.

Под грохот стрельбы, буйство надзорных и всхлипы чаек вышла Галя — без своей куртки, в форменной одежде, усталая и тоже некрасивая.

Во дворе была сутолока и неразбериха, высыпали люди из административного корпуса, медсёстры из лазарета, повара — вроде как и праздник: осенний убой птицы.

Галя встала рядом с Артёмом и спросила, глядя в спину целившемуся в чайку красноармейцу:

— Почему у тебя такой вид?

Артём помолчал и со второго захода — пришлось переждать близкий выстрел — ответил:

— Мыл чекистам кровавые сапоги. Потом закапывал труп Бурцева.

— Тебя не били? — быстро спросила Галя и столь же быстро осмотрела лицо Артёма.

— Нет, — сказал он.

Галя перевела невидящий взгляд на другого красноармейца и сообщила:

— Тридцать шесть человек за ночь расстреляли. Больше расстрелов не будет. Ногтев запретил.

— Он... не знал... — поделился с ней Артём.

— Всё он знал, — тут же со злостью ответила Галя. — Нарочно уехал.

"Блэк оказался самый догадливый из нас!" — ёкнуло у Артёма.

Скосился на Галю — поделиться с ней этим открытием или не стоит. Решил, что не стоит.

Артём предположил, что Гале не хочется уходить обратно в здание, оттого что нравится стоять рядом с ним.

...Только ему не было хоть сколько-нибудь проще от её присутствия, он лишь желал, чтоб кончилась стрельба.

— И Афанасьева расстреляли? — спросил Артём, заметив, как тяжело ему далось совместить два последних слова, которые отталкивались как магниты с разными полюсами.

— Почему это? — Галя снова посмотрел на него. — Нет. Я не видела в списке. А зачем Афанасьева?

"Дурак, что я делаю!" — сокрушённо укорил себя Артём.

— Незачем, — ответил он, насколько сумел, искренне. — Просто его не было на утренней поверке, и я испугался за него.

Галя промолчала. Афанасьев её не волновал.

— Я постараюсь отправить тебя сегодня на Лисий, — сказала она погодя.

Артём закусил нижнюю губу: хоть бы правда, хоть бы удалось — поставлю твою фотокарточку, Галя, и буду на неё молиться. Кажется, Крапин успел её сфотографировать в компании лис, назначенных согревать Галины плечи в ближайшую соловецкую зиму.

Они ещё с полминуты стояли молча. Артём иногда вздрагивал или хотя бы морщился от выстрелов, Галя — даже не смаргивала.

Вернулись Сивцев и Захар. Наверное, по кровавым пятнам на одежде и по тому, как Артём чуть подвинулся, совсем не удивившись их приходу, Галя догадалась, чем занимаются все они вместе.

— Вы ещё не ели? — спросила она у Сивцева.

Сивцев вопросительно посмотрел на Артёма: чего говорить-то? стоит правду отвечать, нет?

Артём не поворачивал головы.

"А он ведь воевал, — медленно думал Артём. — А я нет. А он ждёт, чтоб я дал понять, как ему быть..."

— Дак мы непонятно чьи теперь — и не в роте, и не в карцере, — растерянно сказал Сивцев, поглядывая то на Галю, то на Артёма, то, наконец, и на Захара тоже.

— Идите в лазарет, — велела Галя, зачем-то поднимая воротник и заходя в здание. — Я позвоню, чтоб вас накормили и пустили помыться. Постирайтесь.

— Дак нам гражданин начальник Ткачук велел ждать, — плачущим голосом вослед ей крикнул Сивцев.

— И Ткачуку скажу, — не оборачиваясь, ответила Галя.

* * *

На обед или уже на ужин им выпала гороховая похлебка и пшённая котлета, залитая киселём.

Артём долго смотрел на принесённые миски, потом вывалил котлету в суп и всё съел за треть минуты.

Иногда поднимал глаза то на Сивцева — евшего размеренно и обращённого в себя, то на Захара — старавшегося есть помедленнее, но без успеха; у Артёма возникал тихий зуд от желания рассказать им, что в карцер их упекла тоже Галя — зато теперь покормила, — видите, какая заботливая. Мало того, в карцере они сидели за его, лагерника Горяинова, и ещё одного... забубённого балалаечника — провинности.

В столовой для лекарей больше никого не было. Проводил их сюда сам доктор Али, сделавший вид, что Артёма не помнил, — хотя, может, и правда не помнил — мало ли тут перележало вшивого лагерного брата.

— А давайте ещё по тарелке? — с милейшим акцентом предложил вновь заглянувший в столовую доктор Али, гладя себя по бороде.

Все трое переглянулись, Артём в знак согласия несильно ударил концом зажатой в кулаке ложки о стол.

Доктор Али засмеялся, будто не знал большей радости, чем покормить трёх грязных могильщиков — он ведь тоже догадался, чем эти три горемыки занимались всю ночь и отчего за них просили из Информационно-следственного отдела.

"Какой милейший человек, — с прежней своей, раскислявшейся усталостью думал Артём, — а я ведь, помнится, сердился на него..."

Хотя, возможно, доктор Али просто благоволил к чекистке по имени Галина и хотел ей услужить: мало ли, вдруг она когда вспомнит и про эту нехитрую услугу и поможет в трудный день или, скажем, хотя бы расстегнёт однажды две верхних пуговицы на своей рубашке, даря белизной и светом.

Им принесли ещё по три пшённых котлеты каждому и по кружке чая — настоящего, не ягодного, — но не это поразило! — а то, что на краю каждой миски лежал, щедрой ложкой выхваченный из большого куска, шарик сливочного масла, нежнейшего, солнечного...

Не сговариваясь, все трое принялись за свои котлеты, и каждый, наклонившись к миске, всё косился на сливочное масло, словно оно могло вдруг растаять.

Артём, снова разобравшийся с едой самым первым, бережно подцепил волшебный шарик и, положив себе на горбушку руки, стал слизывать, жмурясь и пытаясь ежесекундно осознавать блаженное головокружение.

...Как своё масло съели Захар и Сивцев, он и не заметил.

Али больше не появлялся, зато трудник, тоже известный Артёму, принёс ворох стираных штанов и рубах, и пиджаки, и старую душегрейку, и хоть в дырках, но всё-таки тулупчик.

— Ничейное, — сказал трудник. — Своё давайте — бабы постирают, завтра заберёте.

Захар вроде задумался: не побрезговать ли, с кого снято — не с покойных ли.

— А с кого же, Захар, — чуть хлопнул его Артём по плечу. — С них самых. Это ж лазарет — здесь кого могут вылечить — лечат, а кого не могут — хоронят.

Артёму было всё равно: его с самого утра знобило, а тут — сухоё всё, бабьими руками замыленное, выполосканное, отжатое.

Он разделся до исподнего, тут же, на глаз, выбрал, что ему будет в меру — и ни разу не ошибся. Только поверх всего опять надел собственный пиджак.

Захар последовал его примеру.

Сивцев со своим рваньём расставался неохотно, всё оглаживал себя и что-то разыскивал в карманах, где, кроме клопов, давно никто не гостил.

— Да не бойся, — сказал трудник. — И это при вас останется, и ваше вернут. Зима скоро — всё сгодится и сносится.

Напоминание о зиме повлияло на мужика сразу.

Мыться не стали, а в обновах поскорей вернулись к отделу: вдруг их всё-таки ищут.

Со двора уже прибрали чаек — и было по-новому тихо, словно всё изготовилось к приходу снега, потому что в первое своё явление зима любит тишину.

Чекисты, которые весь день рыскали по ротам — то ли кого-то потеряв, то ли для острастки, привели на этот раз актёра, тот был отчаянно напуган и всё озирался, не появится ли кто из знакомого начальства, которое в прошлый раз так аплодировало ему.

Захар и Артём стояли рядом и друг на друга не смотрели, но подумали одно и то же одновременно: а не его ли придётся закопать сегодня...

Сивцев глядел в сторону, словно его томил стыд и сладу с этим стыдом не было.

"...Я сердился на Бурцева, желал ему дурного, — безо всякого желанья и даже против воли размышлял Артём, не столько словами, сколько их обрывками или ощущениями, слова подменявшими. — А теперь он — труп в земле. На кого я сердился, на труп? И вся моя раздражённость — её же закопали вместе с Бурцевым, или моё желчное чувство к нему, теперь осиротевшее, вернулось ко мне? И всю эту ржавь мне носить при себе, потому что деть её некуда и соскоблить нельзя?"

Олень Мишка, насмотревшийся за день на многое, людей старался избегать и только перебегал по двору то туда, то сюда, принюхивался, вытягивая голову, к воздуху, где по-прежнему чуял гарь и смерть собачьего товарища, и поводил ушами: не раздастся ли всё-таки знакомый лай или чаячий переклик.

Мишка и раньше не различал лагерников и чекистов, хотя желалось, чтоб первых он ласково обнюхивал и полизывал, а вторых бил копытом в живот, — а теперь стало ещё хуже: всю человеческую породу олень определил, как злую. Несколько раз уже Мишка подходил к воротам, подрагивая боками от волнения, но постовые его гнали назад, взмахивая тяжёлыми ручищами. От взмахов этих веяло волглым сукном, махоркой, оружейной смазкой.

Горшков, то ли весёлый, то ли сердитый, но необычайно возбуждённый и разговорчивый, вёл с двумя красноармейцами ещё одного лагерника. Горшков шёл первым, и взятого под конвой Артём сначала не рассмотрел.

— Который год я тут, а тебя не замечал, вот ты падла, — сердился или смеялся Горшков, он снова был пьяный, тугие щёки его тряслись. — Кепку надел, падла. Твой, падла, фарт был, что я был сослан в командировку, а то давно бы ты сгнил в болоте у меня! — И Горшков, оглядываясь и оттого спотыкаясь, в очередной раз пересказывал красноармейцу то, что говорил минуту назад. — Эту падлу я всю жизнь помнил! Колчаковская контрразведка, он мне из спины мясо кусками отщипывал! Вот где довелось повстречаться! Как два шара в лузу загнали одним ударом! Не забыл твой Бог про тебя, падла, прикатил колобка куда надо!

Артём сначала вспомнил, что вчера Горшков не раздевался в бане, а потом увидел, что ведут Василия Петровича.

Он был без кепки, которую Горшков зачем-то нёс в руках — видимо, как убедительное доказательство своей нежданной удачи.

— Вы перепутали всё, гражданин начальник чекист, — торопясь и странно гримасничая, говорил Василий Петрович.

Но даже Артём откуда-то знал, что гражданин начальник ничего не перепутал.

$$* * *$$

Знание, что Василий Петрович занимался тем или почти тем, чем вчера занимались Ткачук или Горшков, не пробило в душе Артёма ещё одной чёрной дыры.

В ту, что имелась, могло теперь многое завалиться и пропасть без остатка.

"...Как же я не замечал его парафиновые глаза", — подумал только безо всякой досады Артём, а дальше думать было нечего.

Лучше было вспоминать про сливочное масло и время от времени принюхиваться к руке: вдруг опять этот вкус проступил.

Артёму неведомо кем заранее было подсказано, что каждый человек носит на дне своём немного ада: пошевелите кочергой — повалит смрадный дым.

Сам он махнул ножом и взрезал, как овце, горло своему отцу. А Василий Петрович драл щипцами Горшкова — ну что ж теперь. Каждый как может, так и зарабатывает Царствие небесное.

...После дневных смен начали возвращаться один за другим наряды двенадцатой роты.

Артём заметил Ксиву и Шафербекова, те тоже, проходя, его увидели.

Артём шмыгнул носом, закусил щеку и стоял дальше в пустом и безмолвном ожидании, что ему предложит жизнь на этот раз.

Блатные вернулись очень скоро, прогулялись мимо ИСО в одну сторону, потом назад.

Захар, узнав гостей, поглядывал на них, зато Артём — нет.

Блатные встали поодаль. Ксива пялился на Артёма, Артём не отворачивался.

Но пришло время ужина, и блатные отбыли ни с чем.

Над двором который раз пролетали две или три недострелянных молодых чайки, искали родителей или кого постарше, писк их был истошен и жалок.

Прибежали озорные красноармейцы, ещё постреляли.

...Галя вновь появилась, когда уже совсем завечерело, в кожаной тужурке, в перчатках.

— Возвращайтесь в свою роту, — сказала она Сивцеву и Захару, сплетая пальцы рук, чтоб перчатки сели покрепче. — Я освободила вас от карцера.

— Дак мы и не знали про те венички, которые... — забубнил неожиданно обрадовавшийся и мелко посмеивающийся Сивцев. — И за чо сидели! А ну и да ладно! За свой грех не всякий раз накажут, можно и за чужой пострадать, видать, очередь дошла!

"Какой он суетливый и напуганный, этот мужик", — тихо удивился Артём.

Он помнил, что Сивцев был не таким ещё в июле, когда их гоняли на кладбище. Ведь он людей убивал на войне, и его могли убить — чего же здесь такое на Соловках, что и Сивцева начало гнуть?

"...Он пришёл сюда со своей правдой, которая целую жизнь его не подводила — и вдруг начала подводить", — нашёл ответ Артём, словно и в этот раз ответ ему был заранее подсказан.

"...И я тоже стал много думать, — выговаривал он сам себе, сразу забыв про Сивцева — что ему Сивцев, когда он и мать целый день не вспоминал. — А думать не надо, потому что так тебя начнёт ломать, и скоро сломает".

Артём не забыл, что совсем недавно, ещё, смешно сказать, вчера, когда перепугался за Галю, он больно корил себя в келье за отсутствие привычки к размышлению — но много ли он надумал тогда? Спас ли его озадаченный рассудок?

Галя молча ждала, когда Сивцев выговорится.

— Идите в свою роту, — повторила она, не дождавшись.

Сивцев замолк, но улыбаться не прекратил и, несколько раз оглянувшись, поспешил вослед не ставшему докучать Захару.

Отчего-то Сивцев захромал на одну ногу — может, перестоял тут за день.

— Ногтев наложил запрет на использование лодок, — сказала Галя безо всякой интонации, не глядя на Артёма. — Но аресты прекратились, все чекисты по домам ушли, один Горшков с твоим Василием Петровичем никак не наговорится. Можно немного успокоиться... — Она тряхнула головой. — Подожди до завтра, — добавила Галя на самое мелкое деление градусника теплее, чем всё прежде сказанное, и тоже, не прощаясь, ушла.

Надо было б если не пожалеть, то хоть вспомнить о Василии Петровиче — мучают ли его сейчас, жгут ли, режут ли на части, — но Артём не хотел, не хотел, не хотел.

“Завтра, завтра, завтра”, — то ли без смысла повторял, то ли молитвенно просил Артём, глядя вслед этой женщине, которая носила в себе его спасение. И там же, в близком соседстве с его правом на жизнь, хранилась оставленная на потом смерть.

Истово веря в свою удачу, Артём хлопнул себя по карманам и поймался, как на крючок, на собственную, острую и больную, мысль: он потерял пропуск — допускавший на работу в лисьем питомнике.

“Завтра Гале придётся новый выписывать, — думал он суматошно и огорчённо и тут же стремился себя, не без злорадства, успокоить: — Прекрати истерику! Вот Бурцеву уже не нужны никакие пропуска. Тебе что, хуже, чем ему? — Но даже это действовало слабо. — На пропуск ставят печать — и делает это начальник ИСО — значит, Гале придётся к нему идти: зачем это ей? — спрашивал себя Артём. — А если Галю спросят, что ей вдруг стало за дело до Лисьего острова? А если к тому же такие пропуска больше не подписывают? Как нелепо! Как же всё нелепо получается!”

Первой догадкой было, что он забыл пропуск в штанах, которые оставил на стирку в лазарете, — но нет, он отлично помнил, что вывернул оба кармана брюк — и только после этого, очень довольный, что не забыл ничего — потому что у него оказались при себе деньги, — сдал одежду. О пропуске его бессонная голова тогда и не вспомнила: нализался масла и ошалел.

Артём достал из кармана новых, с неведомого лазаретного покойника снятых штанов сложенную вдвое пачку денег — может, пропуск замешался в соловецких купюрах, — хотя сам заранее знал, что его там нет.

И его там не было.

Он стоял, как то самое пианино с прогоревшей крышкой и осипшими струнами, и кривил лицо от презрения к себе.

Надо было идти в келью — искать там, вдруг бумага выпала во сне, — но и здесь Артём знал, что ни разу за все те полтора часа, пока спал, не шевельнулся, и выпасть ничего не могло, и нет там никакого пропуска.

"...И ты ещё издевался над Троянским, который месяц с лишним носил булавку в кармане, — с мучительной досадой указывал себе Артём. — Ты бы сам булавкой приколол себе пропуск к самой коже, и носил, идиот".

"...И в бане я не мог его потерять, и возле бани не мог", — вновь проворачивал в голове вчерашний день Артём, готовый ходить за своей тенью по всему двору, до самого рва и назад... и тут наконец вспомнил: пропуск он мог уронить, когда прятался в дровне и лазил по карманам в поисках платка, которого у него никогда не было.

Артём пошёл к дровне, торопясь и боясь спугнуть свою удачу и своё, такое явное, хоть в ладони спрячь, как монету, предчувствие.

Оглядевшись и никого не увидев, Артём присел на корточки и полез в ту сторону, где таился вчера.

Испуг его был глубокий, резкий, но недолгий: на том же самом месте сидел другой человек, в студенческой фуражке, и таращил глаза.

Артём первым взял себя в руки: он узнал Митю Щелкачова.

— Ты чего здесь? — спросил Артём негромко, поймав себя на снисхождении, которое испытывал сейчас к молодому человеку — как будто сам тут вчера не был.

Митя наконец-то признал Артёма, но всё равно не успокоился.

— Четыреста человек расстреляли, — сказал Щелкачов, у него зуб на зуб не попадал.

— Тридцать шесть, — сказал Артём.

— А? — не понял Щелкачов. — Меня ищут.

— Вылезай, — сказал Артём. — Все чекисты спят. Никто тебя не ищет. Кому ты нужен.

— А? — снова не услышал Щелкачов, хотя разговаривали они лицом к лицу.

Митю трясло.

— Подвинься, — попросил Артём и толкнул Щелкачова в лоб: всё равно тот ничего не соображал.

Щелкачов неловко передвинулся назад, верно, ожидая, что Артём хочет забраться к нему.

Артём повозил рукой там, где сидел Митя, — ну, так и есть. Вот пропуск.

На всякий случай Артём поднёс бумагу к самым глазам.

Он вздохнул так легко, так спокойно, так благодарно, словно это было не право на проезд до Лисьего острова, а постановление о полной амнистии.

Не прощаясь с Щелкачовым — сидит себе и сидит, — Артём полез обратно. Было тесно и неудобно, но он всё равно улыбался, пока полз, и не перестал улыбаться, когда выпрямился в полный рост и боковым зрением увидел стоящих поодаль Ксиву и Шафербекова, выследивших его, потом, наверное, потерявших и сейчас опять заметивших.

— Вот тебе ещё один пропуск сейчас выпишут, — сказал Артём вслух; не глядя, зацепил верхнее в крайнем ряду дровни полено, прижал его стоймя к груди — как ребёнка-переростка — и так, вида не подавая, пошёл в сторону своего корпуса.

Нижний край полена закрывал пах, верхний тёрся о висок.

Вокруг была темнота, свет монастырских фонарей едва доходил сюда, и стоило двигаться аккуратно, чтоб не упасть.

Артём старался идти быстро, но не настолько, чтоб шумом своих шагов и стуком ухающего сердца заглушить топот догоняющих его людей.

У него хватило выдержки — или усталой отупелости последних двух суток — не торопиться. В последнее мгновенье он ослабил руки — полено юркнуло вниз — Артём поймал его за самый конец и с разворота ударил в голову того, кто его нагонял.

Это был Ксива, который, сделав два, ещё с прежнего разгона, шага куда-то вбок, завалился на колено и помешал Шафербекову, полетевшему через него кувырком.

В руке Шафербекова был нож — нож выпал и прокатился по булыжнику.

Артём, сразу после удара выронивший своё полено и по инерции отступавший назад, всё видел — и Шафербекова, и нож, но ему уже недоставало бешенства и мужества на то, чтоб устроить здесь резню.

Он ударил по ножу ногой так, чтоб тот отскочил куда подальше, и, развернувшись, побежал.

За ним никто не гнался.

— Битый фраер! — шептал Артём. — Я битый фраер! Битый фраер двух небитых блатных перебьёт!

Его разбирал отчаянный смех.

Неподалёку от корпуса он перешёл на шаг и снова потрогал пропуск: здесь, нет? Не выпал?

Да на месте, на месте, иди уже прочь со двора.

* * *

Утром, сразу после гудка, чуть ли не привычный уже Артёму, явился за ним красноармеец: опять в ИСО.

"Как посыльного гоняют за мной", — посмеялся он, раздумывая, стоит ли чего брать на Лисий или оставить всё здесь. Посылку у матери так и не взял. Ну, Галя потом привезёт.

— Поторопись, — сказал красноармеец.

"Я тебе потороплюсь сейчас, остолоп", — мысленно ответил Артём. Мог бы и вслух сказать, но зачем.

Он выспался. Жизнь, хоть кривая на лицо и стыдно пахнущая, настырно возвращала свои права. Он не желал ни за что отвечать. Бегущие с острова и готовящие смерть другим знают, что взамен им могут предложить их собственную смерть. Режущие других на части помнят, что их тоже могут разрезать и засолить в соловецком море. Артём же больше всего на свете хотел прибирать за лисами.

Кормушки на Лисьем острове были с крышками, и крышки надо было непременно закрывать, потому что лисы имели дурное обыкновение гадить туда, откуда ели.

Знания о кормушках и лисьем характере Артёму было вполне достаточно для продолжения жизни. Других знаний ему не требовалось.

В келью вошло сразу несколько человек: дневальный, командир роты, двое лагерников с кешерами — заселялись, наверное.

— Тебе чего тут надо, шакал? — с порога заорал командир второй роты на Артёма.

"Озверели, что ли, с самого утра", — подумал Артём, мелко моргая, словно его одолела мошкара.

— Ходит сюда второй день как к себе домой — я ж не знал, что его перевели, — приговаривал дневальный подобострастно, одновременно кося бешеным собачьим глазом на Артёма. — Я ж его помню, а что перевели его — он не сказал, идёт в роту, как на свою кварте́ру.

— Твоё место где, шакал? В зверинце! — ротный сделал шаг к Артёму, чтоб зазвездить ему кулаком промеж глаз, но тут стоял красноармеец, который неизвестно с чем пришёл и мешал свершиться скорому суду. — Постоялый двор себе нашёл? Выметайся отсюда пулей!

Артём и так выметался.

Заметил, что, судя по отчуждённому выражению лиц, заселявшиеся лагерники не чувствовали никакого сочувствия к нему — но, напро́тив, душевно поддержали бы ротного, если б Артёма бросили на пол и потоптали.

— Как в норе спал, шакалья морда, — вослед уже рычал ротный: он сорвал с кровати присыпанную землёй простынь и бросил Артёму вслед.

Артём поймал её и, не зная, куда деть, накрутил на руку.

"Никто меня, битого фраера, ударить не смеет, — посмеивался Артём. — Вот, даже простынку отдали..."

Развернув её и чуть перетряхнув, Артём накинул простынь на плечо и пошёл, как в белом, пусть и грязном, плаще.

Красноармейцу было всё равно, да и в монастырском дворе никто внимания не обращал — на Соловках и не так ходят... может, парень всё своё имущество носит на себе.

"...Это у меня носовой платок такой, — дурачился Артём. — Пусть Крапин обзавидуется".

В ИСО шедший первым красноармеец направился не вверх по лестнице, а в другую сторону, по нижнему этажу, и Артём остался его дожидаться: может, служивому надо к товарищу разжиться махорочкой.

Хотя сердцем он всё уже понял.

Понял даже, когда ещё дурачился с простынёй.

— Чего встал? — гаркнул красноармеец, бегом вернулся к Артёму, схватил за шею и толкнул впереди себя и кулаком ещё добавил промеж лопаток.

Они спустились по древним каменным ступеням вниз, в подвальные помещения, красноармеец постучал в железную дверь кулаком, оттуда спросили: "Кто?". "Горяинова привёл", — ответил красноармеец, ни одной буквы в его фамилии не перепутав.

Его заперли тут же, у железных дверей в тёмном, без окон, пропахшем влагой помещении.

Артём стоял при входе, привыкая к темноте и вслушиваясь: нет ли здесь ещё кого-то. Судя по звуку, какой дала захлопнувшаяся за спиной Артёма дверь, помещение было небольшим.

И пустым.

Располагайся — живи.

— Да проснулся он уже, веди, — громко сказали в коридоре.

Дверь снова открыли, и Артёму велели выйти.

— А я только начал обвыкаться, — сказал Артём.

Красноармеец не отвечал, а только подкапливал злобу для следующего удара.

Они пошли обратно тем же путём.

"Сейчас вернут меня в келью и скажут: "Ложись, досыпай, парень, извини, что потревожили! Скоро лодку за тобой пришлём... Прямо в монастырский двор. Тебе моторную или под парусом?..." — рассказывал себе, как сказку на ночь, Артём.

В кабинете на втором этаже сидел Горшков, выглядевший погано, малоспавший, тугие щёки обвяли, но в приподнятом настроении, даже с лукавинкой в глазах.

"Всё не пыточная", — попытался обрадовать себя Артём.

На стенах в нескольких местах была выщерблена извёстка.

"А это Бурцева кабинет, — легко догадался Артём. — Вот теперь тут кто поселился".

В комнате был плохо прибранный бардак: ящики шкафов явно вынимали, а то и выламывали целиком, потом кое-как загоняли обратно, несколько бумаг, затоптанных, так и лежало на полу, кипа папок была свалена в левом углу за спиной Горшкова.

— Он и с простынкой уже, — сказал Горшков, но словно не Горяинову, а кому-то ещё, незримому. — Зубы в неё будет собирать!

"С Бурцевым он, что ли, разговаривает, мразь полоумная", — подумал Артём.

Новый хозяин кабинета кивнул на табуретку возле стола.

Артём сел, сложив скомканную простыню на коленях.

— Фамилия?

Он назвал себя. Статью. Срок.

— Вершилин Василий Петрович — знаете такого? — спросил Горшков, вздохнув чуть устало, но с тем чувством, когда человеку ставят вторую, а то и третью тарелку супа, которую придётся осилить.

— Василия Петровича? — переспросил Артём. — Как же не знать: мы в одной роте с ним были. И спали рядом.

— Мезерницкого Сергея Юрьевича? — Горшков иногда что-то помечал в своих бумагах.

— Мезерницкого? — нарочно переспрашивал Артём, чтоб подумать, хотя едва ли тут можно было что-то особенное надумать. — Видел.

— До заключения в СЛОН с ним встречались?

— С Мезерницким? Нет, конечно. Только в лагере его видел.

— Сколько раз?

— Пару раз.

— При каких обстоятельствах?

— При каких... Сначала живого, потом мёртвого.

Горшков собрал губы куриной гузкой, не столько раздумывая, сколько отдыхая. До шуток Горяинова ему не было никакого дела.

— Бурцева Мстислава Аркадьевича, — спустя немного времени не без удовольствия произнёс Горшков: было ощущение, что он, называя каждую фамилию, строит из кубиков стенку, — ...знал?

Артём откашлялся, хотя кашлять не хотел.

— Бурцев тоже был в нашей роте, — сказал он. — Как Василий Петрович.

— Я спрашиваю: знал его лично? — повторил Горшков, вперив в Артёма свои маленькие глаза.

— Знал лично, — сказал Артём, — но близких отношений не поддерживал.

— Встречался ли ты с Бурцевым в келье Мезерницкого на посиделках, которые вы называли... — Горшков поискал в бумагах на столе, — ...Афинскими ночами?

— Вечерами, — поправил Артём.

Горшков смотрел на него маленькими глазками, не моргая.

Артём помолчал и повторил:

— Афинскими вечерами. Встречался однажды.

— Или дважды? — спросил Горшков.

Артём ещё раз откашлялся.

“Интересно, знает ли Галя, где я? Её кабинет как раз над этим. Может быть, закричать нечеловеческим голосом, и она услышит?”

— Вы обсуждали с Бурцевым его службу в Информационно-следственном отделе? — копал своё Горшков.

"Гражданин начальник роет новый заговор, чтоб Ногтев его оценил и назначил своим лучшим товарищем", — безо всякого усилия догадался Артём. Оставалось непонятным только, что делать ему во всей этой истории. Лисы-то голодные, наверно. На кормушках крышки не закрыты. Крапин злой ходит.

"С другой стороны, — стараясь думать медленно, словно бы ступая по болотным кочкам, рассуждал Артём, — я ни в чём не замешан и ни в чём не виновен. Кроме того, что видел Бурцева у Мезерницкого, ничего за мной нет".

Артёму помогало то, что Горшкова он наблюдал тогда на острове Малая Муксольма и знал про мелкую суетливость этого чекиста, помнил, как Эйхманис выбил из-под него табурет. Не боялся Артём Горшкова и был, насколько возможно, спокоен; хотя, может быть, и зря.

— Нет, никогда, — сказал наконец Артём. — У нас были дурные отношения. Однажды он избил меня. Из-за него я лежал в лазарете. Мы вообще с ним не разговаривали.

Горшков пошевелил куцыми бровями и, похоже, не поверил ни одному слову, сказанному Артёмом.

— Откуда ты тогда знал, что Граков является секретным сотрудником Информационно-следственного отдела? — спросил Горшков и, крайне довольный, откинулся на спинку стула.

Глазки его имели выражение умилительное и, да, лукавое.

"Сдал меня Василий Петрович", — сказал себе Артём и даже забыл от тихого, сердечного удивления, что ему надо отвечать.

— Откуда знал про стукача? — вдруг заорал Горшков и резко встал с места.

— Я не знал ничего ни про какого стукача! — громко, словно так было убедительней, ответил Артём.

Горшков, сжимая кулаки, обошёл стол и встал возле Артёма, чуть наклонившись.

"Может, его тоже схватить за ногу, как Галю, — хватило у Артёма сил напоследок повеселить себя. — И тоже угадаю, как в тот раз".

— Ещё раз подумай и отвечай, шакал.

"...Простыня ещё эта дурацкая..." — мелькнуло в голове у Артёма.

Горшков был в сапогах и этим сапожищем снёс под ним табуретку.

"...Не забыл, как Эйхманис из-под него табуреточки выбивал..." — Артём рухнул на пол и получил носком сапога в шею, хотя метились, наверное, по зубам; другой удар пришёлся в ухо: Артём вскрикнул: больно! по-настоящему больно! — третий удар по руке, которой пытался прикрыть голову, хотя метились в то же ухо.

"...Оглохну же, ни на один вопрос не отвечу, — Артём до противного всё замечательно осознавал, с непрестанной и яростной издёвкой допрашивая себя: — ...что делают в таких случаях? Что сделать? Обхватить сапог и поцеловать? Сказать, что это Галя открыла мне стукача? И меня сразу выпустят?.. Я тебе скажу, сука, только попробуй..."

Горшков схватил с пола табуретку и в три щедрых замаха, словно рубил дрова в прекрасное солнечное утро, сломал её о хребет Артёма.

— Хлипкие какие, — выругался он, бросив на пол развалившуюся надвое табуретку. — Сами и делают тут, мастера, мать их, шакалы...

Выпрямившись, Горшков сходил за своим стулом и, вернувшись, поставил его прямо перед лицом Артёма.

Артём наблюдал сапоги Горшкова. Потом заметил лежавшую в дальнему углу комнаты ещё одну поломанную табуретку.

"...Какой перевод... мебелей..." — задыхаясь, думал он.

Болело в ухе, в затылке... спина — как медведь на гармони поиграл...

— Вопрос был такой, — сказал Горшков, отдышавшись. — Откуда ты знал, что гражданин журналист соловецкой газеты заключённый Граков тайно сотрудничает с Информационно-следственным отделом?

Артём подтянул длинный конец простынки поближе к голове: вытер кровь на лице... откуда натекла-то уже?

— Я не знал, — тихо, вкрадчиво ответил он, чувствуя запах простыни. — Я предположил.

Посмотрел снизу на Горшкова — удивительное дело: тот по-прежнему был совсем не страшный... отчего ж тогда так болело ухо?..

Открылась дверь. Стул, на котором сидел Горшков, чуть сдвинулся. Артём догадался, что Горшков обернулся к вошедшему в комнату.

Артём скосился и увидел ещё два мужских сапога, только размера на три побольше.

— Он у тебя с простынкой, — сказали новые сапоги. — А что без подушки?

Это был Ткачук — его поднявшийся из самого чрева, живущий меж огромного клубка кишок и жеребячьей селезёнки голос трудно было не узнать.

Ткачук подошёл к лежащему Артёму — тяжесть шагов была такая, что сгибались доски.

Артём подтянул ноги к животу, а руки — с концом простыни, собранной в комок, — к самому лицу.

— Как гусеница шевелится... — сказал Ткачук. — Рассказал чего?

Горшков не ответил: видимо, сделал какую-то мину.

Артём точно знал, что сейчас пришла пора зажмуриться — и зажмурился.

Удар был такой силы, что его перебросило, как мешок с костьми, к самой стене.

Ничего уже Артём не думал и только сжимался в комок, в колобок, в мокрое, прогорклое тили-тили-тесто.

— Давай его усаживать опять, — предложил Горшков, — а то глаз не вижу. По глазам видно всегда — боится или нет.

— А чего ему не бояться, — сказал Ткачук голосом человека, который никого не бил и даже не собирался. — Ещё как боится.

— ...Врёт, нет, — поправился Горшков.

— А чего не врать, — сказал Ткачук. — Ещё как врёт... Я видел в коридоре ещё один табурет.

Он открыл дверь, тут же с кем-то, осклабившись, поздоровался.

— Что у вас тут? — спросил женский голос.

Артём убрал простыню с лица и увидел Галю. Она стояла у порога комнаты и выглядывала из-за Ткачука, чуть привстав на цыпочки и всё равно не доставая ему даже до плеча.

— А вот, — сказал Ткачук равнодушно и, повернувшись боком, указал на Артёма.

Артём, двигая ногами, приподнялся на локте, потом сел спиной к стене.

Смотрел Гале в глаза — без просьбы, без отчаяния, без всего.

— Трудимся, Галина, — неприветливо отозвался Горшков со своего стула, причём глядя не на неё, а на очнувшегося Артёма. — Что у тебя за дело до нас?

Галина замешкалась на мгновение и придумала:

— Вас Ногтев искал.

— Уже нашёл, — сказал Горшков. — Начлагеря знает, что я работаю... Чего ещё? — И он повернулся к Галине.

— Ничего, — сказала она.

Ткачук проводил Галю взглядом, выглянул в другую сторону коридора и доложил:

— А нет табурета. Пусть стоя рассказывает... Вставай, заклеймённый.

* * *

Лагерники разговаривали тихо, как украденные дети в чужом доме.

Артём в исподнем сидел на своём месте и слушал нескончаемый ветер.

В нише под дверью, еле живая, чадила лампа.

Вдоль стен холодной церкви в два яруса стояли голые нары.

Артём сразу, по привычке, занял место наверху.

Он даже не успел подумать, что, если в церкви затопят печь — наверху воздух будет теплее, а просто выбрал себе место и, в отличие от других, пригнанных вместе с ним в штрафной изолятор, не топтался у входа, страдая от нерешительности, а сразу определил, где ему жить. Потому что собирался жить.

Василий Петрович был в той же колонне. Рубаха его на груди и на спине была сильно разорвана. Ещё когда он раздевался на улице, Артём заметил в рваных прогалах несхожие и многочисленные синяки — будто Василия Петровича осыпали всякими ягодами и передавили их: пятна подсохли и теперь сухо светили разными цветами.

Без привычной кепки, обросший жалкой щетиной, он выглядел совсем стариком. Близоруко осмотревшись, Василий Петрович увидел забирающегося наверх Артёма и поспешил занять место внизу.

Состояние его было не совсем нормальное.

"...Может, он сошёл с ума и думает, что мы в двенадцатой роте?" — безо всякого чувства спросил себя Артём, поглядывая сверху на плешивую и тоже словно похудевшую голову Василия Петровича.

Иногда голова мелко тряслась.

— ...А когда холода? — спрашивал кто-то шепотком неподалёку, — как тут выжить?

— Доживи до зимы, — хрипло и тихо — но все услышали — сказал кто-то из тех, кто уже был в церкви к приходу новых штрафников — его место было видно с нар Артёма.

Несколько человек подошли к тем нарам внизу — на прозвучавший голос. Кто-то спросил:

— А как здесь? Что?

Но одетый в двое или трое подштанников и немыслимое, но тоже в несколько слоёв тряпьё человек больше ничего не говорил, словно берёг каждое своё слово, зная, что до смерти их осталось наперечёт.

"...исподнее-то он с мёртвых снимал", — понял Артём.

Здесь и без холодов было уже нехорошо: сырое помещение, неустанные сквозняки; на улице было не больше десяти градусов.

Многие дрожали, лязгая челюстями, — хотя тут не поймёшь, от холода или от ужаса. Иные, согреваясь, ходили по церкви туда-обратно. Впрочем, и тут не поймёшь — согреваясь ли...

Неподалёку от нар Артёма было окно — он и полез сюда, быть может, неосмысленно — потому что свет хоть немного падал, даже сквозь щит, скрывавший окно с уличной стороны — а везде была полутемь.

Один человек внизу зажёг спичку — её тут же погасило сквозняком.

— Ай-ай, — сказал он, как будто сердился на спичку.

Это был чеченец Хасаев, бывший дневальный двенадцатой роты, Артём узнал его. Хасаев был волосат, крепок и, в отличие от большинства других, не мёрз, а только сутулился и озирался, словно точно знал: выход есть и отсюда, надо только догадаться, где он.

Немного освоившись, Артём понял, что зимой пожалеет о своём месте — печки в церкви не было, зато, если случится косой, злобный ветер — снежная пыль от окна будет лететь ровно к его нарам.

"...Потом, всё потом", — думал Артём, глядя стены.

Он был словно в похмелье, невыветрившемся и ещё дурманящем голову, — когда ещё не очнулся настолько, чтобы вспомнить, что было вчера.

Стены были покрыты грубой известкой — должно быть, большевики на правах новых хозяев замазали настенные росписи.

Надо было понять, чем и как здесь можно согреться — до того момента, когда всё закончится — ведь должно закончиться: Галя придумает что-то, мать отмолит, да что угодно может произойти — лишь бы сейчас не замёрзнуть. Ничего пока в голову не приходило.

Всех заставили разуться и раздеться до исподнего на входе в церковь. Покидали всё в кучу и пообещали сжечь. "Всё одно она вам больше не пригодится, а клопов нечего морозить!" — проорали надзорные красноармейцы, веселя друг друга.

Разрешили взять только ложки — у кого были. У Артёма была — он ещё на острове, по совету Крапина, зашил в подкладку пиджака запасную ложку — когда раздевался, извлёк её.

Ещё у него, в отличие от многих, имелись вязаные, тоже с Лисьева острова захваченные носки, и осталась простынь — на свою удачу, Артём, как его поволокли из кабинета Горшкова, так и держал простынку в скрюченных руках.

Потом, лёжа в карцере, превозмогая муку во всём теле, Артём приспустил штаны и, приподняв майку, накрутил простынку на себя, чтоб согреться.

— Били-мяли тесто... Жених и невеста, — приговаривал Артём, чувствуя, что плачет, и даже от слёз лицу было больно.

Горшкову он так ничего и не сказал, только, едва начинали бить, кричал как припадочный:

— Я не знал, что Граков стукач! Не знал! Я догадался! У него на лбу написано, что он стукач! Кто ещё может работать в соловецкой газете! Я не знал!.. Я догадался!..

Горшков, как видно, пережил бессонную ночь с Василием Петровичем — и на Артёма его въедливости уже не хватило.

Били Артёма только до обеда — всего часов шесть, не больше, да и то без вдохновения и с перерывами — Ткачук ходил за пирогами в главкухню, потом они их ели с Горшковым и обсуждали каэрок, пришедших в женбарак с новым этапом, не забывая при этом коситься на Артёма: ровно ли тот стоит.

Из одиночного карцера на допрос Артёма больше не вызывали, а на другой день, затемно, ещё до гудка, погнали сюда.

В пути Артём ни с кем не здоровался и не говорил — да и возможности не было: то начинался, словно жестоко дразнясь, то затихал ливень, многие думали, что их ведут на расстрел, пока не пробежал по строю мокрый, трясущийся шепоток, что движутся они в сторону Секирки.

Каждый лагерник знал, что Секирная гора — это почти что смерть; но не самая смерть же.

Там, верил Артём, хотя бы сухо.

Хотелось как можно скорей миновать эту сырость и поползшие из-под ног несусветные грязи.

Артём успел заметить по пути купол часовни в кустах у самой Секирной горы... от часовни дорога шла вверх — там красный, несломленный крест расставил руки, встречая новых прихожан... гладко выструганные белые перильца, каменные ободки вдоль дорожек выбелены известью... на семидесятиметровой высоте Секирной горы стояла белая церковь, крытая красной жестью, — восьмигранный храм Вознесения... церковные окна скрывали бельма: красные щиты-нашлёпки... барабан-колокольня с четырьмя проёмами звона...

Венчала храм покрытая лемехом глава со стеклянным фонарём маяка.

Как душевнобольной в кустах, неподалёку от церкви торчал, моргая нехорошим и пугающим глазом окошка, жёлтый домик — там, кажется, размещалось управление четвёртым отделением соловецких лагерей.

Вход в церковь был с западной стороны. При входе имелся деревянный пристрой.

В притворах церкви — лестницы, ведущие через колокольню на маяк, но ходы были наглухо забиты. Кто-то сказал, что маяк этот видно за полсотни километров...

Лагерников облаяла чёрная собака на цепи.

Дождь, пошедший от Секирки вниз, перебирал и торопливо ощупывал деревья одно за другим, как слепой в поисках своего ребёнка.

На душе было тупо.

...Артём отжал носки и подштанники, положил их под себя, сам завернулся в простынь и лёг сверху, чтоб подсушить своим телом.

Забылся трудным, ледяным сном на час или даже на два, разбудил вопль:

— Да что ж это такое! Не расстреляют, так уморят холодом и голодом!

Все словно осмелели от чужого голоса и разом заголосили — в толпе кричать не страшно.

Самый смелый бросился к дверям и начал долбить руками и ногами.

Весь промёрзнув, Артём сел на нарах, руки тряслись, то ли от вчерашних побоев, то ли от позавчерашней могильный работы, и пошли волдырями — будто целый день рвал крапиву, в груди ломило, как от воды с чёрного колодезного дна, локти от тряски выпадали из суставов, ноги плясали...

Зато подштанники высохли.

Артём разорвал простыню на два куска, снял рубаху, на минуту оставшись совсем голым, и, все мышцы напрягая, чтоб руки слушались, наново перекрутил кусками простыни своё молотое, да недоперемолотое тело:

— Запеленался, мать, — неси сиську с молоком, — зубом на зуб не попадая, попросил Артём.

Заново надел исподнее и носки и вместе с остальными разошедшимися лагерниками заорал:

— Печку! Печку! Еды! Еды! Печку! Печку! Еды! Еды!

От крика чуть разогрелась кровь, многие орали, приплясывая, или колотили кулаками по нарам. Потом кто-то сказал:

— Тише! Тише! Что за звук? Идут?

Всё ближе и ближе звучал нежнейший звон.

Грохнул засов.

В проёме дверей появились красноармеец и чекист в кожаной куртке. Чекист улыбался ласково и обнадёживающе, как сват. В руках у него был большой колокольчик, он так и звенел им, и никто не решился этот звон нарушить криком или словом.

Красноармеец взял за шкирку первого же стоявшего у дверей лагерника и дёрнул за собой.

Дверь закрылась.

Колокольчик пошёл в обратную сторону.

Все прислушивались, как будто это был чистый знак, суливший что-то неведомое.

Всякий понимал, что, пока звенит колокольчик, ничего не случится.

Колокольчик стих — и тут же раздался выстрел.

* * *

Ночью похолодало: Артём, как и почти все в изоляторе, спал в несколько заходов: за час-другой замерзал так, что мутился разум.

Приходилось вставать и, толкаясь с другими лагерниками, ходить в полной темноте по кругу.

Снова ложился, снимал носки и как варежки приспосабливал их на руки. Снилось при этом, что растянул носок до такой степени, что забрался туда целиком — это был последний хороший сон этой ночью.

Скоро пришлось опять подниматься — стало втрое холоднее, хотя казалось — хуже не может быть.

"А если снег? — подумал Артём. — Сейчас ведь и минус одного нет, наверняка..."

Снова ходил по кругу.

Вернулись клопы, про которых Артём, после двенадцатой роты, успел забыть. Во второй их более-менее морили, в Йодпроме и на Лисьем острове — клопов не было вовсе.

Теперь клопы тревожили и помогали бороться со сном.

Кто-то, всё же закемарив на ходу, повалился на Артёма: он поймал спящего, хотел сразу избавиться от чужого человека, но вместо этого продержал его в руках чуть дольше — тёплый же.

Человек проснулся, толкнул Артёма в грудь.

"Главное — до утра, главное — до утра дотерпеть, — молил себе Артём, вышагивая. — Главное — до утра".

После третьего заплыва в дурной сон, вынесший Артёма в натуральное ледяное крошево, облепившее тело изнутри и снаружи, попытки поспать он уже не предпринимал. Ни ходьба по кругу, ни ужимки и прыжки не могли согреть до той степени, чтоб хватило воли улечься на свои нары. Чего там делать — околеть разве.

От холода забылась и боль в рёбрах, и расползшийся по лицу изуродованный нос, и покрытые волдырями руки, и выбитая челюсть, из-за которой любое, громко сказанное слово отдавалось в затылке, как будто в мозгах ворочалась рыбья кость.

Состояние к утру было такое, что если б Артёму предложили вернуться на допрос в кабинет Горшкова — он бы побежал туда бегом.

Оказалось, что хуже холода нет ничего — даже когда Горшков бил кулаком в самое лицо, Артём мог, как в обмороке,

переждать, потом отползти в угол и вдруг, сквозь своё мало-
мыслие и звериную, кровавым носом хлюпающую тоску,
вспомнить, как обижался на Крапина с его дрыном — смех!
Смех, да и только.

Холод же был страшнее и Ткачука, и Горшкова — про холод нельзя было пошутить, разум отказывался видеть в этом
хоть что-то забавное, мир вокруг больше не ждал никаких ответов и надежд не оставлял.

Тело застывало и молило о любой хоть сколько-нибудь тёплой вещи, как о вечной жизни, — Артём и представить не
мог, сколько бы отдал за горячую кружку кипятка... Вот эту
самую вечную жизнь и отдал бы — даже не за кипяток, а просто за пустую горячую кружку.

Но потом появилось солнце, и он влез на свои нары, и пытался заманить к себе, на себя, внутрь себя хоть один луч.

К девяти часам принесли еды — тот самый кипяток и по
три четверти фунта непропечённого хлеба.

Старостой вызвался быть Хасаев, ни один не выступил
против.

Он разливал кипяток в несколько глиняных чашек, никто
не подрался, не переругался, всем хватило.

Артём выпил, цедя каждый благодатный глоток, волшебную горячую воду, и потом съел без остатка хлеб, удерживая
во рту каждый, мелко и с величайшим бережением отломан-
ный мякиш, пока он не таял целиком.

Едва ли он согрелся — но кровь ожила и была благодарна
Артёму и солнцу, которое наконец стало ощутимым, и даже
вернулась боль в носу, в спине, в губах, в рёбрах, в затылке —
но это ничего, это можно перетерпеть, это поживёт.

Вернулось зрение, слух, рассудок, способность улыбаться.
Вечную жизнь он решил пока оставить при себе.

В боковых приделах, оказывается, имелись ещё и карцеры.

“...Туда-то, что ли, совсем голых сажают? — спрашивал себя Артём. — И не кормят вовсе?”

Параша имелась в месте Святого жертвенника — кадка
с доской.

Артём посетил и это место. Возвращался оттуда, натирая больные бока кривыми своими пальцами, невыспавшийся, но всё равно повеселевший.

"А вот монах, который жил в норе, — ему каково было, — размышлял Артём. — Ему даже кипятка никто не приносил..."

Первую вещь, которую Артём понял на Секирке, — что работа, по крайней мере осенью, — вещь не самая страшная. Если б их сейчас выгнали на улицу — было бы куда проще.

Обращал на себя внимание один из старожилов Секирки, одетый в несколько рубах и подштанников, на распухшие свои ноги он накрутил крепко перевязанные портянки, одни на другие, как капуста.

Из его поведения Артём вывел другой секирский закон: спать лучше днём — оттого что днём теплее, а ночью двигаться и выживать.

Утром ни на минуту не ложившийся секирский старожил деловито, как лесник, обошёл все нары, трогая лбы и щёки ещё не поднявшихся штрафников. Иногда на него кричали: он молча отходил, ничего не отвечая.

Он караулил любую ночную смерть — случилась она и в эту ночь: один лагерник умер.

Однако про то, что любое, пусть и с мёртвого, бельё лучше, чем отсутствие всякого белья, догадался и Василий Петрович, который без лишних разговоров первым потянул с мёртвого соседа подштанники.

Картина была неприглядная, и Артём отвернулся.

Старожил, стоявший в головах у мертвеца и собиравшийся проделать ровно то же самое, невнятно выругался и попытался подштанники удержать.

Василий Петрович разогнулся, оставив бельё на коленях у мертвеца, сгрёб в свои жестяные пальцы лицо старожила и резко выпрямил руку — человек, вскинув ноги, упал на каменный пол, сильно ударившись затылком: проживший неделю или, может быть, месяц на Секирке, он оказался куда слабее, чем всего лишь два дня битый собиратель ягод с неприглядным прошлым.

Голова Василия Петровича подрагивала сейчас особенно заметно, но движения были злы, порывисты и уверенны. Он рывком извлёк из-за пояса ложку, присел, надавив на грудь упавшему коленом, и, прижав конец ложки к его зажмуренному глазу, пообещал:

— Только подойди ещё раз. Ослеплю, — и надавил.

Это был другой Василий Петрович, такого Артём никогда не встречал и всерьёз усомнился теперь, с его ли рук ел ягоды.

Артём поскорей забрался к себе, чтоб попытаться ещё хоть чуть-чуть погреться — может, хватит солнечных щедрот на один длинный луч до самой Секирной горы.

Через какое-то время, как в прежние времена, возле нар его образовалась голова Василия Петровича.

— ...Здравствуйте — глупо, — негромко произнёс он, словно продолжая начатую ещё в двенадцатой роте речь. — День добрый: просто ужасно. Приветствую вас: пошло. Может быть, большевики придумают другое слово, чтоб приличные люди могли поздороваться в таких местах... Как думаете, Артём? "А что не сдох?" — возможно такое приветствие? Его надо произносить одним словом. Ачтонесдох! Что-то в этом египетское слышится, из эпохи фараонов... Но вам я всё-таки хочу сказать: здравствуйте.

Артём ловил солнечный луч в ладони, вроде как собираясь накопить тепла и умыться им.

— Здравствуйте, — сказал он спокойно: за спину Горшкова, что ли, ему было переживать теперь.

— Знаете, мой отец закончил жизнь как дикий барин, — положив руки на Артёмовы нары и оглаживая доски, словно пытаясь согреться о них, говорил Василий Петрович. — Вы, наверное, не знаете, что это такое? Это барин, продавший или пропивший своё поместье, но оставшийся жить в местах, где в былые времена казнил и миловал. Поначалу его прикармливал купец, выкупивший у него за бесценок наш родовой дом, и сад, и конюшню, и... всё остальное. Потом купцу он надоел, и батюшка мой ходил по мужичьим дворам, и те выносили ему то яичка, то самогоночки. И называли батюшку "дикий барин". Он благодарил их по-французски, выпивал, шёл дальше... Говорят, его случайно застрелили купеческие гости, когда охотились. Я не знаю. Я ужасно презирал его... Но видел бы сейчас меня мой сын! — И Василий Петрович кивнул на невидимые Артёму подштанники.

— У вас есть сын? — спросил Артём.

— Сын? — переспросил Василий Петрович. — Есть. Впрочем, нет. И никогда не было. Поначалу мне казалось, что вы могли бы стать моим сыном... И вы в каком-то смысле теперь им стали — вы презираете меня, как дети презирают родителей.

— Я? Зачем? Нет, — сказал Артём и, оставив надежду на солнечный луч, убрал руки под мышки: они только зябли.

— Тогда, значит, точно не сын: вам всё равно, — заключил Василий Петрович.

Странно, но голос его успокаивал Артёма, и он уже готов был представить проклятую жизнь в двенадцатой роте как прежние, добрые дни — сейчас Василий Петрович позовёт его спуститься вниз, и предложит ягод, и ещё баранку, и даже чая: как жаль, что это закончилось. Всмотревшись в прищуренные глаза Василия Петровича, Артём смолчал. Василий Петрович прав: ему действительно было всё равно.

— Артём, я хотел бы вам сказать, мне всё-таки важно... — поделился Василий Петрович и даже оглянулся по сторонам, как будто здесь его признания могли быть хоть кому-то интересными. — Когда мы с вами... общались и были, я надеюсь, дружны... я вас ни разу не обманул. Понимаете? Просто не говорил о некоторых вещах.

Артём покивал головой. Имело бы смысл сейчас сказать Василию Петровичу, что он мог бы умолчать о "некоторых вещах" на допросе — но к чему? Тоже лишний расход тепла.

Со сдержанной и удивлённой болью цыкнув, Артём полез к себе за пазуху: клоп.

* * *

После утренней поверки пришёл красноармеец и велел Хасаеву назначить дежурных.

Артём по привычке затаился, и выбрали не его.

Дежурным приказали вынести парашу.

По всё той же привычке Артём порадовался, что препоручено это не ему, и тут же понял, что сглупил: тащить парашу — это значит оказаться на солнце, вдохнуть воздуха, осмотреться, размяться, понюхать солнечный свет. Если всё делать неспешно, то можно минуть десять прогулять — смотря ещё где опорожняют парашу, а то, может, и больше.

Вернувшись с парашей, дежурные тут же отправились назад — на этот раз выносить труп, о котором Хасаев доложил красноармейцам.

Свернувшись, Артём снова задремал и спал крепко: днём воздух мало-мальски прогрелся. Снов стало очень много, они непрестанно сменялись и путались, один вытеснял другой, запомнилось только, что вблизи разожгли печку, но, хотя дрова уже пылали, огонь в печи был ещё холодный — словно и ему надо было разогреться. Артём терпеливо ждал, иногда трогая языки пламени рукой — ощущение было схожее с тем, когда на руку плеснут одеколоном или спиртом. Потом подставил спину огню и начал дожидаться, когда он дозреет.

Весь сон был воплощённым терпением.

К обеду тело оставила память о горячей воде и растаявшем во рту хлебе.

Разговорившиеся было лагерники снова притихли, лежали скисшие и застылые. Глаза держали полуприкрытыми, словно и они мёрзли.

...В обед их покормили снова: баландой.

В баланде не было ни рыбы, ни моркови, ни картошки, ни капусты, ничего — только несколько сопливых сгустков, налипших по бокам и ко дну — на зато она была горяченная, и, пока Артём держал чашку в руках, ладони успели вспотеть и волдыри сладостно заныли.

После баланды предложили ещё и чаю — то есть целое ведро кипятка.

Хасаев уже вошёл в свою силу, кого-то залезшего во второй раз в очередь настолько сильно ударил в грудь, что глу-

пый человек так и просидел у дверей до самого конца разда-
чи, зевая, как рыба.

Его потревожили, когда после обеда раздался шум засо-
вов — все застыли, вслушиваясь, не зазвенит ли колокольчик, — но обошлось, и в церковь запустили очередную, человек в десять, полуголую толпу лагерников — среди них был
немедленно опознан по рясе владычка Иоанн.

— Без попа не оставят! — засмеялся кто-то. — А тебя что
не раздели, владычка?

— Голого попа даже чекисты боятся, — засмеялся тот в ответ, и многим разом стало смешно, и будто надежда забрез-
жила.

Василий Петрович немедленно встал со своих нар, обрадованный больше всех, как если бы к нему приехала самая
близкая родня, — Артём подумал вдруг, что у его прежнего
товарища, наверное, нет никого — ни жены, ни родителей,
и никто его не помнит.

“...Разве что бродящие по свету инвалиды, которых он не-
дозамучил, а только отщипнул по куску, как от пасхального
кулича”, — подсказал себе Артём.

Владычка заселился на место умершего ночью лагерника.
Несколько человек подошли к нему за благословеньем, он
всех жалел и гладил по головам.

Артём, свесившись с нар, ненавязчиво наблюдал за этим и
боролся с тихим желанием спуститься вниз и тоже погреться
под веснушчатой владычкиной рукой.

Слышались слова: “...не будем сожалеть...”, “...ноги их бегут ко злу, и они спешат на пролитие невинной крови...”,
“...они на злое выросли, а на доброе — младенцы, а вы будьте
наоборот...”, “...воскрес Господь — и вся подлость и низость
мирская обречены на смерть...”, “...всесильная Десница...”,
“...мы недостойны мук Христа, но...”

“...Недостойны, но... недостойны, но...” — повторял Артём.

Словами владычки будто бы наполнилось всё помещение.
Они шелестели, как опадающая листва. С порывом сквозняка
слова взлетали под своды и снова тихо кружили. Всякое слово
можно было поймать на ладонь. Если слово попадало в луч

света, видна была его тончайшая, в голубых прожилках, плоть.

Василий Петрович терпеливо дожидался, когда кончатся ходоки. Батюшка остался один, и Василий Петрович негромко спросил, что ж такое завело его на Секирку.

— Мне сообщили, — всё так же добродушно и с готовностью ответил владычка, — что я подговаривал Мезерницкого убить Эйхманиса. И протестам моим не вняли. Разве я могу подговаривать человека поместить свою душу в геенну огненную?

На любопытный разговор и Артём спрыгнул вниз.

— И ты здесь, милый? — вскинув на него взгляд, сказал батюшка Иоанн. — Я-то думал, твоё лёгкое сердце — как твой незримый рулевой, знающий о том, что попеченье его у Вышнего, — проведёт тебя мимо всех зол. Но отчаиваться рано: ведь, вижу я, и здесь люди живут. Как вы тут живёте, Божьи люди?

— Две ведра кипятка выпили, владычка, — сказал Артём, пережидая боль и в ноге, и в голове, и в спине — прыгать надо было побережней, он даже забыл, что хотел спросить. — Ведро баланды... Хлеба дали пососать.

— А и кормят здесь? — всплеснул руками владычка. — А я мыслил: везут заморить — а на горе селят, чтоб ближе было измождённому духу вознестись! — Владычка засмеялся, — Значит, на Господа нашего уповая, есть смысл надеяться пережить и секирскую напасть. Всякий раз, — увлекаясь своей речью, продолжал он, — когда идёшь мимо чёрного околыша или кожаной тужурки, горбишься спиной возле десятника или ротного, думаешь: ведь огреют сейчас дрыном — и полетит дух мой вон, лови его, как голубя, за хвост. Но ведь не бьют каждый раз! И раз не бьют, и два, а бывает, и человеческое слово скажут, не только лай или мычанье! И заново привыкаешь, что люди добры!

Владычка обвёл глазами Артёма и Василия Петровича, словно ожидая, что они разделят его удивительное открытие, — но так как они не спешили с этим, он и сам согласился себя оспорить.

— ...но только вроде привыкнешь, что люди добры, сразу вспомнишь, что был Путша, и вышгородские мужи Талец и Еловец Ляшко, которые побивали святого Бориса и повезли его на смерть по приказу окаянного Святополка. Был старший повар святого Глеба по имени Торчин, который перерезал ему горло. Были московские люди, один из которых сковал оковами святого Филиппа — бывшего соловецкого игумена, митрополита Московского и всея Руси, другой ноги его забил в колоду, а третий на шею стариковскую набросил железные вериги. И, когда везли Филиппа в ссылку, был жестокий пристав Степан Кобылин, который обращался с ним бесчеловечно, морил голодом и холодом. И был Малюта Скуратов, задушивший Филиппа подушкой. И у всех, мучивших и терзавших святых наших, у палачей их и губителей были дети. А у Бориса не успели народиться чада, и у Глеба — нет. И святой Филипп жил в безбрачии. И оглядываюсь я порой и думаю, может, и остались вокруг только дети Путши и Скуратовы дети, дети Еловца и Кобылины дети? И бродят по Руси одни дети убийц святых мучеников, а новые мученики — сами дети убийц, потому что иных и нет уже?

Владычка вдруг заплакал, негромко, беспомощно, постариковски, стыдясь себя самого — никто не мог решиться успокоить его, только ходившие по церкви встали, и разговаривавшие на своих нарах — стихли.

Продолжалось то меньше трети минуты.

Владычка вздохнул и вытер глаза рукавом.

— Но и этих надо любить, — сказал он и осмотрел всех, кто был вокруг. — Сил бы.

$$* * *$$

В девять часов провели вечернюю поверку.

Ужина не принесли.

Артём сидел на своих нарах, обняв колени, и твёрдо понимал, что сегодня спать будет ещё невыносимей, чем вчера: в небе клубилась леденеющая хмарь.

"А как же бабье лето? — думал Артём. — Уже было?"

В ответ на подоконник прилетела снежинка.

Артём раздавил её пальцем.

"Это зима, это конец", — сказал.

Отчего-то он с каждым часом всё меньше надеялся на Галю — он и так ни разу не вспоминал за двое суток ни лица её, ни тем более встреч с нею, — однако поначалу негласная уверенность в её скорой помощи дышала в нём.

Но, прожив эти дни в болезненном оцепенении духа — не мешавшем, впрочем, пить кипяток, разговаривать, разглядывать подрагивающую голову Василия Петровича, вслушиваться в речь владычки, — он, незаметно для себя и никаких усилий не прилагая, от этой уверенности избавился.

...Просто заглянул однажды на секирском обледенелом досуге в тот уголок своего сердца, где уверенность в Гале хранилась, и ничего не обнаружил.

И тут же убедил себя, что в этом месте с самого начала была пустота. В природе не существовало никакой Гали, и взяться ей было неоткуда.

Так Артёму выживать показалось куда проще.

Развлекая себя, он, пока ещё не стемнело, соскабливал ложкой известку со стены. Руки его были неловкие и кривые от холода, но всё ж хоть какое-то занятие.

За слоем известки обнаружился глаз.

Поскоблил ещё — появилось ухо.

На ухо можно было что-то сказать.

Артём, неожиданно вдохновившись, продолжил работу, но внизу раздался недовольный голос Василия Петровича:

— Артём, что из вас сыплется всё время? Вы перетряхиваете свой гардероб?

Ничего не ответив, Артём оставил своё занятие до завтра.

Около полуночи, чувствуя непрестанный озноб и налипшую изморозь даже на корнях волос, Артём полез вниз.

Пытался себя утешить тем, что среди штрафников было много босых — каково им ходить по полу... но чужие страдания не крепили дух.

В церкви многие кашляли, кто-то подвывал от холода, кто-то плакал, кто-то молился — стоял неумолчный гул, как в предбаннике преисподней.

Всякий искал хоть какой-нибудь источник тепла — о, если бы посреди церкви обнаружилась хотя бы нагретая спица — какое было бы счастье.

Обняв себя неловкими руками, Артём всерьёз размышлял, а возможно ли человеку свернуться подобно ежу. Хотя зачем какому-то человеку: вот ему, конкретному Артёму, — возможно ли?

Свернуться и закатиться в угол, ощетиниться там, затихнуть, лапы внутрь, голова дышит в собственный пупок, вокруг только спина.

А? Но почему же этого нельзя сделать? Почему Артём морил свой рассудок ненужными знаниями, стихотворными строчками, вертелся на турнике, тянул свои мышцы, учился боксу, вместо того чтоб заниматься единственно нужным и важным: уметь оборачиваться ежом?

Загремела входная дверь, все остановились в напуганном ожидании, которое могло мгновенно обернуться радостью.

В проёме дверей появился красноармеец, один.

— Солдатик, может, печечку? — до смешного жалобно, как отринутый мужчина о любовной утехе, попросил кто-то.

— Заупокойную свечечку, — в рифму ответил солдат и бросил на пол возле входа ворох верхней одежды.

Сразу было видно, что вещей на всех не хватит — и даже если каждую вещь разорвать пополам, многим всё равно не достанется ничего.

Никто ещё не выхватил из вороха ни одной рубахи, но в толпе лагерников произошло движение, выдавшее разом огромную человеческую отчуждённость — каждый хотел взять только себе.

— Эй! — выкрикнул Хасаев. — Я староста! Я буду делить! — но никто даже голову не повернул в его сторону.

"Сейчас будет драка..." — понял Артём; у него была весомая масть на фарт — разве что не хотелось подставлять битые рёбра снова, но делать было нечего.

— Дети мои, — сказал владычка негромко, но все услышали и остановились. — Дабы не замёрзнуть, нам придётся не только жить, но и спать как истинные во Христе братья. Вещей этих, всякий видит, не хватает нам.

— Скажи батюшка, скажи, как быть, — выразил кто-то мнение большинства.

— Мы бродим туда-сюда и только нагоняем сквозняка, в то время как тепло надо беречь, — и когда самые удачливые, или сильные, или глупые из нас наденут эти вещи, — они тоже не смогут согреться, но лишь вызовут в своих соседях дурные качества: злобу, зависть, а то и, когда пойдут снега, — а мои кости уже предчувствуют холода, — желание смертоубийства.

— Владычка, ну, скорей же, — попросил кто-то, видимо, уже сейчас с трудом сдерживающий в себе желание всё-таки зарыться в этот ворох, а также злобу, зависть и всё прочее перечисленное.

Иоанн предложил настелить доски с нар на полы и улечься штабелем — четыре человека внизу, четверо — поперёк — на них, сверху ещё четверо, создавая как бы двойную решётку, следующие четверо снова поперёк... А сверху прикрыться этой одеждой.

Один штабель будет великоват и тяжеловат, поэтому лучше разложиться в два.

— Раз в час надо вставать и верхним ложиться вниз, а нижним подниматься выше, а то передушим друг друга, — сказал владычка.

Голос его звучал уверенно, словно секирская эта церковь стала кораблём, а он, так уж получилось, её капитаном.

Уговаривать никого не пришлось. Самые замёрзшие, в нетерпении, легли первыми.

Потерявшие стыд и брезгливость и помнящие лишь о тепле, мужчины укладывались друг на друга.

К одному штабелю пристроился другой, рядом, бок о бок, пятка к пятке, темечко к темечку.

Последним остался Хасаев, он кое-как закидал всех пиджаками и плащами — и вроде хватило.

— Тут есть только одна накидка, — сказал Хасаев. — Возьму её себе и лягу один, да? — с достоинством попросил он.

Никто не был против.

Поначалу всем было удивительно и даже, насколько позволяли обстоятельства, забавно — нижние терпеливо переносили тяжесть в обмен на согрев, верхние посмеивались, стараясь не очень шевелиться.

— Владычка, ты бы сказку рассказал, — попросил кто-то. — Без сказки не уснём.

— Помолюсь за вас, деточки, — сказал батюшка Иоанн. — А проснётесь, и солнышко выйдет, и Господь снова всех приголубит.

Артём засыпал, как в детстве: с надеждой на утро и материнские тёплые руки. А про саму мать, томящуюся при монастыре, он не вспомнил вообще ни разу, и сейчас тоже не стал: в тюрьму её не посадят, но отправят домой, там ей место. Что сын живой — знает, какое ещё знание ей нужно.

...Через час по слову будто и не спавшего владычки оба штабеля рассыпались — но потом, в полутьме лагерники долго не могли улечься заново, толкались, путались, переругивались. Один штабель смешался с другим настолько, что в первом оказались все двадцать человек, а в другом только двенадцать.

...К самой чёрной ночи сон превратился в работу, едва ли не как наряд на баланы: кости ломило, голова раскалывалась, усталость валила с ног, кого-то придавливало до такой степени, что человек не мог встать, ему помогали. Потом он долго, наступая кому на ногу, кому на голову, вползал на верх штабеля.

— Рогатина корявая, чего ты там телишься, — орали снизу.

Владычка вздыхал и, кажется, печалился, что не может, весь зажатый-пережатый, перекреститься, только повторял: "Ох-ох-ох..."

Артёму казалось, что владычка целую ночь слушает сердце каждого, кто рядом, — пересчитывая, как цыплят, людей в штабеле: вот одно сердечко, вот пятое, вот седьмое, вот десятое — все торопятся, бегут, не отставайте, милые.

Ближе к рассвету кто-то посредине затеялся кашлять — снова всем мешал, — снизу сипели, чтоб заткнулся, сверху норовили ткнуть наобум в бок, но попадали, наверно, совсем в другого: где тут разберёшься.

Наутро все выглядели так, словно беспробудно гуляли, справили три свадьбы, устроили три драки, поломали кости трём женихам, да и сами пострадали.

Но ни один не замёрз.

* * *

— Владычка, вы ведь придумали всем спасение, — говорил Артём утром, за кипяточком. — Иначе так бы и вымерзали по одному.

— А я знаю, — с извечной своей улыбкою, ироничной только по отношению к себе, отвечал отец Иоанн; от него почему-то пахло сушёными яблоками. — Вечного спасения обеспечить не могу, я всего лишь, как и вы, надеюсь на него, зато хоть временное обеспечу.

— Знаете? — засмеялся Артём.

И владычка тоже, как бы тушуясь, очень забавно захихикал, искоса поглядывая на Артёма.

"...Обожаю его!" — вдруг подумал Артём с таким невероятным для него чувством, с каким никогда ни об одном мужчине, кроме отца, не думал.

Ему было славно и к тому же не очень холодно: с утра он недолго думая присвоил себе один из пиджачков, служивших ночью всему штабелю.

Владычка наклонился к уху Артёма и с большой, умилительной секретностью ему поведал:

— В детстве играешь в песочке, а сам размышляешь: вот идёт тётя, смотрит на меня и думает: "Какой хороший мальчик!" — Владыка отстранился и, ещё не смеясь, но уже часто дыша, как бы в преддверии смеха, осмотрел Артёма: вид у него был такой, с каким мальчишки рассказывают нехорошие анекдоты.

Артём уж не стал признаваться, что и с ним такое бывало: разговор того не требовал. Тем более что сам владычка продолжил:

— Всякий про себя до самыя смерти думает: "А какой я хороший мальчик!" Я вот иной раз и на исповеди думал про себя: "Какой я хороший поп! Ах, какой хороший!"

Владычка осмотрелся по сторонам, не подслушивает ли кто его признаний. Но делал он это больше для вида или даже для Артёма — самому батюшке Иоанну уже было всё равно, что о нём подумают, он переживал, как бы плохо не подумали о его собеседнике.

Никто, как батюшке показалось, к ним не прислушивался. Хотя Артём отлично видел, что один человек на соседних нарах всё время к ним придвигается, чтоб ни единого слова не упустить. Это, конечно, был Василий Петрович, наглядно ревновавший владычку к Артёму.

— Может быть, я ошибаюсь, милый, — разборчивым шепотком говорил Артёму отец Иоанн, — но ты живёшь так, что порежь тебе руку — рана заживёт тут же. Я говорю о душевных ранах, хотя и телесные рубцы на твоей молодой коже замываются первым же днём, как волной на песке. Кое-что я вижу сам, кое о чём мне рассказывают — Соловки хороши тем, что здесь все видны, как голые, и раздевать не надо. Жизнь несоизмерима с понятием — и ты жил по жизни, а не по понятию. Душа твоя легко и безошибочно вела тебя, невзирая на многие напасти, клеветы и тяготы. Сказано, что с преподобными преподобным будеши, с мужем неповинным — неповинен будеши, с избранными — избран будеши, а со строптивым развратишься. Но ты со строптивыми и виновными был — как с избранными и преподобными. Не суесловный и не смехословный, не стремившийся к самооправданию, к ложной божбе, лукавству, лицемерию, сплетням, кощунству и унынию — ты был как дитя среди всех. Как колос, не поспевший, но полный молоком беззлобия — и если приходилось тебе вести себя сурово, то это было не в силу одержимости безрассудной злобой, а в силу разумного сбережения тела своего, которое есть сосуд, куда помещён дух Божий.

Артём смотрел в каменный пол, не двигаясь и сжав ладони в замок.

Ничего этого за собой он не знал, да и знать не хотел, но ему всё равно было тепло на душе.

Василий Петрович, кажется, вовсе дышать перестал.

— Я сам, — признавался владычка, — воспринял Соловки как суровую школу добродетелей — терпения, трудолюбия, воздержания. Благодарю Бога, что попал сюда — здесь могилы праведников, на эти иконы крестились угодники и подвижники, — а я молюсь пред ними.

"...И Стенька Разин пред ними молился", — вспомнил вдруг Артём, знавший, что бешеный казак, любимец чёрного люда, ещё до затеянного им бунта дважды ходил с Дона на Соловки через всю Русь. Эта мысль странным образом не оспаривала слова владычки, а была согласием с его правотой.

— Все, кому суждено здесь выжить, — рассказывал владычка, словно зная наперёд, — проживут долго. И ничего более не устрашатся.

— А всем, кому суждено умереть, — умрут быстро, — по-хорошему засмеялся Артём, негромко и чисто, как хороший, хоть и дерзкий мальчишка.

— А и так, а и так, — подхватил его смех владычка. — Но какой бы ни был твой путь, помни, что Господь присмотрит за каждым и каждому воздаст по делам его и вере. Сказано было: кто оберегает свою жизнь, тот потеряет ее, а кто потеряет свою жизнь ради Господа нашего — тот сбережёт ее. Глядя на тебя, тешу себя надеждой, что есть те, кто жизнь не берегут, — и не теряют её. Но, когда бы ты укреплял себя словом Господним и верою в него, — было бы тебе стократ проще, и чувствовал бы ты за спиной своей — ангельские крыла. Тяжело ведь без ангела-хранителя. Если грязи по колено — и не перепрыгнешь. А помолился бы — глядишь, он и перенёс бы тебя. Вернулся в роту, а шкеры сухие, и ботинки не распались на части. Если замёрз во сне, поискал среди ночи крыло его, прочёл молитву — и завернулся им. Перо его, может, и хлипкое на ощупь, но греет по вере — очнёшься утром, оглянулся — вокруг снеги, изморозь висит уж и не на стёклах, а в самом воздухе рисует узоры, а ты — цел.

Артём вздохнул.

Даже глядя вниз, в холодные, затоптанные лагерниками полы, он чувствовал, что отец Иоанн озирает его с надеждой и нежностью.

Поднял глаза на владычку и кивнул: да, мой родной, славный мой, дедушка мой, да.

Только сейчас заметил Артём, что батюшка Иоанн держит в руках не отобранное у него Евангелие и пальцами поглаживает затрёпанную книжицу, как живую, то ли лаская её, то ли к ней приласкиваясь.

"Что тебе, трудно, что ли? Возьми книжку-то хоть в этот раз, — попросил себя Артём. — Мало ли ты глупых книжек брал у товарищей, с лица-то не опал..."

Вместо этого мягко, как самостийный зверь, Артём встал, тут же ухватился за край своих нар и легко вскинул стремительно поджившее тело наверх, к своим сквознякам, лёгкой снежной крупе на подоконнике, к уху и глазу на стенной росписи, которую вчера частью отскоблил.

Василий Петрович, очевидно обрадованный уходом Артёма, переместился к владычке, и они о чём-то понятном им обоим продолжили перешёптываться и посмеиваться. Вернее сказать, поначалу только Василий Петрович посмеивался, несколько даже навязчиво, а владычка молчал, чем-то озадаченный, но потом и он увлёкся беседой и про свою печаль позабыл.

"...Ну и хорошо", — подумал Артём.

Кого угодно он хотел бы огорчить — но владычку нет.

Под его нарами никого не было, и Артём продолжил своё занятие.

Роспись открывалась всё больше. Под извёсткой обнаруживалось лицо. Впалые щёки человека словно бы больного, страдающего. Огромные, строгие глаза цвета зелено-голубого. Зрачки чёрные и не совсем ровно в разных глазах прорисованные — как часто случается на иконах. Нос прямой, красивые уста, высокий лоб, брови — как чёрная птица крылом поделилась. Борода — пышным клином, волосы длинные...

Артём отстранился и вдруг понял, что в этом лице было столь притягательным и странным. Когда бы не длинные волосы и борода, изображённый на росписи человек был бы очень похож на него самого.

Торопливо, иногда оставляя на росписи царапины, он начал отскабливать изображение дальше, поминутно оглядываясь, не помешает ли кто.

Раздался шум в дверях, Артём развернулся и прикрыл телом обнаружившегося в промозглой церкви святого.

Запускали новый этап: восемь человек.

Первым шёл Афанасьев — живой и вроде невредимый, он тоже заметил Артёма и взмахнул рукой, одновременно озираясь: можно ли тут разговаривать или нет?

— У вас тут говорить-то можно? — так и не поняв, спросил он Артёма негромко, едва закрылась дверь.

— Да можно, можно, — сказал Артём. — Иди сюда. Вот здесь есть свободные нары.

Афанасьева долго уговаривать не пришлось, он оглянулся по сторонам — не надо ли ещё с кем поздороваться, — и не удостоив приветствием никого, даже и Василия Петровича, — залез наверх; не так резво, как Артём, но тоже по-молодому.

— Там такая холодища, — пожаловался Афанасьев. — Октябрь, а какая-то поганая крупа сыплет и тут же тает: и не зима, и не осень, а чёрт знает что.

— Раздевайся пока, посушим твоё бельё, — посоветовал Артём. — А я тебе пиджачок дам поносить со своего плеча, потом вернёшь.

— Ай, Тёмочка, как хорошо тебя увидеть, — признавался Афанасьев, делая всё как ему велели. — Я, едва вижу тебя, с... сразу понимаю, что всё должно исправиться. Одно время думал: этому парню долго не протянуть. А теперь понимаю, что у тебя фарт, так что я буду за твою ногу держаться, когда ты с этой грёбаной горы полетишь в с... сторону своего... где ты там жил? Зарядья? Над Ярославской губернией снизишься немного, и я с... спрыгну — у меня там деревня как раз.

Артём всё никак не мог понять, что изменилось в Афанасьеве.

Сразу было заметно, что у него появился тик: правый глаз неожиданно закрывался, и через миг Афанасьев приступал к судорожным попыткам его открыть — такое у людей иногда случается спросонья — он помогал веку задранной вверх бровью и одновременно приоткрытой челюстью, в гармошку морщил лоб — с первого раза ничего не получалось, со второго тоже, но потом наконец глаз открывался. Причём всё это не мешало Афанасьеву говорить, что создавало впечатление почти пугающее.

Некоторое время он разговаривал, потом глаз опять, будто на него положили пятак, закрывался. Ещё миг — и лицо начинало работу, чтоб заново его открыть.

Артём в который раз присмотрелся и снова убедился: лицо жило отдельной от Афанасьева жизнью: он не замечал за собой никакого тика.

Но бедой с глазом всё не ограничивалось — что-то ещё было, не менее обескураживающее... Артём, вдруг поняв, в чём дело, безапелляционно взял товарища за подбородок и повернул к себе. Да, так и есть, у Афанасьева оказался ободран чуб — не было больше пышного рыжего куста, а только полынное рваньё какое-то.

Сощурив глаза и всмотревшись, Артём заметил седой клок на рыжей макушке Афанасьева. Выглядел этот клок диковато: как невычесанная шерсть у больной и облезающей собаки.

— Чего там? — спросил Афанасьев. — Клопа, что ли, увидел?

— Да нет, всё нормально, — ответил Артём.

В зеркало на Соловках смотрелись редко. Афанасьев себя ещё не видел.

Иногда он делал привычное движение, пытаясь ухватить себя за чуб — как будто муху ловил у лица. Но незримая муха улетала, и он медленно, перебирая в воздухе пальцами, как бы подыгрывая своей не останавливающейся речи, руку опускал.

На новом подъёме интонации рука взлетала, искала чуб...
и снова провисала, забыв по дороге, что ей там было нужно.

* * *

— ...Меня, как ты понимаешь, не забрали в ту ночь... пролист-
нули, — рассказывал Афанасьев, кутаясь в артёмовский пиджак, — утром иду на поверку, меня ловит начальник новой
агитационной бригады, которую только что создали. Я его
знаю ещё по Питеру: дурак-дураком, партейный работник из
проштрафившихся — я для него подхалтуривал, разные лозунги к октябрьским праздникам писал ещё на воле. Мы в его
команде, кстати, с Граковым познакомились — в те давние
времена... "Мне, — говорю этому партейному агитатору, —
надо на поверку, а оттуда имею на Лисий остров путёвку". Он
говорит: "Стой на месте! Тут новый фронт работы, кормить
будут за семерых, не отпускаю тебя". А я не с... спал всю ночь
от кошмара — с... стреляли же, ты знаешь?.. Соображаю еле-
еле и вообще стал послушный, как пьяная курсистка. В общем, идём вместе к Ногтеву, тот, оказывается, пребывает
в недовольстве, как поставлена большевистская агитация
в лагере, и требует немедленно новых плакатов. Выходим,
начальник бригады говорит: "Давай, Афанасьев, чтоб к вечеру был плакат, на Преображенский повесим, от окна до окна".
"Что напишем?" — с... спрашивает. Я, Тёма, с лёту, не задумываясь, отвечаю — даже и пошутить не хотел: "Соловки — ра-
бочим и крестьянам!" Он говорит: "Что надо, Афанасьев! Делай!" Делай так делай.

У Афанасьева задрожало веко, глаз закрылся... на этот раз
он даже головой покрутил, словно вправляя шейные позвонки, которые мешали глазам нормально работать.

— Взял художника, мы за три часа нари... с... совали,
и ещё за час вывесили. Как раз к вечерней поверке, — торопливо и нервически подрагивая всем телом, рассказывал Афанасьев, преподнося историю свою как безусловно
комическую.

Артём смотрел на него неотрывно, не очень веря своим ушам и в то же время понимая, что всё сказанное им — сущая правда. И глаз Афанасьева, снова незримой силой придавленный, был тому порукой.

— Роты построились, те, кто поумней, — уже посмеиваются, — продолжал Афанасьев. — Тут Ногтев появился, глянул мельком, кивнул... потом остановился и как даст с развороту в зубы начальнику агитационной бригады, который как раз следом шёл.

Афанасьев хотел засмеяться, но смех не шёл, будто по дороге завалился куда-то в другое горло и теперь там копошился, не мог вылезти, получалось какое-то перханье.

— Ты дурак, что ли? — спросил Артём.

— Не сдержался, — подняв честнейшие глаза, просто ответил Афанасьев.

— Нет, правда, дурак? — повторил Артём.

— Ну, не знаю, — попытался задуматься Афанасьев. — Подумал, сделаю на лице несказанное удивление, с... скажу, что начальник бригады велел...

— Ничего ты не подумал, — сказал Артём, отчего-то злой — словно Афанасьев подставил его, а не себя самого.

Афанасьев, почёсывая себе то грудь, то ногу, задумался, невидяще глядя куда-то в темноту.

— Тёма, — сказал он, — они застрелили трёх моих сотоварищей, с которыми я готов был рвануть отсюда до самой Финляндии — я хоть и не знал их толком, а всё одно живые люди... И что ж, мне в ответ нельзя хоть раз в жизни в глаза плюнуть этим псам?

Артём выдохнул — длинным таким, через поджатые губы выдохом — словно дул на стоящую поблизости свечу, задуть её не желая и только пламя раскачивая.

— И что дальше? — спросил Артём.

— А дальше, Тёмка, с... самое з... забавное, — ответил Афанасьев, открывая глаз и заикаясь ещё больше. — Взяли меня в охапку и отвели к ближайшему с...старому кладбищу. Гляжу — и гроб уже для меня приготовлен: с... стоит, раскрыв зевало: залезай, мол, Афанаска, покатаю под землёй... И могила вырыта. Чекисты посмеиваются — с... старшего фамилия Ткачук, навсегда теперь помню. "Вы что, — спрашиваю, — товарищи? Я ни в чём не виноват! Я — поэт, могу с... стихи почитать вам сейчас!" С... сам ещё надеюсь, что всё обойдётся, потому что красноармейцы курят и вроде как не с... собираются меня с... стрелять. Но Ткачук взял меня за шиворот и в гроб засунул — как, знаешь, кота. Я, Тёмка, ногу попытался снаружи оставить, но набежали красноармейцы, помогли, крышкой придавили и начали забивать. С... слышал, как гвозди в гроб забивают? Это — гадкий звук. Но, Тёмочка, когда бы ты знал, каково его слушать изнутри гроба. Я всё думаю: с... сейчас пошутят и выпустят на волю. Брошу, думаю, играть в святцы, с... стану передовиком, вступлю в комсомол, всё что угодно. Но вместо этого они гроб подняли — и потом начали о... опускать.

Афанасьев замолчал и с трудом несколько раз попытался набрать воздуха — но воздух словно казался неудобным для дыханья.

— ...Услышал, как закидывают землёй, — без голоса говорил Афанасьев, — начал орать... плохо помню, — здесь он сделал своё привычное движение над головой, и Артём понял, когда Афанасьев оторвал себе чуб — в гробу! Так пытался себя вытащить на волю!

Не найдя и сейчас своего чуба, Афанасьев, собрав пальцы в птичий коготь, начал корябать свой висок, словно пытаясь подцепить какую-то жилу и вытащить её наружу из головы вместе со всей накрученной на неё болью.

— Не знаю, сколько там пролежал, Тёма, — зачастил, словно торопясь расстаться с воспоминанием, Афанасьев, — но, когда они начали разрывать, я уже был не в себе, ничего не понимал, задохнулся. Открыли — а там солнце. Тут я, Тёмка, и сошёл с ума.

Афанасьев посмотрел на Артёма прямым взглядом — наверное, тем самым, каким смотрят люди, признаваясь в измене, в убийстве, в самом страшном грехе.

— Ткачук, — рассказал Афанасьев, — присел возле гроба... как возле лодочки, которая меня опять сейчас повезёт кататься, и спрашивает: рассказывай, шакал, кто тебя подговорил на твой контрреволюционный поступок. А я з... знаю, что никто не подговорил. И хоть в тумане нахожусь, а уже понимаю, что если с... скажу, что никто не подговаривал, они не поверят. Нужно, понимаю, что-то такое сказать, что покажется им важным. Я набрал воздуха и шиплю — хотя пытался прокричать: знаю с... слово и дело государево, ведите меня в ИС... в ИСО... В ИСО они меня не повели, а заставили прямо у гроба, а верней сказать — в гробу признаваться во всём. Ну я и признался, что хотел вместе с Бурцевым бежать, и всех подельников назвал.

"Меня-то хоть не приплёл?" — ошарашенно мелькнуло в Артёмовой голове.

— Многих назвать не с... смог, — продолжал Афанасьев. — Бурцев разбил всех по четвёркам, и толком никто никого не знал. Думаю, в организации было человек сто, а то и больше... Но мою четвёрку всю перестреляли в первую же ночь, я про неё и рассказал... Взял Ткачук меня за ухо и повёл в ИСО. Там ещё раз то же с... самое рассказал.

— Били? — спросил Артём.

— Меня? Нет, не били, — ответил Афанасьев. — О!.. — вспомнил он, — про другое хотел лично тебе сообщить. Меня когда с допроса отвели вниз в карцер — через полчаса з... звякнули ключи, и заходит ко мне... кто, угадай? Галина. Принесла пирога и бутылку водки. Налила мне кружку, я выпил, пирог надкусил. Налила ещё кружку — я и эту выпил. Она развернулась и ушла. Ни с... слова не сказала.

Афанасьев со значением посмотрел на Артёма.

— Знаешь такую историю, — толкнув в бок Артёма, засмеялся неясно откуда взявшимся смехом Афанасьев, — тут, на С... соловках, когда пятьсот лет назад монахи Савватий и Герман собрались жить, была ещё одна пара — мужик и баба молодые, наподобие Адама и Евы... Приплыли с материка и ловили здесь рыбу, никому не мешали. Но Ева, сам понимаешь, монахам показалась помехой. И, чтоб не с... сорвать возведение Соловецкого монастыря, с небес с...спустились два ангела и эту бабу выпороли. Представляешь, Тём? Баба намёк поняла и с острова немедленно умотала. И мужа за собой увела. А пороли эту бабу — как раз на той горе, где мы сейчас находимся. Потому её Секирной и называют — тут бабу с... секли... Осознал намёк, Тёмка?

— Нет, не осознал, — быстро и недовольно ответил Артём.

— Ты имей в виду, — готовно пояснил Афанасьев, — что на... Соловках шутки с бабами плохи.

— Судя по тебе, на Соловках вообще шутить не стоит, — без улыбки сказал Артём.

— Ха! — сказал Афанасьев и махнул рукой над башкой: но чёртова муха опять пропала.

Артём словно увидел их обоих со стороны, и это показалось ему до слёз забавным: они сидели на верхних нарах, спустив ноги вниз и порой даже чуть покачивая ими в такт разговору — ни дать ни взять пацаны на бережку. Осталось, позыривая в сторону, достать сворованную у отца папиросу и прикурить, затягиваясь по очереди, а дым по неумению не глотая.

Но если это и был бережок, то какой-то другой речки.

Афанасьев, словно и не он только что рассказывал, как его закопали живого в гробу, настроен был живо и разговорчиво.

— Знаешь, Тёмка, ты не сердись за свою Галю, — сказал он примирительно, — я ведь просто завидую тебе, понял?

Артём даже не стал отвечать: врёт наверняка, только бы язык не застаивался, а говорить может что угодно.

— Никогда никому не завидовал, даже Серёге, когда на его концерт после Америки пришло с... столько народу, что разгоняли конной милицией... а тебе позавидовал, — не унимался он; и что-то в его голосе появилось необычное — словно один Афанасьев говорил, а второй тихо подвывал ту же мелодию. — Это же моя история должна быть: на Соловках! Да с подругой начальника лагеря! Тёмка!.. А она даже и не взглянула на меня ни разу. Неужели я хуже тебя? Я бы её... в карты научил играть...

— Думаю, она умеет, — сказал Артём, отчего-то подобревший. Он и разговор поддержал затем, чтоб Афанасьев не умолк.

— Умеет, — кивнул Афанасьев. — Она, думаю, много что умеет, о чём я и не вспоминаю здесь... Но на воле-то, Артём? На воле она тебе зачем? Ты что, хочешь с трибуналом жить?

"Бля, — подумал Артём, — лучше б я всё-таки не поддерживал этого разговора..."

Впору рассердиться, но было ясно, что Афанасьев валяет дурака и говорит всё это затем, чтоб не помнить про свой гроб, и ещё оттого, что он действительно, кажется, завидует и не до конца понимает, отчего не ему такой фарт.

— Каждая баба и так трибунал, — молол своё Афанасьев. — Бог, — здесь поэт кивнул на владычку, пересевшего с утешением к лагернику на нары в другой стороне помещения, — един в трёх лицах. А баба как она есть — революционная тройка. Допрашивает, подписывает и приводит приговор в ис... исполнение. И так каждый день, пока весь на дырья на потратишься. Или ты так привык к расстрелу, что не обойдёшься теперь без трибунала и на воле?

— Отстань, Афанас, не трогай её, надоел, — отмахнулся Артём.

— Надоел! Пусть надоел. Но чего ж она тебя тут бросила, голуба? — пытал он.

"...Позвал рыжего на свою голову", — подумал Артём уже по-настоящему и сделал движение, чтоб спрыгнуть с нар вниз.

— Прости-прости, не спрашиваю, — тут же согласился Афанасьев, удерживая Артёма за руку. — Ваши дела. Думаю, она тебя вытащит. А ты за меня словечко замолвишь, да?

Внизу делать всё равно было нечего, и они остались сидеть на своём берегу: может, поплывут мимо, заберут?

— А тут кормят, нет? — спросил Афанасьев. — Никак не могу с... согреться.

— Завтра кипяточка принесут с утра, — ответил Артём, помолчав.

Ещё помолчал и стянул с себя вязаные носки.

— На, ноги обогрей, — подал Афанасьеву, — а свои сними. Давай подсушу.

Афанасьев с готовностью снял носки, и Артём сунул их себе под зад.

— Ночью назад заберу, — предупредил Артём.

— А то, — согласился Афанасьев, натягивая шерстяной носок; вид у него был такой, будто он выиграл носки в карты. Он даже встал на нарах и потоптался на заскрипевших досках — как обнову примеряя.

Артём иронично косился на товарища, в который раз думая неопределённо: "...А ведь только что из гроба... а уже носочкам рад... вот чертяка".

— О, луна, — засёк Афанасьев в окошке, в щели меж досок. — С... слышь, Тёмк? Луна там.

— Чего я, луны не видел?

Афанасьев уселся на место и начал разминать руками ноги в обновочках.

— Ты замечал, Тёма, что у Достоевского — все самоубийцы на букву с... сэ? Свидригайлов, Смердяков, Ставрогин? Я эту букву что-то выговаривать разучился. Сэ — как луна. Посреди фамилии Дос... стоевского торчала она и затягивалась на шее у него. Свистела на ухо... сатанинская свара... сладострастная стерва... и солёные сквозняки... серп рассек сердце... и смерть... и с... Секирка. Ты понял?

— Не понял, — сказал Артём.

— А я не понял, как ты сюда попал, — сказал Афанасьев.

Артём покачал ногой. Потом пожал плечами. Долго говорить. Непонятно, откуда начинать.

— Жрать охота, — сказал Афанасьев таким тоном, будто он и не спрашивал ничего.

...Спать улеглись снова в штабеля, и Афанасьева это очень позабавило.

Он всех веселил, трепля своим неуёмным языком откуда-то из середины зяблого людского переплетения:

— А прикиньте, братцы, привыкнем к такому порядку до той степени, что вернёмся в лагерь, объявят построение, — а мы хоп — и в штабель уложились. Выходит заглавный комиссар, а тут избы из курьих ножек выложены: "Штабель первой роты построен!", "Штабель второй роты уложен!".

Так хохотали, что штабель развалился и кому-то повреди-
ли ногой шею.

Пришлось заново укладываться.

Афанасьеву всерьёз пообещали башку оторвать, если не
заткнётся. Но он и не думал затыкаться.

* * *

Сны становились всё назойливей, лезли в голову, когда и не
спишь вовсе и не бодрствуешь — лежишь в штабеле, чувствуешь себя раздавленным, грудная клетка смята, чьё-то колено
упирается в позвоночник, ноги свои вообще потерял, и странное чувство: одной заледеневшей рукой касаешься другой
руки, но наверняка не знаешь — обе ли руки твои, или только
одна из них, и если только одна — то которая? — а поверх всего этого наплывает сон; сон общий — перетекает из головы
в голову, в свой замешивается посторонний, невнятный, дурной — с бабьей спиной, спина голая, холодная, как у жабы,
потом кто-то запрягает лошадь, кто-то точит косу, порезался,
пытается засунуть руку под мышку, чтоб передавить кровь,
но рука не поднимается, у руки разрезано сухожилие, это
очень страшно — когда твоя конечность вдруг становится чужой и безвольной, а в очередном сне — просто тёмный чулан,
сырой, и человеку тоскливо в этой сырости, он же не червь,
он боится зарыться в землю и не верит в её тепло.

Артём сидел за общим столом, где каждый сон выглядел
как тарелка с чужими объедками, а сами гости ушли, и только некоторые оставшиеся — лица, не лица — раскачивались
в воздухе, шевелили губами.

У Артёма была своя тарелка, он хотел бы обхватить её руками, чтоб не унесли, в тарелке был мёд.

Мать его стояла за спиной у него, прибирала со стола. Артём не должен был бы видеть её — но видел всё равно. Когда
мать шла мимо стола, оставшиеся после обеда лица тихо от-
плывали в сторону и дальше висели в воздухе, всё так же, без
звука, пошевеливая губами.

Она собирала тарелки одну в другую, чтобы стол выглядел опрятнее, но объедков всё равно оставалось много, и вид их был противен.

— Поешь медок-то, сыночка, — просила мать. — Медок полезный.

Артём не любил мёд — все любили, а он нет, мёд был слишком сладкий, на него приятно было смотреть, но вот чтобы есть — нет, челюсти сводило.

Однако сейчас мёда ужасно хотелось — только не было чего-то очень нужного, чтоб его съесть, — то ли ложки, то ли тарелка была неудобной, с краями, загнутыми внутрь — и если попытаться опрокинуть её себе в рот — мёд падал на лоб, лил в глаз, а попробовать его не удавалось.

Мать вот-вот должна была забрать тарелку: не хочешь — и не надо, дам, когда попросишь, — и необходимо было её предупредить, что: я буду медок, мама!

"Я буду медок, мама!"

"Я буду медок, мама!"

"Я буду медок, мама!"

Артём собирался то ли заплакать, то ли заорать, лица за столом стали взволнованны, губы их зашевелились быстрее, со щёк закапало мутным, горячим, грязным потом, у матери посыпались тарелки...

Это кто-то посреди штабеля чихнул, и штабель покосился, и кто-то выругался, и, когда лагерник Горяинов поймал себя на том, что повторяет "Я буду медок, мама!" вслух, — было уже достаточно шумно, чтоб это не прозвучало слишком внятно и смешно.

"...Кажется, никто не заметил", — заполошно думал Артём и всё трогал одной своей рукой другую — тоже вроде бы свою — но нет, всё-таки выяснилось, что она чужая, потому что её убрали. Своя же рука, когда Артём поднялся, висела, напрочь онемевшая, её сейчас можно было бы положить в костёр, или порезать ножом, как строганину, и даже, пожалуй, съесть кусочек самому — но только если кто-нибудь угостил бы и не сказал, откуда мясо.

— ...Когда уже будет наш кипяток, Тёма? — с мукой спросил Афанасьев: казалось, что он спал, заваленный дровами — всё лицо набок, глаза косят, голова пыльная, уши смяты, одно плечо выше другого, ноги заплетаются, кривые пальцы в пятерне смотрят в разные стороны, словно руку били скалкой, сам пахнет тленом.

"...Неужели и я такой?" — вяло пытал себя Артём; на самом деле ему было всё едино — такой, и ладно бы: кипятка только дайте, кипятка и баланды.

Плоть не справлялась с голодом и холодом: восставала, терзала и теребила рассудок: найди еды, покорми меня, не думай ни о чём другом, думай обо мне, я больше, чем твоя женщина, я больше, чем твоя мать, я больше, чем твой ребёнок, я больше, чем ты.

"Пошла вон, дура! — сказал Артём. — Обойдёшься без кипятка".

Он даже вслух это повторил — негромко.

Афанасьев услышал, подцепился, как репей, к плечу Артёма, пошёл за ним следом, нашёптывая:

— Ты не с... стихи там шепчешь, Тёмка? А я ведь тут сочиняю каждый день, и ни одно не записал. До сих пор все стихи помнил, а сегодня ночью они перепутались в голове, потяну за одну строчку — она тащит за собой вторую, вдвое длинней... Это как бусы порвались, и на одну нитку теперь не нанижешь разные бусины... Зато музыка какая-то объявилась — никак не пойму — своя или чужая... Пою её... Я иногда свои стихи напеваю — и они, Тёма, как-то умнее становятся, чем на бумаге. Музыка — это ведь волшебство, как будто за край заглядываешь, а там другая жизнь, больше нашей... Я хотел бы музыку с... сочинять. Песни свои. Это такое с... сладкое чувство — когда идёшь за песней в с... самую неизведанную глубину самого с... себя. Это как путешествие морехода в Индию... как Афанасий Никитин за три моря... Понимаешь, голуба? Можно сходить и ни черта не найти — там прах и старая паутина. Но пошёл ярославский мальчик из варяг в греки, из греков в персы, оттуда вернулся в Русь и привёз парчу, наложницу, а ещё коня дикого, с лебединой шеей привёл, он весь в яблоках и дрожит — это всё песни мои... Одной музыке можно верить, Тёмка, больше нет ничего. Рай — это музыка, я догадался наконец... Слышишь музыку?

Музыку услышали все лагерники в церкви.

Они застыли кто где стоял, только у дверей никого не оставалось.

Кто-то шёл с колокольчиком к дверям.

Афанасьеву, наверное, никто не успел рассказать про этот колокольчик, и он, едва ли не единственный, обрадовался:

— Кипяточек несут, оповещают!.. — и сделал три шага к самому выходу.

Дверь открылась, колокольчик на полуноте притих — его зажал в руке всё тот же улыбчивый, безбровый, как рыба, чекист.

— Афанасьев? — спросил он, глядя на Афанасьева. — На выход.

Чекист опять зазвенел, очень довольный, что человек сразу нашёлся и его не надо волочить за ногу на улицу.

— О, на урок зовут, — сказал, не столько дурачась, сколько бодрясь, Афанасьев, обернувшись к Артёму. — Я урок выучил... сейчас отвечу.

Артём невольно сделал шаг назад, наткнулся на кого-то — стоявший позади отступил вбок, и тогда Артём сделал ещё один шаг.

Афанасьев махнул рукой над своей головою — ухватиться бы за чуб, потащить себя против течения...

Он ещё раз, уже от дверей, оглянулся на Артёма — глаза у Афанасьева были совсем другие, он в один миг вдруг сразу всё понял, — и лязгнувшим голосом сказал:

— Святцы я тебе подкинул, Тёмка, прости.

Грохнула дверь, щеколда поискала своё место, вгрызлась в паз.

Колокольчик продолжал звенеть, но глуше.

— Отпусти Афанасьева, сучья пасть, тебя проклянут в веках за меня! — вдруг раздался сумасшедший крик.

Колокольчик смолк, раздалась матерная брань, и скоро выстрел, потом ещё один, и ещё один. Человек побежал от смерти, а пуля его нагнала: вот, не вы забыли? Не ваша?..

…Через несколько минут принесли разбавленной молоком горячей воды и пшённой каши, по ложке на человека.

Не дождался рыжий кипяточка.

Все бросились есть, никто не отказался.

Артём лежал на верхней полке, лицом вниз, закусив зубами запястье.

Но запах пшёнки проник, разбудил, вынул из бессознания.

Спрыгнул вниз, растолкал очередь, встал первым.

Хасаев слова не сказал, подцепил Артёму ложку, и вторую — выдал двойную норму.

Артём съел тут же, на месте, из очереди не вылезая. Без чувства запил кипятком.

На обратном пути к нарам, облизываясь, заметил, что в очередь не полез только владычка — он стоял в уголке на коленях, тихо молился.

Пшёнки и кипятка ему принесли, поставили на пол неподалёку.

— Владычка, — вот, — окликнули тихо, как окликают задремавшую кормящую мать или дорогого больного.

"Он знал, что ему принесут! Знал! — бесилось и клокотало внутри Артёма. — Знал и кривляется, глупый старик…"

* * *

"Может, это всё фокус, клоунада? — уговаривал себя Артём, сдерживая слёзы. — Позвенят колокольчиком — выведут человека, подмигнут ему и стреляют в воздух. Человек понимающе кивает в ответ и бежит в лес, на все четыре стороны… А как же иначе может быть? Кому взбредёт в голову взять и застрелить Афанасьева? Рыжего? За что? За то, что он святцы мне подкинул? Да я его сразу простил… А за что ещё, Господи?.. Господи, ты есть?"

Артём хотел откинуться назад и посмотреть на тот лик, который оттёр своей арестантской ложкой, в глаза ему, — но не было сил, и голова кружилась.

Внизу копошился Василий Петрович, непрестанно приговаривая то про одно, то про другое.

— "Балаганчик"... Вот наш балаганчик. Истекаю клюквенным соком. Серебряный век загнали на Секирку... Тут он доходит!.. Сколько у мертвеца было клопов, Боже ты мой, — и даже не по-стариковски, а как-то по старушечьи неловко снял с себя чужие подштанники и начал их перетряхивать и перебирать швы.

"...Никогда больше не поздороваюсь с ним за руку, — в приступе неизъяснимой брезгливости клялся себе Артём, разглядывая Василия Петровича в щель меж досок настила. — Он и правда съехал с ума, червивая его башка..."

На своё место вернулся владычка и тихо ел кашку, так долго, словно у него там ни одна ложка была, а тридцать три: даже причмокивал иногда.

— В детстве, помню, — делился Василий Петрович, — начитаюсь Житий, не могу успокоиться. Ночью сброшу с себя одеяло: лежу, мёрзну во славу Божию... пока отец не зайдёт. Сердился на него, что одеялом накрывал. Зато тут — лежи, мёрзни, никто не накроет. А не хочется уже.

Владычка чаще задышал: и не смеялся вроде, а так, поддерживал дыханием рассказ.

— ...в юнкерском училище, — продолжал Василий Петрович, — после окончания двухлетнего курса мы устраивали шутейные похороны юнкера. Укладывали его на дверь и несли. Перед гробом шло ряженое духовенство, позади — рыдающая родня... Ах, как нам было весело. Хор пел, свечки дымились и гасли... кадило набивали табаком. Не могли остановиться от счастья, пока не объявлялось вдруг начальство, и тогда, уронив хохочущего покойника, мы разбегались... Как дети, право... Иногда закрою глаза здесь и жду, что зайдёт сейчас дежурный офицер из моего училища... и снова будет смешно, и мы побежим кто куда, прыская со смеху.

Владычка доел свою бесконечную кашку и притих.

— Свобода выбора, которой Всеблагой Господь нас одарил, — дар самый главный, — нашёптывал ему Василий Петров∫ич, — Я всегда про эту свободу знал, она лежала во внутреннем кармане у меня, — он тронул рукой свою грудь, прижимая незримый пакет, — ...лежала, как неизменное доказательство права на свободное перемещение по всей жизни. С этим документом я всегда помнил, что от смерти можно спрятаться за кусток, побежать назад... сдаться, наконец, — а она пожалеет, снова отпустит... А здесь чувствую, что пойман, — и душа саднит и трепещет.

"...Взвыл, кат", — думал Артём: его безудержно, как тошнота, охватило чувство, что это Василий Петрович и убил Афанасьева, и теперь сидит здесь как ни в чём не бывало, роется в чужих подштанниках — а может, он с Афанасьева их и снял?

Это чувство ненависти и брезгливости было стократ сильнее оттого, что Василий Петрович говорил то же самое, что пугался сказать себе Артём.

Тошнота эта его была не только от чужого белья, от трясущейся головы внизу, но и от страха — никогда до сих пор не охватывавшего Артёма так беспощадно.

Владычка шептал в ответ Василию Петровичу слова успокоения, неслышные Артёму. Да он и не хотел их услышать, а лишь следил по дрожанию головы Василия Петровича, как тот внимает — словно ничему не веря. Но вместе с тем было понятно, что Василий Петрович согласен с владычкой во всём, но только никак не может насытиться его словами и желает слушать всё новые и новые доводы о милости, благе, неизбежном спасении.

Быть может, Артёму тоже нужны были доводы, чтоб его покинула эта отвратительная и липкая тошнота. Но только он не хотел, чтоб эти доводы были одинаковы и для него, и для этой трясущейся в непрестанном треморе головы.

Он бы разбил её, как сырое яйцо, — чтоб птицы выклевали этот подлый мозг.

Потому что... потому что: где сейчас Афанасьев? Кто успокоит его?

Афанасьев же больше не сочиняет стихов, не ищет музыки внутри себя.

А как он прекратил их сочинять, как он перестал слышать музыку, что с ним могло стрястись? Неужели в такое молодое тело могла попасть одна пуля, ну, две, три — и оно сразу сломалось? Он что, граммофон? Он что, хуже граммофона? Ему что, нельзя заменить иголку? Поставить новую пластинку, и тогда Афанасьев, пусть и заедая на букве "с", снова расскажет про святцы, Секирку, стихи, солёные соловецкие сквозняки.

Афанасьев же есть где-то — он не мог пропасть, верно ведь? Наверняка где-то лежит — точно такой же, как час назад, только молчит. Как он себя чувствует? Его уже закидали землёй? И он что, лежит в земле?

...Это было невыносимо.

— ...Я когда работал в контрразведке, — сахар во рту держал, успокаивался так... — говорил внизу Василий Петрович.

Артём загнал свою голову в щель между редких досок так, что ему сдавило виски.

— Замолкни, старый бес! — заорал Артём почти в темя Василия Петровича. — Замолкни! Пока я тебя не задушил!

Василий Петрович испуганно поднял взгляд наверх и тут же глаза в глаза встретился с Артёмом. Владычка же никак не мог понять, откуда шум, и в растерянности смотрел то в одну сторону, то в другую.

Артём, приподнявшись на мгновение, сдвинул в стороны доски и снова нагнулся к образовавшемуся прогалу, но только уже не одной головою, а всей грудью и запустив вниз руку, словно собирался там поймать эту гадкую голову за облезлое маленькое ухо.

— Сахар он во рту держал, сластёна... пока людей душил и давил! — выкрикнул он, размахивая рукой у лица отпрянувшего Василия Петровича и только что зубами не лязгая.

— Я ни одного человека... никогда, — скалился и шипел в ответ он.

— Да! — хрипел Артём. — Никого не убил. Только отрезал маленькие куски! А самый большой кусок оставлял другим от своих щедрот! Гадина! Сгинь, гадина!

Понимая, что сверху, глупо размахивая рукой, он никого не достанет, Артём с грохотом перевернулся и скатился вниз.

Василия Петровича на месте уже не было, словно он растворился в церковной полутьме, зато объявился на пути владычка, даже не говорящий ничего, а только тихо отдувающийся, как будто Артём был горящий головнёй.

Артём и сам себя чувствовал схожим образом: он мог бы оттолкнуть владычку, но не стал этого делать — и не в силу почтения к сану, — не было внутри и тени почтения, — а тоже пугаясь, что, если прикоснётся к этому человеку, у того загорится борода, волосы, и что-то нужно будет делать... может быть, даже тушить, чтоб не пахло палёным.

Сделав яростное движенье рукой, означающее: сгиньте! — Артём отвернулся к нарам и вцепился в них так, как если бы собрался разорвать их на части.

— Я же знаю, ты, сам никому не угождая, семьдесят раз по семь прощал всех, — говорил владычка, — и Афанасьева, из-за которого попал в лазарет тогда... и беспутную девку, с которой не согрешил в лазарете... и Василия Петровича, из-за которого здесь теперь... и всех желавших тебя погубить прощал всякий раз... что же ты, Тёмонька, в самый трудный час злобишься? Может, твоя доброта и спасла бы и тебя, и слабых духом приободрила бы?

Артём оглянулся, крайне удивлённый.

— Откуда ты знаешь, — спросил он ошарашенно, — про Афанасьева? Про... всё это?

Владычка искренне удивился — как же: откуда? — говорил весь его вид, — как же я мог этого не знать? Это же написано чёрным по белому, я только прочёл.

"Знает ли он про отца? — испуганно спрашивал себя Артём. — Знает ли он, что я обожал отца? Что считал отца лучшим человеком на земле? А?.."

— Нет никакой доброты, — не дождавшись ответа, сказал Артём сквозь зубы. — Нет. Понял, поп? Я твоя неудача.

И снова отвернулся.

— Я, милый, знаешь, как чувствую, — тихо, не сходя с места, продолжал шептать владычка, — Соловки — ветхозаветный кит, на котором поселились христиане. И кит этот уходит под воду. И чёрная вода смыкается у нас над головой. Но, пока хоть одна голова возвышается над чёрной водой, — есть возможность спастись остальным бренным телам и не дать всем здесь собравшимся быть погубленными раньше срока. Не уходи под воду, милый мой, не погружайся во мрак, тут и так все во мраке.

— Уйди, — повторил Артём, чувствуя, что его сейчас вырвет.

"...он всем говорит про доброту, — заводил он себя с припадочной злобой, сжимая изо всех сил зубы. — Каждому лагернику здесь. А любой из них — злая тварь, мечтающая зарыться в свою прогнившую душегрейку и переждать, пока все вокруг передохнут..."

Артём стоял так ещё с минуту, потом оглянулся — и, никого не увидев, поймал себя на мысли, что хотел бы застать владычку на том же самом месте — зачем он ушёл? Мать бы не ушла! Сколько бы ни гнал её! Мать бы так и стояла в ожидании, пока глупый сын её окликнет. Мать добрей Бога — кого бы не убил ты, она так и будет ждать со своими тёплыми руками. А этот, с бородой, наобещал всего, — а может и не дождаться! Может забыть!

...от долгого переизбытка раздражения — Артёма вдруг охватила вялость.

Он сначала присел на нары Василия Петровича и сидел там в полуобмороке.

Потом еле собрался с силами и пополз снова к себе. Кое-как сдвинул доски, свернулся насколько мог, прижав ноги к животу, обхватив себя руками.

Измаянное голодом, всё тело испытывало бесконечную щекотку.

Ноги были совсем ледяные, и шерстяные носки не спасали.

Засыпая, Артём чувствовал, что ноги и не его уже, — а словно афанасьевские — ведь он же грелся в этих носках... и теперь там были его грязные, скрюченные пальцы.

Самый маленький могильный мизинец, синюшный и отвратительный, разрастался, пока не стал целым человеком, — и теперь весь Артём чувствовал себя как этот мизинец, и лицо его было — будто детский обескровленный ноготок.

...После снился человек, убитый пулей. Пуля застряла меж костей в его груди.

Человек был в гробу.

Понять — был ли то Афанасьев или сам Артём, было нельзя — человек истлевал.

...Он обращался во прах, прах становился пылью, и однажды внутри гроба впервые — и в последний раз на вечные годы — раздался короткий звук: из-под кости, освобождённая истлевшей плотью, выкатилась пуля и упала на дно гроба: ток!

...Упавшая пуля — это самый страшный звук в мире! — загрохотало в сознании Артёма, — самый страшный! Самый страшный в мире от всего сотворения человечества! Невозможный!

От падения пули произошло движение — и нательный крестик, провалившийся в грудную клетку, начал раскачиваться.

В гробовой тьме распятый Христос на медном крестике качается как на качелях.

* * *

Проснувшись, Артём безо всякого удивления увидел в церкви несколько новых лагерников — загнали очередных несчастных.

Батюшка Зиновий, с которым лежал когда-то в лазарете. Глаза у него были воспалённые, он занял место подальше от владычки и всё перебирал пальцами свою камлотовую, как зверями дранную, ряску...

Беспризорник — тоже, сквозь все свои грязи, показавшийся знакомым...

Граков, исхудавший и с лицом, словно погнутым. Рот на лице сполз куда-то вниз, потерял своё место.

Артём не имел ни сил, ни желания говорить с кем-то, он иногда ловил себя на лёгком душевном разладе: ему хотелось по птичьи усесться и разглядывать помещение одним глазом, держа голову бочком. Здесь где-то должен быть Афанасьев: отчего бы ему не быть? Если правильно настроить сознание и зрение, можно его увидеть. Или хотя бы услышать.

Закрыв глаза, Артём прислушивался к голосам: наверняка скоро должен был раздасться афанасьевский смешок... или какая-нибудь его поэтическая, замешанная на дерзости, а то и пошлости шутка.

Однажды, вспомнил Артём, они вышли с Афанасьевым из двенадцатой роты, было июльское утро, очень прозрачное — “...Смотри, какая церковка стоит, вся в утренней росе — как нежная, только что помывшаяся девушка...”, — сказал этот безумный рыжий. Артём дрогнул плечом, ничего не ответил — а теперь вдруг подумал, сколько в этой глупой фразе было юности и чистоты, нисколько не унижающей ни церковку, ни девушку.

Но голос Афанасьева не раздавался.

Все были подавлены и тихи.

Разборчиво, хотя и негромко, говорил только Василий Петрович, снова что-то патетическое и, на сердечную поверку, гнусное: Артём осознавал, что тот разговаривает вовсе не из жалости к убитым и терзаемым здесь, а чтобы доказать себе, что он ещё живой — и до тех пор, пока говорит, жизнь его длится.

Но, даже разговаривая, Василий Петрович прислушивался — и почти все остальные тоже прислушивались, потому что любой новый звук мог смертельно касаться каждого лично.

Кто-то случайно звякнул ложкой, и Артём почуял, как дрогнули сердца у всех расслышавших это — и всем показалось одно и то же: что опять вступает колокольчик.

Виновник обнаружился — и ощутил на себе множество перекрёстных бешеных взглядов, и поскорее спрятал ложку куда-то за пазуху, где она никак не могла звякнуть о человеческое пугливое мясо.

По церкви бродил батюшка Зиновий, спрашивал сахарка, сольцы, хлебушка. Зиновию даже не отвечали.

Вместо сахара здесь имелся только зримый и хрустящий, как песок, страх. Каждый грыз свой страх, беззвучно ломая зубы.

Нары владычки Зиновий обходил, делая нарочитый угол.

Откуда-то появилось ощущение, что всё это уже было: Артём когда-то проживал подобную жизнь, с этим чувством озноба и апатии, с этими тихими и нудными голосами чужих людей, с этими потолками, нарами, засыпанными извёсткой — но только забыл, чем закончилась история.

Если он погиб — то откуда он снова здесь? Если он выжил, то зачем ему ещё один круг? Он же не чайка — одно лето проводить на горячей, заросшей пышными кустами, дикой горе, а другое лето — меж соловецких валунов, и так без конца.

Мимо Артёма несколько раз прошёлся Граков: по всей видимости, хотел общения. Артём успевал закрыть глаза, притвориться спящим, отсутствующим, пропавшим без вести.

Он не заметил, поздоровались ли Василий Петрович с Граковым — быть может, кивнули друг другу... но разговаривать — не разговаривали.

— Дьяволы опутывают сетями землю, — говорил кому-то батюшка Зиновий, не дождавшись ни солёного, ни сладкого. — Когда шёл сюда, видел птицу в небесах: имя ей — горевестник.

Артём представил себе сначала птицу, потом небо, потом деревья и траву на земле.

А траву ведь можно есть, подумалось Артёму. Поначалу она, должно быть, не вкусна, но если долго жевать, жевать, жевать — то она пропитается человеческой слюной, человеческим теплом, станет почти как суп. Ведь делают же щи с крапивой, едят укроп и лук — какая-то трава осталась в октябре, вот бы выпустили её поесть. Даже собаки едят траву, а потом забавно кашляют. Коровы жуют траву, и потом дают молока — значит, трава полезная вещь, раз из неё получается молоко.

Эти мысли Артём гонял непрестанно, они казались очень разумными и на душе становилось удивительно, как же рань-

ше ему не приходило в голову попробовать травы́ — особенно летом, когда её много и она зелена.

Он даже привстал и начал вглядываться сквозь щели окон-
ного щита — не видно ли травы. Надо сказать Хасаеву, чтоб
всё-таки поставил его дежурным — и, когда утром их выпустят с парашей, нужно будет набить полные карманы травой.
В конце концов, если она не столь вкусна, как ожидается, её
можно покрошить в баланду — всё равно баланда пустая.

Желудок сводило так, словно внутри Артёма отжимали рубашку в четыре руки — чувство голода начиналось под кады-
ком, заканчивалось внизу живота, — и от перекручивания
оно становилось всё плотней, болезненней, назойливее.

Иногда Артём закрывал глаза и начинал молиться тарелке
горячего молочного супа. Потом куску хлеба с куском варё-
ного мяса. Потом плошке с ягодами — а рядом чашка какао.
Молитвы были изнурительные.

...Едва завидев, что Артём сидит, Граков, со странною поспешностью поспешил к нему.

Деваться было некуда, Артём молча смотрел на стоящего
внизу Гракова, не считая нужным приветствовать его — они
уже несколько часов были вместе в одном замкнутом помещении, какой смысл здороваться теперь.

Внизу беспризорник плаксивым голосом разговаривал
с владычкой, жаловался ему:

— ...А били меня — так в набат не бьют на пожаре. Не детство — а похороны, дяденька...

“...Врёт всё, тварь малолетняя”, — подумал Артём отре-
шённо, чувствуя к тому же, что слова эти малец произносит
далеко не в первый раз.

Граков сделал шаг и положил руки на нары Артёма.

— Вы давно здесь? — спросил он своим съехавшим набок
ртом.

“...Как же тебя, стукача, сюда загнали?” — молча спросил
Артём, глядя Гракову в глаза.

Граков вопроса не слышал и не отвечал.

— Не помню... — нехотя, потрескавшимся голосом, сказал
Артём. — Несколько дней.

Граков явственно хотел спросить: "Как тут?" — или даже так: "Здесь не убивают?" — но стеснялся, не мог, и только делал такое движение лицом, словно желал вернуть рот на место.

— Забирайтесь сюда, расскажите городские новости, — сжалился Артём. Делать ему всё равно было нечего, разве что слушать изводящую щекотку внутри себя и мечтать хотя бы о зелёной, мясной, преисполненной плоти траве.

К тому же внизу беспризорник начинал заговариваться — от голода рассудок его мутился, и он вскрикивал и гадко плакал, и кажется, когда владычка гладил его, искал в этих руках еды.

Граков забирался наверх трудно, неловко, такое ощущение, что ноги у него уже отказывали, потому что, приподнявшись на руках, он никак не мог закинуть колено и повалился животом на нары — Артём втащил его за подштанники, кривясь от раздражения, уже раздумывая, не спихнуть ли это квёлое тело вниз, жаль — невысоко.

— Откуда у вас пиджак? — спросил Граков, забравшись. — У меня забрали... А холодно. Как вы здесь спите?

— Хорошо спим, — сказал Артём. — Увидите... Одежду здесь иногда выдают понемногу.

— Да? — сразу заинтересовался Граков. — Может быть, здесь можно какое-то прошение написать? О выдаче одежды? Потому что совсем невыносимо. Какая-то ужасная осень в этом году, ненормальная.

— ... А что, напишите, — сказал Артём, ловя себя на откровенной и саркастичной издёвке. Ему хотелось бы взглянуть, откуда Граков здесь возьмёт бумагу и карандаш и как потом будет стучаться в дверь, дожидаясь своего колокольчика.

Граков вроде бы об этом догадался: погонял свой рот туда-сюда и тему закрыл.

— Здесь так раньше не было, — сказал Граков, оглядывая помещение, где непрестанно, в пугающем молчании, ходили озябшие люди, в полутьме напоминающие мороки.

"...Наверное, катался сюда, описывал потом в газетке Секирский быт и чудеса исправления", — догадался Артём, но говорить ничего не стал.

— Всех неугодных, как я посмотрю, сюда загнали, — тихо сказал Граков, повернувшись к Артёму, лицом к лицу: от неожиданности тот даже отстранился — рот Гракова был так пугающе близко, что, казалось, он вне зависимости от желаний хозяина может укусить, — ...там, в кремле, Ногтеву придётся отвечать за любые репрессии: свидетелей много, как ни прячься. А здесь можно устроить полное беззаконие.

“...Как ты заговорил теперь...”, — подумал Артём с ехидцей. “...Или его сюда прислали с секретным заданием узнать настрой секирских штрафников?” — прикинул он спустя некоторое время, но тоже без малейшего опасения: после колокольчика трудно было напугаться Гракова.

— А вы напишите ещё одну статью об этом, — предложил Артём.

Граков не выразил ни удивления, ни обиды, он смотрел на лагерников, ходящих по кругу, и время от времени сморгивал, словно невидимые, безболезненные слёзы были тяжелы для его ресниц.

— Ногтев служил на “Авроре”: с него революция началась, — сказал Граков через минуту.

Артём разминал сквозь шерстяные носки свои отчуждённые пальцы, так и не желающие согреваться.

— С него началась, — добавил Граков ещё через минуту, — а тут может закончиться вместе с ним.

В другие времена Артёму и в голову не пришло бы молчать, когда человек к нему обращается, — но теперь всё это давалось легко: ему не было ровно никакого дела до того, что подумает Граков и как он себя чувствует в этой безответности.

Растирая теперь уже колени, он медленно и подмороженно размышлял: “...Может, сказать Гракову... что я из-за него оказался на Секирке?.. поблагодарить его как-то... или предупредить, что, если начинает звенеть секирский колокольчик, надо немедленно превращаться в дым, в извёстку, в бред, в подножную грязь, терять возраст, звание, имя, облик, делиться на части и не шевелиться, даже если сильный сквозняк... или рассказать, что убили Афанасьева — ведь Граков знал Афанасьева, пусть он удивится, что Афанасьев теперь не живой, а мёртвый... это ведь так приятно: удивлять людей... Или спросить у Гракова — а отчего он сам здесь? Проштрафился, завалил работу, попал под раздачу?.."

Ничего этого Артём говорить не стал, ему просто жаль было выпускать в стылый воздух такие тёплые и родные слова. Только что они лежали внутри, — но сказал — и растворились.

Это чувство было странным, но не тягостным — рядом Граков, внизу Василий Петрович — люди, с которыми Артёма связала судьба, совершенно лишние в его жизни и чуждые ему, — но ровно из-за них его присутствие на земле могло прекратиться. Сейчас заскучает в своей комнате улыбчивый чекист, большим глотком допьёт свой чай и, крякнув, встанет, попутно оглядываясь: а где тут мой колокольчик, что он притих? — да вот он, мой колокольчик, всё на том же месте стоит, не шелохнётся, можно его приподнять, позвенеть, и попробуйте ухватить его за язык, у него язык такой, что нате, выкусите — будет звенеть, пока мозги не просвербит насквозь, — а потом хлоп об стол — и можно поймать куполом колокольчика человеческую душу, как муху, — что, жужжишь внутри, мохноногая? Страшно тебе? Тебе страшно, а нам весело, нам задорно.

Под вечер принесли кипятка и баланды, мороки засуетились, рты раскрыли, носы затрепетали — все вдыхали новые запахи, пытаясь понять, а есть ли в баланде морковка, и даже если её не обнаружишь в самой похлёбке, быть может, она хотя бы варилась там, или если не варилась, то, покорно предположим, её хотя бы мыли в этой воде. Или, скажем, сбудется ли надежда на капустку — белую, хрусткую, смешливую — вдруг попадётся её варенная-переваренная шкурка...

Беспризорник забыл про владычку, заголосил:

— Ам-ам! Кулёшика! Ам-ам, кулёшика!

Артём заметил его руки — маленькие и красные, как голубиные лапки. На обеих руках не было по мизинцу.

Беспризорник лез без очереди и у всякой проносимой мимо плошки спрашивал:

— Куда, а мне? Куда, а мне?

Кажется, он разговаривал с плошками, не подозревая, что их переносят люди — ему виделось, что баланда сама летает туда-сюда.

"Куда" он произносил как "куада", вытягивая все гласные.

Артём некстати вспомнил, как Шафербеков однажды забавлялся с чайкой — обвязал крепкой нитью кусок мяса и бросал. Чайка тут же глотала подарок, но на взлёте Шафербеков её подсекал, легко вытягивая кусок мяса за нить. Озадаченная чайка возвращалась за мясом и раз, и два, и три, но в конце концов догадалась о человеческой подлости и, поделившись со своим племенем обидой, вернулась с дюжиной других чаек, которые едва не выклевали Шафербекову глаза и пробили до крови башку.

Блатного всё это рассмешило — он будто увидел себе подобных и, отирая с головы кровь, всё продолжал смеяться. Трижды побывавшее в желудке чайки мясо он съел сам, только нить отвязал, и всё.

"Куада" выпадало из беспризорника, как этот самый кусок мяса из чайки, слово пахло обидой, тупым удивлением, кислым желудочным соком.

Сегодня Артём решил сделать всё наоборот — сначала выпить кипяток, потому что он быстро остывал, а потом уже потянуть, посмаковать баланду.

Кипяток проник не в горло и не в грудь, а отчего-то в голову, в мозг, к самому затылку, который ненадолго, но почти до опьянения, окатило банным парком. Баланду же смаковать оказалось невозможно: она как-то сразу закончилась, и сколько потом не возил пальцем по миске — на нём, когда облизывал, ничего не находилось: палец как палец, хоть укуси.

Возвращая миску, Артём увидел, что владычка, дождавшись, когда беспризорник доест, отдал ему и свою пайку — и тот, не поблагодарив, словно миска приплыла по небу, ухватил её своими голубиными лапками.

Всё это было Артёму неприятно и чуждо. Он не уважал владычку, а беспризорника не жалел.

Забравшись наверх, чтоб хоть немного погреться на баланде и кипяточке, ещё не остывших внутри, Артём явственно вспомнил, где он видел беспризорника: на чердаке Преображенского собора, где однажды был с Галей...

Съев две миски баланды, малец вновь заголосил:

— Ам-ам, кулёшика! Кулёшика, ам!

Кулеша ему не предложили, и через минуту он заснул на нарах владычки.

— Не успел вырасти и пополз обратно в детство, — раздался внизу голос Василия Петровича.

Артём, глядя по щеке отскобленного святого на стене, лениво и зябко думал: "...Он пополз в детство... а нам куда? В какую сторону? До детства далеко... и старость далека..."

"Зато смерть всегда близко", — клюнула, как чайка в голову, мысль — и Артём тут же забыл, то ли за миг до звона колокольчика она объявилась, то ли через миг после, — потому что было уже не до того.

Пропало чувство голода, растворяющееся тепло баланды, память о лице матери, ощущение слипшейся застылости пальцев в носках, расплылось лицо святого на стене, исчезли голоса лагерников, тем более что они воистину исчезли — один владычка молился... нет, и батюшка Зиновий молился тоже — и впервые они были заедино, и кажется, даже молитвы их попадали слово в слово, как кубик на кубик укладывали они их, — но колокольчик оказывался сильнее, он был как взрослый дурак в детской игре — который входит и толкает кубики сапогом, и все они летят и катятся по каменному полу: красный, оранжевый, желтый, зеленый, голубой, синий, фиолетовый — каждый охотник желает знать, где сидит... кто? кто?

...Какого фазана ищет этот охотник?

— Ве... — начал чекист.

Даже не глядя вниз, Артём чувствовал, что голова Василия Петровича затряслась ещё сильнее, словно у него была в зубах зажата ягода, а его трясли чужие, ледяные, с дикой силою руки, пытаясь это тёплую ягоду вытрясти, чтоб затоптать сапогом.

— Вер... бля, неразборчиво... — пожаловался чекист. — Который на Вер — есть?.. — и опять обратился к листку, — Верши... лин?

— Верую! — вдруг воскликнул не своим голосом Василий Петрович.

Ягода выпала.

— Владыко Господи Вседержателю, приими мой дух с миром: пошли от пресвятой своей славы мирного ангела, ведущего меня к трисолнечному Божеству, чтобы начальник тьмы со своими силами не остановил меня в пути, — громко говорил Василий Петрович, выходя.

Жидкие волосы его торчали во все стороны ужасающим образом: они встали дыбом.

...За дверью зазвенел колокольчик.

Колокольчик звенел долго, дольше чем обычно, кто-то не выдержал и завыл — сначала тихо, потом всё громче и страшней.

Другой лагерник бросился к дверям и, ударяясь о них лбом, коленями, всеми руками, требовал:

— Да прекратите вы! Прекратите вы! Прекратите!

Граков вскочил с места и заметался по церкви, то ли пытаясь понять происходящее, то ли в надежде найти щель, которую никто не заметил, и забраться туда с головой. Рот у него переполз куда-то почти на шею.

Проснулся и заплакал беспризорник:

— Кулёшика! Ам! Ам!

Поднялся с колен и взмахнул тонкой рукой батюшка Зиновий:

— Ироды! Анафема вам и детям вашим вовеки!

Щёлкнул выстрел — какой-то далёкий, мелкий и смешной — по сравнению с целым человеком, которому он предназначался.

Артём повернулся на бок, собрался в клубок и затих.

— ...Покормили и прибили потом, — пожаловался он шёпотом. — Лучше бы уж тогда мне его баланду отдали.

Внизу под ним были пустые нары, и эта пустота расползалась вокруг, как туман или газ.

Запах пустоты был ощутимый и едкий.

Лагерники, казалось Артёму, старались не дышать, чтоб не отравиться.

Василий Петрович не заставил себя долго ждать. Он вернулся скоро, не более чем через полчаса.

— Я же тебя угощал ягодой, — сказал он Артёму достаточно громко.

Он сидел где-то рядом.

Зажмурившись, Артём старался не шевелить ни рукой, ни ногой, чтоб случайно не задеть Василия Петровича, и — главное — не опрокинуть его корзины.

Корзина была уже полна.

Черви в корзине были всех цветов: белые, голубые, жёлтые, зелёные, фиолетовые, некоторые совсем маленькие, юркие, торопливые, а некоторые подросшие, разъевшиеся, тягучие.

* * *

Оказалось, что можно было спать в штабеле среди многих других тел и чувствовать себя в одиночестве.

Вшей становилось всё больше, и от холода они были ещё злее.

Где же всё-таки эта Галя, которой нет и никогда не было. Где же она. Галя эта где.

— Я ведь могу её погубить! — рассказывал Артём святому на откорябанной фреске, он называл его "князь". — Могу погубить её, князь! Сейчас я... а что я сейчас? Постучу в дверь? Ха!

А можно было бы как в детстве поиграть — когда они с братом стучали в дверь, слышали мамины шаги и быстро прятались — под кровати или в шкаф. И мама наигранно удивлялась: "Кто же это стучит?" И они давились со смеху и сдерживались, чтобы не чихнуть.

Постучать, услышать колокольчик и всем попрятаться. Зайдёт улыбчивый чекист и удивится: "А где это все? Кто стучал?" И, скажем, Граков вдруг не выдержит и захохочет под нарами... Чем не игра?

...Утром Артём сидел наверху, чувствуя себя мешком костей, который перепутали с тестом — и месили, месили, месили эти кости — всю ночь.

Он снял пиджак, чтоб перетрясти вшей, но быстро замёрз — на улице так и держалось, похоже, около пяти, ну, может, семи — никто уже не понимал — градусов, а ночью опускалось до двух-трёх, а одежды больше не приносили, а кипяток сегодня был тёплый, а баланда — нисколько не гуще кипятка, а владычка снова отдал свою миску пацану с голубиными руками, который всё повторял своё "Куада? Куада?" и время от времени — "Не жизнь, а похороны, дяденька".

Артём попробовал надеть пиджак на ноги — но сразу замёрзла спина.

В окно сквозь щели стало вдруг различимо далёкое озеро и туман над ним.

К церкви кто-то шёл по улице — Артём увидел плечо, фуражку, кожаную куртку.

Отпрянув, он вслушался: не оглох ли? не пропустил ли перезвон?

Нет, было тихо — и дверь открыли негромко, и вошёл только один человек — тот самый чекист, пьяный, с улыбкой мокрой, вялой и будто присползшей, как штаны с бесстыдного зада.

Он стоял на входе, держа в одной руке безмолвный колокольчик, а другой прихватив его за язык, чтоб не звякнул.

Чекист искал кого-то и никак не мог найти в полутьме среди сгорбленных, раздавленных, перебитых своим страхом обезьян.

— Могильные черви — пришли высматривать, кого съесть, — раздался тихий, вкрадчивый голос Зиновия, лишённый и малейшей дрожи.

Чекист шлёпнул губами, словно удерживая спадающую улыбку, и ответил такими же улыбчивыми, влажными, как его губы, словами:

— Жатвы много, работников мало... Надумал отречься, Зиновий?

Кажется, он продолжал уже имевший место разговор.

— От Антихриста, — коротко ответил Зиновий.

В первое мгновение Артём и не понял, что он сказал, — но быстро догадался. Зиновий говорил, что это дьявол предлагает ему отречься.

Чекист раскачивался, и улыбка на его лице раскачивалась, как дохлая рыба в тазу, полном смрадной водой.

— А как отпущу ему язык? — спросил чекист, подняв колокольчик в правой руке и медленно убрав левую.

Нитка со свинцовой слезой на конце шатнулась, не достав до внутренней стенки колокольчика расстояния не больше ресницы толщиной.

Каждый на этой нитке качнулся, как на качелях, которые с размаху выбрасывали уже не в крапивную заросль, как в детстве, а в червивую глухонемую яму.

Чекист обводил глазами церковь, иногда облизываясь медленным и непослушным языком.

Чуть ли не три дюжины живых душ пристыли глазами к колокольчику, вслушиваясь и не дыша — а вдруг лишь одного человеческого вздоха не достаёт секирским сквознякам, чтоб толкнуть звонкий язычок и получить в ответ тишайший смертный звон.

Всякий хотел приостановить сердце, чтоб и его движение не качнуло бы вдруг вселенную и оттого не завалилась бы она набок, накрыв кого-нибудь, подвернувшегося, сырой землею.

В церковь внесли чан с баландой и несколько буханок хлеба.

Что-то, обещавшее жизнь, сдвинулось в воздухе.

Чекист сунул колокольчик в карман и вышел, пошатываясь.

Все выдохнули, и оживление было настолько искреннее, словно он не мог вернуться сразу после распитого кипяточка, а уехал далеко, так далеко, что может и дорогу забыть, если соберётся назад.

— Батюшка Зиновий, а может так быть, что мы уже в аду? — громко спросил кто-то.

— В аду они, — махнул батюшка Зиновий в сторону дверей, ясно кого имея в виду и, по своему обыкновению, пристраиваясь в очередь первым. — А мы на них смотрим со стороны.

Удивительно, но и поведение владычки Иоанна, через раз отказывающегося от еды и никогда не встававшего в очередь за нею, и поведение батюшки Зиновия, с его привычкой, немедленно опорожнив свою миску, ходить с пустой кружкой и просить хоть капельку добавить старику, — в сущности казалось всем правильным и соответствующим их священству.

Зиновию иной раз капали, а кто и плескал целую ложку, а если ругались, то больше для видимости — отношение к нему, заметил Артём, стало куда более уважительным и серьёзным, чем в лазарете, и это уважение укреплялось всё сильней.

“...Они... втайне надеются... что он может их спасти”, — с усталой насмешкой и уже не покидающей ленностью, думал Артём.

Поев, Артём скорей лёг, свернулся калачиком, засунул ладони промеж ног в тщетной надежде согреть хоть руки, так и не отогретые кружкой с кипятком.

Зиновий, видел Артём, оказался вовсе не столь жалок, как думалось раньше, хотя его поведение отдавало нарочитым юродством. Однако за юродством явственно просматривались необычайная крепость духа и яростное человеческое мужество.

Артёму, впрочем, не было до этого никакого дела, — растерявший собственную силу чужой воли оценить не в состоянии. Его несло по грязной, полной гадов воде на его деревянных нарах, и сквозь лёгкую ознобную лихорадку он отмечал то диковинное дерево на берегу, то распластавшуюся кляксой звезду на воде, то длинных пиявок, стремящихся на подводный запах плоти.

Вот Граков прошёл, гонимый сквозняком, его кривой рот искал наживку, а глаза не узнавали ничего: похоже, случай с колокольчиком оглушил его до беспамятства.

Перегнувшись и посмотрев с нар вниз, Артём мог бы увидеть лежащего на дне Василия Петровича или Афанасьева — оба с открытыми глазами, первый молчит, а второй улыбается; но лучше на них не заглядываться.

Артём теперь и не спал, и не бодрствовал, а непрестанно находился в промежуточном состоянии. Промёрзла не только вся кожа, но и внутренности — он чувствовал, как холодно и пусто в животе, в паху, в груди, и мозг выглядел как размораживаемое мясо — с одной стороны сырой и красный, с другой — твёрдый и в белой изморози. Порой трезво начинающаяся мысль словно вползала по своей извилине на ледяной участок и там прилипала, тупела, начинала распадаться.

Неожиданно он видел перед глазами текст приказного письма, который выбивала на печатной машинке Галина: "...требую... перевести Артёма Горяинова... в состав... духового оркестра... — литера "в" западала, и буква получалась невнятной, еле заметной, а в оркестре все согласные спутались, получилось какое-то другое слово, похожее на расстроенную музыку, духовые налево, скрипки направо, дирижёр в отчаянии, — на место... заключенного Афанасьева... в связи с его убытием на Лисий... остров..."

«Он не на Лисий, Галя! — стремился крикнуть Артём. — Я не хочу на его место!»

Галя не оборачивалась и печатала твёрдыми и уверенными пальцами, иногда попадая на букву не подушечкой пальца, а ногтем, и после, цыкнув, быстро подносила пальцы ко рту, то ли отогревая больное место дыханием, то ли выправляя кончик ноготка зубками.

Артём чувствовал, что это неправда — едва ли со своих нар он может разглядеть, что там печатает Галя, но не спешил выходить из её кабинета, где Гали, впрочем, уже не было. Он заторопился вниз по лестнице, стремясь не попасться на глаза Горшкову или Ткачуку, навстречу ему несли гроб, то ли пустующий, то ли уже кем-то занятый, Артём посторонился, присел, пролез меж ног, оказался на улице, прошёл лесом, мимо Йодпрома, пересёк Лисий остров, до которого вообще-то надо было плыть, и оказался у Секирной горы, на вершине мигал маяк, — нужно было подняться по лесенке к церкви, и, сто раз задохнувшись, он торопился, лез, тянул себя вверх, — с каждым шагом, если обернуться, виды открывались всё более необычайные, но было не до них, — наверху стояла Галя и спокойно разговаривала с улыбчивым чекистом, который был трезв, часто кивал и стремился, неловко лавируя меж её приказных интонаций, вставить своё подобострастное словцо: "...нет, я всё понимаю... у меня тоже своя работа... мы вынуждены принимать меры...". "А он нормальный мужик, — искренне подумал Артём, вытирая пот. — Его можно понять". "...Да вот он, ваш Горяинов..." — кивнул чекист: он стоял лицом к поднимающемуся Артёму, Галина оглянулась, у неё на лице обнаружилось что-то вроде флюса, не очень приятное, Артём старался не смотреть на неё. — "Подожди на своих нарах пока..." — сказала Галя, тоже не очень довольная неожиданным появлением Артёма — он поспешил выполнить её повеление, немного хромая от усталости, побежал к церкви, и тут улыбчивый чекист, словно в шутку, толкнул Галю — чтоб она немного скатилась по лестнице с горы, — чекист рассчитывал, что она скатится на три или четыре ступеньки, и оценит его дружескую забаву, но Галя неловко перевернулась через голову и неожиданно быстро полетела в тартарары, некрасиво взмахивая ногами, вся неловкая, дурная, нелепая — на очередном провороте через голову Артём вдруг увидел, что это и не Галя уже, а мать его — со своими то ли пирогами, то ли ещё чем-то — повидло на лице, позор...

Но смотреть было нельзя, надо было на нары — и он вернулся, залез, — открыл глаза и ещё минуту взволнованно думал: "Ведь она же не уедет назад из-за того, что упала с лестницы? Всё-таки это была Галя, а не мать, Галю я точно видел... а вот про повидло уже показалось — никакого повидла уже не было — привидится же такая нелепица..."

Артём ещё долго расставался со своим видением, словно торгуясь с кем-то и частями обменивая на здравый смысл

свои такие чёткие и точные воспоминания. Хорошо, он не ез-
дил в монастырь, — но он же читал текст приказа... хотя как
он его читал, откуда?.. По лестнице не поднимался, конечно
же, — но разговор-то слышал между чекистом и Галей?
Разговор-то безусловно был! А? — Артём чувствовал, как
близки слёзы, и кусал себя за руку, чтоб не закричать: — Безусловно, сука, бля! Он был! Они разговаривали!

— Бесы болтливы, Бог молчалив, — поучал батюшка Зиновий. — Бесы в уши твердят, Бог показывает. Большаки дея-
тельны, злобны, неумолчны — заметили?

Зиновий объявлялся то здесь, то там, и всякий к нему
стремился, и многие вставали на колени, прося благосло-
вения. В церкви стали так часто и размашисто креститься,
будто туда налетела туча мух, как в коровник, и все отма-
хивались.

Артём кривил губы, видя эти глупые движения.

— Речи их пагубны, слышать их — позорить свои уши
и засорять ум! Бегите их слов! — выговаривал батюшка
Зиновий в другом месте, многие гласные произнося будто
в удвоенном виде — "позорить свои у-уши", "беги-ите их
слов!" — отчего произнесённое им становилось ещё отчётли-
вей и въедливей.

— Как же быть, батюшка? — спрашивали его.

— А бесы вам и сейчас на уши шепчут, что возможно спасение, если разжалобить чекиста, понравиться ему, подпеть,
встать в большевистский хоровод и пройтись с ними кружок
вокруг их главного злосмрадного мертвеца, а то и, если до-
пустят, мертвеца поцеловать в губы в качестве доказатель-
ства своего свершившегося предательства, — а вы не слушайте беса, — и батюшка Зиновий крестил, как виделось Артёму
сверху, уши лагерников, смешно поворачивающихся к нему
бочком, словно все сидели на кресле у парикмахера и просили подбрить височки, — не давайте ему ввести вас в заблуждение, помните, что только Господне слово несёт нам спасение, и лучше один раз умереть и шагнуть в Царствие Небесное, чем, влекомым бесами, навсегда угодить в геенну огненную и погибать непрестанно.

— А как же Царствие Небесное — когда мы все грешны здесь? — спрашивали снова.

Вокруг батюшки Зиновия и стоящих рядом с ним лагерников непрестанно ходил Граков, совершенно дурной, не осознающий ни себя, ни происходящего, и уверенный только в одном: если рядом стоят несколько людей, там может быть тепло или оказаться еда.

— Христос пришел спасти не праведников, а грешников. Церковь Христова вся состоит из одних грешников, — пояснял уже владычка Иоанн: оказывается, они стояли рядом, спина к спине с Зиновием, и к их тёплым рукам, на их голоса сходились всё новые и новые несчастные.

— Мы не пропадём, отцы? — вскрикнул кто-то через головы, обращаясь к двум батюшкам сразу.

— Вы — свет мира. Не может укрыться город, стоящий на вершине горы, — отвечал батюшка Зиновий. — И, зажегши свечу, не ставят её под сосудом, но на подсвечнике, и светит она всем. Мы с вами на вершине Секирной горы, и свет наш будет виден с другого конца земли.

— Уж не ругайтесь друг с дружкой, отцы наши! — попросил всё тот же голос. — Никто нашу свару, окромя вас, не выведет на свет...

— И Апостол сказал, что надо быть и разномыслиям между нами, — ответил Зиновий строго, но сам ответ был знаком того, что уже нет меж ним и владычкой места для ссоры, и времени на её продолжение не осталось.

Щекотка внутри Артёма становилась всё страшней и назойливей: всё тело хохотало.

* * *

Эта щекотка — она была как гроздь колокольцев под кожей, звон не покидал его больше.

Артём чувствовал себя полным мёртвых, звонких, обнажённых рыб, которые перекатывались туда и сюда, как по дну баркаса. Внутри его было отвратительно шумно и суетно.

Звон вырвался из него, и всё помещение начало звенеть.

Остальные тоже услышали звон — он был истеричным, непрестанным и пребывал уже за пределами церкви, накручивая вокруг неё серебряные нити, как паутину.

— Господи, Господи, Господи! — звал то один, то другой лагерник.

Старик в седой бороде стал неподалёку от нар Артёма и, беспрерывно крестясь, начал класть поклоны тому святому, которого он отскоблил и прозвал князем.

Обкрученная звоном, церковь становилась как серебряный шар — толкни, и покатится с вершины Секирной горы, полная с ума сводящим человечьим воплем.

Чекист явно рехнулся — и звенел со всех сторон сразу, словно перебегая с места на место.

Граков с кашлем рыдал, то хватая себя за волосы, то сминая щёки и пытаясь заткнуть свой неумолчный, полный слюны и страха, рот.

— Исповедоваться и причаститься! — истово просил кто-то то у батюшки Зиновия, то у владычки.

Артём держался за свои нары, чувствуя беспощадную качку.

Но многие другие лагерники один за другим сошли вниз со своих утлых досок, стали на колени посреди церкви в ожидании обещанной исповеди и причастия.

У Зиновия был вырезанный из дерева наперсный крест, у Иоанна — свой, серебряный. У обоих имелось Евангелие.

Они вышли через незримые Царские врата на то место, что когда-то звалось амвоном, и поочерёдно, меняя друг друга, едва один из них задыхался, начали проповедовать.

— Во имя Отца и Сына и Святаго Духа. Аминь! — сказал владычка Иоанн; голос его был негромок, но твёрд.

— Царь и псалмопевец Давид сказал: Бог с Небесе приниче на сыны человеческия, видети, аще есть разумеваяй или взыскаяй Бога? Вси уклонишася, вкупе непотребни быша, несть творяй благое, несть до единого, — продолжил батюшка Зиновий голосом восхитительно молодым и высоким.

— Вот и ныне так, — говорил владычка, — в непотребстве своём все забыли о благих деяниях, направив силы свои на спасение своего живота. Но старания наши тщетны и елей в нашем светильнике убывает. Лишь Господь один может очистить нас от скверны и приобщить нас вечной радости.

Дробный перезвон за стенами не прекращался.

Церковь дрожала, как полный хрупкой посуды поднос, который пьяный служка несёт бегом по склизким каменным полам, а на полах разлиты чьи-то пахучие крови.

Внутри Артёма начала оживать рыба, расцарапывая острыми хвостами слабые кишки, печень, селезёнку — всё кровоточило и саднило, как если бы ему в распахнутый живот высыпали полный совок крошеного стекла.

— Владычка! Батюшка! Помолитесь за нас! — крикнули вперебой несколько человек.

Высоко, как птица, подняв голову и тараща воспалённые глаза, батюшка Зиновий неистово выкрикнул:

— Грех, о котором промолчите на исповеди, так и останется нераскаянным, а значит и непрощенным — и утащит вас в ад! Кайтесь!

Лагерники взревели. Почти все плакали и причитали. Но и за этим воем всё равно слышался колокольчик, ледяным крючком зацепивший каждого — кого за губу, кого за кадык, кого за лопатку, кого за кожу на животе.

— Мы перечислим грехи человеческие, а вы раскаивайтесь и говорите "грешен", — взмахнув рукой с зажатым в ней крестом, велел владычка Иоанн.

— Повторяйте за мною: исповедаю аз многогрешный... Господу Богу и Спасу нашему Иисусу Христу... вся согрешения моя... и вся злая моя дела, яже содеял во все дни жизни моей... яже помыслил даже до сего дня, — звонко продолжал батюшка Зиновий.

В церкви раздались жалобные голоса, спотыкающиеся и путающиеся.

— Прости мя, Отче, согрешил неимением любви к Богу и страха Божия, — диктовал владычка.

— Грешен! — прокричал каждый лагерник.

"Я", — молча отвечал Артём, и рыбы ярились ещё сильнее, пытаясь вырваться наружу из него.

— Согрешил гордостью, в том числе: несмиренностию духа, нежеланием жить по воле Божией, самоволием, самочинием, самомнением, — выкрикивал батюшка Зиновий.

"Я", — снова кивнул Артём, осклабившись.

— Согрешил неисполнением заповедей Божиих.

— Каюсь! — кричали лагерники, не видя и не узнавая друг друга, зато всякий миг слыша бешеный колокольчик.

— Согрешил кумирослужением!

"...А то", — крутясь на своих нарах, словно его всего мылили в сорок злых и мокрых рук, соглашался Артём.

— Согрешил чрезмерным упованием на Божие долготерпение, в том числе попущением себе всяческих грехов! — выкрикивали священники, чьих голосов было уже не различить.

— Грешен! — орали лагерники. — Каюсь!

— Согрешил тщеславием, многоглаголанием, честолюбием!

"Здесь я! Здесь!" — отзывался на всякий грех Артём, не ведая и не желая раскаяния в них.

— Согрешил маловерием, в том числе отсутствием мира Христова в душе!

"В том числе, да! — внутренне хохотал Артём. — В том числе!"

— Грешен! — вскрикивали лагерники с той же страстью, с которой орали "Здра!" начальству.

— ...Неблагодарностью к Богу!

— ...Дурной печалью и унынием!

— Согрешил нетерпением посылаемых Господом испытаний, в том числе нетерпением скорбей: голода, болезней, холода!

"Мёрзну! — с бесноватой радостью соглашался Артём. — Хочу жрать и мёрзну!"

— Согрешил ненадеянием на спасение... недоверием к милосердию Божию...

"Не верил", — кивал Артём с тем бесстыдным лицом, с которым пьяница ждёт у кабака, что ему нальют.

— ...Помыслами и попытками самоубийства...

— Прости мя, Отче! — выкрикнул кто-то. — Пытался удушиться! Верёвкой за шею!

— Согрешил поминанием имени Божия всуе... грязной, матерной бранью...

— Грешен! — голосили то там, то тут в ответ.

Каждое слово звучало гулко, словно удваиваясь за счёт заключённого внутрь эха.

— ...Неисполнением обетов пред Богом...

— ...Самооправданием...

— ...Неблагоговейным отношением к иконам и святыням...

— ...Непочитанием церковных праздников...

— ...Осуждением священников...

— ...Нерадением к молитве...

— Стыдился исповедать себя христианином, в том числе стыдился налагать на себя крестное знамение и носить нательный крест!

“Я! — неустанно повторял Артём. — Я здесь! Я! Какое богатство у меня! Весь как в репьях! Как в орденах! Да есть ли такой грех, которого не имею?”

Ор стоял, как на скотобойне.

Даже беспризорник пристроился ко всем в хвосте и, задирая вверх беспалые руки, требовал кулёшика — верно, ему казалось, что и все остальные просят жрать.

В стороне чернел глазами не участвовавший ни в чём Хасаев: как будто тут была звериная свадьба, а сам он оказался другой породы.

— Согрешил неимением любви к ближнему! — провозгласил владычка, надрывая голос.

“Мать погнал!” — восклицал Артём, руками придерживая бунтующих рыб в животе и в груди.

— Не посещал больных, не помогал нуждающимся, скупился на милостыню, осуждал нищих!

“Да, да, да — и леопардов, и слабых, и больных, и всех — презирал!” — помнил Артём и сыпал всем этим, как крупной монетой, на прилавок.

— Виновен!.. Я виновен!.. Каюсь! — отхаркивались люди на коленях.

— Согрешил нерадением о спасении ближнего!

— Да! Батюшка, спаси! Прости, Господи! — надрывались люди, обескураженные своей греховностью.

— ...Непочитанием старших.

Артём готов был перевернуться на бок и, свесившись головой, плюнуть в лицо Василию Петровичу, лежащему на дне, — но побоялся, что рыбы разорвут его на части изнутри.

Согрешил ненавистью и злобой, зложелательством, злорадством. Да. Гневом. Да. Проклял близкого или дальнего. Да. Согрешил сплетнями. Да. Согрешил завистью. Да. Ложью. Да. Хвастовством. Да. Осуждением. Да. Лестью. Да. Издевательством и бесстыдством. Да. Подслушивал и подглядывал чужие тайны. Да, да, да.

— Согрешил вольным или невольным убийством! — огласил батюшка Зиновий.

"Как на аукционе! — в голос засмеялся Артём. — Беру! Беру и это! Вольным убийством — я, мне, моё!"

— Владычка! — как брошенный в огонь, взвыл кто-то. — Я зарезал жену!

Все смолкли, но совсем ненадолго.

— Расстрелял жидка! — прохрипел ещё один.

— Боже мой, я ограбил и убил старуху! — сознался третий.

— Задушил ребёнка! Помилуй! Всеблагой! Молю!

Крик стал до того густой, что сквозь него не пролетела бы птица.

Владычка и батюшка стояли посреди людей как посреди пожара — ноги горели и глаза изнывали над огненной ярью.

— Согрешил жестокостью к животным, — зажмурившись, сквозь жар, прокричал владычка.

— Было, батюшка!

Один сознался, что убил на Соловках щенка, чтоб сожрать. Другой — что раздрал по перу живую чайку. Третий открылся в мерзотном непотребстве с котом, засунутым в сапог, мордой к носку.

Зубы батюшки Зиновия отсвечивали на огне.

— Согрешил блудом с женщиною...

— Вся жизнь моя — блуд: я не женат, отче, прости! — кричал в ответ один.

Артём вертелся на своих нарах, словно рыбы сосали его изнутри, втягивая внутрь тела всякий его орган: язык, соски, глаза...

— Согрешил прелюбодеянием!

— Было, каюсь!.. Владыченька!..

— Кровосмешение!

— Винюсь!.. Не погубите!

Владычка отёр проливной пот с лица.

— Согрешил противоестественным блудом с мужчиной!

Многие уже не в состоянии были выговорить "Каюсь" и вскрикивали по-птичьи, иные взмыкивали, другие будто блеяли.

Игра в карты. Другие подлые игры. Неумеренный смех. Лукавые слёзы.

На каждый грех отзывались лагерники, заходясь в истерике, и всё равно не в силах перекричать один колокольчик, растирая грязные слёзы по грязным лицам.

Рукоблудие. Блудные помыслы. Воспоминание грехов. Сладострастное разглядывание развратных книг и картин.

"А тут снова я! Снова я!" — громко, хоть и с запечатанным ртом, отзывался Артём — как будто потерялся в лесу, и его теперь нашли по многочисленным следам, но сам он не торопился выйти на зов, а только дурачился и кривлялся.

Его пробила икота, и он не в силах был её перебороть.

Пьянство непотребное. Здесь. Курение дыма. Здесь. Чревобесие. Здесь. Грабеж и воровство. Здесь. Хищение и казнокрадство. Здесь. Мздоимство и плутовство. Здесь.

Всякий стремился быть громче и слышнее другого, кто-то разодрал в кровь лоб и щёки, кто-то бился головой об пол, выбивая прочь свою несусветную подлость и ненасытный свербящий звон. Кто-то полз на животе к священникам, втирая себя в пыль и прах.

Небрежение Божьими дарами: жизнью, плотью, разумом, совестью. Так, и снова так, и опять так, и ещё раз так — икал Артём, сдерживая смех.

Полезли невесть откуда всякие гады: жабы и слизняки, скорпии и глисты, хамелеоны и ящерицы, пауки и сороконожки... и даже гады были кривы и уродливы: попадались лягушки на одной ноге, прыгающие косо и падающие об живот, глисты с неморгающим птичьим глазком на хвосте, сороконожки, одной половиной ползущие вперёд, а другой назад, ящерки с мокрой мишурой выпущенных кишок, и на каждой кишке, вцепившись всеми лапками, обильно сидели гнус и гнида, пауки с мокрыми и мясными телами улиток или с плотью в виде человеческого глаза, крысы, вывернутые наизнанку, с животом, увешанным ещё не дозревшими крысиными младенцами — слепыми, открытыми напоказ, тарантул на старушечьих пальцах вместо лап... ещё крутился, потерявший свой звериный зад, волосатый хвост... омерзительными клубками лежали змеи, тут же порождающие очередной живорождённый приплод, шевелившийся так неистово, словно его разогревали... весь пол был покрыт слизью, человеческой рвотой и всей мерзостью, что способно исторгнуть тело.

У кого-то из пупка лезла неестественно длинная, волосатая, шерстяная гусеница: человек смотрел на неё в муке, ожидая, что она кончится, а она всё не кончалась и не кончалась.

У другого на пальце сидел червь, всосав палец целиком, лагерник пытался его стянуть — но оказывалось, что червь глубоко врос в кожу и палец переваривает, разъев своим червивым желудочным соком плоть почти до кости.

Один лагерник, страдая и плача, с непервого захода отрыгнул крупного, не по-рачьи быстро уползшего рака; у следующего опарыши лезли сразу изо рта, глаз и ушей — и вся борода была словно в плохо пережёванном рисе, хоть суп вари; третий — сморкал какую-то склизкую живую, полупрозрачную, усатую пакость, — но та, уже вроде бы отвалившись почти совсем, всякий раз исхитрялась со всхлипом, на последней сопливой нитке, вернуться назад в носоглотку, где обитала и питалась.

У Артёма от очередной икоты развязалась пуповина, из него прямо на нары посыпались ослизлые, подгнившие крупные рыбины, а из них — другая рыба, помельче, которую успели съесть, а из второй рыбы — третья, тоже пожранная, а из третьей — новая, совсем мелкая, а из мелочи — еле различимая, гадкая зернистая россыпь...

Артём сгребал всех их обратно: моё, мне, моё, мне, назад, куда собрались?..

— Видите: как мы грешны! — вскричал батюшка Зиновий. — Видите? Смотрите в себя и ужаснитесь!.. Смотрите окрест себя и плачьте от стыда!.. Это ваши следы полны слизью и смрадом! Всякий из вас заслужил несусветного наказания! Но Отец наш Небесный не хочет погибели чад Своих! И ради нашего спасения Он не пожалел Сына Своего Единородного, послал Его в мир для нашего искупления, чтобы ради Него простить все наши грехи.

— И не только — простить нас, — еле живой, но с глазами утешительными и чистыми, говорил владычка, — но даже позвать нас на свой Божественный пир! Для этого Он даровал нам великое чудо — святое тело и святую кровь сына своего, Господа нашего Иисуса Христа. Этот чудесный пир совершается на каждой литургии, по слову самого Господа: "Приимите, ядите. Сие есть Тело Мое!" и: "Пиите, Сия есть Кровь Моя!"

— Идите же с полною верою и надеждой на милосердие нашего Отца, ради ходатайства Сына Его! Приходите и приступайте со страхом и верою к святому причащению, — призывал батюшка Зиновий.

— А теперь, милые мои, все наклоните свои главы; и мы, властью Божией, данной нам, прочитаем над вами отпущение грехов, — попросил владычка Иоанн.

Шея его истончилась, и были видны три синие жилы, готовые оборваться.

Стало тихо.

Все склонили головы.

Возле каждого затылка звенел колокольчик, как будто не боявшаяся гада, гнуса и гнид прилетела за мёдом бабочка и выбирала самый сладкий цветок.

Батюшка Зиновий читал разрешительную молитву.

Поочерёдно с владычкой Иоанном они перекрестили всех.

— Прощаю и разрешаю, — сказал батюшка Зиновий.

— Во имя Отца и Сына и Святаго Духа, — сказал владычка Иоанн.

Начиналось причастие.

Каждый целовал крест и Евангелие.

В простую воду кто-то из священников бросил сушёную ягодку клюквы — нарочно ли была припасена она в мешочке на груди или вдруг прикатилась сама? — но стала ягода кровью Христовой. Плотью стал скудный, соломенный соловецкий хлеб.

В церкви было чисто и звонко, как в снежном поле.

Только звон не прекращался — он то удалялся, то приближался, то путался и захлёбывался, то будто катился с горки.

Победивший икоту Артём сидел у окна и заливисто смеялся, не в силах сдержаться: чекист надел колокольчик отвязанной с цепи собаке на шею, и она бегала вокруг церкви, непрестанно дребезжа.

Артём замечал в щели окна то её хвост, то дышащий бок, то чёрную морду.

Если собака останавливалась, её тут же погоняли красноармейцы, радуясь своей нехитрой забаве.

Никто в церкви догадаться об этом не смог.

На холодную железную печку возле входа забрался Граков и сидел там на корточках, обняв трубу. Он обезумел и возможности вернуться в мир уже не имел.

Причащаться Артём не пошёл.

Руки его были сухи, сильны и злы, сердце упрямо, помыслы пусты.

* * *

Самой чёрной ночью над спящими раздался огромный колокольный звон — один удар и долгий, на много вёрст, гул.

Дул тяжёлый ветер, с почти равномерными замахами — словно кто-то подметал Соловки.

Человеческий штабель так слежался, что никто не поднялся и даже не смог перекреститься, хотя каждый знал: колокольня пуста, и нет там ни звонаря, ни колокола, и взяться им неоткуда — потому что лестница наверх завалена и забита.

Утром все вставали тихие, с лицами запаренными и чуть помятыми, но глазами чистыми, полными влаги, — как бывает после бани.

Никто не спешил к своим нарам, все так и стояли посреди церкви, глядя вверх, словно ночной гул ещё не кончился.

— Россия — приход Иисуса, — сказал за всех батюшка Зиновий; указав рукою вверх, добавил, — там маяк. Свечечку Бог засветил нарочно над нашей головой, чтоб лучше видеть. Одна беда — мы дрыхнем, а только бодрствовать нам надо, ибо никто не знает, когда придёт Сын Человеческий! Слышь, владычка?

Владычку угораздило лечь в последнюю ночную пересменку на самый нижний ряд.

Поверх оставалось ещё три слоя — пока разгребли чужие ноги и руки, стало ясно, что владычки уже нет — задушился.

Тело у него стало тонким, надломанным, смешным, как у подростка. Веснушки на руках позеленели.

Один глаз он закрыл, а вторым присматривал — и взгляд его был неутешителен и скуп.

Артём присел, погладил владычку по голове. Волос оказался жёсткий, грязный, неживой — как старую варежку приласкал.

Он понюхал свою руку в надежде услышать знакомый запах сушёных яблок, но тут же увидел ползущего по ладони клопа: с мертвеца перепрыгнул.

Поспешил к своим нарам, уже зная, чем займётся, — в один рывок наверх — вытащил ложку и за несколько взмахов исполосовал на части лицо своему князю, помешав нескольким лагерникам, которые в эту минуту молились святому.

...Глаза поддавались хуже всего — и Артём выдолбил их острым концом ложки.

Уши стесал по одному. Губы стёр. Волосы повыдирал клок за клоком.

Над телом князя, на широких его плечах больше не было головы: хоть подставляй любую, как в фотографии на Мясницкой улице.

Работал быстро, ярясь и скалясь.

— Бог ты мой... — выдохнул кто-то из стоявших внизу. — Креста на нём нет...

Взвизгнув, схватил и потянул Артёма за подштанники батюшка Зиновий.

— Они... они лежат под извёсткой, как трава и ягода под снегом... хранятся и ждут... ждут своего часа... как же тебе пришло в голову твою, поганец, раскопать их... и уродовать?.. как же?..

Безо всякого усилия Артём сбросил его слабую старческую руку, но на помощь священнику пришло сразу несколько других рук, торопливых и жадных. Ухватиться Артёму было не за что — неожиданно для себя самого он повалился спиной назад, это казалось ему почти смешным — он не боялся никого из лагерников и чувствовал себя сильнее любого из них в отдельности, что они могли ему сделать?..

...но для начала Артёма просто не стали ловить — сковырнув его с нар, все вдруг, не сговариваясь, отстранились, и он с хрястом в рёбрах и красными брызгами внутри черепной коробки грохнулся на бок, прямо об каменный пол, не успев собраться... одновременно почувствовал звонкий ожог в колене, оказавшемся связанным с мозгом доброй сотней стремительных телеграфных линий, пробивших острую брешь в сознании: ужас, ужас, ужас, шлём срочную молнию, сто молний — тут боль, болит, больно!

Но этого всем показалось мало, одна рука вцепилась Артёму в ухо, другая в бок, чей-то мосластый кулак тыкал, примериваясь, в бровь... он попытался встать, но его вдавили назад, пнули в грудь, наступили на живот — только обилие слабых и промёрзших до неловкости и зябкой суетности людей мешало немедленно разорвать его на части.

Напуганный Граков вновь залез на печку, взвыл оттуда, пряча глаза в ладонях.

— ...Нераскаянный!.. — вскрикивал Зиновий. — Гниёшь заживо... Злосмрадие в тебе — душа гниёт!.. Маловер, и вор, и плут, и охальник — выплюну тебя... ни рыба ни мясо — выплюну!

"...Выплюнешь, ага, — успел подумать Артём, точно понимающий, что его сейчас убьют, хотя от этого ему не становилось менее забавно и смешно, — а рыбу и мясо не выплюнул бы, сжевал бы..."

Исхитрившись, Артём, вывернулся и лёг лицом вниз, постаравшись прикрыть башку руками — его толкали, клевали, долбили, топтали, месили, щипали, тёрли, трепали, кромсали, кусали, надрывали, растаскивали по куску...

— Владычка! — позвал он плачущим, но чуть дурачащимся голосом — ему стыдно было кричать всерьёз. — Убивают!

Владычка смотрел своим глазом и не шевелился.

— Эй! — раздался уверенный голос. — Хватит, эй, русские!.. Что творишь? — это был Хасаев.

Артём ощутил, что терзающих его рук стало меньше, но Хасаев всё равно не справлялся — он крикнул дежурных, но те, кажется, не поспешили на помощь.

Зато в толпу влез беспризорник и, не забывая кричать то "Ам, кулёшика!", то "Куада, а мне?" — вцепился уродливой своей рукой — ладно бы пятью — четырьмя пальцами — Артёму в едва отросшие волосы, соскабливая кожу с его головы под свои грязные ногти, — как будто Артём и был этим, наконец обнаружившимся, кулёшиком, который нужно было поделить.

Кричали так, словно все расползшиеся вчера гадкие грехи сползлись в Артёма и заселились в нём, — а значит, могли вернуться к любому из его соседей: кому в ухо юркнуть, кому зарыться в пупок, кому в ноздрю нырнуть.

...Этого нельзя было допустить — чистоту души надо стеречь и охранять...

"А ведь правда забьют!" — ещё раз, всё с тем же почти даже смешливым чувством, понял Артём.

Только сердце прыгало внутри его, как отдельное, живое и несогласное: тебя, может, и убьют, а меня? меня за что? пусть тебя бьют, а меня выпусти!..

Не хватало лишь одного сильного удара куда-нибудь в темя, чтоб жизнь отцепилась наконец и понеслась — теряя на лету последние перья, со слезящимися глазами, с лёгкими, полными нового воздуха.

Ангел Артёма сидел на его нарах, пересыпал наскобленную извёстку из ладони в ладонь, как дитя в песочнице.

— Шакалы, мать вашу, по местам! — заорали красноармейцы. — Быстро, бля, шакалы!

Кому-то угодило в спину прикладом, кому-то в пузо сапогом.

Артёма оставили вмиг — он лежал один, так и держа руки на голове, прилипшие к вискам и затылку, оттого что всё было в крови.

— Куда спешим? — спросил чекист в своей кожанке, оставшийся стоять у входа со своим колокольчиком — верно, побоялся его поранить и разбить в сутолоке. — Разве мы плохо вас лишаем живота? Думаете, мы сами не успеем, если вы не поможете, граждане?.. В конце концов, есть какой-то порядок, очередь — зачем толпиться?

Голос его снова выдавал хмельную и оползающую улыбку — белое с пюсовым — на лице.

— Они тут богу молились! — вдруг громко пожаловался беспалый беспризорник.

Чекист перевёл взгляд на Зиновия.

— Зиновий, пёс волосатый, надумал отречься?

— От Антихриста, — сказал, как плюнул, батюшка.

— Ну, жди, пока мы твою паству доедим, — согласился чекист.

— Я ещё посмеюсь вашей погибели, — вдруг ответил батюшка Зиновий громко и уверенно.

Чекисту, впрочем, не было интереса продолжать разговор — достав бумагу из кармана и расправив её в воздухе, он спросил:

— Горя... И! Нов... Артём!.. который тут?

* * *

Батюшка Зиновий полз за Артёмом вслед, пока его вели:

— Прости меня, сыночка мой! Прости!

Артём оглянулся растерянно: о чём это он? Чего хочет?

Всё разом перестало быть забавным.

Мир приостановился, сознание обратилось в холодец, сердце с бешеной силой погнало кровь в голову, свежие ссадины закровоточили ещё жарче и обильней. Спина покрылась холодным потом. Ещё пот немедленно обнаружился меж пальцев ног и рук, под подбородком, в паху — Артёма словно извлекли из ледяного подвала — к столу.

"А если простить? — ещё раз оглянулся Артём на отца Зиновия. — Что-то изменится?.. Меня не дали убить здесь, чтобы что?.. застрелить — там?"

Со скрежетом закрыли дверь за спиною, в лицо пахнуло свежим ветром с моря, еловым запахом, вскопанной землей, чего-то недоставало в мире... но это отсутствие не означало погибели... и напротив, напротив — таило в себе невиданную, нежданную, снизошедшую надежду.

Артём поискал глазами — что изменилось, что?

Надо было срочно, пока не поздно, найти, что изменилось.

Света было очень много — он давно не видел дня, но при чём тут свет.

Секирная гора стояла на месте, небо двигалось над лесами и озёрами, чёрный пёс вертелся у конуры, то и дело взбадривая позва... — Артём выдохнул — ...кивающую цепь.

— А колокольчик? — тихо спросил он. — Где мой колокольчик?

Чекист оглянулся на него и толкнул шагавшего рядом красноармейца:

— Ты смотри, какая цаца! Подай ему выход с музыкой!

Они захохотали весело, как собачья стая. Нестерпимо воняло сивухой и табаком.

Артёму указали на телегу и, равнодушные к его последующей судьбе, сразу обрадовали:

— В монастырь поедешь, закончилась твоя командиро-
вочка, извини, не доглядели. Документы у сопровождаю-
щего.

У Артёма не было сил рассмеяться — менее минуты назад
он дал бы отрубить себе руку и согласился бы на вечное по-
зорное рабство у любого хозяина за одно право жить, — а сейчас, едва дождавшись, когда смышлёная, сразу всё, раньше
человека со всем его нелепым рассудком, понявшая кровь
сползёт из головы вниз по височным жилам и сонным артери-
ям, он уже осознавал только холод.

Холодно, холодно, холодно — дрожало и дребезжало его
тело, ветер дул со всех сторон, в носках и подштанниках
было совсем неприветливо, стремительно натёкший пот
застывал, уже понемногу подсыхающая на роже кровь не
грела.

Он с трудом — рёбра скрипели, колено не сгибалось —
уселся, собрал охапку сена, настеленного на телегу, прижал
её к себе: может, оно спасёт?

Нет.

— Эй, — позвал он красноармейца; голос был чужой, челюсти — тугие, еле двигающиеся. — Погреться бы...

— А вертайся в церкву, там тепло, — оскалил кривые зубы
красноармеец и долго смотрел на Артёма, с наслаждением
дожидаясь ответа, — он давно уверил себя в своей силе и пра-
ве считать лагерников за тупой скот, который и ответить на-
ходчиво не сможет.

В случае с Артёмом так оно и было.

Явился сопровождающий — детина, щетина.

— Куда уселся, шакалья морда? — спросил.

Артём спрыгнул: снова жахнуло в затылок от боли: показалось, что коленная чашка чуть не выпала на землю.

— Н-но! — прикрикнул красноармеец; телега покатилась,
собака залаяла.

Артём огляделся и понял, что ему надо за телегой бежать, иначе его оставят здесь, и здесь же, чуть позже, закопают.

Он заковылял, из глаз брызнули слёзы, мешаясь с кровью и пробивая в подсохшей корке новые дорожки. Собака залаяла ещё злей.

Ничего не соображая, пристанывая и бормоча, он торопился изо всех сил и всё равно не поспевал.

На счастье случились ворота: пока их открывали, Артём догнал телегу.

Но дальше началось то же самое — ещё минута такого бега, и он бы завалился без сил, и передвигаться смог бы разве что ползком.

Из лошади посыпались горячие яблоки. Артём тут же наступил ногой в одно, почувствовал мягкое тепло.

— Тпру! — вздёрнул вожжи сопровождающий.

Оглянулся на Артёма, хотел снова заругаться, но было лень, и посоветовал лениво:

— За телегу держись, шакал.

Артём схватился за телегу.

Красноармеец отвернулся, и Артём тут же, как в детстве, завалился на телегу животом, свесив ноги — вроде и не едешь особенно, но и не бежишь, всегда можно соскочить и сделать вид, что ничего такого не было.

Красноармеец не слышал теперь ни поспешающего топота арестантских ног, ни рвущегося и свистящего дыхания, но делал вид, что не замечает этого.

И не оглядывался.

Он был добрый человек.

"Как я мог подумать, что меня сегодня не станет?" — думал Артём, разглядывая уши и затылок красноармейца.

...Немного согрелся, пока бежал.

На ступне подсыхал лошадиный навоз.

Кровавая размазня на лице окончательно ссохлась, ветром овеваемая. Если улыбался — с лица опадал сразу целый кусок красно-чёрной извёстки. Он улыбался.

"...Если б святые... под своей извёсткой... умели улыбаться, — в дробной скорости движения телеги думал Артём, — может быть, тоже... их лица... были бы нам лучше видны..."

✽ ✽ ✽

В майском или июньском мареве соловецкий монастырь, на подходе к нему, мог напомнить купель, где моют младенца. В октябре под сизым, дымным небом он стал похож на чадящую кухонную плиту, заставленную грязной и чёрной посудой, — что там варится внутри, кто знает.

Может, человечина.

От Никольских ворот Артём добрёл пешком — в бумаге значилось, что его определили в духовой оркестр.

Вид у него был, даже по соловецким меркам, редкий — грязные, рваные подштанники, носки в лошадином навозе, пиджак — весь в крови и тоже рваный, кусок чёрной простыни торчит из-за пазухи, грудь, живот и ноги присыпаны соломой, морда кровавая, одичавшая, нос распух, одно ухо больше другого — не притронуться...

"...Кажется, — вспоминал Артём, — это беспризорная сволочь вцепилась в него своими отвратительными голубиными когтями: «...куада, а мне? куада, а мне?»".

Хромой и битый, явился по месту назначения в бывший Поваренный корпус, попросил кого-нибудь главного, вроде дирижёра, долго ждал.

Мир вокруг был громкий, ломкий, много новых цветов, запахов, проходящие мимо разговаривали в полный голос и смеялись о сущих пустяках.

Совсем недавно он был похож на этих людей.

Где-то топилась печка. Знание об этой печке было сродни знанию ребёнка, что у него есть мама, и она за ним когда-нибудь придёт, он не останется без её любви и заботы. С этим знанием можно было жить.

...Наконец, к нему вышел стремительный, высокий человек — он был сосредоточен, думал о чём-то своём, но в двух шагах от Артёма увидел вдруг своего гостя, резко, как стену заметил, встал и тут же убрал руки за спину.

— Валторна? — спросил.

Артём почесал щёку, потом осмотрел свою обезьянью, с кривыми и твёрдыми пальцами, руку, увенчанную чёрными, местами поломанными ногтями.

— Есть хочу. И умыться. Потом — валторна.

— Они просто издеваются надо мной, — сказал, обращаясь к гулким и сырым пространствам Поваренного корпуса высокий человек, похоже, собираясь уйти.

— Я им передам, — пообещал Артём, глядя на свои пальцы, которые никак не удавалось выпрямить.

Человек остановился и погладил свою голову бережным движением, словно успокаивая себя.

...Артёма провели к рукомойнику, вода была холодной, зато помещение умывальни не далее как вчера топили, — Артём теперь мог, подобно насекомому, уловить малейшее присутствие тепла.

Он начал умываться и скоблить голову, вода скоро кончилась. Посудина рукомойника покрылась слоем грязи. В этой грязи можно было разглядеть и клопов, переживших нежданный потоп.

Кто-то без стука вошёл и положил на край рукомойника мыло.

— Вода кончилась, — не оглядываясь, произнёс Артём.

Немного погодя принесли ведро воды и поставили у входа.

Сняв крышку рукомойника, Артём, чертыхаясь, вылил туда полведра — почувствовав при этом, что стал слаб и шаток.

Плеснув на руки, Артём намылил лицо, голову и шею — и долго, долго умывался: вода была немногим холоднее холода, который он принёс внутри, а лицо оказалось очень большим, сложным, разнообразным — его можно было бы умывать целый день.

Потом потащил обрывок простыни из-за пазухи — она прилипла к телу, пришлось, не без некоторого наслаждения, содрать её.

Этой простынёй вытер глаза — всё лицо побрезговал: хоть простынку, в буквальном смысле, от себя оторвал — запах от неё шёл подлый, не родной.

Вторую простынку приспособил, чтоб вытереть руки, которые раза с четвёртого отмыл-таки до локтей; выше уже не было сил.

— Ну что, — сказал вслух Артём, выпрямляясь у рукомойника, — давайте вашу валторну. Сыграю вам... соловецкий вальсок, — и почему-то сразу вспомнил Афанасьева.

К закутку, где он плескался, спешно подошли два человека — мужчина и женщина: каблуки и сапоги определить по звуку было не сложно. Каблуки перестукивали быстро, а сапоги их, будто нехотя, нагоняли.

— Где он? — взволнованно и нерешительно спросила женщина. — Здесь?

"Дура какая, — подумал Артём. — Совсем страх потеряла..."

— Здесь, умывается, — ответил дежурный. — Только он... не по форме... В одних подштанниках...

— Я всё принесла ему.

"Ох и дура", — ещё раз подумал Артём.

Человек в сапогах молчал — он, кажется, был в недоумении: с чего бы это сотрудница ИСО носит брюки какому-то перезревшему леопарду.

Артём тихо открыл дверь, выглянул в коридор и сказал:

— Я здесь.

Галя смотрела на него в упор и глаза её на миг расширились.

Вопрос, который возник внутри неё, был обращён не к Артёму — "Ты?" — а к самой себе — "...Он?"

"...Как бы Галя не убежала с моими брюками...", — успел подумать Артём.

Протянул руку за свёртком.

Она уже справилась с собой. Коротко кивнув Артёму, передала ему мягкий, в газету завёрнутый пакет — так могла только женщина сделать.

— Переодевайся, — сказала; надо же было что-то сказать.

— Сейчас, — сказал Артём: он должен был что-то ответить.

В пакете оказались штаны, рубаха и, вот тебе и раз, вязаная кофта.

Артём поскорее, цепляя пальцами ног, избавился от своих заскорузлых и чудовищных носков, оставив их пока валяться на полу, следом стянул подштанники, хотел выбросить в мусорную корзину, но, с отвращением передёрнув плечами, вспомнил: "...а вдруг опять на Секирку?" — и, свернув своё поганое бельё, кинул его на всё ту же распахнутую на полу газету, привязчивым глазом зацепив несколько жестяных заголовков.

Осмотрев свои чёрные ноги, поскорей натянул штаны прямо на голое тело... подумал — и, встав возле раковины, вымыл с мылом пах — хоть так.

Неприязненно подняв носки, перетряс их, постучал ими об стену, вывернул наизнанку и обратно, и всё-таки надел — пол был каменный.

...Рубаха и кофта пришлись кстати: чистая одежда — в этом что-то есть... человеческое.

Вытряхнул пиджак и не без труда влез в него, придерживая пальцами рукава кофты, чтоб не сползали.

Завернул газету со своим шмотьём и снова выглянул.

Галя уже была одна.

Она слабо и с непонятной ещё надеждой улыбнулась Артёму, немного, как от близорукости, щурясь и скользя по нему глазами, словно опасаясь, что если задержаться хоть на чём-то взглядом — откроется что-то трудное, неприятное и больное.

— Пойдём... — шёпотом позвала она.

— Я вот — босой, — сказал он, постаравшись улыбнуться.

Она озадаченно оглядела его ноги.

— Найдётся обувь, — так же тихо сказала она.

Галя и Артём — она впереди, он, хромая, следом — прошли в гримёрку — ту самую, где он когда-то был со Шлабуковским и Эйхманисом... У входа в гримёрку стоял дежурный — видимо, исполнял приказ Галины не запускать туда актёров и музыкантов.

— Спасибо, — сказала Галина сухо.

Дежурный не ответил, что Артёму показалось диковатым.

На столе стояла бутыль молока и целое блюдо пирожков.

Пока Галя закрывала дверь, он уже оказался там, где пахло луком, яйцами, капустой...

Кажется, он помнил о том, что лучше бы есть медленней, но получилось так, что он жрал, не прожёвывая, — и заливал всё это молоком.

Пока прожёвывал один пирожок, второй держал в руке и косился на блюдо: как бы они не разбежались.

Молоко было тепловатым.

Когда подошла Галя, Артём вдруг догадался, отчего собаки, которым вывалили мяса, рычат даже на хозяев — он поймал себя именно на побуждении зарычать, толкнуть чужого; просто было некогда.

Артём так и не почувствовал, что утолил голод. Он только увидел, что пирожков больше нет и бутыль пуста.

Он снова постарался улыбнуться Гале — снова не очень получилось.

— Одичал там, — сказала она негромко и грустно и посмотрела на него чуть дольше.

Артём облизнулся, вроде как пожал плечами — и безошибочно нашёл ту часть стены, что была особенно тепла — видимо, где-то с той стороны стены имелась печь.

Он уселся прямо на пол и прижался спиной к почти ещё горячей поверхности.

— Ещё минута, и я стану живой, — пообещал он, отчего-то не в силах поднять глаз на Галю и глядя ей на колени и живот; и добавил слово, которое вообще не очень любил и никогда не говорил. — Прости.

Галя была в коротком осеннем пальто и длинной серой юбке, с несколькими грязными каплями на подоле, руки держала в карманах.

— Тебя там били? Что с тобой? — спросила она тихо и присела рядом на корточки; это её движение — аккуратное и по-женски выверенное, очень красивое, вдруг сделавшее очень зримыми, хоть и оставшимися под юбкой, её колени, линию бедра, — оно, если и не вернуло Артёму ощущение возможности какой-то иной, мирной, не обещающей боли телесной жизни, то хотя бы напомнило о её существовании.

Он поднял руку и пальцами, непослушными и растопыренными, как грабли, коснулся её колена.

Галя быстро посмотрела на дверь: закрыла ли? — хотя именно этим очень добросовестно занималась меньше минуты назад.

Артём убрал руку, таким же медленным движением: пронёс сквозь тёплый воздух свои пальцы, как лапу животного.

— Я не могу тебя больше к себе в кабинет привести, — сказала Галя. — У меня и кабинета нет.

— Как? — не понял Артём.

Она быстро куснула себя за нижнюю губу и наконец позволила себе совсем долгий взгляд — глаза в глаза Артёму.

— Ты любишь меня? — спросила она.

Артём был не в состоянии сейчас осмыслить всё то, что стояло за этим вопросом, что предшествовало ему и что могло за ним последовать. Отвечать на него — после непрестанного полуобморочного холода, после колокольчика и сватовской улыбки полоумного чекиста, после кулёшика и голубиных рук подростка, после Афанасьева с оторванным чубом и Гракова, подвывающего на печке, после утреннего, поломанного и кривого тела владычки, его незакрывшегося глаза, после самого сна — заваленного мужиками, их смрадом, их пятками и хилыми задами, их костлявыми спинами и острыми коленями, после кислой, предназначенной не для кормления, а для умерщвления всего человеческого баландой, после воплей "Я пробовал человечину!" и "Я снасиловал сестру!", после святого, который осыпался известковой пылью, после того, как Артёма убивали и случайно не добили несколько часов назад, — отвечать на вопрос было нечем: не находилось в языке такого слова.

Артём не в силах был даже моргнуть в ответ.

— Ты приезжала на Секирку? — спросил он.

— Да, — с жаром ответила она. — Я была... Я сначала вообще не знала, где ты, и не могла никак узнать... Потом приехала, а там эта хамская свинья...

— С колокольчиком?

— С чем?.. А, да, у него колокольчик на столе, зам. начальника отделения Санников... Пришлось вернуться сюда, и...

— А я знал это. Что ты приезжала... И что меня возьмут в духовой оркестр.

— Откуда? Тебе сказал кто-то?

— Нет, никто... не сказал. Почему у тебя нет своего кабинета?

— Не важно, — сказала она. — Потом. Мне надо уезжать отсюда, понимаешь? — Она помолчала. — Позвонил Фёдор, — объяснила Галина. — И предупредил, что будет проверка... и на меня есть... документы и доносы. Мне тут нельзя быть. Я и сама это знаю. Может закончиться всё очень плохо. Что меня... не знаю... переведут из отдела в женбарак. Чёрт.

Артём, блаженно прикипая спиной к стенке, спросил, совсем не обижаясь — зачем обижаться, когда так тепло и молока напился:

— Ты меня привезла попрощаться, Галя?

— Мы можем убежать, — сказала она твёрдо и с той бездумной остервенелостью, которая заменяет женщинам решительность. — Только надо сейчас же. В ноябре будет поздно — холода придут. Ты... в силах? Иначе тебя убьют здесь, Тёма.

— Да, — ответил он, имея в виду, что — убьют.

Выбирать ему было не из чего.

— У тебя что, зуб болел? — спросил он, и если б руки его не были столь искривлены — он бы погладил её по щеке.

Она провела двумя пальцами от скулы до своего красиво вырезанного подбородка.

— Заметно? — спросила.

Она была огорчена, что заметно.

— Нет, — честно сказал Артём.

* * *

Галя велела идти ему в больничку, чтоб его осмотрел доктор Али, пообещала договориться.

Она ушла первой, Артём ещё минут пятнадцать сидел у стены в гримёрке — появились артисты и музыканты, ходили вперёд-назад, на нового человека посматривали, но кто такой не спрашивали.

Ему было всё равно.

Артём вдруг ощутил себя псом, которого допустили к людям — но никто не знает, что у него не уме. Вот прошуршали мимо юбкой. Вот зашёл кто-то в калошах, наследил, голос неприятный — может, укусить?

Кажется, задремал.

...Вовремя очнулся, с кряхтеньем поднялся, пошёл к больничке — снова заметил, что во дворе стало куда меньше людей, чем в прежние времена, — новый начлагеря по новому мёл.

Гали уже не было, но с бородой доктора Али столкнулся у самого входа — тот по описанию определил своими вишнёвыми глазами, что это к нему.

Быстро осмотрел Артёма, трогая его очень сильными и очень большими пальцами, сразу же заключил со своим характерным акцентом:

— Переломов нет, положить не могу, иначе меня накажут. Но одну ночь отлежаться дам. И поешь, сколько хочешь.

Настроен он был по-доброму и, похоже, говорил правду.

Артёму выдали чьи-то старые сапоги. Накормили в кухне лазарета, одного — на этот раз неспешно и упрямо он съел четыре порции пшёнки, целую гору заплесневелых объедков хлеба — отирая плесень рукавом, и выпил кружек двенадцать кипятка.

Наконец согрелся, но никак не мог довериться этому чувству — и хотя сидел на прогретой кухне в тёплой кофте и в пиджаке, озноб нет-нет да и проползал вдруг то от поясницы к шее, словно кто-то проводил холодным языком по позвонкам, то тем же языком лизали от пупка до подмышки, через левую грудь, а ещё неожиданно начинали мёрзнуть ноги и в паху леденело.

— Пшёнки больше нет, — сказал забежавший на кухню доктор Али. — Мыться пойдёшь?

Артём всмотрелся в его смуглое, губастое лицо — большие белки глаз, мясистые уши — этот человек замечательно умел быть и дурным, и хорошим, и борода была то страшная, то добрая.

Артём поднялся — и его повело вбок.

— Поспать надо, — с несколько деланной заботливостью сказал доктор Али, Артём сразу вспомнил владычкино "Какой я хороший поп!". — Я дам место после душа. Или ещё поешь, а потом спать? Треска осталась.

— Ещё поем, — сказал Артём. После каждого слова рот его слипался, и приходилось делать усилие, чтоб его раскрыть.

...Одежду он снимал с некоторым сожалением и опаской: а ну как оставишь — и унесут? Кофта же.

Придерживаясь за сырые стены, встал под первый же дуршлаг, врубил воду, на него полил почти кипяток — но он, выругавшись, стерпел и остался стоять, чувствуя, как славно быть обваренным, ошпаренным, с облезшей кожей, с лопнувшими в кипятке глазами... больное колено саднило — Артём нарочно подставлял его под воду... медленно скоблил себя пальцами, сморкался, лез себе в уши, одно сильно ёкало, когда к нему прикасался, но он всё равно лез... мочился, не трудясь помочь себе рукой или убрать ногу, на которую попадало... набирал полный рот горячей воды и, не в силах плюнуть, так и стоял с раззявленной пастью, а из неё текло...

Шатаясь, вышел из душа, кое-как вытерся — рукавом своей рубахи, за неимением полотенца. Снова спустился на кухню, там его уже ждала миска с треской, съел и треску, недосолёную, разваренную, невкусную, несвежую — обильно посыпая солью из плошки, собирая распавшиеся куски, радуясь и смакуя — хотя глаза слипались и он засыпал прямо на табуретке.

У дверей ждал бывший трудник, Артём его помнил, они когда-то виделись здесь.

Без слов догадавшись, что трудник прислан затем, чтоб показать койку, Артём встал и тяжело побрёл за ним вслед, и когда увидел свою лежанку — заснул тут же, хотя ещё несколько шагов шёл до неё, и потом даже снял сапоги, и ещё, быть может, что-то сделал, но вспомнить об этом уже не смог бы никогда.

Он проспал до самой полуночи: в полночь, или около того, открыл глаза, тут же вспомнил, о чём ему вчера говорила Галя, испытал приступ страха — детского, огромного, сводящего ноги, но вместе с этим не забыл потрогать рукой, на месте ли сапоги, — сапоги были всё там же, — и благостное счастье одинокого сна, под покрывалом, в натопленной комнатушке лазарета, — оказалось куда сильнее любой маячащей в завтрашнем дне погибели; рядом стонали больные, кто-то звал сиделку, но от этого стало ещё спокойней и маревней, и Артём забрался с головой куда-то в глубину, в нору, в собственное тепло, в детство, в материнскую утробу, в отцовский живот, в далёкое и надёжное, как земля, сердцебиение и смутноразличимое полузвериное бормотание прародителей, донёсших его суматошную, смешную жизнь из лесных, меж чудью и мордвой, дебрей, из-под печенежского копыта, половецкого окрика, из путанных перепутий меж Новгородом, Киевом, Суздалем, Рязанью и Тьмутараканью, из-под татарского меткого глаза, смуты и чумной заразы, стенькоразинских пожаров, через год на третий неурожаев, из-под копыт опричнины, петровской рекрутчины, туретчины, неметчины, кабацкой поножовщины, бабьего бесплодья, засухи и половодья, водяного, лешего, конного, пешего, порки на конюшне, соседской злобы, любого из его рода, застрявшего по пути на Божий свет посреди утробы, — донёсших вот сюда, на Соловецкий остров.

Артём спал, зажмурившись изо всех сил, и во сне словно бы летел на узкой лодке по стремительной и горячей реке своей собственной крови — и течение этой крови уводило его всё дальше во времена, где на одном повороте реки тянули изо всех сил тетиву, но перетягивали ровно на волосок — и стрела падала за спиной его праотца, а на другом повороте — стреляли из пушек, но во всякое ядро упирался встречный ветер, и оно пролетало на одну ладонь мимо виска его прадеда, а на третьем повороте — его прабабка, ещё когда была в девках, а верней — в детках, скатилась, ей и двух лет не было — с порожка, пока все были на покосе, и уползла

ровно настолько, чтоб не сгореть, пока заходился и разгорался огонь в избе, а на четвёртом повороте — прабабка
этой прабабки не умерла от родильной горячки после первых родов, ей оставалось родить ещё семерых, и седьмым
был прямой предок Артёма, а на пятом повороте — прапра-
дед его прадеда на берегу косил траву, совсем ещё пацаном,
утомился, заснул, получил смертельный солнечный удар в
затылок, мог бы и не проснуться, но его нерасторопного соседа толкнул назойливый ангел под руку, и тот пошёл на ту
же полянку, сам не зная зачем, и прапрадеда прадеда нашёл,
и разбудил, и держал под грудки, пока тот блевал в свежепо-
кошенную траву, и на всех остальных поворотах вся осталь-
ная многолицая и глазастая родня Артёма тоже тонула, опу-
хала с голода, угорала, опивалась, была бита кнутом, кале-
чена, падала с крыш и колоколен, попадала под лошадь, про-
падала в метелях, терялась в лесу, проваливалась в медве-
жью берлогу, встречалась с волчьей стаей, накладывала на
себя руки, терпела палаческую пытку, но всякий раз не до
самыя смерти, — по крайней мере, не умирала ровно до того дня, пока мимо не проплывала лодка Артёма, — и только
после этого возможно было сходить под землю и раство-
ряться в ней.

Приход его в мир был прямым следствием череды несчёт-
ных чудес.

Сделав полный круг по всему своему телу, Артём возвра-
тился ровно в то место, откуда выплыл, в тот же день под тем
же небом, в ту же больничную койку, — и открыл глаза.

Галя велела ему переждать утреннюю поверку и прийти
на причал. Документ на проход через Никольские ворота она
ему выдала.

Артём, ещё лёжа под покрывалом, нашёл в пиджаке документ и достал: документ должен был доказать, что вчерашний поспешный разговор — не морок.

Кажется, он уже терял такую бумагу и нашёл её потом
в дровне... но вот только принесла ли ему счастье эта находка,
Артём не помнил.

И вспоминать не желал.

На причале они с Галиной должны были сесть на катер и якобы отправиться на острова архипелага: имелась соответствующая путёвка.

Артёма в этом катере вообще не должно было оказаться — но его и не стали бы некоторое время искать, во всяком случае, не сразу. Потому что из штрафного изолятора на Секирке заключённого Горяинова вернули в лагерь, с переводом в артистическую роту, а командиру этой роты Галя дала липовую справку, что Артём Горяинов не в состоянии приступить к артистической работе и по болезни направлен в лазарет. Что до доктора Али — тот был уверен, что лагерник, проспавший полтора суток на одной из лежанок, знает, куда ему надо, и дела до него не имел вообще, потому и не оформлял его, а положил на ночь по блату — вернее, по Галиной просьбе — и дело теперь имел он только до Гали.

Механика, который мог управлять катером, Галя отправила в ремонтные мастерские перебирать старый мотор. Катером умела управлять она сама: по крайней мере, так сказала.

Куда они направятся, Артём забыл спросить; да и не очень хотел: куда бы они ни плыли — их будут догонять, и догнать должны, потому что на Соловках очень многие говорили про побег, но никто вроде бы не убегал, и всех возвращали, и убивали здесь, и объявляли о том на вечерней поверке, но чаще убивали ещё по дороге.

Артём вышел на соловецкий белый свет, колено его немного поджило, ухо болело меньше, тело дышало и просилось жить, как собака на привязи просится погулять с хозяином, покусать травки, понюхать воздух, полаять на белку.

Только сил было мало и рассудок на Секирке выморозило: всё воспринималось медленней, глуше.

Он выглядел как обычный лагерник — зарядьевская выправка его пропала, глаза поутихли, гонор поистратился, походка стёрлась — Артём будто сменил козырную масть на некозырную, тайного туза в рукаве на битую мелочь.

Как всякий до костей пуганный соловчанин, Артём шёл с чувством своей неизбежной заметности.

Казалось, что идущий навстречу чекист сейчас его остановит и спокойно спросит: "Ты на причал, а потом в побег?" — и придётся ответить: "Да", — а как же ещё?

Два красноармейца на площади смеялись, глядя на Артёма, наверняка один другому говорил: "Смотри, вон шакал в женской кофте — бежать собрался!"

"А что, правда женская кофта?" — равнодушно подумал Артём.

Пост у Никольских ворот выпустил его беспрепятственно, хотя он так и не придумал, что сказать, если спросят: "Куда?"

Артём шёл к причалу и чувствовал, что за ним уже идут двое с винтовками, чтоб хлопнуть его где-нибудь возле женбарака, и уже никакая мать не придёт к нему — погнали давно твою матушку, глупый паренёк, домой, посмотрела на тебя — и хватит, дальше сам — уже вырос, уже в состоянии забраться в свой гробик и накрыться крышкой.

Оглянулся: пусто.

Бухту Благополучия он помнил хорошо: здесь в начале лета трудился грузчиком.

Справа стоял женбарак, деревянное здание с окнами, недавно покрашенными белой краской, и оттуда слышались голоса бывших каэрок и проституток. Когда он тут работал грузчиком, эти голоса сначала казались приятными, а потом всё больше утомляли.

Причал был пуст, бригада из нескольких лагерников сидела неподалёку и дожидалась десятника.

Галю Артём увидел сразу: она сидела в катере, одна, очень спокойная. На дощатых мостках стоял красноармеец и что-то у неё спрашивал, она отвечала — ветер дул в другую сторону, и Артём разговора не слышал.

Красноармеец, почувствовав движение досок мостка под ногами, оглянулся на Артёма.

— А тебе какого тут? — спросил он грубо, хотя на лице ещё плавала улыбка, оставшаяся после общения с Галиной.

Красноармеец был красив, голубоглаз, нос прямой, тонкий, губы розовые, кожа смуглая, на щеке порез — только что брился; и даже порез красивый.

— Это со мной, — сказала Галя, слишком крепко держась за борт.

На самом носу катера был навес, образовывавший конуру, сейчас полную запакованными вещами.

Красноармеец посмотрел на Галю, словно ожидая убедиться, что это шутка, и ещё раз снова на Артёма — с неприязненным интересом.

— Новый механик, что ли? — спросил он, не сводя глаз с Артёма и его изуродованной физиономии.

Галя уже ничего не отвечала, но привстала — и то оправляла ремень, то трогала кобуру. Катер покачивался. На Гале был длинный, не по росту, кожаный плащ, в котором она казалась полной и оттого неловкой.

Артём обошёл красноармейца, и с обмякшими ногами, с провалившимся куда-то дыханием неловко перелез на борт. Сердце билось — словно катилось с горы и должно было вот-вот упасть в воду и быстро осесть на дно.

— Погоди, — сказала ему Галя, глядя на него злыми глазами; только сейчас Артём заметил, какая она бледная. — Швартовы...

— Сиди, остолопина, — сказал красноармеец насмешливо, отвязывая верёвку и отпуская катер.

Артём стоял в полный рост, ожидая.

Красноармеец бросил верёвку ему прямо в лицо, нарочно — хвостом очень больно попало по уху — причём отдалось в глаз: так, словно он висел на жилке, протянутой от уха, и сейчас эту жилку резко дёрнули.

Тут что-то лопнуло в Артёме.

— Береги гражданку комиссаршу, шакалья харя, — сказал красноармеец, осклабившись.

“Ах ты урод! Образина!” — зажмурившись от боли, взбешенно подумал Артём; поймав верёвку и толкнув катер от берега, сам от себя не ожидая, сквозь зубы, прорычал:

— Я тебе глаза высосу, блядь ты гнойная! Я тебе кишки все вытяну через рот, с-с-сука! — он замахнулся верёвкой, которую держал в руках, на скалящегося красноармейца, и тот, хотя понимал, что верёвкой его уже не достать, дрог-

нул — и от собственного мгновенного и позорного испуга
взбеленился.

— Стоять! — заорал он вне себя, глядя на то на Артёма, то
на Галю и скидывая винтовку с плеча. — Давай сюда этого
шакала!

— Отставить! — вдруг закричала Галя ещё более звонко
и властно: Артём и представить не мог, что такая сила и такое
озлобление может таиться в этой и без того не слабой молодой женщине. — На место, мразь! Вернуться в расположение
конвойной роты!

Красноармеец осёкся, но винтовку так и держал напере-
вес, шевеля кривящимися, словно пришитыми к лицу чужими и неприжившимися губами.

Галя резко дёрнула Артёма за пиджак: быстро назад, дурак.

Она с первого раза завела мотор — движения её от тяжёлой одежды были неловкие, но, видимо, помогла пронзитель-
ная злость.

— Ты ещё и катаешь его? — крикнул красноармеец сквозь
рокот мотора удаляющейся лодке. — Может, ты ещё сосёшь
ему, комиссарша? Я доложу за вас! Псира паскудная!..

И ещё что-то орал, потрясая винтовкой, но уже было не
слышно.

Лагерники, сидевшие на берегу, смотрели на всё это: кто
с кривой улыбкой, кто с испугом.

✳ ✳ ✳

Поодаль катера, вослед ему, недолго плыл тюлень, пропадая
и выныривая, словно дразнясь и забавляясь.

У Гали по лицу текли слёзы.

Артёма трясло минуту, две, три.

Потом дыхание вернулось, изуродованное сердце становилось на своё место.

Он оглянулся на монастырь — там уже должны бы запускать в небо ракеты — побег! — но ничего подобного не происходило.

Даже люди на берегу, пока их было видно, так и сидели.

С моря, в утреннем свете, монастырь походил на сахарный пряник.

“Жуйте сами, все зубы об него обломаешь...” — сказал Артём, хотя не чувствовал никакой бравады вовсе, а только муторный комок в груди.

— Я ненавижу... — тихо бормотала Галя. — Я ненавижу их всех... Надо было застрелить его. Зачем я... Подонок. Ненавижу.

Артём смотрел то на Галю, то на воду. Вода была холодная, страшная.

Потом снова на Галю. На лице её перекатывались желваки, отчётливые, как у мужчины.

Она давила на газ так, что лодка взвывала и подпрыгивала, рискуя развалиться. Правая рука до белизны в тонких и не очень длинных пальцах сжимала и удерживала руль — железную палку, нацеленную Артёму в грудь.

“Кто эта женщина, Артём? Ты не знаешь?” — спросил себя искренно и просто.

Галя смотрела вперёд — правя лодкой и не оглядываясь.

У неё были бобровые нарукавники, из того же зверя красивые верха на сапогах.

Через несколько минут Артём твёрдо понял, что их не нагонят сейчас же, и теперь придётся как-то жить в этой лодке, что-то делать, играть в игру, что они уплывают и никто их не поймает... На это нужно было искать силы.

...Монастырская громада скоро потеряла в объёмах и весе, стала мельче, легче — мир вокруг оказался огромней. А раньше виделось наоборот — маленький мир и неподъемная махина монастыря.

Прошло совсем немного времени, и монастырь увиделся мелкой кляксой на берегу. Подними вверх указательный палец, и монастырь, как клоп, помещается под одним ногтем.

Но Артёму и в голову не пришло посчитать себя свободным. Каким ещё свободным — посреди этой воды вокруг, под этим тяжким небом, даже не торопящимся за ними, — а недвижимо зависшим над головою.

"Может быть, упросить её свернуть на Лисий остров? — с невыносимой жалостью к самому себе и с нелепой надеждой подумал Артём. — Заедем, там Крапин, он обрадуется. Баню затопит. Лисий повар пирог испечёт... Праздник будет... Галю отдам Крапину, пусть пользует её. А меня хоть бы и в лисью квартиру — я и там смогу жить. Буду жрать из лисьей кормушки и пасть подставлять безропотно под облатки от глистов..."

Артём снова посмотрел на Галю и едва удержал себя, чтоб не произнести всё это.

Понял, что невозможно.

Ничего не изменить, мамочка. Я поплыл в обратную сторону.

Мотор громыхал.

Артём с удивлением смотрел на железный короб: и что, ему можно доверить две человеческих души? Он дотянет их до острова, до материка, до чужеземных вод? — куда они там собрались... Как на это можно надеяться? Мотор неизбежно должен был сломаться с минуты на минуту.

Очень скоро Артём стал замерзать и бессмысленно отворачивать ворот пиджака.

— Здесь, — ткнула Галя ногой в тюк на полу катера, — одежда. Скорей оденься. Греться уже будет негде.

Промучившись с пару минут, Артём развязал тяжёлый тюк.

Внутри оказалось много вещей.

Чекистская куртка на тюленьем меху — Артём немедленно влез в неё, со звериной заботливостью о себе. Чекистская кожаная кепка с ушами тоже пошла в дело. Перчатки! Зимние... очень кстати.

Ватные штаны... Что ж, хорошо. Чертыхаясь, снял сапоги и с трудом натянул, поверх своих штанов, ещё и ватные.

Стал внушительный, крупный — а то на фоне Гали смотрелся совсем тщедушным, завшивленным подростком.

Неожиданно стало спокойнее.

Голову продувало встречным ветром.

— Там что-то дребезжит впереди, — сказала Галя, — посмотри.

Перелез ближе к носу, чтоб разобраться в запасах: всё занятие.

Баки с топливом. Вёсла и уключины к ним. Крюк. Фонарь. Топор. Ведро. Черпак. Якорь. Две короткие лопаты. Нож. Тесак. Примус. Бинокль. Одеяло. Крепко перекрученный пакет с чем-то тяжёлым вроде гвоздей. Пакля.

Что-то перекладывал заново.

Несколько буханок хлеба. Ящик тушёнки. Ящик рыбных консервов. Два дождевика. Рогожа. Несколько фляжек — Артём потряс их — внутри что-то было.

Оставил часть вещей неубранными на место: будет ещё время ими заняться.

Посмотрел на Галю — с максимально возможным удивлением и даже уважением, на которые был сейчас способен: она готовилась!

Галя не поняла взгляда и крикнула:

— Водка. Выпей, если хочешь.

— А ты? — спросил, подняв фляжку.

Она посмотрела на Артёма и кивнула.

Немного сбавила обороты мотора. Гуд стал ровней, — а то в голове уже дымилось от этого рёва.

Артём раскрутил фляжку и отпил. На таком ветру — ничего не почувствовал вовсе. Всё горевшее и перегоравшее внутри за последние недели, дни, часы — сразу растворило водку, или что там, спирт, без остатка. Отпил ещё, даже во рту подержал...

Пока жидкость была во рту — всё-таки спирт, да — она ощущалась. Но едва проглотил — снова пропала. Только переводить... Подал фляжку Гале.

Она сделала быстрый и короткий глоток и молча вернула фляжку Артёму.

— Ты знаешь куда мы? — спросил.

Вдалеке виднелись ещё острова. Нехорошо было бы уткнуться в какой-нибудь из них и обнаружить там дальнюю командировку.

Галя снова посмотрела на Артёма: у неё появилась эта манера, оглядывать его прежде чем отвечать — тот ли пред ней человек, что был раньше, можно ли с ним говорить.

— Мы тут плавали с Фёдором, — коротко и громко ответила она, и снова поддала, рывками, оборотов мотору.

Артём кивнул. Плавали и плавали. При чём тут он только.

— Можно, я съем что-нибудь? — спросил он.

"Нагонят сейчас — опять пожрать не дадут", — подумал.

— Да, — ответила Галя, глядя не на Артёма, но куда-то поверх его.

Нож, банка консервов. Торопясь, открыл. Доставал рыбу руками и ел. Отломил хлеба. Рыба, хлеб, вкусно.

Опять раскрутил фляжку, снова выпил.

Наконец ощутил что-то вроде укола в жилу на виске: пополз жар.

На Галю не смотрел — вдруг ей не нравится то, чем он занят — тогда придётся чувствовать себя стеснённо, что-то делать для преодоления этого чувства.

В отупелости, с заложенными ушами, ему стало почти хорошо. Чем меньше помнить, кто ты, как ты и куда ты, тем лучше. Вдвойне сложно помнить, когда ты этого и не знаешь.

Мотор низко гудел, изредка меняя ноту. Или, быть может, Артём менял положение головы, ветер начинал обдувать его иначе — и тогда казалось, что мотор берёт ниже на полтона.

Если прищурить глаза и постараться мыслить и чувствовать чем-то вроде собственной лобной кости, то мотор становится как бы насекомым, жужжащим над головой.

Огромным, но всё-таки не опасным — скорее даже защищающим от какой-то ещё более жуткой опасности.

Иногда это насекомое словно раскачивалось. Иногда заходило чуть вперёд. Но чем дальше, тем всё увереннее держалось ровно над лодкой.

В море попалась полоса воды другого цвета — это, видимо, было встречное и очень быстрое течение.

В полосе играли белухи. Услышав катер, не уплывали, но смотрели. Одна из белух пускала из спины струйку, как кит.

— Поморы говорят, она детей на спине таскает, — неожиданно сказала Галя, чуть сбавив газа. — Покажет спину, — а там как котята сидят.

Артём посмотрел на Галю: она была совершенно успокоенная и даже красивая — только эти её объёмы в кожаных одеждах мешали впечатлению.

Он вдруг улыбнулся Гале и она ответила на его улыбку.

Он жестом предложил ей рыбы, она, тоже молча, покрутила головой.

Артём окунул хлеб в густую, на рыбе, кашу, которую намял пальцами в банке, и повозил там. Ещё четырежды повторил этот приём, напоследок рассмотрел банку и выбросил её за борт. Выставил руку и ловил брызги, время от времени вытирая руки друг о друга, а потом о куртку, а потом о штаны.

Откинулся назад, глянул на небо — оно было томительное и грязное.

Сгущалась где-то впереди мрачная, рваная синь, чтобы не пустить их никуда.

— Обними меня, — попросила Галя.

Она давно ждала этого.

* * *

— Смотрю на тебя — как будто ребёнка украла. Ты же ничего не умеешь, — сказала Галя.

Артём не имел возможности ни пожать плечами, ни что-то изобразить лицом: они сидели рядом.

"Ты зато до черта умеешь", — подумал Артём; но в этом была и правда — она кое-что умела: уверенно вела катер и время от времени вынимала компас и карту, сверялась с ними.

Компас он видел впервые. На катере ехал третий раз в жизни. Карт не понимал.

— Откуда такой катер? — спросил он, отстранившись, глядя на бобровые нарукавники.

Артём давно искал повод отодвинуться, ему было неудобно и снова наползла тоска. Странное чувство, впервые в жизни испытанное: так много ветра, так много простора, а душно, как под кирпичной стеной.

Во рту тоже, неуместный здесь, вкус кирпича. Кирпича и рыбы.

К тому же всё время хотелось оглянуться: не догоняет ли кто. Он время от времени оборачивался и до рези в глазах всматривался.

А она — нет.

— Ладно бы своего... — продолжала Галя, и Артём поначалу даже не понял, о чём речь. — Ты и стрелять, наверное, не умеешь? — спросила она. — Дай мне ещё спирта... Замёрзла... Ты мне показался таким сильным сначала. А что ты можешь? Что ты сидишь тут?

"Может, утопить её?" — медленно и страдальчески думал Артём, изнывая от самого звука её голоса как от прострелов в простуженном ухе. Она старалась говорить громче, чтоб он различал её слова, — и в её старании было что-то ученическое, гимназическое.

Они долго молчали.

— Сначала хотела тебя на Лисий перевести, — отпив из фляжки, которую сама себе придвинула ногой, Артём так и не удосужился, начала рассказывать Галя, — но у твоего Крапина уже полный набор... — отпила ещё, и, не выдохнув, продолжила, отворачиваясь от ветра, — потом, думаю, в лазарет, к Али... Но он слишком многого хочет... Имелась ещё одна командировка — но там тоже можно было скоро околеть... В общем, узнала, что к годовщине революции ищут музыкантов и в оркестре недостача, перепечатала твою характеристику и подсунула её куда надо... Понял? Ты понял, чего мне это стоило?

Артём неловко пересел на лавку посредине катера, лицом к ней.

"Тут бы ещё трое поместилось, — подумал он, оглядываясь. — Надо было взять с собой кого-нибудь... Бурцева, Афанасьева, Василия Петровича. Они б её развеселили".

Поднял глаза, увидел в тягостном предвечернем полусвете, что она так и смотрит на него, ожидая ответа.

"Чего тебе это стоило?" — спросил Артём молча, прямым взглядом, но она, похоже, не поняла.

— Могу тебе сапоги почистить, — сказал он или его бес.

Иногда Артём думал про себя, что и отца он убил не случайно, а нарочно, из окаянства.

— Тва-а-арь, — протянула Галя и медленно взялась за кобуру.

Артём почти равнодушно следил за её движением.

Он догадывался, что она может застрелить, и наверняка это несколько раз делала; или хотя бы раз.

— Стрельни в меня, сбрось за борт, и домой, — сказал он. — На спектакль в театр успеешь как раз.

А сам видел под лавкой топор и знал, что если она всё-таки достанет свой наган, то...

Галя молчала, не сводя с него глаз. Мотор работал негромко, тоже словно выжидая.

— Ожил наконец, — сказала Галя, вроде как с неприязнью, но что-то ещё было в её голосе, — ...жалко, не вижу глаз твоих крапчатых, зелёных. Ты знаешь, что если в море тонешь, то вода, когда в глаза попадает, из голубой становится зелёной?.. Вот такими же ты глазами смотрел, когда я к Горшкову зашла — ни страха в них, ничего, сидишь и ждёшь. Так некоторые бесстрашные собаки смотрят, пока их убивают. Только у них редко зелёные глаза попадаются... Посмотрела тогда на тебя и решила, что спасу. Может, и сама спасусь.

Уехали вроде бы уже далеко — начало вечереть, но секирский маяк так и светил вслед, мразь, не отлипал.

Казалось, что пока он виден — их держат, словно на длинной леске, и в любую минуту повлекут назад, радуясь улову.

Сбить бы его.

— Я бы отмолил тебя, если б... — сказал Артём безо всякой патетики в голосе, не сводя глаз с маяка.

Она кивнула. Она тоже ни во что не верила.

— А катер, — сказала Галя, отвечая на давно заданный вопрос, — заключённые сделали. Не мастера, а просто... волшебники. Фёдор хотел с ними наладить производство скоростных катеров, но это всё дорого стало бы: лагерю ж мало денег переводят... К катеру этому доступ имеют только четыре человека. Меня Фёдор вписал давно ещё в список... И эти

олухи не заметили. Я нарочно катер не трогала, чтоб никто
внимание не обратил на то, что я на нём могу ходить куда за-
хочу. Тут же все доносы пишут друг на друга — сразу бы на-
писали...

— А этот, который на берегу, — тоже напишет? — спросил
Артём.

— Колесников? Красноармеец? Да не знаю... Нас всё равно
никто не поймает, Тём.

— Правда? — не поверил он. Он до сих пор в это не верил.

— Другой катер сломан. На парусных лодках не наго-
нишь. "Глеб Бокий" в Кеми и придёт через три дня. Имеется
самолёт, но я послала липовый приказ технику, чтоб перебрал мотор к приезду комиссии, и сама съездила проверить.
Весь мотор разложен на брезенте, — Галя неожиданно и не
очень красиво, одной стороной рта, засмеялась. — Спросила у техника, сколько потребуется, чтоб его собрать, — он
напугался и говорит: два дня, если сейчас же начну. Я говорю: "Не торопись!"

Артём слушал всё это как сказку, боясь выдохнуть или
сморгнуть.

— Эйхманис помогает нам... — продолжала Галя, в её голосе было что-то мстительное, женское. — Была карта, на которой отмечены здешние острова, нарисованная ещё соловецкими монахами, — этих островов тут за сотню. Эйхманис
сделал несколько экспедиций, уточнил старые карты, обнаружил несколько новых островков. Такой карты ни у кого нет.
Я приказала Кабир-шаху её перерисовать.

— А что... что-то может случиться? — спросил Артём, косясь на мотор за её спиной.

— Перегревается уже, — сказала Галя, даже не прикасаясь
к мотору ладонью. — Вон островки... Сейчас будем приста-
вать к одному из них.

— Зачем?

— Поспим немного. Не бойся. Сегодня за нами точно никто не кинется... Не соображаю ничего...

...Уже на подходе к островку Галя и Артём переглянулись
так, что без слов стало понятно, о чём оба думают: а вдруг их

обманули карты или компас — и они сейчас угодят на самую дальнюю командировку СЛОНа.

— Если там лагерь, — сказала Галя, — скажу, что мы с инспекцией...

— Съедим у них все запасы и дальше поедем, — постарался пошутить Артём, но на душе было не очень хорошо. Он больше не хотел видеть конвойных.

Галя подумала и, достав из кармана, протянула Артёму что-то.

— Возьми! — сказала она, сбросив обороты мотора.

Это был пистолет.

— У меня есть. Если там красноармейский наряд... и захотят арестовать... надо будет их убить. Ты слышишь меня? — она неприятно лязгнула зубами — словно зубы её были железными и попали на железо.

— Да, Галя! — ответил Артём, и её имя тоже показалось железным.

Он совсем не боялся.

* * *

Нашли удобный заход к пологому берегу.

Артём спрыгнул в воду метра за три от берега: думал, будет помельче, но оказалось почти по пояс, сапоги к тому же невозможно скользили — пока, чертыхаясь, взял эти три метра и потом за верёвку вытянул катер, устал так, словно шесть часов баланы ворочал, — весь дрожал и подташнивало.

Хотя у него и силы были не те после Секирки.

Еле отдышался и весь изошёлся длинной слюной.

Ноги промокли, всё хлюпало и причавкивало под пятками.

Когда заглушили мотор, стало непривычно тихо и не по себе. Словно рокотанье двигателя отгоняло злых духов, а теперь они могли слететься.

Похоже, на острове никого не было.

Артёма знобило, он хотел как можно скорей улечься и как можно дольше спать.

Но сначала, чтоб втащить лодку на берег, пришлось её разгружать. Лазил туда-сюда, словно в дурном сне. Содрал ноготь. Держал палец во рту, как младенец. Из-под ногтя подтекала солёная жидкость.

Галя ушла куда-то по своим делам. Вернулась, когда он в одиночку втянул лодку почти до середины.

— Сползает, — сказала Галя строго.

Если бы Артём ушёл на две минуты по нужде — что давно собирался сделать — лодка бы уползла в море. И они б умерли на острове. Или дожидались бы здесь чекистов, как зайцы, угодившие в силки. Повизгивали бы только от ужаса...

...Пока Галя держала верёвку внатяг, не давая лодке сползти, Артём, почти неживой, ворочал валуны, загоняя их под киль.

"Сдохну... — повторял иногда. — Сдохну..."

Галя выбрала место для сна.

Примус не разгорался.

Артём, морщась от боли — ноготь, чёртов ноготь, — прочистил примус конским волосом, разжёг.

Пошли тёплые волны и запах, — но самого тепла было мало.

— Костёр теперь, — сказала Галя. — Нужен костёр.

Сырой, с залипающими глазами, в хлюпающих сапогах, Артём пошёл нарубить дров — нашёл два деревца, местные берёзки, они стелилась к земле и топору поддавались еле-еле...

Или руки уже не слушались.

Когда Артём вернулся, с ветреной стороны было вывешено одеяло, надетое на две лопаты, и вырыта ямка — чтоб удобнее было разжечь огонь.

Артём, кое-как управляясь с топором, нарубил щепья.

...Появился огонь — это было так радостно, как будто затеплилось само спасение, и его можно было рассмотреть, прикоснуться к нему быстрой рукой.

Они присели у костра, не столько греясь, сколько защищая огонь от ветра.

Артём снял сапоги, один носок сполз — пришлось лезть за ним рукой в сапог — вытащил и не носок уже, а кашу из шерсти и навоза, такой кашей можно, к примеру, маленького чертёнка покормить с ложечки. Сжал в дрожащей от усталости руке, потекло по пальцам густое и склизкое.

Долго и неумело сушился у огня.

Галя наблюдала всё это с иронией — способность к которой, к слову сказать, всегда признак женского ума: Артём откуда-то знал об этом раньше.

Через полчаса Артём застал себя с банкой масла в одной руке и банкой сахара в другой.

Банки эти поочерёдно отдавал Гале, а потом они снова менялись. Ели всё это ложкой, которая стала вся сахарная и масляная. Объедение необычайное — только ложка казалась тяжёлой, как свинцовый половник.

Запивали чаем, Артём, спалив всю пасть, выпил уже три кружки. Во рту болтались ошмётки обгоревшей кожи. Без жалости влезал пальцами в рот и обрывал.

Телу всё равно было прохладно, и время от времени становилось ещё холоднее — как будто чай жёг только глотку и то место посредине груди, где он тёк, остывая уже внизу грудной клетки.

Галя кое-как поставила недопитую кружку чая. Глаза у неё слипались.

— Не спала, — призналась ему. — Нервничала.

— Кто-нибудь убегал... из лагеря? — спросил Артём, прожевав и вытерев губы рукавом.

"Кажется, и правда пока не сдохну..." — признался себе.

— А вот только что, летом... один... — сказала Галя. — Рассчитал, куда идут морские течения, привязал себя к бревну и отправился на нём в путь. До материка.

— И что?

— Выбросило на берег, — сказала Галя не то чтоб сопереживая, но с некоторым сочувствием. — Все кости переломаны, череп разбит так — как будто... молотом били. О скалы, наверное... не успел отвязаться. Или нахлебался до этого... Не знаю.

Осеннее дерево чадило.

Артёму хотелось укрепиться в их удаче, и он снова начал расспрашивать Галю о том, что может случиться с ними.

— Может мотор сломаться, — сказала Галя. — Но у нас есть мачта и парус, и мы... попробуем так дойти тогда. Я немного умею, и Фёдор показывал — у него брат — моряк... И местные монахи учили... Тюлений староста — он тоже учил... Ещё может начаться шторм. В таком случае мы утонем — и нас опять же не найдут, — как умела, засмеялась она, — ...хотя через день-два мы, наверное, пойдём неподалёку от западного берега, чтоб в случае чего можно было попытаться прибиться...

Артёму очень сильно захотелось поцеловать её в губы, обнять: как сестру.

Она не столько видела, сколько чувствовала его по-детски удивлённое и неожиданно радостное состояние — и заразилась им, и снова чему-то засмеялась.

На радостях Артём сходил поискать чего-нибудь на растопку, бродил в полной темноте, упал несколько раз.

"Хоть бы одна сосна", — думал Артём, представляя, как разгорятся ветки. Но откуда сосна на этом пятачке посреди моря, что ей тут делать, о чём думать.

Набрёл на ещё один куцый куст, порубил-поломал его, в темноте даже не понял, что это такое.

Торопливо возвращался обратно на еле живой, трепещущий огонёк, как будто там была защита и оберег.

Ноги не слушались.

Буруны перекатывались через отмель; задувало в лицо; и если лицо прятать — мстительно задувало снизу.

Галя настелила на землю брезент, а на него одеяло, сверху укрылась дождевиком, Артёму оставила другой.

Она лежала головой к самому огню. На голову надела будённовку, завязав под подбородком, — стала такая смешная. Смотрела на него плывущим, слипающимся взглядом.

— "В синем и далёком океане... где-то возле огненной земли..." — пропела Галя. — Ложись скорей.

У Артёма едва слышно заныло под ложечкой.

"Может быть, я правда её люблю? — подумал он, очень бережно взвешивая свой вопрос в голове, чтоб не спугнуть его своим же, из прошлой жизни, зубоскальством. — Люблю? — ещё раз повторил он, беззвучно произнеся это слово, чтоб почувствовать его на губах. — Или как в моём случае называется то чувство, которое у людей зовётся «любовью»?..”

Он досы́пал веток к огоньку.

— А мы куда бежим? — спросил он, заползая под свой дождевик и чувствуя, что речь ему едва даётся.

— А я ещё не решила, — тихо сказала Галя, тоже еле добредая к нему сквозь свою полудрёму и усталость, но тон всё равно был такой, словно она выбирала, в синематограф им отправиться завтра или в театр. — Все, кто бежит, — бегут в Кемь. И оттуда стараются уйти в Финляндию. Нас тоже будут там искать, наверное... Но мы плывём в другую сторону. Может быть, дойдём прямо до Финляндии морем... Это двести вёрст. Может быть, сменим курс и высадимся на берегу под Архангельском... Или где-нибудь в тех землях. Может быть, поплывём до самых Норвежских вод... не знаю... Я не понимаю, насколько тут хватит топлива. У нас ещё три бака... Я забрала у техника, который... разобрал наш самолёт на сто железок... Но можно, говорю... под парусом... давай спать...

Неровным, но таким родным движением она подняла свой дождевик: иди ко мне, Тём.

Он из последних сил засмеялся.

— Что такое? — спросила она, не открывая глаза и путаясь в слогах.

— Эта будённовка твоя... Я не могу. Как будто с красноармейцем из надзорной роты лёг поспать...

Галя сделала движение, чтоб отстраниться, но больше для виду, из строгости.

Артём обнял её и не пустил.

Они тут же уснули.

Спал трудно — будто сам сон стал работой. Непрестанно, как зуб, ныла какая-та часть сознания: надо вставать, надо плыть дальше, надо вставать, за нами уже погоня, нас видно с маяка на Секирке, нас заметили и...

В страшном и сумбурном видении красноармейцы подплывали к их островку на лошадях — чтоб их не было слышно. Лошади фыркали и поднимали вверх головы с красными, безумными глазами, красноармейцы скалились...

Скорей разбудить Галю, отползти — они могли их не заметить. Но лодка! Куда деть лодку! Её можно очень быстро утопить... Да!.. Он побежал — на длинных, шатких ногах, словно нарисованных совсем маленьким ребёнком, держащим карандаш в кулаке, — к моторке, сталкивая её в море, — и лодка сразу же ушла под воду... "Что ты делаешь?" — закричала Галя вне себя от ужаса.

Артём проснулся с тяжёлой головной болью: как будто промеж бровей, на лоб, приклеили что-то чуждое, клейкое, занудное — и хотелось сорвать, содрать это.

В голове плотно стоял шум моря.

Галя уже не спала — лежала, похоже, не в силах выбраться из-под дождевика. Лицо её было хмурым, подурневшим.

— Сколько времени, как ты думаешь? — спросил он; слюны во рту не было.

— Начало пятого, — ответила Галя тихо и недовольно.

У неё были часы на груди под кожаным плащом, Артём видел, как она их вытаскивала вчера.

— Давай водки, что ли... — предложил Артём, — весело будет.

Галя посмотрела на него и вдруг усмехнулась.

"Ну, слава тебе господи, — подумал Артём, — а то куда мы в таком настроении..."

Взял и сказал ровно то, что подумал вслух.

— Подай водки-то, — сказала Галя, потягиваясь, — ...сударыне-барыне...

Вчерашний костёр выглядел неопрятно, словно его кто-то съел и потом срыгнул чем-то осклизлым на то же самое место.

Артём нашёл фляжку. Галя отпила и вернула. Принимая фляжку, он наклонился и поцеловал Галю в щёку возле губ. Щека была солёная, губы мокрые.

Галя недовольно взмыкнула: мешаешь проглотить! — и тут же вытерла лицо ладонью: то ли от поцелуя избавилась, то ли от водки на губах.

Артём не обиделся.

Чуть повеселевшие, собрали вещи. Загрузились почти что с задором. Неторопливо заправились. Артём с нарочитым кряком сдвинул валуны.

Мотор начали заводить уже в море, оттолкнувшись от берега.

Он завёлся с третьего раза — не успели толком напугаться.

Переглянулись и, ни слова не сказав, двинулись вдоль острова и налево — в море. Галя давала оборотов — от грохота мотора настало полное пробуждение.

Их не нагнали. С каждой минутой они всё дальше.

Солнце всходило торжественно — казалось, что вот-вот начнётся какая-то музыка.

...Но чем дальше двигались в день, тем больше казалось, что музыка может оказаться нехорошей, злой.

Островок пропал.

Стало одиноко и стыло.

Артём ещё выпил водки.

На этот раз она не разогнала муть в голове, а добавила мути.

Если бы вокруг была суша — он бы нашёл в себе силы разозлиться. От злости прибавляется жизни и веры. Если рядом есть люди — всегда можно разозлиться на них, — а тут на что? И куда он с этой злостью пойдёт?

Вчера пугала погоня, сегодня было страшно другое: небо. Небо и пустота вокруг. Столько воды — какой в ней смысл, куда её столько налили?

Сердце Артёма никогда не радовалось большой воде.

Они с Галей сидели вместе, на одной лавке; молчали.

Стояла почти ровная зыбь. Двигались, как на плохой дороге, внатяг, подпрыгивая — время от времени Артём невольно вытягивал шею, точно помогая ею преодолевать волны.

Озирался почти поминутно: ему казалось, что всякая туча, появившаяся на небе, сейчас найдёт себе другую, с третьей они соберутся в клубок и начнут домогаться катера.

Солнце пропало, даже предположить теперь было трудно, где оно.

Чем дальше, тем ниже становилось небо — словно пространство сужалось и в конце концов должно было превратиться в узкую горизонтальную расщелину — которая катер раздавит.

Сам начиная верить своим пугливым фантазиям, Артём подолгу смотрел вперёд: как там расщелина, ближе стала?

Галя иногда сверялась с компасом.

Достала карту на планшете. Разглядывала её, прижимая одной рукой планшет к коленям, — перчатку с этой руки бросила на дно катера.

Чтоб не мешать, Артём пересел на другую лавку. Отсюда впервые заметил, какие у Гали маленькие руки: дай большое яблоко — и ей, кажется, придётся брать его двумя руками.

Пока, сидя за столом в своём кабинете, она записывала его путанные ответы, — это было незаметно. Пока гладила его этими руками по спине, по голове, да где только не гладила, — тоже. А сейчас, когда вокруг были крупные мужские предметы — мотор, мачта, якорь на дне — стало очевидно. К тому же этот её кожаный плащ, эти её тёплые наряды.

"Неужели такой рукой можно убить?" — спросил себя Артём. Он часто задавал себе вопросы, на которые и не собирался искать ответы.

С руки Артём перевёл взгляд на карту и тоже некоторое время её разглядывал — кверху ногами.

Нарушил молчание, спросив:

— Где мы?

Движением быстрым и неровным — ветер трепал бумагу — она нарисовала на карте крестик ноготком: тут.

Монастырь был ещё близко — зато и Архангельск далеко, и Финляндия, и выход в норвежские воды вообще за краем моря.

"...Всё-таки дурацкая затея — скоро кончится топливо: неужели она умеет ходить под парусом? Женщины не могут этого уметь", — то ли всерьёз сомневался, то ли нарочно злил себя Артём.

Он пересел на своей лавке лицом вперёд — не всё ж на Галю смотреть, на строгость её.

Тёр глаза в нелепейшей надежде увидеть что-нибудь за дальними далями.

"Вот бы зажмуриться на минуту, потом раскрыть глаза, а там... ну, скажем, земля — и над землёй надпись «Норвегия», пусть даже не по-русски... И на причале стоят люди с хлебом-солью по-норвежски... Бах! — выстрелила пушка: заждались мы вас, Артём и Галина, горе-путешественники, беглецы, дезертиры! Пойдёмте определим вас в тёплые квартиры — ванны, полные шампунем, пенятся уже, кипяток бьёт с торопливым журчанием в пену..."

Хотел было поискать бинокль, но поленился, или, вернее сказать, решил избавить себя от огорчения: чем дальше видишь пустоту, тем лучше понимаешь, какой невесёлый путь тебе предстоит.

Пошли всего вторые сутки, а он чувствовал, что пропустил через себя столько нового воздуха, сколько не было в его лёгких и за год. Воздух неустанно бил в лицо, от него кружилась голова, но как-то не по-земному, а по-новому, другим хмелем, чуждым и сырым.

Артём снимал перчатки, трогал щёки, и кожа так искренне, так радостно удивлялась теплу — точно чужому и давно неожиданному.

Он вдруг почувствовал, что Гали позади нет, пропала: оглянулся так, что хрустнуло в шее. Галя со сдержанным удивлением перевела на него глаза.

Артёму показалось, что она только что плакала, и он, засуетившись, стал перебираться через лавку к ней обратно — ещё не зная, зачем: пожалеть как-то или хотя бы ну погреть её щёки руками — как себя недавно отогревал.

Он действительно потянулся рукой к её лицу. Галя сделала не резкое, но всё-таки заметное движение, чтоб отстраниться — что ещё такое? зачем ты, Артём?

— Я погреть... — сказал он, чуть криво улыбаясь. — Не замёрзла?

Она не ответила: просто посмотрела на него снизу вверх и попросила:

— Сядь. Выпадешь.

Галя была им недовольна, он чувствовал. И даже догадывался, чем именно недовольна: он не ухаживал за ней, не смотрел, не жалел, не обнадёживал.

А как здесь ухаживать, на лодке? Ухаживать надо, когда сухо вокруг и есть где стоять, а лучше даже — прилечь.

Артём вернулся на своё место, сам про себя сказав: "...сел, несолоно хлебавши..." — и тут же усмехнулся: выражение это, на фоне нескончаемого моря вокруг, впервые в жизни прозвучало издевательски — хлебай не хочу своё солоно.

Где-то вдалеке, за спиной у Гали ударила молния — неслышная, но видная сквозь тёмную, неопрятную, клочковатую синеву.

Успев усмехнуться тому, что погода подлаживается к Галиному настроению, Артём в тот же миг осознал, что смешного ничего нет: гроза их всё равно догонит.

В некоторой растерянности он снова огляделся: куда спрятаться, если?..

Хоть бы островок какой-нибудь, хоть бы кочка. Хорошо рыбе — она дождя не боится. Гром гремит — ушла в глубину, и лежи там.

Зачем они уплыли с острова? Можно было переждать дождь на суше... А если займётся проливень на целую неделю? На две недели?

Самой малой величины твердь бы.

Словно почувствовав суету Артёма, Галя оглянулась.

— Гроза? — спросил её Артём по возможности спокойно: он же мужчина, в конце концов. — Ещё острова есть по пути?

Настигающая жуть, кажется, сделала Галю сговорчивей и добрей.

— Да... — сказала она. — Есть острова. Я же рассчитывала дорогу. Но, если не ошибёмся, остров будет на пути только к самому вечеру. А дождь может начаться уже сейчас.

Подтверждая её слова, точно из засады объявился порывистый ветер, идти катеру сразу же стало ещё трудней. Артём с тоской и неизъяснимой просьбой смотрел на мотор: он тащил их второй день, не жалуясь и не теряя сил, — но кто мог знать, что мотор собирался делать под дождём.

У Артёма тяжело заныло внутри, он снова подумал, что на земле куда проще: даже если тебя собираются стрелять, можно вырвать винтовку, взмолиться, упасть в ноги, выпросить жизнь, убежать в лес, вырвать кадык конвоиру... быть, наконец, убитым, но не смертельно, выползти потом из могилы — он слышал, что такое бывало; или просто притвориться мёртвым — хотя ты ещё жив, только кровоточишь через дырку в груди... а тут? Кому ты тут упадёшь в ноги? Ты перед морем притворишься мёртвым? Ему покажешь дырку в груди?

Из этой могилы ты не выберешься никогда.

Внезапный ледяной дождь ударил наотмашь, слева и справа, долбя по спинам, громкий настолько, что заглушал мотор.

Катер завалило на бок, мотор захрапел на низкой ноте, словно ему надавили на самую грудь.

"В себя! Приди в себя! — неистово приказал себе Артём. — Мотор — чёрт с ним! Галя же сказала, что будет остров! Значит он будет! Сдохнет мотор — пойдём на парусе. Разберёмся как-нибудь. Монахи ходили под парусами полтысячи лет, а ты что? Ты что — родился без рук?"

Дождь был такой густой и плотный, что даже Галю трудно стало различить.

Её лицо казалось Артёму ошарашенным и побледневшим.

— Галя! — крикнул он. — Милая! Мы вырвемся!

Артём вытащил из конуры на носу катера дерюгу и бросил ей:

— Накрой мотор! Надо накрыть мотор!

Разыскал черпак и, помогая ногами, начал вычерпывать быстро набиравшуюся воду — так быстро, что, непрестанно отирая глаза, Артём то и дело вглядывался в днище и борта катера — нет ли течи.

Над самыми головами с жестяным, ужасающим грохотом ударила молния: Артём на секунду ослеп; вернулось зрение, и он тут же вспомнил, что когда был удар, Галя взвизгнула, как голая.

— Галя! Милая! — ещё раз крикнул он.

— Если мотор?.. — выкрикнула она.

— Парус! — ответил он. — Кончится дождь и поставим парус!

Вода вокруг клокотала — даже не от дождя или ветра, а от какого-то таящегося внутри бешенства.

Ветер метался: Артёму казалось, что он видит его, этот ветер, как он проносится то слева, то справа, очумелый.

Волны были такой величины, что вроде бы иной раз перехлёстывали через борт. Или только казалось от страха и водяной суматохи вокруг?

В одно мгновенье Артём поймал себя на том, что попытался ударить черпаком по воде в лодке, по лбу ей, по щекам, словно живой.

...Эти одолевающие их волны были сущей нелепицей: в таком-то море, которое могло поднимать волну вдвое, втрое, всемеро больше.

Артём не помнил, как совершенно промок: налило и за пазуху, и ватные штаны набрякли.

Он уже не замечал молний и грохота не слышал.

Черпал и выплёскивал, как приговорённый. В этом занятии было что-то безумное: брать воду, лить в воду, брать воду, лить в воду...

Очнулся только на Галин крик:

— Заглох! Мотор заглох!

Он выпрямился и сквозь поливающий, сделавший лицо деревянным и тупым, дождь посмотрел на неё.

Галя, конечно же, не плакала, просто лицо было сырым, искажённым, и губы точно свело.

— Чёрт с ним, Галя! — крикнул он. — Ничего!

"Кто на море не был — тот Богу не молился", — вспомнил Артём где-то когда-то слышанную фразу.

Она не имела к нему никакого отношения.

Артём разыскал ещё один черпак — и уже вместе они вычерпывали воду, иногда сталкиваясь руками и не очень глядя по сторонам. Вокруг была погибель, одинаковая и холодная.

Дождь закончился разом, в секунду.

Гроза пошла дальше.

Ветер сделал ещё круг и ушёл, подсекая острым хвостом волны.

...Облегчение было коротким.

Они успели только друг другу улыбнуться еле живыми, отбитыми до синевы лицами. У неё свисала чёлка — мокрая, набрякшая, как поломанное птичье крыло. У него — он сам не знал, что у него, наверное, какое-нибудь оловянное, с тифозным румянцем лицо — и черпак в руке.

Улыбки ещё оставались на лицах, а уже было понятно, что мотор молчит и они застыли посреди воды.

Галя прикоснулась к мотору, погладила его — в этом движении было что-то говорящее, болезненное: что ж ты так? как же мы теперь?

— Может, попробуем? — предложил Артём отчего-то почти шёпотом.

Вода плескалась о борт.

— Эйхманис всегда говорил: прежде чем чинить машину — дай ей подумать, — с трудом, словно у неё сдавило в груди, сказала Галя.

Загромыхал гром где-то вдалеке.

Оба посмотрели в ту сторону — вперёд: может, там что-то ещё покажется, кроме грома. Впереди было тёмно-сине, почти беспросветно.

И Галя, и Артём осознавали: если сейчас попробовать завести мотор, а он не заведётся — это будет конец, крушение.

Хотелось отсрочить этот миг.

Наверное, нужно было ещё утром, на суше, установить мачту, закрепить парус — и сейчас бы его подняли. Чтоб не возиться посреди моря — замерзающим на ветру, перепуганным людям.

* * *

Укутали мотор, как ребёнка.

Выпили водки.

Довычерпали воду.

Залили топлива.

Посидели и выпили ещё по глотку.

Галя долго смотрела куда-то в небо, потом, вроде и не всерьёз, спросила, на Артёма взгляда не переводя:

— Давай застрелимся.

— Ага, а зачем я столько выживал, — сразу же ответил Артём.

Он не выносил таких разговоров, и ответил в той тональности, которая сразу позволила закрыть тему.

...Терпеливо прождали почти полчаса.

Рванули шнур — и мотор завёлся.

Артём захохотал. Галя тоже улыбнулась. Она дала оборотов с таким остервенением, словно чем громче мотор работал, тем лучше.

Понеслись поперёк моря.

С полчаса молчали, вглядываясь во все стороны света.

Потом Артём смотрел на Галю.

Луч невидимого заходящего осеннего солнца на её лице — будто единственный во всём свете.

— И всё-таки, Галь? — громко, чтобы перекричать мотор, спросил Артём. — Куда мы поедем?

Галя перевела медленный, сощуренный от ветра взгляд на Артёма.

— У норвежцев есть зверобойные концессии, и они плавают вдоль Мурманского побережья до горла Белого моря и даже заходят в него. Я надеюсь, что мы их встретим. А ещё на Западном Мурмане живут норвежцы-колонисты. К ним тоже никто не догадывался бежать... Но нам пока рано об этом думать... Не пропустить бы следующие острова...

"Рано, не рано — а вдруг я больше никогда не вернусь в Россию? — удивлённо подумал Артём, — ...что я потеряю?"

Он зажмурился на секунду, увидел шмеля на стебле, лошадь, подрагивающую селезёнкой, воронье гнездо, младшего брата, фотоателье на Мясницкой, снеговика у дома, строчку стиха...

Быстро отмахнулся: пена всё.

"Нет", — ответил сам же себе, но снова отмахнулся.

"У женщины нет Родины. Её Родина — мужчина, — говорил на Соловках то ли Василий Петрович... то ли Бурцев... то ли Мезерницкий? Кто-то из них — бывших белогвардейцев и бывших живых людей. — Родина у женщины появляется, когда у неё появляется муж. Или дети. Дети бросают Родину — и у матери снова её нет. Родина там, где сердце ребёнка..."

Кто же это говорил?

Свет небесный располагал хоть к каким-то размышлениям — но чем меньше его становилось, тем нелепей и даже злонамеренней становились отвлечённые мысли: вес их уменьшался с каждым мигом — какая Родина, какой шмель на стебле, какое сердце — одна вода и соль в мире, вода и соль.

— Ты умеешь плавать, Галь? — спросил он, чтобы не молчать.

— Монахи не умели плавать, Тём. Мне тюлений староста сказал. Чтоб не жить ложной надеждой... Монахи не умели, и нам незачем. Тут не уплывёшь. Вода — десять градусов.

Темнота пришла куда раньше, чем ожидалось.

Её словно бы доливали, как из чернильницы. Только отвернёшься — слева уже загустело; переведёшь глаза — а справа совсем мрачно.

Пока был смысл, Артём всё озирался — где же этот чёртов островок...

— Он большой, наш остров? — несколько раз спросил он Галю.

— Я не знаю, — отвечала она, но без раздражения, а тоже в раздумье и волнении.

Настало время, когда темнота приблизилась к ним в упор. Звёзд почти не было видно, одна или две появлялись изредка и вскоре пропадали. Только мотор, и шум ветра, и плеск воды.

Артём всматривался в темноту и время от времени ему мерещился лес — высокие и густые деревья, необычайной величины.

Он вспомнил, как в детстве боялся ночного леса. Какими нелепыми кажутся теперь детские страхи: сумрачные деревья — это покой, это жизнь.

Секирский маяк исчез. Кто бы мог подумать, что его пропажа могла восприниматься как потеря.

Как оказался мал человек, как слаб. И как огромен мир, огромен и чёрен.

Разве эта кромешная ночь могла сравниться с той — когда он закапывал Бурцева, весь в чужой крови?

Что с того, что закапывал — зато в землю, твёрдую землю, на которой можно стоять. И вокруг были люди, хоть и с волчьими глазами, зато всё-таки обладали рассудком — и рассудок мог сподвигнуть их к любому решению.

Например, пощадить Артёма.

К ним можно было обратиться. Поговорить с ними. Рассказать свою жизнь.

"Я не боюсь людей, — подумал Артём. — Я боюсь без людей".

Мысль показалась ему необычайно глубокой, вмещающей невиданные смыслы.

Днём ещё можно было искать солнце и надеяться на него — но на что надеяться в слепоте?

Галя смотрела на компас, поднося его на ладони к самому лицу.

А вдруг они заплывают в огромную раскрытую пасть? Говорят, киты так питаются: раскрывают свой гигантский рот, и всё, что туда вливается, — то и есть китовая еда.

Компас-то этого не знает!

Артём всматривался вперёд до рези во лбу.

— Найди фонарь! — попросила Галя.

Артём сморгнул, сделал попытку пошевелиться и понял, что за последние часы замёрз так, что руки не может поднять.

Едва, как куль, не завалившись набок, он бестолково шарил на полу в поисках фонаря. Так ничего и не нашёл. Да и Галя забыла, о чём спрашивала. Она давила на газ, и мотор был единственным разумным и спокойным существом во всей этой пустоте.

"Я оказался здесь, — говорил кому-то Артём, — посреди холодного моря, с женщиной, которую почти не знаю. Быть может, на ней есть страшные грехи, и рок выманил её в море, чтобы утопить. Я не имею к этому никакого отношения. Я здесь случайно, сам по себе, без должной вины. Я убил отца, но был наказан за это, я ворочал баланы, меня били, пытались зарезать. Я видел смерть и был приговорён к ней, замерзал на Секирке, спал под людскими костями, я слышал колокольчик... о, если бы кто-нибудь сейчас прозвенел колокольчиком — где-то в темноте, — как бы мы устремились туда! Да, Галь?"

Он снова оглянулся на свою — кого? Подругу? Жену? Неведомую женщину с целой неоглядной судьбой за спиною.

Что же способно спасти здесь и сейчас — его, их?

Может быть, стоит произнести собственное имя — вслух: и тогда в картотеке всех человеческих имён произойдёт пересмотр и проверка — да, имеется такой, да, за этим именем стелется пройденная дорожка, а будущего у него отчего-то нет, давайте дадим этому имени, этому кровотоку, этому глазному яблоку право на завтрашний день.

"Господи, я Артём Горяинов, рассмотри меня сквозь темноту. Рядом со мной женщина — рассмотри и её. Ты же не можешь взять меня в одну ладонь, а вторую ладонь оставить пустой? Возьми и её. В ней было моё семя — она не чужой мне человек, я не готов ответить за её прошлое, но готов разделить её будущее".

Господи?

Никого тут нет — только две судьбы, и две памяти — её и его. Влекутся за лодкой, теряя по пути то одно, то другое — какие-то слова, какие-то вещи, какие-то голоса.

* * *

Пропустили остров? Пропустили? Пропустили?

Ещё бы, как не пропустить.

И что теперь?

Галя сбавила скорость, мотор работал на самых низких оборотах.

Воздух становился всё более остр, колюч, нестерпим.

Стало слышно, как Артём стучит зубами.

— Артём? — позвала Галя.

Видимо, она была теплее одета: её голос ещё звучал.

— Подыхаю, — еле произнёс он, тупо глядя на неё.

— Да ладно тебе, — ответила Галя, — даже и не начали страдать.

— А потому что я настрадался уже! — вдруг, с трудом крепя челюстями каждое слово, остервенело выпалил Артём.

Ему хотелось упасть на дно лодки, свернуться там, заснуть крепко и без снов.

— Отвернись, мне надо... помочиться, — громко попросила его Галя.

Он, еле двигая себя, перекинул ноги через лавку, сел к ней спиною.

Галя отпустила руль, мотор притих.

Она очень долго возилась.

— Что молчишь? — спросила Галя. — Говори что-нибудь. Пой. Не надо молчать. Ищи водку. Там водка есть.

По звуку понял: в черпак Галя делает это.

Как странно: женщина, а из неё льётся жидкость. С чего бы. Кто мог подумать. До сих пор нельзя было даже предположить такого, глядя на Галю.

...Выплеснула за борт.

— Дай мне тоже черпак, — попросил Артём.

"Хотя водки сначала", — мутно и заморожено решил он.

Он вдруг вспомнил, куда они прибрали фляжку, полез за ней.

Еле поднимая руку, выпил очень много, дал Гале. Ещё фонарь нашёл, тоже дал. Она обменяла ему на черпак.

Черпак ему всё равно не пригодился: руки ни с чем не справлялись, уд его пропал от холода — а когда полило, то попало повсюду, кроме черпака.

Догадалась об этом Галя или нет, было неважно.

Когда повернулся к ней — она включила фонарь.

Пожалуй, это было даже забавно: два синих лица в густой и влажной темноте.

Знала бы мама, в какую широту и долготу забросили сердце её сыночка.

Галя посмотрела на компас, на карту, на Артёма: они встретились глазами, как совершенно чужие люди, случайно столкнувшиеся здесь, — сейчас свет погаснет и они пойдут дальше, каждый по своим делам.

Ничего вокруг в свете фонаря видно не было: только тёмная вода.

Выключила.

— Галя! — позвал её Артём.

— Да, — ответила она.

— Скоро утро?

Водка немного подействовала: ноги точно ничего не чувствовали, зато язык ожил.

Галя не ответила: Артём шевелил языком в одиночестве, исследуя собственный рот.

Пытался подняться, потоптаться, сменить положение, но Галя велела не раскачивать лодку.

Закрыл глаза.

Кит их так и не проглотил.

Артём несколько раз задрёмывал — сон был ледяной, опасный и почти неприподъёмный, — но на кромке сознания всегда оставался гул мотора. И этот гул сливался с гулом его крови и не давал ей застыть.

Когда в очередной раз раскрыл глаза, удивился, что видеть стал резче и дальше.

Потом понял, что это утро подходит, утро возвращается.

— Галя! — позвал он, но голоса не было. — Галя! Галя! — пробовал он, и только с пятой попытки получился какой-то сип.

— Что тебе? — спросила она: у неё голос был твёрдый, бессонный — она оказалась сильной женщиной, вот ведь. — Соску?

Чтоб не отвечать, Артём просто держал руку поднятой вверх.

Ему вложили фляжку, там оставалось немного. Он всё допил.

Верилось, что утро принесёт облегчение, но получилось совсем иначе. Открывшаяся мокрая, бесприютная картина подтвердила всё то, что Артём испытывал ночью: они — нигде, никто, никому.

Что это вообще? Что это? Когда это кончится? Может, и нет больше никакой земли на свете?

✳ ✳ ✳

Галя заставила Артёма снять сапоги. Нашла среди своих запасов портянки и ещё водки — "разотри ноги!" — велела. Ноги были совсем чужие — будто поленья, совсем белые, хоть гвозди забивай.

Растирался, отпивал, снова растирался.

— Походить бы, — признался он Гале.

Это была серьёзная мечта, не чета многим иным.

Она кивнула, найдя сил на улыбку.

"Я не пропаду с ней, — вдруг подумал Артём светло, благодарно и верно. — Я отблагодарю её за всё".

Поели консервов.

Артём даже умылся.

— ...Да и Бог, если он есть — он же всё равно сухопутный должен быть, а? — с середины своей мысли заговорил Артём. — Нет, он ходил по воде — но куда он так далеко пойдёт? Вода, ты говорила, десять градусов, а он босой. Зачем ему в чистое море отправляться, кого тут ловить, кроме двух дураков. Есть много мест в мире, где дураки обитают кучнее. Да?

— Да, — ответила Галя спокойно.

Всё-таки консервы — замечательная вещь. Мясные говяжьи консервы с водкой.

Ноги ещё ничего не чувствовали, но внутри, под кожей, в жилах всё равно оставалась жизнь, Артём знал это.

Он был свидетелем, как были убиты или погублены несколько близких ему людей: Афанасьев, владычка Иоанн... Это не отравило ему жизнь. Это не сделало пищу менее вкусной.

Артём немного подумал об этом, но внутри вкус консервов перебивал любое размышление.

"А если б твою мать убили?" — спросил он сам себя.

Вопрос был неприятный, докучливый, Артём не захотел и на него отвечать.

"Ты всегда был таким или здесь совсем зачерствел?" — спросил себя напоследок.

И опять не ответил.

...Мотор поперхнулся и замолк.

Они тоже оба молчали. Опять стало отвратительно тихо.

— Топливо кончилось, — быстро сказала Галя, — так быстро, чтоб никакое другое предположение не успело прозвучать раньше.

— Помогай, — попросила она.

Артём извлёк из конуры на носу лодки канистру́ и с усилием подтащил к своей лавке.

Перекинул сначала канистру, потом перебрался сам. На дне катера уже лежали крышки, которые Галя сняла с двух топливных баков.

Когда заливал топливо, держа канистру в напряжённых руках, Артём увидел, как на его руку упала снежинка, острая и не таявшая некоторое время.

Задул ветер, и снежинок сразу образовалось много, и ветра ещё больше — словно ветер и снег зависели друг от друга или играли в догонялки.

Как много в природе страшного, смертельного, ледяного. Как мало умеет голый человек.

Поднимая и удерживая на весу канистру, Артём ощутил свою физиологию — в том числе то, что вчера принимал пищу и есть смысл расстаться с ней. Он с сомнением скосился на Галю... И как они будут? Лодка не располагала к таким вещам.

"Лучше думай о том, что мотор не заведётся", — огрызнулся на себя Артём; но опять не угадал — мотор, едва заправились, снова подал свой хриплый благословенный голос, и они двинулись дальше... зато, пока держал канистру, Артём приморозил руки. И снег затевался всё сильнее, и видимость была метров на тридцать, не больше.

"Зачем снег падает в воду? — удивлялся Артём. — Какой смысл? Когда он падает на землю — это хорошо, красиво... А в море — какая-то нелепость. Для кого он тут?"

Галя держала левую руку на моторе — успокаивала железо.

Чтобы не замёрзнуть окончательно, он перебирал вещи, старался по возможности шевелиться, то поворачивался к Гале и они встречались взглядами, и Галя всякий раз отирала снег, налипающий на лицо, то снова возвращался к их запасам, двигая их туда и сюда.

От светлого снега стало темнее — или, быть может, уже начал день клониться к закату. Часы были у Гали.

Она дала ему бинокль.

— Ты счастливый, — сказала она; по голосу было ясно, что Галя начала замерзать и очень, очень устала, — смотри...

От бинокля и качки у Артёма сразу начинала кружиться голова, но он смотрел и смотрел. Там раскачивалась неожиданно близкая, свинцовая вода и белая, путаная снежная круговерть.

И много неба было. Гораздо больше, чем нужно человеку.

Через какое-то время Артёма укачало до такой степени, что он то выпадал из сознания, то возвращался в него, еле осмысляя происходящие с ним перемены.

Он то чувствовал себя мотором, в который нужно залить топливо. То понимал, что его щёки, шея и лоб покрыты тюленьим жиром, он хорошо проморозился — но если резко ткнуть пальцем — например в лоб, то очень просто продырявить его. Внутри головы тоже было что-то холодное, жирное и спутанное.

Он словно бы окончательно растерял себя на непрестанном сквозняке последних двух суток — остались какие-то клочки, обрывки, сколки — в которых никто не признал бы прежнего Артёма.

Он поднимал бинокль и чувствовал, что это не он смотрит в снег и сизый воздух, а окруживший его мутный, судорожный, раскачивающийся мир со всех сторон смотрит на него.

Сбросив бинокль на грудь, Артём попытался решить — где ему было холоднее: здесь или на Секирке. Но холод не давал возможности сравнивать. Мысли тоже были ледяными и угловатыми — они не складывались, как сколотые и скользкие кубики.

Лодка пошла вбок: Галя заснула.

Он перебрался к ней на лавку и правил сам, куда не ведая, прицелившись на какую-то самую колючую звезду.

Галя не просыпалась.

* * *

— Галя! Вон туда! Смотри! Не видишь? Вон там?.. Чёрт... — он посмотрел в бинокль, потом начал снимать его с шеи, обрывая себе впопыхах уши ремешком. — Вот, смотри...

Снег давно прекратился — но осталось ощущение его присутствия в воздухе — словно в каждом промежутке, который они проплывали на лодке, снег только что был и оставил после себя холодное место. Воздух приходилось разрывать лицом, как холст. В ушах стоял треск.

Подступающая темнота давала серьёзное право на ошибку — но там была не просто земля — там был огонь — крохотный, мерцающий огонёк.

Проснувшаяся Галя тоже это увидела.

Лицо её застыло до такой степени, что не способно было явить хоть какую-то эмоцию.

— Что там? — наконец спросила она, еле справившись с собственным ртом.

— Что бы ни было!.. — начал Артём и оборвал речь, потому что и так всё было ясно. Тем более он всё острее чувствовал себя не совсем нормальным, близким к сумасшествию. В таком состоянии лучше молчать.

Они оба смотрели на трепещущую ярко-розовую точку.

Нет, нет, нет: откуда здесь было взяться чекистам.

Или им выслали чекистов навстречу, чтобы перехватить по пути?

Вряд ли. Невозможно.

Галя перехватила руль и медленно повернула его, направив лодку на свет.

Артём пересел на своё место, будто там стало многим ближе, — и неотступно смотрел вперёд в ожидании берега.

Галя окликнула его.

Он не ответил, только кивнул.

— Стреляй не думая, — сказала она.

— Да, — сказал он.

Ему только не хотелось спрыгивать в воду, это было бы ужасно — кто потом отогреет его. А стрелять — чего бы не стрелять. От стрельбы можно согреться.

“...Позову красноармейца помочь... — обрывочно, как пьяный, решал Артём, — ...и едва лодку подтянут к берегу... выстрелю ему в спину... в спину лучше всего”.

...На берегу их встречала только одна фигура.

Человек тонко кричал — едва набирая воздуха, чтоб закричать ещё сильнее: так плачут брошенные, напуганные или голодные младенцы.

Он размахивал руками и не переставал кричать даже тогда, когда стало понятно, что его увидели и к нему плывут.

За несколько десятков метров показалось, что это женщина. Слишком глупы были её движения и её крик.

...Когда лодка подошла совсем близко — Артём неловко бросил ей верёвку: пришвартоваться.

Верёвка не долетела, упав в воду.

И ещё раз. Ещё.

Женщина всякий раз нелепо взмахивала руками, словно отгоняла птиц. Потом просто подняла руки и стояла там на берегу, как бы пугая приплывших или сдаваясь им.

Артём чувствовал, что сидящая сзади него Галя уже хочет его пристрелить.

Наконец верёвка достала земли — женщина её, естественно, не поймала. Неловко присев — похоже, одежды на ней было в семь слоёв, — подняла верёвку с земли и потянула.

Причалили.

Сзади загорелся свет: Галя зажгла фонарь.

Артём с трудом поднялся и кое-как, едва не упав, спрыгнул, не чувствуя ног, рук, тела, жизни вообще.

Вдвоём с женщиной они, скользя и упираясь, втащили на берег лодку.

Ему показалось, что женщина смеётся — каким-то неуместным здесь смехом.

Потом понял, что она плачет, безостановочно, счастливо, слёзы стынут на щеках.

Вокруг больше никого не было видно — только костерок и всякое тряпье и барахло, наваленное возле огня. Возможно, там мог лежать ещё один человек. Но не больше, чем один.

— Дай руку, — позвала Галя, то ли злым, то ли неживым голосом.

Он помог ей сойти на сушу.

— Кто вы? — спросила она женщину, еле поднимая фонарь.

Не устояв на ветру, женщина сделала шаг назад, но получилось, словно это произошло от Галиного вопроса и от света.

— Мы... едем... — ответила женщина, стараясь улыбнуться. — *From...*

Едва она открыла рот, Артём догадался, что перед ним не русский человек.

Женщина смотрела то на Галю, то на Артёма, ожидая, что ей помогут ответить.

Галя, кажется, не понимала, отчего ей нормальным образом не объяснят, в чём дело.

Артём полез в лодку — извлечь вещи потяжелее, чтоб попытаться втащить её повыше на берег.

— *Do you speak English?* — спросила женщина, улыбаясь с таким просительным видом, словно просила хлеба или денег. Она растёрла слёзы по лицу и время от времени шмыгала носом.

— Кто ещё на острове? — твёрдо и громко спросила Галя, будто не услышав только что прозвучавшей фразы.

— Там... — махнула рукой женщина. — Друг... Муж! и что-то длинно, путано договорила на своём языке.

Галя некоторое время смотрела в ту сторону, куда указали.

— *French? Deutsch?* — спрашивала женщина у Гали.

По голосу было слышно, что она по-настоящему счастлива и очень хочет понравиться: чтоб счастье не исчезло, потому что надежда на него, видимо, была уже потеряна.

Галя не отвечала.

...Едва втащили лодку повыше, Артём пошёл к огню, вроде как искать друга и мужа, но на самом деле — просто на тепло. Руку засунул в карман, в кармане лежал пистолет, хотя догадывался, что тут ему убивать некого. Так бы и спрятались в тряпье двенадцать красноармейцев...

У костра Артём с трудом присел и засунул руки в самое пекло. На мгновение ладони в пламени показались золотыми.

Присмотревшись, понял, что в костре догорают доски. Доскам на острове было взяться неоткуда. Значит, эти люди жгли свою лодку.

Артём медленно, как чужое звериное мясо, вынес из костра руки, они дымились. Наклонил теперь лицо к жару, зажмурился. С треском обгорели ресницы — ему было всё равно.

Подошли женщины.

— Принеси еды, Артём, — попросила Галя.

Артём кивнул, но не поднялся с места, только убрал лицо от огня. Щетина тоже опалилась. Губы сладко пощипывало. Слюна во рту нагрелась, странно.

Галя присела рядом. Теперь она протянула руки к огню.

— Нерусская, — сообщила Галя.

Артём кивнул.

"...ещё губы у меня потрескались", — подумал, трогая языком края рта.

— Что тут? — спросила Галя Артёма, кивая на вещи. — Ты не смотрел?

— Сейчас посмотрю, — ответил Артём и наконец поднялся.

— Я, — женщина ткнула в себя большим пальцем; руки её были в чёрных крепких перчатках, — ...Мари.

— Я Артём, — ответил он и спросил, останавливаясь после каждого слова: — Где. Твой. Друг?

— Да! — готовно и даже торжественно ответила Мари, кивнув, и сделала шаг к горе из одеял, брезента и кусков парусины. Артём шагнул следом.

Волосы друга торчали в разные стороны, то ли слипшиеся от грязи и крови, то ли замороженные... обмётанные губы, рот открыт, дышит... виден язык, нос забит чёрным... Артём чуть отшатнулся.

Человек лежал возле самого костра, его хорошо было видно в свете огня. Галя сняла перчатки, чуть передвинулась, вытянула руку и потрогала лоб лежащего.

Немного помолчав, сказала:

— О него греться можно.... Скоро умрёт.

Человек попытался открыть глаза, лицо, как бы изумлённое, скривилось.

С глазами не удалось, разлепил рот.

— Ма... — позвал он.

— Вода? — спросила Мари у Артёма. — Воды?.. И... жарко! Друг — жарко! Лечить?

— Лечить нечем, — сказала Галя. — Артём, принеси воды. И поесть. И водки растереть больного. Пожалуйста.

✳ ✳ ✳

Они так и не поняли толком, откуда плыли эти люди, с какой целью.

Мари ещё несколько раз принималась плакать, не переставая при этом улыбаться, и часто просила помочь, спасти, что-то торопливо проговаривая то ли на одном оловянном языке, то ли сразу на нескольких.

Артём попытался вспомнить латынь из гимназического курса, но тут же бросил это дело.

Мужчина ничего не соображал. Мари пробовала напоить его водой, а затем чаем — больной кашлял, мешал, всё стекало за шиворот.

Мари покормили — она ела с жадностью, но непрестанно поднимала благодарные и просящие глаза, и даже когда жевала, всё равно улыбалась.

Галя, подсвечивая фонарём, без спросу рылась в их вещах, рассматривая чужие карты, какие-то тетради.

"...Думает, что шпионы..." — решил Артём, сначала съев высокую банку консервов, а потом накаливая её над огнём и грея о неё руки.

Отужинав, Мари снова суетилась возле своего друга или мужа, натёрла ему грудь водкой, он мычал.

Хотела и его покормить — без толку...

Всё посматривала на Галю.

Протерев лицо больного, Мари решительно подошла к ней и начала объяснять что-то важное.

Галя, присев и поставив фонарь рядом, даже не вслушивалась, только иногда кивала, причём не Мари, а самой себе.

Листать очередную тетрадь в перчатке было неудобно, она спрятала её под мышку. Одежды были громоздки, и перчатка скоро выпала. Мари тут же подняла перчатку и подала Гале, продолжая разговаривать.

Галя не вернула тетрадь на место, а убрала себе за пазуху. Взяла наконец перчатку, но не надела. Голая рука у Гали была красная, натруженная, почти мужская. Потушила фонарь. Села ближе к Артёму. Он передал ей банку. Галя непонимающие посмотрела внутрь.

— Погрейся, — пояснил Артём.

Артём и теперь ни о чём не думал, уверенный в том, что решение должна принять Галя: а кто он такой? Он никто.

— Я так поняла, у них разбилась лодка, когда они причаливали, — сказала Галя негромко. — Они живут тут неделю, и чтоб не замёрзнуть — лодку сожгли. Потому что жечь было уже нечего.

Мари села напротив и кивала головой на каждое Галино слово, как будто понимала, о чём идёт речь.

Артём ничего не отвечал.

— Она сказала, что они были в пути сюда неделю. Семь дней.

Эта новость не прибавляла бодрости.

Артём оглянулся вокруг — было совсем темно, и море шумело, невидное.

А может быть, это не море, а ветер шумит? А море, к примеру, замёрзло? И дальше можно идти пешком. Пешком —

дольше, труднее. Зато нельзя утонуть. Только замёрзнуть. И очень скоро...

Пусть лучше это море шумит.

— Если мы оставим их — оба погибнут. Если возьмём с собой — умрёт в дороге мужчина, неделю он не протянет.

— Спасти! — попросила Мари, кивая головой, и снова начала разрывать под тряпками своего любимого, чтобы всем было понятно.

Парень действительно был совсем плох, ещё раз отметил Артём.

Но жалости не испытывал никакой.

— ...И у нас раньше кончится топливо — потому что расход увеличится, — закончила Галя.

— А откуда они плыли? — спросил Артём.

— Я не поняла, — сказала Галя. — Но до норвежских вод нам всё равно дольше, чем назад. И погода портится.

“Интересно, — думал Артём, — а где-нибудь в мире ещё есть такие сумасшедшие, которые сидят посреди моря и думают, как им удобнее умереть — по дороге в море или вернувшись домой?”

— Надежда на то, что мы доплывём одни туда, куда собирались, — есть. Только нужно оставить этих людей здесь. Хотя мотор в холоде не заводится, и если ударит мороз — он откажет... А если мы вернёмся... Если мы вернёмся, я не знаю, что будет. Будет, скорее всего, очень плохо, — Галя бросила пустую банку в огонь и посмотрела на Мари. Та тоже смотрела на Галю.

Галя могла бы сказать: “Зато мы спасём людей”, — но этого, понимал Артём, говорить не стоило. И Галя понимала. Два часа назад они собирались убить любого красноармейца, хоть всех до единого, что встретились бы им на этом острове, — и теперь вот завести речь о спасении неведомых чужеземцев: бред, несусветный бред.

— Нам надо туда, — сказала Галя Мари, — и махнула в тёмную сторону чужбины.

— *No, no!* — Мари сложила руки у лица; но чтобы показать, куда всё-таки надо плыть, ей пришлось руки разомкнуть.

Она показала на Соловки, на невидимую отсюда Секирную гору.

* * *

Утром Артём, невозможно и помыслить, проснулся в хорошем настроении. Мари несколько раз за ночь вставала к мужу, поддерживала огонь, побросав туда последние щепки, а затем и весло — весло почему-то она решила оставить на самый конец.

Вообще она отогревала мужа, но Артёму нравилось думать, что все эти заботы для него, и он спал ещё крепче.

В сущности, Артём угадал.

Вчера Мари нашла для него сухие унты и шерстяные носки, и он переобулся.

А едва рассвело, Мари начала готовить какую-то похлёбку — у неё оставались неведомые приправы и незнакомые крупы.

Похлёбка быстро вскипела, и, хотя аромат быстро уносило ветром, Артём успел его почувствовать.

В предвкушении завтрака он, ещё путаным утренним рассудком, представлял себя путешественником, открывающим новые острова.

“...Назову их сам, — сонно думал Артём. — Остров Афанасьева, на котором сейчас мы... А самый первый — остров Владычки... Надо бы и Бурцеву свой островок тоже...”

То, что они двинутся на Соловки, Артём не сомневался.

Отчего-то казалось, что предстоящая дорога — домой.

Возможно, так оно и было.

Застонал этот мужчина, муж, друг.

Его стон доказывал, что надо возвращаться.

Ещё он доказывал, что Артём здоров, молод, и губы у него не обмётанные. И он даже почувствовал легчайшее, еле торкнувшееся мужское возбуждение, что его почти рассмешило: дурак-человек, торчит посреди ледяной воды, а всё равно собирается продолжать свой никчёмный род.

...Немного пахло гнилью, от земли или от больного, — но это не мешало и не сбивало желания питаться.

"Плоть из плоти, плотью в плоть, плотью о плоть, плотью за плоть, плоть, плоть, плоть..." — повторял шёпотом Артём.

Где-то поблизости начала ворочаться Галя: судя по её движениям, сейчас она не спала, а ночь провела плохо. Ещё Артём догадался, что она сердится на него, — надо же, ещё не начинали жить, а он всё уже знал про Галю.

...Сердится из-за того, что решение должна принимать она.

Хотя, на самом деле, никаких других решений про запас не имелось.

Просто надо было подниматься и двигаться назад в каменные свои хоромы.

"...Привезут обратно на Секирку, — спокойно рассуждал Артём, потому что Секирка ещё казалась далёкой. — Скажу: привет, братва. Где тут моё третье снизу место в штабелях?.."

Пока завтракали, Артём несколько раз пытался улыбнуться Гале, но та не отвечала и отводила холодные глаза в сторону. По еле заметному движению строгих её челюстей Артём понял, что Галя иногда кусает щёку. Суп её стыл, поставленный у ног.

Котелки иностранцев были блестящие и аккуратные.

Мари смотрела на Артёма и Галю то ли с надеждой, то ли с ужасом и разговаривать сегодня боялась, словно вчера была пьяна, а теперь стеснялась сама себя.

В утреннем свете Мари оказалась некрасивой, носатой, впрочем, с добрыми глазами.

Суп был вкусным. Самым, быть может, вкусным в жизни Артёма... Хотя вот ещё, когда мать к Троянскому приезжала... Но там было понятно, чем кормят, а здесь нет.

Сыпала скользкая морось и тоже попадала в суп, но Артём не огорчался.

Остров при свете был грязный, нехороший. Жить тут не хотелось.

Мари раскопала своего мужа, он ещё не умер, и даже, сдаётся, назрела необходимость сменить ему бельё, чем жена и занялась.

"...Галя бы меня в подобной ситуации пристрелила, — мрачно решил Артём, поднимаясь; ещё подумал и завершил мысль: — И правильно бы сделала".

На дне лодки лежал сырой снег. Лодка была чужой, холодной, скользкой, — а ещё вчера казалась совсем обжитой.

При виде снега, падавшего в воду, стало ещё отвратительнее, и по телу пошла дрожь — как перед рвотой или в простуде.

Согревался, загружая вещи обратно. Галя ему помогала. За всё утро они не сказали друг другу ни слова.

— У них должно быть оружие, — сказала Галя, когда закончили погрузку. — Найди, надо забрать. И все остальные их тетради с картами. Сделай всё сам, хорошо? Вот она идёт.

Мари бежала к ним в страхе и растерянности, готовая пасть на колени, зарыдать, завыть, убить их, разбить мотор чужой лодки...

Но когда подбежала совсем близко, не смогла говорить, только всхлипывала и дрожала.

— Едем вместе, — твёрдо сказала ей Галя. — Вам жизнь, нам казнь. А пока — вместе. Собирайте вашего... кто он там...

С каждым Галиным словом в глазах Мари, вопреки несусветной погоде, загоралась новая искра, и лицо становилось всё теплее, всё благодарнее.

— Вот бы моя судьба так смотрела на меня, как она, — сказала Галя на обратном пути к догорающему огню и лежанке больного.

Он неожиданно очнулся и ошарашенно смотрел на пришельцев, как будто они были не совсем люди, а, к примеру, подоспевшие просоленные на местных ветрах ангелы.

— Может, он притворяется? — весело спросил Галю Артём.

Она неожиданно улыбнулась.

— Полундра, флибустьер! — велел Артём. — Нашёл время спать...

Галя засмеялась.

Вокруг них суетилась Мари, не зная, что делать.

Да ничего не надо, бери своего суженого за ноги, понесли.

...Домой шли по лёгкой зыби. Дорога до монастыря казалась близкой. Надо было только увидеть маяк.

* * *

На второй день они поругались.

Лодка еле ползла, как будто течение шло им навстречу.

Мотор сердился.

Волны толпились и оскаливались.

На дне лодки постоянно была вода.

Они сначала выбросили все вещи, которые посчитали нужным забрать с этого островка: чужие котелки, одеяла, лом, лопаты — куда столько, не увезёшь...

Мари вздыхала, вздрагивала и провожала каждую вещь печальным, тонким, еле слышным вскриком.

Галя бесилась на эти вскрики, но молча.

Артём от вещей избавлялся с удовольствием, словно с вещами его бы дома не приняли.

— Зачем ты выкинул топор? — вдруг крикнула Галя.

— Ты сама велела, — ответил Артём.

— Я не велела, — крикнула Галя.

— Нырнуть? — спросил Артём.

Галя была цветом в зелень, очень уставшая, — у неё начиналась морская болезнь. Иностранец — Мари называла его Том, значит — Том, — был по-прежнему плох: Артём с некоторым даже интересом наблюдал, как из человека уходит жизнь — как из песочных часов.

Несколько раз пробуждавшийся от забытья Том начинал говорить Мари что-то важное, но она не могла разобрать и клала пальцы ему на губы. Пальцы у неё были длинные, красивые: Галины руки были меньше, обветренней, сильней.

Том лежал посреди лодки на сваленных комом одеялах. Ногами он упирался Гале в колени. Ноги его тряслись в качке, как неживые и отдельные.

Галю мутило от солёного воздуха, от Артёма, от качки, от чужих людей в лодке, она не сумела больше терпеть — и её вырвало.

"Это тебе за топор", — подумал Артём, гоняя по дну воду ногами. Его тоже подташнивало. Он искал, что бы ещё выбросить.

"Скоро Том отойдёт, его выбросим", — успокаивал себя Артём, косясь на Мари.

Мари было жалко — она, казалось, не может даже допустить, что её муж смертен.

Чем больше Артём присматривался к ним, тем лучше понимал, что это просто два чудака, устроивших себе несусветную глупость в виде, например, свадебного путешествия. И Тому, и Мари, наверное, было не больше тридцати — хотя она выглядела старше лет на пятнадцать, а он — вдвое старше себя.

Разбирая вещи, Артём в очередной раз угодил на крепко перевязанный, тяжёлый кирпич — всё собирался спросить у Гали, что это, и забывал.

Попытался развязать.

— Оставь! — крикнула Галя, и в сердцах поддала оборотов мотору.

Мари, время от времени помогавшая вычерпывать воду, от неожиданности качнулась и едва не повалилась.

Артём с улыбкой посмотрел на Галю и стал рвать зубами узел.

Галя бросила руль и встала.

Лодка поехала вбок, кругом, рискуя перевернуться. Галя села, — а то упала бы первой.

Мотор заглох.

— Отдай, тварь! — заорала Галя.

Мари тонко вскрикнула.

"Где их так учат вскрикивать... красиво...", — мельком подумал Артём.

— Сама тварь! — крикнул он и бросил кирпич этот к Гале, промеж ног полумертвого Тома.

...У всех нервы полопались.

Галя плакала.

Мотор молчал.

Снова посыпал снег. Носки красивых зимних ботинок Тома были в снегу, побелённые.

В двадцати метрах от лодки стояла прерывистая мга. В её прогалах было видно, что дальше — та же самая мга.

— Ты никто, — всхлипывала Галя, — тут мог быть кто угодно — я выбрала тебя: пустое место. Всё потеряла. Как ты смеешь?

У неё был нож, она взрезала узел на кирпиче, развернула пакет. Золотые монеты посыпались на дно лодки. Галя несколько поймала, пока сыпались, бросила в воду.

“Находил, значит, Эйхманис клады...” — отстранённо подумал Артём.

Золота ему не было жалко.

Мари смотрела на Галю.

Не сдержалась и порывисто встала, потянула руки к золотым, что-то по-птичьи вскрикивая.

— Сядь! — одёрнул её Артём и рванул назад за низ плаща. — Сядь, не мешай! Мы сеем золото. Право имеем.

Галя оттого, что Артёму было всё равно, разрыдалась ещё сильней.

— Украла! — почти рыча, говорила она. — Украла ради тебя у Эйхманиса! Ты!.. Эх, ты!

“Так уж ради меня...” — думал Артём, глядя на Галю.

— Ты самый ничтожный был! — крикнула она, отдышавшись, и снова бросила золотые в воду; они тонули быстро, словно для этого и были созданы. — Самый! Из всех! Хуже тебя только Ксива! Я бы с Бурцевым... Бурцев лез, мразь. А ещё лучше б с Василием Петровичем, с этим палачом богомольным... Достала бы сиську в любую минуту, сказала: “Соси!” — и все бы выстроились в очередь...

Артём продолжал гонять ногами воду, изредка взглядывая, как Галя ищет и находит монету, а потом неловким, женским движением бросает её.

Мари безучастно смотрела в сторону, но при всяком Галином жесте чуть вздрагивала и косилась.

— В тебе притворства не было — одна в тебе была заслуга, — кому-то объясняла Галя. — А теперь я вижу: тебе притворяться нечем.

Галя сгребла из-под лавки, промеж ног Тома, целую горсть монет и кинула через Артёма, через Мари, за их спины.

Артём ловко поймал одну и мягким движеньем вернул Гале в ноги: необходима вторая попытка.

— Сука, какая сука! — выругалась Галя, поводя глазами, как слепая. — Он же знал, что я с тобой буду. Он нарочно тебя вытащил, чтоб меня отвлечь. Чтоб я не дёргалась. А сам с этими блядями... — Артём, поначалу примерив эти слова исключительно к себе, понял, что речь уже не только про него.

— Знаешь, почему он чаек не убивал? — спрашивала Галя, хотя и не у Артёма вовсе. — Потому что он сам на чайку похож. Разве не видел его профиль? Я Троцкого повесила на стену нарочно — он был уверен, что я спала с ним. А я его злила!

"И что, не спала?" — хотел спросить Артём, но не стал.

Никакой любви у него к этой глупой женщине не было.

И у неё к нему.

* * *

Какого-то островка достигли только в следующие сутки. Невозможно было сразу понять, эта ли твердь попадалась им на пути сюда или другая.

В пути у них кончились запасы пресной воды.

Вроде была ещё фляга — и непонятно куда делась. Может, забыли на том острове, где нашли иностранцев.

Разожгли костёр, повесили сушить вещи — с них капало. Подставили посуду.

Ждали, затаившись, когда хотя бы с половину миски накапает.

...Оказалось — солёная. В море шёл солёный снег и лили солёные дожди.

Галя швырнула от злости железную миску. Она упала на камни, с дребезгом подпрыгнула.

Артём пошёл по острову искать дрова. Вблизи воды всё было голое, каменистое — волны и приливы смывали всё живое. На холмах ещё виднелась жухлая травка. В низинах нашёл несколько неизвестных ему кустов, маленькие деревца.

На обратной дороге встретилась Галя. Судя по всему, она искала его и нашла по стуку топора.

Вела себя как ни в чём не бывало.

— Надо сразу дальше идти, — сказала Галя. — А то умрёт. Как не умер ещё...

Артём пожал плечами: ему было всё равно — плыть так плыть.

— Посмотреть на тебя, так тебе что воля, что тюрьма, что вода, что суша, — сказала с некоторой, впрочем, мягкой издёвкой Галя.

— Суша и воля мне нравятся больше, — просто ответил Артём.

— Есть такое слово: волелюбый, — сказала Галя и, помолчав, добавила: — Не про тебя слово.

Артём молча нёс, прижав к груди, кривые ветки, всё время залезавшие ему в лицо.

— Пойдём не в Соловки, а в Кемь, — безо всякого перерыва продолжила Галя. — Там высадим этих, на материке сами разберутся. А мы попытаемся сесть на поезд и отправиться в любую сторону. Ты как? — и она остановилась.

Артём тоже остановился. С полминуты они смотрели друг на друга.

"А я ведь целовал это лицо..." — подумал Артём. Чувство было такое, что всё происходило в позапрошлой жизни. Но это была неплохая жизнь. Или не самая плохая.

— Конечно, Галя, — сказал Артём, — вместе будем.

И они пошли дальше рука об руку, хоть и не касаясь друг друга.

— Артём, извини, — быстро сказала Галя.

— Не надо, я понимаю...

Том так и лежал в лодке. Мари дожидалась их, чтоб перенести мужа вместе.

— Натрите его водкой, и сразу пойдём, — Галя махнула рукой в сторону Соловков.

Мари всё поняла. Она стала понимать с первого раза.

— "Не по плису... не по бархату хожу..." — пропел Артём, сталкивая лодку в воду.

Из лодки на него смотрела Мари с испуганным видом, словно Артём мог не успеть запрыгнуть и остаться на острове.

Вторую строчку Артём допел, уже забравшись в лодку и залихватски обняв Мари за плечо. Она не противилась.

Галя посмотрела на них и усмехнулась. Кажется, без обиды.

Ветер был попутный.

Через час начало темнеть и явственно обозначился свет маяка.

Первым этот свет увидела Галя и окликнула Артёма, сидевшего к ней лицом: посмотри.

Маяк светил так, точно перед глазным яблоком держали горящий сучок.

Некоторое время Артём смотрел на маяк, а потом отвернулся: глаз заныл.

Нет, в тюрьму больше нельзя. Надо в Кемь. Надо убежать.

Двигаться в темноте было страшно, Галя снова зажгла фонарь.

Артём поставил его на нос лодки. Чёрная вода в свете фонаря казалась очень глубокой.

"Всё время забываешь, что вокруг смерть... — зябко думал Артём. — И без света дурно, и со светом — ужас".

Фонарь моргал. Маяк моргал.

Мари часто трогала голову мужа: и это раздражало тоже.

Кажется, Артём несколько раз засыпал. Осознавал, что проваливался в сон, по обломкам ледяной абракадабры, творившейся в голове.

...Баркас с красноармейцами они встретили нежданно: видимо, те в какой-то момент заметили свет фонаря и стали дожидаться, что за странники.

...Странники заметили баркас, когда были от него метрах в тридцати.

— Глуши мотор! — заорали сразу в несколько голосов.

Галя послушалась, вырубила грохот мотора.

С ходу их лодка пролетела прямо до баркаса. Лодку подцепили багром. Галя ударила по багру кулаком, но не стала пытаться его сбросить.

"Перестрелять их?" — лихорадочно думал Артём, глядя то на Галю, то на баркас; пистолет так и оставался у него в кармане, а на дне лодки лежало ружьё с запасом патронов, которое Артём, как велела Галя, забрал у иностранцев. Хотя разве его успеешь достать...

Галя, кажется, думала о том, держа руку на кобуре.

Но в них целилось из винтовок сразу трое красноармейцев с баркаса.

Там тоже зажгли фонарь.

— Это кто ещё такие? — спросил чекист с фонарём, разглядывая Артёма. — Ну-к, вынь руку из кармана.

Мари поначалу обрадовалась баркасу — но теперь, видя людей с оружием, перепугалась: Артём почувствовал, что она дрожит. Хотя, может быть, она дрожала уже несколько часов. Слышно было, как стучат её зубы.

— В чём дело, ослепли совсем? — прокричала, привставая, Галя, то ли нарочито огрубляя голос, то ли действительно охрипнув на ветрах.

— О, комиссарша из ИСО, — признал кто-то.

Чекист поднял фонарь выше.

— Старший, доложить причину ночного рейда! — рычала Галя.

Некоторое время была тишина — только скрип баркаса и ночной ветер.

— Тоже мне командирша, — наконец сказал чекист с фонарём. — Я тебе не подчиняюсь. Какого вы тут ищете на своей лодке?

— Спецприказ начальника лагеря! — продолжала выкрикивать, как хриплая птица, Галя. — Задержали и доставляем в лагерь двух шпионов. Уберите багор немедленно! И опустите винтовки в конце концов.

— Покажи спецприказ! — сказал чекист.

Артём наконец угадал: это был Горшков. Только от страха можно было так долго не узнавать этот поганый голос.

— Опустить винтовки, я сказала! — крикнула Галя.

...Эти сумасшедшие, как в продолжающемся сне, крики в свете двух фонарей, стальная вода вокруг...

Артёма трясло.

...Ещё было много шума, заставили разворошить тряпьё, показать Тома — вдруг там спрятан пулемёт... порешили на том, что баркас потянет моторку за собой.

Плыли в оцепенении.

Мари вперилась взглядом в баркас, одновременно держа руку на голове у мужа, словно говоря ему: подожди, ещё немного.

Галя сидела, поджав спёкшиеся губы.

"А ведь всё, — сказал себе Артём, — а ведь за побег расстреливают..."

"...Только почему красноармейцы не знают, что мы убежали?"

Его не в первый раз удивило, что он не очень много думал в дни обычные, зато оказывался способен осмыслять происходящее в те минуты, когда, кроме ужаса, испытывать было уже нечего.

"Галя, — решил Артём, — пусть Галя выкручивается — ей проще... Я скажу, что исполнял её приказы".

Она словно услышала его размышления и твёрдо сказала:

— Веди себя как ни в чём не бывало. Как приедем, иди в свою роту. Ни с кем ни о чём не разговаривай. Кажется, они ничего не знают. Они нас даже не разоружили, — и вдруг повысила голос: — Эй, на баркасе! Вы еле идёте! Отцепите нас — мы заведём мотор и доберёмся сами!

В ответ долго молчали.

— Доставим, — наконец крикнул Горшков.

Казалось, он в чём-то сомневается.

Галя в бешенстве рванула шнур мотора. Тот всё равно не заводился.

Наверное, это должно было успокоить: мотор сдох, когда их тащили к земле, а не посреди моря.

Не успокаивало нисколько.

* * *

Уже было утро, и Артём один, без конвоя, с трудом двигая за-
тёкшими ногами, сошёл на землю обители, вослед за Галей.
Пистолет он ей отдал ещё в лодке.

— Через три часа жду вас в ИСО, — сказала Галя Горшкову, поспешно спрыгнувшему с баркаса. — Будем разбираться.

Остальные красноармейцы, и ещё несколько чекистских
курток на тюленьем меху, отчего-то не спешили сходить на
берег.

Береговая охрана тоже не очень понимала, что происходит.

“...Вот нервы, — подумал Артём, косясь на Галю. — Может,
действительно обойдётся?”

Горшков тем временем смотрел на Артёма. Не узнавал его
в новой, не по чину, одежде.

— А откуда этот шакал при тебе? — вспомнил, наконец. —
И кто ему дал такую куртку? Или ты произвела его в чекисты?

— В десять жду, — отрезала Галя. — Посмотрим, кто у кого
примет отчёт. Командировку свою подготовьте. Изучим, что
вы искали в пятнадцати верстах отсюда.

— Ещё узнаем, кто кому отчитается, — процедил Горшков.

Галя по форме представилась старшему береговой охраны.

— Вот мой командировочный лист. Вот документы на вы-
езд по спецприказу. В ходе командировки задержаны два
шпиона, — сказала она чётко, указывая на Мари, так и си-
девшую в лодке. — Необходимо доставить их в ИСО для допроса. Второй болен, без сознания — его сначала в санчасть.
Срочно.

Артём перетаптывался на месте.

— Что стоите? — обратилась к нему Галя. — Немедленно
в роту.

“Меня ж не пустят”, — хотел сказать Артём, но Галина уже
пошла впереди, отмахивая шаг рукой.

Соловецкие стены стояли как чёрный хлеб в грязной сладкой пыльце.

На воротах Галя, подав документы, кивнула на Артёма:

— Это со мной.

Во дворе сразу, не прощаясь, свернула в сторону ИСО, Артём наметил путь в двенадцатую рабочую роту Соловецкого лагеря.

Видимо, шёл развод, первые наряды уже двигались на работу сквозь осеннюю морось.

Навстречу прошла бригада в десять человек, причём двое шедших позади работников были в шинелях и в кальсонах, один — в валенках без калош, другой в ботинках — отчего ступал, высоко поднимая ноги, избегая луж. На голове у обоих имелись кепари.

Народу, впрочем, во дворе было уже привычно мало, а появлявшиеся имели вид нервозный.

По двору санитары пронесли несколько больных, но только почему-то не в санчасть, а из санчасти.

"Это трупы", — объяснил себе Артём.

Санитары были в масках. Никогда они никаких масок не носили.

Непонятно, с чего Артём решил, что его пустят отсыпаться. Он был просто неживой — и это казалось ему достаточной причиной.

Ещё казалось, что всё происходившее когда-то было, и в роте его ждут Василий Петрович или Афанасьев, а то и Крапин, и, значит, всё по местам и всё разрешится, как разрешалось уже не раз.

В деревянном тамбуре действительно так и сидели на посту два дневальных чеченца.

— Ай, — узнал Артёма один из них. — Ты в море ходил? Давно тебя не было. Кита забил?

Артём хотел улыбнуться, но не смог, поэтому просто кивнул и попытался пройти.

— Эй, — сказал чеченец без дерзости, но твёрдо, — погоди. Ты разве в нашей роте?

Артём снова кивнул и взглянул на ходики, словно они подтверждали его правоту.

Он вдруг вспомнил, что это младший Хасаев — брат того, с которым сидел на Секирке. У братьев всегда были трогательные отношения: старший заботился о младшем, как о ребёнке.

— Нет, надо командира позвать, — с некоторой даже печалью сказал младший Хасаев. — Мне, слушай, не жалко, но я тебя не видел... Очень давно не видел. У тебя есть перевод в роту? Мне говорили, что ты теперь только с командирами работаешь, зачем тебе сюда? Ты не пьяный? Замёрз? Вот грейся у печки.

Хасаев ушёл, Артём поспешно выпил три кружки воды из бака и, разом опьянев, уселся прямо на пол, припав к печке спиной.

Закрыл глаза, заснул.

Чеченец вернулся с каким-то командиром.

Артёма несильно пнули ногой, как дворовую собаку, загородившую дорогу.

Поднялся — почувствовал, что спина прикипела к рубашке, рубашка к чекистской куртке, а куртка стала горяча, как утюг.

Сквозь неотвязный сон вгляделся в командирское лицо... нет, он не помнил этого лица.

— А где Кучерава? — спросил Артём.

Младший Хасаев едва заметно ухмыльнулся.

— До-ло-жить! — по слогам и уже с закипающим бешенством велел командир.

— Артём Горяинов, — впервые в жизни заплетаясь в собственной фамилии, как в названии чужой страны, отчитался Артём. — Находился в специальной командировке, приказом ИСО возвращён в роту.

— Где бумаги?

— Бумаги в ИСО.

Артём отчего-то чувствовал, что катится на санках с горки; ужасно хотелось закрыть глаза и опять заснуть.

— Откуда я знаю, кто ты такой, — в лицо выкрикнул Артёму командир. — Отведите его в ИСО за бумагами, — велел он дневальным.

Хасаев довольно грубо взял Артёма за руку — но едва вышел крикливый начальник, тут же ослабил хватку.

— Ты что, не знаешь, что тут такое? — спросил он на улице, прислонившись к самому уху Артёма. — Ты давно уехал, наверно? Здесь уже три дня проверка, всех арестовали: Кучераву, чекистов из ИСО, командиров дальних командировок. Тут такие дела, ты что. Надо меньше торчать на виду. А ты торчишь. В такой куртке, а торчишь.

От чеченца сильно пахло луком, возбуждением. Это был хороший запах.

— Иди, разбирайся, а потом приходи в роту, я тебя жду, брат, — сказал он очень проникновенно. — Сказали, ты с Эйхманисом работал, да? Потом, сказали, бил чекиста во дворе, да? Потом бил блатных? Ты сильный парень, приходи обязательно в роту. Что у тебя за командировка была, скажи коротко?

По двору брели очередные лагерники в свой наряд, обувь почти у всех была негодная, только у дневального Хасаева, шедшего рядом, отличные, по виду казацкие, сапоги. Выше голову Артём не мог поднять.

Вошли в ИСО, через минуту появился дежурный, тоже какой-то встревоженный, но Артём успел минуту проспать стоя.

Он чувствовал, что стоит посреди моря, под водою, но сухой.

Дежурный подплыл к нему, как рыба с вытянутым лицом: он весь плющился, этот дежурный, как будто человек рос не вниз, как полагается, а продолжался в области затылка, и длился, длился. Если заглянуть дежурному в рот — то там будет туннель. В этот рот можно засунуть руку по локоть и найти проглоченную наживку.

У Артёма начинался жар.

Он несколько раз повторил про себя слово "недосып", чтоб объяснить себе своё состояние. Но вникнуть в смысл слова было невозможно — оно странным образом было связано с кружкой чая, в которую недосыпали колотого сахара, а сахар был связан со снегом, который падал не ледяной пылью, а тяжёлыми кусками, словно его подтаскивали к самому краю неба — как к краю льдины, а потом спихивали вниз — в воду, которая по-прежнему была не сладка.

Начало разговора с дежурным Артём не помнил, хотя участвовал в этом разговоре.

Когда он пришёл в себя настолько, чтоб разговор завершить, — уже было поздно, и чеченец ушёл, не прощаясь, зато два красноармейца повели Артёма через двор. К ноге Артёма было привязано слово "карцер" и стучало при каждом шаге о брусчатку двора.

— Куртку отдал бы, всё равно расстреляют, — предложил красноармеец ещё на улице. — А я тебе курева. Ты вон прожёг её сзади. А тебе её ещё и продырявят. Дело ли.

Артём промычал несогласно.

Красноармеец схватил его за шею, придавив к стене, Артём изловчился и плюнул, слюна повисла на губе — но напугала ведь, — потом как-то вывернулся, толкнул на миг опешившего надзорного в грудь.

Второй конвойный охолонил своего товарища: да ладно, оставь его, ты вообще знаешь, кто это, может, не стоит его раздевать?

— Его всё едино под размах отправят, ты не видишь? — огрызнулся красноармеец, но отстал.

Напоследок всё-таки сказал Артёму:

— Я тебя и стрельну. Зря не отдал куртку. Так бы по-доброму сделал. Но ты сам не захотел. Стрельну по-злому.

Артём вытер слюну с лица.

Куда его привели, он позабыл, пока шёл.

Раздался железный перехруст — открыли замок.

Скрип — дверь распахнули.

Грохот — дверь захлопнули за спиной.

Ещё раз перехруст — снова замок.

Вся связка ключей, пока закрывали, звенела в мозгу у Артёма.

Камера и камера. В камере было несколько человек, у них были знакомые лица.

Он не помнил ни одного имени, но людей знал, и очень близко.

Лежанки в три яруса.

Одни нары были пустыми, в самом низу, Артём поспешил туда.

Его окликнули: не твоё, стой! — но он не послушался.

✳ ✳ ✳

Лучше и нельзя было придумать: он спал.

Он спал в таком месте, куда не достигнет ни одна вода.

Едва заснул, его, матерясь, потянули за ногу, но он отбрыкнулся, привстал на локте, забыл все слова и зарычал — отчегото это никого не удивило. Если б его спихнули на пол, он бы не проснулся. Его не спихнули.

Он не знал, сколько проспал, и ему никто никогда не сообщил об этом.

...Когда Артём проснулся, в камеру выставили ведро горячей воды.

Кружки у него не было, и он выпил последним то, что оставалось, подняв ведро.

Допил — и вдруг заметил, что его жар прошёл.

Вскоре пустое ведро забрали, зато втолкнули растерянного, раскрасневшегося — пуговицы до самого живота то ли расстёгнуты, то ли оторваны — Горшкова.

Артём долго тёр глаза, ничего не понимая.

Горшков сел на лавку, ровно напротив Артёма, поначалу не узнав его в полутьме.

— Принял отчёт? — спросил Артём.

Он так хорошо поспал, что на него напал весёлый стих.

А может, он просто наконец рехнулся.

— Что? — спросил Горшков, вглядываясь.

Ещё один заключённый внимательно смотрел на Артёма, — а это уже был Ткачук; тоже неожиданно.

— Закрой пасть, шакал, — велел Горшков.

— Гав, гав, — ответил ему Артём, улыбаясь, и направился к параше.

Ничего ещё не поняв, он уже о многом догадывался.

Казематная охрана между тем так и стояла на входе, спутав списки и никак не понимая, кого им нужно забрать отсюда.

— А, вот... чёртова фамилия. Горя... Горя?

— Горяинов! — подсказал Артём, с журчанием делая своё дело.

— Обоссался уже, — посетовал тюремщик, нетерпеливо звякая ключами.

По полу, наискосок, никого не боясь, пробежала крыса и не очень ловко вползла в стенную щель, хвост торчал так долго, словно она дразнилась.

Артём уже выходил, с трудом заправляя свои ватные штаны, а хвост так и не исчез.

На улице был день. Только неясно — тот же или уже следующий день.

Лагерники ретиво мели двор. Во дворе никто не курил и не галдел.

Навстречу из ИСО вышла Мари, увидела Артёма и несказанно обрадовалась, потом наконец догадалась, что его ведут под конвоем, и в той же мере удивилась.

— Куда его? — спросил дежурный.

— А я знаю? — сказал конвойный — по виду будто собирающийся сбежать при первой же возможности.

— Веди в секретариат, там разберутся, — сказал дежурный помощнику.

В ИСО тоже было непривычно тихо и пусто — то ли вообще никого не осталось в кабинетах, то ли все запечатали рты и закрылись.

— Горяинова сюда? — спросил помощник дежурного у секретаря — нервного парня, чуть косого и рано облысевшего: волос у него не было ровно до середины головы, а потом росли очень густо и высоко. От этого секретарь имел вид одновременно и учёный, и придурковатый.

Артёму он был незнаком. Что-то в лице секретаря было такое, что говорило о его недавнем приезде на Соловки. Здесь все были обветренней, взрослее. В глазах у всех здесь отражалось что-то соловецкое, особое.

— Пусть в коридоре... — сказал секретарь; видимо, полные фразы произносить ему было не по должности.

Артёма посадили на лавку в коридоре, помощник дежурного ушёл. Дверь в секретариат оставили открытой, и Артём мог видеть секретаря, а секретарь его.

Этажом выше кто-то пробежал. Этажом ниже зазвенел телефон, но голос человека, взявшего трубку, был не слышен.

Никто не охранял Артёма — он мог, например, пройтись туда и сюда. Ему так казалось. Но он сидел.

Секретаря вызвали в соседний кабинет, и он ушёл. На столе его остался стакан чая. Чай дымился.

Минут через десять раздались шаги — это шла женщина, и Артём эту женщину знал.

Это была Галя. Она была одна.

Артём встал и смотрел в её сторону. Выражение её глаз могло многое объяснить. Он всматривался, но ничего не понял, пока она не подошла.

Остановившись возле Артёма, еле слышно, почти одними губами, она очень быстро сказала:

— Наш побег вообще скрыли. В тот же день, как мы ушли, прибыла московская проверка, много арестов среди соловецких чекистов. Здесь чёрт знает что творится, — Галя смотрела вперёд, мимо Артёма, и только время от времени на миг переводила на него взгляд. — Ни в чём не сознавайся. Кивай на меня, где не знаешь, что сказать. Скажи, что работал на Эйхманиса и по его приказу перешёл работать ко мне. Скажи, что изучали географию и фауну, я вела записи, ты ни во что не вникал. Скажи, что уплыли всего на пятнадцать вёрст. Потом барахлил мотор, потеряли время. Потом обнаружили шпионов и доставили их сюда.

В глубине секретариата открылась дверь, раздался могучий мужской голос.

Галя спокойно пошла дальше.

Артём смотрел ей вслед. Она чувствовала это и дважды, не оглядываясь, жёстко сжала в кулак и разжала руку.

Это могло значить что угодно. Артём прочитал жест как: держись.

Секретарь вернулся и забрал чай. Наверное, он приготовил его не себе.

Артём почувствовал, что у него бьётся сердце. Так бывало в гимназии перед экзаменом.

"Странно, — думал он, — видимо, чувство страха не может быть больше, чем человеческое существо, если экзамен — это немногим более страшно, чем возможный расстрел. Те же самые мысли, те же самые жесты, та же самая тупость во всём теле..."

В дальнем кабинете обладатель мощного голоса начал диктовать. Застучала машинка.

Некоторое время Артём прислушивался. Потом встал и подошёл к дверям: ну да, из секретарской дверь вела в другой кабинет, без таблички, и то, что произносили там, звучало достаточно внятно.

— Комиссия предполагала найти в режиме Соловков, первого лагеря СССР, более или менее установившийся правопорядок, — диктовал голос. — Кажущаяся налаженность производства, трудоемкие работы, обширное жилищное строительство, наличие относительно солидных чекистских кадров — всё это как будто бы должно обеспечивать твердый, нормальный трудовой режим... На деле оказалось другое. На основании только добытых в процессе работы данных Комиссия приходит к заключению, что издевательства, избиения и пытки заключенных количественно уже перешли в качество, то есть в систему режима... — человек от души прокашлялся, печатная машинка бережно переждала кашель, — ...в качестве метода обследования лагерей Комиссией применялся личный опрос всех арестованных по следственным и дисциплинарным делам и заключенных в общих бараках, — продолжил голос. — Как твердо установленный факт необходимо констатировать общую запуганность заключенных: жалобы на жестокость режима удавалось получить исключительно в отсутствие администрации, давая гарантию, что избиений больше не будет.

Некоторое время была тишина, и Артёму показалось, что он слышит шелест бумаг.

— Объективная картина режима на Лесозаводе такова, — продолжил голос, — прежде всего Комиссией осмотрен карцер. Это дощатый сарайчик площадью в одну квадратную сажень, без печи, с громадными дырами в потолке, с которого обильно течёт вода, с одним рядом нар. В этом помещении буквально друг на друге в момент прибытия Комиссии находилось шестнадцать полураздетых человек, большинство из которых пробыло там от семи до десяти суток. Только накануне приезда Комиссии арестованным стали давать кипяток; ранее это считалось излишней роскошью. По поступившим жалобам Комиссией было опрошено восемь человек, туловища и руки которых были покрыты явными даже для неопытного глаза кровоподтёками и ссадинами от избиений. Характерно, что вызванный для освидетельствования избитых лекпом, авторитетно прикладывавший ухо к различным частям тела заключённых, оказался попом, осуждённым по 58/10 статьи УК. Он немедленно переведён на общие работы. Мотивы избиений — лёгкие дисциплинарные проступки, иногда — побеги и попытки к ним. Контингент избивающих — надзиратели, конвоиры, стрелки, десятники, комсостав охраны — в подавляющем большинстве из заключённых.

Артём слушал и смутно осознавал, что его почти ничего не может удивить из сказанного. А то, что за побеги не расстреливают немедленно, а могут посадить в карцер, — это даже успокаивало.

Кто-то поспешно спускался с верхнего этажа, Артём вовремя услышал. Он развернулся и встал у стены возле дверей в секретариат — скромный лагерник, ожидающий вызова.

Мимо прошли двое чекистов, сразу замолчавших при виде Артёма. Оба явно были не местные. Один — кудрявый, носатый, глазастый — так посмотрел на Артёма, что тот прекратил на всякий случай дышать.

Чекисты ушли — Артём тут же вернулся на место.

— Особенными зверствами на острове Революции отличался командир 5-й карантинной роты заключённый Курилко... — слышал Артём, — наиболее изощренные художества: заставлял заключенных совершать акт мочеиспускания друг другу в рот, учредил специальную кабинку для избиений, ставил голыми под снег, принуждал прыгать зимой в залив и прочее. Лишь в несколько более легкой форме проявили себя другие администраторы. Самое жуткое зрелище предстало перед членами Комиссии на командировке при станции Разноволоки. Несмотря на усиленную подготовку к приезду Комиссии — экстренное обмундирование ночью раздетых, вывод заключенных из карцера, уничтожение клопов при помощи пожарной команды и прочее, Комиссии удалось выявить настолько тяжелую картину общего режима, что невольно припомнилось излюбленное выражение знаменитого Курилко: "Здесь власть не советская, а соловецкая".

Артём усмехнулся: и он такое слышал не раз, и он.

— При освидетельствовании избитых обнаружены не только ссадины, рубцы, кровоподтеки, но и значительные опухоли, а у одного и перелом бедра... В карцере нет нар, сквозь крупные щели пробивается снег. Провинившихся держат в нем независимо от погоды от двух до пяти часов в одном белье. Выпускают только тогда, когда застывающие от холода жертвы начинают исступленно вопить. Один из заключенных в "кибитке" за несколько дней до обследования искромсал себе куском стекла живот. Заключенные в общих бараках также в отдельных случаях жалуются на избиения. Культивируется эта система пыток начальником изолятора, осуществляется надзирателями и конвоирами и поощряется начальником командировки, членом ВКП(б).

Артёму отчего-то казалось, что вот-вот речь пойдёт о чём-то, касающемся лично его, и вроде бы угадал, но не совсем.

— ...сотрудник ИСО Бурцев систематически избивал не только заключенных, но и сотрудников охраны лагеря; неоднократно верхом на лошади карьером объезжал лагерь, устраивал скачки с препятствиями, въезжал в бараки и на кухню, устраивал всюду дебоши и требовал для себя и лошади пробу обедов. Верхом на лошади Бурцев занимался и муштровкой заключенных, избивал их нагайкой, заставляя бегать. Несколько раз устраивал инсценировки расстрелов, в том числе выстраивал якобы для расстрела бывших сотрудников ЧК из третьей роты. Впоследствии был сам расстрелян без суда и следствия несколькими сотрудниками начсостава УСЛОН, в числе которых Горшков и Ткачук.

"…Каков Бурцев…" — с уважением подумал Артём.

— …Сотрудник ИСО Горшков понуждал к сожительству женщин, присваивал деньги и вещи заключённых. Каждая из склонённых Горшковым к сожительству женщин числилась у него под номером; по номерам же эти женщины вызывались на оргии, в которых принимал участие и сотрудник ИСО Ткачук, а также ряд других сотрудников. По данным делам привлечено и арестовано ещё три человека.

— О, голубчики, сейчас вас зажарят, — вслух сказал Артём.

— Командир двенадцатой рабочей роты Кучерава неоднократно избивал заключённых, восемь из них направлено в лазарет, два смертельных исхода. В пьяном виде отнимал вещи заключённых…

"Так, меня сосчитали или нет?" — размышлял Артём возбуждённо. Происходило что-то из ряда вон выходящее.

— …В четвёртом отделении СЛОН систематически избивали заключённых, часами выдерживали на улице и привязывали к столбу. Никто из обвиняемых до приезда Комиссии не был арестован. Дело предлагаю направить в Коллегию ОГПУ, — сообщил голос и отхлебнул чаю. — Дело надзорсостава командировки Энг-озеро Золотарева и его помощников, систематически истязавших заключенных, в результате чего зарегистрировано было три смертных случая. Все обвиняемые арестованы. Дело предлагаем направить в Коллегию ОГПУ, — ещё глоток чаю и, кажется, закурил. — Дело начальника командировки 63-й километр Парандовского тракта Гашидзе и 18 надзирателей-стрелков, дневальных и десятников: все — заключенные. Обвиняемые под звуки гармонии избивали заключенных валенками с металлическими гирями; загоняли раздетых заключенных под мост в воду, где выдерживали их по нескольку часов. Обвязывали ноги верёвками и волокли таким образом на работу. В виде особого наказания заставляли стоять в "параше". Одного заключённого избили до потери сознания и подложили к костру, в результате чего последовала смерть. Сам Гашидзе оборудовал карцер высотой не более одного метра, пол и потолок которого были обиты острыми сучьями; побывавшие в этом карцере в лучшем случае надолго выходили из строя. Отмечено несколько случаев прямого убийства заключённых в лесу. Несколько человек умерли в карцере. Многие, доведённые до исступления, кончали самоубийством или же на глазах у конвоя бросались бежать с криком "стреляйте" и действительно были застрелены надзором. Данное дело неоднократно сознательно откладывалось и лежало месяцами без движения и было скрыто от Комиссии; когда же члены последней узнали о его существовании, то им было заявлено сначала, что дело отправлено в Москву, затем — что оно находится у прокурора, и лишь теперь дело с обвинительным заключением поступило в Комиссию. Многие эпизоды дела явно смазаны, а часть обвиняемых во главе с Гашидзе находилась на свободе. По делу ведётся детальное расследование сотрудником ОГПУ.

"А вот такого я не слышал, — признался себе Артём. — Рассказали бы: не очень поверил бы... Гале потом перескажу. Пусть порадуется".

— Дело зам. начальника Секирского изолятора Санникова, ставшего инициатором ряда беззаконных и злоумышленных расстрелов заключённых. На сегодняшний момент установлено тринадцать случаев. По делу ведётся детальное расследование сотрудником ОГПУ.

"Не наш ли это... с колокольчиком?.. Вроде Галя его называла..." — мельком подумал Артём; сердце его забилось ещё чаще, ему неожиданно стало душно, он расстегнул куртку.

— ...Выявлено восемь случаев явно незаконного прекращения в дисциплинарном порядке дел с совершенно конкретно установленными случаями истязаний заключённых. Кроме того, восьми числящихся прекращёнными или переданными на усмотрение администрации УСЛОН аналогичных дел совершенно не оказалось в архиве... 15 июня сего года товарищ Эйхманис отдал распоряжение о производстве расследования по жалобам заключенных на избиения и об аресте виновных в случае подтверждения. Несмотря на то что виновность конвоира установлена, арестованы они до приказа Комиссии не были. Вместе с делами ИСО комиссией привлечено 74 человека, из коих арестовано 47, а об аресте остальных будет отдано распоряжение.

"Вот почему никого нет в ИСО, — усмехнулся Артём. — Их всех арестовали! Кто ж нас теперь стеречь будет?"

— ...Наше внимание, — безупречно, как монетный стан, чеканил голос, — фиксировалось главным образом на основных дефектах обслуживания населения лагерей и основных запросах и нуждах заключённых. Как повсеместное явление отмечена жалоба заключенных на отсутствие нормированного рабочего и выходных дней. Большинство работ СЛОН носит сезонный характер: лесоразработки, рыбные промыслы, дорожное строительство, сельское хозяйство и т.д. На этих отраслях труда нормировать рабочий день, особенно в связи со специфическими атмосферными условиями, представляется невозможным. Работа распределяется по урокам, причем о непосильной тяжести последних поступает масса заявлений. Выходной день соблюдается лишь на мелких кустарных производствах, — голос затих и одним громким глотком, словно глотка была лужёная, диктующий допил чай. — ...Определенную приказом по УСЛОНу норму продпайков можно признать по существу удовлетворительной, но благодаря злоупотреблениям или халатности обслуживающего персонала сплошь и рядом как система наблюдаются случаи недодачи пайков, изготовления крайне однообразной пищи. Культурно-просветительное обслуживание заключенных налажено в своей структуре удовлетворительно. Почти повсюду имеются красные уголки, очень приличны стенгазеты, читаются лекции на различные темы, но объекты обслуживания ввиду крайней тяжести работы не в состоянии заниматься культурным времяпрепровождением. Кроме того, культпросветработа в большинстве командировок явно не соответствует жестокости режима. Жилищные условия заключенных чрезвычайно тяжелы, ни о какой норме говорить не приходится, так как обитатели обследованных бараков из-за крайней скученности в большинстве спят, тесно прижавшись друг к другу. На постельные принадлежности нигде нет и намека. Вновь построенные бараки производят более благоприятное впечатление, но тем более резок контраст между ними и массой старых бараков. На всё население лагерей имеется всего лишь 28 врачей, сосредоточенных почти исключительно при стационарах отделений СЛОН. Квалификация лекпомов, несущих совершенно самостоятельную работу, недостаточно проверена. За два квартала сего года переболело 24,6 % населения СЛОН. Умерло за те же полгода 6,8 % населения.

"...Всё так, всё так, — шептал Артём, — давайте распустим этот лагерь, товарищ".

— В целях пресечения дальнейшего процветания жестокого режима и для улучшения быта заключенных Комиссией предприняты следующие меры, — двигался в сторону завершения своей работы голос. — Первое. Предложено немедленно ликвидировать систему заключения в неприспособленные, в том числе неотапливаемые, помещения. Второе. Предложено срочно оборудовать нарами и прочим все арестные помещения. Третье. Внесены в смету ассигнования на улучшение продовольственного и вещевого довольствия заключенных: имеются в виду постельные принадлежности и прочее. Четвёртое. Арестовано, как уже указано выше, 24 человека из состава администрации, надзора и охраны командировок. Пятое. Арестованы начальник отдела Труда и Учета, заведующий торговым отделом и начальник Дорстройотдела УСЛОН. Вносится предложение отстранить от должности помначальника УСЛОН. Шестое. Углубляется и развивается следствие по заведенным делам и начинаются новые. Седьмое. Проведена разъяснительная кампания среди партийной части работников УСЛОН. В результате энергичных мероприятий Комиссии системе истязаний заключенных пока положен предел.

— Тебе что здесь надо? — Артём дёрнулся, а что было дёргаться: и так всё ясно.

Перед ним стоял ещё один столичный чекист, гладко выбритый, красивый, с белыми зубами — того и гляди сейчас перекусит какую-нибудь важную жилу.

— Сказали тут стоять и ждать, когда вызовут, — смело соврал Артём.

На голоса выглянул секретарь.

— Кто это? — спросил чекист, кивнув на Артёма.

— Задержанный, сейчас будем разбираться, — отчитался секретарь.

— Какой задержанный — я сам приплыл, — огрызнулся Артём: услышанное им только что настраивало на определённый лад.

— Это из команды Горшкова? — в упор вглядываясь в Артёма, громко спросил белозубый чекист то ли секретаря, то ли обладателя мощного голоса и лужёной глотки из соседнего кабинета. — Того, что ушёл в море на прогулку, как только прибыла наша комиссия?

— Сейчас поймём, — раздался голос, на который даже оконные стёкла отзывались. — Веди его сюда.

Зайдя в кабинет, Артём в некотором замешательстве начал искать обладателя несокрушимого баса, но здесь был только тщедушный человек полутораметрового роста, к тому же нестриженый, в очках, с лохматыми бровями.

— Где ваши документы? — спросил он. Голос принадлежал ему. Он украл этот голос или поймал в силок, а потом приручил, как хищника. Теперь голос служил ему.

— Какие? — переспросил Артём.

— Командировочные, — таким голосом можно было колоть орехи.

— Спрашивайте у Галины. Все были у неё, — поспешно отвечал Артём, сам себя уговаривая не торопиться.

Белозубый о чём-то поинтересовался у секретаря и вскоре вошёл вслед за Артёмом.

Секретарь тихо, но плотно прикрыл дверь к ним.

— Откуда такая куртка? — спросил белозубый. — ИСО?

— Рядовой заключённый двенадцатой рабочей роты, — отрапортовал Артём и тут же спутал, сам не зная зачем, следы. — Был временно переведён во вторую.

— Что-то я не видел у рабочей роты таких курток. Ничего не путаешь, сынок? — то ли издевался, то ли нет белозубый.

"С чего я тебе «сынок», — быстро подумал Артём. — Не уверен, что ты мне даже в старшие братья годишься..."

— Награждён товарищем Эйхманисом за образцовую работу, — сам от себя не ожидая, наврал Артём. Что-то ему подсказывало, что так будет лучше. Да и что было сказать: куртку выдала Галина в день побега?

— И что ж ты наработал?

— Занимались при товарище Эйхманисе изучением географического ландшафта, флоры, фауны, — отчитывался, как карты выкладывал, Артём.

На кону стояла жизнь.

— А куда плавали с сотрудницей ИСО... как её тут... — заговорил полутораметровый с лохматыми бровями, направляясь за свой стол. Артём медленно перевёл на него взгляд и не понял, уселся ли он уже за стол или так и стоит там. Характерно, что носителю лужёной глотки рост его, кажется, не мешал — для полного мужского самоощущения ему вполне хватало голосовых связок и маузера на боку.

— Остров в пятнадцати верстах от лагеря... — ответил Артём.

— Цель путешествия? — теперь говорил только голосистый.

— Насколько я понял, составление и уточнение карт Соловецкого архипелага, — твёрдо отвечал Артём.

— Как обнаружили иностранных граждан? — малорослый закурил папиросу, показавшуюся очень большой рядом с его маленькой головой.

— Они развели костёр на острове, мы заметили.

— Они пытались оказать сопротивление?

— Нет, один из них, мужчина, был без сознания. Простыл, в бреду лежал. Но оружие у них было. Мы изъяли.

— Вы говорили с ними? — пепел малорослый стряхивал куда-то прямо в бумаги на столе.

— Нет. Они не владеют русским, а мы — иностранными языками.

Белозубый тоже подошёл к столу, встал за спиной своего малорослого товарища, посмотрел на бумаги — видимо, ему было можно. Обладатель голоса оглянулся назад. Белозубый кивнул вопросительно: мол, что?

— Да по бумагам всё верно, — сказал малорослый, оборачиваясь к столу. Когда он опускал глаза, брови свисали так густо, как если бы несколько лохматых, медленных пчёл сидело у него в районе надбровных дуг.

* * *

Его всё равно отправили назад: "Пусть пока посидит, — велел голосистый, вставая из-за стола в поисках пепельницы, которую сам же оставил на маленьком монастырском подоконнике, — а то вдруг опять уплывёт... Дело его разыщите мне! — велел секретарю. — Все приказы о внутренних переходах. Надо понять, чем они с Эйхманисом занимались... а то флора..." — и он захохотал так громко, что дрогнула ложка в стакане чая.

В камере стоял едкий, приторный запах пота.

Горшков и Ткачук часто отходили в угол и там то бубнили, то стояли молча.

Ткачук сутулился и много чесался.

Здесь вместе с Артёмом сидело десять человек, но лежанок имелось восемь, в итоге на двух местах спали по очереди.

Артём, хоть и занял чужие нары, ни в каких очередях не участвовал, а просто ложился на то место, куда упал, едва вошёл, и даже не стал разбираться, кто тут спал до него.

Наверное, такой зачин сразу же дал ему ощущение наглости и задора. Услышанное в секретарской утвердило в этом настрое.

Кучерава — он тоже был здесь — почти не вставал и выглядел так, словно его уже которые сутки не отпускало тяжелейшее похмелье. Морду имел опухшую, уши обвисли, щёки обвисли, нос обвис. Воды пил кружек по десять, пока не гнали от ведра.

Тут вообще никто никого не уважал.

Секирский звонарь оказался самый неугомонный: в отличие от остальных, ему всегда было жарко, он ходил в одной цветастой рубашке, как если бы его забрали со свадьбы, и делал такие движения лицом, словно у него по затылку ползала гусеница, но сбросить её невозможно.

Он заглядывал всем в глаза, иногда останавливался возле Горшкова и Ткачука, но те не говорили с ним.

Когда он подошёл к Артёму, тот бодро поинтересовался:

— Санников?

Звонарь вздрогнул:

— Так точно, да. А вы, позвольте?

— А где колокольчик? — спросил Артём, не отвечая на вопрос. Он твёрдо чувствовал, что ему ничего не стоит убить этого человека прямо сейчас, желательно задушить.

Санников что-то такое стал делать щеками, словно не мог с ними совладать.

Артём отвернулся.

— Не сметь! — сказал Санников ему в спину.

Ещё с час Санников не мог успокоиться и всё ходил туда-сюда, кося́сь на Артёма, пока его не вызвали на допрос.

— Динь-динь! — сказал Артём ему вслед.

— Я за тобой ещё вернусь, — пообещал тот взъярённо.

Артём с необычайным легкомыслием ему подмигнул: мол, жду.

Каждый здесь хотел верить, что скоро именно его выпустят: разобрались и хватит.

Никакой солидарности никто ни с кем не проявлял: даже Ткачук с Горшковым с каждой минутой общались всё труднее и нервозней, будто каждый из них подозревал, что попал сюда из-за другого.

В конце концов Ткачук нахамил Горшкову, припомнив ему баркас, — Артём расслышал.

— Надо было норвегам сдаться, — проявил неожиданный для него юморок Ткачук. — Сказать им, что ты жертва большевистского режима. Тоже бы книжонку написал там с разоблачениями... "Красная каторга", бля.

Одного Артём пока не понял: с надуманной инспекцией Горшков отбыл, или решил в октябре порыбачить, или уехал, не озаботившись поиском подобающей причины. Ткачука он в любом случае с собой не позвал, предпочитая спасаться в одиночку.

"...Из-за куртки, что ли, меня поместили в такую компанию?" — размышлял Артём: на фоне того, что он услышал в секретарской, цена его морской прогулки уже не казалась столь ужасной.

Прошло всего ничего, а он сам вполне искренне уверил себя, что никуда они с Галей не собирались, а только, ну да, составляли карты и кружили по островам неподалёку от лагеря. Вера эта была с оттенком душевного неистовства, но очень помогала успокоиться, почувствовать себя твёрже.

К тому ж всё не Секирка здесь, всё не Секирка.

Ещё Артёма подогревало чувство неожиданно осознанной силы среди всего этого подлого сброда.

Огромный Кучерава обернулся постаревшим и больным дядькой, вечно что-то пришёптывающим. Артём поймал себя на мысли, что до сих пор видел бывшего командира роты только в двух состояниях: пьяного и с похмелья. А тут просто другое существо: трезвое и без папирос. Кучерава клянчил покурить у надзирателей, один раз его угостили папироской, затем перестали отзываться.

Надзиратели никакого понимания к сидельцам не выказывали — старались вообще не общаться, как с прокажёнными.

Выяснилось, что все тут привередливы в еде: то, что Артём привычно и вдохновенно пожирал, им было в новинку. Принюхивались, приглядывались, гоняли ложкой туда и сюда сопливую крупу по тарелкам, Кучерава разговаривал с предназначенной ему пищей, Грошков сглатывал, зажмурившись. Ткачук выплёскивал порцию в парашу, тарелку бросал к дверям.

Вечером вернули Санникова, он ни на кого, тем более на Артёма, не смотрел, шмыгал носом, много и часто моргал.

Трижды за полчаса сходил на парашу и всё пристанывал там от своих неудач.

В очередной раз на ходу поправляя штаны, затеял с первым подвернувшимся собеседником беседу:

— Они, думаю, забыли, что есть такая штука, как революционная целесообразность. Придётся им напомнить.

Но голоса ему не хватало: и первая же фраза, начавшаяся самоуверенно и жёстко, к своему финалу доползала еле-еле, едва не опадая в фальцет: чтоб спасти положение, Санников затеялся кашлять и вскоре полез на свои нары.

Артём не выдержал и, поднявшись, встал возле нар Санникова, ничего не говоря и разве что не насвистывая. Звонарь отвернулся к стене.

Подзуживало надерзить хоть кому-нибудь здесь. Самоуверенность Артёма не имела никаких разумных объяснений — тем не менее никто не желал связываться с этим приблудным бродягой.

Разве что Ткачук представлял опасность — хотя бы в силу своих объёмов, — но к вечеру он всё больше спал или пытался заснуть.

Камера была полна крыс — их даже на кухне в таком количестве не водилось — видимо, здесь особенно пахло помойкой, разлагающимся мясом, трусом, мерзостью.

Ночью истошно завизжал Санников — крыса начала отгрызать ему ухо.

Спрыгнул вниз, держал ухо в кулаке — оно кровоточило.

…Артём проснулся с утра тоже не один, а с соседкой: та мирно сидела рядом, прямо на нарах, смотрела глазком, шершавый хвост лежал недвижимо.

Он совсем не испугался.

По старой привычке Артём прятал с обеда хлеб и тут что-то расщедрился: тихо, чтоб не напугать крысу, достал его из ватных штанов, накатал два шарика.

“Вот. Только не кусай меня за ухо, прошу”.

Та степенно приступила к трапезе: по-крестьянски, не суетясь, разве что не перекрестилась. Во всяком движении её сквозило достоинство и точность. Она никуда не торопилась и ничего не боялась.

— Научи меня жить, крыса! — с тихой улыбкой попросил Артём.

Похоже, крыса была беременной: огромное крысиное пузо топорщилось.

* * *

После обеда вызвали Кучераву.

Он встал посередь камеры — и стоял так, словно тут же забыл, надо ли ему идти или он уже вернулся.

Красноармейцы вытянули его наружу. Кучерава шёл, далёко отставляя назад голову. В камере осталась больная вонь после его ухода.

Зато привели старого знакомого, Моисея Соломоновича.

Он не был настроен петь, как в былые времена, и пребывал в некотором неврозе.

К нему обратились за лагерными новостями, но ему нечего было рассказать; или же Моисей Соломонович по какимто причинам не желал делиться своим знанием.

Он почти не изменился: то же самое длинное лицо, тот же крупный, похожий на коровий язык и глаза навыкате — только теперь Моисей Соломонович носил очки, брови у него расцвели попышней, и в ушах тоже выросло много волос. За эти волосы он себя изредка трогал и пощипывал.

Никакой необходимости в общении с ним Артём не испытывал, но Моисей Соломонович сам искал возможности высказаться.

— Артём, — сказал он, присаживаясь на краешек нар, — здравствуй.

— Какими судьбами, Моисей Соломонович? — спросил Артём, растирая лицо ладонями.

— Вы сохранили возможность улыбаться, — сказал Моисей Соломонович проникновенно, хотя никто тут вроде бы не улыбался.

Через несколько минут Артём уже знал, что Моисей Соломонович — ответственный хозяйственный работник, по крайней мере был им ещё с утра, сидел в административном корпусе, в личном кабинете — "...ну, как кабинет — комнатёнка, душно...", "...душно — значит, топят", — решил Артём, но смолчал. Сюда Моисей Соломонович угодил по своим многотрудным бухгалтерским делам.

Смысл разговора Артёму стал понятен с первого слова: испуганный человек прокручивает в голове свою правду, готовясь принести её на ближайший — в данном случае второй допрос, — и желает проверить, насколько убедительна эта правда или сказка, её подменяющая.

— Вы свободно себя ведёте и на всех них не похожи, — быстро прошептал Моисей Соломонович, указав глазами по сторонам, — и снял очки и начал протирать полой пиджака, будто пытаясь скрыть тот факт, что указал на остальных узников.

— Я так и не понял, вы в своё время пошли по административной части или нет? — вдруг спросил Моисей Соломонович. — Я вас очень мало видел.

Артём присел на своих нарах — всё-таки лёжа разговаривать неприлично — и теперь смотрел то на очки собеседника — одна дужка была подвязана верёвочкой, — то на его пиджак, тоже видавший виды, настолько видавший, что в его ношении чувствовалась некоторая нарочитость. Ничего не отвечая, Артём многозначительно покачивал головой: я пошёл, да, по административной части или, может быть, нет, не пошёл, но я много ходил, много и далеко.

— Вы знаете, всё, всё опять будут сваливать на евреев, — не дождавшись ответа и не огорчившись по этому поводу, шептал Моисей Соломонович, — но товарищ Глеб Бокий, который всем этим руководит, — и Моисей Соломонович, быстро надев очки, сделал неширокий жест руками, словно Бокий руководил жизнью их камеры, — я знаю из отличных источников — русский дворянин. Товарищ Эйхманис — наполовину латыш, наполовину русский, это тоже всем известно. И они оба крещёные. Товарищ Ногтев — тот само собой —

русак, у него на лбу написано. Здесь имеется, да, товарищ Френкель — еврей, и видный еврей, выдвиженец товарища Эйхманиса, начальник производственно-эксплуатационного отдела, но ведь он — из заключённых. А что мы видим? Едва начались задержания — и обоснованные, мы же понимаем, задержания, — тут же первым делом пожалуйте, Моисей Соломонович, за решётку! Дважды посадили в тюрьму, Артём! А то и трижды! Сначала мы угодили в Советскую республику. Этого показалось мало, и нас спрятали в Соловки. Но и Соловки оказались недостаточны для Моисея Соломоновича — и внутри нашли ещё более надёжную тюрьму, эту камеру! А я всего лишь пытался свести концы с концами их неразумного хозяйствования!

Артём пожал плечами. Удивительным было и то обстоятельство, что этот человек говорил о себе так, словно на Соловках сидел он один, а, к примеру, все остальные здесь находящиеся — как бы и нет; и то, как Моисей Соломонович изменился за прошедшее время: Артём помнил его непрестанно поющим, блатные называли его "опереткой" — кто бы мог подумать, что "оперетка" окажется способен к столь широким обобщениям.

Артём достал хлеб, оставшийся от кормления крысы, и скатал пяток шариков себе. Отправлял их в рот по одному.

— А какое тут было хозяйствование — вы и сами понимаете? — и собеседник смотрел на Артёма поверх очков, Артём же думал, что Моисею Соломоновичу нет никакого дела до того, понимает он или нет, а просто нужно правильно расставить слова в своей речи. — Иначе здесь и не могло случиться: всеми производствами руководили бывшие белогвардейцы, каэры, всюду, простите, попы — как будто нарочно всё так подстроили, что отдали хозяйствование в самые ненадёжные руки. Я товарищу Эйхманису докладывал об этом, направлял записку. Просил на допросе, чтобы эту записку нашли и подшили к делу, но... там сейчас много дел и без меня.

Моисей Соломонович долго, хотя несколько путано, описывал производственную соловецкую круговерть, подробно объясняя, как было провалено кирпичное дело: материк вернул тонну соловецкого кирпича, потому что тот оказался непригоден для стройки, — и кирпичное дело пытались спасти за счёт неразумного лесопользования, избыточные доходы которого шли на многочисленные питомники, куда товарищ Эйхманис привозил редких зверей, впрочем, как правило, отказывавшихся размножаться в неволе... Обувная фабрика выпускала брак, соловецкий журнал с подпиской по всей стране оказался убыточным, даже объёмы рыбной ловли — и те упали...

— ...Это не хозяйствование, а череда провалов! — всё более горячась, утверждал Моисей Соломонович, как-то по-особенному, округло, выделяя букву "в".

— Врёшь! Врёшь! Многое было сделано, контра. Тебя бы первого хлопнуть надо! — глухо пролаял сверху Горшков, подслушавший разговор.

Моисей Соломонович стремительным движением снял очки. Он будто верил, что если ему без очков видно плохо — то и его самого не заметят.

Горшков торопливо слез с верхних нар, желая потрясти Моисея Соломоновича за грудки, но увидел Артёма, который только и дожидался чего-нибудь такого, и просто выложил свои матерные запасы, ругаясь гадко, обильно, натужно.

Артём слушал, раскрыв рот, а потом начал кривляться лицом, дразня Горшкова и как бы дирижируя его речью при помощи гримас, языка и носа.

Горшков, побагровев, устремился к дверям, будто собираясь уйти. Погрохотал своими костями там о железо и, кося припадочным глазом, вернулся назад, к маленькому зарешеченному окошку, до которого не доставал: пытался надышаться.

Ещё несколько минут от Горшкова во все стороны шёл жар: как если бы он был кастрюлей с кипящим, но уже прокисшим борщом.

Моисей Соломонович пересел на место отсутствующего Кучеравы и затаился.

...До ужина Артём подрёмывал: ему всё время снилась холодная, просоленная вода, и он испытывал ровное и тёплое удовольствие от того, что больше никуда не плывёт.

— А чего Кучерава? — спросил Ткачук надзирателей, внесших чан с баландой. — Отпустили?

— Кучераву закопали уже, — ответили ему.

Все замолчали.

За минуту словно бы изменилась температура в камере.

Ели медленно, стараясь не издавать никаких звуков.

Кончились любые разговоры, каждому осталось его тягостное одиночество.

У Санникова длинно запели в животе кишки.

Артём вдруг понял, что у него тоже кончились силы на злорадство. Его вдруг охватило мутное томление.

Сначала дожидался своей очереди на Секирке — но там всё ясно: дальний изолятор, простые лагерники — кому они нужны, выкоси половину, новые вырастут. Но теперь попал сюда — и всё заново.

Кто мог предположить, что администрацию тоже будут отщёлкивать.

...Артём лежал, и тело его маялось. Появилось ощущение, что кости стали ломкими, слабыми — ничего такими руками не схватишь, далеко на таких ногах не уйдёшь, шея голову не держит.

Он улёгся набок, лицом к стене — с намерением уснуть, но лежал бессонно, скучно уговаривая себя: может, всё-таки встанешь? Ещё как-то поживёшь? Насладишься напоследок?

Всё это было глупо: насладиться — чем насладиться? Брожением по камере среди дурно пахнущей мрази?

"Неужели тебя зароют с ними заодно, Артём? В одну могилу? У нас будут общие черви?" — спрашивал себя непрестанно.

Он думал, что хоть тут, среди чёрных околышей, всё будет понарошку, а оказалось — и для них всё по-настоящему.

"Сколько же раз меня убивали? — слёзно жаловался Артём. — Не сосчитать! Меня зарезали блатные. Меня сгноили на баланах. Меня забили насмерть за чужие святцы. Меня закопали вместе с заговорщиками. Меня застрелили на Секирке. Меня затоптали лагерники, не простив изуродованный лик на стене. Меня ещё раз застрелила в лодке Галина. Меня утопило море, и то, что мама гладила по голове, съели рыбы. Я медленно умер от холода и от голода. С чего бы мне опять умирать? Больше нет моей очереди, я свою очередь десять раз отстоял! Господи!"

Не увидел, не услышал, а каким-то озверевшим чутьём почувствовал, что опять вернулась крыса. Открыл глаза: да, тут.

Хлеб с ужина был при себе — Артёму вообще есть не очень хотелось последние дни: он питался по привычке, впрок, не думая, хочет или нет.

Бросил крысе весь кусок: жри, тебя-то никто не расстреляет.

Закрыл глаза. Крыса разумно управилась с угощением: что-то съела, остальное унесла.

Артём слышал её копошение, но глаза не открывал.

Мысли его начали путаться, он засыпал на минуту-другую-третью, вздрагивал, просыпался, открывал глаза, пытался вспомнить, о чём только что думал, ничего, ничего, ничего не помнил...

...В очередном мгновенном сне вдруг увидел сам себя сверху: он был обнажён — хотя так и спал в тюленьей куртке и ватных штанах, от жары не уставая.

"Надо возвращаться назад, сейчас моё тело проснётся", — просил себя Артём и старался упасть в свою плоть, в свой скелет, неловко валясь спиной назад, рискуя не попасть, промахнуться, — одновременно ему мешало и мучило другое кромешное ощущение, он никак не мог рассказать о нём вслух, будто на этих словах окончательно онемел.

Наконец, совершая неимоверные усилия, сказал, выдавливая из себя, как из камня, каждое слово:

— Бог здесь голый. Я не хочу на голого Бога смотреть.

Бог на Соловках голый. Не хочу его больше. Стыдно мне.

...Упал в собственное тело, очнулся, поймал себя на том, что видел не Бога, а собственного отца — голым — и говорил о нём.

Зажмурился, зарылся подбородком в свою куртку, снова уполз в свой полуобморок.

Было заполошно, было нервно.

Бог отец. А я отца убил. Нет мне теперь никакого Бога. Только я, сын. Сам себе Святой Дух.

"...Пока есть отец — я спрятан за его спиной от смерти. Умер отец — выходишь один на один... куда? К Богу? Куда-то выходишь. А я сам, я сам спихнул со своей дороги отца и вот вышел — и где тот, кто меня встретит? Эй, кто здесь? Есть кто?.."

Прислушался сквозь ночной, дремучий сон: никого.

"Бог не мучает. Бог оставляет навсегда. Вернись, Господи. Убей, но вернись".

Покаяния отверзи мне двери, Жизнодавче.

Бесшумно появилась даже не рука, а огромный палец — и раздавила клопа.

* * *

Под самое утро Артёму явился ангел — положил руку на грудь и пообещал, что всё будет хорошо: ничего с тобой не случится.

Вернее, он ничего не обещал, и лица его Артём не видел — но знал точно, что это вестник, пришедший сообщить: судьба твоя пока ещё тепла, милый мой.

Артём проснулся, почувствовал на груди, ровно посередине, горячий след — и заснул несказанно крепко и спокойно — он так даже на Лисьем острове не спал.

Открыл глаза — камера показалась большой, солнечной, просторной. Внутри сердца была неслыханная свобода.

Ничего не придумывая нарочно, движимый стихийным чувством дерзости, Артём рывком встал с нар — было, наверное, около шести утра — и в два шага оказался у нар Санникова.

Сложив губы бантиком, Артём изобразил истошный звонок прямо в ухо спящему:

— Бзззззззззиннннь! Динь-динь-динь! Санников! Пора на урок! На выход с вещами!

Санников вскочил, как ошпаренный.

— Нет! — возопил он неистово.

— Собирайся! — весело и задорно командовал Артём. — Тебя черви ждут, оголодали. В лоб — бах! — и Артём сильно ткнул Санникову пальцем в лоб. — Голова напополам, налетайте, мухи, вам чекистскую башку вскрыли, как консерву!

Санников, вытаращив глаза, смотрел на Артёма, никак не в состоянии понять, что такое здесь творится.

На остальных нарах проснулись остальные помятые узники — но никто всерьёз не решился подать голос, сказать хоть слово Артёму: бешеная улыбка на лице, страсть остервенения и вседозволенности — со всем этим не стоило связываться. Каждого за ночь подъела собственная неугомонная лихорадка.

Артём кружил по камере, как шмель, зудя и досаждая всем.

В шесть скомандовали подъём, потом принесли парящий кипяток, Артём забрал кружку у одного из чекистов — кажется, это был тот самый Гашидзе, про которого упоминал голосистый чекист в своём докладе, — встал самым первым, неспешно начал пить, не отходя от ведра, нарочито мешая другим. Гашидзе, скалясь, молчал, изредка поглядывая в ведро.

Санников вообще не вставал, а, ёрзая на своих нарах, дожидался, пока Артём напьётся.

Но так как Артём никуда не собирался, даже уступив, наконец, остальным возможность набирать кипятка, Санников решился подняться и, прячась за спинами, передал кому-то кружку: налейте, будьте добры. Артём кружку перехватил — "...а дайте я" — и, сделав три шага, забросил её в парашу.

— Чёрт! — крикнул Санников. — Это что? Это моя кружка? Это что?

— Пить? — спросил Артём; быстрым движением забрал у Гашидзе недопитую кружку и с натуральным удовольствием плеснул кипятком Санникову в поганое лицо.

...Так начался день.

Зазвенели ключи, дверь открыли, чтоб забрать ведро, кстати, увели ещё одного чекиста. Тот торопливо собрался и не вышел, а почти выбежал. Никто вослед ему не смотрел.

Улегшись на своё место, Артём весело давил на ближайшей стене клопов — все были насосавшиеся, после каждого оставалось грязное кровавое пятно.

— Санников! — негромко давал Артём клички клопам. — Куда ты, голубчик! Дзииииинь! Слышишь, тебя зовёт колокольчик под дугой! Дили-дили-дон! Свершается акт революционного правосудия! Пли! Тьфу, какая мерзость... Следующий! Горшков? Смирно! Выше подбородок! Где ваш форс, чека? То-то! Вам в голову, в живот? Как пожелаете! Из винтовки или нагана? Оп! Бах! Секундочку, не добили. На бис! Пли!

— Прекрати, гадина! — взвыли сверху.

Артём изо всех сил пнул ногой в нары над собою.

...Ближе к обеду, когда Артём наигрался и умолк, подрёмывая, к нему подсел Моисей Соломонович и быстро прошептал:

— Они вас собираются задушить. Все вместе.

Артём вместо ответа хохотнул.

К их нарам тут же подошёл Ткачук, хмуро глядя на Моисея Соломоновича.

— ...И ведь не только хозяйственная работа, — якобы с середины фразы, продолжил тот. — Мне пришлось принять участие в образовательной деятельности. Мало кто знает, что здесь имелось восемь школ, двадцать два ликбеза, двенадцать профкурсов, восемнадцать библиотек, включая передвижные. Кому пришлось обеспечивать необходимым имуществом и питанием всё это? Моисею Соломоновичу!

— Чего встал здесь, мотня лошадиная? — спросил Артём Ткачука.

Ткачук хоть и похудел, но по-прежнему был вдвое здоровей его и вообще всех в камере.

— Я тебе сейчас... — сказал Ткачук, с места, впрочем, не сходя.

Моисей Соломонович снова поспешно снял очки.

Артём нарочно не вставал — иначе было бы слишком заметно, что он на полторы головы ниже этого мерина.

Разве что Ткачука покачивало — руки его дрожали; и это обещало некоторую фору.

В камере имелась одна табуретка и один столик — но и то, и другое было привинчено.

Прислушавшись к себе, Артём осознал, что категорически не боится.

И ничего не случилось: Ткачук поскрипел зубами, харкнул на пол, отошёл.

— Ты бы ещё нассал здесь, мерин, — сказал Артём; Моисей Соломонович смотрел на него умоляющими глазами.

...На обед была гречка, заодно вернули того самого проштрафившегося чекиста, которого забрали утром.

Настрой в камере сразу изменился: вот ведь не убили — отпустили назад, хоть и совсем измятого, битого, перепуганного и отчего-то мокрого: водой, что ли, поливали.

Вернувшийся забился в угол, его колотило.

Когда через полчаса попросил попить — ему сразу поднесли в кружке недопитой воды.

Попытался рассказать, что было, — все ждали хоть каких-то вестей, — но рассказ не получился, споткнулся на первом же воспоминании о допросе:

— ...Кричали: "Стреляй ему в лоб, стреляй ему в лоб!". Достали наган — тыкали в лоб и кричали...

На лбу у него действительно была кровавая ссадина.

— Я им всё сказал, а как? — скороговоркой признался вернувшийся. — Всё. Но я выполнял директивы, всего лишь директивы. Вопрос: кто им — им! — мог дать такие директивы против нас?

...Это всё равно как-то обнадёжило местных. Кричать "Стреляй в лоб!" — и действительно стрелять в лоб — разные вещи.

Артём со скуки — и чтобы позлить человеческую скотину — мерил камеру по диагонали взад-вперёд. Получалось девять шагов. На очередном повороте заметил, что путь, по которому ходит, по-иному отсвечивает: пол в этом месте натоптали такие же неугомонные узники, как и он.

Вспоминал, вперемешку, стихи и молитвы, которые должен бы знать, но, жаль, не знал до конца.

"...Раскаивался я и в том, и в этом дне! Как бы чистилище работало во мне!.. С невыразимою словами быстротою... я исповедовал себя... перед собою..."

...Делал дюжину проходов, незаметно переходил на новые строчки: тем более что сроду Артём ни в чём не раскаивался, и умения этого не имел, и слова, которые неведомо как запомнил наизусть, не значили для него ничего.

"...Мерещится, что вышла в круге снова... вся нечисть тех столетий темноты... — Артём разворачивался на каблуках, пришёптывая: — Кровь льётся из Бориса Годунова... у схваченных... ломаются хребты..."

Некоторое время гулял с нечистью на устах, хрустя словом "хребты", как сахаром. Всё косился на Горшкова, но тот лежал, закрыв глаза. Вдруг менял стихи на куцые обрывки того, что слышал на скучных ему церковных службах или от давно перемерших бабок своих.

"...В вышних живый, Христе Царю... на страсти вельми подвизался еси... спасай нас молитвой твоей, Серафиме... вся тварь Тебе служит... Ты бо еси Спас..."

И снова разворот.

И снова про тварь и спасение.

Моисей Соломонович прислушивался к его бормотанью, склонив голову, и сам иногда начинал шевелить губами, словно готовясь помочь, подпеть, но именно этих слов не знал.

Камерники сначала косились на Артёма, ожидая новой его злой забавы, потом привыкли.

Кто-то даже сказал вслух, надеясь на понимание остальных:

— Варёной картошечки бы с лучком.

Чтоб хоть как-то успокоиться, человеческая скотина понемногу начала вспоминать, естественно, про жратву, какую поглощала в былые времена.

В камеру поплыли расстегаи, отбивные, киевские борщи, котлеты, копчёные рыбы, заливное, потроха, рёбра и хрящи.

Слез с нар, как с гор, Гашидзе, принеся только что зарезанного молодого ягнёнка.

— ...Рябчика зажарил в коробке из-под монпансье... — рассказывал тот, которому два часа назад целили в лоб: он всё промокал ужасно грязным платком свою жидко кровоточащую ссадину.

Моисей Соломонович запеть не запел, но, не сдержавшись, начал выводить какую-то мелодию носом, в одну ноздрю.

— А помню, в империалистическую войну, были в окружении, — перебил его Ткачук, — лошадь покалечилась, а зима была, — мы её тут же и зарезали. Руки отогрели в животе, освежевали, поделили... А как готовить? Пошли в избу, где ночевали. Котелок набиваешь кониной, ставишь в вытопленную печку — утром варёное мясо готово. Оно волокнистое и пахнет — зато если крупно посолить, то...

Артём ещё некоторое время не останавливался, но про стихи, намешанные с молитвами, забыл и даже заслушался, не очень помня, что рассказчики за свою не столь уж долгую жизнь человечины перевели не меньше, чем конины, говядины и ягнятины.

То ли от этих разговоров, то ли от долгой и монотонной ходьбы закружилась голова, и Артём улёгся на свои нары.

Будто привлечённая беседой, явилась Артёмова крыса — он уже привык к ней и к приходу готовился. В обед отсыпал себе гречки, безо всякой брезгливости спрятал в карман куртки: теперь порылся там, собрал в щепоть, донёс раз, донёс два, угощайтесь.

Оглянулся: Ткачук смотрит на Артёма прямо и непонятно — но точно без злобы.

Разглядывая крысу, её движения, её чёрный, умный глазок, Артём отчего-то вспомнил Галю — где она? А вдруг её тоже арестовали? Вдруг её бьют?

"Нет, — ответил себе Артём, — нет. Всё с ней в порядке. Я бы знал".

Не то чтоб она была важна ему — Артём воспоминаний о ней не хотел, и всё его чувство к Гале повыдуло на морских ветрах.

Никто не ждал, но в тот же вечер забрали Ткачука, Гашидзе и того, кто жарил рябчиков.

— Меня только сегодня допрашивали! — вскрикивал он. — Сколько можно!

— Ткачук! — окликнул Артём, оживившись и улыбаясь в своей новой манере.

Тот шёл последним, медля — кажется, не хотел оглядываться, но против воли обернулся. Глаза были почти совсем пустые — но ещё искавшие любой надежды.

— Земля пухом! — пожелал Артём без жалости и стыда.

У Ткачука оборвалась какая-то последняя жилка внутри, и он только сморгнул.

В камере стало просторно, хорошо.

Никто не вернулся.

✳ ✳ ✳

Новую ночь он спал крепко и, что его задушат, не боялся вовсе. Ещё с Ткачуком они бы справились, а без него — кто тут?..

"...Что-то было важное и одновременно стыдное в тех словах, которые Ткачук говорил последними: про конину, запечённую в горшке..." — понемногу просыпаясь, думал Артём. Это было первой его утренней мыслью.

Оставалось, чувствовал он, минут семь до подъёма и кипятка — в коридоре слышались голоса надзирателей и стук полного ведра о стену.

В камере было тихо, никто даже не храпел.

— Санников! — гаркнул Артём с места. — На исповедь! Причащаться! Собороваться! Дзиииинь! Санников, кому сказал! Отставить спать, саван уже пошили! Рябчиков зажарили, ягнёнка зарезали, конину спекли — теперь тебя будут жрать, плотва белобрысая.

Настырный голос Артёма разбудил всех разом — кто-то вскочил, кто-то, на этот раз бешено, но безадресно, заматерился, кто-то замычал от ужасной боли в голове... Санников зарыдал. Рыдал и драл отросшими ногтями своё лицо. Ему не хватало воздуха, и он разорвал свою рубаху — рррраз и два — повисли цветные лоскуты.

Артём с интересом смотрел на это снизу.

— Ну вот, дождался взаимности, — сказал, — а то как гимназист за тобой ухаживал. Штаны на себе рви теперь.

У Санникова глаза были огромные, слегка невменяемые, шея жилистая, кадык ненормально большой, щёки впалые, иезуитские, губы влажные, всегда чуть приоткрытые, уши большие, тонкие, брови почти не росли, лоб грязный, неровный — казалось, на него налипла пыль или песок.

"И в то же время в детстве он наверняка был милейшим чадом — хулиганистым большеглазым пареньком", — отстранённо думал Артём.

— Как всё-таки неповоротливо звучит, — добродушно делился со всей камерой своими размышлениями. — Послушайте: "Приговор приведён в исполнение". Посмотришь, к примеру, на Санникова — и пытаешься примерить к нему эту фразу — ну, буквально как галстук на шею повязываешь: "Приго-о-о... вор!.. приве-е-е... дён!.. в испо-о-о... лне! ни! е!" Или, — Санников, слышишь? — такое ощущение, как будто червь ползёт по животу, вытягивая свое кольчатое тело: приговор приведён в исполнение... Чувствуете, да?

Камера слушала Артёма, как будто он был неистребимым злом, наподобие замурованного в стену радио.

— Хотя звучит всё равно глупо и напыщенно, как не знаю что, — медленно цедил Артём, в который раз сладостно потягиваясь и разминая сильными руками виски. — Во-первых, "приговор приведён". Куда он приведён? С чего бы это? Где в этих словах умещается, например, товарищ Горшков? Затем ещё нелепей: "...приведён в исполнение". Исполнение — это что? Лавка? Ресторация? Театральный зал? Зачем туда приводить приговор? Будут ли там кормить? После какого звонка пустят в залу? После третьего или сразу после первого? Что там за исполнение предстоит? Понравится ли тому же Горшкову это исполнение? Оценит ли он его? Может быть, он лишён музыкального вкуса и ничего не поймёт? Уйдёт недовольный? Напишет жалобу?

— Гангрена, и тебя тоже застрелят, — сдавленным голосом пообещал Горшков сверху.

Артём взял себя за мочку уха двумя пальцами и держал: отчего-то голова так работала лучше и злость не остывала.

— А маменьке Санникова я передам, что он умер, как подобает, — как ни в чём не бывало продолжал Артём. — Санников! Слышишь? Скажу: ты пел Интернационал перед расстрелом. А потом ещё несколько песен... Расстрел был длинный, неспешный, торжественный. Речи говорили, отдавали честь, разливали кипяток. "Про колокольчик однозвучный, мамочка, Санников тоже спел: про колокольчик — это была его любимая..." С песней на устах, в общем, встретил свою пулю... С первого раза не убили, пришлось, значит, достреливать. Потом ещё штыком в живот — ать! Это чтоб наверняка. Красиво умер.

Санников придерживал себя за челюсти, словно боялся, что его вырвет чем-то жизненно важным.

— Да что же вы... — не выдержал даже Моисей Соломонович и, поднявшись, встал посреди камеры, так чтоб закрыть собой Санникова. — Что же вы, Артём, такое? А — сердце?..

Он действительно был растерян и расстроен.

— Ну-ка, брысь! — не на шутку обозлившись, скомандовал Артём и сделал такое движение, словно собирался Моисея Соломоновича ударить ногой. Тот сгинул.

...Когда открывали дверь — умолкли все, даже Артём. Санников перестал рыдать, лишь губы дрожали.

Все уже выучили, сколько должно быть звуков: ключ, два проворота, скрип — и дверь распахивается.

Если несут кипяток или баланду — два надзирателя. Если уводят кого-то, тогда три — старший и двое конвойных. Если уводят нескольких — по голосам слышно, что в коридоре стоит целое отделение красноармейцев, встречает.

На этот раз в проёме дверей появились двое с ведром: все выдохнули, и тут же побежавшее у всякого сердце вновь стало — следом образовались ещё трое, у старшего бумага в руке.

— Внимание! Встать! Горшков кто?

Горшков стоял с кружкой ближе всех ко входу.

— Кто, спрашиваю? — повторил старший, глядя мимо Горшкова, застывшего перед ним.

— А кипятку? — сдавленно спросил Горшков.

— Ты? — догадался старший конвоя. — На выход. Не надо тебе кипятку.

Горшков вернулся к привинченному столику и чрезмерно ровным движением поставил пустую кружку. Раздался слабый стук железа о дерево.

Обернувшись, Горшков громко произнёс:

— Да, мы про всех знаем. Курилко, Гашидзе, Кучерава — жулики и подонки. Ткачук — проштрафившийся чекист, остался после срока вольнонаёмным, садист и тоже подонок. А я? Я — большевик, коммунист, член партии с 1918 года, я воевал — как смеют меня? Отведите меня к Ногтеву, я вам приказываю. Немедленно!

Наверное, ему нужны были свидетели для этой речи: он решил, что со свидетелями прозвучит убедительнее.

— Есть, — с ухмылкой сказал старший и махнул прокуренным пальцем у козырька.

Горшков, ничего не соображая, кивнул головой и вышел.

С минуту все недвижно стояли: а вдруг вернутся ещё за кем-то.

У Артёма всё ликовало и бесилось внутри.

Едва ли он чувствовал сейчас что-то тяжёлое и мстительное: напротив, он был преисполнен лёгкости и радости.

Он взял чью-то оставшуюся после ухода вчерашних смертников кружку, отправился за кипятком — ему сразу уступили место у ведра.

Чуть-чуть отпив и не оглядываясь, Артём спросил с приторной заботой:

— Санников! Видишь, как быстро пошла работа? Наган для тебя уже чистят. Давай-ка я тебя как следует обмою. А то кто там тебя будет обмывать: так грязного, в соплях и спихнут в ров. Дело ли?

Бросив кружку прямо в ведро, Артём прошёл к нарам Санникова.

Санников вжался в стену. Не найдя ни слова для ответа, оскалил зубы и стал похож на животное.

— О, — сказал Артём, глядя звонарю в рот, — какие хорошие зубы. А завтра будет полный рот земли.

Хоть и спал Санников в одной рубахе, а пахло от него всё равно резко и остро: как будто спрятал гнилое яйцо в брюках или за щекой.

Вдруг он взбрыкнул — Артём даже не понял поначалу смысла движения: оказывается, это убожество так вставало.

Спрыгнув с нар, Санников бросился к дверям, крича и взывая о помощи.

Артём, несмотря на то что всё происходило сутматошно и бешено, успел подумать с весёлой злобой: "...Нашёл у кого искать защиты!"

По дороге Санников уронил ведро, на пол пролился недопитый кипяток.

По полу, попадая в воду, пробежала крыса. За ней остался мокрый след.

На шум никто не явился.

Санников выл у дверей, как бездомный и брошенный. Спина его тряслась.

✳ ✳ ✳

Чекистских соседей по камере Артём теперь обзывал "трупами". Доброе утро, трупы. Труп, отойди с пути. Труп, слезай с параши, сколько можно. Труп, не стой у окошка, перед смертью не надышишься. И солнышко мне загораживаешь.

Всё следующее утро Артём ходил по камере и то мерно, то в дребезжащий раздрыг стучал тарелкой о тарелку — после всех уведённых под размах оставалась посуда, — при этом мыча что-то тягостное, как бы провожая Санникова в последний путь.

Первым снова не выдержал Моисей Соломонович, взмолившийся:

— Артём, прекратите, я умоляю.

— Замолкни, — коротко ответил Артём.

Подумав, пояснил:

— Меня ребята просили провести панихиду по-человечески.

Некоторое время Моисей Соломонович молчал, зажмурившись, отчего брови его стали ещё гуще, а очки сползли на самый кончик пористого, всегда как бы намасленного носа.

Потом спросил:

— Какие ребята?

— Афанас, например, просил, — ответил Артём, на секунду прервав протяжный "дон-дон", которому подыгрывал на тарелках.

Моисей Соломонович, кажется, ничего не понял и только несколько раз посмотрел на Артёма — сначала поверх очков, потом без очков, потом в очках.

Санников лежал лицом к стене, поджав ноги, обняв голову руками — словно уже подох.

В полдень явилась, как Артём их теперь называл, "похоронная команда".

Неприятность состояла в том, что старшим в ней был красноармеец, которому Артём несколько дней назад не отдал куртку — за что его пообещали убить не по-хорошему, а по-плохому.

Артём сглотнул разом пропавшую слюну и попросил: "Нет. Умоляю, нет". Он так и стоял с тарелками в руках.

— Встать! Санников! — крикнул вошедший, не обратив ни на Артёма, ни на его тарелки никакого внимания.

— Он! — косо, как переломанный, ставший у своих нар Санников неожиданно ткнул пальцем в Артёма. — Он Санников!

Артём, в первое мгновение ничего не поняв, огляделся по сторонам — потом засмеялся и хлопнул тарелками, словно готовясь к танцу. Чёртова комедия, когда ты кончишься.

— Имя? — спросил красноармеец Артёма.

— Иван, — дуря и наслаждаясь всем творящимся, готово ответил Артём.

— Что за Иван, чёрт? — выругался красноармеец.

— Митя.

— Какой, на хрен, Митя?

— Алёша.

— Шакал, убью! — красноармеец шагнул к Артёму. — Ты кто? Фамилия?

— Я русский человек. Горяинов Артём.

— Сейчас прямо в камере всех перебью, — заорал красноармеец. — Где Санников? — и потянул с плеча винтовку — между прочим, с надетым штыком.

Санникова вытолкнули свои же — проштрафившиеся чекисты с чёрными лицами и выгоревшими как спирт глазами.

Сделав невольный шаг к дверям, Санников тут же присел непонятно зачем. Красноармеец схватил его за волосы и выволок. Санников орал.

Артём выждал с полминуты, потом вскочил на столик, спихнув так и стоявшую там второй день кружку Горшкова; приник к окошку. Хотелось ещё раз посмотреть — как ведут.

— Конвоир с винтовкой, — приговаривал Артём, словно помешанный. — Моисей Соломонович, вы знаете, что винтовку тут зовут — "свечка". Свечку поставили, ха. Афанасьеву бы понравилось. Любуйся, Афанас. Есть правда. Правда есть.

Перед обедом забрали последних чекистских штрафников. Артём не любовался на их выход: надоело. Каждого провожать — много чести.

Только когда дверь закрыли, уселся на нары, медленно притоптывая ногами.

Они остались вдвоём с Моисеем Соломоновичем.

С минуту сидели напротив, молча смотрели в глаза друг другу. Так ничего и не сказали.

В обед Моисей Соломонович что-то шёпотом спросил у надзирателя, тот неожиданно и даже приветливо ответил — ответ был не коротким, а с какими-то подробностями.

Баланды принесли если не на десять человек, то уж точно на шесть — при том, что Артём как расхотел толком питаться в первые дни заточения сюда, так и не собирался. Его насыщало чем-то другим.

Налил полную миску баланды, потом себе наплескал прямо в кружку — вроде как уха. Сжевал половину куска хлеба и сел ждать крысу.

Другие пробегали по полу время от времени, а пузатой подружки всё не было.

Моисей Соломонович, как выяснилось, очень боялся крыс и, завидев их, двигался по камере вприпрыжку.

Не вытерпев воцарившейся в камере тишины, он сообщил:

— Поведение ваше, в общем говоря, омерзительное и отвращающее. Но должное вашей выдержке я могу отдать. Иногда мне казалось, что вы безумны, Артём, а теперь понимаю, что нет. Но сообщить я хочу вам другое. Мы с вами давно знакомы, я не мог не поделиться... Комиссия сегодня уезжает... Уже вещи собрали. Сегодня или завтра утром. Но скорее всего, сегодня. Всех наших соседей уже расстреляли. Соседняя камера пуста — там тоже всех расстреляли. Здесь остались мы двое. Если мы переживём ближайшие часы, в крайнем случае одну ночь, — у нас... есть надежда. Видите, как всё?

— Конечно, переживём, — сказал Артём и подмигнул Моисею Соломоновичу: симпатичный он всё-таки типаж. И пел хорошо.

Моисей Соломонович улыбнулся: подслеповатые его глаза каким-то образом выказали восхищение этим неуместно здоровым молодым человеком.

— Может, вы хотя бы тогда не будете больше играть на тарелках? — попросил Моисей Соломонович.

Артём проснулся в невиданную рань, даже не подумав о том, что — пережил, выстоял, обошлось! — он и так был в этом уверен; на улице стояла темь, над дверью светила поганая лампочка, под нарами кто-то пищал и шевелился. Выглянул вниз и тут же в страхе отпрянул: там ворочался целый крысиный выводок.

— Да что ты за дура такая! — в сердцах выругался Артём на свою подругу. — Родила и предоставила полюбоваться? Хвостатая тварь!

Моисей Соломонович заворочался, слабо вскрикнул:

— Что? Что такое?

— Спите, я не с вами, — сказал Артём. — Уехала комиссия, теперь будете жить вечно.

Справившись с омерзением, он снова посмотрел под нары: ну да, его крыса, она — существенно похудевшая, и её — раз, два, три, четыре — крысёнка.

Крыса при виде Артёма встала на задние лапы.

— Понял, понял, — сказал Артём. — Признала во мне жениха. А я ещё вчера приготовился.

На верхних, пустых, нарах стояла полная тарелка баланды, с густо покрошенным в неё хлебом и накрытая другой тарелкой. Артём бережно спустил угощение вниз и поставил в некотором отдалении от крысы.

Дождавшись, пока крыса начнет есть, — тарелка начала елозить по полу, звук был неприятный, но отчего-то успокаивающий, — Артём начал задрёмывать.

По шорохам он догадался, что Моисей Соломонович надел очки и смотрит на крысу, испытывая редкую по качеству брезгливость.

"Вот вчера или когда там, позавчера, из этой тарелки ел Горшков, набивал свои тугие щёки, которые впервые побледнели только когда его уводили, а сейчас оттуда ест крыса: в этом есть справедливость, в этом, может быть, присутствует Бог", — рассуждал Артём.

Сон, который снисходил на Артёма, был сладчайший.

В это утро случилась ещё одна замечательная вещь: их не подняли в шесть.

Уже готовясь просыпаться, выпутывающийся из сна, как из горячих, солнечных сетей, Артём объяснял себе: в меня возвращается человек — я так и не озверел. Наверное, это оттого, что мы спасли чужеземцев, не дали им умереть, — доброе дело сберегло мою душу, теперь душа моя в цветах, и её щекочут кузнечики.

Крыса тоже каким-то образом присутствовала во сне вместе с крысятами — получилось так, что и крысу Артём с Галиной тоже спасли и привезли в лодке. Из этого, правда, следовало, что Том и Мари в данный момент у него под нарами едят баланду — что было не столь правдоподобно; хотя это их дело, это их дело. Главное, что всем тепло: Артёму, крысе, Тому и его жене, или подруге, или невесте...

Он едва проснулся перед самым обедом, помолодевший — как и не было никакого лагеря за плечами, как будто не умерли здесь почти все, кого он знал.

Обед принесли удивительный: пшённую кашу, приправленную маслом. Каша навязчиво пахла чем-то мясным.

Артём наконец почувствовал, как оголодал в последние дни. Про Моисея Соломоновича и говорить нечего — тот едва не приплясывал: запах каши его вдохновлял необычайно.

Наложили себе по две тарелки с верхом — надзиратель был не против. Они перемигнулись с Моисеем Соломоновичем, и едва закрылась дверь, тот, так и держа две тарелки в ладонях, объявил, раскрыв свои и без того крупные глаза:

— Артём! Артём! Комиссия отбыла! Навела порядок и отбыла! Товарищ Ногтев вновь приступил к обязанностям! Давайте надеяться, что нам скоро за работу! У вас есть технические или бухгалтерские навыки? Я бы вас взял! Как вам?

Скрывать было нечего: Артём тоже радовался — одно дело предчувствия, другое — новости от надзирателя. Надзиратель надёжней любого ангела.

"Бог есть, будем есть, Бог есть, будем есть", — скороговоркой повторял Артём, перемешивая кашу.

Вдруг увидел на дне мясо: огромный жирный кусок, и не консервы какие-то, а, чёрт его знает, телятина, наверное, а то и свинина!

Ай да день сегодня.

Артём подцепил мясо в ложку и хотел похвастаться Моисею Соломоновичу: вот, взгляните, полюбуйтесь. Есть Бог, есть, оцените его дар за долготерпение и муку.

Не стерпев, вцепился в кусок зубами. Тут же понял, что это свалявшийся камень крысиного помёта.

Раскрыл рот — всё выпало оттуда назад, влажным комом.

Долго оттирал язык о кисть собственной руки.

Моисею Соломоновичу ничего не сказал: зачем портить обед человеку.

Тем временем в груди назревало что-то непонятное: вроде бы должно было сейчас вырвать. Грудь свело судорогой — Артём уже раскрыл рот: чёрт с ним, на пол так на пол, не успею до параши, наплевать — а и понял, что рыдает.

Рыдает и рыдает, и голова дрожит и трясётся, и виски разламывает изнутри.

Моисей Соломонович сначала вскочил, но потом как-то сообразил, что лучше не подходить, и сел на место.

Артёма крутило и перетряхивало, он изо всех сил вцепился в нары. В груди надрывалось и саднило, сердце исходило больною кровью.

Припадок кончился минут через пять или семь.

Артём, ещё дрожа от напряжения, погладил себя по лицу: успокойся, успокойся, успокойся.

...Когда опустил слабые руки на колени, тут же догадался по собственным ладоням: ни одной слезы не было на его лице.

Через десять минут, мелко сплёвывая на пол, пришептывал:

— Ну, ничего, Господи, ничего. Я не сержусь на тебя. И ты на меня не сердись. Я оценил твою шутку. Надеюсь, ты ценишь мои.

На скрежетанье замка Артём внимания уже не обращал: страшное миновало, и остальное минует, останется один помёт на зубах.

Моисея Соломоновича забрали вместе с вещами, сразу объявив, что он идёт в расположение своей роты.

На прощание обнялись.

— Вы подумайте, подумайте, — приговаривал Моисей Соломонович, — я бы нашёл вам работу, когда бы вы придумали, что умеете.

В камере стало совсем пусто.

"Что-то я должен подумать важное, самое последнее?" — спрашивал себя Артём.

Только сейчас, в одиночестве, он ощутил, какой отвратительный запах тут стоит: парашу сегодня не выносили — со вчерашнего дня так и прело. Людей уже перестреляли и зарыли в ледяную землю, а дерьмо их прокисает тут, можно сказать, в тепле.

"Может, это и есть самое важное?" — спросил Артём.

Обессиленность всё-таки настигала его.

* * *

Артёма и Галю допрашивали вместе.

Их показания всерьёз не воспринимались.

Допрос длился почти час, и казалось, что два чекиста, скорей всего неплохо знакомых Гале, не знают, как закончить это дело. С одной стороны, какая-то дурная, путаная история, с другой — бывшая подруга Эйхманиса: про это тут все были осведомлены.

Быть может, в своё время эти чекисты на Галину походку заглядывались, теперь же вот так всё обернулось.

Артёма спрашивали мало — за что осуждён, как попал в Секирский изолятор, что помнит из гимназической программы по географии и естественным наукам, обладает ли техническими навыками, — но вообще у него возникло чувство, что в понимании чекистов Галя взяла его с собой вроде собаки — а какой с псины спрос?

Всё происходило в том же кабинете ИСО, где допрашивали Артёма в прошлый раз. На подоконнике всё так же стояла полная пепельница окурков. Вряд ли она осталась там с отъезда комиссии — но Артёму почему-то нравилось думать, что тут никто не решится выкинуть окурки столичных гостей: а вдруг вернутся.

Галя выглядела раздражённой, постаревшей, обрюзгшей — неопрятная, немолодая женщина. Но вела себя не без достоинства: комиссия уехала — кто теперь её убьёт, кто тронет. Ничего с ней не станется: так вот себя вела.

Артём изредка смотрел на Галю и думал, что едва ли он мог быть с ней, это какая-то блажь, какой-то бред... а если даже и был в бреду, то и тогда была она не женой ему и не сестрой, а так... прохожей.

Галя на Артёма не смотрела вообще. И правильно делала: с чего ей разглядывать его.

— ...Да я слышал, понял, — морщился молодой чекист, глядя то на Галю, то на своего напарника, и никогда на Артёма. — Ты мне одно объясни, отчего ты поехала с лагерником, который ничего особенного, как мы поняли, не знает ни о флоре, ни о фауне...

— Он работал в лисьем заповеднике. Он работал с Эйхманисом. У меня были причины ему доверять. Я не могла взять кого попало, — твердила Галя, глядя в маленькое окно, где неуютно снежило в тусклом предзимнем солнце.

Похоже, её раздражало, что к ней обращаются на "ты".

На столе у задающего вопросы чекиста были разложены Галины бумаги, карта, которой она пользовалась, со сделанными её рукою пометками, тетради, изъятые у иностранцев.

— Сложно избавиться от подозрения, что вы хотели убежать... — помолчав, сказал чекист, подняв от карты глаза.

Больше всего ему хотелось, чтоб его подозрения сама Галя и развеяла.

— Бестолковый вы всё-таки, — сказала Галя тихо. — Обнаружили шпионов — задержали их, привезли в лагерь. Если б мы бежали — зачем бы мы их сюда повезли? Дальше бы убежали! Да позвоните вы Эйхманису, наконец! Он всё скажет обо мне.

Пропустив предложение позвонить Эйхманису, чекист покачался на стуле и сказал:

— Это ещё надо посмотреть, какие они шпионы.

— Вот и посмотрите, — морщась как от мигрени, отвечала Галина. — И прекратите тратить моё время на эти... беседы. Меня уже допрашивала комиссия. У вас есть основания подозревать их в некачественной работе? Или в чрезмерном гуманизме?

Чекисты переглянулись. Один из них ухмыльнулся. Другой скривился.

В соседней секретарской комнате раздался шум: кто-то, скорей всего секретарь, резко поднялся с места — загрохотал стул, хором вздрогнули предметы на столе.

К ним вошёл начальник лагеря Ногтев. Взгляд его был тяжёл и в глазах — как песка насыпали: мутно, зыбко.

Артёма он просто не увидел.

— Чего тут несёт эта тварь? — ни к кому лично не обращаясь, спросил Ногтев, подойдя к столу, подняв какую-то бумагу и тут же бросив её.

Два человека ответили одновременно: сама Галя и один из чекистов.

— Стоит на своём: составляла карты, ссылается на Эйхманиса, — поспешно сказал чекист, привставая с места.

— Я боец Красной армии, — медленно сказала Галя.

Ногтев дрогнул челюстью.

— Три года этой суке, — сказал он, не глядя на Галю и уже выходя; потом что-то вспомнил и, остановившись в дверях, чуть даже повеселев, добавил: — У Бурцева в бумагах есть донесение леопарда, что она путалась с заключённым... Прямо на крыше! С тобой? — и перевёл глаза, полные зыбучего песка, на Артёма.

Оказывается, он всё-таки его видел.

— Нет, — сказал Артём, чувствуя, как на него валится огромная соловецкая стена, и спасенья нет. Он никогда не слышал у себя такого голоса — это был голос человека, который имеет право всего на одно слово; но и это слово ничего уже не меняет.

— Кому тут какая разница, — засмеялся Ногтев, показывая на удивление белые и очень крепкие зубы, — тебе всё равно подыхать, шакал.

— Что за кошмар тут у вас. Я Фёдору напишу. Что происходит? — сказала Галя, поднимаясь.

Каждая фраза, произносимая ей, надрывалась и падала.

“Она спрашивает только о себе...” — понимал Артём: о нём уже не шло речи.

Хотя его ещё не объявили неживым. О нём ещё не сказали ничего.

— Три года ей “за самовольную отлучку”, — повторил Ногтев, не глядя на Галю. — Пусть радуется, что мы не разбираемся в её блядках, а то нарыли бы... — и вышел.

Дверь ударилась о косяк и со скрипом отошла, оставшись полуоткрытой.

Медленно подошёл секретарь — все зачем-то слушали эти шаги — и накрепко прикрыл дверь. Наверное, это было его постоянной рабочей обязанностью.

Галя без сил опустилась на стул и сидела, закусив губу: она не верила.

Молодые чекисты снова переглянулись: что значил их перегляд, Артём не мог догадаться.

— Вы все будете за это наказаны, понимаете? — еле слышно спросила Галя, как будто у неё вмиг пропал голос.

— Административная коллегия лагеря сама имеет право выносить приговоры, Галина. Вы же знаете, — не глядя ей в глаза, сказал сидевший за столом чекист. Пока она была ему почти ровня — он был с ней на “ты”. Стремительный перевод сотрудницы лагеря в число заключённых как бы приподнял её для чекиста... Или, точней, отдалил от него.

— Ногтев отдал неправомерный приказ, сюда приедет комиссия, и ему опять ничего не будет, а вас зароют на Секирке, — набрав воздуха, сказала Галя, и к Секирке голос её вернулся и почти зазвенел.

Стоявший и до сих пор не бравший слова чекист долгим взглядом посмотрел на Галину и ответил бесстрастно и веско:

— Тут не надо никого пугать. А то первая доедешь до Секирки.

Галя вдруг посмотрела на Артёма: беззащитно, по-женски, открыто: это было так неожиданно. "Неужели правда?" — говорил её взгляд.

— А с этим чего? — кивнув на Артёма, спросил сидевший за столом чекист.

Артём почувствовал, что кровь закружилась в его голове — так же нелепо и порывисто, как снег за окном, только горячо, горячо.

Второй чекист, совсем немного помедлив, решил:

— Сказали: ей три года — вот и ему три года накинем.

Он с удовольствием прикурил папиросу. На подоконнике были их окурки.

* * *

Всё в лице Артёма стало мелким: маленькие глаза, никогда не смотрящие прямо, тонкие губы, не торопящиеся улыбаться. Мимика безличностная, стёртая. Не очень больной, не очень здоровый человек.

У него появилась странная привычка никогда не показывать своего голого тела: шею, грудь, руки — руки всегда в карманах либо, если работает, в старых варежках.

Зубы тоже не показывает.

Слова, произносимые им, — редкие, куцые, как бы их фантики, — ни одно ничего не весит, ни за какое слово не поймаешь: дунет ветер, и нет этого слова.

Лучше вообще без слов.

Всякое движение быстрое, но незаметное, ни к одному предмету или действию прямого отношения не имеющее: вроде, скажем, ест — но вот уже и не ест, и вообще не сидит, где сидел. Вроде подшивается — но нет уже в руках иголки и нитки, и сам пропал, как будто его потянули за нитку и распустили.

Жестикуляции нет.

Всегда немного небритый, но не так, чтоб в бороде. Всегда немного немытый, но не так, чтоб привлечь запахом, — запаха нет.

Он готов своровать, а при иных обстоятельствах отнять еду — но при виде еды никогда не выкажет своего к ней отношения.

Если б гулящая жёнка предложила ему стать к ней в очередь — он бы мог согласиться, но в любую другую минуту не испытывает к женщинам ничего и не смотрит на проход женской роты.

Он больше не делит людей на дурных и хороших. Люди делятся на опасных и остальных. И к тем и к другим он не испытывает никаких чувств. Люди — это люди, к ним больше нет никаких вопросов.

Он может улыбнуться начальству, а мог бы столкнуть любого из них в прорубь и подождать, пока тот утонет.

Он никогда не считает оставшихся дней своего срока, он — насыщенный днями прежней жизни. Но и той жизни не помнит.

Память — как простуда, от неё гудит голова и слезятся глаза.

Его жизнь разрублена лопатой, как червь: оставшееся позади живёт само по себе. Его детство не просится назад.

Мир за пределами соловецких валунов ему не известен, и если бы ему приснилась свобода, она была бы похожа на осеннее ледяное море — у свободы не было предела и не было жалости, она была голой и пустой.

"И в тюрьме, и на свободе — небеса одни и те же", — говорил владычка Иоанн, но Артём, если бы задумался об этом, нашёл бы его слова ненужными и ничего не объясняющими.

Владычки Иоанна тоже не было — потому что нет ничего, что отсутствует перед глазами.

Отец Зиновий ещё недавно был.

Артём мельком видел, как тот говорил Ногтеву:

— Вам мало было предать — вы захотели заново убить Христа. Ведь солдат, который ткнул его под бок копьём, — святой. И Красная армия — она тоже, как поглядеть, желает быть святой.

Ногтев ответил:

— Фу ты на.

Зиновий издевался, Ногтев издевался.

Только Ногтев издевался надёжней, потому что Зиновия снова увезли на Секирку.

Туда всегда много желающих, их что-то влечёт, они как дети.

Лагерники делают на себе рисунки — кресты, черепа, купола, дурные надписи о чекистах. Что может быть глупее этого неопрятного занятия: рисовать на себе. Можно пришить к ноге железную банку, так ходить — почему бы и нет, если рисовать рисунки на спине можно.

Лагерники ищут защиты, забавы, дружбы, разговора, развлечения, тепла. Из всего этого списка по-настоящему нужно только тепло. Даже за блат придётся отвечать.

Его рота пока четырнадцатая — запретная: здесь собраны люди, склонные к побегу. Выход за пределы монастыря им запрещён.

Всему своё время.

Лучшее место в тени, лучшая работа — ночью: ночью опасные люди утомлённей, конвой тупей и видит меньше. Ночью легко перепутаться с другими, не отличать самого себя от соседа.

Не думать и не помнить тоже лучше всего ночью.

От Крапина с Лисьего острова передали вещи — там была материнская подушка. Почувствовал к этой подушке что-то человеческое, проколовшее в сердце, — и вскоре выгодно обменял её.

Доходящие в лагерь газеты читал, как новости с того света, которого нет в природе, но вести оттуда идут.

В роте по имени его почти никто не знал: фамилию слышат на поверках, и достаточно.

Артём вёл себя так, как будто у него и нет никакого имени. Он — соловецкий гражданин.

На последнем осеннем пароходе приплыла последняя в этом году партия заключённых.

Там было много зелёных, ребячливых, зубастых, по-дурацкому улыбчивых, по-глупому напуганных, — они боялись и, пересиливая страх, спрашивали у тех, кто, на их взгляд, мог ответить.

Один подошёл к Артёму во дворе, у ларька, как-то выделил его, а может, спрашивал подряд каждого и копил ответы.

Спросил: как?

Артём смотрел в сторону. Вдохнул и выдохнул. Кивнул: бывай.

Мог бы ответить: так.

Если подробнее, то вот.

Бог есть, но он не нуждается в нашей вере. Он как воздух. Разве воздуху нужно, чтоб мы в него верили?

В чём нуждаемся мы — это другой вопрос.

Потом будут говорить, что здесь был ад. А здесь была жизнь.

Смерть — это тоже вполне себе жизнь: надо дожить до этой мысли, её с разбегу не поймёшь.

Что до ада — то он всего лишь одна из форм жизни, ничего страшного.

Но ничего не сказал, пожал плечами, кивнул на Щелкачова — Щелкачов пришёл к ларьку за бумагой и карандашом, он любит всё объяснять.

Артём купил себе стакан молока, медленно выпил — стоя к людям не лицом, в лицо могут рассмотреть, и не спиной — в спину могут толкнуть, а боком.

В молоко падали редкие снежинки.

Вернулся в расположение роты, прилёг на свои нары, нары у него не внизу и не вверху, а посередине.

Тюленью куртку Артём вывернул наизнанку и обшил каким-то рваньём — получилось как раз то безобразие, что требовалось. По крайней мере, красноармейцы зариться не будут. Он не снимал её никогда, даже в роте. Спал тоже в ней.

* * *

На том же, именуемом "Глеб Бокий", пароходе вернули в лагерь Осипа Троянского.

Он запропал, его пришлось разыскивать на материке, брать под стражу.

В честь поимки Троянского выстроили четырнадцатую роту — включая женское отделение запретниц, их тоже оказалось довольно много.

Заканчивался ноябрь.

Заключённые стояли друг напротив друга.

Мужская рота была построена в два ряда, женское отделение — в один ряд, и первые и вторые — по росту.

На стене Преображенского храма с недавних пор были на-
рисованы фабричные трубы, самолёт и красная звезда. Над
всем этим вывесили лозунг: "Да здравствует свободный и радостный труд!"

Артём сначала разглядывал самолёт.

Думал: "Самолёт".

Потом увидел Галю.

Галя постриглась. Стояла без шапки.

"Через три года волосы отрастут и станут как прежде. Как
и не было ничего", — подсказал кто-то Артёму.

Она кивнула ему.

Артём не ответил, а зачем. Просто сморгнул. Она всё равно с той стороны площади не поймёт, отвечал он ей или нет.

...Стояли долго — у Гали на голове накопилась снежная ко-
сынка, она не замечала.

Запретницы переговаривались и посмеивались в строю,
но к Гале никто не обращался: похоже, к ней относились отчуждённо и дурно.

На ней были резиновые сапоги, нелепые и грязные. Артём
никогда не видел её в таких сапогах. При том что некоторые
из запретниц были одеты хорошо, и даже в модные, на каблуках, сапожки, — объяснялось всё, впрочем, несложно: многие из них работали на конюшнях, ухаживая за чекистскими
лошадьми, ну и за чекистами тоже.

Троянский стоял через четыре человека справа от Артёма.
Только Артём был во втором ряду, а Троянский в первом. На
его лице виднелись несколько ссадин: наверное, били по при-
бытии — в честь возвращения.

Троянский сутулился и странно, согнутыми в локтях, держал руки — будто они у него не разгибались. С такими рука-

ми Троянский был похож на птицу. Все птицы улетели, а этот прилетел.

Ко второму часу появился наконец Ногтев — похоже, пьяный, идущий грузно, как набитый мокрым песком, но твёрдо.

Лагерники ударно прокричали: "Здра!" Здесь в основном были опытные сидельцы, они больше не хотели стоять во дворе.

Поверка началась неожиданно: заключённым зачитали краткий отчёт о работе комиссии по ликвидации нарушений, допущенных администрацией лагеря.

Привлечены к дисциплинарной ответственности столько-то. Лишены должностей и переведены в рабочие роты столько-то. Столько-то приговорены к расстрелу.

Карантинная рота подобралась и насупилась. Цифры звучали жёстко и колко, как железные.

— Каждый день бы такие поверки, — негромко сказал кто-то впереди Артёма.

Артёму не понравилось, что такие слова звучат рядом с ним: могли подумать на него.

Следующим объявили приказ, что отменяют вольную одежду: всем лагерникам отныне полагается единая форма.

Ногтев, слушая, как зачитывают его приказ, медленно поворачивал голову, вглядывался в заключённых. Он был в фуражке, в плаще и сапогах. Всё отлично на нём сидело.

Третий приказ касался полного вывода за пределы монастыря всех прежних монастырских жителей, монахов и трудников. Обратным рейсом они переправляются на материк для полноценного участия в жизни и стройках Советской республики.

Четвёртый приказ гласил, что в связи с многочисленными нарушениями порядка и недостаточными рабочими показателями досрочно освобожденных в этом году не будет. К началу весенней навигации заключённые Соловецкого лагеря особого назначения должны показать достойные результаты. Все заслужившие поощрения, в том числе в виде амнистии, — будут поощрены и амнистированы.

На этих словах Ногтев чуть пошатнулся — и это движение как будто разбудило его. Подвигав челюстями, он неожиданно пошёл вдоль рядов.

Чекист, зачитывавший приказы, тут же замолчал.

— Дисциплина! — сказал Ногтев; голос его звучал мощно и плотно, как будто состоял из мяса, — таким голосом не важно было, что произносить, — любые слова начинали весить. — Дисциплина требует от нас!

Начлагеря дошёл до того места, где стоял Троянский, и остановился.

Поискал и нашёл кого требовалось.

— Заключённый Осип Троянский, — объявил Ногтев, — был направлен в бесконвойную, вольную командировку как учёный специалист. Ему требовалось провести необходимую научную работу и вернуться к празднику седьмого ноября. Дню революции. Осип Троянский предпринял попытку бежать. За ним была направлена специальная группа. Осип Троянский был задержан.

Ногтев каждым словом вбивал Троянского, как гвоздь в булыжник. Гвоздь гнулся.

Артём почувствовал, что у него болят передние зубы, как будто он держал в зубах что-то твёрдое.

— При отъезде заключённому Осипу Троянскому было объявлено, что в случае его неявки в указанный срок в роте будет расстрелян каждый десятый, — буднично произносил свои тяжеловесные слова Ногтев. — Администрация лагеря вынуждена держать своё слово.

Ногтев махнул сильной рукой в воздухе: действуйте. Рука была в перчатке.

Выбежали двое чекистов — один в суетливой нерешительности встал возле женского отделения, словно бы ему предложили выбрать себе жену, другой пошёл, отсчитывая заледеневших в ожидании людей, вдоль мужского.

Первый чекист через несколько секунд ткнул в десятую бабу и тут же отвернулся от неё, прошёл дальше. Та вскрикнула так, словно ей задрали подол — а под подолом висел на пуповине её спрятанный младенец.

Чекист, шедший вдоль мужской роты, сбился и приступил к счёту сначала.

Артём видел, как те, на которых пали цифры "7", "8" и "9", — оттаивали, а осознавший свой номер стал бел до такой степени, что снег на его щеке был неразличим.

Первый чекист дошёл до конца женского ряда и ткнул пальцем в Галю, стоявшую предпоследней.

"Какая она маленькая..." — подумал Артём отстранённо.

"Всё потому, что без каблуков", — понял он.

"А была бы в каблуках — по-другому сосчитали бы", — всё быстрее думал Артём.

Сердце его погнало пристывшую кровь.

Каждый, стоявший рядом с ним, суматошно пересчитывал находящихся справа: это было несложно, но все путались и считали заново, бегая глазами: зрачки прыгали с места на место.

Галя стояла перед своим строем, растерянная, как ребёнок. Вторая обречённая женщина негромко выла.

Из мужского строя вырвали одного — как зуб.

Стоявшие немногим дальше будто становились легче — их душа обретала вес шёлка, пуха.

Но вокруг Артёма всех прибило, как будто дух их заранее набряк, пропитался кровью, подвис, как куль с камнями.

Чекист опять сбился: он никак не мог понять, считать ли ему Троянского или нет. А комвзводов? А командиров отделений? Оглянулся на Ногтева, но не решился спросить — начлагеря смотрел куда-то вниз, в булыжник под ногой, чуть покачиваясь массивным телом. Сапоги его тяжело, как хищные, живые, хмурились в местах сгиба.

Чекист стал считать всех подряд.

Артём ещё раз измерил свою судьбу глазами: он выходил восемнадцатым. Двадцатый, его старый знакомый Захар, стоял рядом с ним и всё, с очередной попытки счёта, уже понял.

— Это я, — выдыхал он предпоследним своим горячим дыханием в снег у лица, — это мне, Боже ты мой. Да что же такое. Это ведь я.

Артём поднял глаза и посмотрел на Галю.

Галя глядела вокруг словно незрячая, шевелила пальцами, как бы желая потрогать воздух рядом с собой и стесняясь это сделать; совсем одна, как на льдине. Голова её казалась седой.

— Иди на моё место. Слышь? Останешься живым, — вдруг велел Артём Захару.

Тот, ничего не соображая, безропотно поменялся с ним местом, сплёл руки в замок и вперился сумасшедшими глазами в считающего, чтобы по губам его прочесть спасительное "восемнадцатый". Ну, или "восьмой" — смотря с какой цифры чекист начинал новый десяток.

— Ты! — велел служивый, ткнув в Артёма пальцем.

Перед Артёмом расступились так уважительно, как никогда в жизни.

Он вышел вперёд.

Галя дрогнула и прозрела: увидела его.

— ...Что это за самосуд! — заорал Троянский, словно вдруг выплюнул кляп изо рта. — Что это за самосуд? — со взвизгом повторил он снова: ведь две фразы должны стоить больше, чем одна.

— Конвой, строиться! — скомандовал Ногтев, легко перекричав Троянского.

Расстрелов во дворе ещё не проводили, но после того как здесь поработала Комиссия, — удивляться было нечему.

Красноармейцы, спеша и топоча сапогами, построились.

Из мужского строя быстро, уже торопясь — ведь самим противно, — вырвали ещё двенадцать человек.

Троянский голосил до тех пор, пока давно сосчитавший женщин и стоявший теперь без дела второй чекист не дошёл до него, с ходу ударив в зубы рукояткой нагана.

Зажав рот, Троянский упал на колени.

На лицах красноармейцев появилось медленное, стекленеющее, почти пьяное выражение, свойственное людям, готовящимся убить себе подобных. Некоторые крепче сжимали винтовки. Корявые их пальцы были сырыми от тающего снега.

Артём улыбнулся Гале.

Галя смотрела ему в глаза и дышала открытым ртом.

Артём вспомнил этот рот, его тёплое, женское, невозможное дыхание.

Ногтев, похоже, устал от устроенного им балагана и вдруг захохотал.

Насмеявшись, пошёл с площади в сторону ворот.

— За работу, шакалы! — приказал он, подняв голову куда-то к небу, как будто обращался к ангелам.

Чекисты в нерешительности смотрели на спину Ногтеву.

Но всё уже было ясно.

Строй распустили.

Телефонный номер дочери Фёдора Ивановича Эйхманиса мне передал отставной полковник госбезопасности, читатель патриотических газет, преисполненный собственного достоинства и ложной многозначительности демагог — впрочем, не без приятности человек, хлебосол, не дурак выпить. В какой-то момент бывшие военные и постаревшие комики становятся похожи; что-то в этом есть, да?

Полковник показывал фотографии своих детей. Предложил сыграть в шахматы. Я подглядывал, где он ставит свои фигуры: последний раз занимался этим лет двадцать назад, мне было стыдно опозориться, хотя, в общем, напрасно...

Решительно проиграл, принёс ему радость.

"Ещё по коньячку?"

Лишь бы вы фехтованием не увлекались, товарищ полковник.

Он ссылался на те или иные знакомства, показывал глазами то вверх, то вниз, то вбок, как будто работал небесным регулировщиком на прошлой работе. Дурно, хотя обще, а не конкретизируя, отзывался о высокопоставленных коллегах, так или иначе оставшихся при власти. Язвил по поводу оппозиции — мнилось, что знает про каждого такое, что известно только посвящённым, однако явно ничего не соображал в теме, которую поднял, — только за каждым словом слышалось:

вот если бы он всем этим занимался, а не ваши балагуры
и смутьяны, то...

Ничем таким он заниматься не мог бы ни при каких обстоятельствах, как будто у него когда-то вырезали целиком
орган, ответственный за принятие собственных, идущих
вразрез и поперёк решений.

(Аккуратный, шесть стежков, шов давно зарос, ни с какой
лупой не найдёшь, где тот орган находился. Можно просту-
кать молоточком — послушать, где будет совсем пусто внутри сильного (огород помогает поддерживать форму) тела.
Но для этого другая легенда нужна была — не мой случай:
я выдал себя за журналиста, а не за массажиста.)

Полковник жил в общем небогато. Глядя мимо детей (дети
как дети, кормленные с детства) на снимках, я примерно понял, что представляет его загородный дом, — ну, смешно;
в таких, только на один этаж больше вверх и ниже вглубь,
у нас нынче живут водители тех офицеров, для которых май-
орская должность — потолок.

Я попытался прикинуть, сколько таких полковников, да что
там говорить — генералов, а то и маршалов, сидит и жжёт гла-
голом рюмку коньяка, цветастую скатерть на столе, часы на
камине, собственный портрет в орденах государств половины
земного шара (часть обозначенных стран уже сбежали с карты,
а ордена — вот они, долговечнее иных империй), портрет
главнокомандующего — "а как по-другому, мы люди государе-
вы", иконку — на ней святой — тёзка полковника, только с бородой, но заступник, видит Бог, отменный — не раз выносил
из-под огня, "...помню, в Афгане, уже войска выводили...",
овчарку на привязи во дворе (лает как дура, будка подпрыгива-
ет от её злобы)... представил, в общем, себе количество этих
униженных и оскорблённых, рассерженных и несогласных,
и понял, что их телами можно было бы любой Зимний заки-
дать. Построй их всех в одну фалангу — твердыня, каких даже
американцы в кино не берут, обвалится от ужаса.

...С телефоном он помог, а больше я его не видел; даже не
поблагодарил. Он там придумал написать вместе одну штуку — идея его, исполнение наше; так что я сразу решил, что

добытый номер (в сущности говоря — банальный набор цифр, делов-то, я их все знаю, просто расставлял неправильно) благодарностей не стоит.

Фамилию "Эйхманис" полковник, кстати, не знал — хотя литературой на сопутствующую тематику был уставлен кряжистый книжный шкаф в его кабинете: за что сажали, кто развалил, крушение подполья, гибель империи, демоны революций, крах и возрождение, снова крах.

Я сказал, кто это такой — Эйхманис. Полковник только предположил национальность моего героя. Не угадал, но я не стал разуверять.

Дочь сразу взяла трубку.

Она никогда не слышала моего имени и не видела никаких причин для встречи. Фамилия у неё, естественно, была другая. Голос её звучал не то чтоб молодо, но бодро — по звуку походил на — знаете, когда сухие прутья горят и жёсткий треск стоит? — вот на это всё.

— Но это ваш отец? — не отставал я, уже понимая: ничего не получится.

— Что вам нужно? — спросила она.

Подождала, пока я искал завалившийся в глотку ответ, и, не оценив моё горловое пение, положила трубку.

На другой день перезвонила сама: приезжайте, чем могу — помогу, хотя вряд ли я могу быть полезна.

Никогда бы не определил по виду, сколько ей лет.

То есть по самым трагическим расчётам (она родилась через несколько месяцев после того, как Эйхманис был зарыт на Бутовском полигоне) — год рождения её был 1939-й.

Но какие тут семьдесят пять! — нет. Спокойная, улыбчивая немолодая женщина, в строгом костюме, без драгоценностей на пальцах.

Эльвира Фёдоровна.

Квартира чистая, много дерева, хорошие ковры на полу, люстра, сделанная под керосиновую лампу, — всё выверено, хотя нет ощущения, что в доме обитает или бывает мужчина. Похоже, живёт одна. Даже непонятно, заходят ли сюда гости, — воздух такой пустой.

Я чистосердечно открыл, чем занимаюсь, и дал несколько написанных глав. Она положила их на стол, машинально погладила рукой. Рука была тонкой и сильной. Ногти женские, ухоженные, некрашеные или крашенные бесцветным лаком, я не очень понимаю.

— У вас сохранились его фотографии? — спросил я и посмотрел на стены.

Отчего-то, пока поднимался по лестнице, казалось, что на стенах должны быть изображения отца: вот он проводит поверку во дворе Соловецкого лагеря, вот он идёт по Красной площади, а вот с женой, смеются.

Фотографий на стенах не было. Никаких. В книжном шкафу ровно стояла классика: последним классиком был Чехов. Не было даже Горького. Впрочем, да, Набоков — русский Набоков. Наверное, ещё был Бунин, но я не разглядел.

Она встала, открыла створку, достала альбом — он лежал сверху, похоже, приготовленный к моему приходу.

— Вот, несколько.

Эйхманис на охоте, это соловецкая фотография, — улыбающийся, почему-то с усиками, очень красивый, в свитере, без шапки, высокие сапоги, ружьё...

А это на Вайгаче: внушительная архитектура мощного лица — половина в тени, половина на свету: припорошённая бровь, ноздря хищника, надменная нижняя губа, глаз с большим яичным белком — всё это старательно, на ледяном ветру, лепила судьба, она постаралась, у неё получилось; Эйхманис похож на инквизитора, но не в чёрном колпаке, а в белой меховой дохе.

Эйхманис в форме, поздняя фотография, выглядит старше своих лет, взгляд прямой, губы прямые, прямая линия лба.

Эйхманис в группе военных — причём похоже, что военные здесь даже те, кто в штатском. Вот это, наверное, Глеб Бокий. Странно, но на подобных советских фотографиях всегда ясно, кто старше по званию, — хотя и погон ещё нет, и ромбы неразличимы. Поза, выражение глаз, место в центре или с краю — это признаки работают.

— Это он с мамой, — "он" звучало отстранённо.

Что ж, в этом смысле вкус у него был отменный. Глаза, ресницы, грудь. Таким женщинам идут военные и приёмы.

Даже не снимке кажется, что щека у неё холодная, почти ледяная, и если приблизится в упор — можно увидеть мельчайшие, почти незримые волоски на скуле. Взять за шею ладонью, чуть жёстче, чем требуется (большой и указательный палец упираются в основание черепа), не отпустить.

Почему-то я поискал глазами, не остался ли в доме патефон.

— Они здесь жили? — спросил я.

— Мама жила здесь, — ответила Эльвира Фёдоровна.

— Правда, что она была дочерью заключённого и Фёдор Иванович пообещал её отцу немедленную амнистию, если она выйдет за него замуж?

— Думаю, это апокриф.

— Но она была дочерью заключённого? — не отставал я.

Эльвира Фёдоровна передала мне альбом, который до сих пор держала на своих коленях, и спокойно ответила:

— Да, мой дед сидел на Соловках. Он прожил девяносто шесть лет и никогда об этом не рассказывал. Только что умер... — и Эльвира Фёдоровна посмотрела куда-то в сторону кухни, как будто я опоздал минут на сорок к соловецкому деду — тот пил чай, а потом за ним прибыла белокрылая команда и увлекла за собою.

На кухне зашумел чайник.

Эльвира Фёдоровна — я быстро пролистал альбом, пока она отсутствовала — была хороша в молодости.

Через несколько минут она вернулась с подносом: две чашки, серебряная сахарница, шоколад.

— Вы о маме тоже будете писать? — поинтересовалась Эльвира Фёдоровна, размещая поднос на низком столике возле дивана.

— О маме? Нет.

— Хорошо, — показалось, что она искренне рада этому обстоятельству.

У меня было множество вопросов о Фёдоре Эйхманисе, и я, пробуя губами кипяток (крепко заварила чёрный, не спра-

шивая моих предпочтений), задал несколько из них: знает ли
она, помнит ли она, не встречала ли она.

Эльвира Фёдоровна семь раз ответила нет. Вовсе не желая
меня обидеть: просто — нет.

— У меня есть ещё немного архивных съёмок. Несколько
лет назад мне сделали эту запись мои знакомые, думали, что
мне будет любопытно.

— А вам не любопытно? — удивился я.

— Я посмотрела, — ответила она, помедлив. — Непонятно,
какие чувства я должна испытывать, глядя на это.

Две перекрещенные белые линии на чёрном экране, и сразу куда-то пошёл строй бодрых, едва не вприпрыжку передви-
гающихся лагерников.

Каменные внутренности Соловецкого монастыря, наскоро выструганные лица красноармейцев, у всех, как на подбор,
сумасшедшие глаза, все смотрят в камеру.

Ногтев — мощные челюсти, говорит, как жуёт старое, жи-
листое мясо. Несколько раз пытается улыбнуться, но улыбка
ему не даётся.

О, Фёдор Эйхманис. Выправка, тонок. Очень спокойный,
камеру не видит — хотя там такой стрёкот стоит, наверное.

— А это, думаю... это Галя, — сказал я вслух. — Галя, вот
ты. Я тебя узнал.

Немного разочарован: она угловатая, полная, не такая
симпатичная, как я думал.

Хотя это съёмка, это съёмка. В жизни всё было иначе.

Эльвира Фёдоровна быстро посмотрела на меня.

— Вы знаете, кто это? Галина Кучеренко? Знаете? — поспешил я расспрашивать её, даже задел коленом поднос,
мой чай чуть выплеснулся. В своей чашке она отпила две
трети.

Не отвечая, Эльвира Фёдоровна смотрела на экран, и я тоже перевёл взгляд: опять Ногтев, ещё раз Эйхманис... потом
его уже не показывали, только рельсы, только шпалы и "Глеб
Бокий", пароход.

— Вы хотите ещё раз убить отца? — спросила меня хозяй-
ка. — Напрасный труд, он и так не воскреснет.

— Нет. Не убить, — сказал я, не отводя глаз от экрана: может быть, пробежит Артём Горяинов, Бурцев проедет на коне затребовать пробу обеда, Шлабуковский пройдёт, размахивая тростью.

— Неужели оправдать? У вас есть для этого... слова? — Эльвира Фёдорона перевела взгляд на меня, и, естественно, я обернулся к ней: боже мой, она готова была рассмеяться. Если и не делала этого, то всего лишь по причине своего отменного вкуса: женщинам в её возрасте смех не к лицу, тем более в присутствии молодого мужчины.

— Я очень мало люблю советскую власть, — медленно подбирая слова, ответил я. — Просто её особенно не любит тот тип людей, что мне, как правило, отвратителен.

Она кивнула: поняла.

— Это меня с ней примиряет, — досказал я.

На этот раз она никак уже не реагировала, как будто бы ей стало всё ясно со мною.

Пора было собираться.

— Последний вопрос, с вашего позволения. Может быть, вам рассказывала мама. Он говорил по-французски?

— По-немецки говорил.

— А по-французски?

— Нет. Думаю, нет.

Мы довольно сухо попрощались, я вышел на улицу и пошёл до ближайшего кафе. Там было свободное место в углу, спиной ко входу, как мне нравится.

— Здравствуйте, — сказала официантка.

Я приветливо кивнул головой.

— Вы не знаете, почему никто не здоровается с официантками? — спросила она.

Это было неожиданное, но верное в моём случае замечание.

— Извините, — ответил я, — здравствуйте.

Я заказал себе чаю и совсем немного водки. Выпить водки, запить чаем, это неплохо. Можно сладким чаем, можно без сахара — тут по вкусу.

Официантка ушла к другим столикам, я поглядывал на неё: она заслуживала большего, чем работу в кафе, но думал о другом.

Русская история даёт примеры удивительных степеней подлости и низости: впрочем, не аномальных на фоне остальных народов, хотя у нас есть привычка в своей аномальности остальные народы убеждать — и они верят нам; может быть, это единственное, в чём они нам верят.

Однако отличие наше в том, что мы наказываем себя очень скоро и собственными руками — других народов в этом деле нам не требуется; хотя, случается, они всё-таки приходят — в тот момент, когда мы, скажем, уже перебили себе ноги, выдавили синий глаз и, булькая и кровоточа, лежим, ласково поводя руками по земле.

Русскому человеку себя не жалко: это главная его черта.

В России всё Господне попущение. Ему здесь нечем заняться.

Едва Он, утомлённый и яростный, карающую руку вознеся, обернётся к нам, вдруг сразу видит: а вот мы сами уже, мы сами — рёбра наружу, кишки навыпуск, открытый перелом уральского хребта, голова раздавлена, по тому, что осталось от лица, ползает бесчисленный гнус.

"Не юродствуй хотя бы, ты, русский человек".

Нет, слышишь, я не юродствую, нет. Я пою.

...О таких вещах надо размышлять именно что в кафе, подшофе, потому что если подобное придёт на трезвую голову в осеннем поле, или подле разрушенных древних стен, или на берегу белого от холода моря, — то с вами что-то не в порядке.

Эльвира Фёдоровна позвонила мне через неделю, предложила зайти на минутку.

Я собрался и поехал: зачем ей рассказывать, что я живу не так близко, чтоб зайти.

Думал, что будут замечания по моей рукописи, но замечаний не было, она лаконично сообщила:

— Я прочитала, — и спокойно добавила: — Это ваше дело.

На телефонном столике лежала достаточно увесистая папка бумаги.

— Вот вам... — сказала Эльвира Фёдоровна. — Тут дневники той женщины, которую вы узнали на фото в прошлый свой приезд... Они были в архивах матери. Видимо, их каким-то образом изъял и вывез отец, когда его переводили в Москву. Странно, что он их не уничтожил. Быть может, он был сентиментален — такого типа люди часто бывают сентиментальны... Не знаю. Я их несколько раз читала в молодости, это действовало очень сильно. Четверть века назад перечитывала уже с меньшим воодушевлением и даже подумывала опубликовать. Но решила, что это мало кому нужно и в целом лишено пользы. Хотя, как я поняла, вы думаете иначе. Возьмите: в любом случае может пригодиться в работе.

Когда, уже в подъезде, открыл — голова закружилась: это невозможно, так не бывает и не может быть. Рассыпал на радостях. Собирал со ступеней листы, смеялся.

ПРИЛОЖЕНИЕ

| ДНЕВНИК ГАЛИНЫ КУЧЕРЕНКО |

| 17 ДЕКАБРЯ |

Хотела сама себя обмануть, начать дневник с того, что меня должно волновать. О том, каким мне представляется путь моей жизни и путь нашей революции. И меня волнует это.

Но всё равно писать я хочу о другом.

Я вспоминаю о нём непрестанно. С утра, едва встаю. Представляю, что он там делает, в своем огромном доме. Он всегда просыпается весёлый, такое лицо, как будто ел снег: зубы блестят, губы красные, глаза восторженные.

Он такой весёлый, что ему на всё плевать. Поедет на охоту сегодня.

| 20 ДЕКАБРЯ |

Вчера катались с горки на облитых водой, ледяных иконах. Пришёл он, накричал, несколько икон подобрал, Д. (сам только что катался) сразу бросился взять их и отнести.

Ф. отдал, ругаясь при этом неприлично, и я видела эти белые пятна на его как будто обмороженной коже, которые я так люблю.

Всё потому, что у него с каких-то пор новая забава — музей. Наверное, разговаривал с кем-то из заключённых, тот объяснил, сколько может стоить старая икона. Или ещё что-нибудь, про культуру. Ф. не хватило культуры в детстве, он хочет, чтоб была культура. Это иногда смешно. Или я просто злюсь на него.

За глаза его иногда называют "Энгельс". Фёдор Энгельс, или даже так: Энгелис. При мне стараются не называть. Все знают обо всём.

(вечером того же дня, вспомнила)

В сентябре было.

Ф. не пошёл, я пошла. В Преображенском соборе. Нашли два ящика в замурованной нише южной стены. На одном написано "Зосима", на другом — "Савватий". Смешно: как печенье или мебель. Чтоб не перепутать.

Привели архиепископа Тульского, епископа Гдовского, был владычка Иоанн — так его здесь зовут, "владычка". Комиссию возглавлял Коган. Вскрыли мощи святого Зосимы. Сложили около гробницы. Оказалось, что кости и труха. Я так и думала. Пока вскрывали, ни секунды сомнения не было.

Коган спрашивает: "Это главный святой?" — и носком сапога отбросил череп к стене.

Ф. тогда дела до этого не было совсем.

(ещё поздней)

Женщины всегда любят читать чужие письма больше, чем мужчины. Изымаю записки у заключённых, читаю, и меня всё это возбуждает, я тоже хочу так писать кому-то. "Приходи к дровне, кралечка. Твой известный ухажёр". Хочу прийти к дровне. Какая глупость, кралечка. Надо взять себя в руки, наконец.

(ещё позже)

Ф. разрешил лагерникам следующее: если человек берёт два билета в кинематограф, то второй билет можно передать в женбарак. И на сеансе сидеть рядом со своей подругой.

Они сидят в тулупах или шубах (холодно) и руками елозят друг у друга под полами.

Мне никто не пришлёт билет. Я на свободе.

| 22 декабря |

Лето так незаметно прошло.

Помню весной: лежит снег, а вокруг уже бабочки —
природа торопится всё успеть, такое короткое лето здесь.
Моё лето — такое же короткое. Надо успеть.

Ещё помню, летом шла по лесу и увидела огромную
гусеницу — кажется, почти метр длиной. Я вся покрылась
потом от ужаса. Она теперь снится мне. Что это за гусеница?
Куда она ползла? Она что, забыла стать бабочкой?

Сегодня вызывала на допрос Ивана Михайловича
Зайцева — он бывший начальник штаба армии Дутова.
Генерал царской и Белой армии.

Ф. однажды сказал: "Знаешь, кто убил Дутова? Дутова
убил я".

Был пьян и весел. Разрешил себя погладить по лицу
(обычно — не разрешает).

Генерала Дутова убили в Китае, куда он сбежал. Это всё,
что мне известно.

Сегодня я немного спрашивала об этом Зайцева,
он отвечал очень размеренно и медленно, точно боялся
оступиться. Про убийство Дутова он ничего не знает
в деталях. Только то, что Дутова очень хорошо охраняли
и его застрелил втёршийся в доверие человек.

Наверное, Зайцев думает, что я собираю на него новый
материал, и боится. Очень многие, попадающие ко мне
в кабинет, придают смысл всему, что там происходит.
А часто никакого смысла нет. Часто бывает, что у меня
плохое самочувствие или я опять думаю про Ф.

Меня всё время мучило совсем глупое и девичье желание
сказать Зайцеву: "Знаете, кто организовал убийство вашего
генерала?" И назвать имя.

Теперь спрашиваю себя: а зачем я это хотела сделать?
Наверное, ответ такой: мне хочется, чтоб кто-нибудь
разделил моё острое чувство к нему. Пусть это будет
не любовь (разве у меня только любовь?), пусть это будет
что угодно, даже и ненависть. Но я почувствовала бы,
что я не одна.

|23 ДЕКАБРЯ|

Ночью опять пили и снова слышала своё имя из коридора.
Они не стучатся ко мне только потому, что знают про Ф.
А ведь мы не имели с ним ничего уже месяц. Я начала
считать дни. Это никогда не имело для меня значения,
но отсчитывать всё равно приходится от этого. Тем более
что это здесь — всюду.

Как быстро здесь бывшие бойцы и герои Красной армии
превращаются в распутных свиней. Чекисты и красноармейцы должны всё время жить при смерти, возле неё
самой. Только тогда на их лицах начинает отражаться
бледный свет и гордость за великое дело. А тут они впали
в безобразие от бесстыдства и безнаказанности.

|24 ДЕКАБРЯ|

Летом на Соловках не пахнут цветы.
Зимой не пахнет снег.
Я замёрзла. Хочу влюбиться. Ему назло.
А он только обрадуется, ха-ха.
Какое нелепое это "ха-ха" на письме. Ха. Ха. Похоже,
как будто военный ведёт ребёнка. Военный перепоясан
ремнями. Ребёнок маленький, в шубке не по росту,
едва ноги торчат, и в шапке-ушанке.

Хочу шубку и бежать по Красной площади, ночью, а он
догоняет и просит: "Да постой же!" Хватает за рукав. Прячу
лицо, чтоб не видеть его глаза и не засмеяться. Идёт снег
очень ровный и сразу тающий.

Откуда я всё это взяла? Этого что, никогда не будет?
А зачем тогда всё?

|25 ДЕКАБРЯ|

Ещё месяц назад подала ему ещё пакет документов на право-
нарушения сотрудников надзора и администрации.

Никакого ответа не было.

Сегодня виделась с ним в управлении. Документы были
поводом, конечно. Я его остановила на бегу (он всегда ходит
быстро, и все за ним спешат).

Он говорит: "Чтоб всё было в порядке — надо расстрелять всех чекистов. Потому что все сюда присланные — штрафники, садисты и негодяи, перевоспитывать их нет смысла. Но если я расстреляю этих чекистов — других мне не дадут. Поэтому пусть всё идёт как идёт".

| 3 ЯНВАРЯ |

Иногда пытаюсь себя успокоить: так много вместилось в короткую жизнь, сколько бы не вместилось и в очень длинную.

Ночью приснился сон: что мы опять в поезде Троцкого и снова случайно познакомились в секретариате.

Ф. что-то докладывал Рудольфу Петерсону, начальнику поезда. Он был худ, но кожаная куртка делала его больше в плечах и очень ему шла. Она всем шла. Когда они (охрана в кожаных куртках) сопровождали Льва Давидовича и выходили все из поезда, на это было приятно и ужасно смотреть. Они шли как чёрные демоны. Красноармейцы на всех фронтах, уже впавшие в апатию, изъеденные вшами и голодные, сразу подбирались. Были расстрелы. Но демонам всё прощали, потому что они всегда приносили победу.

Мы подошли к Петерсону с журналистом Устиновым, которому я помогала. Устинову нужно было выяснить какой-то вопрос. Они недолго обсуждали что-то, и Рудольф Августович сказал: "Эйхманис вас проводит".

Мы прошли во второй состав, Ф. всё показал. Устинов ушёл с кем-то ещё встречаться, а мы впервые разговаривали с Ф.

Я сразу почувствовала: этого могу полюбить и хочу полюбить.

Глаза — словно внутри влага, которая никогда не потечёт. Линия скул неявная, хотя я всё равно говорила про них "косые скулы": как у Маяковского в стихах. Косые в том смысле, что скошенные — их скосили, стесали.

Но один раз засмеялся, и восторженные огоньки задрожали в глазах, как будто где-то за рекой загорелась трава или стога сена. Задул ветер, полетели искры. Так долго смотрела в эти глаза, что он сразу понял всё. И пригласил встретиться. Куртка скрипела у него. Он старался стоять не шевелясь: вдруг скрип меня отвлечёт?

Я отказала. Он кивнул, как будто я отказала по очень понятной причине, которую он уважает.

Тут вышел Устинов.

Это случилось через месяц, было коротко и сумбурно. Держалась за кожаный рукав, моя рука соскальзывала. Я всё время падала, падала, и хотелось окончательно упасть.

Так вот, я про сон. Приснилось всё точно так же, как было, только с какими-то новыми, путаными, совсем не нужными подробностями. На этот раз Петерсон больше говорил, Устинов больше говорил, все говорили, а я внутренне их поторапливала.

Мне так хотелось поскорее прожить всё заново. Какое было бы счастье — всё то же самое прожить заново.

| 17 ЯНВАРЯ |

Летом наигрался парадами и смотрами, осенью был музей, теперь — одна охота на уме.

Я злюсь, а сама всякий раз начинаю невольно проникаться всем, чем он занимается. Летом мне казалось ужасно важным всё это: смотры, строевой шаг, речёвки, Здра! Здра! Здра! Потом я готова была заниматься музеем сама, непрестанно вызывала на допросы то художника Браза (едва не довела его до сердечного приступа — он никак не понимал, что я хочу от него), то вообще любого, кто мог показаться знающим, интеллигентным. Наконец, священников: они тоже не знали, зачем я выспрашиваю их о ценности икон и церковного убранства. Так хотела быть полезной Ф.! Сейчас поймала себя на мысли, что хочу на охоту, ведь охота — это прекрасно: солнце, мороз, убили зверя, он лежит на снегу.

Пошла в библиотеку, искала что-нибудь про охоту,
но вспомнила только сцену про волка в "Войне и мире".
Перечитала, стало грустно.

С кем он, интересно, спит?

Я бы простила. Просто интересно.

Вру, вру, вру. Бесстыдно вру самой себе.

Ф. отрастил усики. Она его попросила?

| 19 ЯНВАРЯ |

Утром перечитывала своё личное дело, поймала себя
на мысли, что, с одной стороны, всё такое понятное,
а с другой — никак не вижу себя ни в одной строке.
Где тут я?

Отец мой был студент. Он разошёлся с матерью, когда
мне было шесть лет. Я помню только плохие зубы, щетину,
плохой пиджак. Я была готова обожать отца. Где он?
Наверное, где-нибудь убили.

Полтора года жила у тётки в Одессе. Мне было четырнадцать лет. Соседка в доме напротив торговала прямо из окна
бисквитами, виноградом, вином, делала своё мороженое.
Я ходила с дядькой в море. Он учил ставить паруса.
Немного понимаю море и морские карты. Дядя всё время
дышал на меня. Я была очень худая, он, наверное, боялся
меня сломать, у него были большие руки. Весь вонял рыбой.

Но море — море было, как счастье. Только одно лето,
и на всю жизнь. Покупала у соседки мороженого
на копейку, а мои руки тоже пахнут рыбой:
вот моя Одесса.

Потом Питер, мать наконец вышла замуж, с отчимом
дурные отношения, пошляк, неудавшийся фабрикант.
Преображенская гимназия, закончила в 17 году. Пыталась
поступить в университет на естественное отделение,
голодала, была первая любовь, теперь её почти не помню,
поймала себя на мысли, что не вспоминала целый год,
надо же. А такая была любовь.

Я сразу стала "красной". По крайней мере, я так теперь
о себе думаю. Многое было от молодости, от раздражения

и обиды. От того, что без отца. Из-за отчима. Но многое было искренним.

Знакомая по Преображенской гимназии, Яна, она первая делала аборт из всех моих знакомых, приехала в марте 19 года, по болезни. Сказала, что работает стенографисткой в поезде Троцкого, сказала, что там огромное жалованье. Говорила и про мужчин, конечно. Всё, что она говорила, было неприятно, но (нельзя было и самой себе признаться) влекло.

И я всё равно хотела на фронт. К тому же голод.

Финальная сцена с матерью: мы уже ненавидели друг друга.

Жалованье было почти две тысячи рублей, Яна не наврала. Я ни разу не посылала денег домой. Оправдывалась, что почта не найдёт. Мама заболела и умерла. Отчим исчез, я не искала его.

Когда всё это перечисляешь, получается, что было грустно и плохо. А между тем было очень молодо, всё время была надежда и поэзия.

Ф. знал стихи наизусть, я так удивилась. Что-то ужасное, вроде Северянина. У него дурной вкус, кажется мне иногда. Но оттого, что он мужчина, он умеет свой дурной вкус нести так, как будто вкус его хороший.

Хотя я снова злюсь. Он умный. Мне невыносимо.

| 14 МАРТА |

Впервые и так остро почувствовала: весна. Как хочется прожить весну сильно. Молодость стала ощутима: она ещё есть, но как будто она топливо, и кончается. Я могла бы на этом топливе уехать ещё достаточно далеко, но стою на месте.

У меня нет ничего: любви, ребёнка, родителей. Есть только люди, которым я делаю больно. Но они этого заслуживают. Все врут, как маленькие, и думают, что незаметно. Все невиновны. И все ненавидят советскую власть. И все готовы целовать мне сапоги.

Когда я их вижу, я начинаю больше любить нашу революцию. Она стоит за мной, как стена.

| 15 МАРТА |

Отвратительно, что это произошло. Отвратительно, что это произошло с Д. Он идиот, у него нет ума, нет мыслей, у него только наглость и самомнение. Он меня взял этим.

Сегодня пришёл, я твёрдо сказала: "Забудь. Если хоть один слух о том, что ты кому-то об этом сказал, дойдёт до меня, ты знаешь, что я могу. Ты знаешь, что может Ф. Ты должен думать о своей безопасности".

Удивился, молча ушёл. Лицо красное, даже уши покраснели от удивления. Глаза ненавидят.

| 29 АПРЕЛЯ |

Ночью не выдержала и поехала к его дому. Вдруг поняла, что конь знает дорогу.

Стояла, смотрела на окна. Одно горело.

Представляла, как он заметил меня, вышел и обнял. "Ну что ты, глупая, — говорит, — я так ждал тебя".

Враньё, какое мерзкое враньё.

Ехала обратно, плакала.

Красноармейцы на воротах смотрят подло, словно всё понимают. Как хорошо было бы их расстрелять.

| 3 МАЯ |

З. мне рассказала, как Ф. отметил Первое мая. Животное. Я уже догадывалась. Однажды даже подслушала разговор об этом, но убедила себя, что всё показалось.

| 17 МАЯ |

Ф. читал запоем, потом вообще перестал. Сказал, что больше всего любит читать приказы и декреты. Кокетничает, потому что он тут отдыхает, мог бы пополнеть, но его внутренний жар пережигает последствия его бесконечных застолий. И ещё, конечно, мужской его жар и банные оргии с любимыми каэрками. Сволочь, мерзкий. О, как убила бы

его. Как смотрела бы ему в глаза, когда бы он услышал:
"Привести приговор в исполнение".

(вечером того же дня; успокоилась)

Потом Ф. сказал, что со временем будут читать только
газеты или, на худой конец, дневники и воспоминания. Это
самое честное, он сказал. Какая чушь! Все дневники и воспоминания — куда большее враньё, чем любой роман.

В романе писатель думает, что он спрятался, и открывается
в одном из героев, или в двух героях, или в трёх героях весь
целиком, со всей подлостью. А в дневнике, который всегда
пишется в расчёте на то, что его прочтут, пишущий (любой
человек, я, например) кривляется, изображает из себя.
Судить по дневникам — глупо.

Если б я писала роман про Ф., я бы... Там было бы всё
по-другому, чем здесь. Я описываю здесь только правду —
той, которой она мне видится. Но для описания жизни —
правды не хватает! Правда событий, их перечисление
и даже осмысление охватывает только очень маленькую,
внешнюю, смешную часть жизни.

Пишешь правду — а получается неправда.

(вспомнила, забавно)

Вызывала Шлабуковского, который шёл по делу
"Ордена русских фашистов".

Шлабуковский хорошо знал Есенина, знает всю эту
среду. Расспрашивала его целый час о Есенине
и Мариенгофе. Он никак не мог понять мой интерес,
но осторожно рассказывал, а потом даже вдохновенно,
расслабился.

Подумала вдруг: вот сложилась судьба, и я попала на
поезд Троцкого, затем сюда, но могла бы остаться в Москве,
дружила бы с поэтами, стала бы жить с кем-нибудь из них.
Больше потеряла бы или больше приобрела?

Я бы не знала очень многого. Я бы не знала цену
революции. Я была бы моложе и глупей.

Какой вывод? Я ни о чём не жалею.

Шлабуковский кокаинист. Есть какая-то возможность
добывать кокаин даже сюда. Ф. театрал, хочет отпустить

его досрочно по амнистии. А нужно было бы добавить ещё пять лет.

| 19 МАЯ |

Мне вчера привезли духи и тушь из Кеми.

Ф. зашёл ко мне в кабинет. Смешно: как будто на запах. Он же охотник. Он как охотничий пёс. Услышал запах и увлёкся.

Всё опять случилось. Это смешно, но мой смех счастливый.

Иногда стучится болезненная мысль про его женщин, его скотство, о том, что он может заразить меня: я тут видела, что происходит. Но быстро, быстро, быстро отгоняю эти мысли.

Такое счастье. Такое мещанство: я так хочу наряжаться.

Громко пою:

Я сошью тюрнюр по моде,
Что не спрячу, то в комоде.

Он сказал, что ждёт меня вечером, чтоб я приехала. Не стал объясняться, мне это даже понравилось: было бы ужасно больно и противно, если б объяснялся. (Но внутри всё равно мелькнуло: ему просто не стыдно, он давно перешагнул.)

Весь день ничего не могла делать. Прежде чем выйти из кабинета, изо всех сил пытаюсь перестать улыбаться.

Ещё Ф. сказал: "Убери портрет Льва Давидовича, сколько можно". Но по-доброму сказал. Я тут же убрала. В стол.

В лагере находится в заключении личный повар Троцкого. И я, и наверняка Ф. его часто встречали в поезде. Он кормил только Троцкого, мы готовили себе сами, но я помню, он однажды угостил меня печёным яблоком со сладкой начинкой. Это было примерно сто лет назад. Я была совсем девочкой. Но яблока хочу и сейчас.

Ф. с ним не общается, отправил работать в лазарет, куда сам никогда не ходит.

Если б не было Троцкого — революция проиграла бы, я это знаю, и Ф. это знает. Мы это видели своими глазами. Революция не испытывает благодарности. Наверное, это правильно. Будущее наматывает ненужное на колесо. Так надо.

Надо ещё заказать духов. Наплевала на всё, пошла на склад, выбрала сапоги, изъятые у каэрок. Ничего не хочу думать про это. Взяла и всё.

|23 мая|

Ф.: "Здесь у каждого незримое кольцо в губе. Надо — беру за кольцо и веду к яме".

Я тоже замечала: заключённые нелепы в своих попытках спрятаться, при этом походя на редиску: у каждого торчит из земли хвост: в любую минуту проходящий по грядке может схватить за этот пучок и вырвать.

Я могу это сделать с любым тут.

(позже)

Кажется, я знаю, зачем он меня вернул. Ему хочется говорить с женщиной. Ему тут не с кем говорить. Он мог бы говорить с каэрками, но не в состоянии себе позволить этого. Мне так кажется. Ему нужно, чтоб его слушали, и у этой тишины была женская интонация. У меня эта интонация получается.

В остальном, он не любит меня. Я могу себе это сказать.

Иногда мы совсем ничего не делаем и только разговариваем. Я тогда смотрю на его лицо, как на лампу: чувствую тепло, а прикоснуться не могу.

Сапоги жмут.

|24 мая|

Пошла и взяла себе другие сапоги, а плевать.

К этим сапогам нужна другая юбка. Почему-то сапоги могу взять, а юбку пока нет. Ничего, дойдёт и до этого.

Вообще надо съездить в Кемь, всё купить. Я очень хочу ему нравиться.

И вот что смешное заметила. Как только наши
отношения возобновляются (всерьёз это уже в пятый раз,
не считая мелких ссор, и первые ссоры я устраивала
всегда сама, теперь думаю — ужасная дура была) —
да, так вот, когда мы снова вместе, я с какой-то новой
силой и новой страстью начинаю верить в то, что мы
делаем здесь, и вообще в революцию, которая,
конечно же, не принесла так быстро того, чего
ждали.

Все это понимают, даже Ф., который никогда об этом
не говорит.

Он говорит только о том, что происходит здесь и сейчас.
Я иногда запоминаю его слова, и когда "политические"
пытаются спорить со мной на допросе, я отвечаю им
доводами Ф.

Его (а с ним и всю советскую власть) винят в строгости
режима, он мне, смеясь, сказал на это недавно:

— А знаешь, как было в 17-м? Да, тюрьмы большевики
не закрыли, хотя было желание. Но — никаких одиночек,
никакого тюремного хамства, никаких прогулок гуськом,
да что там — камеры были открыты — ходите, переговари-
вайтесь... Потом в 18-м мы вообще отменили смертную
казнь. Зачем мы вернули, пусть нас спросят. Чтобы убить
побольше людей? Вернули, потому что никто не хотел мира,
кроме нас. Теперь получается, что мы одни убивали.
А нас не убивали?

(Хотя и он наверняка слышал это от кого-то другого,
думаю, от Бокия. В 17-м Ф. лежал в госпитале.)

Ещё о том, почему сюда иногда попадают невиновные
(так бывает, я сама знаю несколько случаев).

Ф. говорит (пересказываю как могу), что у большевиков
нет возможности дожидаться совершения преступления,
поэтому ряд деятелей, склонных к антисоветской
деятельности или замеченные в ней, ранее будут
в целях безопасности Советского государства задержаны
и изолированы.

Его мысли, нет? Без разницы.

Тут все говорят, что невиновны — все поголовно,
и иногда за это хочется наказывать: я же знаю их дела,
иногда на человеке столько грязи, что его закопать не жалко,
но он смотрит на тебя совсем честными глазами. Человек —
это такое ужасное.

Белогвардеец Бурцев сидит не за то, что он белогвардеец,
а за ряд грабежей в составе им же руководимой банды
(а такой аристократ, такой тон). Этот самый поп Иоанн,
хоть и обновленец, а сидит за то, что собрал кружок
прихожан, превратившийся в антисоветскую подпольную
организацию. Поэт Афанасьев (вызывала только что) сел
не за свои стихи (к тому же плохие), а за участие
в открытии притона для карточных игр, торговли
самогоном и проституции.

И ещё про то, что здесь якобы зверская дисциплина.
(На самом деле всё сложнее: иногда зверская, иногда совсем
расслаблены вожжи.)

Ф. говорит, что дисциплина неизбежна — иначе будет
распад. Политические в Савватьево отлично это доказали.
Если бы так, как политических тогда, распустили всех —
все бы ходили около вышек, кричали "бараны!"
на красноармейцев и болели цингой от скуки.

Я чувствую, что он прав, и когда говорю это
"политическим", или просто любым разумным
заключённым (таковых меньшинство), или сексотам,
всегда вижу, что они не хотят этого понимать, у них
якобы "своя правда".

|26 мая|

Сегодня передала ему слова, которые Граков слышал на
лагерных посиделках от владычки Иоанна: "Я был готов
поверить в советскую власть и по мере сил пособлять ей
в работе, когда б не здешнее зверство".

Ф. отмахнулся. Быстро и почти равнодушно сказал, что
никто не знает, как управлять лагерем, этому нигде не учат.
Но те, кто винит нас за жестокость, ни дня не были на
фронте. Говорил про Троцкого и расстрелы в те годы: я этого

не видела, но много слышала — да, это было, и действовало.
Страшно, но часто действовало только это.

"Семь тысяч человек, и у каждого бессмертная душа,
а я взял её в плен, — сказал Ф. — Душа томится и стремится
вверх и во все четыре стороны. Но если я на минуту ослаблю
пальцы — леопарды съедят попов, штрафные чекисты
убьют леопардов, а потом их съедят каэры, а тех передушат
политические из социалистов".

И он показал рукой, как ослабит пальцы.

Пальцы у него тонкие, белые, очень сильные; иногда
делал мне ими больно. Теперь я скучаю, чтоб было больно
хотя бы ещё раз.

| 1 июня |

Ф. смотрел церковь при кладбище, где разрешил проводить
службы, я была с ним. Это всегда такая радость — быть
с ним, даже если он не обращает на меня внимания.
Я стала куда более сговорчива, смешно.

Пока он разговаривал с попами, у которых всегда целый
свиток просьб и пожеланий, ушла гулять по кладбищу, люблю.

Смотрела на один памятник: очень тяжёлый валун,
думала: как же его принесли? Или покойника принесли
к валуну и зарыли под него?

Тихо подошёл владычка Иоанн, приветливо поздоровался,
я ответила.

С полминуты смотрел вместе со мной на валун, а потом
вдруг сказал:

— Любовь внутри скобок, а смерть — за скобкой.

Я сначала не поняла, о чём он, а потом думала об этом
весь день. Всё это поповщина, конечно... но почему-то
думала всё равно.

(позже)

Однажды допрашивала Иоанна на тему их ссоры
с польскими ксендзами.

Иоанн говорит:

— Они уверены, что в нас, православных, вовсе нет
благодати, а мы не против, если и в них есть.

— А в нас? — спросила я.

Он не ответил так, как хотелось бы мне.

На том же допросе сказал, запомнила: "В раю нераспятых нет" и "В России везде простор". Оба эти высказывания были про наш лагерь.

(ещё позже)

Вспомнила, как Ф. смеялся: "Эмигранты пишут, что на Соловках убивают русское духовенство, а у нас сидит 119 лиц духовного звания, зато 485 сотрудников ВЧК и ОГПУ, 591 человек бывших членов ВКП(б): почему не пишут, что мы решили перебить всех чекистов и коммунистов?"

|2 июня|

А что я вообще знаю о нём?

Знаю его молчание. У молчания тоже есть интонации. И я их различаю.

Конечно же, знаю его голос. Говорят, что нет никакого выражения глаз, глаза у людей не отличаются, а есть только выражения морщин у глаз, мимика. Какие эмоции чаще всего испытывает человек — такая сетка морщин на лице развивается.

Морщинки выдают характер и судьбу. У него лицо юное, белое, не по годам, как будто не воевал и не видел всего того, что мы видели. Но когда улыбается — улыбается искренне. Морщины складываются так, как будто добра в нём много, хотя меньше, чем своеволия и бешенства. Когда улыбается — многое могу ему простить.

Голос у него насыщенный. Голос, как и морщины на лице, имеет свои признаки: чаще всего он как у заводной куклы, но иногда (когда выпьет вина; когда на охоте; когда ночью и никто, кроме меня, не слышит его; когда ему что-то удаётся сделать, чего он хотел; ещё после театра, когда хороший спектакль; когда приезжает Бокий) — полный смеха, силы, воли, и всё это переливается. Странно, но голос его больше выдаёт пожившего человека, чем лицо. Если б я стояла у дверей и слышала Ф., но никогда не видела ранее, подумала бы, что пожилой человек, больше сорока, тяжёлый, даже грузный.

Знаю, что он холерик. Он мог бы стать, как Наполеон, а сам стережёт всякую падаль.

Но вместе с тем, что холерик, — скромен. Он, к примеру, всегда был уверен, что не только Троцкий — больше его, но и Бокий — больше, сильнее, умней: Глебу доверяет и доверяется безоговорочно.

Вспомнила, что у Троцкого всегда был фотограф и кинематограф при себе. Ф. никогда бы себе такого не позволил, ему бы в голову не пришло. Он говорит о себе: солдат.

Но тут тоже лукавит и иногда вдруг разговаривает словами книжными, мне не всегда известными, как будто проповедует, но не босой проповедует, а точно бы сидящий верхом на коне. Слышала, как он, явно издеваясь и сильно пьяный, говорил: "Вы все совратились с пути и до единого непригодны. Не слушаете меня, но если кто кого превосходит, так это в блудодеянии и несправедливости. Легче говорить с Господом, чем с вами, неверными".

Там была артистическая рота, владычка Иоанн, бывшие чекисты из третьей роты.

Кто-то из артистов разгадал, видела по лицам, что Ф. читает на память Священное писание.

Владычка Иоанн сказал вроде бы и не Ф., а вслух: "Если кто отнимет от слов пророчества сего — у того Бог отнимет участие в книге жизни".

Ф. сделал вид, что не слышал. Или взаправду не слышал.

Потом Ф. говорит: "Мы заключили договор со смертью, и она работает на нас".

Здесь уже никто не догадался, откуда он это взял. А это Лев Давидович так говорил.

Раньше, когда Ф. затевал разговор о том, что устроил здесь диктатуру, я думала: ищет себе оправдания (ведь сейчас всё-таки не война). Сейчас понимаю: нет! Собой доволен. Оправдания ищу я. А он время от времени уверяется в своей бесконечной правоте.

(ночью)

У него отец латыш, мать русская.

Он сказал как-то: "У латышей нет своего характера — характер им заменяет исполнительность и точность. Они подумали, что вся Россия станет их страной, — у них же не было страны, только немецкие господа. Но Россия опять извернулась и становится сама собой. Она как соловецкий валун: внутрь её не попасть. Латыши остались ни при чём, и поздно это поняли".

(Я когда видела валун на кладбище, вспомнила про тот валун, о котором он говорил, и так сложилось у меня в сознании, что это один и тот же валун.)

Ф. закончил так: "Дело большевиков — не дать России вернуться в саму себя. Надо выбить колуном её нутро и наполнить другими внутренностями".

У Ф., конечно, нет никакой национальности.

|3 июня|

Я приехала в Москву осенью 1921 года — тогда Ф. служил где-то в Средней Азии. Работала в аппарате ЧК, неудачно жила с одним неудачным человеком. Теперь у меня не будет детей.

Ф. вернулся в июне 1922 года, и снова всё началось. Хочется сказать, что мы жили вместе, но мы не жили вместе. Мы бывали вместе.

По-настоящему я узнала его только здесь. Сначала он отбыл, пропал. Потом прислал письмо, я отвечала — по много раз переписывала каждый ответ.

Потом он вызвал меня в СЛОН, сказал, что здесь есть место.

А теперь мне здесь нет места.

|5 июня|

Прибыла Разгрузочная комиссия. Ф. опять включил в список на досрочное освобождение трёх своих банных блядей. Я не сдержалась и потребовала у него отменить их в списке, так как под приказ попали откровенные контрреволюционерки.

Произошёл разговор:

— Фёдор, за что ты их освобождаешь? Ты должен объяснить по закону.

Он подумал и написал резолюцию:

— За образцовый уход за быками.

И захохотал в своей отвратительной манере.

(Несколько дней назад писала про то, как люблю его смех, дура. Самый гадкий в мире смех. Подлая, отвращающая улыбка.)

Шлабуковского не освободил. Ещё хочет посмотреть несколько спектаклей с ним. "Хочу помилую, хочу казню".

Не поехала к нему. Ушла спать к себе. До ночи думала, что позовёт. И это было совершенное сумасшествие: он ни разу не был у меня и никогда меня не вызывал отсюда.

Мне кажется, что любую нашу ссору сразу все замечают и шепчутся: вот я пришла сюда спать. Вот не пришла сюда спать. Какая мерзость.

Даже доктор Али чувствует это, хотя, казалось бы, откуда ему знать вообще? Он всё ещё надеется, расчёсывает бороду. Понимает, что я не жена Ф. и надеяться можно.

Ещё кажется, что доктору Али было бы очень важно, что он имел ту же женщину, что и сам Ф. Это как бы приобщило бы его к власти, к силе. Откуда я это знаю? А я сама не знаю, откуда приходит это отвратительное знание и что с ним делать.

|8 июня|

Разгрузочная комиссия отбыла.

Освободили 450 человек, из них 16 матросов, участников Кронштадтского восстания. И даже не трёх, а семь контрреволюционерок.

Ф. был с похмелья, и я уже знаю, что ему надо попасться в этот день на глаза: он деятелен в эти дни и у него прилив силы, в том числе мужской.

Сразу меня заметил, велел ехать к нему, "на виллу".

Сам приехал очень скоро, через полчаса.

Пах перегаром, но мне было всё равно, от него шёл жар, он был яростен. Это всё совпало: запах вина, его своевольные руки. Чувствовала себя, как будто яблоня, и полна плодов, и они сыпятся с меня, и от этого радость, мне стало так легко — как будто яблоня может взлететь.

Потом сказал: "Галя (назвал по имени, хотя старается делать это реже, я давно заметила — не называет, чтобы не протянуть нить от себя ко мне) — я ненавижу всех этих блядей, эти бани, с этим умирает что-то внутри. Я начинаю не любить себя. А я привык себя уважать".

"Врёшь, мразь!" — сказала я внутри себя. Вслух ничего не сказала. Если бы это было хоть немного правдой! Но то, что он это сказал, ведь это что-то значит?

Он никогда не был со мной так откровенен.

Кажется, я знаю, что он хотел сказать ещё.

Он хотел сказать: "Я мог бы жить с тобой, Галя. Но, Галя, я тебя не люблю".

И как мне существовать с тем чувством, что мне всё понятно? Зачем мне это знание?

Выть хочется.

| 9 июня |

Ф. скучно. Постоянно общается с одним заключённым. Посмотрела дело: масонская ложа, масон. Говорят по-немецки. Встречаются каждый день.

| 13 июня |

Другая забава: клады, Ф. снова ищет клады, уверен, что они есть. Прошлым летом у него было несколько находок. Осенью рыли, ничего не нашли, потом выпал снег, и я уже забыла об этом.

С весны, оказывается, снова начал. Ему в кабинет перенесли бумаги из монастырского архива, переписку, читает, чихает. Иногда мне кажется, что ему четырнадцать лет.

При этом ни парады, ни охота, ни клады, ни бани, ни пьянство, впрочем не очень частое, — ничего не

мешает ему заниматься одновременно всеми начатыми
им производствами, питомниками, заповедниками,
мастерскими, заводами, сейчас ещё придумал спартакиаду, у него ежедневно 15, 20, 30 посетителей, и он со
всеми обсуждает их вопросы, с уголовниками, артистами,
священниками, иногда вдохновляясь, но чаще разговаривая голосом заводной куклы, помнит несколько сотен
имён, какие-то совершенно лишние подробности
о каждом, действительно думает, что здесь возможно
перековать людей, и у него получается, а если не получается, то он ломает человека или сразу несколько человек,
как ребёнок ломает игрушку. Только Ф. делает это
не в истерике, а просто ломает и не придаёт потом
никакого значения тому, что он сломал. То есть тому, что
он приказал убить или позволил совершиться убийству.

Для него не кончилась война. Или даже не так: его мир
ничем не отличается от войны.

|15 июня|
Владычка Иоанн:
— Россия нуждается в аскезе, а не в разврате, и вы это даёте.
Дай Бог, чтоб сами вы не впали в разврат, и то, что
вас убивают ваши же братья по безбожию, — тоже хорошо.
Монастырь спасал тех, кто хотел спастись, — вы поместили
в свой монастырь за колючку всех русских людей, дав всем
аскезу и возможность стать иноками, равными Пересвету
и Ослябе.

Льстишь, поп, и вместе с тем грубишь. Мы хотим всех
накормить, а прячем лишь социально опасных.

|1 июля|
Ф. — владычке Иоанну (запомнила)
— Знаю, к чему клонишь! Клонишь к тому, что нам всё
вернётся. Всё уже вернулось вам! Крестьянин Семён Шубин
провёл на Соловках 63 года — за произношение на святые
дары и святую церковь богохульных слов! 63! И половину
в одиночке сидел! Вот какая всемилостивая и всеблагая! Вот

её дары... Последний кочевой атаман Сечи Запорожской
Пётр Кальнишевский 25 лет тут просидел, из них шестнадцать — в каменном мешке. Погулять его выводили три раза
в год — на Пасху, Преображение и Рождество. Это очень
православно, да! Иноки сдали митрополита Филиппа —
бывшего соловецкого настоятеля — Грозному. Молчали бы!
А Филиппу тут Христос являлся — в Филипповой пустыни!
И его иноки — отдали, и Филиппа удушили. Вы теперь
что хотите, чтоб на Соловках было? Пальмы чтоб тут
росли?

(Был нетрезв и возбуждён; всё это было произнесено
с ехидством.)

(Владычка Иоанн слушал, улыбался, тихо кивал головою,
как будто слушал дорогого ему ребёнка, а тот повторял
Символ веры.)

| 2 июля |

Помню, в поезде Троцкого работали: секретариат,
типография, редакция газеты, штат стенографистов, теле-
графная станция, передвижной лазарет, радио,
электрическая станция, библиотека, гараж, баня. Опера-
тивная группа самого Ф. Охрана из латышских стрелков.
Группа агитаторов. Бригада ремонтников пути.
Пулеметный отряд. Потом прибавились два самолета,
несколько автомобилей и оркестр.

Что это напоминает? Правильно, Соловецкий лагерь.
Он здесь строит поезд Троцкого. То, что увидел
в молодости, — то и строит. Он и меня сюда привёз
по этой причине: я оттуда.

| 6 июля |

Приезжала Врачебная комиссия: проверяли личный состав
охраны, в том числе меня.

Потом я везде их по приказу Ф. сопровождала. Было
много работы и нервов.

Результаты ужасные.

(позже, пыталась успокоиться)

Вот сделанные мной выписки из заключения комиссии: "Среди 600 человек обследованных вольнонаемных и заключенных работников ГПУ оказалось около 40 процентов тяжелых психопатов-эпилептоидов, около 30 процентов — психопатов-истериков и около 20 процентов других психопатизированных личностей и тяжелых психоневротиков".

Где я живу? Где я? Где?

А вдруг это всё заразное?

Мы что угодно могли думать, а выяснилось, что банда кретинов, садистов и психопатов переоделась в чекистскую форму, в красноармейцев, получила должности в руководстве — и мучают людей, жрут поедом, и зубы у них растут так, что корнями прорастают в их черепа: вырви челюсть, она вывалится вместе с кровавой мочалкой мозгов. Тьфу! Всё это — страшный сон мне! Страшный!

(ночью)

Всё я знала, нечего врать. Бумагу тебе надо было увидеть, чтоб поверить? Всё знала, всё.

Последний раз, когда была у него: увидела — руки его в чернилах. Он сам очень редко пишет — только диктует. А тут, значит, подписывал. Вспомнила: были расстрелы. Подписывал расстрелы и гладит меня этими чернильными руками.

|8 июля|

Устроила Ф. истерику у него в доме.

Он впервые ударил меня и вышвырнул вон.

Помню только одну его фразу, сказал в самом начале разговора:

— Соловчане здесь — а причины их нахождения — там. Мы видим следствие. А предыстория не ясна.

Я просто не могу это больше слышать.

|11 июля|

Напилась. Сказалась больной. Ещё напилась. Так целую неделю и "проболела".

Может, актёр? Растреплет тут же всем.

|12 июля|
Ф. знает, что ко мне лезла эта мразь. Ничего не сделал.
Нарочно. Странно, что я чего-то жду.

Ничего не жду.

|26 июля|
Ординарец товарища гражданина. Вот так.

(несколько записей без дат)

...

Да, мщу. Хотелось отомстить — и чтоб не с чекистом,
не с конвойным, а вот с таким. Который тем более у него
крутится перед глазами.

Наверное, не надо об этом.

...

Поймала себя на мысли, что хотелось бы кому-нибудь написать длинное, огромное, на сорок страниц, письмо обо всём.
И тут же подумала: никому, кроме Ф., не могу! Даже захохо-
тала.

Яна теперь замужем. Разве что Яне. Надо найти её.

...

Назначил Виоляра начальником биосада. (До вчерашнего
дня он торговал молоком в лагерном киоске.) Поселил их
вместе с женою — грузинской княжной — в соседней
усадьбе, неподалёку от своей виллы. Виоляр рад и едва не
целует Ф. руку при встрече.

Ф. снова учит английский с ним. Хотя дело не в английском. Я знаю, зачем он их поселил поблизости. Из-за
княжны! Мерзавец всё-таки.

Мне нет никакого дела до этого.

...

Задержали возле Биосада монаха-пустынника. Лагерь уже семь лет здесь — и он там жил. Долго допрашивали, но всё и так было ясно. Он не врёт. Прикармливал его кто-то из бывших монахов.

Сходила — нора-норой, жил там, как крот.

Надо вылезать из норы.

...

Оказывается, он собрался в Москву! Оказывается, он женится! На девице, которую увидел неделю назад впервые. Как много стало новостей сразу.

Скоро зима, я тоже покачусь с горки. Приготовлю себе ледяночку и прокачусь. Надоели мне ваши валуны.

...

Ты какой-то не подслащённый.

(Спустя час не помню, о чём написала последнюю фразу.)

Галина Андреевна Кучеренко была амнистирована на следующий год после осуждения: скорее всего, по инициативе Эйхманиса.

С одним из первых весенних рейсов на материк она вернулась в г. Кемь. Дальше следы её теряются.

Чуть подробнее об Эйхманисе: из этих кубиков можно построить высокую, шаткую башенку, главное, отойти в сторону, когда упадёт, а то может придавить.

Итак, Фёдор Иванович Эйхманис родился 25 апреля 1897 года в семье крестьянина, село Вец-Юдуп Грос-Эзернской волости Гольдингенского уезда Курляндской губернии (если вслух всю эту географию прочитать — как сказка начинается).

Семья (отец, мать, трое детей — у Теодора, так его звали поначалу, имеются сестра и брат) разорилась и потеряла земельный надел в 1904 году.

Окончил двухклассную сельскую школу и гимназию экстерном.

С 1909 года работал в типографии рассыльным (город Виндава). Затем — кладовщик, затем корректор, затем бухгалтер этой типографии: ретивая карьерная поступь с четырнадцати до семнадцати лет, хваткий парень.

Одновременно окончил Рижский технический университет и военное училище в Риге.

Куда дальше, Теодор? В Москву! Эйхманис — работник концерна "Мюр и Мерилиз" в столице. Вспышка: высокий лоб, внимательные глаза, тонкие губы — породистый, хоть и крестьянского рода, юноша стоит под рекламными гирляндами одноимённого магазина; красиво. Следующая фотовспышка, согласно законам жанра — трагическая, над головой, как детские каляки-маляки, туча — сейчас шарахнет гром.

В 1916 году призван на фронт: Фёдор Эйхманис — солдат Ахалцихского пехотного полка.

Скорый перевод в команду разведчиков при штабе 41-й дивизии. Основания: неоднократно проявленное мужество, два образования (по некоторым данным — технический университет тоже окончил экстерном), отличное владение немецким языком.

Почти год много воюет: то есть периодически убивает людей, проводит ряд боевых операций, весь в делах, сфотографироваться в наградах некогда.

Весной 1917 года тяжело ранен. Несколько месяцев лечится в госпиталях Петербурга.

В ноябре 1917 (по другим данным — на полгода позже) вступает в РСДРП. Весной 1918 года демобилизован. Некоторое время работает слесарем на одном из петроградских заводов. (Всё умеет — хочешь бухгалтер, хочешь корректор, хочешь разведчик, хочешь слесарь.) Оттуда — внимание — переходит в отдел военного контроля при полевом штабе Реввоенсовета (РВС) республики.

Уже летом 1918-го по рекомендации зам. Председателя ЧК и члена Коллегии ВЧК Якова Петерса назначен секретарём управления особого отдела ВЧК и заведующим общим отделом этого управления.

В июне 1919 года ещё один стремительный рывок — двадцатидвухлетний молодой человек становится начальником оперативной группы поезда Председателя РВС, вождя Красной армии, второго, после Ленина, человека в стране — Льва Троцкого.

Поезд Троцкого с исключительной, лихорадочной скоростью перемещался по республике, нежданно появляясь то на Восточном, то на Южном, то на Западном фронтах, рассылая молниеносные приказы, совершая аресты, верша немедленный суд, расстреливая дезертиров и мародёров, агитируя, мобилизуя крестьян в Красную армию, выставляя заградотряды, атакуя, сбрасывая десантные группы, проводя допросы, захватывая в заложники военспецов и принуждая их работать на большевистскую власть, попадая под обстрелы, переживая крушения. Троцкий называл свой поезд "летучий аппарат управления".

Эйхманис — в эпицентре всего этого; и постоянно на глазах Троцкого.

В сентябре 1920 года, с переносом военных действий Красной армии в Среднюю Азию, Эйхманис назначается в особый отдел Туркестанского фронта на должность начальника активной части, а затем — начальником Казалинского отделения ЧК.

В ноябре 1920 года он — председатель ЧК Семиреченской области. Разрабатывает успешный план по ликвидации казачьего отряда полковника Бойко.

В начале 1921 года мы видим двадцатичетырёхлетнего Эйхманиса уже на должности председателя ЧК всей Туркестанской республики (территория, соразмерная с любой крупной европейской страной).

Он выступает в качестве организатора убийства одного из опаснейших врагов советской власти атамана Александра Дутова. В ночь с 6 на 7 февраля 1921 года в Китае, в местечке Суйдун, в своем кабинете Дутов застрелен в упор. Многочисленная и вышколенная охрана его не спасла.

В том же году, в ночь с 8 на 9 июля, во время катастрофического алма-атинского селя гибнет первая жена Фёдора Эйхманиса.

Он руководит подавлением совместного восстания декхан и солдат 3-й погранбригады в Нарыне.

Возглавляет ликвидацию партизанских подразделений Исраиль-Бека и организует последующее его убийство в собственной ставке.

(Здесь уже просматривается определённый почерк Эйхманиса. Едва ли он — организатор первых заказных

политичес-ких убийств не только в стране, но и за её пределами — мог предположить, что тем же, а прямо говоря —
его же почерком — напишут много позже и убийство в своём доме товарища Троцкого — когда-то прямого начальника Эйхманиса.)

Следующие, при опосредованном или непосредственном
участии Эйхманиса, убийства: руководитель басмаческого
движения Джанузаков и один из видных басмаческих командиров Энвер-Паши.

(Идёт война: они бы его тоже убили, и предпринимали попытки. Эйхманиса со временем возненавидели здесь все бас-
мачи, баи и прочие бабаи — этому изобретательному демону
приписывали даже тех мертвецов, к убийству которых он руку не приложил.)

Далее Эйхманис, выполняя спецприказ ЦК ВКП(б) пере-
мещается в Бухару, где успешно выполняет секретное задание по выдворению последнего бухарского эмира за
Пяндж.

2 июня 1922 года Эйхманиса переводят в Москву: ему пре-
доставлено место начальника 2-го отделения (Средний Восток и Средняя Азия) Секретно-оперативного управления ГПУ
при НКВД РСФСР. Ещё раз, на секундочку остановимся и спокойно отметим: двадцатипятилетний человек получает в опе-
ративное наблюдение Средний Восток и Среднюю Азию —
масштабы македонские.

В начале 1923 года Эйхманису предлагают должность в аппарате управления СЛОН — первого концентрационного лагеря, созданного Советской республикой на территории бывшего монастыря.

(Именно таким образом и неожиданными зигзагами будет развиваться его насколько чудовищная, настолько же
ошеломительная биография.)

Цель новой работы формулируется постепенно: отработ-
ка механизма полноценного использования труда заключённых.

Важный момент: работа СЛОН не регламентировалась
общегосударственным законодательством. То есть: делайте,

как считаете нужным, товарищи. У вас большой опыт самостоятельной работы, например, в советской Азии.

Новый перевод для Эйхманиса не был ссылкой (юг — Москва — север) — напротив, ему доверили организацию очередного сверхважного госэксперимента.

Кроме того, именно в Соловецкий лагерь были теперь свезены все крупнейшие враги советской власти — кому как не Эйхманису в личное ведение могло большевистское руководство препоручить их.

На пароходе "Глеб Бокий" (ещё с Туркестана старший товарищ и новый, после Якова Петерса, покровитель Эйхманиса — не только пароход, но и живой человек, естественно — чекист, куратор СЛОНа) он прибывает на очередной пост.

Теперь любопытные детали.

13 марта 1925 года организуется Соловецкое отделение Архангельского общества краеведения (СОАОК): приказ по Управлению Соловецким лагерем особого назначения. Председатель краеведов, как ни удивительно, Фёдор Эйхманис.

12 мая 1925 года очередным приказом УСЛОНа северо-восточная часть Большого Соловецкого острова объявлена заповедником. На территории заповедника запрещалась вырубка леса, охота, сбор яиц и пуха. Позже по инициативе Эйхманиса был заложен питомник лиственниц и других хвойных, которые были рассажены по всему острову.

(Послушное воображение рисует молодого мужчину — вот у него саженец в руках, вот он держит в ладонях нежнейшего птенца лимонного цвета.)

Соловецкие краеведы (по совместительству — заключённые) и бывший организатор спецпокушений во главе краеведов — с успехом занимаются акклиматизацией ондатры и вопросами рационализации лесопользования.

Эйхманис и его спецы изучают острова архипелага, скиты на Анзере, неолитические лабиринты на Большом Заяцком острове, Фаворскую часовню на острове Большая Муксалма, разыскивают и описывают землянки отшельников.

Весомая цифра: 138 научных учреждений СССР переписываются с краеведами Эйхманиса.

Летом 1926 года к Эйхманису приезжают столичные гости — профессор Шмидт (АН СССР), профессор Руднев (Центральное бюро краеведения), профессор Бенкен (ЛГУ). Профессора, мягко говоря, удивлены результатами работы и настаивают на преобразовании СОАОКа в самостоятельное Соловецкое общество краеведения (СОК).

СОК организован в ноябре 1926 года.

В декабре публикуется первый сборник научных материалов СОКа. В последующие годы их будет опубликовано ещё двадцать пять. Ценность многих монографий поныне несомненна.

Далее: ещё одна забава латышского стрелка — музей, под который выделили Благовещенскую церковь и утепленное прясло крепостной стены возле Белой башни.

После случившего в монастыре пожара (вопреки легенде большевики не имели к нему никакого отношения: зачем им жечь собственный лагерь) в музей идёт 1500 единиц хранения монастырского архива, 1126 старых книг и рукописей, две с половиной тысячи икон, деревянная и оловянная посуда основателей монастыря, келейный белокаменный крест преподобного Савватия, чудотворная Сосновская икона Корсунской Божией Матери в сребропозлащенной ризе ручной художественной работы, образ Спаса Нерукотворного, написанный преподобным Елеазаром Анзерским, художественная парча, коллекция отреставрированных древних бердышей, копий, стрел, пушек, пищалей. Всего 12 тысяч экспонатов.

Ну и заодно: программки лагерных театров, лагерные газеты и журналы, фотографии бодрого быта лагерников, их литературные сочинения и прочие рукотворные изделия зэка. А что, тоже история.

Одновременно по приказу Эйхманиса открыт ещё один музей в части Спасо-Преображенского собора. В алтаре — экспозиция по иконописи, в Архангельском приделе — коллекция оригинальных гравированных медных досок XVIII–XIX веков и оттиски с них, расписная напрестольная сень 1676 года, коллекция лампадок и подсвечников XVII века.

Ранее извлечённые любопытными чекистами на Божий свет мощи Зосимы, Савватия и Германа снова оказались в серебряных раках.

(Может, Эйхманис подумал, что спасут за оказанное уважение? Не спасли.)

Достойно упоминания, что в мае 1926 года по ходатайству Эйхманиса вдвое был сокращён срок заключения Нафталия Френкеля.

Позже Френкель стал генерал-лейтенантом НКВД и по сей день носит славу непревзойдённого рационализатора подневольного труда.

В августе 1929 года Эйхманис возвращён в Москву и занимает должность начальника 3-го отделения Спецотдела ОГПУ: внешняя контрразведка. Работа по нему: он в этом направлении уже потрудился в империалистическую.

Следующий год: новое, выше и ужасней некуда, назначение — 25 апреля на Эйхманиса было возложено руководство всеми лагерями того времени: Соловецким, Вишерским, Северным, Казахстанским, Дальневосточным, Сибирским и Среднеазиатским.

Он — первый начальник Управления лагерей ОГПУ, император того, что позже будет названо Архипелаг ГУЛАГ. (Бежал-бежал бывший тонконогий, симпатичный типографский рассыльный, и — добежал наконец. Стоит на вершине, озирается. Сюда бежал, нет?)

Хотя нечего тут переусердствовать: в должности он пробыл чуть больше месяца, принял документы, сдал документы (в должность вошёл Лазарь Коган).

(Грубо говоря, как таковым ГУЛАГом Эйхманис не руководил: потому что сама аббревиатура "ГУЛАГ" — с таким ржавым, лязгающим звуком должен падать топор на шею — появится лишь в ноябре того же года.)

16 июня 1930 года партия передвигает своего латышского стрелка дальше.

Эйхманис выступает в качестве организатора и начальника легендарной Вайгачской экспедиции.

(Перечисляем оглавление предыдущих летописей и саг: разведка Первой империалистической — Петроградское ЧК — поезд Троцкого — горячая Азия, Туркменистан, Бухара — Соловки и окрестности — Москва, внешняя разведка, четыре ромба в петлицах и доклады в Кремле — лагеря всея Руси, самой большой рабовладельческой империи мира, в личном распоряжении — а теперь Вайгач, Арктика, вечная мерзлота, минус 50…)

К острову Вайгач Эйхманис прибыл, что характерно, верхом на знакомом уже пароходе "Глеб Бокий" — в этот раз пароход, правда, шёл следом за двумя ледоколами — сквозь ледяные поля и нагромождения торосов.

"Экспедиция" звучит романтически, поэтому категорически огорошим: вообще это называлось Вайгачский Отдельный Лагерный Пункт. Управление пунктом находилось в бухте Варнека на острове Вайгач и подчинялось в свою очередь Управлению Северных лагерей ОГПУ.

Посмотреть, так Эйхманиса серьёзно понизили в должности, но всё это ерунда: Вайгачская экспедиция имела значение огромное, государственное, и подчиняться хоть кому-то Эйхманис на ледяном острове не мог: это ему все подчинялись.

(Там был единственный абориген — ненец Вылки с семьёй — только он не подчинялся.)

Первую зимовку вместе с Эйхманисом в бухте Варнека провели 132 человека, из которых 100 человек являлись заключенными: уголовниками и политическими. И ещё 25 — вольнонаёмными.

То есть с Эйхманисом прибыло всего шесть человек чекистов.

В команде Колумба было гораздо больше приличных людей. А они ведь не в Арктику плыли.

О том, зачем именно прибыла экспедиция на остров, эти шестеро осведомлены не были.

Ближайшие доверенные лица Эйхманиса — геологи, горняки, инженеры, топографы — люди большой науки, но все, к сожалению, осуждённые по 58-й статье. С соловецких времён — едва ли не самый любезный ему контингент.

Раз-два, с лёту поставили на новом месте, из заготовленных Эйхмансом ещё в Архангельске срубов, тёплые бараки, собрали дизельную станцию, радиостанцию, организовали медпункт, столовую, правильное питание (картофель, лук, морковь и даже клюквенный экстракт против цинги) и — за работу, за работу.

(Чуть позже достроили аэродром, баню, почту.)

С промороженного Вайгача ледоколом образцы руды доставлялись в Архангельск, оттуда самолетом в Москву, там производили анализы и торопились с заключением в Кремль.

Короткое слово бывшему вайгачскому лагернику: "Эйхманис был довольно энергичным администратором. Он умело организовал строительство поселка, быт и порядок. В поселке не было разграничения между заключенными и вольнонаемными. Все жили рядом, работали вместе и свободно общались. Не было никаких зон, запретов. Заключенные в любое свободное время могли по своему желанию совершать прогулки по окрестностям вместе с вольными без всякого специального разрешения или пропусков, организовывать состязания на лыжах".

Здесь, чтоб всё не выглядело столь благостно, пригодилась бы трагическая история, о том, как Эйхманис задавил готовящийся бунт уголовников, но это всё от лукавого: реальное управление — это когда никому в голову не приходит бунтовать, даже если передушить всех чекистов можно за десять минут.

Кстати, Эйхманису пригодились отдельные соловецкие наработки: заключённым, если справно делали дело, засчитывали год за два. Спецы из числа заключённых получили право вызова на Вайгач своих жен и детей — что и происходило (семьи вывезли к себе геолог Клыков, геолог Флеров, бывший комбриг РККА Архангельский, топограф Переплетчиков, картограф Бух, к профессору Виттенбургу приехала жена из Ленинграда вместе с одиннадцатилетней дочерью: сплошной Чук и Гек, в общем). Условия жизни спецов и вольнонаёмных были равны. Открыли единый для чекистов, вольнонаемных и заключенных магазин, в котором, правда, вайгачским лагерникам не продавалось спиртное (хотя на Соловках — да, продавали).

В ближайшие годы на Вайгаче будет обнаружено 58 рудных месторождений с проявлением свинцово-цинковых и медных руд.

Надеялись также найти золото, серебро и платину, но чего не было — того не было.

Задание правительства выполнено, и в 1932 году Эйхманис на пароходе "Глеб Бокий" отбывает к Большой земле.

Его путь — снова в Москву.

Теперь он заместитель начальника 9-го отдела (а начальник отдела — тот самый Глеб Бокий) и одновременно начальник 3-го отделения 9-го отдела ГУГБ НКВД СССР.

Чем занят: его отделение ведает шифрами советской разведки, разрабатывает их и применяет, ведёт шифрсвязь с заграничными представительствами СССР.

В целом на него (и на Глеба Бокия) была завязана едва ли не вся контрразведка СССР.

Совершает ряд рабочих выездов за границу, в Европу и в Японию. Россия им изучена, пора полюбоваться на мир. Мир огромен, опасен, прилежно готовится к массовым злодеяниям.

Целая судьба ушла на бронированные поезда, контратаки, лагеря, допросы, политических, уголовников, леопардов, потных басмачей, ледяную Арктику — а тут, чёрт, изящный зонт в руке, швейцар у входа, "позвольте, я сам...", тротуары, мосты, кафе, *coffee, please.*

...Лежит советский разведчик в гостиничном номере, не снял красивые ботинки, смотрит в белый потолок. На потолке люстра. Скоро домой.

В 1937 году фамилия Федора Эйхманиса появляется в списке, составленном лично товарищем Сталиным. Список не наградной, но, напротив, содержит 134 фамилии сотрудников НКВД, подлежащих суду военной коллегии Верховного суда Союза ССР. Сталин и Молотов завизировали список, и 134 человека постепенно отправились в сторону эшафота.

Сначала Эйхманиса уволили из НКВД.

(Помнишь, латышский стрелок, как ставили "на комарика" в Соловецком лагере? Вот и до тебя долетел огромный ледяной комар, сел на затылок, загнал хоботок в темя.)

Некоторое время тосковал в своей квартире на Петровке и дожидался, "когда всё выяснится". Беременная жена смотрит умоляющими глазами.

Нет бы вырыл нору и забрался туда.

22 июля 1937 Эйхманис арестован по обвинению в "участии в заговоре в НКВД".

Под следствием он пробыл больше года. Это большой срок. Так долго выбивали показания? Скорее, с ним было о чём всерьёз поговорить.

Предположим, что сначала, после некоторых мероприятий, он рассказал, как всё было на самом деле. Или хотя бы часть правды. Правду осмыслили, сделали выводы. Потом вместе со следователями придумали, как написать, чтоб прозвучало красиво, впечатляюще — на первые полосы чтоб.

В деле Эйхманиса фигурируют следующие обвинения.

Завербован Яковом Петерсом для работы на английскую разведку в 1921 году, как раз в то время, когда Эйхманис возглавлял ЧК Туркестана (безусловный бред).

Срыв ликвидации басмаческих банд (чёрная большевистская неблагодарность).

Членство в диверсионно-террористической группировке "Единое трудовое братство" (типично масонское название), руководимой Глебом Бокием (Эйхманис, конечно, и диверсант, и террорист в некотором смысле, но всё-таки не в том, который был предъявлен на суде; хотя масонство... масонство, может, и не стоит отметать).

Член спиритического кружка, организованного тем же Бокием (очень похоже на правду, Бокий славился подобными забавами, все знали про его странности. Черти пытались вызвать себе подобных). Кружок, кроме прочего, занимался предсказаниями судьбы (судя по результатам, крайне неудачно).

Исполнял роль связного между Бокием и Троцким (вполне могло, в той или иной форме, иметь место; в таком случае к биографии Эйхманиса прибавляется ещё один вензель, которым его подцепили за ребро и потащили на убой).

Подробности в деле следующие: в 1935 году (тридцати-восьмилетний Эйхманис тогда, кстати, получил звание майора НКВД) выехал в Копенгаген. Вышел на троцкиста Йоргенсона и при его помощи вскоре увиделся с Троцким. "Ах, Лев Давидович, сколько лет, сколько зим... Как вы здесь?" Троцкий вручил Эйхманису письмо для Бокия. (Никакой встречи на самом деле не было. Хотя Йоргенсон всё-таки был. Может, и письмо было?)

В 1936 году во время поездки в Лондон передал Троцкому секретные материалы, касающиеся оборонной мощи СССР, подробности работы НКВД за границей и коды разведорганов. (Чушь, но читатели первых полос должны испытывать трепет и ярость.)

В том же 1936 году принял участие в подготовке теракта по убийству председателя СНК Молотова (если б действительно принимал участие — убил бы).

Представ перед военной коллегией Верховного суда СССР, Фёдор Иванович Эйхманис подтвердил все обвинения, был приговорён к высшей мере наказания и в тот же день, 3 сентября 1938 года, расстрелян на Бутовском полигоне.

Ему был сорок один год.

Позже сестре Эйхманиса сообщили, что он умер от упадка сердечной деятельности 17 февраля 1943 года. В свою очередь дочери Эйхманиса в 1955 году отписали, что он расстрелян 15 октября 1939 года. Особенности советской почты. В подземелье сидит сумасшедший секретарь и непрестанно рассылает письма родным и близким. Даты ставит наугад, веселится.

Не спрашивай, по ком звякнул почтовый ящик.

...У нас осталось ещё несколько персонажей.

Ногтев Александр Петрович, балтийский матрос, участник штурма Зимнего, глава Соловецкого лагеря в 1923–1924 годах, затем потрудился в других лагерях, вернулся на свою должность в 1929 году. В 1930 году вышел на пенсию (видимо, по состоянию здоровья — ему ж тридцать восемь лет всего), и это спасло его от расстрела. Жил в Москве, в 1932–

1938 годах работал управляющим трестом "Мосгортопа". Арестован в сентябре 1938 года (как раз Эйхманиса только что застрелили и вдруг вспомнили: а что Ногтев? А как он? Всё ли в порядке?), приговорён к пятнадцати годам лишения свободы, отправлен в Норильсклаг. Там был однажды узнан Осипом Троянским, сидевшим свой очередной срок. Троянский дал Ногтеву пощёчину. В 1944 году переведён на поселение в Красноярском крае. Освобождён по амнистии в декабре 1945 года, но до Москвы так и не доехал, прописаться там заново не успел, умер в 1947 году по причине скоропостижно окончившегося здоровья.

Троянский досидел свои Соловки и получил ещё пятнадцать лет в 1935 году. Освобождён досрочно. Рассматривался в качестве кандидата в лауреаты Сталинской премии по биологии в 1949 году. Дожил до глубокой старости.

Бокий Глеб Иванович, русский дворянин, лицо доброго сельского учителя, который иногда бьется оземь, и выясняется, что это оборотень; он придумал сделать на Севере концентрационный лагерь для интеллигенции и белогвардейщины, без каторжного труда, — но дело постепенно обернулось иначе. В августе 1918 года стал председателем петроградской ЧК, затем курировал СЛОН, более пятнадцати лет руководил шифровальным отделом ОГПУ–НКВД, занимал ряд других веских должностей, за это 15 ноября 1937 года его расстреляли.

Френкель Нафталий Аронович, в молодости финансовый авантюрист и контрабандист, затем узник Соловецкого лагеря (арестован в 1924 году, получил десять лет), и вдруг — начальник Экономического отдела УСЛОНа. В 1931 году он уже помощник начальника Беломорстроя и начальник работ. В 1933 году начальник Бамлага, и так далее, вперёд и вверх по черепам... С 1947 года персональный пенсионер. Один из немногих организаторов ГУЛАГа, оставшийся в живых и не затронутый репрессиями. Последние годы жил уединённо, к телефону не подходил вообще. Хотя ему звонили, волновались, вдруг случилось что — может, занести пачку "Беломорканала" покурить, а то тяжело самому в магазин; может, Френкель умер себе и молчит. А он жил, жил... Скон-

чался в 1960 году в возрасте восьмидесяти трёх лет. Мемуа-
ры бы написал, что ли.

Шлабуковский пробовал написать воспоминания, но вовремя передумал. Умер через три года после Соловков от пе-
редозировки морфия.

Ксива окончил дни на Соловках во время эпидемии сып-
ного тифа. Борис Лукьянович сбежал в Финляндию в начале
тридцатых. Моисей Соломонович был освобождён досрочно,
повторно арестован и сгинул в 1937 году. Крапин навоевал целую гроздь орденов в Отечественную.

Про остальных ничего не известно, да и не важно всё это.

Артёма Горяинова, как рассказал мне мой дед со слов прадеда, летом 1930 года зарезали блатные в лесу: он проходил
мимо лесного озера, решил искупаться, — на берегу, голый,
поймал своё остриё.

Теперь я думаю: если бы я смотрел на всё случившееся из-
нутри другой головы, глазами Эйхманиса? Галины? Бурцева?
Мезерницкого? Афанасьева? — это была бы другая история?
Другая жизнь?

Или всё та же?

В феврале стояла большая стужа, а в марте — большая лужа. Стужа была сухая, лужа — солёная.

В марте прилетели чайки, но куда в меньшем количестве, чем в прошлом году, а вороны улетели.

В апреле ещё было ветрено, трудно, но в мае ничего, тихо. Чаек добили, чтоб не кричали.

В июне Артём постарался, дал рубль, дал десять, вышел из запретной роты и вновь попал в ягодную бригаду.

В июле к ним неожиданно присоединился отец Зиновий: Секирка его так и не загубила.

Они сегодня видели змею в лесу. Никто не испугался.

— Седьмое июля — день не случайный, — нашёптывал растерявший все зубы батюшка. — Седьмого июля случилось страшное событие в жизни Соловецкой обители, — шелестел он, забавно тараща маленькие глазки. — Приступил к монастырю огромный английский флот и многие часы бомбил обитель, требуя открыть ворота и сдаться. Тонны и тонны бомб сбросили тогда. Монахи же всё это время неустанно молились. Когда флот отошёл — выяснилось, что пробиты стены в сотнях мест, но ни один монах не пострадал и не погиб. Чудо Господне пришлось на этот день, — отец Зиновий приблизил мятое личико, и почему-то не в ухо, а в рот Артёму

проговорил: — Всякое седьмое июля молюсь об исходе большевиков. "Лучше за меня помолись", — хотел сказать Артём,
но поленился, тем более что батюшка Зиновий слова вставить не давал, сам говорил: — Пришёл седьмой день июль-
ский — и молюсь, молюсь. А потом во все остальные дни. Это
что у тебя?

— Черника, — ответил Артём, — соловецкий виноград.

— Ягода, душа моя, — умилялся отец Зиновий. — А я такую не нахожу, — добавил он, быстро пожёвывая впалым
ртом, как будто ягода во рту у него и должна расти.

— Ищи, где посуше, батюшка, — посоветовал Артём. —
В травке. А то ты всё по болоту.

— А мне на оленьем мху — мягонько, — засмеялся отец
Зиновий. — Нары все кости обточили, хилый стал, ссохся.
Меня можно воткнуть в землю, буду показывать, куда ветер
собрался.

Для сбора черники предприимчивый Артём приспособил
гребёнку с крупными зубьями, а сама гребёнка — на ковше.

Причёсываешь травку — а собираешь ягоду.

Потом сбор ссыпаешь на широкую доску, крытую грубым
мешком. Сорная трава остаётся, а ягода скатывается, куда
положено: всё выходит по-людски.

Делал всё это по окончании работы, у прямой дороги на
обитель: в роте с ягодой не повозишься.

Издалека монастырь был похож на корзину. Из корзины
торчали головастые, кое-где подъеденные червём грибы.

Ногтев шёл пешком, наверное из Филипповой пустыни, в сопровождении свиты — чекистов и гостей. Средь взрослых зате-
сался один малолетка, из беспризорных — розовый, умытый,
наодеколоненный, только что бескозырки ему не хватало.

Все были веселы и, посмеиваясь, смотрели на ягодников,
как на лесных жителей, вышедших к людям.

— Угоститесь ягодой, гражданин начальник! — предложил Артём, мягко, как бы по-стариковски поддаваясь общему
веселью.

Начлагеря машинально взял ягоду, покатал в ладони и
смял пальцами.

Невидимая птица качнула колючую ветку.

После лесных хождений всякий раз становилось так много неба, что простор делал человека оглохшим.

Скоро раздастся звон колокола, и все живые поспешат за вечерний стол, а мёртвые присмотрят за ними.

Человек тёмен и страшен, но мир человечен и тёпел.

Захар Прилепин

Обитель

Роман

16+

Литературный редактор Е.Д.Шубина
Художник А.Л.Бондаренко
Ответственный редактор А.С.Портнов
Выпускающий редактор П.Л.Потехина
Технический редактор Н.И. Духанина
Корректоры Н.П.Власенко, И.Н.Волохова, Е.П.Комарова, О.В.Грецова
Компьютерная верстка Е.М.Илюшиной

Подписано в печать 27.02.14
Формат 60x90/16.
Усл. печ. л. 47.
Тираж 17 500 экз.
Заказ № 8498.

Общероссийский классификатор продукции
ОК-005-93, том 2; 953000 – книги, брошюры

 http://facebook.com/shubinabooks

 http://vk.com/shubinabooks

ООО «Издательство АСТ»
129085, г. Москва, Звездный бульвар, д. 21, стр. 3, комн. 5

Отпечатано в ООО «Тульская типография».
300600, г. Тула, пр. Ленина, 109.

Евгений Водолазкин

ЛАВР

Евгений Водолазкин — автор романа «Соловьев и Ларионов» (шорт-лист «Большой книги») и сборника эссе «Инструмент языка». Филолог, специалист по древнерусской литературе, он не любит исторических романов, «их навязчивого этнографизма — кокошников, повойников, портов, зипунов» и прочую унылую стилизацию. Используя интонации древнерусских текстов, Водолазкин причудливо смешивает разные эпохи и языковые стихии, даря читателю не гербарий, но живой букет.

Герой нового романа «Лавр» — средневековый врач. Обладая даром исцеления, он тем не менее не может спасти свою возлюбленную и принимает решение пройти земной путь вместо нее. Так жизнь превращается в житие. Он выхаживает чумных и раненых, убогих и немощных, и чем больше жертвует собой, тем очевиднее крепнет его дар.

Есть то, о чем легче говорить в древнерусском контексте. Например, о Боге. Мне кажется, связи с Ним раньше были прямее. Важно уже то, что они просто были. Сейчас вопрос этих связей занимает немногих, что озадачивает. Неужели со времен Средневековья мы узнали что-то радикально новое, что позволяет расслабиться?

Евгений Водолазкин

Евгений Водолазкин

СОВСЕМ ДРУГОЕ ВРЕМЯ

Роман Евгения Водолазкина «Лавр» о жизни средневекового целителя стал литературным событием 2013 года (премии «Большая книга» и «Ясная Поляна», шорт-лист премий «Национальный бестселлер» и «Русский Букер»), что вновь подтвердило: «высокая литература» способна увлечь самых разных читателей.

«Совсем другое время» — новая книга Водолазкина. И в ней он, словно опровергая название, повторяет излюбленную мысль: «времени нет, всё едино и всё связано со всем». Молодой историк с головой окунается в другую эпоху, восстанавливая историю жизни белого генерала («Соловьев и Ларионов»), и это вдруг удивительным образом начинает влиять на его собственную жизнь; немецкий солдат, дошедший до Сталинграда («Близкие друзья»), спустя десятилетия возвращается в Россию, чтобы пройти тот путь еще раз...

Александр Терехов

ДЕНЬ, КОГДА Я СТАЛ НАСТОЯЩИМ МУЖЧИНОЙ

«День, когда я стал настоящим мужчиной» — книга новых рассказов Александра Терехова, автора романов «Каменный мост» (премия «Большая книга») и «Немцы» (премия «Национальный бестселлер», шорт-лист премий «Русский Букер» и «Большая книга»).

Это истории о мальчиках, которые давно выросли, но продолжают играть в сыщиков, казаков и разбойников, мечтают о прекрасных дамах и верят, что их юность не закончится никогда. Самоирония, автобиографичность, жесткость, узнаваемость времени и места — в этих рассказах соединилось всё, чем известен автор.